Em dezembro chegavam as brisas

Em dezembro chegavam as brisas

Marvel Moreno

Tradução de
Silvia Massimini Felix

Copyright © Marvel Moreno, 2025
© Moinhos, 2025.

Obra editada com apoio do programa Reading Colombia, cofinanciação para a tradução e publicação.

Edição Nathan Matos
Assistente Editorial Aline Teixeira
Revisão Tamy Ghannam e Nathan Matos
Diagramação Luís Otávio
Capa Sérgio Ricardo
Imagem de capa Maria Maddalena in Estasi, de Artemisia Gentileschi

Dados Internacionais de Catalogação na Publicação (CIP) de acordo com ISBD

M843d Moreno, Marvel
Em dezembro chegavam as brisas / Marvel Moreno ; traduzido por Silvia Massimini Felix. - São Paulo : Editora Moinhos, 2025.
384 p. ; 14cm x 21cm.
ISBN: 978-65-5681-197-0
1. Literatura Colombiana. 2. Romance.
I. Felix, Silvia Massimini. II. Título.
2025-2147
CDD 868.9936
CDU 831.134.2(862)

Elaborado por Vagner Rodolfo da Silva - CRB-8/9410
Índice para catálogo sistemático:
1. Literatura Colombiana 868.9936
2. Literatura Colombiana 831.134.2(862)

Todos os direitos desta edição reservados à Editora Moinhos
www.editoramoinhos.com.br
contato@editoramoinhos.com.br
Facebook.com/EditoraMoinhos
Twitter.com/EditoraMoinhos
Instagram.com/EditoraMoinhos

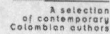

Para Carla e Camila

Um

I.

"Eu, o Senhor teu Deus, sou Deus zeloso, que castiga os filhos pelos pecados de seus pais até a terceira e quarta gerações."

Porque a Bíblia, livro que aos olhos de sua avó encerrava todos os preconceitos capazes de envergonhar o homem por sua origem, e não só por sua origem, mas também pelos desejos, pulsões, instintos (ou seja qual for o nome que se dê), inerentes à sua natureza, transformando o instante que dura sua vida em um inferno de culpa e remorso, de frustração e agressividade, continha também a sabedoria própria do mundo que ajudara a criar desde os tempos em que foi escrita, razão pela qual era necessário lê-la com atenção e refletir sobre suas afirmações, por mais arbitrárias que pudessem parecer, até entender a fundo como e por que a miséria pessoal e a alheia ocorriam. Assim, quando um acontecimento qualquer agitava a embaçada, embora à primeira vista serena, superfície de existências iguais que há mais de cento e cinquenta anos formava a elite da cidade, sua avó, sentada em uma cadeira de balanço de vime, entre o canto das cigarras e o ar denso, modorrento das duas da tarde, lhe recordava a maldição bíblica ao explicar-lhe que o acontecimento, ou melhor, sua origem, remontava a um século, ou a vários séculos, e que ela, sua avó, estivera esperando por isso desde que teve uso da razão e foi capaz de estabelecer uma relação de causa e efeito.

Aquele fatalismo provocava em Lina uma reação de medo, não de surpresa — aos catorze anos, já perdera a faculdade de se espantar com as coisas que a avó e as tias diziam —, mas um medo sombrio que fazia suas mãos formigarem enquanto se perguntava pela enésima vez a que calamidade o destino a teria condenado. Vendo a avó sentada à sua frente, minúscula, frágil como uma menina de sete anos, com os cabelos brancos penteados para trás e recolhidos em um coque discreto na nuca, tinha a impressão de que ouvia uma Cassandra milenar, não excitada ou histérica, nem mesmo realmente Cassandra, já que não se lamentava de sua sorte nem da dos demais, mas cujas previsões deviam se cumprir inexoravelmente. Alguém que carregava o passado guardado na memória, e a partir dele, de sua assimilação e compreensão, deduzia o presente e até mesmo o futuro com uma tristeza imprecisa, como uma deusa bondosa, mas alheia à criação e, portanto, incapaz de impedir o erro e o sofrimento dos homens. Por isso, porque sempre acreditara que tudo havia sido dado de antemão, que uma força secreta nos impelia a dar cada passo na vida, aquele passo e nenhum outro, sua avó se negaria a intervir quando Lina lhe pediu para salvar Dora de se casar com Benito Suárez, embora teoricamente pudesse fazê-lo, pois a mãe de Dora não respeitava ninguém mais no mundo do que sua avó.

Lina pensava que um único telefonema, um simples chamado faria dona Eulalia del Valle sair de seu confinamento e atravessar a pé os quatro quarteirões que a separavam da casa onde ela e sua avó moravam; acreditava, também, que assim que dona Eulalia tivesse contado à avó aquela longa lamúria que chamava de o calvário de sua vida, ou seja, quando imaginasse ter comovido com suas lamentações, não sua filha e suas criadas, mas uma pessoa que admirava por sua linhagem e conduta exemplar — termos que sempre usava quando se referia à avó —, aceitaria qualquer conselho, até mesmo o de rejeitar o casamento de Dora, sua purificação, pensava, com um louco como Benito Suárez. Mas sua avó não quis se aproximar do telefone e disse a ela, Lina: se não for Benito Suárez, será outro parecido, porque na minha opinião sua amiga Dora está destinada a ser escolhida por um homem que seja capaz de tirar o cinto da calça para açoitá-la na primeira vez que fizer amor com ela.

Muitos anos mais tarde, no outono de sua vida, depois de ter conhecido histórias semelhantes aqui ou ali, de ter aprendido a ouvir os outros e a si mesma sem rebeldia, sem pretensões, Lina, sentada no terraço do Café Bonaparte e lembrando-se subitamente de Dora ao ver uma mulher passar, viria a se perguntar sorrindo se talvez sua avó não tivesse razão: razão ao dizer que Dora deveria se unir a qualquer homem que a tivesse açoitado quando fizeram amor, primeiro por fazê-lo, e depois por tê-lo feito antes com outro homem. Mas não naquela época. Naqueles dias ela acabara de completar catorze anos e ninguém, nem mesmo sua avó, conseguia convencê-la de que Dora estava sendo arrastada por uma força obscura em direção ao homem que, sem dúvida, causaria sua perdição, tão inexplicavelmente quanto o instinto leva um gato a arriscar a vida nos galhos quebradiços de uma goiabeira só porque um pássaro voa entre as folhas, sabendo que não vai pegá-lo e apesar de ter acabado de comer as sobras do almoço e estar satisfeito.

As forças invocadas por sua avó — e cujo nome apropriado Lina descobriria lendo Freud não sem certo ceticismo — pareciam-lhe, por ora, um desses inimigos que ameaçam o homem como a doença e a loucura, e contra os quais é preciso se defender com dignidade, isto é, chegar ao fim da vida com certo decoro, evitando ao máximo perturbar as pessoas, assim como um jornal deve ser fechado no estado em que o abrimos, mais manuseado, talvez, mas de forma alguma desfolhado ou destruído. E não em consideração a ninguém, já que não nos foi dado por ninguém e a ninguém devemos devolvê-lo, mas na medida em que é sempre preferível lutar contra a negligência, mesmo que nos digam que a longo prazo perdemos inexoravelmente, porque até o próprio jornal vai acabar na lata de lixo. Ou seja, mesmo assim, e à sua maneira, Lina considerava imperdoável ceder a todas as formas de abandono, por mais que sua avó aludisse à intervenção daquelas forças misteriosas, em especial se o abandono levasse ao casamento com um homem como Benito Suárez.

Porque Lina o conhecia. Ela o conhecera em um sábado de Carnaval em circunstâncias bastante incomuns, embora esse adjetivo, usado por Lina deliberadamente ao contar depois à sua avó o que acontecera para não ser acusada de exagero, nem de longe nem de perto correspondesse à maneira escandalosa como Benito Suárez aparecera diante dela, irrompendo em sua vida e se instalando ali, pois a partir daquele momento, e dada sua amizade com Dora, Lina não teve a menor dúvida de que aquele homem iria cruzar seu caminho mais de uma vez, e sempre para lhe provocar o mesmo assombro, e às vezes, a mesma raiva gélida que ela sentiu quando o viu parar seu Studebaker na esquina, e sair de dentro dele, e perseguir Dora que já havia descido com o rosto cheio de sangue e corria cegamente para a porta de entrada de sua casa. Lina demorou muito para entender o que aconteceu; enfim, ela não sabia que o simples fato de ter presenciado aquela cena a transformara ou, mais precisamente, acionara o mecanismo que irrevogavelmente iria transformá-la. Foi algo que ela intuiu depois, com o passar dos anos, quando notou que sua memória conservava cada detalhe daquele sábado de Carnaval em que viu Benito Suárez pela primeira vez: o Studebaker azul freando bruscamente na esquina de sua casa, ela olhando para ele atordoada da janela da sala de jantar, sentada em frente à mesa de mogno de doze lugares sobre a qual estavam seus cadernos, o rolo de papel-manteiga que acabara de cortar para desenhar o mapa da Colômbia com seus rios e montanhas; havia também uma borracha e um frasco de tinta nanquim, e a pilha de areia que ela planejava colar onde os cumes se abriam em vulcões: recordaria sempre a caneta-tinteiro saltando de suas mãos e manchando a superfície encerada da mesa, a corrida enlouquecida e vacilante de Dora, Benito Suárez alcançando-a no jardim e dando outra bofetada naquela cara que o sangue quase impedia de reconhecer, e então ambas, Dora e ela, correndo para a porta de entrada, Dora ainda no jardim e ela atravessando a galeria e abrindo a porta e, de repente, atingindo Benito Suárez com uma das cadeiras do corredor para impedi-lo não de entrar, pois ele já havia atravessado o vestíbulo e mostrava tamanha determinação no olhar que parecia impossível fazê-lo retroceder, mas sim detê-lo. Sim. O espanto de vê-la, a menina de treze anos que acabara de estourar uma cadeira Luís XVI em seu ombro enquanto dizia: "Soltei o cachorro e ele está vindo destruí-lo". O espanto e o golpe, talvez a dor, isso o deteve. Os segundos, lembraria Lina, em que pôde pegar na mão de Dora e arrastá-la pela galeria até a sala de jantar e lá se esconder com ela atrás do aparador onde se escondia quando criança e sua avó a perseguia carregando na mão o odioso frasco de leite de magnésia. Ofegante, inesperadamente banhado de suor, o rosto de Dora recostado sobre suas pernas e aquele sangue pegajoso que manchava seu *blue jean*; dizendo a Dora baixinho: "Pare de chorar ou ele vai matar nós duas". Porque Benito Suárez queria matá-las: era o que ele gritava enquanto andava pela casa deserta chutando os móveis e chamando-a, Lina, de criatura malparida. Tinha ouvido Benito gritar quando entrou na sala de jantar e jogou seus cadernos no chão; ouvira sua respiração ofegante, aquela entonação de sua voz desprovida de qualquer qualidade humana, que era, parecia-lhe, o gemido de um animal tentando furiosamente produzir sons suscetíveis de se tornarem frases. Talvez tenha sido o tom desarticulado por força da ira que trouxe à mente de Lina a imagem do cachorro; não a lembrança dos setters que estavam latindo histericamente no quintal: o cachorro, que não tinha raça nem nome, nunca latia: mas havia em seu silêncio a mesma capacidade de ódio, o mesmo impulso assassino do homem que chutava o aparador atrás do qual ela pressionava a boca de Dora para impedi-la de gritar. Então pensou no cachorro, e não da maneira tola com que fez isso quando estourou aquela cadeira no ombro de Benito Suárez, mas friamente, com uma súbita astúcia que mais tarde a surpreenderia; ou seja, quando contou à avó como havia deslizado pela galeria assim que parou de ouvir o balbucio disparatado de insultos, e aproximou-se da árvore onde o cachorro estava amarrado, e, levando-o pela argola da coleira, procurou Benito Suárez até encontrá-lo no corredor, ao lado da cadeira caída no chão. Surpresa, ainda mais surpresa quando a avó comentou com ela: "Eu, por outro lado, imagino muito bem você trazendo aquele maldito cachorro para soltá-lo em Benito Suárez".

No entanto, muito antes do que ela chamaria de primeira escaramuça (haveria tantas outras que Lina acabaria se acostumando a reconhecer naquele homem um inimigo natural, quase inofensivo por prever suas reações e, algo inexplicável para ela, por amá-lo sem deixar de considerá-lo um inimigo), Lina começara a ter uma ideia sobre o tipo de indivíduo que Benito Suárez era. Havia seguido passo a passo suas atormentadas relações com Dora porque lhe servia como confidente desde os tempos em que entrou no colégio de La Enseñanza e Dora, talvez movida por um instinto materno precoce, decidiu tomá-la sob sua proteção: durante um ano inteiro a defendera como uma galinha choca — no ônibus escolar guardava religiosamente seu lugar do lado de qualquer janela ou a sentava em seu colo —, e depois as coisas começaram a mudar porque enquanto Lina avançava para a primeira, segunda e terceira séries, Dora continuava repetindo a quarta, e lá elas se encontraram, ela de oito anos e Dora de onze, definitivamente invertendo a relação que até então as unia quando Lina entendeu que, se quisesse tirá-la daquele atoleiro, deveria soprar nos exames e escrever suas redações, além de explicar a divisão várias vezes e chamá-la ao telefone para verificar se ela havia feito bem o dever de casa. Mas conseguiu, enfim, conseguiu através de artimanhas e tenacidade arrastá-la até o segundo ano do colegial, ano em que seus esforços foram frustrados porque Dora foi expulsa de La Enseñanza por ter pegado um bombom que um menino havia jogado para ela do muro do colégio.

Dora parecera quieta demais para Lina: ela não brincava no recreio nem participava das travessuras que Catalina, ela e suas amigas planejavam em minúcias para provocar qualquer desordem capaz de enlouquecer as freiras e quebrar a monotonia dos cursos. Na realidade, Dora nunca interveio em nada que envolvesse ação ou movimento: fora uma criança quieta, quase vegetal, com a indolente aparência de um organismo absorvido em algo que ocorre dentro de si e sente suas células latejarem. Tomou tantas vitaminas na infância que aos nove anos ela se desenvolveu e aos catorze — quando foi expulsa do colégio por causa da história do bombom — estava totalmente formada e tinha aquele ar lânguido, aquele balanço ao caminhar que levava os meninos do Biffi a escalar o muro do colégio, coroado por um verdadeiro emaranhado de garrafas de vidro, deixando no cimento a pele dos joelhos e o suor de sua ânsia de olhá-la por um minuto no recreio. Ela não era bonita como Catalina e não tinha o refinamento de Beatriz. Não se podia falar de graça ao vê-la, nem mesmo de sedução. Não. Tinha algo mais remoto e profundo; algo que deve ter permitido que a primeira molécula se reproduzisse ou que o primeiro organismo fosse fecundado; aquilo que palpitava no fundo do mar antes que qualquer forma de vida aparecesse na terra, e latejando sorvia, sugava, criava outros seres, expulsava-os de si: a vida em estado bruto e, mais tarde, a fêmea primitiva, não necessariamente a humana, mas qualquer fêmea capaz de atrair para sua caverna o macho rebelde e alvoroçado e por um instante acalmar sua agressividade com o propósito não só de fazê-lo realizar o ato que diante da natureza, aparentemente, o justifica, mas também para lembrá-lo de que há um prazer mais intenso e talvez mais antigo do que o de matar. Isso Dora parecia não saber, embora pudesse muito bem suspeitar: ela sempre sentia sobre si o olhar dos homens, e já quando criança notava que era impossível para ela sair sozinha no jardim de sua casa sem provocar em qualquer mendigo ou vagabundo que atravessasse a calçada o desejo frenético de abrir a braguilha e se masturbar diante de seus olhos. Por sua vez, Lina sentia-se tentada a pensar que Dora fora marcada ao nascer, ou, como a avó se empenhava em explicar-lhe, no instante de começar a existir, pelo mesmo sinal que determinava a natureza de sua cadela Ofelia, ou melhor, o comportamento dos cães que a cercavam avidamente. Eles a cercavam, não a seguiam: Ofelia não tinha necessidade de se locomover ou fazer o menor movimento para mantê-los a seu lado, em uma expectativa desesperada. Não havia nada de especial em seu aspecto, pelo menos em aparência ela era indistinguível das outras setters que haviam nascido e crescido em sua casa, trazendo os nomes daquelas heroínas de Shakespeare cuja história sua avó lhe contara muitas vezes antes de dormir; era apenas um animal sonolento com um ondulado pelo cor de canela, que odiava o sol e passava o dia inteiro descansando nas lajotas frescas da galeria. Porém, quando ela entrava no cio, um brilho de avidez aparecia em seus olhos e de repente se erguia espevitada diante dos enfurecidos Brutus e Macbeths que, entre latidos lastimosos, solicitavam seus favores, esquecendo as outras cadelas no cio — cujos calores eram invariavelmente provocados pelos de Ofelia — e perdendo toda aquela distinção de setters trazidos da Inglaterra, com tanto pedigree, dizia sua avó, não sem orgulho, quanto pode haver na árvore genealógica de um Bourbon. Considerando a fidelidade inabalável de Ofelia, que escolhia sempre o mesmo parceiro, toda aquela energia consumida no assédio, e depois em piruetas e latidos, poderia ter sido considerada um desperdício se não fosse porque, uma vez feita a escolha, os setters se voltavam ansiosamente para as outras fêmeas e todas, mesmo aquelas que mal se sustentavam sobre as pernas, eram objeto de sua coação e atenções. Assim, Ofélia parecia destinada por natureza a concentrar em si o incentivo, motivação ou gancho que leva os seres a se reproduzir, independentemente de sua vontade e, claro, de qualquer forma de conhecimento.

Olhando para Dora, seria possível dizer que uma ignorância semelhante a impedia de perceber o quão pouco ela tinha em comum com a maioria das mulheres. Dora achava natural saber que era desejada e teria ficado chocada se alguém tivesse se dado ao trabalho de lhe explicar que era sobretudo para vê-la que os rapazes da Biffi trepavam no muro do colégio, correndo o risco de deixar as mãos naquela barreira de vidro. Para Dora isso, como os vagabundos que abriam a braguilha assim que a viam sozinha no jardim de casa, fazia parte da ordem natural das coisas; aliás, devia corresponder ao pé da letra ao que sua mãe lhe dizia sobre a natureza masculina, corrompida por essência e destinada a mergulhar as mulheres na abjeção. Mas até os catorze anos de idade, limitada a se deslocar entre sua casa e o colégio, ela não tinha tido a oportunidade de conhecer de perto nenhum dos indivíduos decididos a atentar contra seu pudor, como tampouco, mais tarde Lina diria a si mesma, lhe havia sido possível identificar a origem daquela perturbação que a mantinha adormecida na carteira enquanto uma freira escrevia frases em um quadro-negro e a seus ouvidos chegava o enervante zumbido das abelhas. Sempre sentada junto à janela da sala de aula, distraía-se contemplando o pátio com suas árvores imóveis diante de uma faixa de céu metálico e seu olhar parecia nublar-se, extraviar-se em imagens que talvez nem fossem imagens, mas algo que vagamente significava espera e, de certa forma, confusão. Sua conduta, no entanto, não deixava nada a desejar: mantinha-se na postura correta, copiava cuidadosamente os rabiscos que a freira da vez escrevia na lousa, levantava-se em silêncio quando a campainha tocava e seguia obedientemente a fila das alunas. Obediente entrava no refeitório e comia, ia à capela e rezava: obediente e alheia. Não estava ali e pode-se até se perguntar se ela já havia estado em um lugar determinado. Parecia existir de outra maneira, dentro dela, escutando, não uma voz — só de vez em quando se tinha a impressão de que um som definido a alcançava —, mas um murmúrio talvez anterior à linguagem humana, no qual cada novo ruído era uma extensão do anterior, e à passagem de um avião no céu seguia-se um súbito sopro de brisa entre as árvores, uma rajada de chuva ou apenas algo mais inaudível, mais impreciso, como o farfalhar de uma vagem estourando no calor ou a queda de uma folha que o sol partia.

Sua avó explicava à Lina como Dora poderia ter continuado assim, não revelada, não descoberta, naquele limbo de sensações que provavelmente nenhuma palavra conhecida por ela poderia definir, até que dona Eulalia tivesse conseguido casá-la, ou seja, realizar a cerimônia através da qual ela daria a um homem sua filha e seu terror, como uma granada destapada que com alívio se faz saltar para outras mãos, se as freiras tivessem sido menos estúpidas e se a própria dona Eulalia, angustiada com a presença daquela criatura nebulosa e quieta, muito quieta e nebulosa o suficiente para imaginar que sua castidade poderia ser guardada por muito tempo, apesar de sua vigilância, não tivesse tomado a decisão de fazê-la trabalhar em um *Kindergarten* dirigido por uma parenta sua, talvez repetindo a si mesma, em meio à sua hesitação consternada, que finalmente o ócio é a mãe de todos os vícios. E não era estranho que pensasse assim, porque dona Eulalia pertencia a uma família na qual ninguém trabalhava havia quinhentos anos, desde que se entenda por trabalho usar as mãos para semear, recolher ou manusear qualquer instrumento destinado a transformar uma coisa em outra para ganhar a vida. Ela e todos os seus antepassados acreditavam fazer parte de uma categoria especial de pessoas que, por direito próprio e mandato divino, estavam encarregadas de fazer reinar a ordem, com seu exemplo em tempos de paz, e à força de espadas e canhões, se houvesse distúrbios. Tinham muito presente na memória que haviam vindo da Espanha não como aventureiros, nem mesmo como guerreiros: já na época da Conquista haviam utilizado tanto as armas que gozavam de certos privilégios na Corte, e puderam chegar ou enviar desdenhosamente seus filhos mais novos e bastardos para administrar as caóticas províncias ultramarinas. Sim, foi como inquisidores e ouvidores que desembarcaram nas cidades mais importantes da Costa, e seus filhos adquiriram ou se arrogaram terras cultivadas por escravos, e seus netos, durante os dias funestos da Independência, tiveram de fugir para Curaçao e lá permanecer até que a presença de melhores ventos lhes permitisse voltar a ocupar suas plantações devastadas depois de terem mudado ou alterado cautelosamente seu sobrenome. Mas mesmo naquela época não trabalharam. Não por falta de força: embora esguios e dados à meditação, quase ao misticismo, conservavam a capacidade de se fazer obedecer pelos homens e, ao longo de duas ou três gerações, conseguiram preservar intacto seu patrimônio. O problema era que o mundo estava se transformando e eles não conseguiam se adaptar a nada que significasse evolução ou mudança, a qualquer situação em que se alterassem os valores que durante muito tempo lhes serviam como ponto de referência, de espelho, onde encontravam e recompunham sua identidade. Um desses valores os afastava instintivamente do trabalho, sempre aviltante, mas que naquelas implacáveis terras de sol, chuvas e vermes parecia diminuir os homens até consumir neles toda forma de inteligência e dignidade. E para não trair seus princípios, cederam: pouco a pouco, de pais a filhos, foram se preparando para se declarar vencidos sem travar uma batalha. Quando as mudanças na economia do país os puseram diante da necessidade de competir com comerciantes, políticos e contrabandistas, eles silenciosamente apresentaram sua renúncia; silenciosamente e com orgulho, ou seja, sem aparentemente sentir pesar por suas casas abandonadas ou pelas plantações que iam vendendo lote por lote. Ficavam com a lembrança, não com a nostalgia, e a lembrança parecia suficiente para fazê-los andar eretos, enquanto aquele mundo que só eles viam desaparecia na poeira, desabava a seus pés: eram senhores. Pelo menos era nisso que dona Eulalia del Valle acreditava e era assim que Lina a ouvira repetir mais de mil vezes. Daí a impossibilidade de imaginá-la fazer sua filha trabalhar em um *Kindergarten* para ter alguns pesos a mais, mesmo que ela praticamente bordejasse a miséria, porque dona Eulalia, por princípio e tradição, considerava a miséria preferível a qualquer forma de trabalho.

Sua decisão devia estar sido associada à personalidade de Dora, aquela filha de sangue duvidoso contaminada por séculos de libertinagem, por luxúrias remotas de danças e tambores e cheiros fortes, que a negava — sua figura pálida, ascética, borrada — e na qual, no entanto, ela se projetara assim que a viu completar nove anos e começar a florescer, a abrir-se como uma planta capaz de resistir à violência de qualquer intempérie, porque tem raízes cravadas nas profundezas da terra. No início, ela tentou com horror sufocar, conter ou destruir aquela coisa inaudita que Dora exalava por cada poro de sua pele; quando não conseguiu — porque apesar das cintas e ataduras os seios de sua filha se empinavam e seus quadris se arredondavam e a cabeleira que crescia aos borbotões rompia as fitas de tranças e rabos de cavalo —, ela tentou fascinada torná-la sua: como uma trepadeira, subiu em seu corpo e quis respirar com seus pulmões, olhar através de seus olhos, bater ao ritmo de seu coração: esquadrinhou seu cérebro com a mesma obstinação enervada com que vasculhava as gavetas de seu *boudoir* e lia as páginas de seus livros e cadernos: ela a obrigava a pensar em voz alta, a contar-lhe seus segredos, a revelar-lhe seus desejos: acabou por possuí-la antes de qualquer homem, abrindo a cada homem o caminho de sua posse.

Sim, o Studebaker azul de Benito Suárez ainda não tinha aparecido e Lina já percebera em dona Eulalia o desejo de monopolizar sua filha, um desejo tão violento que seu rosto se decompunha à menor suspeita de engano ou dissimulação: Dora era proibida de brincar fora dos limites do jardim de sua casa — enquadrados por um muro de pedras de dois metros de altura por dois metros de largura ao longo do qual cresciam aglomerados de folhas espinhosas e pontiagudas —, e a mera presença dos primos e amigos de Lina imediatamente fazia surgir, como o gênio da lâmpada de Aladim, uma dona Eulalia de expressão alerta e pupilas dilatadas que, sem cerimônia e violando as mais elementares regras de hospitalidade, ordenava que Dora entrasse em casa e se sentasse durante horas em uma cadeira, como castigo. Lina sabia disso, mas o que pela primeira vez a fez refletir sobre as intenções de dona Eulalia foi descobrir, em um dia 24 de dezembro, que Dora havia recebido uma bicicleta na qual podia andar desde que não saísse dos cinquenta metros que constituíam a calçada de sua casa; limitar-se àqueles cinquenta metros diminuía o prazer oferecido pela bicicleta: não era possível competir nas corridas pelo primeiro lugar, nem descer as ladeiras a toda a velocidade, nem vencer dia a dia o cansaço dos músculos e sentir como recompensa o suor, os cabelos em desordem, a brisa no rosto.

Aquele presente e a restrição imposta ao seu uso, Lina ouviria a avó explicar uma tarde, simbolizava a contradição na qual dona Eulalia se debatia, determinada, por um lado, a fazer de Dora uma menina parecida com as outras, e, por outro, a impedi-la de sê-lo, tolamente, porque embora naquela sociedade de loucos fosse dado como certo que nenhuma menina de boa família cometeria a imprudência de perder a membrana cuja preservação lhe permitiria contrair um matrimônio conveniente, e se entendesse que a supervisão dos pais tendia a preservar a membrana em questão, ninguém imaginava que andar de bicicleta pelas ruas do Prado constituía um perigo para a donzelice de sua filha, pois, se assim fosse, ninguém teria pensado na tolice de lhe dar uma bicicleta.

Foi assim que, a partir daquele Natal, Lina começou a observar dona Eulalia del Valle com curiosidade, estabelecendo uma relação mais ou menos confusa entre sua presença no pórtico — de onde seus olhos angustiados podiam controlar os cinquenta metros de calçada — e seu modo de se introduzir na mente de Dora, violando constantemente sua intimidade. Lina ouvira com assombro aqueles diálogos que se passavam diante dela quando, na volta do Country ou de uma festa, dona Eulalia interrogava Dora, tirando dela não só o que tinha visto, mas também o que tinha pensado ou sentido no momento de vê-lo. Havia algo de inquisitório em sua atitude; e algo de impudico e faminto em suas perguntas insistentes que iam encurralando Dora, indo e vindo ao mesmo ponto como circula no céu uma ave de rapina. Diante da penetração da mãe, Dora adotava uma tática semelhante àquela que no colégio lhe permitia fugir da dominação das freiras: não discutia nada, não protestava contra nada; sua resistência, Lina entenderia mais tarde, tinha de ser buscada no escandaloso silêncio de sua submissão. Como se soubesse, como se de repente adivinhasse que nem mesmo encerrando sua filha entre os muros de sua casa, nem mesmo deixando-a possuir um único pensamento, um único desejo que fosse realmente seu, seria capaz de dominá-la completamente, já que sempre haveria uma parte de Dora que biologicamente escaparia dela, dona Eulalia tentou enfrentar o demônio escondido naquela submissão utilizando o único instrumento ao seu alcance: a palavra. Um procedimento mais tarde descrito por Lina como uma lavagem cerebral obsessiva e demente, que a deixou perplexa, apesar de saber que existia e constituía um dos piores fardos da humanidade, como sua avó lhe explicara assim que ela começou a ir à escola. A avó tinha lhe dito tudo o que as freiras iam lhe contar, aconselhando-a a prestar tanta atenção aos seus delírios quanto ao ulular das corujas: haveria mortos e ressuscitados, inferno e purgatório, lamentos e o barulho das correntes arrastadas pelas almas penadas. E em nada disso, ela, Lina, deveria acreditar. Porque isso se chamava doutrinação, e em toda doutrina havia mais mentira do que verdade.

Assim, o que desconcertou Lina ao ouvir o discurso de dona Eulalia del Valle não foi tanto seu estilo de sermão, mas o objetivo da pregação em si. Pois alguma coisa dona Eulalia devia buscar quando todos os dias ela fazia Dora sentar-se à sua frente e falava com ela sobre os homens em termos chulos, comparando seu esperma a excrementos e seu sexo ao falo imundo dos burros que naquela época ainda eram vistos pelas ruas do Prado; sem falar na baba da lascívia, o fétido hálito das bocas, as supostas ventosidades da incontinência sexual. Havia um caráter tão escatológico no que ela dizia como também perversão no que ela mantinha em silêncio ou deixava insinuar, que nunca, nem mesmo passando em frente às vitrines da Rua Pigalle, nem mesmo olhando os filmes de cinema erótico que anos depois lhe seria permitido ver, Lina conseguiria encontrar tamanha depravação. Pensando nisso, chegaria a se dizer mesmo que, para atingir as alturas ainda não descobertas da obscenidade, os inefáveis diretores suecos e holandeses fariam melhor em recorrer aos fantasmas das mais virtuosas mulheres latino-americanas. Mas isso seria mais tarde.

Quando Lina ouviu pela primeira vez o incrível monólogo de dona Eulalia, devia ter cerca de dez anos no máximo; muitas vezes a observara conversando com a filha, mas ficava em silêncio assim que ela chegava a casa. Naquela tarde, juntou-se à sua curiosidade a sorte de encontrar a porta de serviço aberta, e Lina conseguiu entrar no pátio sem que ninguém percebesse sua presença e, andando na ponta dos pés, aproximar-se do final do terraço onde dona Eulalia costumava encurralar Dora: ali estava enunciando com uma espécie de júbilo raivoso as artimanhas que as mulheres honestas usavam para escapar da tentação e que variavam desde imaginar o homem desejado fazendo suas necessidades na privada até colocar uma bolinha de cânfora perto do púbis. Como Lina desconhecia muitas das palavras que ouvia, foi obrigada a copiá-las em seu caderno de rascunhos, mas nem depois, quando voltou para casa e consultou um dicionário, conseguiu entender por que Dora se via empurrada para tal discurso. A avó explicou que dona Eulalia perseguia com ciência e paciência o objetivo que ela, Lina, buscara na ignorância quando afugentava os galos no quintal ao encontrá-los sobre as galinhas, acreditando que só por agressividade bicavam o pescoço delas, até o dia em que Berenice, a cozinheira, gritou para ela parar com aquelas tontices porque nada poderia dar mais contentamento às galinhas. Envergonhada da comparação e ciente de que, apesar de suas tolices, os galos não haviam mudado de comportamento, Lina simplesmente comentou: "Enfim, isso nunca serviu para nada", ao que sua avó respondeu sorrindo: "Na minha opinião, o que você ouviu hoje também não vai servir para nada".

Foi assim que Lina suspeitou muito cedo, mas sem entender claramente todas as implicações do assunto, que uma ameaça pairava sobre aquilo que o acaso havia concentrado em Dora colocando-a em desvantagem, embora em princípio e seguindo a lógica oculta das afirmações de sua avó, pudesse ter sido seu bem, sua propriedade, o centro de seu equilíbrio, contribuindo para a sua felicidade e, de passagem, para a do homem ou homens que atravessaram sua vida, se tivesse nascido em outro espaço e tempo, mas sobretudo se tivesse tido como mãe uma mulher diferente de dona Eulalia del Valle. No entanto, nem mesmo dona Eulalia del Valle poderia ser considerada a única responsável por Dora reconhecer sua sexualidade como uma falha tão abominável que justificasse e até merecesse as chicotadas recebidas de Benito Suárez no dia em que fez amor com ele pela primeira vez no banco de trás de seu Studebaker azul, em frente ao solar onde a gigantesca estátua do Sagrado Coração seria construída pouco depois, destinada a vigiar a cidade do ponto mais alto de sua única colina.

Aceitando o fatalismo implacável de sua avó, teria sido necessário reconhecer que a origem daquela submissão de Dora diante do cinto que a açoitava nas costas quando, ainda nua, sentia correr entre suas pernas o esperma ácido de Benito Suárez não poderia logicamente ser atribuída apenas à influência de dona Eulalia del Valle, pois isso seria tão insuficiente quanto afirmar que chove porque o céu está nublado. Era preciso lembrar a maldição bíblica e ir muito além, até o dia, entre todos o mais fatídico, em que aquele que seria o pai de dona Eulalia, um sujeito de Santa Marta de ar esquivo, com o olhar de luto do homem que, se não se trancou em um convento, nasceu ou foi formado para se trancar nele, apareceu na cidade e, levantando a areia das ruas sob os cascos de seu cavalo, se dirigiu para a casa dos Álvarez de la Vega, onde a primeira coisa que viu quando desceu foi uma menina de cabelos loiros brincando no quintal com sua boneca. Pois esse encontro, o do homem que de tanto flagelar-se e jejuar perdera a força da virilha aos trinta anos e o da menina recém-formada, mas ainda adormecida na névoa das histórias infantis, foi, não a principal causa — já que esta remonta ao tempo em que os homens descobriam que explorar uma mulher era o primeiro passo a ser dado para explorar uns aos outros —, mas a causa mais próxima de cuja existência sua avó poderia dar conta: a menina de doze anos, cedida ao homem que a pediu em casamento na mesma tarde de seu encontro e que, espantada, como em uma extensão de suas brincadeiras de infância, se veria vestida de branco seis meses depois, deixando a igreja de San Nicolás de braços dados com um estranho com quem ela seguramente nunca tinha falado. Um homem cujo tio-avô fora inquisidor-geral de Cartagena, descendente por parte de mãe de um grande da Espanha e herdeiro de um título menos pomposo, mas ainda assim título, que naquela mesma noite violaria a regra tacitamente admitida pelos seus, segundo a qual devia esperar três anos antes de fazer valer seus direitos conjugais perante a menina, e, desarmado diante do desejo inexplicável e diabólico que pela primeira e última vez conseguiria endurecer a flacidez de suas coxas, destroçou o sexo da moça a ponto de provocar-lhe uma hemorragia e encontrar-se na necessidade de aceitar os ofícios do primeiro curandeiro encontrado por sua criada àquela hora da noite, um pobre veterinário que remendou a ferida sem anestésico enquanto o espanto da menina, transformado já em horror e expressado em gritos que se ouviam em todas as casas e cujo eco foi captado como um insulto

pelas quinze famílias que então formavam a aristocracia da Costa, destruía para sempre sua honra, justificando de passagem sua ruína.
Não imediatamente, mais tarde. O dote dado pela família Álvarez de la Vega e sua própria fortuna conseguiram mantê-lo à tona por vários anos, quinze exatamente: o tempo de consumir aquele patrimônio sentado o dia todo diante das laranjeiras de seu pátio, impondo um silêncio de túmulo ao seu redor, olhando para as mesmas árvores até que, de tanto contemplar o imóvel foi, pouco a pouco, deixando de percebê-lo: em suas pupilas, os troncos estavam borrados, os galhos desapareceram de sua retina, as folhas se fundiram na névoa e, certa manhã, ele finalmente entendeu que havia ficado cego.
Porque ele não queria ver, a avó explicava para Lina. Não sua ignomínia: isso ele acreditou que pagara durante anos, se isolando e consumindo sua fortuna sem levantar um dedo, embora na realidade, ignomínia ou não, ele nunca tivesse movido um dedo para conservá-la. Mas houve a filha gerada na noite em que pisoteou, traiu e estourou os preceitos em cujo nome se flagelara desde a adolescência, sem qualquer explicação ou justificativa para si mesmo, já que, entre o momento em que viu a menina brincando com sua boneca e a manhã em que saiu com ela de braços dados da igreja de São Nicolau, durante todo esse tempo, sim, ele havia pensado que seu único interesse consistia em casar-se com a herdeira dos Álvarez de la Vega e assegurar sua virgindade enquanto esperava a passagem daqueles três anos ao fim dos quais, e de acordo com o costume, ele poderia engravidá-la na certeza de que o filho seria seu. Assim, a explicação para sua cegueira teve de ser buscada em outro lugar, em algo provavelmente associado à nova figura de cabelos dourados que de repente começara a circular entre as laranjeiras exalando o cheiro perturbador das meninas de quinze anos. Ao permitir que seus olhos ficassem turvos, concluiu sua avó, ele matou dois pássaros com uma cajadada só, a visão de sua filha, presumivelmente fonte de tentação e lembrança inevitável de sua desonra, e a dor de vê-la se encaminhar por lei natural para os abismos dos quais ele havia tentado escapar à força de flagelo, retardando aquela marcha inevitável porque deste modo sua filha, dona Eulalia del Valle, seria obrigada a servir-lhe de guia.

Um desatino que a avó de Lina atribuía ao fato de ter passado quinze anos a olhar para as laranjeiras de seu quintal: só um homem doente do medo inspirado por seu próprio corpo poderia imaginar dona Eulalia destinada a qualquer forma de concupiscência, nem mesmo a que teoricamente era muito provável que surgisse entre os lençóis de uma cama conjugal. Dona Eulalia fora educada pela mãe, aquela menina que na noite de núpcias foi estuprada pelo marido, remendada por um veterinário e emprenhada de uma criança que, nove meses depois, arrastaria ao sair do ventre seu útero e os ovários, tornando-a uma mulher que, sem transição, foi da infância ao ocaso. Durante os três anos que passou na cama saltando de uma doença para outra, oscilando entre ondas repentinas de calor e tremores de delírio, a mãe de dona Eulalia del Valle aprendeu a odiar os homens. Friamente. Lucidamente. E com a mesma lucidez e frieza comunicou esse ódio à filha.

II.

Se Darwin não tinha se equivocado e houvesse de fato um processo de seleção natural, parecia correto pensar que os homens atualmente vivos eram descendentes daqueles cuja violência ou crueldade — defeitos de hoje, virtudes de ontem — lhes permitira massacrar convenientemente seus adversários, transmitindo assim a seus filhos um patrimônio genético capaz de despertar nas mulheres a mais saudável desconfiança: que apedrejassem pássaros, arrancassem as asas das moscas ou desmembrassem o corpo das lagartixas correspondia a tendências estimuladas pela seleção no passado que a sociedade atual não havia encontrado jeito de inibir, pois continuava tolerando o domínio do mais forte e aceitava que a arbitrariedade e a injustiça fossem o pão de cada dia. No entanto, os homens podiam ser domesticados, isto é, ensinados com a ajuda de qualquer religião ou ideologia, ou mesmo — e isso, embora utópico, parecia preferível à sua avó — com a simples demonstração (justificada pela solidariedade, na medida em que todos partimos do mesmo princípio e vamos nos chocar contra o mesmo fim) de ser menos agressivos, fazendo deles, pelo menos de alguns, aqueles sonhadores inofensivos que se apaixonam, escrevem livros, compõem música ou descobrem a penicilina. Mas não odiá-los. Odiá-los não tinha sentido. Não se detesta o puma que mata a vaca ou o gato que ataca o rato. Ele é compreendido quando se tenta entrar em sua pele de puma ou gato, tentando compartilhar com ele na medida do possível um espaço e um tempo de vida: só é destruído se tentar nos destruir.

Como para sua avó o ódio excluía a compreensão, e a compreensão era a condição *sine qua non* do equilíbrio, era fácil explicar a falta de sanidade que sempre caracterizara o comportamento de dona Eulalia del Valle, obrigada desde criança a se voltar raivosamente contra os homens, pelo menos desde que soube que eles existiam, pois, com exceção daquele pai que passava o dia todo olhando fixamente para as laranjeiras do pátio, dona Eulalia não conhecera nenhum homem em sua infância. Talvez, quando tardiamente fez sua primeira comunhão e começou a acompanhar a mãe na missa das cinco da manhã, tenha descoberto que, apesar de estarem vestidos de forma diferente, os homens andavam pelas ruas, carregavam sacos e dirigiam carroças em vez de se isolarem em um pátio com laranjeiras. E também então sua mãe começou a levantar sua guarda, isto é, a transformar verbalmente, com afirmações e historietas, aquele clima de ódio contra o qual dona Eulalia teria mais do que se ressentido em uma casa onde seus pais não se falavam, nem dormiam juntos, nem recebiam visitas, e na qual não havia nada que nem de longe nem de perto lembrasse o princípio masculino. Pois quando a mãe de dona Eulalia del Valle levantou-se da cama pela primeira vez depois de ter passado três anos oscilando entre ondas repentinas de calor que encharcavam seu corpo de suor e rajadas de frio que a faziam tiritar e estremecer, pálida, terrosa, com aquele rosto de criança atordoada aos doze anos que ela conservaria até o momento de sua morte, percorreu lentamente os cômodos de sua casa apoiando-se no braço de uma criada e, sem dizer nada, em um simples gesto, apontou os quadros que tinham de ser removidos instantaneamente, aquelas pinturas a óleo onde nove gerações de antepassados de seu marido se erguiam entre os paramentos fúnebres da Corte espanhola, todos homens, todos altivos e durante séculos marcados pela decisão de se envolver no manto da abstinência. Aqueles quadros, distribuídos no lombo de uma mula entre os parentes do pai de dona Eulalia, alguns enobrecidos pela rubrica de grandes mestres, passaram vários anos recolhendo o pó das casas coloniais abandonadas antes de chegar às igrejas onde algum pincel piedoso entristeceu os rostos insolentes e transformou em hábitos as enlutadas vestes, substituindo chapéus e adagas por auréolas e escapulários para personificar os santos europeus em cuja existência o povo costeiro mal acreditava. Não contente em se livrar dos vestígios de um passado que influenciara ou determinara o comportamento infame de seu marido, a mãe de dona Eulalia del Valle continuou naquele dia, como um fantasma rancoroso, condenando livros, estátuas e porcelanas até que, no auge de sua fúria silenciosa, desceu os cinco degraus que levavam ao pátio, chamou o jardineiro e uma hora antes de demiti-lo ordenou que ele decapitasse todos os animais machos que ali viviam, sem excluir do massacre nem mesmo os formosos papagaios ou os tímidos canários. Nunca mais homem algum atravessou a porta de sua casa: seu pai já havia morrido e ela não tinha irmãos. Dedicou-se a vigiar suas criadas e a costurar freneticamente blusas e saias para as órfãs do Bom Pastor, incutindo em sua filha o respeito pela Virgem de uma maneira tão singular que são José mal era mencionado e Jesus Cristo era uma figura secundária; do terço, que ela e suas criadas rezavam de joelhos às seis horas da tarde em frente a uma estátua da Imaculada, o Pai-Nosso estava excluído, como descobriu com espanto o velho padre chamado para ensinar o catecismo a dona Eulalia quando sua mãe decidiu ampliar sua educação, até então a cargo de solteironas honestas cujo modelo de vida lhe fora oferecido como exemplo e que ela muito provavelmente pretendia seguir.

Embora algo devesse ter descomposto as coisas, enfim, alguma vez a sombra do desassossego rachou a sólida muralha erigida com terços sem Pais-Nossos e papagaias, gatas e galinhas condenadas à castidade mais rigorosa em um pátio onde o único homem da casa adormecia na contemplação das laranjeiras, porque muito tempo depois Lina descobriria, perplexa, folheando os enormes volumes de revistas argentinas colecionadas e encadernadas (talvez em segredo) desde os vinte anos por dona Eulalia, que aqueles volumes se abriam sozinhos como se uma mão invisível guiasse o leitor para certas páginas, mais manuseadas que as outras e às vezes com manchas de dedos aparentemente sujos de chocolate, justamente nos parágrafos em que os romances de amor atingiam o ponto máximo de erotismo permitido pela época, beijos de mão e olhares tenebrosos que faziam a heroína enlanguescer e também certamente dona Eulalia del Valle povoar suas tardes de ócio, aquelas tardes em que durante horas agonizavam de calor e morriam em uma breve explosão alaranjada, de sonhos truncados e desejos inquietantes à espera de algum xeique, príncipe russo no exílio ou almirante da frota britânica que viria a descobri-la em Barranquilla, raptá-la ou pedi-la em casamento, cobrir-lhe os pés com beijos em uma noite de inverno, cair com ela no túnel de uma mina abandonada e ali, entre a escuridão e a fome, dominá-la pela força de seu caráter e sua paixão devoradora (mas contida), ensinando-a a renunciar à sua independência de mulher moderna e curvar-se à vontade masculina em uma entrega sublime que a levaria ao altar e a encheria de filhos.

Algo que a própria dona Eulalia del Valle não podia imaginar que aconteceria, pois até ela deveria saber que os fantasmas são feitos para serem sonhados, mas não vividos. O ruim foi que o que ela aceitou, ou melhor, foi forçada a aceitar quando a pobreza em que ela e sua mãe estavam confinadas se transformou definitivamente em fome, não só não se assemelhava aos personagens de Elinor Glyn, nem nunca tinha usado turbante de xeique, nem nunca tinha percorrido as noites geladas das estepes russas, mas nem sequer prestava o suficiente para ser apresentado orgulhosamente à sua família: um médico saído sabe-se lá de onde, de pele não clara o bastante e cabelos bem encaracolados, que, no entanto, ganhara o apreço do povo do Prado por ter sido o primeiro pediatra de confiança a instalar-se na cidade. Respondia ao anônimo nome de Juan Palos Pérez e, embora todos o ignorassem, tinha uma mãe muito decidida que, sem nunca ter saído de Usiacurí ou nunca ter usado sapatos, se propôs a fazer seu filho prosperar enviando-o para estudar em Bogotá e vendendo, ano após ano, uma herança incerta de vacas até que ele terminou seu curso de medicina e pôde instalar seu consultório depois de ter se especializado na clínica muito seleta dos gringos, cujo lema era — e foi o seu a partir de então — ferver: fraldas, bules, água, leite, carne, leguminosas; tudo, absolutamente tudo tinha de ser fervido antes de chegar à boca da criança, mesmo que perdesse sua ação nutritiva, porque era para isso que serviam as vitaminas multicoloridas que o dr. Juan Palos Pérez se encarregava de prescrever junto com a mais rigorosa assepsia — nada de andar descalça ou tomar banho nos aguaceiros —, dando assim às crianças da burguesia de Barranquilla a bela aparência dos bebês americanos.

Isso lhe rendeu a simpatia geral. Quando os gringos venderam sua clínica e foram embora, ele era o único pediatra reconhecido e seu consultório da rua 20 de Julio via desfilar todos os dias as senhoras acostumadas a contar dinheiro em pesos e não em centavos, mais ou menos encantadas por ele, por seu casaco branco, por seu sorriso cordial, seu Ford último modelo — embora sua mãe continuasse em Usiacurí recusando-se a usar sapatos porque insistia em ser o que era e não estava nem aí para as aparências —, atendendo às senhoras e seus bebês durante o dia e, à noite, discutindo política com seus maridos nos bordéis, só discutindo, nada mais, pois a assepsia dos gringos lhe havia transmitido um horror secreto pelas putas, virtudes que foram exaltadas diante de dona Eulalia del Valle quando ela começou a receber aquelas caixas de chocolates acompanhadas de um cartão cuja subscrição "médico pediatra" sugeria uma casa no Prado, o Ford e três refeições por dia, sem contar o confuso sentimento de desconfiança e atração que devia produzir-lhe encontrar aquele homem todos os domingos na missa das onze do Carmo, à qual começara a assistir desde que alguém, uma parenta provavelmente, a convenceu de que, apesar dos rancores empoeirados da mãe, mais valia um casamento que o asilo de caridade; finalmente, por instigação da parenta ou qualquer outro motivo, dona Eulalia fizera, aos trinta anos de idade, a primeira permanente de sua vida, comprara seu primeiro batom e assistia aos domingos à missa que servia de identificação social, esperando talvez ver aparecer de repente uma *troika* rolando em direção ao altar-mor, ou descobrir, entre os rostos de homens sufocados por casacos e gravatas e mulheres soterradas em chapéus e meias de seda, o turbante perturbador, o olhar pérfido, o sorriso insidioso que, dominando sua aversão, fariam dela uma escrava, mas de modo algum aquele médico com um ar falsamente desenvolto e aparência bastante comum, se não vulgar, que no entanto tinha como clientela os filhos ricos de Barranquilla e um Ford que o esperava na saída da igreja.

Lina ouviria dona Eulalia del Valle contar, na época de sua grande depressão —na época em que Dora, expulsa de casa aos pontapés por Benito Suárez, tentava ansiosamente obter a guarda do filho —, como tinha transcorrido aquele noivado de caixas de chocolate e visitas presididas pela mãe, sem saber nada do homem que seria seu marido ou da mulher que lhe dera à luz em Usiacurí com sua reveladora aversão aos sapatos, incapaz sobretudo de adivinhar por trás de sua aparente cortesia o rude indivíduo que se embriagaria no dia de seu casamento porque não estava acostumado a beber e que depois dirigiu tropegamente o Ford até o chalé que um amigo seu tinha lhe emprestado, localizado em Puerto Colombia, e deitou-se na cama enquanto ela, tremendo em sua camisola branca de seda com laços rosa, terminava de se arrumar no banheiro para, depois de muita hesitação, sair para resistir ao assédio apaixonado do xeique de seus sonhos e se deparar com um bêbado que roncava como um santo.

A partir desse momento começou a odiá-lo, ou seja, teve a primeira justificativa daquele ódio para o qual sua mãe a condicionara, e que poucas horas depois atingiria seu clímax definitivo e irremediável quando o dr. Juan Palos Pérez se levantou para vomitar e, sem lavar a boca, voltou para a cama, deitou-se sobre ela e fez amor com a leveza de um galo. Na realidade, e isso talvez tenha sido o que mais amargurou dona Eulalia, seu marido era um amante malicioso que gozava excitando as mulheres e sabia tocá-las e acariciá-las o tempo suficiente para lhes dar prazer, aparentemente com a condição de que fossem submissas. Disso, dona Eulalia teve a prova quarenta dias após o nascimento de Dora, quando, depois de ter passado por uma gravidez infernal e um parto através de cujas dores pagou pelo que já havia feito e ainda iria fazer, levantou-se da cama, tomou banho, pôs um vestido com ombreiras largas e um pente no cabelo, e esperou o barulho do motor na garagem que anunciava a chegada do marido para atravessar a galeria na ponta dos pés e fazer-lhe a surpresa de vê-la levantada. Muito provavelmente, a discrição com que percorreu a galeria correspondeu a outro motivo, já que, pressionada por Lina, dona Eulalia admitiria, de fato, que durante a quarentena havia notado a meia hora decorrida desde que se ouvia o barulho do motor e o momento em que o marido entrava no quarto para cumprimentá-la. Mas, de qualquer forma, e isso parecia verdadeiro para Lina, ela não imaginara, ou mesmo suspeitara, do espetáculo que se ofereceu aos seus olhos quando se aproximou da porta interna da garagem: o dr. Juan Palos Pérez, aquele marido que a engravidou sem cerimônia, em um rompante, e que alegando a proteção do bebê se abstivera de tocá-la por nove meses, estirado no chão, ao lado do Ford, sobre a criada e, oh, infâmia, vergonha, humilhação, acariciando-a com o ritmo traiçoeiro, a insistência perversa, a tenacidade irresistível de que a mão de um homem é capaz quando se propõe a levantar o último véu do recato feminino — embora na opinião de dona Eulalia aquela criada não tivesse, evidentemente, recato algum —, indo e voltando, investindo fundo, enquanto ela contemplava a cena hipnotizada, com as entranhas contraídas, mas incapaz de se mover, consciente de descobrir pela primeira vez o pecado em sua forma original e absoluta, mas plantada no chão, cravada, ela diria entre lágrimas a Lina: até que com o último espasmo da criada lembrou-se de que não em vão seu nome era Eulalia del Valle Álvarez de la Vega e lentamente voltou para seu quarto e explodiu em soluços jurando ir embora (aonde?), trabalhar (como?), fazer sua vida (qual?), sequência que terminou com lamentos de tango quando, temendo a perspectiva de pôr sua mãe novamente diante da ameaça do asilo, caiu de joelhos ao lado do berço da filha e jurou se sacrificar.

Que houve sacrifício Lina sabia, embora ignorasse as circunstâncias de sua origem, pois dona Eulalia sempre acudia a essa palavra quando falava de seus anos de casamento com o dr. Juan Palos Pérez. Lina lembrava-se do doutor, seu médico de infância, como um homem simpático que entorpecia seu braço com um pequeno golpe quando lhe dava uma injeção e imediatamente lhe entregava um pirulito, aconselhando-a a escovar os dentes depois de comê-lo. Para sua avó, consciente como todos de suas relações pouco ou nada ortodoxas com as mulheres da cidade, o dr. Juan Palos Pérez havia seguido o caminho natural de um homem determinado a subir na hierarquia social à custa de estudos e esforços, e aquele casamento deveria ser considerado por ele como o coroamento de sua carreira, a maneira mais eficaz de se tornar membro do Country e participar de todos os prestigiosos conselhos de caridade da cidade: partindo de Usiacurí ele havia estudado na Javeriana, se especializado na clínica dos gringos, conseguido uma clientela honrosa e se casado com uma solteirona de boa família, ajeitando a vida dela e de sua mãe. Em outras palavras, ele apenas se limitara a seguir as regras de um jogo cuja origem e propósito provavelmente desconhecia, e seu interesse pelas criadas correspondia a uma dicotomia associada ao próprio jogo e sobre a qual talvez nunca tivesse perguntado nada. De arrivistas como ele a cidade estava cheia. Se alguém havia traído ali, ou melhor, se deixara enganar, fora, na opinião de sua avó, dona Eulalia del Valle, pois, casada sem amor, e consequentemente cúmplice de todo o andaime social, exigira do médico não só o que ele podia lhe dar — a casa de estilo espanhol californiano com seu terraço e jardim e o Ford à porta —, mas o que nenhum homem poderia lhe oferecer, a menos que encontrasse uma certa colaboração, repreendendo-a acima de tudo por suas inclinações eróticas em vez de aproveitá-las (sabe-se que uma mulher encontra sempre o que procura se tiver a lucidez necessária para reconhecê-lo e a coragem não menos necessária para aceitá-lo quando o encontra), ou se não podia, enfim, se sua educação a impedia, em nome do pudor ou de qualquer outro eufemismo de tolice, de canalizar para o lugar certo as inclinações em questão, então ignorá-las, esquecê-las ou o que fosse, mas de modo algum torná-las de domínio público entrando de surpresa no consultório da 20 de Julio e, diante dos clientes, uma das sobrancelhas levantada em sinal de ira soberba, dizer à secretária de plantão que a partir daquele dia o médico prescindiria de seus serviços.

Porque foi isso que dona Eulalia del Valle começou a fazer depois de ter substituído suas criadas por umas velhas maltrapilhas que poderiam ter atravessado como o ar as celas de cinquenta homens condenados à prisão perpétua; isso e, como Dora contaria a Lina, a ironia, as frases ferinas, as explosões de uma cólera que se nutria do aborrecimento dos dias e a ignorada, não confessada, nem mesmo suposta frustração das noites, provocando no dr. Juan Palos Pérez aquele tipo de exasperação que aos poucos o invadia e que se traduziu não em ruptura — a mera separação conjugal era impensável naquela época, ainda mais para um homem que tanto havia sacrificado em troca das conveniências —, mas em gélido mutismo diante das agressões verbais de dona Eulalia e, talvez como compensação, em devassidão, isto é, em uma orgia contínua de casos amorosos clandestinos com secretárias, criadas e enfermeiras elevadas por momentos cada vez mais breves à categoria de amantes e das quais dona Eulalia nada sabia, pois o médico continuava voltando para casa às sete da noite e se desaparecia da cidade durante os fins de semana era sob o pretexto de ir ver sua mãe em Usiacurí, coisa pela qual nem ela podia recriminá-lo.

Mas uma mulher que tinha todo o dia pela frente para refletir sobre seu infortúnio não podia ser enganada por muito tempo: sozinha, entre as criadas maltrapilhas, sentada em uma cadeira de balanço em frente às árvores de seu quintal — como seu pai fizera por quinze anos —, dona Eulalia chegou, não a descobrir a verdade, mas, o que foi ainda pior, a adivinhá-la, sem jamais conseguir encontrar uma prova capaz de livrá-la da dúvida, da impressão de estar ficando louca, ela dizia chorando para Lina, porque contra todas as suas hipóteses estava a realidade zombeteira e desarmante do Ford entrando na garagem às sete da noite e os ovos e galinhas trazidos de Usiacurí todos os domingos. No entanto, e foi a isso que dona Eulalia se agarrou febrilmente, não tanto para justificar seus insultos amargos, mas para preservar um mínimo de confiança em sua saúde mental, depois de cinco anos de casamento o dr. Juan Palos Pérez decidiu associar-se a um pediatra recém-chegado do interior, desafiando com escárnio toda lógica, toda prudência e bom senso, pois àquela altura não só sua clientela havia diminuído, mas também sua situação econômica começava a se deteriorar à vista de todos — fazia muitos meses que ele não trocava de Ford, nem pintava as paredes de sua casa, nem pagava a mensalidade do Country Club em dia —, o que sugeria que ou ele gastava o dinheiro com outra mulher, ou ele queria aproveitar a presença do novo pediatra para passar mais tempo ao seu lado, ou ambos ao mesmo tempo. E esta última era verdadeira, embora a verdade total dona Eulalia nunca soubesse, porque nunca chegou a descobrir a identidade da outra mulher. Claro que havia outra, enfim, uma, alguma que conseguiu atrair a atenção do dr. Juan Palos Pérez a ponto de fazê-lo esquecer seus galanteios inconstantes e, no fundo, inconsistentes para fixá-los em uma paixão tão exigente que por ela preferiria compartilhar sua clientela e nela gastaria o dinheiro que em outras circunstâncias teria destinado à sua família. Mas se dona Eulalia pressentiu isso, nunca quis admitir; até no dia em que falou sobre o assunto com Lina preferiu se referir a uma puta, como ficou anotado na ata feita pela polícia quando o corpo do dr. Juan Palos Pérez foi encontrado boiando com a boca cheia de algas ao sabor das ondas em frente a uma praia em Puerto Colombia, muito perto do local onde foram descobertas suas roupas e uma garrafa vazia de uísque, embora ele não estivesse realmente bêbado quando morreu, enfim, não foi o uísque que causou sua morte, mas ter começado a fazer amor sob o sol forte, depois de comer duas porções de arroz com tainha em um restaurante dos arredores cuja localização permaneceu desconhecida, porque nenhum dono de restaurante admitiu ter preparado ou servido arroz com tainha naquele 11 de agosto, quando o mar devolveu à praia o corpo do dr. Juan Palos Pérez, machucado, inchado, vomitando algas e caracóis, como dona Eulalia del Valle o veria em uma mesa do hospital para onde a polícia o levou, uma hora antes de o médico-legista fazer a autópsia declarando que a causa da morte tinha sido uma congestão produzida pela cópula em plena digestão à uma hora da tarde, quando se sabe que os raios solares caem perpendicularmente e a única atividade razoável é fazer a sesta, ou seja, que o doutor havia ido embora deste mundo em uma praia solitária, no calor dos infernos e sobre o corpo de uma mulher, que, provavelmente em um movimento de pânico, arrastou-o para o mar com a intenção de refrescar seu rosto ou reanimá-lo em contato com a água, e então, entendendo a situação, preferiu que ele fosse levado pelas ondas para ter tempo de se vestir rapidamente e voltar para a cidade sem que ninguém a visse.

Pelo menos essa era a explicação que Lina ouvia de sua avó quando especulava sobre as circunstâncias da morte do dr. Juan Palos Pérez, e que lhe seria confirmada anos depois pelo dr. Ignacio Agudelo (o pediatra sócio do pai de Dora), nos dias em que era seu amante, permitindo-lhe assim realizar o mais incestuoso de seus sonhos. Porém, ouvindo dona Eulalia del Valle falar, Lina entendeu que não devia lançar a menor dúvida sobre sua versão da prostituta sem coração que, além de causar a morte do marido, o havia jogado no mar como um cachorro, porque algo a fez intuir que, apesar de seu ódio e do tempo decorrido, dona Eulalia não suportaria a revelação de ter sido suplantada por uma mulher da mesma classe e, ainda por cima, com o mesmo sobrenome.

Naquela ocasião, dona Eulalia inspirou a compaixão de Lina. Viu-a como um ator condenado a repetir sem descanso o mesmo monólogo de uma mesma tragédia, tantas vezes que sua própria vida perdera substância, corpo ou realidade para se limitar à do personagem patético que representava, menos ainda, à sua expressão mínima de existência condensada naquele monólogo obstinado e febril, os segundos ou minutos em que se referia com gestos e frases idênticas à sua infância solitária, sua juventude resumida a acompanhar um cego e aquele casamento iniciado em humilhação e terminado na mais escandalosa indignação. Já naquela época, para dona Eulalia o tempo transcorria de outra maneira, não corria nem passava, nem era o pano de fundo sobre o qual os seres e as coisas pareciam mudar, em sua memória, cada episódio de sua vida fora fixado para sempre, alheio a qualquer cronologia ou qualquer relação de causalidade, mas cristalizando a injustiça de ter ocorrido, e, portanto, de ter sido capaz de se transformar em memória. Lina achava que o próprio episódio lhe permitira pelo menos expressar-se, reagir, lutar contra algo que, por mais banal que parecesse, era concreto, como ir de táxi até o consultório da 20 de Julio e demitir as sucessivas secretárias do marido. Mas depois, vendo-se sozinha, sem ninguém a quem se opor — Dora ainda estava lá, mas era uma sombra, e Benito Suárez, que nada tinha de sombra, estava ausente —, suas memórias, à força de se virarem sobre si mesmas, começaram a se queimar, a se apagar como certas estrelas, talvez diminuindo de dimensão, mas aumentando vertiginosamente sua densidade até parecerem bolas de chumbo rebotando sem piedade no cérebro de uma criança.

É claro que a pior dessas lembranças gira em torno da morte do dr. Juan Palos Pérez, a última vilania que resumiu as anteriores, a começar por aquela cena que se passou na garagem quarenta dias depois do nascimento de Dora, quando dona Eulalia não só descobriu de uma vez o significado das palavras "abstinência" e "tentação" — até então bastante confuso e ligado exclusivamente à proibição de comer carne durante a Quaresma e a primeira sexta-feira de cada mês —, mas também a verdadeira origem da cor da pele do marido, atribuída em um impulso inicial e generoso de conciliação, talvez também de reconhecimento, à ação do sol que, como uma maldição, caía o ano inteiro sobre a cidade e podia muito bem atravessar as janelas de qualquer Ford, descoberta que deixou dona Eulalia del Valle atordoada porque constituía mais uma prova de como o destino lhe fora cruel, levando-a a misturar seu sangue com o de uma raça condenada pela Bíblia, transmitindo à sua única descendente os demônios obscuros e lascivos contra os quais a religião, a vigilância e seu próprio exemplo de nada serviam, porque lá estariam sempre à espera da primeira brecha, do primeiro descuido para sair arrastando insidiosamente Dora para a perdição e, com isso, apagando a pequena honra que ainda estava associada ao seu sobrenome.

O mais estranho sobre o assunto — e Lina pôde comprovar isso em várias ocasiões — era que dona Eulalia tinha uma atitude bastante ambígua em relação ao que poderia ser chamado de manifestações do diabo incubado em Dora: a princípio a horrorizavam, mas às vezes ela mostrava a seu respeito, não exatamente tolerância, mas uma espécie de admiração enervada, e até de inveja expressa em frases que lhe escapavam sem querer e que aludiam ao desejo que despertaria nos homens por causa da sensualidade de seus lábios, da vermelhidão de suas formas ou da abundância de seus cabelos.

Se essa ambiguidade influenciou Dora de alguma forma, Lina nunca se perguntou: durante muito tempo acreditou em seu temperamento indestrutível, imune a toda influência, algo como uma força vinda do passado mais remoto e plenamente consciente de seu objetivo, que esperava, não a primeira oportunidade, como dona Eulalia acreditava temerosa, mas a hora, o momento, o instante fixado por ela de antemão para tomar o que desejava, destruindo as frágeis barreiras criadas por qualquer forma de conselho ou vigilância; aquela coisa tinha um caráter infinitamente tenaz, mas também, Lina descobriria, podia comunicar a Dora uma astúcia da qual ninguém a imaginaria capaz vendo-a no colégio, na carteira, tomada de calor e entontecida com aqueles barulhos que aparentemente só ela ouvia.

Lina acolhia com alguma reserva a afirmação da avó de que a canção teria sido diferente se dona Eulalia não tivesse cometido a imprudência de mandar Dora trabalhar em um *Kindergarten* administrado por uma parenta sua, embora reconhecesse que o *Kindergarten* tinha facilitado as coisas, bem como a ingenuidade da parenta, solteirona inata, dotada, por um daqueles paradoxos da natureza, de um insaciável instinto materno, que depois de ter passado boa parte da vida lidando com os filhos de suas irmãs decidiu transformar sua casa em uma escola para crianças, menos por razões econômicas do que para se dar o prazer de limpar fundilhos, preparar lanches e labutar o dia inteiro em meio a uma confusão infernal; tão incapaz de malícia, em todo caso, que foi com espanto que disse a Lina que dona Eulalia estava lhe telefonando há uma semana pois queria saber se empregava jardineiros ou criados, se eram as próprias mães das crianças que as levavam ao *Kindergarten* e, sobretudo, como arrumara o salão onde a filha ia trabalhar. Sem dúvida, a parenta compreendeu o significado das perguntas relativas à presença ou ausência de um jardineiro de cuja retidão moral ninguém era capaz de assegurar muito; o que achou estranho, quase ofensivo, foi a insistência na descrição do salão — uma sala com paredes cor-de-rosa pálido, com um sofá e uma escrivaninha — e, dada sua franqueza, nas características das pessoas que levavam as crianças ao *Kindergarten*. Enquanto a parenta falava, Lina foi compreendendo gradualmente a associação estabelecida por dona Eulalia entre o salão (ou seu conteúdo) e as características em questão; imaginava-a, rígida em sua cadeira de balanço, ansiosa tentando enumerar todos os perigos que aguardavam sua filha, transformada por seu próprio medo em secretária de um *Kindergarten* onde, graças a Deus, não havia jardineiros nem criados, mas ao qual as crianças podiam chegar acompanhadas dos pais. Detalhe que mudava tudo, transformando aquele lugar por natureza imaculado — uma velha e algumas crianças — em um possível teatro de temida tragédia, temida e talvez ansiada, como Lina ouviria sua avó dizer, já que qualquer horror excessivo a uma coisa quase sempre esconde o desejo obscuro de que ela aconteça, primeiro para dar uma solução ao desejo, e depois, para libertar-se definitivamente do medo que o oculta como um véu mais ou menos espesso, de acordo com a intensidade de sua violência.

O fato é que, quando Lina terminou de conversar com a parenta, teve uma ideia bastante precisa dos problemas que a aguardavam por ter aceitado se tornar cúmplice de Dora, já que dona Eulalia se obstinaria a perguntar exatamente o que meia hora antes ela havia jurado calar, ou seja, que naquele salão de paredes cor-de-rosa havia uma escrivaninha, mas não o sofá em que estava sentada enquanto fazia a promessa. No início, Lina achou indiscutível a necessidade de esconder de dona Eulalia a existência de todas aquelas garrafinhas guardadas por Dora em uma gaveta; ela até se divertira ao observar como Dora se transformava à medida que as garrafas iam aparecendo, e até pediu que ela colocasse um pouco de cor nas bochechas e passasse batom laranja na boca. Mas a coisa do sofá a desconcertou: que Dora lhe dissesse, feche os olhos e descreva a sala, e depois, interrompendo-a, não, lembre-se de que você não viu nenhum sofá, jure que não vai dizer isso se te perguntarem.

Como Lina comentaria admirada com a avó, Dora tivera a malícia de não aludir naquele momento ao sexo das pessoas que entravam no salão segurando a mão de uma criança perfumada com água de colônia; daí seu espanto e a facilidade com que se entregava a um juramento que, aparentemente, e por mais absurdo que fosse, se limitava a negar a presença de um móvel em um cômodo. Mas nem mesmo depois de ter ouvido a parenta falar e ver as coisas melhor ela conseguiu tirar Dora de sua postura, quer dizer, quando foi encontrá-la na escrivaninha onde estava apoiando com infinita cautela um dedo nas teclas da máquina de escrever e lhe disse: "Suponho que não devo mencionar os pais, além disso". "Que pais?", perguntou Dora, sem se intimidar. "Quer dizer, às vezes é o pai que traz a criança para o *Kindergarten*", insistiu Lina, observando que Dora começava a sorrir.

No entanto, Lina pensava consigo mesma que o lugar e o homem não haviam determinado nada. Por mais alto que fosse o muro da casa de dona Eulalia, qualquer um poderia tê-lo escalado, e seu jardim, aparado apenas duas vezes por ano, abandonado aos coquinhos e às ervas daninhas que cresciam ferozmente a cada chuva, era conhecido pelas empregadas do bairro em busca de esconderijos para amores noturnos. No que diz respeito ao homem, já havia reparado em Dora quando a via entrar no Country, e se ele não se atrevera a abordá-la até o momento, teria feito isso na primeira oportunidade enquanto Catalina e ela jogavam tênis e Dora as observava das arquibancadas paralelas à quadra. Ele ou outro, certamente ele antes de outro, porque poucos homens pareciam ter contrariado tanto sua natureza em nome da respeitabilidade mais amorfa: uma mulher rica, mas tola, quatro filhos e um cargo de diretor comercial nas empresas do pai, onde seus irmãos acreditavam ser os cruzados do desenvolvimento industrial, e ele, como confiaria uma vez a Dora, entediado até a morte. A verdade é que Andrés Larosca (Labrowska, Slobrowska a princípio) não parecia destinado ao cargo que lhe fora imposto pelos interesses da família — eslava, católica e com um senso de clã que sobrevivia sabe-se lá a que tragédia sombria e agora esquecida —, e muito menos à mulher a quem esses mesmos interesses o uniram: tinha um belo rosto com traços enérgicos que lembravam a Lina os reis vikings estampados em seu livro de história: embora estritamente cortês, seus gestos de repente revelavam uma energia contrariada, como se fosse um cavalo selvagem forçado a fazer piruetas em um circo. Lina havia notado seu olhar ganancioso seguindo Dora, e não sem espanto o vira jogar freneticamente nas quadras de tênis brandindo a raquete à maneira de uma lança e devolvendo bola atrás de bola com um ímpeto que parecia destinado não tanto a derrotar seu oponente, mas a decapitá-lo.

Que o tênis lhe servia de desafogo, pelo menos de substituto, ficou confirmado quando ele seduziu Dora, pois durante o ano e meio que duraram suas relações ele não foi visto novamente pelos corredores, com o peito musculoso enfiado em uma blusa de flanela branca, raquete na mão, o ar extraviado; não era questão de agora: via Dora entre o meio-dia e uma da tarde, enquanto a parenta e as crianças do *Kindergarten* faziam a sesta, e ele costumava passar no Country depois das seis. Não, era antes o cavalo a escapar para o mato, o caçador alerta e frustrado que de repente descobre o rastro de sua presa, um despertar, um reconhecimento, um impulso que finalmente define seu objetivo. Contudo, ele se mantinha cauteloso: chegava ao *Kindergarten* de táxi ou deixava o carro em um posto de gasolina próximo, e Lina, do ônibus escolar, o avistou várias vezes andando a pleno sol ou correndo com o paletó na cabeça para se proteger da chuva. Depois tudo transcorreu mais facilmente, ou seja, quando ele publicou em *El Heraldo* um anúncio solicitando uma secretária competente e Dora o leu em voz alta na frente da mãe pedindo que ela a deixasse tentar a sorte, o que, é claro, dona Eulalia rejeitou indignada, até que os apelos de Dora e os conselhos de seus parentes acabaram por convencê-la. Mas entre um trabalho e outro, durante as férias de dezembro, Lina descobriria a turbulência do amor, a complexidade de sua força.

E descobriria isso graças a Dora, já que Dora e Andrés Larosca seriam os protagonistas, mas também porque tudo foi planejado por ela, calculado e medido, do início ao fim, desde o anúncio no jornal *El Heraldo* até a ideia de ir de férias com Catalina e Lina para a antiga casa que a mãe de Catalina ainda possuía em Puerto Colombia, ou melhor, de se fazer convidada, já que saíam todo mês de dezembro na companhia de Berenice, cuja função era preparar comida para elas e, por teimosia, por iniciativa própria, limpar neuroticamente a poeira acumulada em doze meses resmungando o dia todo por causa de um tambor que ela dizia sentir zumbindo em sua cabeça e que se acalmava ao cair da noite, ao sentar-se no pórtico desconjuntado com um lenço embebido com Menticol na testa, e começava a contar-lhes em voz baixa os segredos mais insólitos das antigas famílias da cidade.

Dora havia compreendido que naquele ano dona Eulalia não iria alegar que a simples presença de uma cozinheira negra, em sua opinião meio maluca, pudesse constituir uma verdadeira defesa de sua honra, assim como poucos dias antes ela não havia rejeitado as afirmações de seus parentes sobre a respeitabilidade dos industriais Larosca. Porque aquela astúcia que se insinuara nela assim que decidiu livrar-se da tutela da mãe, com leveza e determinação, como um pássaro sacode a água de suas penas batendo as asas, permitira-lhe medir a extensão da nova quietude de dona Eulalia del Valle, associada não mais à sua castidade, mas a algo talvez tão importante, a posição que ela, Dora, ocuparia na alta sociedade de Barranquilla, já questionável por causa das origens duvidosas de seu pai e da nunca mencionada e odiada avó de Usiacurí que teve o mau gosto de viver e morrer sem ter enfiado algo nos pés; havia isso, mas também o descrédito que significava para uma moça de boa família trabalhar como uma pobretona quando suas amigas continuavam no colégio e algumas, as mais endinheiradas, começavam a ser enviadas aos Estados Unidos supostamente para aperfeiçoar um inglês que elas não haviam aprendido e nunca aprenderiam, no fundo, a fim de preservá-las de toda tentação em um internato de freiras e fazê-las voltar envoltas em uma aura de elegância destinada a chamar a atenção dos melhores partidos da cidade. Foi essa inquietação, confidenciou Dora a Lina, zombeteiramente — ela não tinha necessidade de se valorizar com nenhum orgulho de casta, e a ideia de figurar na sociedade então a fazia rir —, que finalmente fez sua mãe decidir-se a deixá-la trabalhar nos escritórios de Andrés Larosca, pensando, sem reconhecer, é claro, que o alto salário oferecido, quase exorbitante, lhe permitiria poupar o dinheiro necessário para apresentá-la à sociedade, isto é, comprar o vestido de baile e oferecer duas ou três recepções das quais a imprensa falaria lembrando aos entendidos que por trás do escuro Palos havia um Del Valle Álvarez de la Vega à espera de quem levasse em conta o prestígio dos sobrenomes dourados que naquele mundo de decomposição e ruína haviam constituído o único, embora às vezes avariado, baluarte da tradição. E seria o mesmo motivo, a preservação das boas relações, o que levou dona Eulalia a deixá-la partir com Lina e Catalina para Puerto Colombia, apesar de suas dúvidas sobre a capacidade de Berenice de exercer sobre ela um controle efetivo.

Dúvidas que se revelariam justificadas. Berenice, tendo passado quarenta anos de sua vida trabalhando para a gente do Prado, conhecia como a palma da mão a história de cada família, seus vícios e fraquezas, até mesmo seus crimes, mas amava Lina com a mesma paixão com que odiava o resto das pessoas e estava disposta a estender sua benevolência a qualquer uma de suas amigas, especialmente Dora, que tinha aos seus olhos, primeiro, o mérito de se assumir como mulher — embora naturalmente Berenice não tivesse expressado as coisas assim, mas dizendo: "ela pelo menos sabe onde a guarda e para que serve" —, e depois todo o encanto da adolescência com seu corpo de formas já insolentes e seus cabelos dourados enrolados em laços até a cintura, serena, centro e eixo de seu desejo, não pesada ou premente, mas imóvel, tão densa, pensava Lina, que bastaria que ela girasse em torno de si mesma para impor um movimento diferente ao mundo.

Essa Dora embriagada de prazer, impregnando cada palavra de sensualidade, até mesmo o silêncio, iria anestesiar as reticências de Berenice sem muito esforço. Entre a enorme negra cujo corpo se revestira de gordura em contato com os brancos, como o das focas obrigadas a se defender da agressão do frio, e a Dora daquelas férias de dezembro, se estabeleceu imediatamente uma corrente de cumplicidade. Berenice tomou-a sob sua proteção: protegeu-a então e depois, calando-se sobre o que se passava na mansão de Puerto Colombia, esquecendo os ruídos que se ouviam à noite no jardim e os faróis do carro que de repente perfuravam a escuridão, esquecendo tudo, ou melhor, substituindo em sua mente aquela recordação por uma história absurda de cavalos à qual ela se aferrou com sua habitual capacidade de dar voltas no mesmo relato e dele tirar uma cadeia interminável de incidentes dos quais se dizia vítima, ela e seus nervos despedaçados como sempre por causa da irresponsabilidade de Lina e Catalina que, naquela época, e com o propósito expresso de mortificá-la, resolveram montar a cavalo, não em qualquer besta de quatro patas ensinada a tolerar sela, freio, estribo e cavaleiro, mas nos únicos rocins que podiam ser obtidos em Puerto Colombia, dois animais grandes e avessos que odiavam abertamente todo o gênero humano depois de terem sofrido por dez anos um tratamento infernal transportando gado entre montanhas e pedras calcinadas pelo sol, e submetidos à crueldade de peões de difícil trato, como testemunham seus corpos cobertos de cicatrizes e aqueles olhos desorbitados que relampejavam de desconfiança e malignidade.

"Ressabiados", explicou o dono com um ar de conhecedor quando os trouxe para a mansão pela primeira vez; "assassinos", gritou Berenice ao vê-los da janela do segundo andar, razão pela qual Catalina e Lina correram para montar e sair dali enquanto Berenice terminava de descer pelas escadas a massa disforme e volumosa de seu corpo para enfrentar aquele sem-vergonha que expunha ao perigo a vida de duas crianças para ganhar oito pesos miseráveis — preço combinado por hora no dia anterior —, pois era evidente que o par de bestas iria se estatelar contra a primeira cerca ou muro que encontrassem em seu caminho, expulsá-las de mau jeito da sela, correr violentamente sem responder às rédeas, parar de repente, morder suas pernas, tudo o que naturalmente aconteceu e Berenice registrou em detalhes, isto é, encerrou em sua memória para recriminá-las até o fim de suas vidas, como fazia todas as noites espalhando iodo sobre seus joelhos ou enfaixando suas pernas machucadas com gaze borrifada com a infusão de água de melissa.

Não que Berenice não estivesse certa: se elas sobreviveram aos dois cavalos de Puerto Colombia foi porque sua juventude e excelente alimentação lhes permitira manter os ossos sólidos, ou talvez por causa da rapidez de seus reflexos, ou simplesmente do destino. Mas Lina havia notado que as lágrimas e lamentações de Berenice aumentavam à medida que as ausências de Dora se prolongavam, e, ainda mais, que ela exagerava a injustiça de sua sorte — pegar um dia o cadáver de uma menina confiada aos seus cuidados — quando os cavalos já não constituíam em si mesmos um perigo maior, não porque haviam perdido seus vícios, ou ressaibos, como dizia o proprietário, mas porque as duas tinham aprendido a conhecê-los, e por um movimento do pescoço, um tremor quase imperceptível nas orelhas, a contração de um músculo ou a mudança repentina e injustificada de trote, elas podiam prever suas intenções ou controlá-las, ou pular da sela a tempo, na pior das hipóteses, enfim, haviam conseguido estabelecer com eles um *modus vivendi*, especialmente desde que descobriram o único lugar onde aquelas bestas esqueciam seu ódio pela humanidade: uma longa, lisa, estreita praia de areia branca, uma faixa de terra que parecia se estender ao infinito entrando no mar e abrindo-o em dois, surgida de repente, nunca pisada por nenhum homem, que os cavalos percorriam a galope, alvoroçando a espuma das ondas e respirando com as narinas dilatadas o cheiro espesso de sal e iodo que a brisa trazia.

Nenhum daqueles argumentos convencia Berenice, nem entendimentos sutis nem praias privilegiadas. Na verdade, Lina veria isso claramente depois, Berenice tinha medo de que Dora engravidasse, de que alguém a descobrisse, ou talvez, muito provavelmente, de que aquela paixão terminasse em desastre. Porque Berenice sabia, por experiência, que quando os brancos se punham a amar, a tragédia pairava no ar, incapazes como eram de aceitar as coisas mais simples da vida e tão dados a complicá-las com ideias completamente alheias ao desejo súbito, mágico, efêmero de se deitar ao lado de alguém e rir e tocar e se deixar tocar até que o corpo acendesse como fogo e o sangue explodisse em borbulhas de alívio. Assim dizia todas as noites, quando, sentada nos degraus do pórtico com o lenço fedendo a Menticol na testa, via Dora afastar-se pela estrada que levava à praia, não falando com elas, que mal a entendiam, mas transformando-as no suporte do fantasma a quem se dirigia na solidão da cozinha, e cujos conselhos pareciam conduzi-la naquele momento à decisão de terminar as férias pegando o ônibus para Barranquilla o mais rápido possível, ameaças que elas acolhiam com apreensão e Dora sorrindo, pois nada parecia alterá-la ou desviá-la de seu objetivo, daquela atitude de Buda imóvel e satisfeito, mas alerta, uma coisa que devorava à noite, dormia o dia todo e acordava ao cair da tarde para se lavar, escovar os cabelos e deitar-se em uma rede no segundo andar à espera do carro cujos faróis veria na última curva da estrada, no topo da ladeira, para depois se levantar e descer gravemente as escadas, os olhos brilhantes e já ausentes, incapazes de se fixar em nada, de reparar em ninguém, concentrados na memória que levava seus passos até a praia e encurtava sua respiração como se seu corpo estivesse se preparando para vibrar em outro ritmo e bater em outra cadência.

Na luz pálida da lâmpada suspensa no teto da sala, e em meio àquele cheiro de Flit que Berenice borrifava com uma bomba vermelha assim que as primeiras nuvens de mosquitos se anunciavam ao entardecer, Catalina e Lina a observavam em silêncio, cientes da distância que separava as duas, com seus jeans sujos, seus cabelos cheios de areia, daquela figura imaculada que avançava com os mamilos eretos sob a popeline da blusa e as pernas brancas e desafiadoras na nudez dos shorts, exalando um cheiro almiscarado, perfume e emanação da pele ao mesmo tempo, depois de ter dormido e jejuado o dia todo obedecendo talvez a um instinto, a um ritual, a uma confusa cerimônia de preparação cujo significado Berenice captava quando servia um prato na hora do almoço e o colocava ao lado das brasas do fogão sem dar explicações.

Elas poderiam ter seguido Dora, mas não seguiram. Poderiam até ter caminhado a seu lado na certeza de que Dora nem as veria, como se elas, Catalina e Lina, fizessem parte da paisagem, pedra, nuvem, tronco, brisa, nenhuma consciência, e mesmo assim, Dora também não teria se importado; não por impudor ou exibicionismo, mas porque então existia dentro de uma órbita na qual só captava a energia do mundo de certa maneira, que alguém poderia ter qualificado como amor, mas que, no entanto, transcendia esse conceito na medida em que era uma comunicação total com o universo, já que ao se acoplar, diria anos depois a Lina, sentia cada coisa se acoplando com ela, sentia, dizia angustiada, procurando laboriosamente palavras, que seu ato se repetia ao infinito?, sugeriu Lina, e ela assentiria aliviada, quase feliz, sim, disse, repetido pelas gaivotas que cruzavam o céu, até pelos grãos de areia que se juntavam na praia.

Era normal então que ela não se escondesse nem fingisse, e normal também que não sentisse remorso apesar dos anátemas de dona Eulalia, porque naqueles dias Dora não encontrava nenhum traço de semelhança entre ela e sua mãe, e pelo alvoroço de seu sangue teria sido impossível para ela identificar-se com aquela anacoreta entrincheirada em seu rancor, envelhecendo em uma cadeira de balanço à margem da vida, que, no entanto, inspirava ternura, ternura suficiente ao menos para tê-la escutado pacientemente desde os nove anos de idade e ter se deixado possuir, absorver, dominar por ela, até que o chamado de seu corpo foi mais forte que sua palavra, e se retirou, a deixou de lado, sem feri-la, simplesmente não a escutando, não prestando atenção nela, e talvez também para não magoá-la, escondendo cuidadosamente aquelas relações que ela não pretendia esconder de ninguém, pois qualquer uma das pessoas que habitavam com ela o antigo casarão poderia sem rejeição de sua parte segui-la, acompanhá-la ou antecedê-la quando ela se dirigia à praia, o que Catalina e Lina jamais fizeram porque uma voz, um pressentimento lhes anunciava que segui-la era tomar o caminho onde a infância morria.

Então elas não a seguiram, mas a encontraram, ou melhor, os viram, Dora e Andrés Larosca fazendo amor. Em um sábado ao entardecer, um estranho entardecer em que a lua e o sol brilhavam juntos no céu e elas cavalgavam pela estreita faixa de areia branca seguindo de surpresa os rastros de um carro que ousara penetrar naquele lugar inviolável, aventurando-se muito mais longe de onde costumavam chegar até descobri-lo, o carro, e ao fundo, duas figuras nuas voltando do mar em direção à praia. Elas não apearam, mesmo a cavalo e a vinte metros de distância não foram vistas. Mas viram: Dora com a cabeça abandonada no ombro de Andrés Larosca, as mãos dele percorrendo seu corpo: Dora deslizando na areia, o membro de Andrés Larosca erguendo-se contra o reflexo dourado do mar. E viram Dora pegar aquele membro entre os dedos, brincar com ele, aproximá-lo do segredo mais recôndito de suas pernas e lá apoiá-lo, uma e outra vez, seguindo o ritmo das ondas que remontava a maré, rápido, cada vez mais rápido até que seu corpo foi retesando-se como um arame, curvando-se como a corda de um arco para de repente cair inerte na areia proferindo um gemido de gaivota ferida, de sereia surgida do oceano, enquanto aquilo que ela tinha entre os dedos entrava nela, e Lina e Catalina, eretas em seus cavalos, contemplavam deslumbradas aquelas duas silhuetas que já eram uma só, um único movimento de fluxo e refluxo entre a luz incomum de um céu onde a lua avançava com a escuridão e o sol se fundia no horizonte.

III.

No princípio não tinha sido o Verbo, dizia sua avó, porque antes do Verbo houvera a ação e antes da ação, o desejo. Em sua origem, qualquer desejo era e sempre seria puro, anterior à palavra, alheio a qualquer consideração de ordem moral; tinha em si mesmo a faculdade de se equilibrar, possuía naturalmente um mecanismo preciso e certeiro de regulação. Mas como, para sobreviver, o homem tinha de tolerar a vida em comunidade, e como a vida em comunidade pressupunha a existência de desejos individuais convergentes e divergentes, isto é, capazes de associar ou dissociar, de construir ou destruir, de fazer reinar a harmonia ou provocar o caos, tinha sido necessário inventar uma estrutura de valores adequada a cada circunstância, e o desejo, perdendo sua inocência primitiva, enquadrava-se, assim, nas categorias do bem e do mal. É por isso que o homem só podia inspirar piedade, pois ele era o único ser que, para viver, morreu duas vezes; porque de uma de suas mortes ele tinha a consciência mais terrível, e da outra, o esquecimento mais tolo: começava a morrer antes de nascer e sabia disso, morria quando começava a viver e ignorava: não sabia que sua vergonha diante do desejo vislumbrado, sua dor diante do desejo reprimido, aquela sensação intolerável de vazio que acompanhava sua diária, repetida, infinita frustração, era um preço e nada mais do que um preço; uma simples troca, um intercâmbio; não tinha outro valor senão o ato de comer ou beber e, como a vida, carecia de sentido, já que o sentido da vida nunca nos seria revelado. Mas se, apesar de tudo, insistia-se em continuar a viver, era melhor compreender então que os problemas que surgiam quando se confrontava o desejo com a realidade social poderiam ser superados se não se perdesse de vista o caráter relativo de seus preceitos, as vantagens que sua repressão muitas vezes oferecia e, sobretudo, se se conseguisse nadar com certa capacidade de deslizar entre as águas proibidas sem ficar frente a frente com as sanções ou se deixar alienar pela própria rebeldia. Em outras palavras, que cada indivíduo, de acordo com sua vitalidade, sua avidez, seu temperamento ou sua capacidade de enfrentar o risco, era obrigado a encontrar um novo equilíbrio entre as exigências de seus desejos e os imperativos da realidade. E era ali que tudo estava em jogo. Mas quase ninguém sabia disso.

Andrés Larosca provavelmente não sabia que, ao comer do fruto chamado proibido, teria encontrado nele o conhecimento de sua própria sexualidade e, portanto, um primeiro vislumbre de si mesmo, uma primeira porta entreaberta diante da personalidade ignorada, esquecida dia após dia na repetição de atos que, escapando à sua autonomia, no entanto, lhe davam um senso de coerência com o mundo no qual lhe coubera nascer e viver, embora nisso perdesse a liberdade, vislumbrando subitamente essa liberdade e, ao mesmo tempo, a possibilidade de assumi-la assumindo-se, com tudo o que isso acarreta de solidão, conflito e risco; e então fechando a porta. Nada mais fácil quando tudo havia sido disposto para impedi-lo de abri-la. Bastava-lhe muito pouco, parar de encontrar em Dora seu reflexo, cortando pela raiz essas relações, ou, mais sutilmente, aceitando o julgamento que seu pai e seus irmãos poderiam fazer sobre Dora: o julgamento dos homens, o da cidade. A partir desse momento, Dora ficava desamparada: não tinha nenhum elemento de análise que lhe permitisse entender o que passava pela mente de Andrés Larosca — supondo que algo disso passasse por sua mente ou marcasse de alguma forma sua consciência —, e estaria sujeita às suas mudanças de humor, suas contradições e caprichos.

Embora Lina, na época, não entendesse muito das explicações de sua avó, e embora fosse intolerável para ela imaginar que o rei viking, o homem nu visto de um cavalo contra o reflexo do mar, caísse na banalidade de desprezar uma mulher apenas por ter se entregado a ele, ela estava ciente de que as relações entre Dora e Andrés Larosca se deterioravam, e Lina se sentia impotente quando a via entrar em sua casa a cada anoitecer e sentar-se no terraço para esperar que ela fizesse suas tarefas, para não lhe dizer nada, pois de repente Dora se isolara do mundo, se dobrara sobre si mesma e passava horas em frente ao terraço no escuro, em silêncio, olhando com dolorosa perplexidade para as árvores do jardim. Finalmente, uma noite ela falou, uma noite ela entrou na sala de jantar onde Lina estava estudando e, abrindo a mão, deixou cair sobre a mesa um punhado de anéis e pulseiras: de metal, com águas-marinhas e corais. "Olhe", disse ela, "ele me deu isso." Em seguida, caiu no choro.

Se soubesse o que estava acontecendo, dona Eulalia teria podido comemorar naqueles dias seu triunfo e sua derrota: tudo se ordenava de acordo com seu esquema, ela estava certa, Dora pelo menos lhe dava razão: o sexo era sujo, os homens, ignóbeis: ignóbeis porque insistiam em levar a mulher ao ato pelo qual iriam desprezá-la, um ato que, se provocava seu desprezo, obviamente tinha de ser sujo. Não havia outra maneira de contornar isso. Em vão, Lina tentava lhe explicar que o verdadeiro problema se resumia à opinião que ela, Dora, estava formando a respeito de si mesma. Não porque Lina tenha percebido então o processo que associa o sentimento de falta à necessidade de castigo, nem por ter compreendido as reflexões da avó quando falava da insensatez de transformar o olhar dos outros em espelho. Mas aquele lhe parecia o melhor argumento de que dispunha, convencer Dora de que ela não merecia a humilhação, o vexame, o desprezo, que não estava perdida, como dizia chorando em um canto da sala de jantar, e que poderia muito bem devolver a André seus anéis de araque e seu emprego de secretária deixando naquela história algum padecimento, é verdade, mas não necessariamente sua dignidade.

A palavra "dignidade" seria para Lina o primeiro sinal de alerta, a revelação de sua incapacidade de alcançar a mente de Dora através de conceitos que pareciam resultar-lhe estranhos, até perturbadores. Foi assim que descobriu que durante meses havia estado falando ao vento, porque Dora, fingindo compreendê-la, assentindo com um movimento da cabeça às suas afirmações, nunca a ouvira, e não por causa de uma secreta má-fé ou hipocrisia, mas pela mais simples inépcia para apreender o significado de certas palavras que deixava entrar nos ouvidos e depois esquecia, como esquecia no colégio as lições aprendidas de cor, reduzindo seu vocabulário aos nomes essenciais para o viver mais imediato, mas estabelecendo entre eles o menor número possível de relações, por preguiça mental, ou talvez por uma forma de resistência desenvolvida inicialmente para escapar da voracidade de dona Eulalia, e depois aplicada automaticamente, usada à maneira de um reflexo condicionado diante de qualquer conversa, transformando cada diálogo em um monólogo que criava entre ela e seu interlocutor uma parede invisível, impalpável, feita de gentileza e passividade, mas parede e, como tal, impenetrável, Lina descobria tentando fazê-la entender que nem a reação de Andrés Larosca, nem as condenações de dona Eulalia, nem os personagens assépticos do cinema americano, os Tyrone Power e os John Wayne que só com os olhos tocavam suas não menos imateriais companheiras, deviam forçá-la a projetar de si mesma e diante dela a imagem abjeta em que ela concordava em se reconhecer, pois tudo era relativo — outra palavra que a faria pestanejar, embora Lina, adivinhando sua perplexidade, falasse de velhos esquimós abandonados na neve e de camponeses franceses para quem a morte de uma vaca importava mais que a de um filho —, relativo, insistia consciente da inutilidade de seu discurso, conservando a duras penas a paciência quando, apesar de seus exemplos, os olhos de Dora se turvavam, com espanto e recusa em sair do único retângulo amuralhado de seu cérebro, e depois, de lágrimas que não buscavam despertar solidariedade ou compaixão alguma, mas estavam de luto próximo diante da catástrofe definitiva, tanto mais definitiva quanto mais tempo se prolongava e Dora ia afundando, escorregando naquela situação que tinha tomado um rumo sem dúvida degradante desde o dia em que encontraram Andrés Larosca no Country e ela lhe falou ingenuamente de dignidade.

Passou-se um 20 de julho que por muitas razões ficaria gravado na mente de Lina, entre outras por ter recebido o tão invejado *blue jean* americano de Catalina, pois foi assim que a manhã começou, com Catalina entrando em sua casa com um saco de papel que continha seu velho *blue jean* desbotado e enfiada em outro igual, mas novo, depois as duas foram procurar Isabel e Dora a pé para se divertirem no que parecia ser um 20 de julho como os outros, uma daquelas festas do Country que começava com corridas de burros, saltos, obstáculos, continuava com um descomunal almoço de vitelos assados na brasa da noite anterior e terminava na pista de dança, quando por volta das sete horas o microfone da orquestra anunciava que os jovenzinhos deveriam se retirar.

Andrés Larosca não teria tido a menor dificuldade em supor a presença de Dora na festa, e se o incomodava tanto encontrá-la na presença de sua família, então que se abstivesse de mandar a esposa e os filhos sozinhos, em vez de fazer aquela cara quando as viu aparecerem depois do almoço e sentarem-se na mesa vizinha em companhia de outros amigos. Ele cumprimentou Dora com um gesto glacial e mal se dignou a olhar para elas. Aparentemente, sua indiferença respondia à sua prudência elementar destinada a afastar qualquer suspeita da mente de sua esposa, mas na realidade, Lina descobriria algumas horas depois, Andrés Larosca estava furioso. Ver Dora ali, na mesa contígua, ao lado de sua família, era intolerável para ele. Talvez por já ter aceitado o julgamento dos homens, e depois de vários meses de relações contínuas e remuneradas (aquele salário teria pagado três secretárias capazes de, pelo menos, teclar na máquina de escrever sem erros ortográficos), Dora não passava do passarinho aprisionado, da mocinha de quinze anos seduzida, da aventura, da excitação, do risco, uma simples amante. E a amante, estando ali associada à mulher de cor, mulata-negra-criada-puta e, portanto, pertencente à classe inferior de forma visível, nunca tivera o status social da cortesã ou da *maîtresse*, Lina ouvira a avó comentar várias vezes, especialmente quando terminava um daqueles romances que eram enviados regularmente da França e através dos quais ela parecia encontrar a nostalgia de remotos amores já esquecidos. Lina havia notado que a palavra "amante" variava de tom conforme fosse pronunciada por sua avó ou por seu pai, e há algum tempo suspeitava que a interpretação de seu pai correspondia à do povo, especialmente à de Andrés Larosca, dado seu comportamento estranho, mas apesar das lágrimas de Dora na sala de jantar de sua casa era impossível para ela imaginar que qualquer sentimento, inclusive o desdém, poderia ser traduzido na aversão expressada pelo tom de Andrés Larosca quando se pôs a insultar Dora nos *lockers* do Country naquele 20 de julho, censurando-a por ousar participar de uma festa sabendo que sua esposa poderia encontrá-la, não o risco de trair ou expor seus relacionamentos, mas o insulto de impor sua presença à esposa, como se pertencesse a outra espécie e tivesse tido os quatro filhos por partogênese, Lina pensava ouvindo-o falar da galeria, sem vê-lo — os *lockers* estavam escuros e lá Andrés Larosca levara Dora depois de fazer um sinal discreto com os olhos assim que a esposa voltou para casa —, vendo apenas a porta entreaberta, querendo empurrá-la com um golpe, chutar o chão, silenciar de alguma forma aquela voz ferina tirando Dora de sua submissão, já que Dora não conseguia pensar em outra coisa a não ser se desculpar e pedir perdão e lamentar sua inocência até que Lina não aguentou mais e, ficando na ponta dos pés, começou a chamá-la do jardim, escondeu-se atrás de uma palmeira e esperou, cinco, seis minutos em que nada se ouviu, e então a sombra de Andrés Larosca cruzou em frente à palmeira enquanto deslizava furtivamente pela calçada que subia até a porta principal do Country, deixando-a finalmente livre para ir resgatar Dora, pois essa foi a impressão que teve, de salvá-la, de libertá-la da humilhação quando a encontrou encolhida no chão em frente ao *locker* de Catalina sacudida pelas lágrimas, e começou a explicar-lhe que nem Andrés Larosca tinha o direito de falar com ela daquela maneira, nem ela, Dora, qualquer razão para suportá-lo, se considerasse que no final não era obrigada a compartilhar suas opiniões, o que poderia fazê-la sofrer por refletir uma ausência de amor ou ternura, mas não por causar vergonha, ela insistia enxugando as lágrimas com seu lenço, e lhe bastava deixar o escritório e nunca mais vê-lo para recuperar sua dignidade intacta. Foi então que Dora a encarou, como se pela primeira vez estivesse assimilando o que ouviu, e seus olhos assumiram uma expressão incrédula. "Lina", murmurou, "o que você está dizendo é completamente imoral."

Assim, dona Eulalia poderia ter celebrado seu triunfo: definitivo se Dora tivesse parado por ali e, como seu avô, se flagelasse, ou se isolasse em um convento, ou buscasse qualquer outra forma de purificação. Mas, apesar de admitir sua falta, Dora parecia incapaz de pôr um fim às suas relações com Andrés Larosca e continuou a trabalhar em seus escritórios até que ele mesmo tomou a decisão de demiti-la. Já então ela havia concordado em sofrer, em receber tratamento humilhante como expiação — embora fosse impossível saber ao certo se foi o castigo que deu origem nela ao sentimento de culpa, ou se seu próprio sentimento de culpa provocou o comportamento de Andrés Larosca, ou seja, o castigo. De qualquer forma, e sem qualquer cinismo da sua parte, qualquer humilhação caía em Dora como uma luva, porque naquela época, ela diria anos depois a Lina, tinha necessidade de um homem, de suas mãos, sua boca, suas carícias, por isso estava disposta a pagar o preço que lhe fosse pedido. Mas todo pecado exigia ser redimido: assim, além de seu triunfo, dona Eulalia poderia ter celebrado ao mesmo tempo sua derrota.

O pecado tinha um caráter indelével e, por caminhos tortos, buscava sua expiação. Ninguém sabia o que tinha acontecido entre Dora e Andrés Larosca: ela, Lina, só tinha contado à sua avó, e sua avó mantinha o hermetismo de uma pedra; Catalina guardava zelosamente para si aquela lembrança da praia; Berenice ainda se espantava com a visão dos cavalos. E, no entanto, Dora acreditava que seu nome corria de boca em boca e, ao se recusar a voltar ao Country, dizia que sua reputação estava perdida. Uma reputação em que nunca pensara e cujo valor de repente assumia as dimensões que lhe foram atribuídas por dona Eulalia del Valle, para quem o casamento era a única salvação na vida e a virgindade, o único acesso ao casamento. É claro que, uma vez perdida a virgindade, Dora não podia pretender se casar com nenhum dos meninos que iam ao Country, a menos que encontrasse um médico disposto a remediar o agravo com uma operação. Podia fazer isso ou esperar a chegada de um gringo providencial, mas ambas as soluções exigiam um certo estado de ânimo, a disposição para encarar as coisas e, da mesma forma, de controlar ou silenciar por um tempo as exigências de seu corpo recorrendo àquelas extravagâncias que dona Eulalia aconselhava, as cânforas, por exemplo. Abordado dessa forma, o problema parecia corresponder à versão de Dora, ou seja, ao que Dora dizia a Lina naqueles dias como explicação para sua recusa em retornar ao Country, a vergonha de encontrar ali Andrés Larosca, ele e todos os homens que o frequentavam, supondo que o desprezo de um membro de uma casta pressupunha o da casta inteira, e inclusive o justificava. Em outras palavras, Dora parecia disposta a perder os direitos inerentes ao seu sobrenome — o de Valle Álvarez de la Vega continuava a ser, apesar dos Palos, uma boa carta de apresentação, e sua qualidade de órfã de sócio lhe permitia ir ao Country até seu casamento — acreditando, ou sentindo, ou imaginando, que descer à classe média, onde centenas de garotas acompanhavam invejosamente sua vida de moça de bem através da página social dos jornais, fazia parte do ostracismo que sua falta merecia. E talvez fosse verdade, de qualquer forma, talvez Dora acreditasse sinceramente, e então tudo se explicava, sua decisão de não aparecer na sociedade seis meses mais tarde no grande baile de 31 de dezembro, sua ausência repetida nos chás e nas costureiras, e até mesmo sua amizade com Annie.

Mas quando Lina começava a ver com um pouco mais de clareza tudo aquilo, acreditando que entendia melhor as implicações do complexo conceito de inferioridade, tão em voga no colégio para explicar os comportamentos agressivos de certas alunas, sua avó começou a elaborar uma interpretação diferente que a deixou perplexa naquela época e durante anos, pois só conseguiu especificar exatamente o significado de suas palavras muito tempo depois, e visualizá-las, encontrar seu eco, em Paris, em um dia de primavera de 1978 à saída do Balzac, depois de terem visto o filme *À procura de Mr. Goodbar*, não porque a personalidade de Dora se assemelhasse minimamente à da heroína, mas porque ambas sabiam mais ou menos instintivamente onde podiam encontrar o homem que procuravam, ou, em todo caso, onde nunca poderiam encontrá-lo, já que para sua avó a recusa de Dora em frequentar o Country não poderia ser explicada em termos de vergonha ou complexo de inferioridade, mesmo aceitando que ela acreditasse nisso, mas de olfato, de um perfeito senso de orientação semelhante ao que guia os animais na época de acasalamento e que a levava sem perda de tempo à classe média, aos homens ambiciosos ou resignados, brilhantes ou medíocres, mas em última análise menos polidos, menos domesticados pelo exercício da cortesia, entre os quais mais cedo ou mais tarde encontraria o único exemplar capaz de substituir Andrés Larosca, ou melhor, de satisfazer as necessidades que a experiência com Andrés Larosca teria criado nela.

Lina intuía obscuramente que as nuances daquele raciocínio ainda não estavam ao alcance de sua compreensão e, como sempre, quando sua avó entrava no espaço onde, inexoráveis e secretas, imperavam as forças que governavam o comportamento das pessoas, perdia a capacidade de refletir e ficava olhando angustiada para aquela figura inefável, minúscula como uma menina de sete anos, que se balançava lentamente na cadeira de balanço enquanto o futuro ia se desenrolando diante de seus olhos, e com seis meses de antecipação a sombra de Benito Suárez começava a tomar forma, precedida, anunciada, implícita em Annie, aquela amiga de Dora surgida do nada, pois Annie foi um meteorito que cruzou suas vidas com a luz e a velocidade de uma pedra vinda do céu e trazendo em si a intenção de fundir-se e desintegrar-se, deixando-lhes uma recordação imprecisa, vaga como tudo o que a rodeava, três tias em um vilarejo de Magdalena trancadas em uma casa habitada por fantasmas e um pai de nome e profissão desconhecidos que aparentemente vivia na cidade e a cuja proteção Annie se confiara fugindo das tias, enfim, havia isso, seu corpo pequeno e frágil e dois olhos enormes piscando de espanto diante do mundo, isso e seu amor pelo dr. Jerónimo Vargas, que acabara de terminar seus estudos em psiquiatria e era o melhor amigo de Benito Suárez.

Dona Eulalia viu Annie chegar um dia com o mesmo horror que teria sentido ao ver um verme deslizar pela fresta de sua porta e, sem deixá-la desfazer as malas, imediatamente a colocou na rua, razão pela qual Annie foi parar na casa de Lina, ou seja, sua avó disse a Berenice para arrumar um quarto e lá Annie se instalou por uma semana, não comeu nem dormiu, mas depositou a mala sobre a cama e veio duas ou três vezes tomar banho levando chocolates a Berenice para agradecer-lhe por lavar e passar suas calças pretas, estilo toureiro, e suas camisas xadrez, o traje com que costumava pegar um ônibus na 72, andar pelas ruas comprando nas lojas Coca-Colas e sorvetes, seu único alimento, e passar horas em pleno sol diante do consultório do dr. Jerónimo Vargas, à espera de que ele aceitasse recebê-la, chamando-a com um gesto da janela, depois atravessando a rua, entrando, despindo-se e fazendo amor, ou, se tivesse sorte, enfim, se o dr. Jerónimo Vargas assim decidisse, acompanhá-lo a bares barulhentos frequentados por prostitutas e arruaceiros, onde Annie, pestanejando, de repente o via arrastá-la para um quarto e jogá-la sobre um catre cheirando a esperma, urina, suor, sem protestar, sem expressar nada além de gratidão, porque o dr. Jerónimo Vargas fora seu primeiro psiquiatra, seu primeiro amante e ela dizia amá-lo, continuou dizendo isso mesmo quando ele não queria mais vê-la e Dora tentou recolhê-la em sua casa, e talvez tenha sido isso o que ela lhe disse na noite em que, depois de ter tomado todos os frascos de remédios para dormir e tranquilizantes que o médico havia lhe dado, ligou para ele do telefone público onde a polícia a encontrou no dia seguinte com o fone na mão, o que permitiu localizar o número da pessoa com quem Annie estava falando antes de adormecer para sempre.

Assim, foi através de Annie que Dora conheceu Benito Suárez, e assim como Annie, começou a vê-lo secretamente usando diferentes pretextos, ir ao Country, visitar Lina, ir à costureira, e com a cumplicidade de uma tal Armanda que então dona Eulalia tinha como criada, herdeira de todos os anéis de água-marinha e coral presenteados pelo já esquecido Andrés Larosca, uma bela índia de olhos amarelos, amante de vários soldados e provavelmente apaixonada por Dora.

Porque Dora naqueles dias era mais do que uma mulher: macia, polpuda, indolente, seus olhos pareciam acariciar tudo o que tocavam e no abandono de seu corpo havia algo que clamava para ser tomado, do qual se ressentiam homens e mulheres, até mesmo animais, havia percebido Lina quando a via entrar em sua casa e algum dos setters se balançava em cima dela tentando se masturbar contra sua perna. Se àquela sensualidade se acrescentava o controle severo de dona Eulalia, suas complicações para sair na rua, era fácil entender o fascínio de um Benito Suárez que nunca tivera oportunidade de conhecer nenhuma das herdeiras dos antigos sobrenomes, sempre envolto no mistério do proibido, do inacessível, das irmãs e futuras esposas de seus colegas de universidade distantes que podiam estudar menos e não se preocupar tanto, na segurança de encontrar em seu regresso as influências e cumplicidades necessárias para obter uma posição à qual ele, Benito Suárez, jamais poderia aspirar com anos e anos de trabalho.

O que ele aspirava era encontrar uma virgem, uma mulher que lhe fosse fiel antes mesmo de nascer para nunca ver seu nome arrastado para a lama, murmurado zombeteiramente por outros homens, motivo de escárnio na cidade, e isso apesar de ter digerido Nietzsche desde os vinte anos de idade e estar convencido de que toda a humanidade constituía o resto, e ele, Benito Suárez, era superior a todos pela força, nobreza de alma e desprezo.

Mas suas contradições não pareciam perturbá-lo muito: se limitava a vivê-las separadamente, desdobrando-se em infinitos personagens antagônicos, e foi assim que, depois de ter agoniado Dora por dois meses com a teoria segundo a qual um espírito superior é necessariamente cético, não limitado por moral ou ideologias, ele acabou chicoteando-a pela história de sua virgindade perdida. A mais surpresa pela mudança foi Lina, porque Lina, como confidente de Dora, estava ciente de todos os discursos de Benito Suárez sobre a idiotice própria das mulheres e do povo, os imbecis que precisam se apegar a uma religião, procurar um absoluto, se definir em função de um sim ou não, e ela fizera o impossível para traduzir aquela língua para Dora toda vez que esta chegava em casa atordoada depois de ter passado uma hora ouvindo Benito Suárez falar em qualquer sorveteria, entendendo de antemão a futilidade de seu esforço, mas dizendo a si mesma que talvez esse fosse o homem providencial, o único disposto a morrer de rir dos preconceitos de Barranquilla, porque assim que Lina leu os dois livros de Nietzsche que sua avó rapidamente lhe passou quando descobriu (sua avó) de onde vinham as teorias de Benito Suárez, não teve dúvidas de que um indivíduo tão seguro de seu desprezo pela sociedade, tão acima de escrúpulos e convenções, podia muito bem amar Dora como ela era, enfim, como ela tinha ficado depois de passar pelas mãos de Andrés Larosca, e começou a esperar o melhor desenlace possível sem prestar atenção às reservas de sua avó, que, do vaivém plácido de sua cadeira de balanço, insistia que o Nietzsche de Benito Suárez tinha a mesma razão de ser de sua bengala, que não se tratava de engano, mas apoio, e provavelmente uma coisa que ele agarrou com desespero, porque Benito Suárez era filho de dona Giovanna Mantini e ela, sua avó, conhecera dona Giovanna Mantini quando ela chegou de Turim casada por procuração com José Vicente Suárez, nos dias em que Mussolini organizava a marcha sobre Roma e o irmão de dona Giovanna dirigia o primeiro jornal fascista de Turim.

Anos depois da morte de sua avó, Lina encontraria várias vezes aquela dama italiana que, apesar da idade, conservava a energia furiosa de um caudilho determinado a transformar o mundo, ainda convencida da necessidade de educar a juventude sob o lema "acreditar, obedecer, lutar", e repetindo de memória os discursos do *Duce*, aquele gênio capaz de conceber a criação de um novo homem ao tirá-lo do berço e só devolvê-lo ao papa depois de sua morte. Instruções que dona Giovanna Mantini seguiu à risca aplicando-as ao único filho que teve, Benito Suárez. Aplicando-as com ferocidade, pois dona Giovanna havia entendido desde o primeiro momento que não só teria de lutar contra a perversão natural do homem, mas também contra a inferioridade genética que aquele filho herdara do pai e a cujo desenvolvimento a frouxidão da cidade se prestava como um criadouro. A ideologia fascista de dona Giovanna explicava em parte seus métodos pedagógicos — que ela mesma havia fabricado, por exemplo, um chicote e duas algemas de couro com as quais segurava o filho, já com quatro anos, para açoitá-lo até sangrar quando ele cometia uma falta —, mas não esclarecia em nada sua decisão de se casar com o advogado José Vicente Suárez contra a vontade de sua família, levando em conta que José Vicente Suárez era mulato e o racismo de dona Giovanna parecia estar impresso em seus cromossomos, enfim, nem sequer discutia a inferioridade da raça negra, tanto que a tomava como certa, é óbvio, então teria sido necessário fazê-la retroceder em sua memória àquela Turim de seus vinte e cinco anos, quando através de seus irmãos conheceu José Vicente Suárez, um exótico latino-americano que foi para a Europa a fim de se especializar em direito internacional, seduzido pelo fascismo e como seus irmãos vestindo a camisa negra e gritando sua adesão ao *Duce* nas manifestações, perguntar-lhe por que ela, dona Giovanna, tão loira, com os olhos tão azuis, havia concordado em unir sua vida à daquele mulato, que rebeldia sua resolução escondia, que vingança ou desencanto, pois a única explicação oferecida, sua crença de que todos os latino-americanos eram assim, não era convincente e de amor teria sido incongruente falar-lhe. Não, nunca houve amor entre ela e José Vicente Suárez. Talvez paixão, isto é, um súbito desejo sexual reconhecido na vergonha e como tal canalizado mais facilmente para um homem considerado inferior. Mas, sendo assim, esse sentimento não sobreviveu à chegada de dona Giovanna Mantini a Barranquilla. Pois quando o navio que a trouxe atracou no porto e dona Giovanna viu os quarenta e cinco parentes de José Vicente Suárez esperando por ela no cais em meio a uma bebedeira descomunal, e junto deles outros homens e mulheres de pele branca e cabelos lisos, sem nariz chato, sem beiço, e, sobretudo, não bêbados nem cumprimentando com risadas seus companheiros de viagem, dona Giovanna sentiu horror: deixara uma Turim envolta nas brumas do outono e uma casa de mármores austeros localizada na margem direita do rio Pó: diante de seus olhos agora se estendia um rio cor de lama, imenso, exalando um cheiro podre de jacaré, de animal morto, de manguezais em decomposição desde o início dos séculos. Pensou que ali, naquelas margens, as paredes de um palácio e as torres de uma catedral nunca poderiam se elevar. Pensou que naquele céu de vidro derretido nunca voariam andorinhas, mas aquelas aves de rapina com asas empoeiradas que pareciam viver apenas do que morria e se decompunha sob o sol. Mas não chorou, diria a Lina enxugando uma lágrima inusitada na tarde em que contou a ela como tinha chegado à cidade. Nem então, nem cruzando o canteiro central de Barranquilla no brilho efervescente da manhã, entre um enxame de vendedores e mendigos; nem chorou durante as oito horas que duraram a viagem até Sabanalarga, o vilarejo onde vivia o marido, nos seis carros alugados para a ocasião, que pulavam os impiedosos buracos da estrada descobrindo uma paisagem de restolho e vacas esquálidas e como que sobrecarregadas de calor, e paravam a cada dez minutos por causa das premências urinárias de seus ocupantes, mais bêbados e barulhentos à medida que as garrafas de rum prata continuavam a circular junto com arepas, torresminhos e ovos de iguana, alimentos rotulados como bárbaros por dona Giovanna, como bárbara lhe pareceria Sabanalarga com aquelas casas de adobe iluminadas por lâmpadas de querosene e o ar das ruas já escuro, mas ainda quente e irrespirável e cheio de mosquitos. Assim que entrou na vila, dona Giovanna viu algo que contaria com risos desenfreados anos depois ao dizê-lo a Lina, e ainda assim, observando a precisão infinita com que se lembrava, Lina teve uma ideia do quanto aquilo a havia afetado: viu uma procissão, uma procissão da Virgem. Embora filha de um socialista, dona Giovanna teve uma mãe que soube incutir nela o respeito ancestral dos italianos pelos símbolos religiosos, e a Virgem, fosse ela representação de uma ideia, objeto de culto dos iletrados ou inspiração dos grandes mestres, constituía para ela uma imagem diante da qual seu coração se movia involuntariamente. Assim, encontrar-se de repente, entre a poeira das ruas e aquele calor perene, material, irremediável de Sabanalarga, com uma Virgem conduzida em um andor por bêbados, a ponto de cair a cada movimento, desfigurada, com um vestido decotado de cetim carmesim e carregando como faixa cruzada no peito uma placa: "*Égalité de Jouissance*", que tinha surgido sabe-se lá de onde e que o pobre padre da aldeia tomava por uma piedosa invocação em latim, foi, ela diria a Lina, mais do que ela poderia resistir, o ponto final. O fim se traduziria em uma espécie de não começo, na recusa categórica de dormir com o marido enquanto viveram em Sabanalarga, pelo que José Vicente Suárez viu-se obrigado a instalar-se em Barranquilla, abandonando os parentes e uma carreira política promissora por uma mulher cujos olhos azuis brilhavam de desprezo por ele, pela sua família e por suas prerrogativas de filho de maioral, para irromper em uma cidade onde seria sempre considerado um provinciano, um advogado de segunda categoria a quem qualquer ascensão seria impossível, dada a sua falta de relações e a cor de sua pele, obtendo assim nada mais do que o privilégio incerto de fazer amor com a mulher que na boa lógica lhe pertencia tanto quanto uma mula ou um bezerro, mas que, doente de insolência, se permitia opor-se aos seus desejos, e não à maneira das fêmeas, isto é, com lágrimas, súplicas ou pudor, mas à ponta de insultos e golpes, porque desde o início e durante anos as relações entre José Vicente Suárez e dona Giovanna Mantini desenvolveram-se como uma batalha campal em que ambos atiravam um no outro cadeiras, vasos e quadros, e na qual José Vicente Suárez nem sempre levava a melhor: por duas vezes saiu-se mal e em uma ocasião foi necessário praticar uma lavagem estomacal de emergência, quando dona Giovanna, depois de ter recebido uma surra que a deixou na cama por quatro dias, de repente lembrou-se dos métodos de um certo compatriota seu e resolveu jogar raticida no café que a empregada servia ao marido pela manhã, procedimento que, se não o matou, o deixou pelo menos curado do susto, pois desde então, dona Giovanna dizia a Lina com os olhos azuis radiantes de malícia, aquele infeliz se absteve de esbofeteá-la, insultá-la, quebrar seus móveis e outras grosserias, deixando-a sozinha na educação de seus filhos, uma menina e Benito Suárez.

Lina nunca soube por que dona Giovanna não havia tentado voltar para Turim. A Itália que suas memórias evocavam tinha a nostalgia desesperada e fugitiva de um cartão-postal: havia igrejas e palácios, ruas sinuosas e escuras, campos banhados por uma luz rósea e transparente. Às vezes, ouvindo-a falar, Lina pensava que sua ideologia era uma forma de se aproximar daquele passado e, quem sabe, também, sobreviver em uma cidade à qual nem havia tentado se adaptar. De qualquer forma, dos efêmeros princípios socializadores do fascismo, dona Giovanna não parecia ter conservado muita coisa. Da religião de sua mãe, nenhuma outra: os homens se dividiam em fortes e fracos, distinção, ela notava, estabelecida pela natureza, e à qual toda sociedade tinha de se curvar para obter civilização e ordem, até, uma atônita Lina a ouviria dizer, para obter algo tão agradável de se olhar quanto suas mãos. Aquilo das mãos veio à mente depois de uma longa discussão que Lina teve com ela sobre a injustiça implícita na política de Mussolini, quando diante da necessidade de admitir que o fascismo havia traído as esperanças operárias, dona Giovanna afirmou tranquilamente que a injustiça social era uma condição da arte, da ciência e da beleza, pois milhões de homens haviam sido sacrificados à construção da Grande Pirâmide, ao ócio indispensável à atividade de escritores e filósofos, e também daquelas mãos suas preservadas por séculos de trabalho, de calor e frio. Argumento que não só faria Lina olhar desconfortável para suas mãos até o fim de seus dias, mas que também a convenceu da impossibilidade de voltar a discutir política com dona Giovanna. Porque, dada aquela absoluta falta de escrúpulos, resultava pueril buscar um terreno de entendimento ou tentar fazê-la mudar suas ideias; mas também porque, no fundo, os escrúpulos de Lina a impediam: dona Giovanna tinha então muitos anos, e não era na sua idade, quando tudo tinha sido jogado, ganhado ou perdido, o melhor momento para questionar os princípios que tinham determinado uma vida. Uma vida concebida, na verdade, como uma batalha implacável desde que dona Giovanna chegou a Barranquilla e decidiu ser forte, lutar e vencer assumindo esse casamento e todas as suas consequências: o anonimato, quando apesar do desfecho deplorável de Mussolini seu irmão continuou a dirigir o mais importante jornal neofascista de Turim; o empobrecimento intelectual, em um continente que nunca havia elaborado uma única ideia, limitando-se a copiar, imitar e pôr em prática caoticamente as teorias concebidas pelos pensadores europeus; assumindo acima de tudo seu filho, aquele filho, Benito Suárez: branco, pelo menos, mas da mesma forma que seu pai submetido à herança de uma raça cujos defeitos tinham de sair do corpo como haviam entrado, pelo sangue, e que ela, dona Giovanna, propôs extirpar a qualquer preço, mesmo que sua vida estivesse nele, antes aceitando que sua vida se reduzia a um único combate contra a natureza do filho, dia após dia, ano após ano, açoitando-o, injuriando-o — por roubar uma fruta, insultar um professor, apalpar a empregada — até fazer dele o mais próximo de um italiano em Barranquilla, um homem capaz de apreciar as óperas de Scarlatti e Monteverdi, obter na capital um diploma de cirurgião e retornar com as congratulações de seus professores e em sua cabeça a ideia de que o sentimento de poder, a vontade de poder, o próprio poder, era a única nobreza a que o ser humano deveria aspirar.

    No entanto, Benito Suárez apaixonou-se por Dora, justamente por Dora, ou interessou-se por ela, ou foi subjugado por ela, ou como se queira. A questão é que, depois de fazer amor com ela no banco de trás de seu Studebaker e descobrir que outro homem havia manchado sua pureza, como diria, ele a chicoteou para forçá-la a se arrepender e confiar-lhe o nome daquele homem, e em vez de abandoná-la e nunca mais vê-la, mantendo assim um comportamento consistente com aquelas teorias de força de caráter e desprezo pelas mulheres que lhe eram tão caras, Benito Suárez continuou a procurar Dora desesperadamente, gozando e fazendo-a gozar em meio a cenas turbulentas, começando a dar mostras do que Lina já chamava de seu desequilíbrio, porque só um louco poderia pensar em depositar sua honra, não no sexo de uma mulher — que ainda era moeda corrente entre os homens de Barranquilla —, mas no que aquele sexo fizera seis meses antes de ser penetrado por ele, conhecido, imaginado, até, resolvendo lavar a ofensa recebida ao ir confrontar Andrés Larosca com o revólver que ele sempre guardava no porta-luvas de seu Studebaker, o que supunha nem mais nem menos que uma pessoa pode receber um insulto com seis meses de antecedência sem ser conhecida por quem a insulta e sem que o ofensor tenha tido a menor intenção de insultá-la.

Embora insustentável, esse raciocínio se consolidara na mente de Benito Suárez à medida que os interrogatórios a que submeteu Dora revelavam os detalhes de seu amor por Andrés Larosca, nunca podendo evitar suas perguntas sob pena de desencadear nele uma reação brutal, pois à menor evasiva ou imprecisão a raiva de Benito Suárez se traduzia em chicotadas ou bofetadas, como aconteceu daquela vez que Lina viu o Studebaker azul parar abruptamente na esquina de sua casa e Dora descer dele com o rosto cheio de sangue. Naquela época, Dora não tinha mais nada a dizer, enfim, constatava Lina, não guardava nenhuma recordação, nenhum segredo na intimidade de sua memória que não tivesse sido revelado, exposto, submetido à análise meticulosa de Benito Suárez, liberada à sua morbidez com a mesma inércia que se entregara à de dona Eulalia em sua infância, e pela mesma razão talvez, para agradar, obtendo a tranquilidade em um caso, e no outro, o prazer que aquele homem procurava nela, sem se perguntar que motivos perseguiam seus interrogatórios ou para onde poderiam levar, já que em nenhum momento Dora acreditou que Benito Suárez fosse capaz de concretizar suas ameaças e ficou surpresa, apavorada, ela contaria a Lina, quando uma noite, sentada ao seu lado no carro, ela o ouviu afirmar categoricamente que iria matar Andrés Larosca. Isso Dora já o ouvira dizer muitas vezes antes, mas de outra forma, não com a decisão raivosa que sua voz tinha quando, depois de olhar para ela, assegurou ter visto em seus olhos uma sombra de incredulidade, e começou a gritar que iria matá-lo naquela mesma noite, repetindo aquilo como se quisesse convencer-se da necessidade de fazê-lo, enquanto Dora, que para acalmá-lo não achou nada mais eficaz do que o simples juramento de acreditar em tudo que ele dizia, via-o dirigir o carro para a casa de Andrés Larosca e começar a circular o quarteirão a toda a velocidade virando as curvas sobre duas rodas, até que finalmente parou o Studebaker de uma freada, tirou o revólver do porta-luvas e começou a andar pelo jardim gritando por Andrés Larosca. Encolhida em seu assento, trêmula de medo e constrangimento, Dora o viu se afastar: sua cabeça de cabelos crespos, um pouco amassada na parte de trás: seu corpo, não gordo, mas largo e forte, com aquelas omoplatas de remador que esticavam seu imaculado casaco branco e faziam parecer que ele estava enfiado em um terno de tamanho menor. Ouvia o alvoroço de seus gritos no jardim esperando para ver Andrés Larosca surgir de um momento para o outro na porta, mas quando a porta se abriu o que apareceu foi um pequeno fox terrier tão barulhento quanto Benito Suárez e, seguindo-o, uma figura envolta em um robe cor-de-rosa com a cabeça cheia de bobes, a mulher de Andrés Larosca, alarmada, acreditando, explicaria mais tarde, que alguém viera anunciar alguma desgraça porque há meia hora seu marido tinha ido para Cartagena. O diálogo que se passou entre eles Dora não conseguia ouvir: via apenas Benito Suárez falando com grandes gestos, brandindo o revólver à esquerda e à direita, e a esposa se movendo de um lado para o outro na direção oposta à do cano da arma: via as luzes do bairro que eram acesas de casa em casa, aquelas luzes que eram o olho da cidade, sempre alerta e animado, fixando como a lente de uma câmera os detalhes da cena. Benito Suárez no momento de revelar as aventuras de Andrés Larosca à sua esposa jurando persegui-lo até o fim do mundo se necessário para atirar nele por corromper menores, a esposa em lágrimas, caindo de joelhos na frente dele, implorando-lhe misericórdia em nome de seus quatro filhos, e de repente Benito plantado ali magnânimo, com um ar solene, quase teatral, como se por trás daquela mulher não estivesse simplesmente o cachorro latindo, mas uma vasta plateia de espectadores assustados, dizendo: "Levante-se, senhora, esse homem miserável não merece uma mulher como você, mas por você e seus filhos, vou poupar a vida dele".

As luzes permaneceram acesas depois que Benito Suárez, cheio de satisfação, voltou ao Studebaker e foi embora na mesma velocidade que havia vindo. Nas casas vizinhas as portas abriam-se e fechavam-se, e os curiosos iam e vinham pelo meio-fio, hesitando entre comentar o incidente ou correr imediatamente para os telefones. Era tarde, quase meia-noite. No entanto, a história já se movia como as ondas de uma lagoa tocada em seu centro por uma pedra, e ao amanhecer, quando os faróis enlanguesciam na claridade da madrugada e os caminhões de leite começavam a circular pelas ruas, todos sabiam que durante um ano e meio Dora havia sido amante de Andrés Larosca.

Na realidade, Benito Suárez tinha dado um presente à cidade, aquela cidade que precisava de tão pouco para ferver de maledicência. Porque ali tudo se sabia. Sempre. Ou quase sempre. O que acontecia na privacidade das casas e no segredo dos corações, o que era silenciado ou dito, até o que se sussurrava nos confessionários. Para mexericar todos encontravam razões, porque a crítica servia como exorcismo ou vingança, especialmente como paliativo. A avó contava a Lina que a maledicência começava quando uma pessoa descobria que alguém havia feito o que ela sempre quisera fazer (sem aceitá-lo), ou o que ela temia querer fazer (sem sabê-lo), então cada acusador condenava no outro seu próprio reflexo, como todo inquisidor se perseguia cegamente a si mesmo. Se era assim, aquela explicação permitia compreender muitas pessoas, em particular dona Eulalia del Valle, que passara a vida criticando amargamente os outros: não via quase ninguém e só andava à noite pelas calçadas, mas o telefone e suas parentas permitiam que ela divulgasse os segredos alheios, interpretando-os à sua maneira, com arbitrariedade e má-fé, com toda a má-fé de uma mulher solitária que, sentada em uma cadeira de balanço, sentia os dias se sucederem uns aos outros enquanto especulava entre fantasmas provavelmente inconfessáveis. Sinistra, amarga, capaz de se compadecer de si mesma, tinha em sua conta a perda de mais de uma reputação, tendo atribuído a si própria o direito de julgar como se fosse uma prerrogativa divina associada à antiguidade de seu sobrenome e àquela terrível e inabalável virtude da qual tirava muito de seu orgulho e toda, ou quase toda a sua frustração, embora não soubesse que frustração significava passar lendo romances de amor em uma esplanada, viver dominada por enxaquecas e sair à noite com um terço na mão para passear pelas ruas do Prado, o olhar desconfiado caindo sobre as fachadas às escuras, o ouvido atento aos rumores, até aos diálogos que de um jardim a outro se cruzavam entre as criadas. E de repente um desconhecido, um tal Benito Suárez cujo nome, ela, dona Eulalia del Valle, nunca tinha ouvido falar, revelava aos quatro ventos que sua filha era uma perdida, perdida como aquelas mulheres que ela tanto criticara e que agora, como um enxame de vespas vingativas, a atacavam com telefonemas anônimos.

Isso, os telefonemas anônimos, foi a primeira coisa que Lina ouviu Armanda comentar quando veio procurá-la, dizendo-lhe que dona Eulalia queria vê-la imediatamente. Durante o trajeto, Armanda disse-lhe que Dora tinha saído por volta das dez, meia hora antes de o telefone começar a tocar. Lina encontrou dona Eulalia em seu quarto, soluçando com a cabeça enterrada em um travesseiro. As janelas estavam fechadas e o cômodo cheirava a cânfora, a animais suados e doentes. Tateando na escuridão, teve a impressão de caminhar sobre uma pilha de papéis; com cautela deslizou a cortina e, com a luz filtrando-se através da treliça da janela, descobriu um número incrível de fotografias de Dora rasgadas em pedacinhos e todos os recortes de imprensa com seu nome ou seu retrato rasgados ou amassados por uma mão furiosa e certamente enlouquecida; estava pegando a única fotografia de Dora que aparentemente havia sobrevivido à hecatombe, quando de repente dona Eulalia pulou da cama e, se jogando em cima dela, encurralou-a contra a parede. O violento golpe que recebeu na cabeça produziu em Lina uma sensação de vertigem; por um momento, pensou que ia desaparecer por causa da dor e do cheiro rançoso, úmido e embolorado que o corpo de dona Eulalia exalava. Fitou seus olhos e imediatamente teve certeza de que estava em perigo: aquela mulher pálida, com ossos afiados e com pupilas tranquilas e brilhantes de louca, parecia disposta a matá-la. Antes de ser prensada contra a parede de novo, Lina conseguiu dizer: "Dora deve ser salva", e enquanto escorregava para o chão atônita, viu dona

Eulalia virar lentamente, ficar olhando para sua figura mirrada no espelho da penteadeira e explodir novamente em soluços.

Quando Armanda entrou no quarto anunciando a chegada de Dora e Benito Suárez, dona Eulalia já havia recobrado a razão e chorava amargamente sentada à beira da cama. Toda desgrenhada e enrolada em um roupão esfarrapado cheio de queimaduras de cigarro, ela pedira desculpas a Lina implorando que recolhesse as fotos e os recortes de Dora que não haviam sido destruídos ou pudessem ser consertados com fita adesiva. Mas quando ouviu Armanda, levantou-se de um salto e um vento de delírio reapareceu em sua expressão. Lina viu-a dirigir-se resolutamente em direção à porta para encontrar um Benito Suárez que, arrastando Dora pelo braço, já atravessava o átrio e se dirigia a ela com o rosto contraído por uma espécie de fúria gélida. Ambos pararam ao mesmo tempo, deixando uma distância de um metro e meio entre eles, como dois animais que fixam a linha invisível a partir da qual inevitavelmente entrarão em combate. Mas a determinação de Benito Suárez, o demônio furioso que o habitava, parecia ser mais forte que todos os sentimentos de dona Eulalia. Foi ele quem deu o primeiro passo à frente, o primeiro que falou. E falou para lhe dizer: "Venho lhe trazer sua filha, a senhora não soube cuidar dela, não soube cuidar dela para mim". Nem mais, nem menos.

Os acontecimentos ocorridos depois, Lina os viveu como se tivesse sido projetada fora da realidade, a um mundo paralelo, mas diferente, incompreensível para a palavra, até para o pensamento. Porque a lógica de todos os dias, aquela que nos permite compreender e expressar as coisas, tinha simplesmente desaparecido: anulada, sufocada por uma vontade que não só não oferecia nenhum outro sistema de explicação, como nem sequer tentava encontrá-lo, a vontade breve e raivosa de Benito Suárez. O que mais alarmava Lina não era tanto que esse homem agia em função de impulsos alheios a qualquer forma conhecida de raciocínio — sempre houvera loucos em sua família e Lina foi ensinada a respeitá-los. Não. Ela ficava perturbada sobretudo pelo magnetismo de sua personalidade, aquele estranho poder de submeter os outros ao seu delírio, porque todos, dona Eulalia e Dora, e depois as pessoas que vinham chegando a casa à medida que Benito Suárez as chamava por telefone, dona Giovanna Mantini, sua filha e seu genro, aquele psiquiatra de barba ruiva que Lina via pela primeira vez, Jerónimo Vargas, todos tinham ido se curvando às suas ordens disparatadas sem reservas, sem o menor sinal de assombro ou contrariedade. A começar por dona Eulalia, que pareceu ter perdido o uso da palavra desde que Benito Suárez a recriminou em um tom iracundo — ela, a ridicularizada, a ofendida — por não ter cuidado adequadamente de sua filha, e, estupefata, com os olhos arregalados e os cabelos desalinhados, pressionando contra o peito as dobras daquele roupão perfurado por inúmeros cigarros, havia concordado em segui-lo até a sala e lá se trancar para falar com ele, ou melhor, para ouvi-lo falar, enquanto Dora respondia às perguntas dos parentes de Benito Suárez sobre o escândalo da noite anterior. Quando saíram para a galeria, dona Eulalia em lágrimas, mas com ar de quem recebeu uma satisfação, e Benito Suárez anunciou pomposamente: "Saibam que Dora será minha esposa, que a partir de agora sua mãe a protegerá de todos, inclusive de mim", Lina calmamente disse a si mesma que deveria descobrir, ou investigar, no caso de não existirem, os parâmetros que permitiam compreender a conduta daquele homem. Foi mais tarde, enquanto se dirigiam em três carros a Puerto Colombia, onde Benito Suárez tinha um padre amigo com quem queria se confessar e confessar Dora, que Lina de repente se lembrou das palavras de sua avó.

Porque já naquela época sua avó conhecia Benito Suárez, enfim, ela o tinha visto uma vez, pouco depois daquele sábado de Carnaval em que Benito Suárez invadiu sua casa perseguindo Dora e chamando-a, Lina, de criança malparida. Naquela ocasião, sua avó havia chamado um marceneiro para fazer o orçamento para o conserto dos móveis danificados pelos chutes de Benito Suárez e, em seguida, lhe enviara uma carta convidando-o a vê-la na quinta-feira, às seis da tarde, a fim de, ela escreveu, permitir que ele apresentasse suas desculpas e, ao mesmo tempo, que se entendesse diretamente com o marceneiro. A carta, escrita naquele belo papel branco que sua avó mandava trazer da Inglaterra com suas iniciais gravadas em letras douradas, era bastante breve e, sob a estrita cortesia de seus termos, sugeria uma ordem em vez de um convite. No entanto, Benito Suárez chegou pontualmente no dia marcado.

Da mesa da sala de jantar onde fazia a lição de casa, Lina viu avançar pelo meio-fio um enorme buquê de gladíolo, rosas, cravos e sempre-vivas e, por baixo, uma irrepreensível calça branca e dois sapatos, brancos, também sobre grossas solas de borracha. Quando abriu a porta de par em par para dar passagem àquele presente, o rosto radiante de Benito Suárez apareceu entre as flores. Sem lhe dar tempo de proferir uma única palavra, cumprimentou-a com um vigoroso aperto de mão, se inclinou à sua avó se desfazendo em desculpas, escreveu um cheque nominal ao marceneiro, mal olhando para o valor, e sentou-se em uma cadeira de balanço para conversar com elas.

Dava a impressão de estar feliz. Estava recém-barbeado e cheirava a água de colônia. Em seu belo rosto de mandíbulas firmes, os olhos faiscavam inteligência. Durante duas horas, falou apaixonadamente sobre seu trabalho como cirurgião e dos romances de D'Annunzio. Também falou sobre política, filosofia, música. Muitas vezes usava a expressão "fazer-se respeitar". Sua avó se limitava a escutá-lo e, de vez em quando, fazia-lhe uma daquelas perguntas casuais, aparentemente inofensivas, que, no entanto, a ajudavam, por um mecanismo conhecido apenas por ela, a determinar o caráter de uma pessoa. Quando ele se despediu, Lina o acompanhou até a porta e de volta encontrou sua avó meditativa. "Ele é inteligente, não é?", disse. A avó demorou um bom tempo para responder. Parecia estar longe e, como se viesse de longe, disse por fim: "Inteligente? Sim. Mas ele é acima de tudo um assassino".

IV.

Embora nenhuma definição das conhecidas por sua avó pudesse expressar a verdadeira essência do instinto, nem os diferentes estágios pelos quais ia modificando a percepção, a sensibilidade e o comportamento até se transformar em ação, parecia sensato supor que as pulsões vinham desde muito longe cumprindo a simples missão de manter a vida, o que explicava sua força, a energia secreta que as fazia surgir violentamente quando não eram mais necessárias dentro do contexto social e só podiam inspirar horror ou perplexidade. Para sua avó havia instintos antagônicos, distribuídos de forma desigual entre as pessoas, acentuados ou inibidos pelas circunstâncias ou pela experiência. Mas se todos tinham o direito de distribuí-los em uma escala de valores, condenando os antissociais ou preferindo aqueles que formavam a base de um comportamento altruísta, não era inteligente valorizar-se em função daqueles que haviam nos tocado por sorte, já que eles não correspondiam a nenhum mérito pessoal ou designação divina, e sim ao mais arbitrário capricho do acaso. O corolário saía sem esforço: era pouco sério e até infantil depreciar uma pessoa quando, seguindo seus impulsos, agia contrariamente à forma como nossos próprios instintos de sociabilidade e solidariedade humana nos dispunham a reagir, já que isso, o julgamento e a punição, correspondia aos órgãos de repressão que a sociedade havia se dado, mas não aos particulares, em todo caso, nem a ela, sua avó, que aparentemente não fora programada para perseguir ninguém ou entrar na pele de nenhum inquisidor, e a quem um pessimismo saudável levava a crer que quase sempre a razão servia ao instinto, pondo a seu serviço um arsenal de ideias destinadas a justificar sua satisfação. Ela se arrogava, ao contrário, o direito de observar as pessoas, de ouvi-las falar e prever seu comportamento, chegando a dizer, como no caso de Benito Suárez, é um assassino, sem insultá-lo, pois naquela declaração não havia nenhuma conotação moral, apenas o simples reconhecimento de um fato visível para ela, a percepção de uma série de indícios que, associados às suas memórias, lhe permitiram advertir em Benito Suárez o homem, não disposto a matar se as circunstâncias o obrigassem, mas inconscientemente predisposto ao assassinato. A partir dessa impressão, que sem ter o caráter de certeza transcendia a mera hipótese, razão pela qual Lina preferia referir-se com prudência ao conceito incerto de premonição, sua avó intuiu o caminho que Benito Suárez tomaria a partir do que ela chamou de reação de busca, ou mais brevemente, a busca cujo mecanismo poderia ser compreendido observando o comportamento dos setters, que embora reclamassem na praia e latissem alto assim que a porta do carro era aberta e eles sentiam o cheiro do mar, agiam de forma muito diferente quando estavam no campo, na fazenda do tio Miguel, por exemplo, aonde chegavam trêmulos de excitação, deslizando furtivamente pelos arbustos, o focinho no chão e o rabo para cima, procurando a pegada, o vestígio, a urina que despertaria neles o instinto de captura, embora soubessem, por experiência, que a fazenda de tio Miguel era um deserto e não havia coelho ou galinha que não tivesse sucumbido, quando estava entediado, aos tiros de seu fuzil.

Assim, Benito Suárez encontraria um dia as razões necessárias para matar um homem, mas enquanto isso, como os setters, estaria perseguindo, incitando, rastreando o estímulo capaz de lhe permitir aquela ação, já prefigurada no espetáculo tosco que deu à cidade quando foi fazer escândalo no jardim de Andrés Larosca com um revólver. Essa extravagância sua avó não só nunca esqueceu, nem a tomou como um ato isolado, dependente de circunstâncias específicas, mas, nos doze anos que durou o casamento de Dora, a usou com frequência em seus comentários sobre Benito Suárez à maneira de uma referência teimosa, uma espécie de *Ceterum censeo Carthaginem esse delendam* contra o qual se fundiam as explicações de Lina quando, depois de saber de um novo problema de Dora, voltava desorientada para contar à avó sobre o incidente, tentando reduzi-lo às suas causas imediatas, enfim, às que pareciam tê-lo provocado, até que se calava no mesmo estado de desorientação em que começara a falar e sua avó se punha a desembaraçar sem impaciência o fio de suas interpretações que invariavelmente desembocavam no jardim de Andrés Larosca, não para insistir no fato em si, mas na aparente facilidade com que Benito Suárez dera conta de qualquer mecanismo de inibição diante da necessidade de provar a si mesmo qualquer coisa, quer se chamasse honra, coragem, desprezo ou o que quer que fosse, facilidade que supunha a existência de um instinto incontrolável cuja percepção, não exatamente o conhecimento, mas o fato de percebê-lo, tê-lo em conta ou contar com ele, aproximava-se do esquema capaz de esclarecer um comportamento que não poderia ser simplesmente descrito como cruel, como o chamava dona Eulalia del Valle, nem sádico, Lina acabaria entendendo, pois o sadismo implicava prazer no reconhecimento da dor do outro, e era indubitável que Benito Suárez não obtinha nenhum prazer fazendo Dora sofrer, mesmo que tivesse aceitado que ela sofria.

Na realidade, não parecia atribuir sentimento ou consistência a Dora, quando muito a consistência de uma boneca de plástico que chora se um botão é pressionado ou fecha os olhos quando é deitada. Talvez no início de seu casamento aquilo tivesse sido, para ele, um incentivo a mais, e talvez por isso ele tivesse se casado com ela, porque ter se entregado a outro homem antes constituía uma ofensa perfeita à sua dignidade, um insulto vivo, permanente, visível, que justificava qualquer afirmação ou desplante colérico. Mas o casamento era santificado com suas gestações e festas de família, e Benito Suárez se obstinara em reduzir Dora a um corpo sem vida, como se a excitação que ela representava lhe resultasse excessiva ou enervante demais, ou talvez, por ter caído sem perceber na grande contradição do homem que não consegue respeitar a mulher desejada nem se atreve a desejar a mulher amada, ou mais precisamente, aquela que passa diante dos outros por sua esposa e mãe de seus filhos. O processo destinado a suprimir de Dora todo erotismo ou veleidade sexual manifestou-se pela primeira vez através daquela confissão espetacular a que ambos se submeteram com o padre de Puerto Colombia, que contou entre suas testemunhas com uma Lina atordoada de espanto desde o momento em que as pessoas reunidas na casa de dona Eulalia del Valle entraram nos três carros estacionados em frente ao jardim, Benito Suárez abrindo a marcha com dona Eulalia e Dora em seu Studebaker azul, Jerónimo Vargas, o psiquiatra de barba cor de fogo, seguindo-o na companhia de Lina, e um pouco mais atrás dona Giovanna Mantini e o resto de sua família, todos indo em direção à estrada em alta velocidade enquanto criadas e jardineiros se voltavam para olhá-los, ou como os chineses que trabalhavam no quilômetro 2 em uma colheita levantavam os olhos perplexos das enxadas diante do espetáculo daquela caravana precedida por um homem de cabelos negros dirigindo um Studebaker azul com determinação feroz, e atrás, também em um Studebaker, mas verde, outro motorista de barbas pegando fogo cujo rosto tinha a mesma obstinação raivosa, sem que nenhum deles desse a impressão de ter entendido que estavam simplesmente indo para uma pequena vila de pescadores onde não poderiam encontrar nada que merecesse tanto esforço e resolução, a não ser o padre, isto é, o companheiro de gangue destinado ao seminário só Deus sabia por qual motivo, a quem seu caráter diabólico, de todo o mundo conhecido, certamente lhe valera aquela freguesia de miséria e a amizade dos dois homens que naquela tarde aceleravam seus carros pela estrada ignorando os poucos sinais de trânsito, buzinando freneticamente a cada curva como se suas buzinas fossem as trombetas de Josué diante dos muros de Jericó.

Lina, que passava um mês de férias todos os anos em Puerto Colombia, sabia algumas coisas sobre aquele padre e seus sermões tempestuosos, mas só ao vê-lo na praça da cidade com Benito Suárez e Jerónimo Vargas ela entendeu o parentesco que os unia, ou, mais precisamente, teve a impressão de que faziam parte da mesma espécie de homens, pois os três eram fortes, não robustos, mas grandes e musculosos, e bonitos, e aparentemente dispostos a realizar qualquer extravagância que lhes passasse pela cabeça para tomar o que quer que fosse. Como cada um devia se reconhecer no outro, não pareciam precisar de muitas palavras para se entender, se apoiar ou entrar em cumplicidade, então sem mais demora o padre concordou em recebê-los na igreja, fechar a porta e confessar publicamente

Dora e Benito Suárez, ou melhor, fazer Dora contar em voz alta os segredos de sua vida sexual, revelando aos presentes, pelo menos a ela, Lina, que a humilhação de um indivíduo é acima de tudo humilhação dos outros, daqueles que a provocam ou observam, ou, como disse dona Giovanna Mantini interrompendo a fantochada, daqueles que de alguma forma participam dela. Pois foi dona Giovanna Mantini quem pôs fim à cena ao avançar em direção ao grupo formado por Dora, o padre e Benito Suárez, que estavam à direita do altar, não muito longe do confessionário, ameaçando o padre de denunciá-lo perante o bispo por violar os princípios da confissão cristã, se pudesse se chamar "confissão" obrigar alguém a revelar sua intimidade na frente de nove pessoas, dos quais apenas uma tinha o direito de ouvi-lo, e isso no mais absoluto sigilo. Só então Lina descobriu que aquela mulher pequena, redonda, de olhos azuis penetrantes, que viu pela primeira vez, nunca se intimidara pela arbitrariedade do filho, nem tampouco dera maior importância ao padre, a quem chamou pelo primeiro nome, dizendo-lhe que, com ou sem sacerdócio, ele ainda era o mesmo sem-vergonha que conhecera dez anos antes.

Assim, aquela confissão terminada sem absolvição ou penitência foi um fracasso para Benito Suárez, mas haveria outras, especialmente durante o primeiro ano de casamento porque, uma vez casado, Benito Suárez começou a sentir escrúpulos de fazer Dora gozar sexualmente e por isso a levava a Puerto Colombia a cada dois meses para se confessar com o padre, sem que as admoestações deste último — com base na convicção de que o corpo da esposa não deveria ser destinado à concupiscência, mas à reprodução e, no máximo, para reprimir as tentações masculinas — dessem o menor resultado, ao contrário, diria Dora a Lina, pareciam servir a ambos de estímulo, pois mais tarde, retornando à cidade, não resistiam ao desejo de fazer amor e então deixavam o Studebaker parado no acostamento, se embrenhavam no mato e se buscavam ansiosamente entre os arbustos, contra o tronco de uma gliricídia ou à beira do pântano.

As dificuldades começaram quando nasceu o menino, batizado de Renato em homenagem ao irmão de dona Giovanna Mantini que dirigia o mais influente jornal neofascista de Turim, pois a partir daquele momento, e com a tenacidade arbitrária que caracterizava suas decisões, Benito Suárez se recusou a permitir prazer a Dora alegando que sua maneira de provocá-lo — usando seu membro para excitar o clitóris — era fundamentalmente perversa, além do fato de que a mãe de seu filho não deveria chafurdar no leito conjugal como qualquer meretriz. Foi especialmente um conflito para Dora, porque com essa decisão desaparecia o único elemento capaz de compensar o pesadelo de seu casamento: não só ela estava proibida de discutir a menor ordem de seu marido, atender o telefone, olhar pela janela — e para testá-la Benito Suárez telefonava várias vezes ao dia e buzinava antes de entrar na garagem —, mas também não tinha o direito de ir ao cinema ou visitar as amigas, ou mesmo de ir à casa de dona Eulalia del Valle, que morava a três quarteirões dela, sem a companhia de uma velha criada.

Talvez por não terem feito mais do que repetir o esquema de vigilância da mãe, as limitações impostas pela desconfiança de Benito Suárez não contrariavam muito Dora. Era até possível que ela encontrasse ali uma referência à sua entrega, ao seu estado de coisa tomada e possuída, constituindo assim a continuação e o prelúdio de seu prazer. Mas mesmo quando o prazer lhe foi suprimido, ela nunca reclamou daquele confinamento e solidão: só falava com Lina do vazio e de sua impressão de viver como sonâmbula em uma casa onde só lhe era permitido cuidar do bebê. Aparentemente, seu desassossego vinha menos do ostracismo do que da perda de toda esperança, entendendo com isso a possibilidade de imaginar que as circunstâncias a levariam a encontrar o homem que, superando os obstáculos erguidos contra sua liberdade — as freiras, dona Eulalia, por exemplo —, faria vibrar a mulher que, sem conhecê-lo, o esperava, a ele, qualquer um deles, advogado, jardineiro ou caminhoneiro, o homem simplesmente, aquele que poderia existir como promessa ou realidade, mas que desaparecia invariavelmente quando um padre pronunciava fórmulas em latim que, segundo o consenso geral, acorrentavam o casamento para sempre. Aquela perda, Dora a viveu com resignação, mas algo morreu definitivamente nela. Se no início ela estava ciente de ter se tornado uma zumbi limitada a lidar com um bebê, com o passar do tempo pareceu se conformar com sua situação sem procurar definições ou respostas, seus sentidos começaram a se atrofiar, seu interesse, sua curiosidade, e depois de alguns anos ela era uma mulher amorfa e murcha que comia pouco, dormia muito e vivia grogue por causa dos tranquilizantes e das enxaquecas. As enxaquecas se manifestaram logo depois do nascimento de Renato, quando Benito Suárez a obrigou a renunciar ao prazer. Dora acreditava que elas estavam associadas à dor que sentia no sexo, causada por uns estranhos cistos ou pólipos que em duas ocasiões houve necessidade de operar e atribuíveis, segundo o ginecologista, à excitação reprimida e não desafogada no orgasmo. Depois os cistos não voltaram a se apresentar, mas as enxaquecas continuaram e os médicos sempre encontraram uma maneira de explicá-las, seja pela sífilis com que Benito Suárez a infectou, obrigando-a a ficar na cama por quase um ano para se levantar definitivamente estéril, seja pela operação nasal a que o próprio Benito Suárez a fez se submeter sob o pretexto de que seu ronco o impedia de dormir, ou por seus distúrbios menstruais, hemorragias, corizas intermitentes, febres vespertinas e assim por diante, enfim: de especialista em especialista, de tratamento em tratamento, o corpo de Dora foi analisado, cortado, amputado, puncionado, drogado, sem que as enxaquecas desaparecessem. Acima de tudo, sem que Dora jamais se perguntasse sobre sua razão de ser. Por outro lado, Lina não se aventurava a imaginar qualquer interpretação porque, em sua opinião, aquelas enxaquecas tinham nome e sobrenome e ela sabia que ninguém, muito menos Dora, era capaz de enfrentar Benito Suárez; ou melhor, ele poderia ser confrontado desde que se estivesse disposto a declarar uma guerra total usando suas mesmas armas, punhos ou revólver, ou se se conseguisse inibir sua agressividade ganhando seu respeito, como sua avó. Pois desde o momento em que sua avó lhe enviou uma carta ordenando que ele fosse à sua casa em uma quinta-feira à noite para pedir desculpas e pagar a conta do marceneiro, Benito Suárez ficara favoravelmente impressionado com ela, com sua elegância e cultura, havia dito a Lina, e a cada aniversário ele ia visitá-la trazendo enormes buquês de flores e se acomodando no terraço até a hora do jantar para discorrer sobre os temas que lhe interessavam e ouvir as opiniões da avó, com deferência, sem ousar sequer discuti-las. Lina gozava da mesma consideração em parte por ser neta de dona Jimena, é claro, mas também porque Benito Suárez, o homem das declarações insensatas e dos gestos destemperados, era sensível à cultura, enfim, àqueles que a detinham ou se interessavam por ela, e como Lina lia tudo o que lhe caía nas mãos, tinha adquirido um certo apreço, o suficiente para que ele a admitisse como interlocutora e, mais tarde, como confidente de seu segredo mais caro e vergonhoso, sua ambição de se tornar poeta. Sim, Benito Suárez escrevia versos à maneira de Julio Flórez e cada estrofe lhe custava um doloroso esforço de tensão, emoção e luta contra uma linguagem que irreverentemente pervertia ou limitava a expressão de seus sentimentos. Era aí que Lina passava a desempenhar um papel sugerindo adjetivos e metáforas, sem jamais zombar, mesmo no íntimo, de sua incapacidade para fazer concordar as rimas com suas ideias, talvez porque essa preocupação com a poesia fosse um dos poucos traços gentis do caráter de Benito Suárez. Enfim, por causa do tratamento que dava a Dora, Lina e ele brigavam muitas vezes, abertamente e com hostilidade, trocando insultos e ameaças que os distanciavam por meses, pois se Lina continuava a ir à sua casa por solidariedade a Dora, ela o fazia naqueles intervalos como se Benito Suárez não existisse, passando na sua frente sem cumprimentá-lo ou se despedir assim que o via chegar. Sempre, e esse detalhe comovia Lina, era ele quem tomava a iniciativa de fazer as pazes, e então, por uma reação inexplicável, levava Dora à Sears e comprava-lhe o que quisesse, vestidos ou pérolas, ou um novo conjunto de sala de estar ou enfeites para seu quarto.

No entanto, não pelo fato de ter privado Dora de sua qualidade de estímulo — e era até possível falar, quando se referia a ela, de contraestímulo, na medida em que ela havia perdido não apenas sua sensualidade primitiva, mas também toda aparência de graça, já que seus cabelos foram se tornando ralos em virtude dos remédios e seu nariz como intumescido e definitivamente deformado pela operação —, Benito Suárez renunciara à sua busca por seres e coisas para descarregar sua agressividade, ou como Lina às vezes pensava, de treinar de acordo com o ato a que sua avó acreditava que ele se destinava, com a perseverança do atleta que se prepara anos inteiros para competir uma hora ou menos, mesmo sabendo que o triunfo ou a derrota dependerá daquele exercício de seus músculos e reflexos, mas, ao contrário do atleta, ignorante de seu objetivo, simplesmente se dirigindo a ele na mais completa escuridão. Porque Benito Suárez não estava habituado a fazer avaliações de qualquer tipo nem parecia notar que sua conduta podia ser definida em termos de repetição, continuidade e aceleração na gravidade dos atos através dos quais sua violência se expressava, recusando-se por orgulho ou medo a admitir os elementos irracionais que continha, quando muito oferecendo uma explicação meio fantástica, na qual a princípio não acreditava plenamente, mas que acabava por aceitar sem reservas e defender com teimosia, ou seja, procurando sustentá-la com alguns argumentos incompreensíveis, às vezes esotéricos, relacionados a supostas teorias científicas cuja veracidade ele repetia a si mesmo para se outorgar razão. Lina nunca aceitava segui-lo naquele terreno, preferindo observar os abusos de sua dialética a certa distância, bem na fronteira onde o bom senso servia de freio àquelas confusões que deixavam seu ato, fosse ele qual fosse, nu, breve, intacto e contendo em si a lógica que lhe permitiria situá-lo em um plano como um ponto determinado nas abscissas pela intensidade de sua violência e, nas ordenadas, pela força que levava Benito Suárez a perder-se a si mesmo, a destruir o respeitável cirurgião, instruído e perfeitamente adaptado à sociedade, com sua casa no Prado, seu Studebaker azul e aquela esposa submissa que definhava de frustração e era aguilhoada pelas enxaquecas. A partir dessa fronteira, Lina verificava que havia na linha de seus desabafos uma progressão aparentemente inelutável, e se a aceitava com o fatalismo de quem vê passar as nuvens, os trovões, as chuvas e os relâmpagos, ela sentia verdadeiro temor por Dora, enfim, não pelo que Dora tinha de suportar diariamente daquele homem, seus insultos, tapas ou pontapés na barriga, a tudo isso parecia ter se habituado, mas pelo que lhe poderia acontecer no dia em que Benito Suárez lhe dirigisse ou desviasse para ela sua agressividade, tomando-a como alvo de seu ódio e, naturalmente, encontrando sem muito esforço os pretextos que lhe permitissem aceitá-lo. Pois havia o problema, ou melhor, o que parecia então a Lina ser o maior problema, na capacidade incansável de Benito Suárez de esconder o significado de suas reações através daquela espécie de verborragia delirante que Lina, apesar de sua desconfiança, ouvia atentamente, tentando registrar em sua memória frases, lapsos e encadeamentos, fascinada como já estava pela intenção de enganar encoberta pelos discursos do povo e consciente de que Benito Suárez lhe dava o melhor exemplo do homem que foge de si mesmo em palavras, ou recusa, esconde, disfarça, provocando no final, para ela, Lina, um absurdo e indescritível sentimento de compaixão, mesmo se sua solidariedade se deslocasse primeiro e instintivamente para as vítimas de Benito Suárez, como aconteceu na ocasião em que o viu ferir com o facão um velho camponês nas montanhas que cercam Sabanalarga.

Pois Lina testemunhou isto: ela estava com Dora, Renato e Benito Suárez no jipe que ele havia comprado para não maltratar seu Studebaker na trilha empoeirada que levava a uma fazenda recém-herdada de um tio seu, e o camponês surgiu de repente quando ele virou uma curva, montado em uma velha mula e levando amarrada atrás de si uma vaca macilenta e rodeada de moscas. Era óbvio que a mula tinha que dar lugar a eles, pois era mais fácil para ela entrar nos arbustos, e, entendendo a situação, o camponês começou a puxar as rédeas para a direita batendo nas ilhargas da mula e incitando-a com a voz. Como a besta relutava em se afastar do caminho que certamente estava acostumada a percorrer, o camponês saltou à terra para melhor dominá-la, justamente no momento em que Benito Suárez se punha a insultá-lo sem qualquer justificativa, gritando que ele, sua mula e sua vaca haviam sido paridos pela mesma puta e que se eles não saíssem da trilha no mesmo instante o jipe iria arrebentá-los. Então o camponês soltou as bridas e virou-se para olhá-los: era um homenzinho ossudo, com o rosto sulcado de rugas escuras sob o chapéu de palha; provavelmente não sabia ler nem escrever, porém em seus olhos havia uma certa dignidade, não orgulho, mas a gravidade silenciosa dos velhos que tiveram tempo para refletir sobre as coisas e dar a cada uma sua justa medida. Então ele olhou imperturbável para Benito Suárez e disse: "Tenha paciência, rapaz, a mula está ressabiada". Só isso, a desenvoltura do camponês e seu tratamento informal, foi suficiente para Benito Suárez atacá-lo com o facão que levava para o capataz de sua fazenda, pulando do jipe tão rápido que Lina nem o viu tirar o facão da bainha, enfim, viu-o um segundo depois, erguido no ar e caindo sobre o camponês, e repetidas vezes no ar coberto de sangue, enquanto Dora gritava e procurava desesperadamente algum objeto ferino, até que lhe ocorreu levantar a tampa do assento em que estava sentada, encontrou o macaco e correu para onde Benito Suárez continuava a agredir o camponês e o atingiu com o objeto na cabeça. Depois tudo pareceu a Lina um pesadelo, obrigar Dora a ajudá-la a pôr os dois corpos no jipe, segurar Renato que corria e se agitava como um possesso, voltar para a estrada em marcha a ré e dirigir o jipe até Barranquilla, até o hospital, onde os melhores especialistas da cidade, reanimadores, anestesiologistas, cirurgiões, cardiologistas, vieram na mesma hora para remendar na sala de cirurgia o velho camponês e assim evitar a prisão e o escândalo de Benito Suárez. Quando voltaram para a casa de Dora, Renato adormecido por uma injeção e Benito Suárez com um curativo na cabeça, Lina se sentiu à beira de um ataque de nervos. Tomou um banho para limpar o sangue e a poeira, fez com que Berenice lhe trouxesse roupas limpas e pela primeira vez pediu a Dora um daqueles comprimidos que lhe permitiam viver.

Mas, enquanto isso, Benito Suárez, que com uma espécie de concentração sombria meditava no sofá da sala, descobrira que, dada sua idade, o camponês devia exercer uma influência importante sobre o povo pobre de Sabanalarga, isto é, sobre todo aquele mundo de miseráveis à procura da primeira oportunidade de se apropriar das terras alheias, batizando colonos com a cumplicidade de qualquer demagogo ou liberaloide, e ele, Benito Suárez, cuja intenção era transformar sua fazenda em um imenso criadouro de cães de raça pura, teria sido exposto a repetidos abusos e invasões se não tivesse respondido energicamente ao camponês quando teve a audácia de tratá-lo como seu igual, porque, mesmo que não o denunciasse, graças à indenização que se propunha a pagar-lhe (e que, de fato, pagou com liberalidade), ele acabaria contando aos parentes o que aconteceu, incutindo respeito em torno do nome de seu agressor. Do impulso bárbaro que o levara a saltar do jipe e esfaquear um velho indefeso, Benito Suárez fazia total abstração, como se considerasse o ato naturalmente incluído entre as reações humanas, ou talvez entre aquelas qualidades viris que sua mãe o ensinara a admirar desde a infância, quando o chicoteava até verter sangue, exigindo dele uma atitude estoica — sem gritos, nem súplicas, mas coragem, a alma temperada dos guerreiros ferozes que em Roma, Nápoles e Turim derramavam óleo de rícino na garganta de seus adversários cantando o hino fascista entre bandeiras negras. Além disso, e como que para fechar o círculo, duas horas depois de refletir no sofá da sala — o camponês ainda estava em cirurgia e ali permaneceria até o dia seguinte —, Benito Suárez elaborara a teoria das emanações, segundo a qual seu corpo teria sofrido uma onda de animosidade vinda daquele homem que, ao impedir a passagem para sua fazenda, nada mais fez do que intuir, captar e canalizar a oposição que iam dedicar a ele, Benito Suárez, os habitantes de Sabanalarga, que jamais poderiam perdoá-lo por ter se elevado socialmente quando tinham uma origem comum, e que, condenados à miséria por sua preguiça, covardia ou má-fé, tenderiam a acreditar que ele, assim como eles próprios, era propenso à fraqueza e incapaz de defender seus interesses.

Lina ficaria ouvindo Benito Suárez falar por quase um ano a respeito de emanações corporais transmitidas pelo inconsciente coletivo, o tempo que o camponês passou no hospital, o tempo, também, em que a bela cadela boxer trazida de Medellín com todo tipo de certificados sobre a nobreza de suas origens e destinada a ser a primeira matriz reprodutiva nos projetos de Benito Suárez entrara em seu segundo período de cio, podendo então cruzar com o único animal da cidade capaz de igualá-la em pedigree, um boxer corpulento, mas sem grandes apetites, que teimava em se esconder debaixo da cama de Dora, enquanto a cadela, que se chamava Penélope, trotava ansiosamente pelo pátio arranhando a porta de serviço, até que uma tarde destravou o ferrolho depois de tantas investidas, saiu para o meio-fio e cruzou com o primeiro vira-latas que passava por ali.

Lina e Dora conversavam na sala quando ouviram o Studebaker parar e quase instantaneamente os gritos de Benito Suárez chamando Antonia, a vizinha dona da farmácia ao lado, pois o cachorro em questão pertencia a ela e Benito Suárez a acusava de mil coisas de uma só vez, ou melhor, tentava acusá-la, pois de sua garganta só saíam sons confusos e palavras entrecortadas por uma espécie de soluço enquanto ele corria em círculo procurando a maneira de chutar os dois animais — eles já haviam copulado, mas ainda estavam presos um ao outro com olhos taciturnos e como que constrangidos com os gritos — que Antonia protegia ficando entre eles e seus sapatos brancos, com grossas solas de borracha, e os curiosos se juntavam, vizinhos, jardineiros, alguns taxistas, celebrando a situação com risinhos e obscenidades sem que Benito Suárez parecesse notar, isolado na ira que só lhe permitia balbuciar insultos contra Antonia. De repente ele parou, olhou ao redor e, observando a contração brusca de suas mandíbulas, Lina pressentiu que essa história iria terminar com algum gesto destinado a silenciar o riso e o deboche de uma maneira ruim, então não ficou surpresa ao vê-lo ir para o Studebaker, pegar o revólver e, empunhando-o, começar a girar lentamente, percorrendo com os olhos entrecerrados a multidão que, de repente silenciada, começou a recuar, um, dois metros até que houve um indício de debandada e só Antonia, Lina e a cachorra já livre do vira-latas foram deixadas no meio-fio, Lina se perguntando em quem ele iria atirar, já que só o tiro poderia salvá-lo, a seus olhos, do ridículo, e a cadela, nobre demais e bem nutrida para ter maior sensibilidade, feliz por vê-lo, moveu as ancas para a esquerda e levantou as patas, seu último movimento antes de cair no meio-fio com uma bala que lhe perfurou o focinho e se enterrou na parede, estilhaçando uma pedra em mil pedacinhos.

Esse incidente seria a origem, ou melhor, estaria na origem de uma nova tese, a impregnação, desenvolvida amplamente por Benito Suárez para demonstrar a Lina e a quem quisesse ouvir que o esperma de um macho marcava a fêmea de forma indelével, ou seja, que bastava que ela tivesse engravidado uma vez para continuar parindo filhos com as mesmas características genéticas do primeiro, mesmo que o genitor fosse outro, invenção que, embora tendesse a justificar, como a das emanações, um ato incoerente, serviria a Lina como sinal de alarme, pois já então os poemas de Benito Suárez haviam revelado suas relações com uma mulher casada e aparentemente grávida a quem ele havia dedicado uma ode intitulada "Amor impossível", que aludia ao marido dela, irmão de tristezas e lembranças, de juventude sombria vivida em anfiteatros entre os mortos, deixando assim supor uma velha amizade entre colegas, em total desacordo com a realidade, já que o marido revelou-se estudante de direito que nunca havia pisado em um anfiteatro ou visto nenhum morto, já operado duas vezes de úlcera na clínica Las Tres Marías, da qual Benito Suárez era sócio ao lado de outros nove médicos.

Então foi aquela bobagem de impregnação que primeiro inquietou Lina. Em suma, sabia que Benito Suárez estava apaixonado, e seriamente apaixonado. Durante toda a sua vida recordaria como o encontrou certa tarde, em lágrimas diante do toca-discos, ouvindo uma lamentável gravação de versos de Rubén Darío, ou melhor, associaria em sua memória aquele momento à frase: "*¿Recuerdas que querías ser una Margarita Gautier?*"[1]. Em lágrimas e dizendo: "há outro ser em minha existência", com uma voz estrangulada pela emoção enquanto o toca-discos, Lina iria lembrar anos depois, repetia e repetia: "*¿Recuerdas que querías ser una Margarita Gautier?*". Dias depois, enviara-lhe pelo correio uma folharada de poemas em versos pequenos, de quatro sílabas cada um e musicalidade mais do que duvidosa, que Lina corrigira e comentara sem se referir ao seu conteúdo e sem lhe dar muita importância. Mas outra coisa era descobrir de repente que sua amante, a Enriqueta dos anagramas, estava grávida dele — caso contrário não teria insistido tanto na impregnação —, pois Benito Suárez queria um filho, outro, um verdadeiro descendente dele que não chorasse como Renato quando o levava ao matadouro municipal para ver as vacas abatidas a fim de endurecer seu caráter, nem tivesse um colapso nervoso se ele sentisse vontade de chutar Dora, esfaquear um camponês ou atirar em uma cadela. Bem ou mal, Lina contava com o marido, que ela imaginava médico e, consequentemente, pelo menos em princípio, desfrutando da mesma parcela de poder concedida pela sociedade a Benito Suárez, e esperava que a dificuldade de dissolver dois casamentos ou escolher entre dois filhos trouxesse a este último um pouco de sensatez, enquanto o tempo se encarregava de resolver as coisas, sem imaginar nem remotamente que Benito Suárez já tivesse decidido ajeitá-las à sua maneira, com brutalidade, se diria, no caso do marido, e mais sutilmente quanto a Dora, a quem obrigara, logo quando começou a escrever os poemas inspirados em Enriqueta, a fazer análise com Jerónimo

---

[1] "Você se lembra de que queria ser uma Margarita Gautier?", versos do poema "Margarita". [N. T.]

Vargas, o psiquiatra de barba ruiva. Essa psicanálise não podia ser levada a sério, primeiro porque Jerónimo Vargas não era psicanalista, mas também, e disso Dora parecia consciente, porque uma leitura mal assimilada de Reich havia dado conta do escasso juízo que ele tinha, aceitando que em algum momento ele teria tido algum, e desde seu casamento com uma garota desconhecida do interior, alta e esquelética, com pele leitosa e maquiagem como a Greco dos anos 50, Jerónimo Vargas começara a pôr em prática uma ideia confusa do orgasmo libertador, ou melhor, do orgasmo permanente que, em sua opinião, levava a desencadear no homem as forças criadoras do universo, exigindo entre outras coisas a participação incondicional da mulher, e por isso sua esposa, a moça de expressão faminta e pálpebras com sombra verde, tinha de permanecer nua o dia todo em casa e submeter-se a cada três ou quatro horas aos chamados deveres conjugais que ele, Jerónimo Vargas, cumpria com regularidade cronométrica, chegando a ponto de suspender as sessões psicanalíticas de Dora a pretexto de sua necessidade de ir fazer amor e regressar um pouco mais tarde, a camisa suada e, às vezes, uma mancha verde muito perto da linha onde sua barba ruiva começava a crescer. Ou seja, a psicanálise de Dora (na qual ela quase sempre se limitava a ouvir as caóticas interpretações de Jerónimo Vargas) poderia ter sido motivo de divertimento se não tivesse coincidido com aqueles amores de Benito Suárez e, sobretudo, se não fosse acompanhada de doses maciças de tranquilizantes que, de repente, na época em que Enriqueta deveria estar prestes a dar à luz, deram lugar a uma prescrição de medicamentos destinados aos grandes perturbados, guardada por Lina cautelosamente ao suspeitar, não da verdade — apesar de conhecer Benito Suárez, ela tinha nojo de imaginar um episódio de uma radionovela —, porém mais simplesmente de uma intenção de enfraquecer a vontade de Dora para forçá-la a renunciar a Renato ou qualquer coisa assim.

    Essa receita médica acabaria fazendo parte do enorme sumário apresentado pelo advogado de Dora perante a Cúria quando Benito Suárez fugia da justiça depois de ter escondido Renato na casa de sua irmã, mas de imediato não foi de muita utilidade porque Benito Suárez bateu em retirada assim que sua intenção de encerrar Dora em um hospital psiquiátrico foi descoberta, exatamente no momento em que a cozinheira de Dora o surpreendeu conversando sobre o assunto com Jerónimo Vargas e informou Berenice, que como de costume andava pelas ruas do bairro naquela tarde colhendo dos lábios de jardineiros e empregadas as fofocas que lhe permitiam acompanhar as vicissitudes do povo do Prado. Normalmente, Berenice se alegrava com qualquer incidente que confirmasse sua má opinião a respeito dos brancos, mas como Dora gozava de sua simpatia, a notícia a encheu de horror e ela correu em direção à casa tirando seus chinelos para melhor suportar o considerável fardo de seu corpo. Então Lina a viu chegar, descalça e ofegante, os seios, grandes como melões, sacudidos por espasmos sob a blusa de florzinhas e em seus olhos, não em suas pupilas, mas no globo branco dos olhos que gira e se desvia quando os negros estão com medo, uma expressão apavorada, nublada por lágrimas mal conseguiu recuperar a voz e começou a falar com Lina de loucos, hospitais psiquiátricos e ambulâncias, atropeladamente, em meio a gritos e remelexos que sua avó cortou pela raiz ao entrar na sala e pedir que ela se explicasse com calma. Por seu relato, ficou claro que Jerónimo Vargas já tinha pedido a internação de Dora na clínica El Reposo para o dia seguinte, às nove da manhã, quando Renato houvesse saído para o colégio. Sua avó ouviu Berenice sem interrompê-la, agitando levemente uma mão no ar para acalmá-la, e depois de um gesto semelhante e sem fazer o menor comentário, instruiu-a a ir até a cozinha e deixá-las sozinhas. Lina observou que ela permanecera pensativa: de pé a seu lado, miúda e férrea, tão pequena que mal ultrapassava a cintura de Lina, parecia meditar contemplando absorta a cabeça de sua bengala. Talvez ela tivesse começado a examinar as palavras de Berenice, apesar de sua desconfiança ancestral e irredutível em relação a fofoca de criadas. Ou talvez — e no momento de pensar sobre isso Lina sentiu novamente, como sentia na infância, a angústia de não poder acessar uma certa forma de compreensão — sua avó tenha começado a romper secretamente o esquema que até aquele dia lhe permitia analisar as reações de Benito Suárez e já estava deslizando para um nível mais complexo de reflexão, seguindo a metamorfose que o próprio Benito Suárez teria sofrido para deixar para trás o iracundo, elementar e no fim das contas previsível marido despótico, agressor de idosos, assassino, criador de versos maus, e entrar nos labirintos de um homem calculista que organizava sua violência com perfídias de cortesão florentino. Ou nunca houve tal esquema, mas sabendo dessa mudança na ordem das coisas, a avó se concedia o tempo de considerá-lo enquanto ela, Lina, esperava pacientemente suas conclusões, apesar dos mil projetos que lhe passavam pela cabeça, desde esconder Dora em sua casa até ameaçar Jerónimo Vargas com um escândalo na imprensa, tudo em meio a alguma confusão, porque mesmo naqueles momentos e por afeição indizível por um indivíduo em quem confiava tanto quanto em um escorpião, ela inadvertidamente buscava os aspectos duvidosos daquele assunto, uma falha, uma rachadura, um escoadouro, e começava a se perguntar se Berenice não havia exagerado, devido à sua inclinação ao drama, ou distorcido o significado de alguma conversa anódina mal interpretada por sua vez pela cozinheira de Dora, quando ouviu a avó dizer em tom calmo, mas inabalável: "Você deve contar ao seu pai imediatamente".

Seu pai era justamente a última pessoa no mundo a quem Lina teria ido contar que Benito Suárez propôs trancar Dora em um hospital psiquiátrico. Não porque o pai fosse indiferente ao destino de Dora: mesmo que ele nunca falasse a respeito, o assunto muitas vezes costumava encerrá-lo em um silêncio tenso ou o fazia se retirar das conversas após o jantar. Lina havia notado que ele até se esforçava para chegar tarde do escritório quando Benito Suárez comemorava o aniversário de seu primeiro encontro com sua avó aparecendo na casa sem ser convidado, atrás de um volumoso buquê de flores. Mas o humor do pai, sua indiferença sem precedentes aos desastres da vida já haviam levado Lina a deixá-lo à margem de seus problemas, como se naquele gigante despreocupado e jovial que via sem pestanejar as paredes de sua casa caírem e dirigia placidamente seu Dodge desconjuntado a dez quilômetros por hora ela pudesse encontrar todos os personagens ao mesmo tempo, o amigo, o erudito, o professor de história, exceto o homem capaz de dar-lhe uma única instrução adequada se suas roupas começassem a queimar ou qualquer outra calamidade viesse a se abater sobre ela. Assim, enquanto descia para o centro da cidade em um ônibus apanhado apressadamente na esquina da 72, Lina, alheia ao calor e à algaravia dos passageiros, tinha na mala a receita de Jerónimo Vargas, à qual de vez em quando punha um olho para se certificar de que não a perdera, ia escolhendo as palavras que lhe permitiriam expor a situação de Dora ao pai em toda a sua gravidade, sem lhe dar tempo de interrompê-la com uma de suas piadas habituais ou qualquer declaração sarcástica sobre a insensatez de Berenice. Isto, seu ceticismo, Lina o via assomar, fazer uma pirueta e varrer tudo enquanto considerava as possibilidades de expressar uma história truculenta, baseada em indícios que aos olhos de seu pai não poderiam ter qualquer valor, uma psicanálise, alguns versos, a fofoca de algumas criadas, contando-a a si mesma repetidas vezes entre o chacoalhar do ônibus e o cheiro de gasolina queimada, e depois, meia hora mais tarde, à espera do pai no seu escritório na rua San Blas que, como habitualmente, deixara aberto sob o risco de perder seu único patrimônio, se assim pudesse se chamar sua velha Remington preta, de teclas rígidas, em que escrevia atas e memoriais a uma velocidade espantosa com dois dedos. Ali se jogaria a sorte de Dora e, de certa forma, o destino de Benito Suárez, naquele escritório empoeirado do qual anos mais tarde Lina se lembraria vacilando entre o espanto e a ternura: a Remington, e na parede, ao lado da fotografia emoldurada de suas mãos que um dia ela havia cortado e jogado fora, o quadro daquele bisavô filho de rabino e diplomata, nono pretendente, segundo seu pai, à coroa de Israel (se houvesse uma monarquia em Israel) e por causa do qual Cartagena das Índias esteve prestes a ser destruída pela frota holandesa. Instalada na janela daquele escritório onde nenhum homem com mais de cem pesos no bolso havia entrado, Lina veria seu pai subir a rua San Blas com seu terno de linho branco, milagrosamente limpo, milagrosamente fresco em meio àquele calor de chumbo que derretia o asfalto, sorrindo para mendigos, ensacadores e vendedores de doces e certamente chamando todos eles de Lucho porque havia muitos nomes para poder se lembrar de todos. Ouviria o barulho do elevador que o levava ao escritório, o tom alegre de sua voz ao cumprimentá-la, o guincho da cadeira giratória quando ele se sentou em sua mesa sob o queixoso movimento de um ventilador de teto, e surpresa, quase perplexa, observaria sua expressão de gravidade à medida que ela lhe contava o que sabia, tirando a receita de Jerónimo Vargas de sua bolsa. Pois daquela vez não houve piadas, nem zombarias, nem o menor indício de ceticismo. O rosto do pai fechara-se em um gesto duro, que só três vezes Lina veria e que sempre veria com medo: uma espécie de fixidez, os músculos tensos, os olhos encolhendo-se perigosamente até se tornarem puros lampejos de ira. Sem pronunciar uma palavra ou se deter na receita exibida por ela na mesa, seu pai começou lentamente a discar um número no telefone e, quando a voz de Benito Suárez apareceu do outro lado da linha, Lina o ouviu dizer em um tom que a raiva havia aplacado: "Olhe, Benito Suárez, se você puser a Dora no hospital psiquiátrico, eu te meto na cadeia. Você sabe que eu posso fazer isso". E isso foi tudo, porque o pai de Lina desligou o telefone sem sequer se dar ao trabalho de esperar por uma resposta. Ela ficou simplesmente estupefata. Por um lado, tinha a impressão de ter descoberto em um instante o significado, a transcendência e a gravidade da palavra "Lei", aquele conceito em nome do qual um homem pacífico como seu pai, que nunca sentira nas mãos o peso de uma arma, se permitia desafiar Benito Suárez ali de um modesto escritório na rua San Blas. De outro, ela havia percebido em seus termos uma ameaça irrevogável, a alusão a algo que aparentemente, e sem que ela soubesse, seu próprio relato viera confirmar. No entanto, conhecendo a reserva do pai diante de tudo o que de uma forma ou de outra tocava o exercício de sua profissão, ela se absteve de lhe perguntar qualquer coisa e até deixou seu escritório com um sentimento de alívio, não de triunfo — achava que a longo prazo Benito Suárez levaria a melhor, e que a trégua seria, como tantas outras, uma questão de meses —, com a tranquilidade de poder imaginar Dora em casa, entupida de calmantes, sim, mas com a razão a salvo, esquecendo o tédio aos cuidados de Renato e dos dois filhotes de boxer trazidos de Medellín para substituir Penélope.

A inquietude veio depois, quando Lina contou a Berenice sobre a entrevista com o pai e Berenice emudeceu de espanto, como se tivesse ouvido os cavalos do apocalipse galopando. Porque realmente emudeceu. Não só silenciou suas reflexões no momento, tão inúteis que lhe parecia expressá-las, mas durante uma semana manteve um silêncio consternado, reminiscência provável de outros tempos, de noites escuras em que o murmúrio da selva era cortado por lamentos, e ao requebrar das ondas respondiam sons metálicos de correntes, e entre a repentina e fulgurante luz de um porto nunca visto assobiavam no ar os rebenques. Durante uma semana, Lina a surpreenderia espiando ansiosa pelas janelas assim que começava a escurecer, suas mãos, tão minúsculas em relação ao volume retumbante de seu corpo, crispadas entre as dobras de uma cortina, suas costas sacudidas por soluços sufocados certamente para não chamar a atenção de sua avó. Veria seus olhos avermelhados quando, toda vestida de preto com um avental de organza branca, servia a refeição na hora do jantar mostrando em sua expressão o fatalismo mais desesperado. Lina a ouviria trancar as portas à noite, suspirar o dia inteiro na cozinha, e no fim ela mesma, Lina, por contágio, ou talvez, dizia-se, por aquela porcentagem indeterminada de sangue negro que corria em suas veias, se veria olhando furtivamente para a rua, mais ou menos consciente dos carros que a atravessavam, mais ou menos certa de que mais cedo ou mais tarde Benito Suárez daria sinais de vida.

Naturalmente, ele os deu; em suma, apareceu uma noite em que Lina, sua avó e seu pai estavam jantando e, como esperado, Berenice foi a primeira a vê-lo. Antes que seu malfadado Studebaker azul virasse a esquina, Berenice havia corrido para a sala de jantar com o rosto descomposto gritando: "Lá vem, menina Jimena, lá vem aquele louco". De nada serviu que sua avó lhe indicasse para fazê-lo seguir adiante: Berenice não estava em condições de executar aquela ordem ou qualquer outra. Assim, foi Lina quem teve de abrir a porta para encontrar um Benito Suárez esponjado de satisfação, segurando em seus braços uma grande cesta de garrafas de champanhe e acompanhada por Dora, que apareceu ao seu lado mais apagada que nunca, com seu eterno traje de blusa e saia comprados na Sears e uma carteira branca provavelmente adquirida para a ocasião. Precedidos por Lina, atravessaram a galeria e entraram na sala de jantar onde o pai e a avó continuavam a jantar imperturbáveis e Berenice apertava-se contra o aparador atrás do qual ela, Lina, tinha escondido Dora anos antes, depois de tê-la visto atravessar o jardim com o rosto cheio de sangue. E enquanto Berenice se aventurava a avançar sobre a mesa uma mão cautelosa pegando as facas uma a uma, e as pupilas de sua avó e de seu pai cristalizavam-se no mesmo olhar neutro, desprovido de expressão, Benito Suárez começou um daqueles discursos grandiloquentes que pareciam ensaiados diante do espelho, ou melhor, em cima de uma plataforma minada por refletores, onde era questão de sua honra pisoteada pela mais infame calúnia, da inveja que sua personalidade despertava em almas mesquinhas, pois ali estava sua esposa sã e salva, a digníssima mãe de seu filho e sua senhora, que fora tratada cientificamente por um médico por causa daquelas depressões que atacavam a frágil natureza feminina com frequência. "Mas ela já está curada", disse ele, apontando o dedo para Dora, como se se dirigisse aos internos do hospital em uma sala de conferências. "E para celebrar a cura, e o dissipamento de mal-entendidos vis, permiti-me oferecer-lhes hoje esta champanhe. Você", continuou dirigindo-se a Berenice que, escondendo as facas sob o avental, olhava espantada para o imenso cesto de garrafas adornadas com fitas coloridas, "traga quatro taças, cinco", acrescentou, gesticulando para Dora, de cuja presença parecia ter se esquecido.

Pois Dora tinha para ele a curiosa propriedade de existir pela metade e, às vezes, de não existir totalmente. Mais do que alguém, era algo que aparecia e desaparecia de acordo com seu humor, recebendo seus golpes e gritos com passividade, cumprindo suas ordens como um autômato, sem nunca oferecer a menor resistência. Talvez, pensasse então Lina, porque resistir implicava necessariamente refletir, ao menos dizer a si mesma que os valores impostos pela sociedade poderiam ser discutidos ou negados, e isso não passava pela cabeça de Dora. Aceitara o casamento com o mesmo abandono desorientado que sua mãe, dona Eulalia del Valle, admitira o seu, embora por razões diferentes, atribuindo-lhe o caráter sagrado ensinado pelo catecismo, reconhecido pela sociedade e afirmado enfaticamente por aquele padre de Puerto Colombia, amigo de Benito Suárez, que a havia casado. E a partir dessa premissa nenhuma ação de rejeição era possível, aliás, nenhuma pergunta, nenhum exame ou hesitação, pois invariavelmente qualquer raciocínio levava a questionar os fundamentos de uma união concebida a priori como eterna e inviolável. Sua situação, evocada por centenas de romances do final e início do século, semelhantes à de quase todas as mulheres casadas que Lina conhecia, não podia, no entanto, ser explicada da mesma forma, na medida em que nem a vaidade social nem o dinheiro interessavam a Dora; além disso, ela era ateia, não exatamente ateia por convicção, mas irreligiosa por indiferença, em suma, nunca se perturbara em saber por que o dia se seguia à noite, ou como o bem e o mal existiam, nem de onde surgiam o milagre da vida e o escândalo da morte. Lina sabia que seus pensamentos giravam em torno do imediato e paravam no próprio nível de suas sensações com o descaso de uma planta que seca sob o efeito do sol e estremece ao contato do vento. Depois de onze anos de vida em comum com Benito Suárez, sua capacidade de reagir havia embotado, faltava-lhe até um instinto de defesa, aquele mecanismo cego, químico, elementar que leva um simples gato a eriçar o pelo e dobrar as orelhas na presença do perigo. Dora aceitava, cedia, deixava-se atropelar como quem conhece sua vontade rompida e perdida para sempre, ou menos ainda, pois a consciência dessa perda supunha a possibilidade de pensar nela e, portanto, de nomear a autoridade de Benito Suárez conseguindo isolá-la como algo que existia contra ela, mas fora dela, que poderia ser reduzida, limitada a uma palavra. Mas naquela autoridade Dora mergulhava como se fizesse parte do ar, dos seres e das coisas que via ao seu redor, menos por medo, embora naturalmente o medo devesse ter contribuído para sua docilidade, por uma espécie de agradecimento pueril para com o homem que se casara com ela, dando-lhe uma casa, um filho, um sobrenome, apesar de tê-la encontrado desonrada. Na realidade, sua desonra não se referia ao desprezo que a sociedade poderia sentir por ela, mas ao desprezo que ela sentia por si mesma. Sim, no decorrer do tempo, Dora tinha repudiado sua juventude, aquele impulso de vida que lhe permitira abrir o corpo ao desejo e entregar sua sensualidade sem recompensa, ou obtendo apenas em troca o prazer que sentia em dar, para abrigar-se em uma vergonha obstinada que, na opinião de Lina, se formara como um reflexo condicionado, já que os golpes, gritos e chutes de Benito Suárez eram sempre acompanhados pela referência à sua pervertida relação com Andrés Larosca e à sexualidade não menos flagrante que ela exibira quando ele a conheceu. A isso se unia a cantilena de sua mãe, dona Eulalia del Valle, para quem o pecado original de Dora servia de justificativa para sua própria covardia diante de Benito Suárez, ou seja, para limitar seu protesto a lamúrias sobre a infelicidade de ter uma filha que havia se perdido ignorando seus avisos, desdenhando de seu exemplo, jogando na lama seu sobrenome, que transformava qualquer dor ou humilhação de Dora em um motivo a mais para ter pena de si mesma. E depois havia o ambiente, o que Dora tinha visto e ouvido desde que nasceu, o que aprendeu no colégio, o que foi ensinado pela religião, o que foi lido nos romances, o que se insinuou nos filmes, enfim, toda aquela moralidade da repressão vencida por um instante pelo calor de seu corpo adolescente, que acabara entrando em sua mente e ali se instalando definitivamente, modificando-se até formar não um concentrado de máximas tingidas de religião, superstição ou filosofia, mas a mais formidável aglomeração de lugares-comuns, elementares e irredutíveis, que a deixavam perfeitamente indefesa diante das invectivas de Benito Suárez nas quais parecia encontrar o eco de sua própria reprovação. No entanto, esse mesmo Benito Suárez lhe devolvera, casando-se com ela, a dignidade perdida, servindo-lhe de protetor e ao mesmo tempo de ponto de contato, de acesso à realidade, pois além de sua mãe, dona Eulalia del Valle, a sombra queixosa envelhecendo em frente às árvores de seu quintal, e dela, Lina, que no fim não lhe contribuía com muito, Dora só podia contar com Benito Suárez. Dessa dependência (do medo também) surgira um sentimento que Lina nunca chegou a definir, algo como respeito, a veneração propiciatória dos homens que, encolhidos em uma caverna, a alma oprimida do terror, procuravam aplacar a ferocidade de seus deuses, e como eles, os acovardados e temerosos homens primitivos, exploravam às cegas os comportamentos que não irritavam o deus, ou ganhavam seus favores ou obtinham seu perdão. Esse culto era também o único ponto de referência em um mundo hostil e incompreensível que só ele, Benito Suárez, conhecia, governava: sua voz era uma estrela polar à noite, posição do sol durante o dia, farol, indicação, memória, guia. A dúvida, o interrogatório mais simples poderia levar ao extravio absoluto. Era por isso, talvez, que Dora não ouvia com reservas seus discursos ou desconfiava de suas intenções; por isso, talvez, tivesse sido demais pedir-lhe que desconfiasse do homem que tinha total poder sobre ela, aceitando, mesmo que fosse na qualidade de hipótese, que esse homem secretamente planejara interná-la em um hospital psiquiátrico.

Se dependesse de Lina, Dora nunca teria sabido. As poucas pessoas que iam a sua casa, dona Eulalia del Valle, Antonia, a vizinha, a sogra, a cunhada e as empregadas, tiveram o mesmo reflexo, silenciar a verdade ou distorcê-la de tal forma que tudo se reduziu a um mal-entendido entre Benito Suárez e Jerónimo Vargas. Curiosamente, essa história de mal-entendido abriu uma brecha na amizade que os unia, como se a necessidade de fingir a discórdia os incitasse a criá-la, ou talvez porque, uma vez separados de suas relações habituais de compadrio, ou seja, dos comportamentos que lhes permitiam apaziguar um ao outro, eles se descobrissem capazes de se atacar e não vissem razão para se privar de fazê-lo. Eles haviam se conhecido ainda crianças no Colégio dos Irmãos Cristãos e, no fim da primeira semana, trocaram socos na hora do recreio sob o olhar satisfeito do inspector, um galego vesgo, quadrado e maciço como o camponês que era, encarregado de pôr na linha os alunos por meio de pescoçadas, que deve ter sentido o cheiro do perigo assim que os viu descer do ônibus no dia do início do ano letivo, mesmo que tivessem apenas dez anos e chegassem ao Biffi com a ofuscação de dois filhotes jogados abruptamente em uma gaiola de adultos. Durante toda a semana o galego os observou do corredor, contava Benito Suárez, sem que nenhum dos dois percebesse que apenas eles constituíam seu centro de interesse, pois por sua vez estavam bastante ocupados em medir, pesar e testar a resistência psíquica dos professores que passavam pela turma, armando uma bagunça descomunal com estilingues, flechinhas, apelidos, caretas, insultos e quanta desordem aprenderam a fazer capitaneando suas respectivas gangues de bairro, unidos, ele e Jerónimo Vargas, na perfeita cumplicidade de quem se conhece igual ou programado para o mesmo fim, até a manhã em que o galego os incitou a lutar no pátio do recreio tentando acabar com sua aliança de comparsas sem sucesso, pois na primeira troca de golpes os filhotes entenderam que era melhor se voltarem contra o inimigo comum na hora certa, que não podia ser naquela hora sob pena de risco de expulsão do colégio, mas depois, quando, com o diploma no bolso, deixando o teatro onde ocorrera a cerimônia de formatura, encontraram o galego em um beco e deram-lhe a surra por ele temida desde que os viu descer do ônibus seis anos antes.

Assim, eles haviam passado no teste do colégio juntos, e juntos haviam visitado um bordel pela primeira vez e haviam tomado o mesmo avião para ir a Bogotá estudar medicina. Duas feras conscientes de tudo o que as assemelhava e as distinguia das outras, pensava Lina, e por isso mesmo dispostas a ajudar-se mutuamente sempre que uma delas estivesse em dificuldade, mas cuja associação se tornava vulnerável se o acaso as dispusesse em campos opostos, fazendo-as perder o mecanismo sutil de reconhecimento e solidariedade através do qual evitavam atacar um ao outro. Pois só falando de algo tão inadequado como cheiro, cor, arranjo de penas ou comportamento ritual se poderia entender que eles permanecessem amigos e que, de repente, sem causa precisa, começassem a disputar sobre qualquer coisa, em especial a ideia que tinham sobre a melhor maneira de tratar uma mulher. É verdade que Nietzsche e Reich não tinham a mesma opinião sobre isso, e Jerónimo Vargas parecia realmente apaixonado pela menina esquelética que vagava nua o dia todo pela casa. Mas depois de meses de confinamento, de calor, de solidão, de cortinas cerradas de manhã e à tarde para não escandalizar a vizinhança, a menina começava a ficar entediada, mesmo que poucas mulheres pudessem gabar-se na cidade de ser tão bem servidas, e aspirava a uma vida mais equilibrada ameaçando Jerónimo Vargas com fazer as malas e regressar a Tunja, Sogamoso, Ramiriquí ou de onde viera, perspectiva que o aterrorizava e o levara a procurar o conselho de Benito Suárez, para quem uma mulher se domesticava como um cachorro, nada de levar em conta suas opiniões, nem temer suas ameaças, nem ceder aos seus caprichos, e sim impor a vontade do homem de acordo com as leis humanas e divinas. Encorajado por tais propósitos, Jerónimo Vargas continuou sua orgia diária até que a menina, exasperada, encontrou uma maneira de contê-lo: deixou-se fazer um filho e rejeitou qualquer contato sexual durante a gravidez, deixando-o frustrado, irritado e predisposto contra Benito Suárez, a quem insultou na mesma noite em que soube do acontecimento de uma maneira tão estranha que a própria Dora mais tarde se questionaria sobre sua saúde mental: porque ela e Benito Suárez tinham sido convidados à sua casa pela primeira vez, e quando chegaram Jerónimo Vargas abriu a porta e um minuto antes de fechá-la no nariz deles perguntou-lhes destemperadamente que porra tinham ido fazer ali, desenterrando assim o machado de guerra que anos atrás um inspetor procurara em vão provocar e que atingiria sua apoteose dois meses depois, na casa de Dora, com Benito Suárez e Jerónimo Vargas trocando socos, quebrando toda a porcelana da sala e manchando de sangue uma tapeçaria recém-comprada. Passou-se uma segunda-feira ou terça-feira de Carnaval. Na véspera, Benito Suárez fantasiara-se de negro espalhando betume no rosto e, depois de ter bebido toda a tarde, tinha ido procurar Jerónimo Vargas para fazer as pazes, mas na casa encontrou apenas a mulher famélica, mais ossuda e cheia de olheiras com seus dois meses de gravidez, e também assustada, por causa do Carnaval para o qual seu marido e a criada se apressaram a correr deixando-a sozinha, por aqueles homens e mulheres vislumbrados na batalha das flores, todos pitorescos, jogando maisena e bebendo no gargalo da garrafa, pelo alvoroço, pelas danças, pela tremenda desordem em que mergulhou durante quatro dias a indolência de uma cidade que ela, a menina de Tunja ou Sogamoso, conhecera até então adormecida e calcinada pelo sol, nas vezes que o marido lhe permitira pôr algo no corpo e passear pelas ruas. Então, quando ela abriu a porta e encontrou Benito Suárez todo pintado de preto, ficou com medo; talvez ela sempre o tivesse temido e Benito Suárez soubesse disso ou captasse naquele momento, e olhando para ela começou a imitar um louco, isto é, a fazer as caretas e sons que observara nos loucos, andando com um ar ameaçador enquanto ela recuava e depois subia as escadas escorregando e ao fim dando gritos que se tornavam gemidos quando começou a sentir as dores do aborto. Benito Suárez conseguiu chamar uma ambulância, mas o menino já estava perdido. Foi por essa razão que ele e Jerónimo Vargas se atracaram, trazendo à tona seus respectivos segredos, enquanto Dora, que havia se escondido com Renato no banheiro, descobria a existência de Enriqueta e o propósito de sua psicanálise. Então ela desmoronou: apavorada, derrotada, acabou afundando naquela sua inércia como um animal que recua e cede ao peso de seu corpo na escuridão do refúgio que procurou para morrer.

V.

Se Lina tivesse perguntado à avó qual era a melhor maneira de controlar um instinto, certamente teria ouvido sua resposta de que as pulsões operavam em regiões onde ninguém nunca soube se aventurar, sugerindo assim uma certa desconfiança diante de qualquer veleidade de intervenção. Porque sua avó acreditava que o instinto era regulado à sua maneira e podia encontrar na mesma pessoa tendências contrárias, capazes de amortecer sua violência ou desviá-la de seu objetivo, permitindo-lhe uma readaptação de acordo com as leis estabelecidas pela sociedade. Opor a ele condenações definitivas ou imperativos morais associados a uma utópica liberdade de escolha era, aos olhos de sua avó, agravar no homem o sentimento de culpa e, consequentemente, fustigar uma agressividade que talvez só pedisse para se expressar por um momento para cair novamente na sonolência. Era, sobretudo, confiná-lo em sua singularidade, cortando as pontes destinadas a identificá-lo com todos os homens, a encontrar neles seu reflexo, seja na felicidade ou na infelicidade, na grandeza ou na miséria. Uma vez isolado, ou se desmoralizava ao perder todo o respeito próprio, ou se protegia atrás de um orgulho delirante que buscava através de novos desatinos a confirmação de sua legitimidade. Mas em nenhum caso o instinto desaparecia: ainda estava lá, à espreita, mais incoercível do que nunca, e se por um tempo havia sido duramente reprimido, menos importante seria o estímulo que permitiria que ele fosse desencadeado.

Talvez, guiada por essa reflexão, sua avó tenha sido a única pessoa que observou o comportamento de Benito Suárez sem otimismo, durante os oito meses que se seguiram à sua estrondosa discussão com Jerónimo Vargas no dia de Carnaval. Pois naqueles oito meses a personalidade de Benito Suárez pareceu sofrer uma mudança inesperada: de irascível e despótico tornou-se um homem contido que buscava a companhia das pessoas e escrevia versos em abundância expressando um desencanto filosófico com as vicissitudes do destino. De fato, e como ele afirmava em seus poemas da época, provavelmente influenciados pela leitura de autores gregos, o destino zombava, como uma deidade implacável, dos projetos humanos reduzindo suas esperanças a pó e aprisionando sua existência em um labirinto de desígnios insondáveis. Esse sentimento de impotência tinha causas muito precisas: o filho de Enriqueta havia nascido morto um mês depois que seu marido, o estudante de Direito Antonio Hidalgo, sucumbiu misteriosamente na clínica Las Tres Marías. Por outro lado, Jerónimo Vargas, que com base em seus conhecimentos psicanalíticos recém-adquiridos atribuíra a Benito Suárez o desejo inconsciente de fazer sua mulher abortar porque a morte do filho de Enriqueta tinha frustrado sua paternidade, espalhava com insidiosidade certos rumores que, a se confirmarem, poriam em causa seu próprio direito ao exercício da profissão. E depois havia Dora, o problema de Dora. Na realidade, de uma forma ou de outra, ela sempre fora um problema para Benito, mas ele tinha sido capaz de apresentá-la como sua esposa, ou seja, uma mulher sem graça que cumpria perfeitamente seus deveres conjugais cuidando da casa e seguindo passo a passo a sombra do marido. De repente, aquele objeto de plastilina recusava-se a assumir a forma exigida por suas mãos, deixava de ser expositivo, demonstrável, não por um ato de decisão, vontade ou rebeldia, mas muito pelo contrário, por um excesso de flexibilidade que, paradoxalmente, pervertia sua natureza de coisa maleável. Dora não era nada, enfim; desde o dia em que descobriu as manobras de Benito Suárez para trancafiá-la em um hospital psiquiátrico, ela parecia ter deixado de viver. Retirando-se para dentro de si mesma, recusando-se a tomar as drogas a que seu corpo havia se acostumado, caiu em um estado de prostração inviolável cujo objetivo, se é que tinha objetivo, era a evasão no silêncio e na inércia, talvez na morte. Lina ia para casa todos os dias por volta do meio-dia na companhia de Berenice.

As duas tiravam-na da cama, levavam-na ao banheiro, sentavam-na em um banquinho de madeira debaixo do chuveiro e lavavam aquele corpo magro, ligeiramente contraído, que se deixava mover como se fosse uma boneca. Em seguida, acomodavam-na em uma cadeira de balanço envolvendo suas pernas em uma manta vermelha e, pacientemente, colherada após colherada, faziam-na comer um pouco de carne moída com purê, deixando um copo de refresco ao lado dela antes de sair. Ao entardecer, Lina voltava a acompanhá-la até o *water* e a punha de volta na cama, onde aparentemente não dormia, nem sonhava, nem pensava em nada.

É claro que, em tal estado, não podia aparecer publicamente como Benito Suárez queria para desmentir aqueles que insistiam que ele a trancafiara em um hospital psiquiátrico ou a reduzira à alienação (que era mais próxima da verdade) para se casar com uma mulher cujo marido havia assassinado quando, já recuperado de uma operação sem importância, dormia em um quarto da clínica Las Tres Marías. Até onde Lina sabia não havia nada de decisivo que permitisse afirmar isso, nem mesmo havia sido aberta a investigação sobre ele que mais tarde originou o drama, mas se comentava sobre isso, murmurava-se, transmitia-se empolgadamente de boca em boca, o que dava na mesma, se não fosse pior. Todas as tentativas de Benito Suárez de tirar Dora daquela inércia haviam fracassado; em vão ensaiava razões, promessas, presentes, em vão utilizava a verdade e a mentira, a sedução e a ameaça. Um dia, por exasperação, talvez, ele tentou fazê-la engolir à força alguns comprimidos e, vendo que ela os cuspia, ele lhe partiu a boca em um tapa, e amarrando-a à cadeira de balanço injetou em suas veias um suposto euforizante, chegando apenas a produzir uma síncope que a deixou inconsciente por quinze horas. Dessa vez, Lina reagiu com o mesmo ódio, a mesma decisão calma, mas irreprimível, que anos atrás a levara a deslizar pelos corredores de sua casa até o quintal onde o cachorro que não tinha nome ou raça estava amarrado silenciosamente esperando a oportunidade de destroçar o primeiro homem que lhe deixassem ao alcance e, tomando-o pela coleira, atirou-o em cima de Benito Suárez, que começou a correr, fugindo de um cachorro que rasgava suas calças, desgarrava a pele de seus braços e enfiava as presas em suas nádegas, jogando-o no chão, atacando-o apesar de seus socos e chutes, investindo até mesmo contra a porta do Studebaker quando ele finalmente conseguiu pôr-se a salvo.

    Talvez tenha sido nessa história do cachorro que Benito Suárez pensou ao vê-la entrar no quarto onde tentava reanimar Dora e apontar para ele o revólver, o seu, aquele que ele sempre guardou no porta-luvas de seu Studebaker azul. Lina teve a ideia de pegar o revólver assim que chegou à casa de Dora, e Antonia, a vizinha, se aproximou dela para contar que Benito Suárez havia comprado um monte de medicamentos usados em reanimação. Antes mesmo de Antonia começar a falar, pela expressão em seu rosto, talvez, Lina associou o revólver ao Studebaker que viu estacionado na garagem. Mas não sabia em que momento o tirou do estojo, nem como atravessou a porta de serviço apoiando o dedo indicador no gatilho diante do olhar assustado da cozinheira de Dora. Em suma, iria se lembrar depois de ter feito a associação e percebido o olhar como um brilho de vaga-lume no escuro. O lapso entre o momento em que ouviu Antonia falar e o momento em que entrou no quarto de Dora desapareceu de sua mente. E nunca, nem anos depois, voltaria à sua memória. Ela se lembraria sim, mais tarde, quando Benito Suárez já tinha posto dado no pé e ela transferira Dora para sua própria casa, que quando entrou no quarto estava com o revólver na mão. Benito Suárez virou-se para olhar para ela. Ela viu Dora deitada na cama, com a boca partida, floreada como a de um boxeador depois de um nocaute, e quatro fios de sangue coagulado já grudados no queixo. Parecia morta, Lina achava que estava morta. De repente, percebeu Benito Suárez lembrando-se de ter lido uma vez que as mulheres sempre falhavam ao atirar porque apontavam para a cabeça em vez da barriga, e foi isso o que ela lhe disse. Falou, abaixando o revólver: "Não vou dar um tiro na sua cabeça, mas na barriga". Então Benito Suárez começou a correr.

    Muitas vezes, Lina se perguntaria apavorada se teria sido capaz de atirar destruindo uma vida, a única coisa que com certeza reverenciava no mundo, aquele princípio inexplicável que sua avó lhe ensinara a respeitar em homens e animais, até mesmo em plantas. Talvez ela não tivesse matado Benito Suárez, porque um segundo antes de vê-lo fugir achou melhor atirar nas pernas dele. Mas o fato de tê-lo ameaçado de morte foi para ela a revelação de um aspecto sombrio de si mesma, e também uma terrível lição de humildade. De qualquer forma, aquela intempestividade permitiu-lhe levar Dora para casa e deixá-la aos cuidados do dr. Ignacio Agudelo enquanto se preparava para receber a visita de Benito Suárez tentando imaginar sua reação, ou melhor, a atitude através da qual expressaria sua reação, certa de que qualquer demonstração de submissão ou deferência seria dessa vez descartada, pois o simples motivo de ter fugido diante de uma mulher que empunhava seu próprio revólver deve ter sido para ele o cúmulo da humilhação. Então ela começou a esperá-lo calmamente, bem, em relativa calma se comparasse seu humor com o de Berenice, que dia e noite ficava de guarda na cama de Dora com uma faca de cozinha escondida entre as dobras de seu avental engomado. Mas refletindo com calma até delinear a silhueta do personagem que ajudaria Benito Suárez a proteger seu amor-próprio, o homem ultrajado e ainda disposto a perdoar diante do fato de que sua agressora (ela, Lina) agira impulsivamente sob a impressão de ter encontrado Dora sem consciência. Pressentia também que Benito Suárez ia escolher o pai como interlocutor, em parte por represália daquele telefonema que tanto o mortificara, mas também para dar ao seu protesto um caráter particularmente solene. Então, quando Benito por fim apareceu na casa e Lina abriu a porta da rua para ele, não ficou nem um pouco surpresa ao vê-lo abaixar a cabeça à guisa de cumprimento e cruzar rapidamente a galeria até o aposento onde seu pai lia tomando a fresca da noite ao lado da grande cerca de ferro que se comunicava com o pátio. O que a inquietou foi sua aparência, ou seja, não seu ar de dignidade ofendida, isso estava no programa; nem a palidez, nem a barba de três dias que evocava noites sem dormir e, segundo a cozinheira de Dora informara Berenice, uma total falta de apetite e um consumo pesado de uísque. Não, era antes algo novo em sua expressão, algo que emergindo da farsa a transcendia, tornando-se fatalismo irreverente, decisão desesperada, como se finalmente tivesse aceitado reconciliar-se com o demônio que nele dormia. E no entanto isto — o reconhecimento, a adaptação, o abandono — que parecia ter se instalado em sua consciência não se referia a Dora, pensava Lina seguindo-o pela galeria e vendo-o tropeçar na gravata que seu pai pendurava na porta do quarto para enganar os morcegos: Dora naquele momento serviu apenas de pretexto para uma nova interpretação interrompida momentaneamente pela gravata implausível que se agitava diante de seus olhos e da qual se afastou com um gesto brusco, como se fosse o próprio morcego a cuja confusão estava destinado sem que soubesse. E continuou sendo pretexto durante toda a cena que se passou quando se dirigiu ao pai, que sem se mexer da cadeira de balanço tinha colocado sobre a mesa o livro entreaberto e em cima dele os óculos, sopesando com o olhar o estado de Benito Suárez e jogando a cabeça para trás para melhor ouvir, talvez, um discurso pomposo sobre os direitos do marido ou qualquer outro papo-furado (pois a única coisa que seu pai sabia da presença de Dora em sua casa era que ela, Lina, a havia trazido desmaiada para ser cuidada pelo dr. Agudelo), mas de forma alguma aquela frase que Benito Suárez pronunciou em um tom quase inaudível porque estava contraindo as mandíbulas: "Tenho algo importante a lhe dizer, dr. Insignares, vou denunciar sua filha por tentativa de assassinato". O pai piscou duas vezes: "Como assim, Benito Suárez, do que você está falando?". De mim, Lina interpôs: "Eu apontei o revólver para ele antes que acabasse matando Dora". O rosto de Benito Suárez se contraiu ainda mais e as bordas do nariz começaram a se dilatar ao ritmo de sua respiração. "Veja, dr. Insignares, a acusada confessa: tentou me assassinar e sequestrou minha esposa." Lina viu uma centelha de riso brilhar nos olhos do pai, instantaneamente substituída por aquela serenidade indulgente que se usa quando se olha para os perturbados. "Bem, Benito Suárez", disse ele, "a coisa não é tão grave." E então sentiu dentro de si mesma a perplexidade de Benito Suárez, sua impotência furiosa. Pois não poderia ter falado de percepção, nem sequer teve necessidade de olhar para ele. Por um instante, tão breve quanto a sombra de uma nuvem ao meio-dia, pareceu-lhe estar nele, naquela consciência indignada que vinha buscar uma espécie de reparação, na segurança de possuir pela primeira vez a carta que lhe permitiria exigir respeito, discussão ou talvez desculpas, para se achar diante de um homem calmo que, sem levar a sério suas reclamações, se permitia tratá-lo com condescendência. Ele,

Benito Suárez, estava lá sem revólver ou arma, e seu pai não era um pobre velho de Sabanalarga. Então ele hesitou, e Lina também sentiu sua hesitação. Depois perdeu o ponto de contato com ele, e ainda mais: pareceu-lhe que Benito Suárez perdeu todo o contato com a realidade. Viu-o retroceder de costas, topar de novo com a gravata pendurada para enganar os morcegos e por um segundo olhar para ela assustado como se fosse uma maldição dirigida contra ele. Então, sem se mexer ou deixar de olhar para ela, sua expressão começou a mudar: a gravata deve ter lhe parecido uma afronta deliberada, mas em um atraso de lucidez provavelmente disse a si mesmo que ninguém, nem mesmo a raposa velha de seu pai, podia adivinhar sua intenção de vir vê-lo naquele dia, naquela hora e naquele lugar. Então transformou a gravata em outra coisa, talvez um símbolo da perseguição da qual ele era ou se sentia objeto, e rasgando-a com um puxão ele a jogou no chão e começou a pisoteá-la sob as grossas solas de borracha de seus sapatos brancos.

De sua cadeira de balanço, seu pai observava imperturbavelmente o que estava acontecendo; no outro extremo da galeria, Berenice abriu a porta da rua. Benito Suárez olhou para um e para o outro com a ansiedade raivosa de um animal acuado e o ritmo de sua respiração se acelerou novamente. Ele balbuciou a palavra "sequestro" com dificuldade e depois a repetiu várias vezes até finalmente formar a frase: "sequestraram minha esposa". Essa ideia serviu como um suporte mental, ou melhor, de justificativa através da qual ele recuperou um pouco o equilíbrio, porque de repente calmo ele se dirigiu com um ar determinado para o telefone e chamou a polícia, ou mais precisamente pegou o bocal e começou a falar com um suposto interlocutor acusando-a, Lina, de ter raptado sua esposa, de ter sido ele mesmo sequestrado na casa do dr. Insignares, tudo isso sem ter discado nenhum número e sem aparentemente ter a menor consciência disso. Lina o observava vacilando entre a desconfiança e a pena: sabia que naquele momento Benito Suárez havia dado um passo em falso, ou, dito de outro modo, um passo além da linha que serpenteia entre a razão e a irracionalidade, mas ignorava qual seria sua reação quando ele voltasse à realidade e se visse falando em um telefone do qual só havia pegado o bocal. Felizmente sua avó tomou conta da situação, por fim ela apareceu por uma porta lateral calmamente cumprimentando Benito Suárez e, apoiando-se em sua bengala, passou na frente dele dizendo: "Quando você terminar de conversar, venha para o terraço para tomar um chá de limão comigo". O que eles falaram, Lina nunca soube. Limitou-se a tirar das mãos de Berenice a bandeja com as duas xícaras de chá e a levou para o terraço, onde ajoelhado no chão, a cabeça escondida no colo da avó, Benito Suárez soluçava como uma criança. Pelo olhar da avó, ela entendeu que deveria se retirar no mesmo instante. Então se trancou em seu quarto e três horas depois, por volta da meia-noite, ouviu a porta da rua se abrir, o motor do Studebaker azul ser ligado e os pequenos passos quase furtivos de sua avó apagando as luzes da casa uma a uma antes de ir se deitar. Essa foi a última vez que sua avó conversou com ele no terraço.

Depois, e ao longo de oito meses, o comportamento de Benito Suárez não deixou nada a desejar: tratava Dora com gentileza, convidava-a para ir ao cinema nos dias de estreia, levou-a até para dançar um sábado à noite no Pátio Andaluz. Sua súbita gentileza fazia ressaltar aquela expressão indefinível, de aceitação de si mesmo, de complacência malévola com aquele outro eu, talvez o mais profundo e autêntico, que aparecia esporadicamente e cujo vandalismo ele sempre tentara justificar. Diante de seu novo rosto duro, de olhos cautelosos e velados sem revelar a menor emoção, Lina recordava com apreensão as teorias de sua avó sobre a repressão do instinto, rejeitando ou não compartilhando de todo aquele fatalismo inclemente, mas esperando, no entanto, a explosão que poria as coisas de volta em seu lugar. Porque conhecia Benito Suárez bem o suficiente para acreditar que ele tinha mudado da noite para o dia. Porque também sabia que estava então enfrentando um problema sério, um verdadeiro problema, a investigação sobre a morte do estudante de Direito Antonio Hidalgo realizada em segredo pelos sócios de Las Tres Marías. Como tantas vezes acontecera com os abusos cometidos na cidade, aquela investigação poderia ser interrompida a qualquer momento, ou melhor, poderia ter sido resumida a pantomima, se o diretor da clínica, o dr. Vesga, um nativo de Santander que se refugiara em Barranquilla com sua esposa e seis filhos fugindo da violência, não estivesse à sua frente. Na verdade, o verbo fugir talvez não fosse o mais adequado para descrever qualquer ação que ele pudesse empreender, perseguir ou realizar, pois era mais fácil imaginá-lo enfrentando um bando inteiro de *chulavitas*[2] do que saindo da velha casa de seus antepassados, mesmo que aquela casa tivesse sido queimada e sua mãe, estuprada e seus dois irmãos, decapitados com facão. Ele estava se especializando na França quando aquilo aconteceu, como o dr. Agudelo contaria a Lina, e aparentemente, pelo menos era o que ele dizia a ela, lá ele havia deixado sua esposa e filhos para voltar com um arsenal de granadas e fuzis que contrabandeou pela fronteira venezuelana e distribuiu entre os peões de sua fazenda que haviam escapado do massacre, que durante um ano o ajudaram a perseguir e caçar um a um os responsáveis pela destruição de sua família. Talvez tenha matado todos porque era de Santander. Talvez apenas alguns porque era médico. De qualquer forma, o que viu (se viu alguma coisa) ou o que fez (se fez alguma coisa), forjou ou reforçou nele uma consciência irredutível para a qual o bem e o mal constituíam entidades concretas e, em quaisquer circunstâncias, identificáveis. Assim chegou a Barranquilla, com sua esposa e filhos, seus princípios de templário e sua reputação como um dos melhores cirurgiões do país. E ele era, como afirmavam os médicos que se agrupavam à sua volta quando operava de graça no principal hospital da cidade; aqueles que respeitosamente o acompanhavam pelos corredores e disputavam entre si o privilégio de ajudá-lo na sala de cirurgia. Por três vezes, na qualidade de única instrumentista do hospital, Lina fez parte de sua equipe; por três vezes ajudou-o a vestir a bata verde, a calçar as luvas de borracha, a passar-lhe, tremendo à simples ideia de cometer o menor erro, as pinças que meticulosamente, com uma precisão quase desumana por força da exatidão, iam fechando os vasos sanguíneos, extraindo a gordura, circundando o tumor. Nas grandes operações, às quais ela, é claro, não era convidada a colabo-

---

2 Os *chulavitas*, também chamados de polícia *chulavita*, eram um dos grupos paramilitares da Colômbia; foram uma facção armada irregular do governo colombiano durante o período denominado a Violência bipartidária da década de 1950. [N. T.]

rar, os médicos mais velhos iam como observadores ou assistentes, e os jovens concordavam alegremente em servir como enfermeiros ou se agrupavam atrás da porta tentando ver algo através das janelas redondas de vidro. Tal homem necessariamente tinha de impressionar Benito Suárez, na medida em que era o que ele gostaria de ser: o renomado cirurgião, descendente de uma velha família de nobres, o indivíduo que, diziam, vingara temerariamente os seus; nem um fanfarrão, nem um perdoador, simplesmente um homem, e ainda por cima honesto, capaz de sempre dizer o que pensava e agir sempre de acordo com o que considerava seu dever.

Sua retidão, ou se quiserem, seus escrúpulos ou consciência profissional o levaram a considerar a sério o boato que atribuía a Benito Suárez a morte do estudante de Direito Antonio Hidalgo. Ele mesmo havia realizado a operação e estimado que seu paciente já estava fora de perigo na noite de sua morte. Mas se, em princípio, uma síndrome hemorrágica poderia ser atribuída ao acaso de uma complicação imprevisível, ainda mais quando, por negligência ou ignorância, Hidalgo se esquecera de informá-lo que um ano antes ele havia estado doente de hepatite, dois fatos aparentemente inexplicáveis ficaram por examinar: a freirinha que estava naquela noite no pavilhão do operado jurou ter visto Benito Suárez sair do quarto de Antonio Hidalgo: além disso, o responsável pelo depósito farmacêutico havia descoberto naquele mesmo dia a perda de uma caixa de heparina. Qualquer um poderia ter roubado a caixa em questão, bem, não exatamente qualquer um, porque apenas médicos ou enfermeiros com uma ordem entravam no depósito e assinavam um recibo antes de sair com os remédios solicitados. Benito Suárez esteve lá por volta das seis horas da tarde (sua assinatura apareceu no registro) em busca de um novo produto para anestesia cujos efeitos colaterais ele queria conhecer antes de permitir seu uso no paciente que devia operar no dia seguinte. Se isso não comprovava que ele era o autor do roubo, era incompreensível e até suspeita sua presença no quarto de Antonio Hidalgo, que não era seu paciente, justamente quando a freirinha havia sido retirada de seu posto por uma falsa chamada, já que o paciente do quarto de onde provinha descansava sob a ação de um forte sedativo. Ali começava o mistério: a freira ouvira tocar a campainha do quarto 20, algo que já lhe parecera estranho; atravessou todo o corredor, entrou no quarto e constatou que o doente dormia; então pensou que havia acordado abruptamente e tocado a campainha, em um reflexo inconsciente antes de cair de volta em seu sono. Quando retornou ao corredor, viu Benito Suárez fechando a porta do quarto de Antonio Hidalgo e saindo com tanta pressa que ela acreditou, como disse no decorrer da investigação, que algo grave devia ter acontecido com o paciente, já que um médico o estava examinando àquela hora da noite. Então ela correu para a cama de Hidalgo e ficou um pouco surpresa ao encontrá-lo dormindo placidamente. Foi seis horas depois, quando fazia sua última ronda, que o encontrou morto, com o corpo coberto de hematomas, os olhos vermelhos, o nariz sangrando. A autópsia permitiu comprovar uma grande síndrome hemorrágica em um rapaz que, operado de úlcera, havia desenvolvido uma flebite e, por esse motivo, estava sob prescrição de heparina. Mas ele tinha sido paciente do dr. Vesga e o dr. Vesga não gostava que seus pacientes morressem, ou melhor, ele achava isso intolerável. Se, como tantas vezes explicara o dr. Agudelo a Lina, um bom médico fazia da morte seu inimigo pessoal, contra quem lutava ferozmente, quase de modo patológico, o dr. Vesga era um médico até a medula dos ossos: odiava a morte: aprendera a descobrir seus disfarces, suas mentiras, seus truques, a notar sua presença com meses, talvez anos de antecipação, e batia de frente com ela como se fosse um touro, mas um touro já capado, que tinha como arma o estudo incessante, um excelente olho clínico e um bisturi implacável. A morte inesperada de Hidalgo havia sido um golpe para ele, ainda mais, e levando em conta sua ética rigorosa, uma acusação de negligência contra si mesmo: ao prescrever esse remédio a Hidalgo, condenou-o à morte porque certamente a hepatite havia criado problemas em sua circulação sanguínea. Ele era o responsável. A família de Hidalgo também, por não informá-lo de uma doença cujas sequelas poderiam ser fatais em uma operação. E também o pessoal da clínica, se alguém tivesse aumentado brutalmente a dose de heparina. Por essa razão, depois de seguir passo a passo a realização da autópsia, o dr. Vesga começou a investigar sem descanso ou trégua tudo que se relacionava à morte de Hidalgo desde o momento em que ele deixou o bloco operatório: não apenas o histórico médico no qual suas reações haviam sido registradas e que ele já havia examinado todas as noites e todas as madrugadas, mas também as análises realizadas nos laboratórios, os eletrocardiogramas, os aparelhos instalados em seu quarto. Questionou, como um fiscal, as diferentes enfermeiras que durante três dias haviam estado sob seus cuidados para verificar se lhe tinham sido ministrados os medicamentos por ele receitados e nas quantidades indicadas. Por fim, foi a vez da freira, que revelou, sem malícia, que Benito Suárez havia deixado o quarto de Hidalgo poucas horas antes de encontrá-lo morto. Ora, naqueles dias, o pai de António Hidalgo tinha ido vê-lo agitando um escrito anônimo que ele nem se dera ao trabalho de ler até ao fim. Um bilhete anônimo parecia desprezível, a vingança de uma enfermeira abandonada, por exemplo — e isso porque o dr. Vesga era intransigente nas relações entre médicos e funcionários —, mas havia ali uma coincidência perturbadora. Por que Benito Suárez entrara no quarto de Hidalgo se ele não era seu paciente e, acima de tudo, por que ao ser interrogado negou veementemente a alegação da freira? Entre a palavra de uma mulher consagrada sem qualquer remuneração a serviço dos outros e a de um extravagante encrenqueiro, não havia dúvida para o dr. Vesga. No entanto, por zelo ou objetividade, ele fez a freira passar por um exame oftalmológico que nenhuma anomalia revelou e ele mesmo, na precisa hora da morte de Hidalgo, reconstruiu a cena, ou seja, entrou na sala 20, voltou ao corredor e verificou que de lá conseguia identificar perfeitamente qualquer pessoa que saísse da sala onde Hidalgo havia morrido. A partir desse momento só lhe faltavam descobrir os motivos de um crime que começava a imaginar com horror em sua mente, mas como vivia isolado do mundo e tinha fama de odiar fofocas, os rumores espalhados por Jerónimo Vargas ainda não lhe tinham chegado aos ouvidos.

Enquanto isso, Benito Suárez fazia o possível e o impossível para melhorar sua imagem, refreando uma violência que, em outras circunstâncias, certamente haveria dado conta de todos os sócios de Las Tres Marías, Jerónimo Vargas o primeiro. A acusação dirigida contra ele era grave demais para se dar ao luxo de reagir de acordo com seus impulsos, definitiva demais para ser tratada de forma imprudente.

De repente, descobria que seu personagem de valentão sempre armado com um revólver já não jogava a seu favor, não formava ao seu redor o respeito tão buscado, não impedia um homem tenaz que, como se dizia, havia arriscado sua vida anos atrás enfrentando uma horda de *chulavitas*. Todos os seus abusos, toda a brutalidade de um comportamento que lhe permitira afirmar-se impunemente no mundo surgiam agora da memória daqueles que haviam sido suas vítimas, cúmplices ou testemunhas para lhe imputar, sem benefício de dúvida, um crime que talvez não tivesse cometido. Isso, pelo menos, Lina preferia dizer a si mesma na época, sabendo da satisfação orgulhosa que Benito Suárez nutria em relação ao exercício de sua profissão, e que, provavelmente, ele confidenciara à avó na noite em que ficaram conversando no terraço. Um eco dessa dúvida chegaria a Lina anos mais tarde, de forma muito curiosa, quando ela morava em Paris e Benito Suárez era apenas uma lembrança cada vez mais imprecisa dentre tantas outras.

Isso ocorreu em certa tarde de um verão interminável que a fizera recordar o calor injurioso de Barranquilla, enquanto guardava seus velhos papéis arrumando-os em uma caixa de Contrex para transportá-los para a nova *chambre de bonne* que tinha alugado muito perto da Place Maubert; de repente encontrou um envelope ainda fechado, uma carta endereçada à avó que chegara duas semanas depois de seu enterro e cuja existência, ela, Lina, tinha esquecido completamente. Naquela missiva, uma miscelânea onde se misturavam juramentos, citações de Nietzsche e estrofes de poemas, sem qualquer respeito pela lógica, escritos por uma mão aparentemente trêmula que subia e baixava a cada palavra violando como a de uma criança a horizontalidade da linha, Benito Suárez tentava explicar à sua avó o que tinha acontecido, aludindo a uma conversa que tivera com ela, em que lhe contara como era então vítima de uma ignóbil acusação. Ele, dizia, teria sido capaz de desafiar o marido de Enriqueta para um duelo, mas nunca aumentar brutalmente a dose de um medicamento para matá-lo sabendo que estava indefeso em sua própria clínica; sabendo também que estava condenado a formar uma nova úlcera e não aguentaria o choque de uma nova operação. E mais abaixo, em meio ao caos daquela escrita torturada, Lina encontrou uma frase surpreendentemente clara condensando a conclusão a que ela mesma chegara: "Sou um assassino, mas antes de ser assassino, sou médico. Jamais desonraria a atividade através da qual pude expressar o melhor de mim".

A leitura dessa carta remeteu Lina de chofre aos dias em que discutia a conduta de Benito Suárez com o dr. Agudelo, que também não o acreditava responsável pelo crime que seus colegas lhe atribuíam e chegou a advogar a seu favor ao dr. Vesga. Porque não havia prova nenhuma de sua culpabilidade, ou seja, nenhum indício irrefutável, conclusivo, e mesmo suas relações com Enriqueta, que faziam dele um suposto assassino, poderiam servir, paradoxalmente, para especular sobre sua inocência: Antonio Hidalgo estava, de fato, condenado: em dois anos ele havia sido operado três vezes de úlcera do duodeno e toda a ciência do dr. Vesga, seu bisturi, seus tratamentos, suas recomendações, esbarravam na incapacidade de adaptação à vida daquele menino febril que Lina vira tantas vezes no pátio da universidade discursando aos alunos de uma mesa. Era, então, um agitador contratado pela polícia, de quem prudentemente se afastavam os rapazes que liam Marx e Engels com bastante atenção à procura de uma estratégia revolucionária e que, meses ou anos depois, cansados da verborragia, das vacilações de seus líderes, da política do partido, iriam se sacrificar no holocausto da guerrilha. Hidalgo parecia não ter tempo para refletir: queria mudar a sociedade da noite para o dia, contando com a simples agitação estudantil como o abre-te sésamo da revolução. Ao longo dos anos, Lina guardaria dele uma única imagem, a de um jovenzinho magro e pálido, à frente das manifestações, afônico de tanto gritar, agitando uma faixa, sendo o primeiro a receber os golpes da polícia. Ela, Lina, nunca o conheceu pessoalmente, mas seu pai sim, porque duas vezes tinha ido tirá-lo da prisão, uma por quebrar os vidros dos comerciantes da Rua Cuartel, e outra por atear fogo em um carro. Para seu pai, Hidalgo era um iluminado, algo como um indivíduo possuído pela fé, devorado pela paixão, cego pela utopia, a quem não valia a pena dirigir-se em termos de sensatez, ou mesmo dirigir qualquer discurso, mas simplesmente libertá-lo para remendar suas feridas e uma semana depois encontrá-lo novamente na Universidade fazendo um alvoroço, organizando uma nova manifestação para retirar aqueles canudos ali e assim por diante, até que outra úlcera acabasse com sua vida. Se o ajudou como filho de um colega menos influente seu, seu pai a princípio se interessou por Hidalgo por curiosidade, mas não sem simpatia, vendo nele o modelo reduzido, ou, se quiserem, o embrião de um daqueles furacões que devastam o mundo de tempos em tempos: Gêngis Khan, Alexandre, Napoleão, Lênin e Hitler, cujas biografias ele conhecia de cor e a quem considerava o reflexo, o instrumento e o paroxismo da tolice humana. No entanto, Hidalgo acabara lhe parecendo não tanto um embrião quanto um aborto, pois seu fanatismo funcionava de forma excessivamente maniqueísta e até remetia diretamente à psiquiatria, Lina o ouviria dizer na primeira (e única) vez que falou com ele sobre o marido de Enriqueta, menos para explicá-lo a ele do que para defendê-la, embora Lina não a tivesse realmente atacado, enfim, utilizara ao nomeá-la uma expressão que seu pai julgou talvez pejorativa ou injusta o suficiente para exigir dela um esclarecimento sobre o papel de Enriqueta em toda aquela história, o de uma criatura de sonho com a cabeça de um maçarico, alheia a todos os cálculos, disposta entre um marido exaltado que um ano depois de seu casamento ainda não havia conseguido pôr fim à sua donzelice, e um amante igualmente frenético, mas com a fogosidade do homem a quem a passagem dos quarenta obriga a amortecer sua virilidade, ambos excessivos em sua loucura, muito além da compreensão, análise ou síntese da menina nascida no bairro de San José em uma casa de fachada rosa, com dois quartos não muito grandes e uma cozinha enegrecida pela fumaça do fogão: tendo como única confidente sua mãe, viúva, empregada por caridade em um cartório, que pegava o ônibus às seis da manhã e voltava ao entardecer, e que tampouco tinha entendido grande coisa: nem o genro, o parasita incapaz de estudar, de trabalhar, de fornecer sequer o pão de café da manhã, falando descontroladamente sobre a revolução em nome de um tal Marx; nem o amante, aquele turbulento Benito Suárez ao qual devia olhar oscilando entre o pavor e o fascínio, negando que sua filha o tivesse conhecido já casado, um pouco envergonhada das fofocas que seu chamativo Studebaker azul proporcionava no bairro, e ao mesmo tempo orgulhosa: ela e

Enriqueta tinham sabido durante anos o que era ir para a cama de estômago vazio, o opróbrio de implorar ao comerciante da esquina por um fiado ou um novo crédito, a humildade sorridente de receber as roupas usadas de alguma parenta. Mas tinham seus princípios: pelo menos ela, a mãe, nunca quis se prostituir, mesmo que com a morte do marido ainda estivesse em condições de despertar a cobiça dos homens, e educou Enriqueta, a bela menina que parecia saída de um quadro de Botticelli, no mesmo espírito de integridade. Benito Suárez tinha sido admitido com relutância, e não por seu dinheiro — o fogão, a geladeira, essas coisas acabaram chegando com o tempo, sem que se pudesse realmente falar de prostituição —, mas porque ele era um homem e Enriqueta queria um homem. Talvez a mãe tivesse sonhado ao longo daqueles anos de pobreza assumida no estoicismo com o marido a quem a beleza de Enriqueta poderia aspirar, sem grandes exigências, dado seu conhecimento da vida, mas sem humildade excessiva, simplesmente alguém que as tirasse da casinha rosada calorenta no bairro de San José para mudá-las para as imediações do Prado, apagando até a morte o rosto do comerciante e as roupas desbotadas da parenta. Depois, esse sentido prático que ela teria adquirido trabalhando em um cartório permitiu-lhe aceitar Benito Suárez como o melhor substituto possível à espera do divórcio prometido e, talvez, secretamente, sem sequer dizer a si mesma, a morte do genro barulhento que só aprendera a ser espancado nas manifestações, formando depois as úlceras que o dr. Vesga operara na clínica Las Tres Marías.

Assim, portanto, Lina descobriria ouvindo a versão cautelosa de seu pai, todos estavam mais ou menos cientes de que Antonio Hidalgo concorria para sua queda e Benito Suárez melhor do que ninguém, informado de que as prescrições do dr. Vesga nunca chegavam à farmácia e de que suas atividades como agitador, provavelmente relacionadas àquelas bombas de fabricação caseiras que de repente começaram a eclodir na cidade, tinham provocado nele uma espécie de mania de perseguição que o mantinha em perpétuo sobressalto, favorecendo o desenvolvimento de novas úlceras contra as quais o bisturi do dr. Vesga se revelaria impotente. A operação que lhe custou a vida não foi desimportante, como se dizia: tinha sido precedida de vômitos de sangue e um estado de tal fraqueza que foi necessário transportá-lo de ambulância para a clínica. Lina imaginava Benito Suárez tocando a campainha do quarto 20 para distrair a atenção da freira e indo verificar por si mesmo a situação de Hidalgo: seu olho de médico deve ter descoberto que ele não passaria daquela noite, e então saiu correndo, com medo de ser acusado mais tarde de negligência. Que a freira o visse sair da sala e o desaparecimento da caixa de heparina tivesse ocorrido no mesmo dia o remetia de Nietzsche aos autores gregos, àqueles seres imprevisíveis que intervinham caprichosamente na vida dos homens, causando sua perdição. Talvez Nietzsche desaparecesse por completo para dar lugar ao menino que na infância era fustigado pela mãe enquanto seus companheiros de brincadeiras recebiam como punição uma simples reprimenda. Ou talvez sua referência aos deuses arbitrários do Olimpo escondesse a memória de entidades mais sombrias, reprimidas por séculos, aquelas que pulavam na selva com o leopardo, cobriam a pele de pústulas, enlouqueciam rios e rugiam do fundo da terra. Fosse como fosse, Benito Suárez não parecia programado para enfrentar aquela adversidade. Não tinha a paciência do homem que descobriu através da dor sua própria resistência, aprendendo a observar de que lado o vento sopra enquanto os outros queimam no fogo que eles mesmos acenderam. Sabia assaltar uma fortaleza, mas não resistir a um cerco; responder a uma agressão, mas não desarmá-la; correr como um cão atrás de uma lebre, mas não esperar na imobilidade de um gato durante horas em frente ao buraco por onde mais cedo ou mais tarde o rato aparecerá. Mesmo durante os oito meses em que ensaiou uma conduta razoável, seu caráter o traía, permitindo que aparecesse no momento mais inoportuno aquela violência com a qual ele aparentemente se reconciliara desde o dia em que sua honestidade profissional foi questionada. Como se o fato de ser médico, de lutar contra a miséria da condição humana, lhe tivesse permitido integrar-se à sociedade em um equilíbrio sempre precário, mas eficaz, se se considerasse que apesar de tudo morava em uma casa (no Prado), dirigia um carro (Studebaker) e ganhava a vida honrosamente (exercendo sua profissão). Ele ainda não era um marginal, o fugitivo que a polícia perseguiria pelas areias ferinas de La Guajira, o expatriado que em uma aldeia na selva amazônica curaria índios famintos por um punhado de comida. Não. Ele ainda podia se apresentar como dr. Benito Suárez, cirurgião, coproprietário da melhor clínica da cidade, relacionado graças ao seu casamento com uma família respeitável com títulos de nobreza. Tudo isso ele fazia para evitar um infortúnio que poderia precipitá-lo à ruína, mas seu caráter, natureza, instinto, ou como quer que se chamasse, o traiu.

Traiu-o na noite em que devia encerrar com fecho de ouro sua vida social muito recente, se é que assim podia ser descrita aquela série de convites desordenados através dos quais pretendia obter em um piscar de olhos a amizade de pessoas até então conhecidas dentro do estrito marco da sua profissão, e que de repente, coibidas ou estupefatas, ouviam a voz de Benito Suárez ao telefone convidando-as para um almoço naquele dia, ou no seguinte ou quando quisessem, enquanto Dora, tendo pela primeira vez o dinheiro necessário para comprar toalhas de linho, talheres de prata, louças e cristais franceses contrabandeados, ocupava-se na azáfama da anfitriã que não era e nunca se interessou em ser, aconselhada por Lina e respaldada por Berenice, cuja reputação de *cordon bleu* lhe permitia reinar despoticamente em outra cozinha dirigindo o serviço de Dora na preparação de tortas, molhos, recheios e quaisquer iguarias que tivesse aprendido a fazer observando o cozinheiro francês do Hotel del Prado quarenta anos atrás. Apesar dos apelos de Dora, Lina sempre se abstivera de participar dessas reuniões por causa da apreensão que lhe produzia encontrar diante de si um hermético Benito Suárez, cujas intenções ela não podia imaginar, mas sim temer graças ao esmero que ele tinha em escondê-las, e Dora sorrindo com a bem-aventurança do convalescente que recebe alta após uma longa doença. Daquela vez, porém, a recepção era oferecida em homenagem ao dr. Vesga, requerendo na opinião de Benito Suárez a presença de uma mulher refinada, como teve a gentileza de chamar Lina ao convidá-la, alguém acostumado a frequentar o Country, animar uma conversa, distrair as pessoas, capaz, enfim, de assessorar Dora, que por causa de sua timidez passava despercebida, sem abrir a boca a noite toda.

Lina aceitou acreditando que estava participando de uma noite convencional, depois de ter aprovado o cardápio de Berenice e ajudado a organizar a mesa, os vasos, os cinzeiros e as entradas. Tudo parecia em seu lugar, até Benito Suárez recebendo os convidados na porta, que entravam na sala mais ou menos desorientados e, se reconhecendo, se cumprimentavam com evidente alívio, enquanto o garçom contratado para a ocasião corria para servir-lhes alguns uísques fartos que acabavam por dissolver a desconfiança e até a irritante impressão de participar passivamente de uma farsa destinada a seduzi-los. O único que estava ali sem qualquer sentimento de desconforto era o dr. Vesga, em cuja honra a cerimônia havia sido preparada, pois sua presença não obedecia ao medo de contrariar Benito Suárez ou ao propósito inconsciente de se deixar enrolar por um convite, como o dr. Agudelo explicava a Lina em um canto da sala, porém mais precisamente ao desejo de ver com seus próprios olhos o marco dentro do qual se desenrolava a vida de um indivíduo que ele tinha resolvido desmascarar de uma vez por todas. Se até então havia considerado com reservas a hipótese do crime, julgando que um impulsivo como Benito Suárez tendia a reagir sob o efeito de uma emoção, a história que Jerónimo Vargas lhe contara poucos dias antes mergulhara-o na perplexidade. Não porque acreditasse ao pé da letra nessa versão folhetinesca — a do psiquiatra que de repente vê o marido de sua paciente chegar exigindo trancafiá-la em um hospital psiquiátrico, e que ao se recusar a fazê-lo é vítima de represálias na pessoa de sua esposa —, mas porque através dela descobriu uma capacidade de cálculo que nunca havia atribuído a Benito Suárez. Então ele estava ali, lúcido e frio, observando sem qualquer complacência as pessoas e as coisas ao seu redor. Seus olhos varriam os móveis baratos laqueados de branco, as poltronas de cores berrantes, o falso tapete persa, enquanto Lina, que não o perdia de vista por um único momento, se felicitava por ter conseguido ao menos substituir as porcelanas de Benito Suárez por vasos trazidos de sua própria casa sob o pretexto de decorar a sala com rosas e gladíolos. De vez em quando seu olhar recaía sobre Dora, penetrante e clínico, sopesando através de seus gestos e trejeitos os possíveis traços patológicos de sua personalidade, e talvez adivinhando nela, na lassidão de sua expressão, em seu rosto inchado, o cansaço desesperado de doze anos de casamento com Benito Suárez. Renato também chamava sua atenção, aquela criança mimada que Lina nunca tinha visto sorrir, que corria de um lado para o outro empurrando os convidados e abruptamente enfiando as mãos nas bandejas de entradas. De repente, Renato fez algo que Lina o observara fazer diante do olhar impávido do pai: chutou o focinho de uma fox terrier e, indiferente aos seus uivos de dor, chutou-a novamente até que o animal encontrou uma maneira de se refugiar debaixo de uma mesa. A cena havia sido contemplada por Benito Suárez sem que tentasse impedi-la ou fazer a menor reprimenda a Renato e, em um segundo, as pupilas do dr. Vesga dilataram-se como se fossem o olho de um computador que capta, fixa e registra para a eternidade. Depois, lentamente, voltaram-se para Lina e a mediram, penetraram-na, descobrindo o horror instintivo que o ato de Renato havia provocado nela.

A partir desse momento, Lina começou a sentir-se incomodada consigo mesma, ou melhor, com a ambiguidade da situação: Benito Suárez pedira-lhe ajuda de forma tímida, e timidamente ela havia concordado em organizar o encontro e demonstrado, graças à sua presença, a amizade que a princípio os unia e o pouco valor que dava às acusações dirigidas contra ele. E surpreendentemente entre ela e o dr. Vesga estabeleceu-se uma corrente de entendimento que nada permitia justificar, porque o pouco que Lina sabia sobre sua pessoa, sua rigidez, seu gosto pela autoridade, sua tendência a ver o mundo em preto e branco e, finalmente, o direito insolente que havia se atribuído de mergulhar na vida privada de Benito Suárez como inquisidor era o suficiente para despertar nela a mais vívida antipatia. Mas a corrente continuava lá, quente e contraditória, e permaneceu durante toda a noite — até que a festa deixou de ser convencional dada a concepção insólita de Benito Suárez de como divertir as pessoas — permitindo-lhe adivinhar, apreender e compartilhar as reações do dr. Vesga com uma sensação desconfortável de impotência, talvez porque o que ele registrava correspondia à realidade sem dar conta de toda a realidade, e ela, Lina, não conseguia explicar-lhe aquilo: Benito Suárez não conhecia as sutilezas da vida mundana e se sua mãe, dona Giovanna Mantini, havia extirpado por força de açoite sua inclinação à indolência, à irresponsabilidade e à desenvoltura, conseguindo inculcar nele os valores da alta burguesia europeia no que se refere ao estudo e ao trabalho, nunca havia tentado, talvez por julgar impossível, torná-lo um indivíduo bondoso, sensível às nuances da cortesia que facilita as relações humanas. De modo que naquela reunião, composta em sua maioria por médicos da classe média, porém mais ou menos adaptados aos costumes da burguesia local, Benito Suárez fazia o papel de um elefante em um campo de margaridas: sua voz dominava as conversas, sua boca se abria demais ao mastigar as entradas, seus movimentos pareciam bruscos, como brusco era o tom que ele adotava ao se dirigir ao garçom, e quanto à sua maneira de tratar Dora, de lhe dar ordens, de criticá-la por ninharias, ele poderia ter ofendido o mais misógino dos homens presentes. Além disso, Benito Suárez ignorava que o primeiro dever de um anfitrião é minimizar as atenções que dispensa aos seus convidados, então circulava entre eles observando a qualidade de seu uísque ou a origem de seus cristais ou, a coisa mais incrível, pedindo desajeitadamente agradecimentos por tê-los convidado. Vendo pelos olhos do dr. Vesga aquele alarde de mau gosto e a agressividade que no fundo ele expressava, Lina decidira adiantar o tempo de sentar-se à mesa com o pretexto de que o *soufflé* de Berenice não poderia demorar mais um minuto no forno, quando Benito Suárez anunciou em voz alta sua intenção de projetar um filme rodado no grande hospital da cidade. Os murmúrios calaram-se, as luzes apagaram-se e todos se reuniram em torno de Benito Suárez e do projetor cintilante que tinha aparecido ao seu lado. O objetivo do filme era mostrar uma operação realizada por ele para retirar de uma idosa um tumor que, partindo da barriga, chegava aos joelhos, tão gigantesco que para se movimentar a pobre mulher havia construído uma espécie de carroça com duas rodas, no centro uma tábua de madeira onde repousava a protuberância, e na extremidade superior duas barras destinadas a acionar a engenhoca. Na parede aparecia a sala de cirurgia, o tumor isolado nos campos e Benito Suárez em plena atividade, cercado por assistentes que lhe passavam os instrumentos e enxugavam o suor de sua testa. Nenhum detalhe da operação foi ignorado e, ao longo de uma hora, a maioria das mulheres havia abandonado a sala, algumas soluçando, outras correndo para o banheiro para vomitar. Os outros seguiram a projeção em um silêncio desolador e Lina permanecia na sala sem saber o que fazer, indo de vez em quando para a cozinha acalmar Berenice que à beira da histeria viu seu *soufflé* desabar e seu peru com ameixas se transformar em carvão. Benito Suárez, por outro lado, estava radiante: ao seu redor tinha os melhores médicos da cidade, especialmente o dr. Vesga, contemplando passo a passo a grande operação de sua vida, realizada e filmada em segredo para deslumbrá-los. Em meio à sua euforia, e graças aos uísques ingeridos, era impossível para ele notar a perplexidade dos participantes que trocavam olhares de desaprovação entre si. O dr. Vesga, por sua vez, não estava olhando para ninguém. Seu rosto havia se convertido em uma expressão de assombro glacial. Filmar em uma sala cirúrgica sem tomar precauções assépticas deve ter-lhe parecido uma irresponsabilidade inadmissível; vangloriar-se publicamente sem qualquer vergonha, uma fraqueza condenável; impor a um grupo de convidados tal projeção, uma grave falta contra a mais elementar cortesia. Mas o que o tirou da rigidez raivosa foi a última parte do filme — que em princípio deveria ter sido o começo — quando a imagem da pobre velhinha apareceu na parede poucos dias antes da operação, nua e envergonhada, tentando esconder com uma das mãos seus seios flácidos e cobrindo seu rosto da câmera que a seguia impiedosamente até conseguir captar seus olhos em lágrimas, já derrotados e humilhados. O dr. Vesga colocou sobre uma mesa o copo de uísque do qual não havia bebido uma única gota e disse com uma voz metálica por força do desprezo: "Isto é Auschwitz. O senhor, dr. Suárez, não tem o direito de abusar da desgraça humana desonrando sua profissão, desonrando a todos nós". Alguém acendeu a luz e Lina viu Benito Suárez ao lado do projetor mudo de surpresa. Aos poucos, seu rosto se contraiu de raiva e seus lábios se abriram como se quisesse falar, mas nenhum som saiu de sua garganta, nem mesmo aquela gagueira desesperada que Lina já ouvira antes. De um golpe ele jogou o projetor no chão e avançou em direção ao dr. Vesga, que o esperava sem se mexer, que não se moveu em nenhum momento, nem esquivou o corpo ou recuou, apenas levantou o braço esquerdo para proteger seu rosto e com o direito respondeu ao soco de Benito Suárez empurrando-o para o outro lado da sala, onde Lina o viu cair meio grogue levando consigo um dos melhores vasos de sua avó. E enquanto ele permanecia deitado no tapete, encharcado pela água do vaso e com sete gladíolos ao seu redor, o dr. Vesga se despediu de Dora depois de ter apresentado suas desculpas e, seguido pelos outros convidados, se retirou da casa.

Mas esse incidente não foi a razão pela qual um mês depois o dr. Vesga concordou em presidir o conselho de sócios de Las Tres Marías que deveria discutir a conduta de Benito Suárez e, eventualmente, expulsá-lo da clínica. Nem isso, nem o escândalo que provocou na cidade na mesma noite da festa quando expulsou Dora de casa aos pontapés, acordando no meio da noite os vizinhos, que o viram abrir a porta da rua e chutá-la, deixando-a meio inconsciente no jardim onde Lina, alertada por Antonia, a dona da farmácia ao lado, foi buscá-la em companhia de dona Eulalia del Valle, seu advogado e mais dois amigos destinados a servir como testemunhas de que Dora havia sido obrigada, à força e com violência, a deixar o lar conjugal. Não, ambos os episódios apenas haviam afirmado o desprezo do dr. Vesga por Benito Suárez, levando-o a continuar sua investigação sobre a morte do estudante de Direito Antonio Hidalgo, mesmo sabendo que nunca poderia estabelecer com exatidão se aquela morte correspondia a um crime quase perfeito ou a um concurso de circunstâncias indetermináveis. Talvez o dr. Vesga fingisse perseguir o rastro de um coelho internando-se no território de um leão, consciente de que este o observava e, por isso mesmo, para excitá-lo, cortando os arbustos com um facão, aplastando a vegetação rasteira sob suas botas, deixando o vento propagar seu cheiro, enquanto o leão ofuscado, escondido atrás de um matagal, o ventre grudado à terra, sentia crescer nele através do calor de seu corpo e do bater de seu coração o impulso suicida de se atirar contra o homem que insolentemente o desafiava. Só a temeridade do dr. Vesga poderia levá-lo a tal empreitada, seus escrúpulos também, mas, acima de tudo, a dúvida: Lina, que lhe servira três vezes como instrumentista, sabia-o marcado pela personalidade do cirurgião, pela necessidade de explorar com seus próprios olhos e com seus próprios olhos medir a extensão, a natureza e a profundidade do mal. Ao provocar Benito Suárez, o dr. Vesga parecia obedecer ao mesmo impulso, ao desejo de saber a verdade, à impossibilidade de admitir, reconhecer ou tolerar a incerteza, empregando a estratégia que lhe servia tão bem em sua profissão, mas mudando de tática, pois tática poderia ser chamada aquela espécie de assédio contínuo que consistia em submeter a interrogatórios intermináveis todas as pessoas que estiveram cuidando de Hidalgo durante os três dias que precederam sua morte. Aparentemente, como o dr. Agudelo tinha dito a Lina, seu interesse havia se fixado em um único detalhe: estabelecer se Benito Suárez estava ou não carregando sua maleta quando o viram entrar no depósito farmacêutico e sair do quarto onde Hidalgo havia morrido. Nem as declarações das duas freiras, que se contradiziam em cada interrogatório, nem os outros médicos e enfermeiras que de repente se lembravam com precisão implausível terem encontrado Benito Suárez naquele dia, de maleta na mão, por um corredor, serviam mais ao dr. Vesga, porque seguindo a boa lógica ele deve ter entendido que apenas um testemunho visual poderia estabelecer se houve um crime. Não, ele simplesmente procurava exasperar o leão para forçá-lo a se descobrir e Benito Suárez caiu na armadilha, ou melhor, deu dois ou três golpes que indignaram os sócios de Las Tres Marías a ponto de decidi-los a convocar aquela reunião que o dr. Vesga, na qualidade de diretor da clínica, concordou em presidir. As acusações acumuladas contra Benito Suárez — ameaças às freiras, tentativas de suborno às enfermeiras, uma manobra desastrada destinada a fazer com que outro médico aparecesse como autor do roubo da caixa de heparina — eram suficientes para expulsá-lo de Las Tres Marías, sem que sua reputação profissional sofresse mais danos. Mas ele não sabia. Ele apareceu na clínica naquele dia com seu Studebaker azul, com seu avental médico engomado e seus sapatos brancos com solas grossas de borracha. Na mão carregava a maleta que havia sido alvo de tantas polêmicas, e seu rosto estava tão contraído e pálido que parecia coberto por uma máscara de gesso. Ao entrar na sala branca e austera, onde só se ouvia o ronronar de dois aparelhos de ar-condicionado, olhou com um ar soberbo para os médicos já instalados ao redor da mesa e, colocando sua maleta entreaberta sobre uma cadeira, recusou-se a sentar-se dizendo: "Vim defender minha honra e defenderei minha honra de pé". Era muito provável que, naquele momento, como o dr. Agudelo sugeriu a Lina,

Benito Suárez estivesse convencido de que seria acusado da morte do estudante de Direito Antonio Hidalgo. De qualquer forma, ele não estava em sã consciência: sabendo das investigações do dr. Vesga, acreditava que este o considerava culpado e até imaginava, talvez, que havia descoberto a maneira de prendê-lo: ao longo dos últimos dias que passou em Barranquilla, especialmente na semana anterior à reunião, ele havia caído em um estado quase paranoico recusando-se a sair de casa, telefonando a cada hora para uma enfermeira de Las Tres Marías, uma antiga amante sua e abandonada por ele, que o mantinha informado dos boatos, fofocas e mexericos que corriam sobre sua situação, e recebendo uma advogada iníqua, a mesma que mais tarde cuidaria de sua defesa, prepararia sua fuga e separaria Renato de Dora para sempre. Se ele tivesse sido capaz, nem mesmo de manter um pouco de controle sobre si, mas apenas de analisar a situação com lucidez, teria entendido que o dr. Vesga não pretendia atribuir-lhe um crime indemonstrável sob o risco de ser levado à Justiça por difamação e calúnia, mas incriminá-lo por sua intimidação aos funcionários da clínica e pela maneira como tentara corromper uma enfermeira para que atestasse ter flagrado outro médico furtando uma caixa de heparina.

Mas ele, Benito Suárez, já nadava em outras águas, descobriria Lina em Paris quando leu aquela carta que ele escreveu para a avó, ignorando que naquela época sua avó já havia morrido. Sentia-se, rabiscou ele, em uma espécie de juízo final diante de um deus implacável que guardava em sua memória todos os pecados cometidos por ele desde antes de nascer. Talvez estivesse pensando no pecado de ter odiado o pai que o gerou, de ter negado o sangue que esse pai lhe transmitiu, de justificar quando adulto as chibatadas que lhe marcavam as costas quando criança, justificativa que o forçaria a atravessar a vida como um vândalo até aniquilar a esposa e perverter o caráter do filho. Ou talvez estivesse se referindo confusamente ao pecado de encarnar ao extremo o homem agressivo, violento e dominador que a sociedade lhe oferecera como modelo, ultrajando na ignorância uma concepção diferente das relações humanas, um modelo sugerido, uma mensagem esquecida, um ideal ou uma nostalgia. Se Deus nunca havia existido, Nietzsche estava começando a agonizar.

Mesmo sem ler aquela carta, Lina conseguira conceber o inferno vivido por Benito Suárez depois de ter expulsado Dora de casa aos pontapés, rompendo assim o último dique com o qual conseguira controlar a hostilidade de um mundo que o incitara a ser o que era e até o recompensara por isso, mas que se voltaria contra ele como uma víbora à menor traição: ao expor a própria realidade de seu poder como médico, como marido, Benito Suárez o traíra à maneira do parricida que descobre o ódio ao pai ou da mulher adúltera que revelava a sexualidade feminina. E isso, essa imprudência, ele devia pagar por ela. Começou a pagá-la com a solidão, pois ficou sozinho, aconselhado por duas mulheres que, sem que ele soubesse, queriam sua ruína: uma enfermeira outrora empregada que, de repente, tinha a possibilidade de se vingar aterrorizando-o, e uma advogada cuja luta para alcançar o privilégio masculino (suas dificuldades na universidade, o irônico desdém de certos professores, o conhecimento de um código misógino) provavelmente levou-a a odiar os homens e desprezar as mulheres. Ninguém nunca soube como ele a conheceu ou as relações que houve entre eles, mas bastou que Lina falasse com ela uma vez para pensar que aquela mulher o havia precipitado no abismo: sem empurrá-lo, sem sequer apontar o caminho, simplesmente curvando-se à sua própria lógica com a perversidade de um médico que aceitava as razões de um paciente depressivo deixando uma cápsula de cianureto ao seu alcance. Pois foi ela quem lhe indicou todas as artimanhas legais através das quais ele podia escapar da prisão em caso de um processo. Se Benito Suárez não estivesse convencido de que um dia justificaria seu ato diante de um tribunal fazendo a interpretação mais apoteótica de sua vida, outra talvez tivesse sido sua atitude, a disposição de seu espírito quando entrou na sala onde os sócios de Las Tres Marías haviam se reunido. Graças aos conselhos daquela mulher, ele acreditava na capacidade de escolher entre os dois termos da seguinte alternativa: ou fazia o que fez empreendendo a fuga até que as circunstâncias lhe permitissem enfrentar um tribunal predisposto a seu favor, seu nome escrito em grandes manchetes na imprensa, seu ato debatido pelos melhores juristas do país; ou então respondia à acusação do dr. Vesga lendo um discurso, já preparado, que, em sua opinião, lhe renderia o respeito dos médicos presentes, restaurando sua dignidade. Na maleta, ao lado das quatro páginas do discurso, guardava o revólver: o dr. Vesga ignorava que a armadilha não tinha sido completamente fechada em torno ao leão. É por isso que, quando Benito Suárez pronunciou aquela frase altissonante: "Vim defender minha honra e defenderei minha honra de pé", o dr. Vesga cometeu a imprudência de dizer-lhe em tom irônico: "É melhor se sentar, dr. Suárez, sua honra pode admitir um banquinho". Alguém riu. Apenas um segundo depois, quando viu aquele objeto negro, breve e feroz que Benito Suárez tirou da pasta, o dr. Vesga entendeu que havia ferido o leão perigosamente. Aquele objeto era fatídico e familiar: intuíra desde criança vendo-o no cinturão dos tropeiros que atravessavam as falésias selvagens da província onde nascera e, mais tarde, nas trágicas brigas de madrugada nas cantinas e bares da capital onde estudara. Assim, ele ainda conseguiu dizer com um tom, talvez não de pânico, mas de simples estupor na voz: "O senhor não vai me matar", antes que seus colegas fossem surpreendidos pela primeira detonação: e viram o vidro de um copo pular sobre a mesa, e o viram, com uma flor de sangue na camisa, começando a desabar. Os cinco tiros restantes foram desnecessários, já eram os disparos de um louco. Assim, Benito Suárez finalmente realizou o ato para o qual a avó de Lina sempre acreditou que ele estava predestinado.

DOIS

I.

"Mas do fruto da árvore que está no meio do jardim, disse Deus: 'Não comereis dele, nem nele tocareis para que não morrais'. Então a serpente disse à mulher: 'Certamente não morrereis. Porque Deus sabe que no dia em que dele comerdes se abrirão os vossos olhos, e sereis como Deus, sabendo o bem e o mal'."
    Assim desde o início, mal começaram a fabular sua história, os homens manifestaram covardia: reconhecendo implicitamente na mulher a origem da rebelião, haviam enunciado a formidável mensagem de poder inscrito naquelas frases para reduzi-lo melhor a um sentimento de perda. Pois os homens jamais escapavam à lei do pai, e se, guiados por uma inteligência feminina, se sublevavam contra ele em um instante, no outro voltavam contritos e angustiados a se submeter à sua autoridade. Isso era o que dizia tia Eloísa. Dizia isso rodeada por seus gatos birmaneses em sua poltrona de veludo azul-turquesa, enquanto sussurravam os ventiladores que afugentavam o calor, o bochorno, a umidade pegajosa da rua, como se dali de sua casa a cidade não existisse ou fosse um sonho ou uma ilusão assim que ela, Lina, abria a enorme grade de ferro da entrada e atravessava o jardim coalhado de ceibas centenárias subindo os degraus de granito que conduziam a esse mundo de silêncio onde a luz era penumbra e em cada quarto, em cada peça brilhavam objetos fascinantes trazidos de muito longe, envoltos no perfume de essências de rosa, jasmim ou sândalo. Lina ia lá uma vez por semana, segurando a mão da avó quando era criança ou conduzindo a avó quando cresceu, ou simplesmente sozinha, pelo prazer de ver aquela tia

sorridente sobre a qual os anos não haviam passado, com os cabelos tingidos e os olhos transparentes iluminados de malícia, dinamitando conceitos, religiões, ideologias e quantas artimanhas os homens haviam inventado para justificar seus delírios e dominar a mulher. Pois tal tinha sido o propósito de todo discurso desde o início dos séculos: buscar uma explicação coerente para a história de furor e sangue que o macho de uma espécie defeituosa, desajustada, detida por um erro da natureza no curso de sua evolução, tecera ao longo de sua passagem pelo planeta, destruindo a vida gratuitamente, isto é, não tanto para alimentar, proteger ou defender sua prole, mas para satisfazer as pulsões de sua demência, e isso apesar de contar com um instrumento capaz em princípio de controlá-la. Mas o instrumento em questão permitira-lhe apenas desculpar seu comportamento em uma condensação de crenças infantis e interpretações tolas às quais tia Eloísa se referia com humor apontando a Lina os livros que ela deveria emprestar da biblioteca, abrir em determinada página e ler a partir de uma linha precisa para encontrar a confirmação daquelas afirmações que tanto a divertiam, mesmo notando seu caráter subversivo e a infinita dúvida que passo a passo iam se instalando em sua consciência, e mesmo que quando criança ela se sentisse fascinada pela historieta e com ela brincasse em sua fantasia até considerar, por exemplo, Adão coberto com sua triste folha de figueira como um indivíduo lamentável e negar que Eva também não tivesse comido do fruto da árvore da vida antes que seu acesso fosse proibido pela espada de fogo do malvado querubim. Já aos doze anos de idade, Lina dizia a si mesma que se, em vez de Eva, tia Eloísa tivesse estado no Éden, as coisas teriam acontecido de outra forma. De cara, teria convencido Adão de que, dissesse o que dissesse o Deus irado do Gênesis, sua sexualidade era uma descoberta fabulosa e era melhor para ele vivê-la em prazer do que amaldiçoá-la em vergonha. Teria explicado a ele que surgir do branco vazio do nada para cair no nada obscuro da morte não remetia a nenhum castigo divino, mas às leis da matéria orgânica; que toda medida tomada contra a mulher se voltaria perfidamente contra si mesmo; e quem, como Hesíodo, a chamasse de maldição, de ruína dos homens, de crueldade dos desejos e nostalgias passaria seus dias em um limbo de tristeza e frio.

Ou talvez tia Eloísa não precisasse explicar nada a ninguém, pensava Lina maravilhada, porque só sua beleza, a agilidade de seu espírito, sua infinita capacidade de sedução certamente teriam apaziguado a agressividade de Adão e seu deus. Lina imaginou-a discutindo com o bíblico senhor do trovão até que sua vaidade fosse reduzida a pó; ou confrontando aqueles que inventaram tal personagem belicoso para fazê-los entender que as dores da vida estavam implícitas em sua própria dialética e que deveríamos nos integrar a ela para adquirir um pouco de sabedoria. Mas, justamente em nome da sabedoria, tia Eloísa renunciara desde muito jovem a discutir com os homens. Porque eles eram diferentes: rudes, musculosos, desordenados, seu influxo nervoso os levava a agir com precipitação, sua produção de adrenalina os tornava patologicamente agressivos, a regularidade de seus hormônios os impedia de conhecer a gama de nuances da sensibilidade. Por excesso ou por defeito, eles se afastavam da norma: a mulher: o ser que dava, protegia e continuava afirmando a vida em meio ao caos permanente criado pela mera existência do homem, que cheio de frustração manipulara as coisas para ignorar a realidade de sua insignificância apresentando-se como criado à imagem e semelhança de Deus (o que deveria fazer o universo estremecer de rir) e que, se valendo de sua força física, se vingara da fertilidade feminina em todas as fases do que chamavam de cultura e que no fim das contas se reduzia a disfarces de uma mesma barbárie, exposta em sua nudez inicial entre os povos primitivos que costuravam o orifício vaginal para depois abri-lo pela força de uma faca ou arrancavam o clitóris com um instrumento semelhante a um gancho, mais elaborada ou camuflada na sociedade à qual ela, tia Eloísa, decidira adaptar-se sem se deixar alienar em momento algum, isto é, ocupando sempre o lugar que por natureza lhe correspondia, o de rainha rodeada de amantes e servidores, mas mantendo com os representantes do sexo inferior as melhores relações do mundo, pois apesar de seus defeitos tia Eloísa os amava, a eles, os peludos, os suficientes, os vaidosos homens que lhe haviam dado tanto prazer em sua existência.

Fiel a essa visão das coisas, tia Eloísa havia estabelecido diretrizes para julgar as pessoas sem a indulgência de sua irmã Jimena, avó de Lina, que apesar de sua lucidez podia guardar o mundo inteiro em seu coração. Ela, tia Eloísa, nunca aceitou lidar com pessoas medíocres e nem por um momento teria tolerado em sua casa a presença de um indivíduo como Benito Suárez. A vulgaridade lhe produzia horror; a violência, desprezo. Passara a vida forçando o destino a cada passo e daquela luta permanente contra a sociedade que em vão tentara reduzi-la à imanência, conter sua sexualidade, submetê-la à resignação, elaborara uma concepção bastante elitista do ser humano segundo a qual, uma vez adquirido certo nível de consciência, a liberdade era possível desde que se tivesse a coragem de assumi-la. Ao falar de seres humanos, tia Eloísa referia-se exclusivamente às mulheres, naturalmente, seria mais correto dizer, e isso quando elas podiam ser classificadas de acordo com sua conduta em dois tipos diferentes: aquelas que, apesar de terem se livrado do peso de qualquer ideologia ou religião, aceitavam a dominação masculina em nome do amor, dos filhos ou da segurança, e as outras, as estranhas, vulneráveis, fugazes mulheres que voavam pela vida com as asas abertas e cheias talvez de chumbo, mas livres, elevando-se no céu alto, cada vez mais alto até que, fulminadas como Ícaro, caíam em um redemoinho de chamas no fundo do mar. Os homens as temiam na fascinação e as desejavam na angústia, descobrindo quando as conheciam a fragilidade das convenções que tinham criado em função do poder. Porque elas desafiavam a ordem oferecendo uma fruta ou introduziam a dúvida abrindo uma caixa. Irônicas, elas dançavam com a cabeça decepada de um profeta ou emergiam das areias do deserto para atormentar eremitas. Incompreensíveis, pareciam estar muito próximas, mas estavam sempre longe.

    Mulheres assim tia Eloísa conhecera poucas e, na cidade, apenas uma, Divina Arriaga, a mãe de Catalina. Divina Arriaga a impressionara desde o dia em que a viu pela primeira vez em Paris entrando no salão de Sonia Delaunay precedida por dois galgos brancos. Não sem admiração ela contava a Lina como, antes de chegar, os outros convidados a haviam pressentido talvez pelo som do motor de seu Bugatti ou pelo barulho das patas daqueles galgos que não pareciam tocar o chão, e sim roçá-lo com as pontas das unhas. E como se calaram, as taças imobilizadas em suas mãos, os olhos fixos na porta por onde ela finalmente apareceu, desdenhosa e magnífica em seu manto branco de cetim incrustado de ouro e sua estola de penas arrancadas de um pássaro improvável. Ela era linda, repetia tia Eloísa, sua beleza ofuscava como um agravo; tinha cabelos pretos e olhos verdes, fulgurantes. Movera-se pela sala com a indolência enganosa de um felino, e em grandes felinos fazia pensar sua sensualidade distante que não era oferecida, nem exibida, nem procurava seduzir. Divina Arriaga tomava: um objeto, um cavalo, um homem, não para possuí-lo, pois parecia estar além de qualquer desejo de posse, mas para integrá-lo em sua vida por um instante, o tempo de descansar o olhar sobre ele, ou cavalgar por uma floresta, ou fazer amor entre os lençóis de cetim prateado que, como seus galgos e suas criadas, a acompanhavam em suas viagens.

Lina ficou surpresa ao ouvir falar de Divina Arriaga assim e, à medida que foi crescendo, teve mais dificuldade em associar aquela personagem deslumbrante à mulher pálida de expressão ausente que via definhar em um quarto escuro, cuidada por uma criada tão esquiva como ela. Às vezes, enquanto brincava com Catalina em um dos quartos de seu velho casarão, a empregada vinha buscá-las e com um gesto lhes indicava segui-la até o quarto onde Divina Arriaga, menos pálida, talvez, mais presente, lhes oferecia uma chávena de chá seguindo um ritual preciso que sugeria uma cerimônia antiga em que cada gesto era transcendido, simbolizando algo que Lina não conseguia compreender, nem queria, pela mesma razão que, ao entrar na sala, baixava a voz, seu medo de quebrar o feitiço criado pela presença daquela figura silenciosa cujos dedos brancos, quase transparentes, tremulavam como borboletas desajeitadas no samovar prateado e nas xícaras de Limoges. A outra, aquela Divina Arriaga evocada nas conversas, parecia emergir da penumbra da sala à maneira de um fantasma irônico, tal como a mulher adormecida entre almofadas de seda se enredava nas palavras de tia Eloísa e no murmúrio de seus ventiladores quando rememorava para ela as saudades douradas dos anos loucos com o *dôme* e a *Rotonde* e o tango e o foxtrote ressoando até o amanhecer no Bal Negre, onde com todos os seus fogos brilhava a beleza de Divina Arriaga. Ambas as imagens permaneceriam gravadas na mente de Lina, sobrepostas no início, afastando-se cada vez mais uma da outra enquanto os anos passavam e ela descobria lentamente o objetivo perseguido por sua tia ao propor reconstruir a vida de uma mulher cujo nome por si só era sinônimo de escândalo na cidade.

No entanto, tia Eloísa nunca escondera sua intenção de pulverizar a influência que sua avó exercia sobre ela, e como sua avó não via nisso o menor inconveniente, Lina ouvira com prazer aquele canto de sereias que deslizava desde a infância em seus ouvidos exaltando a rebeldia contra o tosco fatalismo de imaginar o futuro contido no passado descartando a possibilidade de modificar a vida por meio de uma ação consciente. Mesmo sabendo que tia Eloísa reduzia de má-fé e por ironia a visão de sua avó, Lina, entre o zumbido dos ventiladores e o ronronar dos gatos birmaneses que iam se esfregar em suas pernas, as ouviria discutir o assunto inúmeras vezes sem nunca conseguir tirar conclusões definitivas, tão válidos lhe pareceriam os argumentos apresentados por ambas, especialmente quando falavam de Divina Arriaga tentando analisar os fatores que influenciaram sua personalidade. A avó referia-se sempre às circunstâncias privilegiadas do seu nascimento: décima segunda filha de um casamento de milionários cujos onze herdeiros anteriores tinham morrido antes de completar um ano, os Arriaga consideraram sensato preservá-la do calor feroz de Barranquilla — apropriado apenas para vacas que, fugindo de uma seca, tinham forçado seus proprietários a instalarem-se naquele inferno três séculos atrás — e desde muito jovem enviaram-na para a Europa na companhia de governantas cuja missão era educá-la sem contradizer o menor de seus caprichos. Tia Eloísa preferiu deixar essa questão de lado: não é que ela negasse a importância de chegar ao mundo com o berço rodeado das melhores fadas, mas já havia visto herdeiras mimadas dominadas pela vida como qualquer serva; mais facilmente até, porque o narcisismo as impedia de olhar ao redor e a condescendência encontrada ao longo da infância as tornava inaptas para a luta e embotava em todas elas o senso crítico. No máximo, tia Eloísa estava disposta a admitir que as circunstâncias às quais sua avó se referia eram talvez uma condição necessária, mas em nenhum caso suficiente para explicar o caráter de Divina Arriaga, aquele discernimento, aquela determinação que já aos cinco anos ela havia manifestado ao escolher como governanta, entre as vinte que aspiravam ao cargo, uma inglesa tão apaixonada pela liberdade que sua primeira decisão foi levá-la para Berlim e matriculá-la na escola de dança de Isadora Duncan. Pois ela mesma a escolheu, depois de ter rejeitado as outras que se apresentavam sem dar explicação diante do olhar surpreso de uma mãe incapaz de reagir, extenuada pelos doze partos sucessivos e pela íntima convicção de que aquela menina de beleza arrepiante nascera por obra e graça do Maligno, carregando em si não um número de cromossomos provenientes de seus dois progenitores, mas apenas os do pai, o outro demônio que a tirara da tranquilidade monástica de sua casa, de seu livro de orações e da missa ouvida todos os dias para montá-la em sua carruagem de guerreiro e em um torvelinho de energia combater o mundo inteiro até se converter no homem mais rico da cidade; encarniçando-se com seus concorrentes e com qualquer insensato que cruzasse seu caminho, mas também contra o que ela havia sido confusamente ensinada a considerar sua virtude; uma certa compostura, aquele recato observado por todas as mulheres de sua família que ele demoliria perversamente no próprio dia do casamento acendendo em seu ventre uma fogueira insaciável, capaz de resistir à passagem do tempo, impermeável às ameaças dos padres que a faziam tremer e ele rir, reavivada todas as noites no silêncio dos hotéis de luxo e das soberbas câmaras dos transatlânticos onde chegavam correndo, ele à caça de negócios, clientes, contratos, e ela seguindo-o como sua sombra noturna, seu campo de prazer, sua flor envenenada por aquela volúpia que o céu iria castigar privando-a de onze filhos e o inferno recompensaria com a menina de beleza tão insolente que só poderia ser chamada de Divina.

Assim, a mãe a temia e nem por um momento lhe passara pela mente opor-se à sua vontade, e ela, Divina Arriaga, sempre a ignorara, imaginando-a talvez uma simples extensão do pai, com quem se identificava sem reservas, o amo e senhor daquela bela casa em que passou os primeiros cinco anos de sua vida rodeada de complacentes amas-de-leite, esperando por ele, para vê-lo de repente irromper nas árvores de cal do jardim, através da luz que parecia já, a partir daquele momento, instalar na memória sua iridescente densidade de prata, vindo sempre de muito longe, vigoroso, jovial, com os presentes que ela teria dado a qualquer um dos onze irmãos mortos, um modelo em escala reduzida de um automóvel de verdade, um pônei de crina dourada, um pequeno fuzil que ela carregava no ombro quando saíam juntos muito cedo para caçar coelhos na floresta onde Lina, setenta, oitenta anos depois, só encontraria as tristes e idênticas fachadas dos subúrbios parisienses, e na rua deserta daquele domingo de primavera, a casa descrita por tia Eloísa, imponente mesmo na sua desolação, com o pórtico de altas colunas já quase em ruínas e as árvores de tílias do jardim indiferentes à passagem do tempo e como que transfiguradas por aquela mesma luz prateada que suas folhas filtravam. Lina não entrou na casa, mas viu o gramado abandonado às ervas daninhas, o chafariz coberto de lodo infecto, a água verde, indefinidamente quieta da lagoa. Percorreu uma alameda em ruínas procurando em vão na memória lembranças já perdidas, e deu voltas e voltas no jardim até ser surpreendida por aquela cabeça de mármore que jazia entre a grama e que ela levantou, contemplou e tocou com um estupor doloroso, como os cegos apalpam, porque era a cabeça de uma menina com um olhar sério e cabelos soltos incrivelmente parecida com Catalina quando ela, Lina, a conheceu, a menina que Divina Arriaga fora pouco antes de seguir seus pais ao Ritz para testemunhar em um de seus salões aquele desfile de governantas selecionadas sem complacência, dentre as quais escolheu a única capaz de lançá-la à liberdade, com o mesmo espírito alerta e inflexível que cinco anos mais tarde a levaria a substituí-la por uma antropóloga, menos afável talvez, mas, como Pigmaleão, disposta a mover céus e terras para animar o projeto de mulher que Divina Arriaga era então. A seu lado, viajou o mundo aprendendo o passado no lugar onde cada evento ocorrera: leu Aristóteles sob as colunas do Partenon, traduziu Virgílio em uma casa em Mântua, descobriu a Idade Média em ruínas, castelos e mosteiros, reconstruiu etapa após etapa a marcha dos exércitos de Aníbal, Tamerlão, César e Napoleão. De tudo isso, dizia tia Eloísa, ela ficou com uma cultura bastante sólida e várias línguas que falava corretamente e a impediam de pronunciar o R do espanhol. Ela também adquiriu força: embora delgada e de aparência frágil, podia passar o dia inteiro a cavalo como se a energia dos onze irmãos mortos latejasse nela. Era fascinada pela caça à raposa, pela esgrima, pela travessia a pé de regiões esquecidas, sempre seguida por aquela antropóloga que certamente a amava e não sabia disso. Que um dia não pôde mais segui-la, a menina que, depois de ter caminhado cem quilômetros com um saco nos ombros, virava-se para olhá-la e parecia fresca como uma rosa recém-saída da água. E morreu. De um ataque cardíaco, Divina Arriaga contaria a tia Eloísa bebendo um pastis no terraço da Coupole. Ela, tão esquiva às confidências, tão reticente em relação ao seu passado, escolheu aquela história para resumir sua juventude. Não disse como a antropóloga havia convertido a herdeira destinada a ser uma dócil borboleta adornando a casa de qualquer marido na jovenzinha que acabaria descobrindo o prazer de ler os clássicos em sua própria língua ou observar os costumes de uma seita de monges tibetanos; também não falou das dificuldades encontradas ao longo de suas viagens, do cansaço, da sujeira, da fome às vezes, das comidas extravagantes. Não. Limitou-se a se referir a um fato capaz de condensar suas experiências vividas com a antropóloga e, principalmente, o que aquela mulher lhe ensinara sobre os homens e como reagir à violência deles: utilizando um fuzil. Embora tivesse dado na mesma um revólver ou uma faca, comentava tia Eloísa, mas o fuzil parecia sem dúvida mais eficaz se ela tivesse de enfrentar três selvagens determinados a estuprá-la. Ela, Divina Arriaga, ajudara a cavar a sepultura da antropóloga nas areias daquele deserto africano onde viajavam disfarçadas de exploradores ingleses quando teve o ataque cardíaco. E ao pé do túmulo ficara de guarda a noite toda, intuindo que o guia e os dois carregadores não faziam muita diferença entre a mulher que ela realmente era e o menino perturbado pela morte de seu preceptor que viam. Ela disse que passou horas observando seus gestos, vislumbrando na escuridão o brilho de seus olhos lascivos, e que quando os sentiu oscilarem sobre ela, levantou lentamente o fuzil e puxou o gatilho três vezes. Então se calou, ficou em silêncio observando a fumaça do cigarro que fumava em uma boquilha de madrepérola, enquanto os transeuntes diminuíam o passo para olhá-la naquele terraço de Montparnasse.

    Tia Eloísa não se lembrava de tê-la ouvido pronunciar o nome da antropóloga nem uma vez e Lina viria a descobri-lo muito mais tarde por acaso, mesmo que já tivesse desistido de acreditar que o acaso intervira em suas relações com Divina Arriaga, ou mais precisamente, naquele laço sutil que Divina Arriaga criara entre as duas assim que regressou à cidade e enviou à avó um cartão no qual rogava que mandasse Lina ao seu casarão no Prado, a fim de apresentá-la a Catalina. Pois ali também houve uma escolha, a mesma capacidade de apostar com lucidez no comportamento de alguém e prever suas reações a longo prazo, não pelo que Lina era na época, devia ter por volta de oito anos, mas pelo que Divina Arriaga imaginava que ela seria sob a influência de sua avó Jimena. E tampouco naquela época se enganou: como suas governantas e amantes, ela, Lina, sempre a serviu, continuou a servi-la mesmo quando ela já havia morrido, na mais completa ignorância por anos, conscientemente depois de ter entendido o papel que lhe fora atribuído pela mulher evaporada entre almofadas de seda que uma noite, pouco antes de entrar para sempre no longo esquecimento de sua doença, a faria subir ao seu quarto e, sozinha, com os olhos subitamente iluminados, arrancados por um instante de seu sonho de algas, de salgueiro, de lírio moribundo, lhe diria: "Ajude Catalina, seu pai lhe dirá como e quando fazê-lo".

    Lina e sua adolescência temperada pelo racionalismo se recusariam a admitir naquela súplica algo diferente do delírio de uma mulher doente. Catalina não tinha necessidade de ser ajudada, e naqueles dias evitava sua presença a ponto de se recusar a falar com ela ao telefone: ela finalmente decidira se casar com Álvaro Espinoza, um homem taciturno, de tez macilenta, que parecia animado por um desprezo incompreensível pela humanidade. Durante meses, Catalina zombara dele sem piedade, recusando sistematicamente seus convites e repetindo-lhe a impressão que ele causava nela: em seu rosto de mulato ela dizia encontrar um brilho gorduroso, suas mãos estavam sempre suadas e da gola não muito limpa de sua camisa vinha o cheiro que as batinas pretas dos padres exalavam. Tudo isso era verdade, mas na opinião de Lina não era importante em comparação com as ideias de Álvaro Espinoza e sua obstinação perversa de se casar com Catalina. Pois havia algo de insano e muito perturbador em sua indiferença às ofensas que dela recebia e, mais tarde, em seu modo de seduzi-la corrompendo-a, isto é, oferecendo-lhe sua autoridade e suas relações para impô-la à sociedade que a humilhara violentamente, castigando nela a filha de Divina Arriaga. Quando isso aconteceu, a afronta, o agravo público, Catalina não sabia quem era sua mãe e como ela era falada na cidade. Na verdade, ela ignorava tudo o que pudesse entristecê-la ou diminuir sua autoconfiança, porque, como aquelas herdeiras de quem falava a tia Eloísa, Catalina fora paradoxalmente defendida e desarmada por sua beleza: à sua passagem as portas se abriam por si mesmas e, se permaneciam fechadas, ela não percebia ou se recusava a perceber, sempre procurando o caminho da facilidade. Lina atribuía sua leveza à admiração que as pessoas sentiam por ela, criando ao seu redor uma espécie de auréola por onde as coisas chegavam filtradas, mais eco do que ruído, mais espuma do que onda, mais reflexo do que luz, onde Catalina ficava isolada como uma boneca embrulhada em papel celofane. Havia isso, e também sua capacidade de evitar os obstáculos, encontrando invariavelmente o atalho menos trabalhoso, embora não o melhor, um dos traços de seu caráter que tanto impressionara Lina quando se conheceram e contra o qual sua avó tentou alertá-la, desaconselhando-a a qualquer tentativa de imitação. No entanto, ninguém no mundo poderia ter imitado Catalina ou se parecer com ela: ter seus luminosos olhos verdes, seus cabelos cor de ébano, sua pele rosada como o interior dos grandes caracóis marinhos: ter beleza suficiente para oferecê-la com desenvoltura e elegância o bastante para dissimulá-la. Mas, acima de tudo, era impossível copiar esse encanto dela de alguma forma. Talvez por saber que era amada instantaneamente, sem reservas, seu coração só aninhava sentimentos amáveis que traduziam o sorriso de uma deusa para seus admiradores ou o olhar de uma criança que nunca encontrou o mal. Durante os anos em que estudaram juntas em La Enseñanza, Lina nunca a veria brigar com ninguém ou se tornar vítima da malevolência das freiras; pelo contrário, era a favorita delas: bastava que Catalina fizesse parte do grupo das baderneiras para que as freiras sorrissem e o castigo fosse minimizado. E Catalina estava quase sempre envolvida na baderna: ela a planejava e Lina a executava. Pois à sua excelente memória, que lhe permitia decorar uma página inteira a partir de uma única leitura, e à sua compreensão instintiva da matemática, juntava-se um espírito travesso à procura de qualquer circunstância que pudesse perturbar aquela submissão de formigas que as freiras tentavam impor-lhes com vinte cartões azuis, chamados notas, em que se imprimia o número de cada aluna e cuja perda diminuía proporcionalmente a qualificação do comportamento que se lia em público e diante da madre superiora no fim de cada semana, em uma cerimônia iniciada com cânticos à Virgem e terminada quando duas ou três alunas que haviam conseguido preservar os vinte cartõezinhos desfilavam orgulhosamente até o jardim para hastear a bandeira nacional. Catalina perdia tantas notas quanto Lina, mas mesmo assim uma vez por mês ela estava entre as colegas que hasteavam a bandeira. Esse enigma surpreendia Lina sem perturbá-la, porque já naquela época ela sentia por Catalina o divertido afeto que a acompanharia por toda a vida; ela nem se surpreendeu ao descobrir um dia que era a própria madre superiora que restaurava sorrateiramente as notas que outras freiras lhe tiravam, e isso quando as freiras em questão não as tivessem devolvido, também em segredo, talvez para poder vê-la atravessar o corredor entre a fileira de alunas, tão bela, com seus olhos verdes refletindo uma pureza imaterial, alheia a qualquer forma de dor ou conhecimento, como aparecia todos os anos na sessão solene do colégio diante de uma plateia deslumbrada, representando santa Joana de Lestonnac, a fundadora da ordem religiosa à qual pertenciam as freiras de La Enseñanza.

Pois Catalina era pura, impermeável ao mal como uma ave por cujas penas toda a lama do mundo podia deslizar sem deixar o menor vestígio. E, paradoxal ou não, algo dessa pureza ela manteve pelo resto da vida, mesmo quando enganava Álvaro Espinoza com qualquer homem que despertasse seu desejo e, mais tarde, empurrando-o com total consciência para o suicídio; naquela época, Catalina já havia elaborado um código moral ao qual sempre se ajustaria e cujas regras eram nunca mentir para si mesma, nem nunca buscar uma justificativa para seus atos reprováveis. Talvez as freiras não estivessem erradas em dar-lhe essas qualificações, manifestando assim uma certa confiança sobre a substância de seu temperamento e algumas dúvidas sobre a suposta ruína de Divina Arriaga. Pois se Catalina tivesse sido a simples órfã de um desconhecido, de quem nem se sabia se era ou não casado como Deus ordena com a mulher que incitara o escândalo mais vergonhoso da cidade, isto é, se não houvesse um indício de verdade na história só murmurada daquele homem, aristocrata polonês perseguido pelos nazistas, membro ativo da Resistência Francesa, torturado em uma velha casa na Bretanha até a morte, e se Divina Arriaga tivesse realmente sido arruinada quando tomou o navio que, como um ataúde, a trouxe para sempre a Barranquilla, Catalina não teria recuperado tão facilmente aqueles cartõezinhos azuis e, muito provavelmente, nem teria sido aceita no colégio. Em La Enseñanza só entravam as moças de boa família ou as herdeiras dos grandes proprietários de terras da Costa que internavam suas filhas enquanto esperavam o momento de lhes arranjar um marido idôneo, e isso só se tivessem nascido nove meses depois do casamento católico de seus pais, e os pais, ou melhor, a mãe, tivesse observado uma conduta exemplar ao longo da vida. Condições que, segundo a opinião de todo mundo, Catalina não cumpria: chegara à cidade com dez anos já completados, mal balbuciando a língua espanhola, e sua mãe, Divina Arriaga, fez seu registro como colombiana nascida em Saint-Malo em 21 de agosto de 1937, filha legítima de um certo Stanislas Czartoryski, sem fornecer qualquer papel ou documento capaz de confirmá-lo porque a comarca onde estavam havia se incendiado sob o bombardeio dos aviões aliados. As pessoas só sabiam que Divina Arriaga tinha regressado a Barranquilla acompanhada de uma menina que era seu retrato vivo e cujo sobrenome era impossível de pronunciar. Soube também que tomara posse da antiga fazenda de seus pais, investindo a conta-gotas o dinheiro necessário para tirá-la do abandono que lentamente a carcomia, mas sem receber visitas, aceitar convites ou iniciar de alguma forma aquele fabuloso ímpeto de vida que vinte anos antes havia maravilhado a cidade. Então se falou em ruína. Com júbilo. Com alívio.

Falara-se de ruína quando chegou pela primeira vez, ou mais precisamente, quando regressou à Europa, deixando a burguesia de Barranquilla abalada pela incomensurável confusão cuja origem, organização e animação lhe tinham sido atribuídas e por razões que iam desde tendências à libertinagem até uma franca cumplicidade com o demônio, de quem teria recebido a ordem de semear o caos não só para levar as almas à perdição, mas também para desprestigiar os membros da classe dominante e facilitar a penetração do materialismo ateu. Com o passar dos anos essas especulações seriam esquecidas, embora não o escândalo que as provocou, convertendo Divina Arriaga em um símbolo de tudo o que os bem-nascidos deviam condenar, por razões morais, sem dúvida, mas também porque o desafio aberto às convenções parecia ter lhe trazido calamidade: ao ir embora de Barranquilla, de fato, Divina Arriaga não conservava nenhum bem tangível. Nada restava da empresa fluvial de seu pai, nem da casa de importação e exportação que controlava a maior parte do comércio com a Alemanha em todo o país e cujas ações tia Eloísa havia comprado. Pelo menos nada restara em suas mãos, e nenhuma pessoa de juízo acreditava que em suas mãos tivesse permanecido o dinheiro obtido naquelas transações depois das orgias com as quais convulsionara a cidade. Apenas tia Eloísa, que pagara suas ações em vistosas moedas de ouro, era insensata o suficiente para acreditar nisso e até afirmar que as orgias em questão tinham simplesmente ajudado Divina Arriaga a se desembaraçar de alguns pesos cuja conversão em ouro ou moedas estrangeiras poderia ter causado problemas com o fisco. Mas tia Eloísa costumava dirigir-se a muito poucas pessoas, e o desastre financeiro de Divina Arriaga consertava a vida do mundo inteiro, acalmando a indignação de quem proclamava inadmissível que uma mulher tivesse chegado a permitir-se tanto desacato sem receber qualquer castigo. Serviu também de alerta às demais, às que ousavam sonhar com qualquer veleidade de emancipação e às que, sem se atrever a sonhar, cumpriam docilmente seus deveres, afugentando a amargura em trajes domésticos. Mas, a longo prazo, serviria, sobretudo, de exemplo: várias gerações de meninas ouviriam a história de Divina Arriaga encolhidas de apreensão perante a punição que merecia desafiar a ordem dos homens: ter nascido na magnificência, ser acolhida pela cidade como uma deusa, dilapidar a herança com esbórnias indevidas e, depois, desaparecer no meio da reprovação geral, abandonada por seus amigos e repudiada por seu amante, Ricardo Montes de Trajuela, que depois de ganhar três casas em uma noite de pôquer tinha ido buscá-la no dia seguinte acompanhado de testemunhas e tabelião, exigindo-lhe a transferência das escrituras. Ricardo Montes de Trajuela, o belo e elegante descendente de uma família de estirpe, aprendera em Oxford tudo o que se sabia sobre como usar smoking, se dirigir a criados ou avaliar uma fortuna. O fato de ele ter cometido tal indignidade implicava não apenas um completo desprezo pela mulher que fora sua amante por cinco meses, mas também que, convencido de seu infortúnio, ele havia passado por cima dos preceitos da boa educação ensinados em Oxford ou onde quer que fosse, a fim de extrair as últimas migalhas de seu patrimônio. Naturalmente, a tia Eloísa tinha sua própria versão do assunto: aquele caça-dotes, bonito, sim, mas sem muita inteligência, foi escolhido por Divina Arriaga com plena consciência, seguindo o velho ditado segundo o qual quem não tem cão caça com gato. E a famosa partida de pôquer, que ela, tia Eloísa, presenciou, permitira a Divina Arriaga demiti-lo com pagamento e indenização, obrigando-o a desmascarar-se para coroar o estranho jogo que fizera durante toda a sua estada na cidade, ou, mais precisamente, mal medira o grau de hipocrisia a que os indivíduos que constituíam sua elite podiam chegar.

Nada deixava prever tal desfecho quando Divina Arriaga chegou pela primeira vez a Barranquilla para cuidar de sua herança, e os homens e mulheres que haviam servido seu pai na mais abjeta adulação correram aos seus pés, maravilhados com suas fabulosas joias, seus trajes magníficos e aquela autoconfiança com que expressava ideias que irrompiam como pólvora no puritanismo ignorante da cidade. De tamanha admiração, Divina Arriaga havia sido a mais surpreendida, mas, como discípula de antropóloga, começou a estudar os costumes dos nativos locais, não sem curiosidade, descobrindo em um instante que aquela pequena burguesia racista, suficiente e prodigiosamente inculta, cochilava em um pântano de frustrações cujas bolhas subiam à superfície sob a forma de maledicência entre as mulheres — quando sentadas em uma mesa de canastra digeriam laboriosamente os banquetes de almoço em que cada pãozinho, cada nova porção de arroz com carne atenuava o opróbrio de noites malogradas — e de vulgaridade obscena entre os homens, que disputavam os privilégios mesquinhos de uma cidade provinciana e buscavam ruidosamente sua recompensa em lupanares frequentados por meninas ao lado das quais as prostitutas de Saint-Denis pareciam princesas. Seguindo as regras ensinadas pela antropóloga, Divina Arriaga limitou-se a observá-los como teria feito quando se viu diante de uma tribo de pigmeus africanos, analisando seus comportamentos sem intervir neles e guardando suas conclusões para si mesma. Mas, na medida em que os burgueses da cidade não eram pigmeus africanos, isto é, não tinham perdido toda a sua capacidade de evolução e podiam responder aos estímulos de uma cultura mais avançada — como Divina Arriaga lhes sugeria com sua simples presença —, se puseram a imitar os sinais exteriores da sua personalidade sem ter em conta que, para ser formada, aquela personalidade tinha passado pelo filtro de vinte e quatro anos de experiência e educação perfeita. Então começaram a copiá-la torpemente, dizia tia Eloísa: levantaram as saias e os cabelos caíram diante do charme do penteado à *la garçonne*: meias coloridas e sapatos pontiagudos surgiram de repente, assim como os trajes com franjas acompanhados de longos colares e bandanas na testa; entrou em voga uma pequena canção que dizia: "A moda de Tutancâmon é a obsessão do mundo hoje, e dizem que em todos os lugares já se fala do faraó", enquanto as mulheres decidiam fumar em público, aprendiam a beber uísque e os homens, pela primeira (e última) vez na história da cidade, se uniam às suas esposas em festas em vez de ficarem falando sobre política e bordel em um canto. Porque todo mundo acolhia Divina Arriaga. Recepções e bailes aconteciam todas as noites em sua homenagem e, por sua vez, ela correspondia levando quinze ou vinte casais para sua casa em Puerto Colombia para passar o *weekend* sem suspeitar que aquelas reuniões preparadas no maior refinamento com fogueiras na praia, quiosques nos jardins e comida e bebida à vontade se tornariam verdadeiros bacanais quando, à força de estar entre eles e em circunstâncias bastante propícias ao abandono, os convidados, até então honestos namorados, pais ou mães de família sufocados em um emaranhado de repressões, deram rédea solta aos seus desejos com a fúria que acompanha qualquer violação do proibido, e com a obstinação também, a obscura, imprecisa, não formulada intenção de afastar ou manter em suspenso as consequências de um ato repetindo-o, até escandalizar a própria tia Eloísa, que apesar de ter visto muitas coisas na vida tinha ficado estupefata com tamanha libertinagem. Por ela, e através dos complicadas relatos de Berenice, Lina saberia o que aconteceu naquela casa em Puerto Colombia durante os cinco meses que Divina Arriaga passou na cidade quebrando tabus e convenções, não tanto por causa de seu comportamento, pois no fim das contas ela sempre se manteve afastada de qualquer excesso e só no último minuto foi possível afirmar com certeza que tinha sido amante de Ricardo Montes de Trajuela, e sim por causa da desordem produzida por sua irônica indulgência diante das fraquezas e contradições daqueles que, procurando aproveitar-se de algum modo da enorme fortuna herdada de seu pai, começaram a seduzi-la e foram caindo um após o outro na inquietante sedução de seus desígnios. Caindo com profusão, como tia Eloísa assegurava que mereciam, e como certamente Divina Arriaga contou, ao regressar à Europa, a qualquer futuro amigo ou conhecido de Dürrenmatt, sugerindo-lhe a comparação com os personagens da pequena cidade de Gullen, cujas reações, caricaturizadas, claro, poderiam ser comparadas com as dos burgueses de Barranquilla em sua capacidade de negar todos os princípios para se colocar sob a asa de uma mulher imensamente rica. Mas nada mais, ou seja, até ali poderia chegar a analogia, porque a mulher em si, Divina Arriaga, tinha apenas vinte e quatro anos e não guardava rancor algum da cidade. Nem sequer foi possível falar em ressentimento depois, quando descobriu que as amigas que apareciam em sua casa uma hora antes das festas, diziam que para ajudá-la a se vestir, e os homens sempre prontos a lisonjeá-la para manter ou adquirir uma sinecura nas empresas de seu pai, zombavam dela pelas costas atribuindo-lhe atos ignóbeis ou propósitos infames. Teria sido mais correto referir-se a esse sentimento respeitosamente qualificado por tia Eloísa como perversidade. Se Lina entendia bem, a perversidade sugeria refinamento e certo senso de humor. Como aquela advogada que perdera a causa de Benito Suárez aceitando sua própria lógica, Divina Arriaga limitou-se a criar as condições nas quais seus supostos amigos encontrariam a tentação. Não se tratava apenas de lhes emprestar uma casa de mais de vinte quartos, rodeada por um denso jardim e de frente para uma imensa praia onde a partir das seis da tarde qualquer casal podia se perder sem que ninguém percebesse: mas de sua tolerância, da facilidade com que acolhia as confidências femininas e as intrigas dos homens, deixando-lhes se enredar na corda que suas paixões teciam. Ela trazia no fundo das pupilas o assombrado desdém dos primeiros conquistadores, mas nenhuma cruz na mão. Sem buscar ou pedir, apenas por causa de sua fortuna, fora-lhe concedido o poder de julgar, mas em vez de reprimir, libertava. Entrando em sua casa de Puerto Colombia, cada um tinha a impressão de escapar da cidade e, de acordo com seus caprichos, se aventurava no labirinto de um eu desconhecido por onde ia e vinha, até encontrar sua verdade mais profunda, aquela que poderia levá-lo à euforia ou ao suicídio, a jogar sua fortuna em uma mesa de pôquer ou sua vida em uma aposta irrisória, a descobrir seu desejo pela esposa de um amigo ou pelo próprio amigo.

Assim, ao longo de cinco meses, os escândalos sucederam-se enquanto a cidade fingia ignorá-los, em parte porque pelo menos um membro de cada família assistia às festas de Divina Arriaga ou dependia de sua vontade de viver, e depois, porque a exibição insolente de sua fortuna infundia um respeito quase sagrado que silenciava os murmúrios ou os tornava inaudíveis. Mas as pessoas sabiam: eram muitos os que pegavam o trem de Puerto Colombia no fim da semana e desciam na estação empoeirada sem saber muito bem para onde ir, procurando em vão um quarto no único balneário do vilarejo — ocupado por turistas previdentes que de repente haviam descoberto os resultados benéficos de uma cura marinha. Pessoas de linhagem, mas cuja modesta condição lhes proibia o acesso a Divina Arriaga, vinham sorrateiramente aos jardins de sua casa assim que a noite caía e, agachados atrás de palmeiras e arbustos, vislumbravam os convidados que riam e dançavam ao som de trios, orquestras e conjuntos cubanos, enquanto da praia vinha o cheiro de bezerros e leitões que eram assados na brasa em fogo lento e polvilhados com molhos misteriosamente temperados por um não menos enigmático francês, fugido de Cayena e elevado por Divina Arriaga à dignidade de cozinheiro, que meses depois começaria a trabalhar no Hotel del Prado arrastando consigo Berenice, sua discípula e amante. A própria

Berenice contaria a Lina como os convidados haviam resolvido uma noite acabar com aquele cerco, soltando alguns cães de caça trazidos para a ocasião que obrigaram os intrusos a correrem em debandada pelas ruas escuras da cidade, cheios de vergonha e humilhação. Tampouco então houve protestos. Mas quando o Carnaval chegou e Divina Arriaga reuniu um grupo de foliões do qual se falaria durante anos, tanta seria a raiva que produziu ver entrar no Country aquele grupo de oitenta pessoas fantasiado de forma equivocada, resultou impossível continuar a esconder a realidade. Pois não se tratava de foliões comuns, ou seja, um grupo com um tema mais ou menos inofensivo ao qual a fantasia de cada participante devia se adaptar. Não. Havia de tudo em um amálgama irreverente: freiras de caridade empurrando carrinhos de bebê dentro dos quais dormiam homens cobertos por uma simples fralda, as pernas peludas à mostra e uma garrafa de uísque na boca: colegiais com o uniforme do colégio de Lourdes perseguidas por velhos que puxavam suas tranças com sorrisinhos maliciosos: travestis elegantes flertando descaradamente com os espectadores: quatro Mães Católicas vestidas de carolas. Em suma, o horror. Para as pessoas, o pior foi que Divina Arriaga, de cujo casarão do Prado partiram os foliões, apareceu à meia-noite vestindo um suntuoso traje preto, mais majestosa do que nunca, distante e aparentemente alheia à azáfama dos amigos, para quem mal olhava da mesa onde começou a beber champanhe na companhia de um desconhecido de smoking. Nesse ínterim, uma certa dissipação tomara conta dos sócios do Country Club: na pista de dança os casais abraçavam-se na medida de seus desejos e não de seus laços conjugais; as lâmpadas haviam sido apagadas e suspiros de espanto e satisfação surgiam dos cantos; depois de trancar o presidente do clube em seu escritório, os bêbados que geralmente se retiravam ou eram removidos à meia-noite organizaram em frente à piscina o concurso do jato de xixi mais longo e abundante; outros se pegavam a pescoçadas, destroçando os arbustos requintados do jardim e algumas mulheres desesperadas corriam de um lado para o outro pedindo aos funcionários que acabassem com aqueles desvarios. Apesar do espanto, os funcionários foram os únicos a manter a calma: não só libertaram o presidente e trancafiaram as garrafas de álcool, como também apagaram uma ameaça de incêndio que eclodiu quando alguém jogou uma toalha de mesa em chamas sobre as cortinas da sala de bilhar. Assim, graças a eles, não houve necessidade de recorrer à polícia desonrando irremediavelmente o clube. Mas, no dia seguinte, as pessoas foram tomadas pela mais profunda consternação. Diante da magnitude do desastre, os padres, que haviam ameaçado fazer um escândalo, logo renunciaram à ameaça de excomunhão porque não parecia razoável excluir da Igreja toda a classe dominante da cidade. Como era de se esperar, a imprensa não mencionou o assunto, as mulheres acabaram correndo para o confessionário, os homens de repente se lembraram dos deveres envolvidos no exercício do poder e os pobres servidores do Country perderam o emprego com uma remuneração substancial no bolso destinada a comprar seu esquecimento. O bode expiatório, a responsável, no fim das contas, deveria ser Divina Arriaga, justamente quando já se afirmava de forma categórica que nada lhe restava da fortuna de seu pai. Então, encorajadas, algumas pessoas começaram a dizer que sua conduta era uma desonra para a cidade e foram falar com a presidenta das Mães Católicas, que, depois de ter expulsado as ovelhas perdidas da congregação, tinha pedido ao bispo uma audiência para nomear uma comissão de notáveis cuja missão seria confrontar energicamente Divina Arriaga e dizer-lhe umas quantas verdades. Sobre o conteúdo dessas verdades ninguém conseguia se pôr de acordo, nem a presidenta nem as pessoas que a acompanharam à Cúria e receberam permissão do bispo para formar a comissão. Foi difícil reunir quinze personalidades sem mácula, ou seja, sem parentes que, de uma forma ou de outra, tivessem frequentado Divina Arriaga ou se beneficiado dos privilégios da sua amizade, mas depois de muita deliberação, os notáveis eleitos resolveram acusá-la de corrupção e exigir a venda de seu título do Country, punição suprema em uma cidade onde pertencer ao clube constituía o sinal por excelência de distinção e que poderia ser comparada à degradação de um militar ou ao anátema de um padre proibido de celebrar missa. Não havia nenhuma alusão a esse propósito na nota que lhe enviaram indicando-lhe um *rendez-vous* (escreveram-no em francês depois de consultar um dicionário), e sim certas considerações um tanto nebulosas sobre o interesse de saber quem estava na origem daquele grupo de foliões que infamemente quebrara as tradições saudáveis do Carnaval de Barranquilla. Como Divina Arriaga nem se abalou em ir à reunião, os membros da comissão foram até sua casa em Puerto Colombia no dia marcado, encorajando-se mutuamente com a lembrança de todas as calamidades ocorridas desde sua chegada, cinco meses atrás, e do mau exemplo que seu descaminho daria aos jovens. A porta foi aberta por um homem negro descomunal e sorridente que estava completamente desorientado, pois tinha acabado de desembarcar do Haiti e não falava uma palavra de espanhol. Só nesse momento é que os notáveis repararam que as persianas estavam fechadas e o piano do salão, coberto por um pano azul. Aquela sala não parecia pronta para acomodar ninguém, nem cavalheiros nem simples garis. Não havia quadros nas paredes e os móveis, sob suas capas de linho, se preparavam para dormir um longo sono. Sentindo que a indignação lhes subia ao sangue, começaram a perguntar ao negro onde estava Divina Arriaga, mas o negro não fazia outra coisa senão sorrir e mover a cabeça de um lado para o outro, com um ar divertido. De repente, deu a impressão de compreensão e mostrou seus dentes grandes e muito brancos em uma sonora gargalhada. "Madame?", perguntou. E abrindo a janela apontou para o navio impassível que já se afastava no mar, dourado à luz do crepúsculo, anunciando através do gemido da sua sirene que Divina Arriaga voltara a abrir as asas e como um enorme pássaro voava longe, muito além do bem e do mal.

II.

Lina não conseguia entender a dialética que levara tia Eloísa a elaborar aquela escala de valores a partir da qual se punha acima das contingências da mulher comum, rejeitando ao mesmo tempo as mistificações dos homens. Talvez porque se apoiasse em um paradoxo cuja chave nunca quis dar a ela, deixando-a apenas entrever, a título de explicação, que por trás da aparente leveza de seu raciocínio e da alegre casualidade de suas conclusões se escondia uma vontade de aço com a qual afrontara todos os problemas inerentes à condição masculina até conquistar, curiosamente, o privilégio de se assumir como mulher. Para tia Eloísa, ser mulher implicava uma certa harmonia com a natureza, uma certa integração a seus ritmos: nela as mulheres jamais tinham visto um inimigo que fosse necessário derrotar ou destruir, mas um duplo, uma aliada, o espelho que refletia seus ciclos e sua fecundidade. Daí vinha a força que lhes permitira manter a espécie viva, apesar da devastadora loucura dos homens, mas também a fraqueza que as havia tornado escravas dos homens. Assim, ela devia renunciar ao início da feminilidade, para recuperá-la, depois de lutar e triunfar com os parâmetros masculinos, como uma recompensa cuja posse não implicava humilhação ou servidão alguma, transformando um bem obtido no momento do nascimento em algo que se perdia de propósito e depois se ganhava com plena lucidez. Divina Arriaga sempre soubera disso. Com o tempo, Catalina descobriria: com o tempo, porque não bastava tomar consciência de todas as seduções, armadilhas e mentiras que tinham de ser evitadas com a astúcia demonstrada por Ulisses em seu trajeto. Não.

O périplo de iniciação e provação exigia um período relativamente curto, para que, ao final da travessia, ainda se tivesse a força e o entusiasmo necessários para a vida; e o regresso não implicava a renúncia, ou seja, aquele estado de espírito capaz de modificar a realidade, mas certo afastamento, uma atitude de desapego ao poder, enquanto triunfava como o despertar de uma nova aurora a reconciliação com essa profunda pulsão de amor e sensualidade que, em sua sabedoria, a natureza dera à mulher.

Se Catalina conseguiu ou não alcançar esse estado, Lina nunca soube. Toda vez que a encontrava em Paris, parecia notar em seus olhos verdes a inquietante frieza de um caçador à espreita. Um dia, por exemplo, acompanhou-a a uma exposição cuja peça principal era um magnífico retrato de sua mãe em que Divina Arriaga aparecia muito pálida, com o longo pescoço envolto em um colar de pérolas. E enquanto o olhar dos visitantes ia do quadro para Catalina incrédulo, Lina ouviu-a comentar de modo leviano: "Eu sabia que existia, mas pertence a uma coleção privada e não há forma de obtê-lo". Essa imagem de Catalina, que parecia tão desoladora quanto a de Dora esbofeteada por Benito Suárez ou a do rosto de Beatriz contraído pelo desespero, permaneceria por muito tempo em sua memória: triunfante e dominadora, descendo os degraus do museu e com um gesto altivo chamando o motorista do Rolls-Royce que costumava alugar quando chegava a Paris, enquanto ela, Lina, se repetia, e isso é tudo, não há maneira de comprá-lo nem vendê-lo. Mas, perto do fim da vida, ela descobriu que Catalina vivia com um milionário americano por amor, apenas por amor, e então preferiu imaginá-la recuperando a doçura travessa de sua infância, o encanto de sua adolescência e, em um apartamento suntuoso qualquer de Nova York, envelhecendo com o coração tranquilo depois de ter entendido que a luta implacável que ela teve de empreender contra o mundo para defender sua integridade tinha sido simplesmente a travessia do deserto.

Uma luta na qual se viu arrojada quando tinha apenas dezessete anos e sem nenhuma arma que lhe permitisse defender-se. Às cegas, porque ignorava o ressentimento que a cidade guardava contra sua mãe e o ódio que sua condição de mulher bela, infinitamente bela, iria provocar. A menina educada em um mundo que não continha arestas ou qualquer coisa parecida com um obstáculo, envolto em sedas e tule que ela podia atravessar sem encontrar término ou limite e onde tudo estava destinado a protegê-la e ceder ao contato de suas mãos. Ao lado da mãe isolada em sua câmara mortuária que uma vez por semana a chamava para saber, talvez, quantos centímetros ela havia crescido ou se algo em seu corpo já desafiava a austeridade opaca do uniforme; expiando em suas pupilas alguma sombra de curiosidade ou rebeldia e, talvez, verificando com um olhar experiente a leveza de seu espírito e como o ambiente a encorajava a evitar os conflitos que, cedo ou tarde, iriam dominá-la. No entanto, confiando nas forças imprevisíveis da hereditariedade, secretamente convencida de que por trás de sua aparência inofensiva cochilava um animal de combate programado para recobrar os músculos e pular com suas garras no ar quando um certo sinal viesse tirá-lo de sua sonolência. Divina Arriaga contava com esse despertar selvagem, pois antes de regressar a Barranquilla tinha montado um dispositivo que devia ser posto em marcha assim que Catalina decidisse reagir, ou seja, uma vez que se conscientizasse de que lutar com armas femininas era tão ineficaz quanto se opor a um tanque de guerra com um estilingue e três pedrinhas. Inclusive previra o tempo que isso levaria: cerca de trinta anos. Nada ou muito pouco para a mulher reduzida à impotência de uma doença incurável sem nome conhecido, que em seus raros momentos de lucidez podia imaginar a filha debatendo-se desajeitadamente contra uma ordem — por ela vencida e conquistada —, mas pouco a pouco adquirindo os conhecimentos necessários para aquela conquista. A mãe paciente e calculista, a quem o recolhimento de suas faculdades adormecidas permitia, quando voltava a si por um momento, captar de repente a eternidade e dizer a si mesma que trinta anos eram apenas um batimento cardíaco no longo pulsar da vida: que observaria sem pestanejar o noivo escolhido, aquele mulato feio, com o rosto manchado de cicatrizes de espinhas juvenis já começando a gangrenar-se, como se seu ódio às mulheres, aos negros, aos deserdados, aos fracos modificasse o comportamento de suas glândulas e estas, ao invés de secretarem as substâncias necessárias ao organismo, produzissem ácidos capazes de alterar a textura do rosto e deixá-lo lívido e envelhecido, à maneira de uma cabeça reduzida. Ela, a mulher cuja estranha enfermidade conservara intacta a beleza de sua juventude, inclusive refinando-a, tornando sua pele mais transparente e o brilho febril de seus olhos verdes mais intenso, contemplaria sem pestanejar aquele noivo que Catalina lhe apresentava e por duas horas o faria desenvolver o raciocínio jesuíta com o qual acreditava escapar da maldição de ser mulato e misógino em uma sociedade que contra todas as probabilidades postulava como ideal o homem branco, ou seja, aquele que menos deixasse transparecer a contaminação de seus antepassados e mais inibisse seu componente homossexual para se juntar a uma mulher de sua classe e fundar uma família.

Divina Arriaga aceitaria recebê-lo três meses antes do casamento, e mais tarde, no dia do casamento, e depois nunca mais. A primeira entrevista foi, sem dúvida, suficiente para medir e sopesar Álvaro Espinoza, examiná-lo com uma lupa e, depois de reconhecer todas as particularidades de sua natureza, entregá-lo a Catalina já sabendo a que inferno sua relação com ele a levaria. Ela não disse nada. Lina, ali presente, a observou olhar intensamente para a filha, talvez tentando avaliar sua resiliência, como fizera dois meses antes, quando Catalina anunciou sua candidatura ao posto de rainha do jornalismo. E Lina compreendeu, pelo menos achou que compreendia: Divina Arriaga tinha previsto o desastre sem tentar evitá-lo, e não porque lhe faltasse ternura para com a filha que corria em direção à sua perdição, mas porque tinha de pensar segundo aquela sua lógica tão implacável por força da lucidez e tão semelhante à de tia Eloísa, que quanto maior o erro, menor seria o tempo de aprendizado. Não conseguira oferecer a Catalina a oportunidade de ser educada com antropólogas ou viagens destinadas a instruí-la, desdobrando diante de seus olhos o passado, nem o confronto permanente de diferentes costumes e crenças capazes de suscitar dúvidas; nem a visão dos museus, o espetáculo das óperas, a audição de concertos e sinfonias. Nada, senão aquela cidade poeirenta onde o recolhimento era impossível e a reflexão, ineficaz, sob um sol criado para ferir os olhos do homem que de repente aparecia no escuro da noite e cruzava impiedosamente o céu até outra noite com lentidão fatal. A vida artística de Barranquilla, reduzida à sua ilusória academia de música, seus teatros fervilhantes então convertidos em cinemas e seus poetas famintos celebrando o progresso industrial ou escrevendo sainetes para lisonjear a vaidade dos senhores locais, era muito mais consternadora do que uma paródia: era o balbucio nostálgico de uma cultura esquecida, a memória desconexa de um passado perdido, os gestos mecânicos de um ritual cujo significado já se perdera nos meandros da memória. No entanto, foi ali que Divina Arriaga levou Catalina a viver como a última etapa da longa queda de sua enfermidade, aquele estranho mal que, ao desestruturar sua mente, determinara todos os seus erros, dizia tia Eloísa, desde o primeiro, quando, rompendo o magnífico equilíbrio de seu voo, aceitou descer e integrar-se a um mundo que não era o seu e diante do qual cabia apenas enaltecer quanto o negara, a beleza, a ironia, o erotismo, trazendo à luz seus vícios para contribuir, no tempo de vida que lhe fora acordado, a acelerar o processo que deveria precipitá-lo à ruína. Mas, com a força diminuída pela doença, ela aceitara até ficar enredada no horror. Um horror inspirado pela guerra e seu cortejo de atrocidades, por algo assimilável à mais infinita desolação. Ela, Divina Arriaga, tinha ouvido aquela antropóloga explicar cem vezes como o sistema que durante seis mil anos governava a vida social do homem só podia levar ao desastre: que se revestisse de uma forma ou de outra, que se expressasse através de diferentes ideologias, que se camuflasse sob princípios aparentemente antagônicos, o resultado seria sempre o mesmo. Mas doente, com as asas queimadas, vagando sem bússola, cometera a imprudência de conferir à lei masculina validade suficiente para acreditar em uma evolução inteligente a partir da cultura que florescia no continente mais civilizado do planeta. E eis que daquele continente haviam terminado de emergir as ideologias aberrantes, as primeiras ressonâncias do Apocalipse: do país de Beethoven, Goethe e Kant, as hordas de autômatos que levantavam a perna embotada ao grito de um palhaço enlouquecido: da Itália dos palácios e catedrais, as turbas embrutecidas obedecendo em delírio ao bufão daquele palhaço. Perdida a ilusão na Espanha, o sonho do comunismo agonizando na Rússia, Divina Arriaga tinha desistido de imaginar a esperança para encerrar-se em sua própria vida. Em alguma parte daquela Europa militarizada escondia-se o homem que tanto amara a ponto de fazer dele o pai da filha, e começou a procurá-lo ansiosamente, sempre precedida por sua empregada e um casal de galgos brancos, até que o descobriu em Londres envolvido em uma rede de espionagem e servindo de agente de ligação à Resistência Francesa. Nunca se soube ao certo se ela trabalhou ao seu lado, tia Eloísa rejeitava indignada a simples suposição. Uma amiga sua tinha simplesmente encontrado Divina Arriaga em seu hotel particular de Neuilly, o mapa da França aberto sobre uma mesa na única sala aquecida da casa naquele inverno de 1942. Ao lado do mapa, atravessado por setas vermelhas indicando o avanço dos exércitos do Terceiro Reich, uma pilha de jornais clandestinos e o rádio debilmente transmitindo as notícias de Londres. Abaixo, no salão gelado estofado com gobelins, a aguardava um belo oficial alemão, parente de um tal Stanislas e abominando o nazismo tanto quanto ela, que lhe fornecia todo tipo de salvo-conduto para atravessar o país seguindo os passos (ou as instruções) de seu amante. Esse oficial lhe daria a última pista, uma mansão a vinte minutos de Saint-Malo requisitada pela Gestapo em cujo porão se torturava até a morte. Divina Arriaga visitou-a quando os alemães tinham acabado de abandoná-la. Lina também, fazendo-se passar por fotógrafa, anos mais tarde. Naquela época, seus proprietários só iam lá no mês de agosto, e um velho casal de camponeses ficou encarregado de cuidar dela; o homem mancava e parecia reticente; sua esposa, por outro lado, concordou em deixar Lina fotografar a casa e, quando ela desceu para o porão por uma escada mal iluminada, se desculpou pelo cheiro forte que lhe ardia os olhos explicando-lhe, toda confusa, como ela lavava o chão e as paredes com amoníaco toda semana para nunca mais ver aparecer algumas manchas que anos atrás ela havia limpado. Foi visitando aquele porão que Divina Arriaga sentiu pela primeira vez os sintomas tangíveis de sua doença. Da fossa comum usada no extremo do jardim, em uma gruta, erguia-se um fedor de carne decomposta. O último homem que sucumbira à tortura jazia no chão, com o corpo contorcido de dor como o de um fantoche. Havia, de fato, manchas de sangue recente no chão, coaguladas em ganchos pendurados na parede. Divina Arriaga contemplou tudo aquilo e, de repente, sua mente ficou turva; teria sido impreciso dizer que ela perdeu a consciência porque ficou de pé e com os próprios pés subiu as escadas, saiu para a rua e foi para Lausanne procurar Catalina. Mas de nada disso se lembrava, ou melhor, só se lembrava em alguns momentos. Esqueceu inclusive os elaborados trâmites que logo depois realizou para salvar sua fortuna durante os anos que Catalina levou para se tornar adulta. Sua mente se desligava e se iluminava em intervalos: funcionava perfeitamente um dia, e depois caía no devaneio do vazio: voltava à realidade das coisas por algumas horas e, de repente, diante da realidade das coisas se desvanecia: se a imagem do porão voltasse à sua memória, não conseguia localizá-la em um lugar preciso. Talvez porque naquele porão sua consciência tivesse explodido como um copo de vidro diante do impacto de uma pedra. A partir de então podia reunir os fragmentos e lembrar-se até do que não se lembrava, mas aqueles momentos de lucidez eram cada vez mais breves e espaçados à medida que Catalina crescia, como se, para extraviar-se de todo no esquecimento, Divina Arriaga tivesse se concedido secretamente um prazo durante o qual sua presença devia proteger Catalina até que Catalina pudesse prescindir dela: deixando-lhe sempre a liberdade de escolha, mas sem orientá-la, isto é, sem emitir qualquer opinião destinada a modificar a influência do ambiente, e assim abandoná-la às suas próprias forças, como se um adulto pusesse uma criança diante de um imenso deserto, com água e comida suficientes para atravessá-lo e bestas capazes de carregar a água e a comida, mas nada mais: era da criança a decisão de caminhar de dia ou de noite, de expor os olhos ao sol até ficar cega ou de se guiar observando as estrelas no céu. Dessa forma, a presença de Divina Arriaga diante da filha era antes uma ausência que ninguém lhe podia censurar, dizia tia Eloísa, pois isso teria sido tão insensato como criticar um morto por não estar vivo: ao apanhar o barco que a trouxe definitivamente para a cidade, com Catalina, sua empregada e seu último casal de galgos brancos, Divina Arriaga transportou muitas coisas, livros, mobiliário, louças, porcelana, mas acima de tudo, à maneira de Drácula, seu próprio féretro e, dentro dele, ela mesma, porque Barranquilla sempre lhe parecera um enorme cemitério, um lugar de desolação e ruína.

 Abandonada à própria sorte, Catalina não conhecia realmente a autoridade, nem mesmo frequentar o colégio era um incômodo para ela, mas o prazer de brincar com a matemática ou desmontar o mecanismo dos idiomas; a história, a sagrada e a profana, parecia-lhe uma sucessão de historinhas mais ou menos interessantes, e desenhar mapas ou memorizar os nomes de montanhas e rios permitia-lhe evadir-se em sonhos de viagens a países exóticos. Além disso, o colégio lhe dava a oportunidade de fazer amigas e submetê-las à sua influência, de romper a ordem e se divertir: carregava dentro de si, com o sentido inato de sua supremacia, uma alegre insubordinação que, paradoxalmente, lhe granjeava a simpatia de freiras e alunas: dela viriam os melhores sistemas para colar nos exames, como sua seria a ideia de oferecer mais barato às condiscípulas pobres os refrescos e doces que uma freira as fazia vender no recreio, ou, mais precisamente, que elas haviam se oferecido para vender a fim de escapar à obrigação de brincar ao sol e, atrás do pequeno balcão, sentindo nas pernas a frescura dos tonéis de gelo onde se resfriavam coca-colas e laranjadas, poder fofocar com toda a impunidade; na hora de fazer as contas, Catalina tirava do bolso os pesos que faltavam, sem buscar com isso nenhuma recompensa, pois além de Lina, ninguém jamais descobriria sua generosidade. Essa atitude de desapego em relação ao dinheiro a acompanharia por toda a vida, não só quando o dinheiro se tornou sua obsessão por causa da mesquinhez insidiosa de Álvaro Espinoza, mas também nos dias em que ela negociava arte comprando e vendendo quadros de uma ponta a outra dos Estados Unidos. Quer o conseguisse com esforço e astúcia, quer quando criança o recebesse às mancheias da criada de Divina Arriaga, o dinheiro seria para ela não tanto o meio de obter as coisas agradáveis da vida, mas o de buscar a sensação calorosa de agir em conformidade com a imagem que gostava de projetar de si mesma.

Durante anos, Catalina buscou o amor; e não o amor de uma pessoa em particular, mas o de todos os seres que tinham o privilégio de vê-la, contemplá-la e adorá-la como a menina-deusa na qual ela secretamente se reconhecia; inteligente demais para se contentar com um narcisismo elementar, aprendera muito cedo a minimizar a admiração despertada por sua beleza, elaborando uma personalidade elástica que, brincando com os mais sutis registros de cumplicidade, subjugava seus interlocutores; desse trabalho subterrâneo sobre ela mesma, pois era trabalhoso tentar compreender os outros, seus atos e motivações, até substituir a primeira impressão de rejeição por uma atitude de tolerância, permaneceria aquela acentuada inclinação à análise, que tanto lhe serviria depois, e uma consciência sem maior estrutura, solapada pela necessidade de raciocinar cedendo sempre à condescendência para não ser forçada a estabelecer julgamentos ou reprovações. Tal como a mãe, Catalina aceitava tudo. Mas se por trás do olhar indulgente de Divina Arriaga se escondia uma boa dose de curiosidade irônica, quase desdenhosa, Catalina, por sua vez, simplesmente pedia para ser amada. Talvez, e apesar de suas verdadeiras motivações, essa disposição de espírito devesse ser assimilada à bondade, e assim Lina acreditou por muito tempo. O que nem ela nem Catalina sabiam então era que, se à beleza, com seu poder mortal de sedução, fosse adicionada uma benevolência mais ou menos incauta, o desejo de destruição causado pela primeira seria aguilhoado pela segunda, como a visão de um animalzinho inocentemente entregue às suas brincadeiras excita a criança que se dispõe a torturá-lo.

Juntas, elas iriam descobrir isso uma noite no Country Club, justamente quando Catalina havia sido induzida pelas circunstâncias a deixar a adolescência; induzida e quase obrigada, porque até então não demonstrara vontade de se integrar à vida adulta e, apesar de já ter obtido o diploma do bacharelado, ainda tinha o ar de colegial com o rosto sem maquiagem e seus modos desenvoltos. Só gostava do mar, do cinema, da equitação. Durante os fins de semana, ela e Lina iam ao Country ou assistiam a seis filmes seguidos, indo do Teatro Rex ao Murillo e, à noite, a qualquer outro programa duplo em um telão ao ar livre. Comiam de qualquer jeito, vestiam-se com *blue jeans* e eram fãs do Junior. Havia, no entanto, dois centros de interesse de Lina, que Catalina não compartilhava: sua paixão pela leitura e seu fascínio pelos homens. Lina sentira-se mulher muito cedo; Catalina, por outro lado, parecia ignorar a sexualidade: mantinha-se afastada dos homens como se, no fundo, temesse descobrir que, além de seduzi-los, poderia desesperá-los. Essa beleza subversiva estava então neutralizada, não só por seu *blue jeans* e pelo rabo de cavalo que lhe recolhia os cabelos, mas também porque Catalina a negava, dando a impressão de não ter consciência de sua feminilidade, ou seja, de não estabelecer maior diferença entre ela e os representantes do sexo oposto. E, de certa forma, era verdade. Quando tinha treze anos, a empregada de Divina Arriaga entrara em uma noite no seu quarto com uma caixa de absorventes na mão explicando de forma precisa, mas impessoal, as mudanças que de um momento para outro iriam ocorrer no seu corpo, e o uso daqueles retângulos de algodão contidos na caixa. Catalina, portanto, acolheu a menstruação com indiferença, decidindo simplesmente que, se a menstruação chegasse aos fins de semana, ela iria cavalgar até a chácara de uma parenta de sua mãe, em vez de tomar banho na piscina do Country. A isso se resumiu, para ela, a crise da adolescência. De resto, ela não sentia cólicas menstruais, seus seios, dois cones duros, mal sugeridos, haviam se desenvolvido lentamente, e a pele de seu rosto, insensível ao sol e ao vento, sempre manteria a textura que tinha na infância. De uma saúde a toda prova, canalizava sua energia para o estudo e os esportes, e o melhor de sua inteligência, para a prática do xadrez. Pois Catalina jogava xadrez quase todas as noites com a empregada de Divina Arriaga, aquela estranha mulher de feições meio asiáticas, que falava várias línguas sem sotaque e não se expressava em nenhuma delas. Ninguém sabia de onde ela vinha e teria sido em vão calcular sua idade. Tia Eloísa, que a conhecera em Paris nos anos 20, dizia que já naquela época tinha a mesma aparência impenetrável, o mesmo mutismo de pedra: uma sombra inteiramente consagrada ao serviço de Divina Arriaga por razões perdidas no tempo, associadas, talvez, a uma dívida remota, mas tão decisiva, que só com a fidelidade de toda uma vida poderia ser cancelada. Em Catalina ela não prestava muita atenção, limitando-se a coordenar as empregadas encarregadas de atendê-la. No entanto, em algum momento ela deve ter se interessado pelo destino daquela menina abandonada a si mesma em frente ao deserto, como dizia tia Eloísa, e se propôs a ensiná-la a refletir diante de um magnífico tabuleiro de xadrez e trinta e duas peças de marfim com incrustações de lápis-lazúli, sem por isso abandonar seu hermetismo, ou seja, usando apenas as palavras necessárias para indicar que havia vencido ou estava prestes a ganhar o jogo. Observando-as jogar, Lina mediria a que extremos sutis a capacidade de concentração de Catalina poderia chegar e, da mesma forma, aquela tendência dela, que os anos corrigiriam, de escolher de repente a solução mais rápida sob o risco de sacrificar uma peça vital ou desmontar uma estratégia pacientemente concebida. Se a criada de Divina Arriaga percebia, e era impossível que ela não percebesse, continuava jogando sem modificar sua expressão imperturbável, a mesma que mantinha quando Catalina patinava na infância junto à calçada apesar de estar usando uma atadura no joelho, provavelmente seguindo os conselhos de Divina Arriaga, tática essa que tia Eloísa lhe atribuía: já que as circunstâncias impediam sua filha de conhecer algo diferente daquela cidade prostrada sob seu clima inexorável, onde qualquer pensamento — relegado aos poucos minutos do dia em que o corpo descansava de sua luta feroz, embora inconsciente, para se adaptar ao sol, ao calor, à umidade — encontrava no povo uma apatia zombeteira, quando não desconfiada, já que não havia antropóloga para excitar a curiosidade e o espírito crítico, e ela, a mãe, tinha consciência de estar morta há muito tempo, melhor então deixar pacientemente a vida fazer seu trabalho: acolher a experiência, fosse ela qual fosse, queda de uma bicicleta ou simples perda de uma rainha do xadrez, se isso mostrasse a Catalina o caminho que ela nunca mais deveria tomar. Assim, diante de um homem como Álvaro Espinoza, cuja misoginia logo dissiparia qualquer sonho incauto de felicidade conjugal, Divina Arriaga deve ter sentido o mesmo fatalismo irônico e terno que havia sido o seu três meses antes, quando viu Catalina entrar em seu quarto, corando de prazer, anunciando que acabavam de propor que ela representasse um dos jornais locais em uma disputa incerta ao posto de rainha do jornalismo. Também não tinha dito nada dessa vez, apesar de prever qual seria a reação da sociedade: da escuridão intransponível de seu quarto, onde a princípio os ecos do mundo se dissolviam, ela havia notado como o povo do Prado discriminava Catalina; sabia que, além dos aniversários de Dora, Lina e Isabel, nunca fora convidada para a casa dos colegas; que nenhuma rainha do Carnaval a convidara para fazer parte de sua comitiva. E devia saber também como Catalina, cedendo à sua inclinação de ignorar tudo o que pudesse mortificá-la, não parecia ressentir-se do desprezo, contentando-se na infância com a solidariedade de suas amigas íntimas, e depois prolongando a adolescência para não ser forçada a definir sua situação dentro de um contexto social que insidiosamente a rejeitava. Agora, competir em qualquer reinado, de beleza, da mente ou o que quer que fosse, arrastava consigo uma quantidade tão grande de maldade que era um trampolim perfeito para lançar Catalina ao mundo dos adultos. Divina Arriaga, então, tomou como única decisão dizer a seu alter ego silencioso, aquela mulher nascida além da linha que desce do polo Norte até o golfo Pérsico, que a partir de então sua porta estaria aberta a uma prima-irmã dela, Pura de Altamirano, que, recusando-se a acreditar em sua ruína, tentava em vão entrar em sua casa havia muito tempo. Divina Arriaga não pretendia recebê-la pessoalmente — aliás isso nunca aconteceu —, mas a prima, viúva com seis filhas a tiracolo e escassos recursos econômicos, podia ao menos aconselhar Catalina aproveitando-se, entre outras coisas, da comoção formada à sua volta pelo concurso para promover a filha mais velha, Adelaida, já em idade de se casar e sem pretendente à vista. Depois de sua primeira conversa com a empregada, Pura fez uma rápida viagem a Miami e voltou carregada de roupas para Catalina e Adelaida que as transformaram em duas damas deslumbrantes de elegância, como escreveu uma semana depois um dos jornalistas apaixonados que apoiavam Catalina. Àquela altura, o posto de rainha do jornalismo havia dado origem a uma luta total, dividindo os apoiadores das duas candidatas em grupos raivosamente antagônicos. De um lado, Catalina, agrupando em torno dela não só toda a equipe do *Diario del Caribe*, desde o diretor até o mais anônimo linotipista, mas também as classes médias fascinadas pela lenda de sua mãe e esse pobre vilarejo acostumado a receber todos os anos, junto com quatro dias de licença e muito rum, uma rainha do Carnaval como mensageira intocável, mas graciosamente exposta aos seus olhos e oferecida à sua admiração, como um mágico espelho do qual fugia toda a miséria para refletir a ilusão de penetrar no mundo daqueles que a escolheram, que pela primeira vez acreditava possuir em Catalina uma verdadeira rainha com aquele inusitado, impronunciável sobrenome evocando cortes, não de mentira ou fingimento, mas de filmes de capa e espada à la Metro-Goldwyn-Mayer, tão amável que associações de caridade lhe pediam para visitar hospitais e asilos porque à sua vista a dor dos infelizes se dissipava e até o delírio dos agitados parecia acalmar-se, tão bela que seu retrato pendia ao lado do da Imaculada nos alojamentos das prostitutas e em seu nome se batiam os assassinos da Rua do Crime. Do outro, Rosario Gómez, a candidata de *El Heraldo*, uma moça simpática, mas sem grandes atrativos, por cujo triunfo militavam todos aqueles para quem a fulgurante ascensão de Catalina, com sua diabólica semelhança com Divina Arriaga, constituía um escárnio das tradições morais da cidade. Tinham conseguido abstrair a moça que no Country brincava nos balanços ou corria pelos jardins, como preferiam ignorar a jovem de *blue jeans* e mocassim que encontravam sentada em uma mesa ao lado de Lina bebendo coca-cola com sorvete. Mas outra devia ser sua reação ao perceber a guinada que as coisas estavam tomando: de repente, aquele reinado do jornalismo, que no início não havia despertado sua atenção porque era celebrado pela primeira vez e parecia mais uma jogada dos ases do turismo de Cartagena, começava a se tornar um evento real, mobilizado por jornalistas e locutores de rádio que a cada dez minutos interrompiam seus programas para reportar as novas adesões que as candidatas suscitavam. Além disso, da noite para o dia, Catalina havia se tornado uma mulher, uma mulher de beleza espantosa cuja fotografia ocupava a primeira página do *Diario del Caribe* todos os dias. Dezenas de curiosos iam até a calçada de sua casa esperando sob o sol o momento de vê-la sair à rua para entrar no conversível emprestado pelo diretor do jornal e percorrer a cidade seguida pelos carros de seus admiradores, que tocando as buzinas acompanhavam seu nome, interrompendo o trânsito em meio a grande alvoroço: "Ca-ta-li-na, Ca-ta-li-na", e deixando suas ocupações o povo corria ao seu encontro: os comerciantes distraíam sua vigilância sob o risco de serem roubados, as secretárias paravam suas máquinas de escrever e se amontoavam nas janelas, os chamados furiosos dos chefes eram inúteis diante da debandada de trabalhadoras em busca de qualquer fenda de onde olhar para a mais bela criatura que os olhos humanos já tinham visto, como proclamavam os jornalistas que a seguiam, perseguiam, assediavam enamorados de louco amor, aquele amor expresso através de versos, anagramas e reportagens de um lirismo capaz de fazer rir e chorar ao mesmo tempo com suas palavras que traziam o cheiro de livros antigos e pareciam extraídas dos cantos mais poeirentos e românticos da memória, comentadas por todo mundo, transmitidas oralmente, dos ilustrados às analfabetas, e todos fazendo-as vibrar na mesma paixão por Catalina, tanto mais quanto se sabia que a gente do Prado a repudiava, multiplicando, ao encontrá-la, seus desprezos com festas oferecidas em homenagem a Rosario Gómez e assinaturas de adesão à sua candidatura (às vezes obtidas à força, através de chantagens e ameaças) que *El Heraldo* destacava estrondosamente, tentando superar a apatia de seus redatores e a evidente má-fé de seus linotipistas.

Mas Catalina não lia *El Heraldo*. De nada adiantava que a empregada de Divina Arriaga o pusesse na mesinha de cabeceira quando o café da manhã era trazido na cama; de nada adiantava que Lina tentasse fazê-la perceber como os partidários dos primeiros tempos, antigas colegas de turma e companheiros de tênis, passavam para o campo da rival, deixando a praça para militantes rudes, cujos nomes lhes eram francamente desconhecidos. Catalina não reparava em detalhes tão ínfimos, nem sequer os percebia. Perdida no prazer, só podia contemplar o mundo a partir dos picos dourados de uma deusa. Ela sempre soubera que era a mais bela, e eis que sua beleza mergulhava uma cidade inteira em êxtase, refletindo-se ao infinito em centenas de pupilas que, maravilhadas, a seguiam por onde ela fosse; inclinada à bondade, esse traço de seu caráter era agora reconhecido pela admiração professada pelas multidões cada vez mais numerosas que vinham ao seu encontro estendendo mãos, papéis e até crianças doentes, porque começavam a acreditar que ela era capaz de realizar milagres. Chamavam-na dos bairros pobres onde se criavam comitês em favor de sua candidatura, e durante horas o povo a esperava pronunciando seu nome com um ritmo de conjuro religioso, parando apenas alguns segundos para ouvir, do transistor de algum privilegiado, as evoluções de seu cortejo transmitidas pela caminhonete com alto-falantes que o acompanhava. "Ca-ta-li-na, Ca-ta-li-na", e de repente um grito se erguia da multidão, era ela, os cabelos negros brilhando com mil reflexos no sol do meio-dia, os olhos verdes reluzindo como esmeraldas em seu rosto de linhas perfeitas, as mãos brancas respondendo à saudação daquelas outras mãos escuras, calejadas, ressecadas, enquanto o conversível tentava abrir caminho através da multidão que vacilava à deriva em um oceano de paixão. De volta ao casarão do Prado, Catalina mal tinha tempo de tomar um banho rápido antes de cair na cama, onde no mesmo instante adormecia com uma expressão serena, os lábios ligeiramente entreabertos em um sorriso.

Estava feliz. Tanto que resultava ignóbil falar-lhe dos boatos propagados entre o povo do Prado, dizer-lhe que sua mãe era tratada como prostituta e ela como filha natural, quando não como estrangeira que vinha agitar a plebe. Ignóbil, pensava Lina, e tão cruel quanto cortar as cordas vocais de um canário inebriado pela harmonia, pureza e ressonância de seu canto, algo muito frágil e pequeno e que se vangloriava na inconsciência de alcançar sua maravilhosa razão de ser. Mesmo conhecendo a história de Divina Arriaga e suas relações calamitosas com a cidade, Lina não conseguia explicar tal ressentimento; não podia então suspeitar da intolerável subversão que representa, para qualquer sociedade, uma mulher livre diante de si mesma e dos outros, mas, acima de tudo, capaz de varrer com um olhar toda miragem até deixar o rei nu e de ir ainda mais longe, para a região onde o rei nunca existiu e jamais existiria. Entender isso significava ter assimilado completamente o pensamento de tia Eloísa reconhecendo a rebeldia de Divina Arriaga, pelo menos antes que a doença lhe anestesiasse a inteligência, aquele caráter metafísico que sua tia lhe atribuía ao identificá-la com um combate destinado a desmascarar com violência a hipocrisia dos costumes e a falsidade dos sentimentos, ferindo a ordem masculina em seu calcanhar de Aquiles para construir sobre seus escombros uma nova moral. Lina só podia considerar essa afirmação como hipótese e dizer a si mesma, não muito convencida, que pelo menos assim se explicava por que todos se encolhiam diante da memória de Divina Arriaga, sentindo o perigo sem poder nomeá-lo, com uma angústia que curiosamente se convertia em respeito, neutralizando qualquer desejo de agressão; mesmo doente e aparentemente arruinada, seus inimigos preferiam deixá-la em paz, como se ela fosse uma divindade maléfica que é melhor evitar, mas cujo poder tenta-se exorcizar com o objetivo de difamá-la. Ela não tinha a fortuna da mãe nem sua arrogância, e era ingênua o suficiente para acreditar que poderia se expor a calúnias impunemente ou aparecer em um baile do Country Club quando a maioria de seus membros apoiava Rosario Gómez, apenas por ela ser sua rival.

De início, o baile não estava marcado e os organizadores locais do concurso planejavam realizar a eleição no Hotel del Prado no dia seguinte, com um desfile de candidatas diante de um júri composto por velhinhos libidinosos seguindo o modelo dos concursos de beleza. Mas o proprietário do *Diario del Caribe*, indignado com o desprezo que o Country expressava em relação à sua representante, exigiu da diretoria do clube uma recepção em homenagem a ambas as candidatas, a fim de demonstrar sua imparcialidade, e Catalina, ignorando as advertências de sua parenta Pura de Altamirano — cuja antiga experiência como mulher do mundo e seus recentes infortúnios como viúva empobrecida haviam afinado sua sensibilidade social —, decidiu não só comparecer, mas usar naquela ocasião seu vestido mais esplêndido, de organza branca inteiramente bordado com minúsculas contas cor de marfim, e acompanhá-lo de um magnífico colar de pérolas da caixa de joias da mãe, o mesmo que Divina Arriaga usara tantas vezes em suas noites de esplendor, quando surgia da nuvem dos seus adoradores como o olho de uma deusa refletindo a luz.

Lina se instalou já de manhã no casarão do Prado. Àquela altura, Catalina já havia aprendido a se maquiar e fazia o penteado com Angélica, uma espanhola de mãos mágicas que escovava e enredava seus cabelos, realçando sua abundância. Naquela noite, no entanto, inspirada pelo estilo do vestido ou talvez sob a influência de um duende perverso, Angélica decidiu baixar o cabelo até o lóbulo das orelhas e puxá-lo de volta para formar um coque, que pelo menos de frente lembrava curiosamente o penteado *a la garçonne*. Quando Catalina apareceu na sala onde as amigas a esperavam, Lina teve a impressão de que tinha voltado no tempo e se viu diante de Divina Arriaga: a mesma beleza que deslumbrava os olhos, o mesmo porte insolente pela elegância, a mesma sensualidade insinuada no verde luxuriante das pupilas. Uma réplica perfeita da mãe que dormia no andar superior, deixando sua consciência vagar entre lampejos de lucidez e densas, longas, infinitas horas de esquecimento. Mas uma réplica física, porque a aparência de Catalina não correspondia em nada à sua personalidade. Ao vê-la atravessar a sala, Lina lembrou-se de que alguns dias antes o mesmo comentário lhe havia merecido a mordacidade de tia Eloísa, para quem personalidade não era o mesmo que caráter, já que em sua opinião um era formado a partir do outro, sendo este seu núcleo, inato, imutável e provavelmente hereditário. Então ela percebeu que teria sido impossível definir Catalina. Embora Dora lhe parecesse amorfa e ela mesma tendesse a se considerar mal-humorada em termos sentimentais, Catalina escapava a toda definição, como se o que permitia caracterizá-la estivesse escondido até o momento por trás de uma obstinada e talvez inconsciente vontade de adaptação; apesar de conhecê-la desde a infância e de ter crescido e estudado a seu lado, nunca tinha conseguido ultrapassar a barreira da cortesia e da leviandade com que se protegia. De repente, ela foi surpreendida por tamanha afabilidade, sua tendência a ir pelo mundo negando as asperezas da vida, encontrando sempre a solução mais imediata. E disse a si mesma que, qualquer que fosse a opinião de tia Eloísa, que pretendia ver nisso a existência de uma força não revelada, de algo como um embrião deliberadamente atrasando o momento de se manifestar à espera de circunstâncias já previstas por ela, esse senso prático de Catalina que a inclinava a se conformar com tudo sem se deixar abater pela contrariedade fazia parte de seu caráter, e que, se assim fosse, seu caráter a levara a dar um passo em falso naquela noite. No fim das contas, Catalina decidira participar da festa do Country, não para desafiar seus detratores (cuja realidade ignorava) nem para humilhar sua rival vestindo aquela roupa que, dotando-a de um porte magnífico, tornava irrisória a pretensão de disputar qualquer coroa ou o que quer que fosse com ela. Mas diante de duas pressões opostas, a de sua parenta aconselhando-a a não ir ao baile, e a do dono do *Diario del Caribe*, que a todo custo queria vê-la no clube, Catalina cedeu facilmente à vontade mais forte, sem calcular as consequências de sua decisão.

De qualquer forma, nem ela nem ninguém teria sido capaz de calculá-los. Nem mesmo Lina, que durante o trajeto ao Country começou a considerar todas as mazelas que lhes seriam reservadas — a acolhida glacial, os aplausos de circunstância, as saudações distantes —, imaginava em nenhum momento o que iria acontecer. De fato, os sócios do Country haviam recebido a notícia daquele baile com espanto, já acostumados a ver Rosario Gómez aparecer todos os sábados à noite acompanhada de sua comitiva e convencidos de que, apesar de seus modestos atrativos físicos, o júri teria a decência de garantir seu triunfo. Os mais inteligentes consideraram excessivo o escândalo causado pelo assunto, comparando-o a uma explosão de histeria coletiva. Prudentes, porém, preferiam calar-se não só para não exacerbar o ressentimento de suas mulheres, mas também para desviá-lo temporariamente a outro objetivo, deixando-as com a ilusão de exercer um poder moral que em nada contradizia o deles, mas o reforçava. Porém, diante de Catalina a maioria dos homens reagia de modo passional: ela era a mulher-menina tentadora por causa de sua beleza, inacessível dada sua idade. Era, sobretudo, filha de Divina Arriaga, que a maledicência transformara em fantasma de luxúria, sugerindo-lhes, com suas esposas domesticadas e suas prostitutas banais, sempre previsíveis, a imagem da sensualidade absoluta, outrora pressentida na infância, inutilmente procurada ao longo da vida, desejo irreconhecível, desconexo e mortal que clamava sua frustração nos submundos do inconsciente. De súbito, aquela imagem voltava à realidade, subia os degraus do Country com o passo perverso de uma ninfa, seus olhos verdes relampejavam e novamente eles sentiam a mesma ânsia, sem querer começavam a aplaudir, alto, cada vez mais alto, pronunciando seu nome como tantas vezes na escuridão de seus corpos haviam chamado Divina Arriaga. Radiante, Catalina atravessava o corredor, sorrindo para eles. Estava sorrindo para eles quando o primeiro tomate estourou contra seu ombro e, como um tumor de sangue, rolou sobre o belo vestido de organza branco. Uma mão puxou o colar, alguém produziu um curto-circuito e a partir daquele momento foi o caos. À luz dos fósforos que eram acesos aqui e ali com desconforto, Lina via as cadeiras voarem e o povo correr; via homens tropeçando uns nos outros, mulheres perseguindo as contas de seus colares pelo chão, os músicos da orquestra levantando seus instrumentos no ar para resguardá-los. Todo mundo parecia fora de si, exceto Catalina: ela havia recebido uma chuva de dejetos, o colar de sua mãe havia sido arrancado, seu vestido estava rasgado e as marcas de unhas se imprimiam em suas costas. No entanto, seu rosto não expressava qualquer dor ou humilhação. Apenas espanto. Um estupor gélido. Enquanto a ajudava a chegar à porta, Lina, que também tinha sido vítima de violência e mal conseguia conter as lágrimas, ficou impressionada com o pensamento de que talvez, lentamente, duramente, abandonando seu corpo pouco a pouco, Divina Arriaga tivesse começado a viver em Catalina.

Aquela suposição fantástica, quase esotérica, voltaria a assombrá-la repetidas vezes nos dias que se seguiram; em vez de se intimidar, bater em retirada ou de alguma forma fugir à curiosidade do povo, Catalina aceitou imediatamente o apoio da pessoa mais maquiavélica com quem podia contar, aquele tal Álvaro Espinoza que a assediava em vão fazia meses, chamando-a por telefone e indo ao Country para vê-la a qualquer hora da tarde, abandonando seus pacientes da clínica psiquiátrica onde reinava como imperador. Álvaro Espinoza tinha a dupla vantagem de ser membro da diretoria do Country e um dos filhos mimados da burguesia de Cartagena, já que havia nascido e crescido lá antes que seus pais decidissem, por razões desconhecidas, mudar-se para a cidade. Catalina nunca o suportara, nem seu pedantismo, nem sua obstinação, nem a presunção com que ele lhe garantira que mais cedo ou mais tarde ela seria sua mulher, porque nenhum outro homem seria capaz de desafiar a sociedade casando-se com a filha de Divina Arriaga. Mesmo sem entender o verdadeiro significado da frase, e se o interesse que despertava no melhor partido do momento secretamente a envaidecesse, Catalina começou a detestá-lo a partir daquele momento, descobrindo de imediato que seu físico a enojava, seu nariz oleoso de poros dilatados, sua boca sempre úmida, o cheiro rançoso de suor que se aderia às suas camisas, uma aversão que, por sua própria violência, já prenunciava uma atração sombria que Lina não podia imaginar. Com toda a inocência, ela concordara em pular os muros do Country ou correr pelos terrenos do campo de golfe assim que seu Cadillac aparecia, imponente e preto como um carro funerário, não só para agradar Catalina, mas também para reencontrar os duendes da desordem, aqueles que a acompanhavam quando ela brincava de esconde-esconde à noite com seus primos ou se divertia burlando a disciplina das freiras: muitas vezes Isabel, Catalina e ela tinham levado e trazido mensagens das internas correndo o risco de serem expulsas do colégio; ou, fugindo do curso de costura, tinham ido para o pátio de árvores frutíferas cujo acesso as freiras proibiam, para comer os mamões e ameixas que saciavam a sede ou apaziguar-se recebendo o jato de água de uma mangueira no rosto. O fato de Álvaro Espinoza ter vindo para substituir a madre superiora não mudava muito, a seu ver, e os truques dos quais se valiam para escapar prolongavam aquele espírito lúdico de que Lina depois sentiria falta, quando sua infância definitivamente se foi. Mas a reação de Catalina era muito mais complexa: mesmo que sua rejeição não fosse a brincadeira da adolescente destinada a excitar o homem, a tenacidade daquele homem despertava nela uma perturbação imprecisa, associada, ela confidenciaria a Lina anos depois, à lembrança de Andrés Larosca penetrando Dora no crepúsculo incendiado de uma praia; não desejando o homem em si, seu corpo, o toque de suas mãos, mas o desejo por ela, que ele parecia sentir, já que, para vê-la, atravessava a cidade a qualquer hora da tarde e suportava seu desdém imperturbável; nem acreditando plenamente em suas afirmações sobre a impossibilidade de encontrar um só homem disposto a casar-se com a filha de Divina Arriaga, mas deixando que a dúvida lhe tocasse a consciência e preparando-se assim para aceitar a ajuda que ele se apressou em oferecer-lhe quando os membros do Country a humilharam: pois foi iniciativa sua dirigir-se aos organizadores do concurso em Cartagena, seus amigos e até parentes, para que nomeassem Rosario Gómez como a candidata do Atlántico e Catalina como representante de La Guajira, nada menos que de La Guajira, comentava consternada tia Eloísa, uma intendência então povoada por índios analfabetos que nunca tinham visto um jornal, nem de longe nem de perto e que, se o tivessem visto, certamente o teriam tomado como um pedaço de papel indigno de embrulhar suas redes coloridas.

De qualquer forma, ostentando aquele título duvidoso Catalina chegou a Cartagena e, precedida por quatro motociclistas deixados à sua disposição pelo prefeito, percorreu, em meio ao escândalo de suas sirenes, as ruas da cidade, provocando no povo o mesmo delírio de Barranquilla, e um fascínio respeitoso entre os membros da classe alta, mais inclinados a levar em conta o brilho dos sobrenomes e a cor de sua pele do que qualquer história febril de libertinagem, que eles tanto tinham visto e tolerado por solidariedade de classe desde os tempos incertos da Colônia. É claro que não podiam levar o desafio até o extremo de coroá-la e, para acalmar os ânimos, preferiram consagrar sua própria representante. Mas Catalina havia vencido: enquanto Rosario Gómez e sua comitiva roíam as unhas de raiva em seus quartos no Hotel Caribe, ela recebia os privilégios e distinções prestados a uma rainha: era convidada para todos os lugares, festas eram realizadas em sua homenagem, era apaixonadamente aplaudida quando entrava nos bailes de gala exibindo roupas cada vez mais suntuosas, adornada com as joias de sua mãe e, como sua mãe, irradiando magnificência.

Do alto da ingenuidade de seus quinze anos, Lina a observava deslumbrada ao descobrir, uma após a outra, as complicadas molas do êxito social; não bastava ser bonita, ter dinheiro, saber se vestir, era preciso transformar-se mentalmente submetendo-se a uma espécie de autocensura a partir da qual, como os cremes que aveludavam a pele, toda impureza ficava escondida, todo pensamento capaz de distorcer a imagem de boneca programada para responder com requintada tolice a pessoas que não duvidavam de sua tolice por um minuto, anulando em si mesma o menor sinal de personalidade, o olhar, a palavra ou o gesto capaz de trair uma consciência e, assim, quebrar o feitiço de quem podia e queria adorá-la apenas como objeto. Álvaro Espinoza não era alheio aos novos artifícios de sedução empregados por Catalina; dele vinham as explicações sutis, os sábios conselhos; também a causticidade feroz ao primeiro indício de hesitação ou rebeldia. Catalina devia pensar como ele, ou não pensar em absoluto; admitir que o triunfo em sociedade constituía, por enquanto, seu único interesse; o que diriam, sua única preocupação; considerar que sua prima Adelaida a encorajava a preferir a companhia dos jovenzinhos por medo de incesto, e que ela, Lina, ao adverti-la contra sua autoridade, estava tentando possuí-la, delatando assim uma tendência lésbica. Com exceção de seu pequeno núcleo de amigos, a maioria das pessoas era definida por Álvaro Espinoza em termos de seus hipotéticos traços patológicos, e todos os homens e mulheres que se aproximavam de Catalina entravam na categoria de impotentes e homossexuais. Como nunca ouvira tais palavras antes e mal conseguia entender seu significado, Catalina ouvia-o bastante perplexa, vacilando entre assimilá-lo a um doente ou imaginá-lo como uma espécie de bruxo que a iniciava nos segredos da vida com a mesma sagacidade desdenhosa que havia demonstrado quando decidiu impô-la à sociedade de Barranquilla. Suas teorias psicanalíticas a intrigavam sem convencê-la inteiramente, pois, não tendo conhecido seu pai ou qualquer homem naquele internato em Lausanne, ela mal podia conceber o incesto, e como só tinha visto um homem nu pela primeira vez aos quinze anos de idade, era impossível para ela se considerar complexada desde a infância porque não tinha órgão masculino. Apesar de sua confusão, aquelas declarações de Álvaro Espinoza foram despertando lentamente nela uma sexualidade até então adormecida, em parte involuntariamente, dada sua condição de filha única e aluna de freiras de clausura, mas também porque Catalina deixara pairar a incerteza sobre o primeiro encontro amoroso, imaginando-o como algo remoto, embora previsível e até inevitável, ou seja, inscrito em seu destino de mulher, que viria a satisfazê-la, pondo fim à sua possibilidade de se projetar para o futuro. Assim como nos filmes a que assistia, o amor coroava uma aventura terminando a vida. Com o último beijo, desciam as cortinas e começava a opacidade da perpétua embriaguez sobre a qual se projetavam imagens vagas de crianças, festas e viagens sem jamais alterar a visão perturbadora de um homem que, indiferente ao passar dos anos e às vicissitudes da existência, buscava avidamente em uma praia o contato de seus lábios. Aquele homem sempre fora loiro, elegante, belo: tinha a expressão enérgica, o andar felino, a força inquietante, enfim, todos os atributos que poderiam torná-lo semelhante a Andrés Larosca e, portanto, diferenciá-lo de Álvaro Espinoza com seu ar seco e um cigarro babado entre os dedos amarelos de nicotina. Mas Álvaro Espinoza estava lá, disponível e solícito, garantindo-lhe o respeito das pessoas pelo simples fato de conduzi-la pelo braço pelos corredores, e levaria muito tempo para Catalina esquecer o escárnio que sofreu no Country Club. Na verdade, não o esqueceu nunca.

III.

Se alguma dúvida restara a tia Eloísa de que o homem era uma espécie condenada a desaparecer do planeta, ela havia se esfumado em 7 de agosto de 1945, quando, ainda na cama, cochilando entre seus gatos birmaneses e bebendo seu primeiro suco de tamarindo, leu em um jornal local que uma bomba atômica tinha sido lançada sobre Hiroshima. Pensou não que a insanidade humana tivesse atingido seu paroxismo — o que acontecera inúmeras vezes ao longo da história —, mas que parecia impossível interromper o processo que levava a espécie ao suicídio, ou seja, ter o tempo necessário para mudar radicalmente a estrutura de uma sociedade que, ao consagrar a violência como modo de ação, preparava na ignorância sua própria ruína. Ao fechar o jornal, pensou ter ouvido o toque dos sinos que dobravam pelo fim da esperança, anunciando que as forças nefastas das quais o patriarcado havia brotado coroavam sua obra de desolação, e que o mesmo demônio que impelira o homem a lutar pelo poder ironicamente lhe dera o poder de se destruir. Até então, tia Eloísa, atribuindo ao patriarcado um caráter temporário, considerara-o uma via sem saída na qual milhares de gerações tinham ido explodir e da qual, mais cedo ou mais tarde, a humanidade se afastaria para criar uma ordem em que o amor triunfasse sobre o medo e a vida finalmente vencesse a batalha que a opunha à morte. Mas, diante de tamanha catástrofe, não fazia sentido imaginar dias melhores, a não ser aceitar que a salvação começava a existir em nível individual, que cabia a cada um romper suas próprias correntes e atacar a repressão onde quer que se encontrasse, usando as armas que tivesse a seu alcance sem se deixar inibir por qualquer forma de remorso. Os homens haviam inventado uma organização aberrante cujo princípio e finalidade era a dominação das mulheres: fossem elas cúmplices inocentes ou culpadas, sua condição de vítimas as livrava de qualquer responsabilidade, pois se sua inteligência não sucumbisse ao preconceito e sua coragem resistisse às pressões do ambiente, toda a sua energia seria consumida em se libertar através de um aprendizado lento, difícil, sulcado de tristezas, empobrecido pela solidão, que culminava impondo ao mundo sua dignidade de pessoa e começava roubando ao homem a palavra, a qual ele habilmente usara para submetê-la ao seu capricho, criando assim o primeiro modelo a partir do qual fora pensada e realizada aquela relação atroz em que cada homem se tornava um lobo diante de outros homens. No princípio tinha sido o Verbo, dizia a Bíblia, e nisso pelo menos a Bíblia falava a verdade.

Catalina ignorava justamente o poder da palavra, enquanto Álvaro Espinoza o conhecia em seus meandros mais sombrios, já que fizera dela seu instrumento favorito e, para conquistá-la, passara anos estudando em uma universidade jesuíta, e então, quando julgou que os jesuítas tinham lhe ensinado tudo o que sabiam sobre a arte de dissimular a si mesmos e desmascarar os demais, foi trabalhar em um hospital de alienados em Paris, sendo discreto e aparentemente inofensivo, mas alerta e com todos os tentáculos abertos para capturar até o último segredo daquela formidável invenção que traía a alma, permitindo que aqueles que soubessem utilizá-la revelassem sentimentos, antecipassem reações, dobrassem a vontade. A prática da psiquiatria ou, mais precisamente, as relações que estabelecia com seus pacientes haviam confirmado sua opinião de que o homem era uma besta tiranizada por seus piores instintos, buscando sem escrúpulo algum o meio de satisfazê-los. Quanto à mulher, Freud dera a chave de seu comportamento: castrada e rancorosa, sua ação tendia a debilitar a força do sexo oposto, aproveitando sua inclinação à lascívia, razão pela qual ela devia se limitar à simples reprodução da espécie, e isso provisoriamente, já que um dia, fabricando as crianças nas provetas de um laboratório, o homem por fim conseguiria se livrar dela. Enquanto isso, deveria forçosamente resignar-se à sua condição, porque a animosidade da mulher — como a dos negros, judeus, enfermos e fracos — decorria de seu ressentimento contra o poder daqueles que naturalmente a oprimiam, criando assim aqueles conflitos sem sentido que a sociedade tentava resolver por meio da psiquiatria.

Ele, Álvaro Espinoza, amava a ordem. Nem mesmo a ontologia que aprendera no colégio jesuíta havia diminuído sua repugnância ao execrável caos que era a vida: no frio infinito da eternidade, na beleza metálica das estrelas, na perfeita harmonia do absoluto, uma vontade insana introduzira essa coisa ávida, babosa, tenaz, que começava a degradar-se assim que começava a existir e, para existir, devia causar a morte. O pensamento de que a criação tinha uma origem diabólica, o que implicava a dúvida sobre o poder e a bondade de Deus, pusera fim ao seu desejo de entrar na Ordem de Santo Inácio e levara à sua terceira tentativa de suicídio. Tia Eloísa, uma das poucas pessoas que sua mãe frequentava na cidade, o vira prostrado em uma cadeira de balanço, enquanto no quarto ao lado, em meio a gritos e convulsões, seu pai quase morria de *delirium tremens*. Foi então que Álvaro Espinoza decidiu especializar-se em psiquiatria para possuir a palavra e com ela dominar o mundo, escapando dos médicos que queriam enfiá-lo em um hospital psiquiátrico, da zombaria de seus colegas de estudo que sempre o menosprezaram, do desamor de uma mãe para a qual sua presença em casa provocava a necessidade irresistível de descansar em um balneário em Puerto Colombia, sob pena de cair no tormento das alergias. Sua mãe, dona Clotilde del Real, era qualificada por tia Eloísa como curiosa, um adjetivo que no fundo queria dizer inexplicável. Nos anos 60, Lina pensaria, bem-humorada, que, se tivesse vivido naquela época, sua tia teria usado a expressão "propensa a somatizar", definindo assim uma pessoa que, mantendo a mais estrita compostura, convertia os traumas de sua vida afetiva em doenças. Mas naquela época dona Clotilde, instalada em Paris em um luxuoso apartamento da Rue de Faubourg Saint-Honoré com um cachorrinho miniatura que era insuportável de tão mimado, tinha superado todos os seus problemas de saúde e seu tempo era dividido entre frequentar o conselho editorial de uma revista feminina que em grande parte ela patrocinava e fazer cruzeiros na companhia de seu amante da vez, um ex-playboy de noventa anos, arrogante e tão mimado quanto o cachorrinho. Nenhuma lembrança de Barranquilla parecia tocar sua memória, e de seu filho Lina julgou mais cortês não falar, pensando que até o próprio Álvaro Espinoza tivera o gesto primoroso de sair definitivamente de sua vida. Na verdade, nunca chegou a entrar de todo, e era impossível para ela tentar escondê-lo. Segundo a lembrança de tia Eloísa, ninguém jamais tinha visto dona Clotilde del Real tocar no filho; nem mesmo trocar a fralda, dar uma mamadeira, levá-lo para passear: simplesmente tocá-lo. Um nojo invencível a impedia de aproximar as mãos daquela criatura viscosa e enegrecida que uma parteira havia tirado de seu ventre depois de quarenta e oito horas de dor, e que passaria os primeiros três meses de vida chorando desesperadamente dia e noite sem deixá-la dormir até que, à beira da loucura, ordenou que sua empregada o levasse para as dependências de serviço, umas choças de pau a pique, que eram usadas em outros tempos para abrigar escravos. Quando o bebê se cansou de berrar, seu senso de conveniência a obrigou a dar-lhe o quarto mais distante do seu, mas nunca foi capaz de tocá-lo.

Dona Clotilde del Real havia sido criada no temor de Deus, isto é, no pavor de um pai particularmente obtuso, cujas opiniões reacionárias escandalizavam até mesmo os sócios muito conservadores do Club Cartagena, e que, depois de matar a esposa através de suas gestações, tiranizou seus quinze filhos exigindo deles uma disciplina férrea e a mais servil obediência à sua vontade: nenhum dos filhos tinha o direito de tratá-lo por você, de olhá-lo nos olhos, de dirigir-lhe a palavra, de falar à mesa, discutir suas ordens, sair para a rua sem sua permissão, e a menor infração era barbaramente corrigida com um galho de árvore pendurado na parede de todos os cômodos da casa. Diante de tamanha opressão, os filhos foram reagindo de acordo com sua saúde e temperamento: os mais fracos sucumbiam antes de chegar à adolescência, fosse por peste, resfriado, febre ou tuberculose; dentre os sobreviventes, dois fugiram como clandestinos em um navio com destino à Jamaica, e nem lá nem em lugar algum houve notícias de sua sorte; um deles se suicidou, um segundo tornou-se alcoólatra e um terceiro passou a juventude em bordéis até adoecer de sífilis e ficar cego. No entanto, dom Cipriano del Real nunca questionou seus métodos pedagógicos, pois a graça de Deus quis que um de seus herdeiros tomasse o hábito e se tornasse bispo, e outro, o mais parecido com ele, foi por um tempo chefe do Partido Conservador de Cartagena e até se tornou senador da República. Nem suas filhas lhe deram sérios motivos de contrariedade, mesmo que as duas primeiras tenham escapado de seu despotismo atrás das grades de um claustro, frustrando seu projeto de casar a mais velha com Genaro Espinoza, o astuto comerciante que passara de administrador de seus bens a seu sócio e, mais tarde, seu implacável credor, mas inclinado à conciliação se lhe fossem oferecidos os meios de se elevar aos círculos da aristocracia de Cartagena. Para compensar os percalços, ali estava dona Clotilde, meio enfermiça, é certo, mas tão dócil que nem quando criança merecera o castigo do galho, apaixonada por um parente rico, infelizmente jovem demais para dispor de sua fortuna e pagar as dívidas de dom Cipriano.

Chamava-se Cristian e era lindo. Tinha dezesseis anos e não tolerava compromisso. Seu orgulho de casta, o ardor de seu sangue, a engenhosidade de seu coração o impediam de fazê-lo. Quis o destino que naqueles dias seu pai comprasse para ele, de um índio, um magnífico puro-sangue que, tendo nascido em um estábulo nobre, fugira como potro para as montanhas, conquistando ferozmente sua liberdade: um cavalo cor de azeviche que já havia se tornado uma lenda que os caçadores diziam ter visto correr com o vento nas savanas desertas do Sinú e de cuja coragem falavam alguns pumas desnucados e os despojos sangrentos de todos os cães lançados à sua captura. O índio tinha sido mais astuto: desenterrou o arco e as flechas do avô, pediu à mulher que preparasse uma mistura de ervas hipnóticas e, depois de amarrar uma égua no cio a um tamarindeiro, agachou-se entre sua folhagem. Quando o cavalo acordou na fazenda do pai de Cristian, seu desespero foi infinito: uma corda segurava seu pescoço e ao seu redor podia ver as tábuas do picadeiro de onde estivera fugindo sem saber desde que era um jumentinho, enquanto galopava respirando o ar das feras livres, faminto às vezes, incomodado pelo sol e pelos insetos, dilatando as narinas para perseguir um rastro de água; mas sem cabresto; arriscando a vida a cada instante, aprendendo a distinguir a cobra do galho, o arbusto tenro do puma dissimulado, a brisa noturna do bater das asas do morcego; mas correndo à vontade e com a crina negra arrastando toda a poeira, a coragem e a solidão da savana. Não tinha medo do homem, o odiava. Não havia sido idiotizado: sua luta pela vida lhe restituíra intacta a inteligência que sua raça deve ter possuído um dia. Por isso, quando o primeiro peão entrou na arena, deixou-o se aproximar e, quando o tinha ao alcance, liquidou-o com um golpe. Na manhã do casamento de dona Clotilde del Real, Cristian mandou seus peões imobilizarem o animal e, uma vez montado, vendo o pai correr em sua direção, gritou por um segundo antes de cortar as cordas com seu facão que se o cavalo o matasse, sua liberdade devia ser devolvida. Foi assim que o puro-sangue rebelde retornou à savana, até que muitos anos depois, visitando a fazenda de uma tia às margens do Sinú, Lina ouviu falar de um cavalo fantasma que galopava entre nuvens de poeira destroçando os homens que por desgraça cruzaram seu caminho. Para que dona Clotilde del Real pudesse senti-lo escarafunchar debaixo de sua janela durante os sete meses em que estava com Álvaro Espinoza no ventre, sentindo um líquido gelado correr entre suas pernas, o corpo contraído tentando se livrar daquele feto que um estranho fizera germinar em seu ventre enquanto ela estava deitada inconsciente em uma cama, ainda em seu branco vestido de noiva, muito pálida, pois havia caído no chão quando, rodeada pelos convidados do casamento, bebendo a primeira taça de champanhe, alguém entrou precipitadamente anunciando a morte de Cristian.

Dada a ordem social das coisas, tal incidente não tinha grande importância, e dona Clotilde teria podido aceitar o fastio de uma vida conjugal assexuada se seu corpo não tivesse pregado uma peça nela, rejeitando sem cerimônia o sêmen de seu marido, cobrindo-se de urticária e eczema toda vez que fazia amor com ele. O caso, examinado por todos os médicos, curandeiros e charlatães da cidade, era bastante insólito: assim que Genaro Espinoza se masturbava sobre a inerte e muito virtuosa dona Clotilde, ela começava a sentir uma terrível ardência nos órgãos sexuais que inchavam e avermelhavam até que a pele se desprendia e ficava em carne viva, enquanto o resto do corpo, respondendo à mesma alergia, ia sendo picotado com uma erupção de bolhas semelhante às vesículas da catapora. Esse martírio chegou ao fim com a intervenção de seu diretor espiritual, depois de dona Clotilde del Real entregar as joias à Virgem de sua igreja, explicando aos interessados como tal fenômeno de repulsão, em sua complexa acepção latina de *repellĕre*, indicava que nem mesmo o sacramento cristão havia sido capaz de romper a prístina pureza de um ser destinado talvez por desígnios divinos à castidade. Ao impor a dona Clotilde o matrimônio, afastando-a do caminho traçado por suas irmãs mais velhas, seu pai provavelmente cometera uma odiosa impiedade, não só por ter contrariado a vontade suprema, mas também, e sobretudo, por ter entregado uma criatura inocente à lascívia de um indivíduo que frequentava os piores bordéis e de cujas perversões mais de uma prostituta falara com horror nos confessionários. Dom Cipriano del Real que, já tendo recuperado seus bens comprometidos, podia dar-se ao luxo de recordar sua dignidade, apressou-se a bater no peito e armou uma confusão com seu genro, acusando-o de corromper sua filha e envenená-la com sua substância podre pelo pecado, pois somente certas práticas de sua vida íntima poderiam explicar aquelas coceiras ignóbeis tão semelhantes às bolhas que apareciam depois de uma ingestão de mariscos estragados. Certo de seus privilégios, acabou empunhando a ameaça de um divórcio que, além de acabar com as ambições sociais de Genaro Espinoza, poderia levar a sérias dúvidas sobre sua virilidade, atiçando a maldade daqueles que se recusavam a esquecer o ultraje que sua esposa lhe infligira ao desmaiar no meio do casamento quando soube da morte de um jovem trinta anos mais novo que ele e, sobretudo, dando à luz um menino de sete meses para que sua paternidade ficasse em dúvida e provocasse aqueles olhares sarcásticos que ele pensava notar nos membros do Club Cartagena quando o viam deslizando pelos salões, obsequioso demais ou excessivamente reservado, mas sempre alterando de alguma forma, dizia tia Eloísa, a combinação certa de indiferença e cortesia que constitui a urbanidade. Então ele se viu obrigado a suportar um casamento de conveniência com uma esposa a quem ele não podia recriminar nada, pois ela parecia não sentir atração por homens, e cuidava de sua casa com as virtudes de uma matrona. Vingava-se à sua maneira, farreando ostensivamente todas as noites nos bordéis e levando-a apenas para recepções sociais, e só então aumentando a minúscula mesada que a condenava a beber um copo de rapadura dissolvida na água à guisa de refeição. Ela aceitava seu infortúnio com a resignação que lhe renderia o amor de seu pai, diminuído pelos anos e angustiado por não poder transmitir à posteridade o brilho de seu sobrenome, já que sua única nora legal, além de detestá-lo, havia trazido quatro meninas ao mundo antes que se tornasse estéril em decorrência de um parto ruim. Pouco a pouco, o pai habituou-se a visitar dona Clotilde todas as tardes, precedido por uma negra carregando um cesto de mantimentos, e sentava-se na varanda para tomar a fresca, lamentando sem parar em sua obstinação senil que o crioulo do Bolívar tivesse posto fim à dominação espanhola ao permitir que a escravidão fosse abolida, e assim, ao romper o esquema de ordem que punha todos em seu lugar, introduzir o caos no qual se debatia aquele país infeliz, onde até os analfabetos podiam votar em nome da perniciosa democracia. Dona Clotilde, que começava secretamente a ler Voltaire e Diderot, assentia sorrindo, enquanto baixava os olhos em desaprovação — depois de ter chorado o dia todo seguindo as aventuras de Ifigênia — se seu pai, tomado de ira, dissesse que um dia os liberais levariam as mulheres às urnas. Enquanto isso, a cesta de alimentos se transformara em moedas de ouro, e as moedas deram lugar a doações de terras em Barranquilla, e finalmente, quando o pai morreu, ela possuía a maior e melhor parte de seus bens. Assim, entre erupções incompreensíveis e astúcia silenciosa, o pai confrontando o marido odiado e o marido, os irmãos deserdados, foi envolvendo a todos, sob o pretexto de preservar a fortuna de um filho que não amava e a quem jamais daria um centavo de seu patrimônio. Até onde Lina sabia, o dinheiro seria gasto em psicanálise na Espanha, duas cirurgias plásticas nos Estados Unidos e uma cura de rejuvenescimento na Romênia antes de se estabelecer pelo resto da vida com seu mimado cachorrinho naquele apartamento na Rue du Faubourg Saint-Honoré, trocando de amante a cada seis meses graças a relações estabelecidas aleatoriamente em navios de cruzeiro. Todos os homens que haviam tornado sua vida tão amarga tinham ficado mortos e enterrados na Colômbia, mas sobre as paredes de tecido acetinado, entre dois quadros de Berthe Morisot, havia uma pequena pintura a óleo cujas dobras indicavam que havia estado guardada há muito tempo, na qual aparecia um adolescente muito bonito, com olhos apaixonados, de pé em frente às mulheres de Cartagena. Havia tanta graça em seu porte, e tanta inocência em seu olhar, que Lina imediatamente entendeu por que seu fantasma havia atormentado Álvaro Espinoza, contribuindo em grande parte para seu suicídio. Ele, apostando tudo no poder da palavra, esquecera-se de que a força dos mortos reside justamente no fato de não falarem.

A mãe dele também não falava. Nunca falou. Não com ele, pelo menos. Quando saía de férias do colégio San Pedro Claver, onde estava internado desde criancinha, encontrava uma mulher distinta e ausente que se limitava a perguntar-lhe se durante o ano letivo suas crises de asma não o haviam perturbado muito. Lembrava-se de todas as noites que passara sufocado na enfermaria, agarrado às grades de uma cama e buscando desesperadamente um pouco de ar naquele quarto nu, diante do crucifixo de madeira que um padre colocava diante de seus olhos instando-o a invocar a graça do Senhor; lembrava-se dos banhos frios às cinco horas da manhã depois de uma noite sem dormir e justamente quando o cansaço transformava suas pálpebras em persianas de chumbo: os violentos exercícios de ginástica que enfraqueciam seus joelhos e, às vezes, para diversão de seus colegas, o faziam cair exausto no chão, esvaziado de todas as forças. Mas Álvaro não dizia nada, era impossível para ele articular uma palavra. E nem tanto pelo temor que lhe inspirava a indiferença daquela mulher que já deixara de olhar para ele para pedir à criada umas compressas frias: só através de um enorme grito é que poderia ter respondido algo, e ensinaram a ele que os homens não gritavam. Nenhum homem o fazia, sobretudo se tivesse o duplo título de aluno de jesuíta e filho de um conservador, mas sobretudo — e isso ele mal intuía na época — se, pertencendo à raça branca e, portanto, sendo um dos eleitos, os que governavam, legislavam e dirigiam, seu avô paterno tivesse cometido a imprudência de se casar com uma mestiça. A princípio ele não havia notado aquela falha, protegido do mundo exterior nos braços da mulher negra que cuidava dele com a ternura animal que naquela época só uma negra era capaz de sentir por uma criança; muito pouco o diferenciava de seu irmão de leite, filho de um aventureiro holandês, a quem os caprichos da genética haviam dado uma tez mais clara que a sua e um rosto de traços regulares. Tudo mudou, porém, quando a negra morreu, o estrangeiro foi enviado a Henk e ele entrou em um colégio onde, à indulgência sorridente dos negros, se opunham o orgulho e o espírito competitivo dos brancos; à constituição enfermiça herdada de sua mãe, a rudeza dos meninos educados pelos soldados de Cristo; ele foi brutalmente forçado a se adaptar a outro modelo, e talvez porque o modelo o excluía, ele teimosamente adotou seus valores; quanto mais os interiorizava, mais suas crises de asma o demoliam, mas só assim ele podia se integrar ao mundo do poder e conquistar o afeto de seu pai, a única pessoa disposta a amá-lo, embora não incondicionalmente, isto é, não sem fazer o esforço de dar ao seu sobrenome uma respeitabilidade até então obtida por procuração e de se elevar às dignidades que, apesar de seu casamento com uma Del Real, haviam sido escamoteadas de seu pai. Ele, Álvaro Espinoza, não sabia. Entrava agora pela porta da frente de sua casa, seguido por um menino negro que carregava seus pertences, e subia muito ereto a escada acarpetada que como uma flâmula vermelha levava até o segundo andar, onde sua mãe descansava, bebendo um chá de ervas com suas amigas; corria uma cortina de contas de vidro e se inclinava na frente dela, beijando levemente as pontas de seus dedos esquivos antes de ouvi-la perguntar se suas crises de asma não o impediram de tirar boas notas no colégio. Ele sentia o velho grito lhe dar um nó na garganta, mas em vez de olhá-la com espanto, angustiado com sua terrível ausência, conseguia cumprimentar suas amigas e se retirar em silêncio, ouvindo atrás dele o tilintar da cortina. Ele tinha três meses de solidão pela frente. As pessoas viam-no acompanhar os pais à missa aos domingos usando um traje branco manchado nas axilas com uma meia-lua de suor, o rosto coberto de espinhas purulentas que tentava esconder sob um chapéu de palha europeu usado muito tempo atrás por um de seus elegantes tios; às vezes o encontravam na rua, magro, com o rosto estranho, o ar pensativo, como se, em profunda reflexão, não percebesse o que estava ao seu redor, e evitasse, sobretudo, olhar ou falar com pessoas negras: já então demonstrava seu desprezo por elas, e nas reuniões sociais não perdia a menor oportunidade de apresentar seus argumentos contra os filhos de Cam, afirmando que eles nunca haviam criado uma verdadeira civilização ou qualquer coisa capaz de merecer tal nome, e que nunca tinham contribuído com nenhuma descoberta científica, religião, moral ou filosofia para o progresso da humanidade. A gente de Cartagena o chamava de "metido", acreditando que sua pretensão se dissiparia com o furor juvenil quando passasse a adolescência, pois naquela antiga cidade de inquisidores e traficantes de escravos as pessoas agiam com discrição e a hipocrisia serpenteava em sutilezas barrocas que as crianças aprendiam ouvindo atentamente os mais velhos, até descobrirem em suas dobras e volteios as nuances ferozes da discriminação racial contidas na linguagem cotidiana, com a mesma perspicácia que aplicavam para distinguir um pardo, não por sinais tão óbvios como a tez da pele ou a ondulação dos cabelos, mas por algo mais atenuado — uma certa cor violácea nas gengivas, uma tonalidade escura ao redor das unhas —, revelando assim alguma história de amor ocorrida há cinquenta ou cem anos, para o deleite de uma sociedade sufocada sob o peso de ódios que tinham a idade dos muros e onde todos se gabavam de saber de cor a vida e as aventuras de seus antepassados desde que o primeiro de sua linhagem, em uma couraça brilhante e capacete imponente, desembarcou por Deus e pelo rei na cidade. Claro que eram todos mestiços, mesmo que fingissem ignorá-lo, e racistas, mesmo que o conceito nem pudesse ser formulado naquela época, e se muitos anos depois, quando a palavra já se tornara comum, discutindo em um restaurante parisiense com o mais refinado de sua classe, Lina visse seu belo rosto, mas pálido demais, desmoronar diante da ofensa de tal afirmação: nunca haviam espancado ou linchado seus negros: eles os amavam, integravam-nos, permitindo-lhes uma vida decente fora do centro colonial de Cartagena: os negros podiam pescar, engraxar sapatos, vender bilhetes de loteria e, se fossem muito velhos ou muito pobres, mendigar na porta das igrejas: eram tratados com uma familiaridade zombeteira sem o menor indício de desprezo. Ao contrário dos gringos excêntricos, suas falhas eram toleradas, sabendo de antemão que nenhuma religião ou ideologia os tornaria menos preguiçosos ou covardes. Assim, uma atitude como a de Álvaro Espinoza irritava os naturais de Cartagena e os levava a se perguntar se os jesuítas não estavam fazendo alegres cálculos sobre sua inteligência: ele poderia tirar notas muito boas no colégio e sair todo ano carregado de prêmios e condecorações, mas parecia incapaz de se adaptar às regras mais elementares de convivência e, acima de tudo, adotara a intransigência do avô materno, esquecendo com quem o paterno se casara. Somente sua notória condição de bode expiatório no San Pedro Claver impedira que alguém viesse refrescar sua memória, mesmo que já então seus colegas tivessem começado a se entregar ao odioso escárnio de tocar em seu sexo quando nenhum jesuíta estava por perto; na verdade, assim que viam o campo aberto, se lançavam em sua perseguição, gritando "dez pesos para quem agarrar a bunda de Álvaro Espinoza", e ele corria desesperadamente pelos corredores até conseguir se pôr a salvo ou um deles alcançar seu objetivo. Foi em parte por causa desse jogo que a verdade sobre sua miscigenação seria jogada na sua cara e de uma forma que todos, inclusive ele mesmo, mais tarde prefeririam esquecer, exceto um futuro amigo de Lina que registrou a cena para determinar, dizia, o ponto alfa de sua própria pederastia, daquele prazer indescritível que sentia assistindo a qualquer adolescente, áspero como lixa, perder toda a arrogância ao descobrir o abismo de passividade escondido em um membro até então considerado por ele como objeto de ação, e olhá-lo com a mesma expressão de lascívia envergonhada que brilhou por um instante nos olhos de Álvaro Espinoza quando um dos gêmeos de Ribon tocou em seu sexo e ele endureceu, umedecendo as calças do uniforme, para espanto dos meninos que vinham seguindo-o desde o campo de futebol e enquanto o outro gêmeo horrorizado declarava em voz alta que só um *zambo*[3] de merda podia ser tão maricas.

A partir daquele momento, foi impossível para ele compensar seus infortúnios com o orgulho de pertencer a uma raça de senhores. No entanto, ele, Álvaro Espinosa, deve ter observado que os relatos genealógicos de seu pai deixavam de lado seus ascendentes por linha materna, como se uma geração toda de varões de sua família tivesse

---

[3] Mestiço de negro africano e indígena ameríndio. [N. T.]

nascido de um sopro divino, mas ele nunca havia tentado elucidar esse enigma, talvez temendo provar que sua avó tinha sido realmente uma bela mulata de origem desconhecida que um dia viram entrar na cidade, descalça, acompanhada de um cachorro mal-encarado e carregando em um embrulho seus chinelos e os pães de milho que sua madrinha lhe dera antes de dispensá-la, recomendando que ela procurasse um emprego honesto em Cartagena e mantivesse as pernas bem fechadas qualquer que fosse a alegação, conselhos que a menina de pele dourada e olhos de cabrito seguiria à risca, conseguindo um emprego como criada na casa dos Espinoza e resistindo tenazmente às pressões, ameaças, bajulações e galanteios do único homem solteiro da família até enlouquecê-lo de desejo e levá-lo ao casamento; nove meses depois, ela morria no parto e o menino, Genaro Espinoza, era confiado aos cuidados da irmã de seu pai, casada, mas estéril e tão neurótica que, apesar de considerá-lo um filho, nunca pôde perdoá-lo por ter nascido de um ventre plebeu; dilacerada por sentimentos confusos e provavelmente incestuosos, ora cobrindo-o de beijos em explosões inesperadas de ternura, ora o chicoteando se algum capricho ou desobediência viesse a lembrá-la da detestada mulata que sujara o prestígio sua família com truques amaldiçoados e secretamente invejados por ela, enquanto Genaro Espinoza se debatia em um desassossego atroz que chegou ao fim em sua primeira visita a um bordel — onde descobriu o alívio de poder tratar as mulheres como bestas — e que recomeçaria quarenta e seis anos depois, quando se casou com dona Clotilde del Real e se encontrou de novo na desorientação de sua infância, isto é, submetido aos caprichos de uma criatura incompreensível ou, em todo caso, muito mais complicada do que uma besta.

    De todas essas experiências, ele ficou com a profunda convicção de que as mulheres existiam para perverter o caráter dos homens, desmantelando sua dignidade em bordéis ou exasperando-o quando se refugiavam atrás dos véus sinuosos do casamento e, por meio de mil subterfúgios, escapavam de seu controle. Ele, Genaro Espinoza, não entendia muito bem certas coisas da vida e, como repetiria incansavelmente anos depois em seus delírios de alcoólatra, achava que sempre fora traído. Talvez estivesse aludindo, mesmo que sua consciência prudentemente não tivesse a menor lembrança disso, à remota traição de que foram vítimas seus antepassados judeus que, renunciando a suas crenças para escapar da Inquisição, haviam sido tão fustigados que acabaram buscando o anonimato em Cartagena. Mas a verdadeira felonia começava nas brumas do tempo, e aparentemente não tinha nome nem podia ser explicada: ele sabia, porque lhe tinham dito, e tudo o que via à sua volta o confirmava, que havia diferenças entre os homens, determinando uma hierarquia em que os mais hábeis ocupavam as melhores posições. Consequentemente, eles tinham o direito de exigir submissão de seus inferiores. O problema estava no nível dessa submissão, que era muito esquiva e desprovida de substância, como se quem a suportasse tivesse a impressão de representar uma comédia em que os papéis pudessem ser trocados ao menor descuido. Observando o comportamento dos humildes em suas viagens de negócios ao interior do país — sua maneira de tirar o chapéu, baixar os olhos e murmurar um "vosmecê" enquanto se encolhiam dentro do poncho —, concluíra, talvez apressadamente, que a autoconfiança costeira tinha uma explicação geográfica ou estava de alguma forma associada à umidade do clima, à violência do sol ou à intensidade da luz, especulações com que entretinha os bêbados do Club Cartagena até adormecerem de tédio e que, quando suas faculdades intelectuais começaram a diminuir devido ao excesso de álcool, se tornaram diatribes abertas contra os ventos alísios, responsáveis, em sua opinião, pela apatia do povo decente e pelo desrespeito da plebe. Mas, embora obcecado pelo fenômeno social de que na costa atlântica os subalternos não internalizavam a inferioridade de sua situação recorrendo a um muro de leveza divertida que os tornava incompreensíveis, Genaro Espinoza nunca deixou de culpar as mulheres por todos os seus problemas, porque através delas o infortúnio o atingira, desde seu nascimento no ventre da intrigante mulata que seduziu seu pai na hora errada, até seu casamento com aquela esposa esquiva cujo corpo se cobria de vergões ao menor contato, tornando-o motivo de chacota de Cartagena. Também as prostitutas viriam um dia a demolir-lhe a autoconfiança, quando, à medida que envelheceu, começou a encontrá-las nos seus sonhos, sarcásticas e sorridentes, e saindo das profundezas de sua memória no traje luxuoso de cortesãs e odaliscas, elas, a escória imunda da sociedade que ele fustigara a seu bel-prazer, urinando em seus corpos ou ejaculando em suas bocas, mas que, vendo-o vestir as calças e jogar algumas moedas no catre de lona, fixaram sua imagem no fundo dos olhos, guardando-a enquanto vivessem, e talvez ao morrer, refletindo-a em um olho eterno de cuja retina nenhuma imagem jamais desaparecia.

No entanto, ele levou seu filho a um bordel assim que soube do constrangedor incidente ocorrido no San Pedro Claver, com medo de que a todas as suas calamidades fosse adicionada a de ser pai de um homossexual, ameaçando a proprietária, dona Ofilia, de ir com a polícia, os padres e as senhoras católicas para cima dela se não conseguisse fazer seu filho copular de forma decente, e permanecendo ali, estendido em uma rede no pátio, até que vieram contar-lhe a boa-nova, pela qual ele estava disposto a pagar cem vezes o preço de todas as moças do bordel, ou seja, o equivalente a uma vaca em perfeita saúde. Esperou três dias. Três dias de angústia para a menina Ofilia, que, depois de encerrar aquele adolescente sombrio em um quarto cujo espaço ela podia visualizar a partir de uma fenda feita na madeira da parede, começou a desfilar uma após a outra suas pupilas, as belas negras de carne tenra, as mulatonas de seios maduros, as brancas pálidas de cabelos oxigenados e sua coleção de meninas, anãs, albinas e mongóis, enfim, todas as variedades de fêmeas capazes de despertar o desejo masculino, sem que o menino idiota desse o menor sinal de virilidade, ajoelhando-se em um canto e repassando ansiosamente as contas de seu rosário, e a qualquer avanço das prostitutas, asfixiando-se de asma, enquanto ela, a menina Ofilia, por um lado invocou Xangô e, por outro, Santo Antonio, implorando-lhes a combinação certa, a graça, a centelha que finalmente iluminou sua mente ouvindo um aluno do San Pedro Claver falar. Como também lhe haviam contado do ódio que esse pilantra tinha por pessoas negras, lançou um pedido de socorro aos colegas, pedindo-lhes que mandassem, conseguissem ou tirassem do inferno uma mulher negra de nádegas rijas, tanto quanto possível parecida com um meninote e acostumada a fazer amor pelo buraco ignóbil. Assim, ela salvou seu bordel e começou a vida sexual de Álvaro Espinoza.

Durante anos essa sua preferência não lhe causou muitos problemas, porque trapaceava no confessionário e uma conta polpuda nos bordéis vencia qualquer resistência, mas já em Paris, pensava tia Eloísa, ele provavelmente descobriu através de seus estudos em psiquiatria que a sodomização era perversa e revelava uma homossexualidade latente à qual devia opor sua força de caráter se quisesse dominar o mundo dos homens. Porque chegou da Europa mudado e, para espanto das prostitutas de Barranquilla que conheciam seus caprichos desde que sua família se estabeleceu na cidade, fazendo amor como Deus manda, embora, sim, em meio a insultos odiosos e depois de ter ingerido o equivalente a duas garrafas de uísque, lentamente, sentado a uma mesa na companhia de seus amigos e aparentemente concentrando-se na discussão, mas seguindo com um olhar ávido as idas e vindas das moças para escolher aquela que mais passes fizera na noite: daí seu apelido, "Galo da Madrugada", solto por um bêbado no dia de seu casamento com Catalina, diante do espetáculo inconcebível de vê-lo na festa, tarde da noite, quando em princípio deveria ter se retirado uma vez cortado o *puding*, provocando certos sorrisos cúmplices ou falsamente nostálgico e não aquela perplexidade que tomou conta dos convidados do casamento ao vê-lo entre eles, envolvido em uma discussão política, como sempre impenetrável, ganancioso de gestos e olhando para o seu interlocutor, não nos olhos, mas no ponto médio da linha que une as duas sobrancelhas, para melhor desconcertá-lo e assim colocar-se em posição de superioridade. Até Catalina ficou perplexa: tentara explicar a indiferença de Álvaro Espinoza durante os três meses de namoro com o argumento de que um homem de sua idade e posição não poderia agir irresponsavelmente levando-a para passear em seu carro até os Altos do Prado e lá beijá-la e acariciá-la sob o risco de alguém encontrá-los e iniciar a fofoca suscetível de manchar a respeitável imagem de um psiquiatra. Além disso, desde o dia em que o apresentou à mãe, protocolando assim o noivado, Álvaro Espinoza se limitara a convidá-la para jantar todas as noites no Country ou no Hotel del Prado, e sob seu olhar complacente devorava *chateaubriands*, batatas fritas e sobremesas diversas, aceitando que suas relações amorosas se reduzissem a uma espécie de festim contínuo, substitutivo, tia Eloísa determinava quando Lina lhe contava como, convidada por ele na companhia de algum de seus amigos, passava a noite assistindo àquela exibição de pratos cuja profusão poderia tirar o apetite de um náufrago. No entanto, Catalina sonhava. Ela, tão pouco dada à leitura, começara a fazer incursões na biblioteca de Divina Arriaga, a caverna de Ali Babá do pensamento, onde se encontrava a maioria dos livros já escritos — os piedosos, os amaldiçoados, os eruditos, os censurados —, quase sempre em suas edições originais, se tivessem sido impressos a partir do século XV, ou em manuscritos belamente ilustrados, se vinham de tempos mais longínquos, cada um classificado de acordo com seu assunto em retângulos de vidro e protegidos graças ao cuidado da criada de Divina Arriaga que passava boa parte do dia examinando com uma lupa os estragos causados pelos anos na tinta, no papel ou na madeira, e usando para repará-los um arsenal de pincéis e produtos misteriosos de cheiros desconhecidos, como se em uma de suas encarnações anteriores tivesse habitado o corpo de um beneditino e dele herdado a proverbial paciência que lhe permitia fechar-se por horas naquele santuário, as cortinas corridas e uma espécie de reverberação de alquimista destinada em princípio a combater a umidade. Foi certamente ela quem disse a Catalina para onde deveria dirigir suas investigações, e talvez com a mesma maneira lacônica, a explicação concisa e impessoal com a qual lhe dera a caixa de absorventes quatro anos antes, porque de outra forma Catalina se perderia no labirinto daquela sala sem iluminação onde fileiras de retângulos de vidro guardavam a palavra embalsamada como os faraós em seus túmulos para a eternidade e, provisoriamente, para responder à curiosidade de uma garota que nunca havia se perguntado muito até aquele dia, quando Lina a encontrou estudando em uma mesa, sob o brilho fraco de uma lâmpada, os grandes manuais orientais de erotismo, do *Kama Sutra* à *Gita Govinda*, das entrevistas da jovem ingênua com o Imperador Amarelo às imagens japonesas do Shunga em seus deslumbrantes pretos e azuis, toda a magia sexual e a poesia de civilizações não contaminadas pela frustração doentia do cristianismo nas quais, felizmente, os deuses faziam amor ensinando aos homens as alegrias do prazer carnal e, talvez, a possibilidade de transcender os limites de sua condição ao descobrir, pela vertigem do amor vivido, que o múltiplo é um, que por trás do diverso se esconde a totalidade. Ninguém sabia nada sobre tal concepção de amor em Barranquilla, muito menos Álvaro Espinoza, repetia tia Eloísa enquanto seus dedos se cravavam voluptuosamente na pelagem de um de seus gatos birmaneses, e em seus olhos refletia-se o fascínio de descobrir mais uma vez os traços de Divina Arriaga, como de seu túmulo de penumbras lançava um desafio ao homem que pretendia reduzir uma de suas filhas à condição de esposa, mesmo que Catalina saísse para enfrentar o casamento desprovida de qualquer experiência e com a franqueza de qualquer menina que tivesse estudado em um colégio de freiras e pelas circunstâncias ou por temperamento passasse a adolescência sem conhecer as primeiras investidas do desejo, as imagens perturbadoras que de repente saltavam entre as páginas de um livro ou deslizavam com a rapidez de uma cobra ao acordar de um sonho, a densa inquietação ao entardecer e aquela tristeza furiosa e incompreensível quando o céu escurecia, anunciando chuva em uma casa vazia onde nenhum homem viria acalmar a ansiedade dissipando com uma palavra o medo, mais ingênua, ela, Catalina, do que uma menina de doze anos, e no entanto preparada desde a infância para apreender a natureza profunda da sexualidade, por ignorância, porque ninguém havia introduzido em sua consciência os fantasmas da repressão e sua leveza a levara a lançar um olhar distraído sobre a religião das freiras, sem realmente internalizá-la ou analisar a fundo seus conceitos, acreditando com toda a honestidade que a perda do Paraíso se reduzira ao simples problema de ter comido uma maçã e surpreendida de que tal ninharia tivesse custado tantos dissabores aos homens a ponto de obrigar o melhor deles a se deixar pregar na cruz para redimi-los.

Talvez Divina Arriaga também tivesse levado isso em conta quando a matriculou em um estabelecimento religioso, sua impermeabilidade, sua inclinação para banalizar o discurso humano, pondo-se acima de qualquer tentativa de lhe roubar a alma ou modificar de alguma forma aquele sentimento íntimo seu, não formulado na época, de que só amando a si mesma poderia encontrar seu equilíbrio. Mas se tal profecia sutil parecia altamente discutível, tia Eloísa, por outro lado, estava convencida de que Divina Arriaga escolhera La

Enseñanza com o propósito deliberado de impedir Catalina de se integrar a um grupo de amigas e, através das renúncias necessárias a essa integração, assimilar a ideologia dos vencidos. De fato, nenhuma das suas companheiras se atrevera a desafiar aquele "que dirão" convidando Catalina para a sua casa e, assim, a fazer parte do círculo de moças que um dia estavam destinadas a aparecer juntas na sociedade, frequentando o Country até se casarem, e que, enquanto isso, se encontravam durante as férias sob vários pretextos, desde jogar canastra a bordar todo tipo de trapos inúteis para os pobres, enquanto suas conversas se reduziam a repetir fofocas, confirmar lugares-comuns com ênfase e repassar versões disparatadas do ato sexual, preparando-se assim para reproduzir a espécie na ignorância e no desencanto, tal como a ordem social exigia. Preservada dessas insensatezes pela discriminação a que era submetida, Catalina conservara a pureza tão cara aos moralistas e, consequentemente, uma perfeita aptidão para ouvir o clamor do sexo, aquele grito remoto e eterno cujo eco lhe foi devolvido intacto pelos livros encontrados na biblioteca de Divina Arriaga, ajudando-a a descobrir em seu corpo as fontes ocultas do erotismo e a imaginar qualquer homem, até Álvaro Espinoza, decidido a perder-se com ela na volúpia que sentia quando suas bochechas roçavam uma na outra enquanto dançavam ou quando ele beijava levemente seus lábios ao se despedir dela todas as noites na escuridão do Cadillac negro sem suspeitar dos fogos que suas pálidas carícias acendiam, dos anseios e rubores à espera da cerimônia exigida pela sociedade para romper as divisórias que contrariavam o desejo.

A cerimônia realizou-se finalmente no Country, com centenas de convidados, em meio ao requinte que outrora caracterizara as festividades de Divina Arriaga — desta vez representada por tia Eloísa —, e Álvaro Espinoza manteve-se destemido, insensível a uma situação que a maioria dos homens presentes invejava, enquanto Catalina via a intensa luz azul do amanhecer erguer-se sobre as janelas, descobrindo vagamente o espectro da desilusão, sem saber muito bem de onde vinha essa cólera imprecisa que a intervalos perfurava sua alma como a picada de um animal até então adormecido, não dentro dela, mas ao seu redor, na medida em que existia à sua volta e cuja realidade sempre preferira ignorar, e no entanto, mariposa cega, ainda acreditando que escapava de seu destino graças à proteção das deusas, entidades ou fadas que lhe concederam tantos favores fazendo-a nascer tão bonita, explicando a Lina em voz baixa que talvez o estranho comportamento de Álvaro Espinoza se devesse à intenção de não alarmá-la com uma pressa capaz de chocar sua sensibilidade.

Esses escrúpulos durariam muito mais do que o esperado, uma semana exatamente. Sete dias passados em Santa Marta durante os quais Álvaro Espinoza se propôs a revigorar os sentimentos religiosos de Catalina, demasiado mornos e superficiais em sua opinião, levando-a todas as noites a rezar diante de uma imagem de Nossa Senhora das Dores, a fim de fazê-la compreender que o objetivo da mulher não era rir, desfrutar ou amar como ela pretendia acreditar, mas assumir a dor da humanidade a exemplo daquela Virgem que, no espaço de um instante, quando o céu desgarrado chorava pela morte do Filho de Deus, ficara sozinha na cruz, sozinha e carregando em seus ombros frágeis o peso da iniquidade cometida pelos homens. Catalina ficou estupefata. Ela, depois contaria a Lina, se perguntara no início por que Álvaro Espinoza insistia em conduzi-la a uma igreja quando ele mesmo, através de sua concepção psicanalítica das coisas da vida, demonstrava um ceticismo total em relação à religião: parecia-lhe deliberadamente extraviada entre dois discursos antagônicos que perseguiam, no entanto, um objetivo idêntico, despojá-la de algo, mesmo que ela não conseguisse especificar onde aquele algo estava localizado e se, no meio da confusão, ela não só começasse a duvidar de tudo o que os manuais eróticos de Divina Arriaga lhe haviam ensinado, mas a dizer a si mesma que, se ela não tivesse visto Dora e Andrés Larosca fazendo amor em uma praia, teria aceitado que o ato sexual se limitava a contemplar o rosto sofredor de uma Virgem e, depois de um jantar suntuoso, deitar-se para dormir enquanto Álvaro Espinoza se despedia dela sob o pretexto de ir tomar uns drinques no bar do hotel, retornando na ponta dos pés de madrugada.

Ela contou isso a Lina um dia depois de voltar de sua lua de mel, na sala de seu novo apartamento, analisando cuidadosamente cada fato, como se estivesse tentando reconstruir os movimentos de um adversário que a derrotou por xeque-mate em um jogo de xadrez.

Não havia dúvida então em sua mente de que ela havia inconscientemente confrontado uma inteligência calculista, que decidira adotar certa atitude em relação a ela, antecipando suas reações e perseguindo com tenacidade o propósito de humilhá-la até vencê-la e submetê-la aos seus desígnios. Como manobra sutil, lembrava-se de que seu primeiro comentário sobre a anomalia daquela situação havia provocado tamanha enxurrada de insultos que passou a noite inteira chorando: porque o Álvaro Espinoza conhecido dela, austero e petulante, claro, mas sempre educado, usara uma linguagem obscena declarando-lhe que tais assuntos só poderiam interessar a uma qualquer ou, o que dava na mesma, à filha de Divina Arriaga. O agravo, apesar de traumatizá-la ao revelar à sua consciência um conflito judiciosamente inibido, interessava-lhe a *posteriori* na medida em que através dela reconhecia uma manipulação destinada a diminuir sua autoconfiança, deixando-a ferida e sem vontade, isto é, incapaz de tomar a única decisão razoável dadas as circunstâncias, a de guardar em uma maleta todos as camisolas e roupas íntimas de seda bordadas que a criada de Divina Arriaga lhe encomendara da Europa e voltar a Barranquilla correndo o risco de causar um escândalo enorme, porque, enquanto Álvaro Espinoza lhe fazia discursos em frente a um quadro de Nossa Senhora das Dores, os jornalistas locais continuavam a publicar comentários sobre seu casamento e um fotógrafo havia sido enviado para surpreender os noivos felizes em sua lua de mel. Então a fuga era impossível para ela, enfim, não queria ser excluída da sociedade de novo ou se encontrar de alguma forma em uma situação análoga à que antecedeu a odiosa experiência vivida no Country, mesmo que já começasse a intuir que Álvaro Espinoza contava com esse medo dela para lhe impor uma humilhação cujo propósito Catalina não entendia, por mais que refletisse noite após noite, agora comendo menos e descobrindo a insônia, na solidão da cama do hotel, imaginando-se às vezes vítima de alguma malformação física que só um médico poderia perceber, de repente afugentando aquelas especulações quando notava na praia o olhar de desejo ou admiração de um homem, e depois odiando Álvaro Espinoza com uma aversão que a surpreendia por sua intensidade e pelos estranhos pensamentos que afloravam em sua mente, afloravam, ainda dizia desnorteada a Lina, como se sempre tivessem estado ali, embora velados, incompreensíveis para a consciência, como se fossem lampejos de uma antiga memória adormecida, rangidos de uma estátua, os murmúrios de uma sepultura. Assim, quase sem perceber, ela começara a puxar os fios que anos depois a levariam a desembaraçar a meada e jogar o monte de lã enrugado no lixo.

Por enquanto, chamava-lhe a atenção um desses fios, através do qual pôde compreender que, com suas ausências noturnas, Álvaro Espinoza procurava não só magoá-la e mergulhá-la na perplexidade, mas, sobretudo, esperar até que seu corpo fosse capaz de ser fecundado, dedução que, se não esclarecia as coisas na maior parte das vezes, ainda agravava sua amargura ao saber que havia sido reduzida ao valor de seus simples órgãos de reprodução, deixava-a pelo menos em condições de calcular com relativa precisão quando eles iriam se libertar do prazer que tanto almejavam, acreditando, a muito incauta — era ela quem usaria esse adjetivo —, que o amor era um só, e que todos os homens o viviam da mesma maneira, sem estabelecer a menor relação entre o modo de abordá-lo e os preconceitos que se tinha sobre ele, isto é, como se, uma vez apertado um botão invisível, os corpos entrassem em uma espécie de êxtase do qual o rancor e as lembranças fugiam para dar lugar ao fogo da paixão. Por isso, foi surpreendida pela própria indiferença no dia em que, como antecipara, Álvaro Espinoza a convidou depois do jantar para ir ao bar, anunciando em tom sombrio que iriam dormir juntos naquela noite. Contaria a Lina que durante horas espiara dentro de si qualquer indício de emoção seguindo o trajeto lento de uma lua diluída no céu, enquanto ele bebia copo após copo, alheio à presença dela, silencioso e aparentemente entregue ao ressentimento como se uma disputa furiosa tivesse seu coração como palco. Mas ela, diria, não sentia nada, não conseguia encontrar a mola mágica do desejo. Permaneceu ao seu lado com uma impressão de vazio até que ele terminou de beber a garrafa de uísque e fez um gesto para que o acompanhasse até o quarto, e ainda, quando ela se deitou, ouvindo-o se mover no banheiro, percebendo sua silhueta no brilho da lâmpada, sentia o mesmo vazio, a sensação gelada de ser apenas consciência. Depois, foi diferente. Foi o espanto de vê-lo levantar abruptamente seu frágil vestido de renda de Bruxelas, atirar-se sobre seu corpo e permanecer assim por vários minutos, imóvel, de olhos fechados, o rosto contraído por um excesso de concentração como o de um atleta no momento de fazer o último esforço para alcançar o objetivo, e de repente sentiu uma coisa dura entre as pernas, algo que abria passagem cegamente e com brutalidade, causando-lhe uma dor inconcebível, tão violenta que ela estava começando a gritar quando a mão de Álvaro Espinoza caiu sobre sua boca e ela o ouviu murmurar com rancor: "Era isso que você queria, cadela, agora você tem".

IV.

Tia Eloísa deve ter pensado muito antes de entender o fenômeno da submissão, pois, como nunca havia sido submetida a ninguém, dificilmente poderia conceber que uma pessoa com juízo aceitasse submeter-se ao capricho de outrem. Ela dizia ter tomado o caminho certo quando, deixando de olhar para o exterior, começou a se interessar pelo caso excepcional de si mesma, de suas irmãs e de suas primas, que tinham em comum uma rejeição instintiva a todas as formas de autoridade e o fato de pertencer a uma família na qual, desde há pelo menos quinhentos anos, as mulheres tendiam a dar à luz meninas e logo ficavam viúvas, sempre se apaixonando por dois tipos de homens opostos entre si, mas essencialmente idênticos, pelo menos dominados pela mesma obsessão por se destruir: os melancólicos que se deixavam morrer enervados de tristeza e os turbulentos que passavam a vida tentando ser mortos até conseguirem. O fato é que elas ficavam sozinhas desde muito jovens e eram obrigadas a cuidar dos negócios da família para sustentar as filhas, repetindo, sem perceber e em escala reduzida, uma estrutura social que aparecia e se renovava a cada geração como a antítese do patriarcado, já que nenhuma hierarquia se estabelecia entre seus membros e, para utilizar a fraseologia da moda, não só a propriedade era naturalmente considerada um bem comum, mas os lucros também eram distribuídos à margem do rendimento individual. Houve até uma época, quando a mãe de tia Eloísa ficou viúva, em que todas as suas tias e parentas ocupavam dois quarteirões perto da Plaza de San Nicolás e os pátios de suas casas se comunicavam através de portas sempre abertas pelas quais as crianças entravam e saíam, decidindo onde brincar, comer ou dormir. A comunidade assim formada servia para transmitir a herança, mas não os valores culturais que todas elas — exceto algumas ovelhas desgarradas pelo acaso de terem encontrado um marido particularmente robusto ou curiosamente criterioso — consideravam com desconfiança, tendo aprendido desde a infância a vê-los como uma emanação direta da lei paterna que não lhes dizia respeito de forma alguma. Pelo contrário, constituía um perigo para a inusitada, frágil e, ao mesmo tempo, tenaz organização familiar na qual alcançavam seu equilíbrio, pois sempre a encontravam no fim de qualquer errância ou extravio, disposta não a excluir, mas a integrar, a entender com a indulgência tranquila daquelas mulheres que haviam aceitado a si mesmas, podiam admitir a diferença nos outros e consideravam pueril o desejo de dominar os demais. Entre elas tudo era permitido, e enquanto a família era grande e a cidade pequena, nenhum conflito sério se opunha às duas: depois a cidade, crescendo como uma imensa hera, começou a sufocá-las e, para sobreviver, elas tiveram de fingir se adaptar aos seus costumes, perdendo-se às vezes nas redes de simulação, mas secretamente conservando a solidariedade do velho clã onde os problemas eram resolvidos entre murmúrios e sorrisos.

Tudo era permitido, até a sexualidade. Nem Engels, nem Freud, nem Reich haviam sido concebidos na mente do Altíssimo quando dona Adela Portal y Saavedra, a genitora da família cuja memória era venerada, chegou a Cartagena das Índias para dirigir a plantação de seu terceiro marido, um almirante da frota espanhola que morreu em alto-mar, acompanhada de sua filha e de sua neta e com a firme convicção de que apenas um desatino na ordem natural das coisas poderia explicar a predominância dos homens e o hábito tolo de enfraquecer as mulheres, impondo-lhes castidade desde a infância. Nunca se soube como uma senhora tão distinta tinha elaborado tais ideias, mas a partir de então sempre havia alguém para remover as subversivas brasas do feminismo em cada geração, e quando a tocha passou para as mãos de tia Eloísa, o pensamento liberal já havia feito seu caminho e a brilhante intuição de dona Adela Portal y Saavedra, sua associação da repressão sexual com o exercício do poder, podia ser pensada em termos simples e combatida no terreno da ideologia masculina. É claro que tia Eloísa não se privou de fazê-lo. Ela, a quem seus amores e negócios muitas vezes levavam para a Europa, seguira passo a passo os balbucios da teoria psicanalítica, seu espanto ao descobrir a importância da sexualidade e o que se poderia chamar de sua lamentável capitulação, ou seja, de que maneira, por ignorância, covardia ou má-fé, ela se abstivera de tirar as conclusões lógicas de seu discurso, perdendo-se em especulações destinadas a apaziguar o escândalo e preservar a ordem estabelecida. Esse inevitável desenlace não impressionaria em nada tia Eloísa: ela não acreditava que o prazer do amor se opusesse ao esforço do trabalho, rejeitava sem hesitação o modelo da civilização patriarcal e, se Freud afirmava que a repressão sexual era seu corolário, ela estava em condições de mostrar-lhe que, curiosamente, a restrição em questão sempre fora aplicada às mulheres, nunca aos homens. Mas, por outro lado, a própria essência da teoria vinha a calhar, na medida em que estruturava um conhecimento até então obscurecido sob o peso dos costumes e que de repente podia ser nomeado, forçando a reconhecer não apenas que a repressão existia e nela se encontrava o nó da neurose, mas sobretudo que sua existência era uma condição *sine qua non* de poder. Daí o refrão tenaz de tia Eloísa: como a castidade era imposta às mulheres para dominá-las, tornando-as infantis, dependentes e covardes, sua afirmação no mundo passava necessariamente pela afirmação de sua sexualidade.

Lina não ouvia aquela longa análise de forma ordenada, mas aos poucos, e ao longo de muitos anos acompanhando as reflexões de tia Eloísa quando conversava com suas irmãs na tranquila penumbra de sua sala de estar arejada por ventiladores, onde os gatos birmaneses dormiam esperando o sol baixar para perturbar com seus amores a escuridão do jardim, e em alguma parte da casa ardiam incensos, perfumando o ar carregado de palavras que nos confins do mundo outros homens e mulheres pronunciavam, e cujo eco só podia ressoar ali. Lina as ouvia falar sem lhes perguntar nada nem compreender muito, intuindo vagamente que algum dia esses fragmentos de ideias viriam a ordenar-se em sua mente quando as circunstâncias a tirassem da enevoada incerteza de sua adolescência e, no entanto, reconhecendo nas afirmações de tia Eloísa a linguagem articulada de um conhecimento que Catalina tentava desvendar cegamente, como se lhe fosse possível tocar com os dedos os sinais gravados em uma pedra antiga, mas não vê-los ou decifrá-los, procurando em vão a saída para o dilema em que fora confinada por uma cerimônia aparentemente inofensiva, o casamento, que ela comparava a um labirinto cheio de espinhos em que mal podia mover-se porque todo gesto, palavra ou silêncio seu imediatamente provocava as críticas ferinas de seu marido, que estava determinado a convencê-la de que ela era inferior a ele e, portanto, obrigada a se submeter incondicionalmente aos seus critérios.

No início, durante os meses de gravidez, Catalina tinha permanecido arrasada pela experiência de sua vida conjugal, em uma situação semelhante à de um rato de laboratório que, por força da dor e do medo, estava aprendendo a reconhecer as alavancas das quais não devia aproximar-se, ou pior, porque no laboratório de qualquer rato provavelmente havia estímulos de recompensa ou momentos de descanso, enquanto ela se via submetida à hostilidade de Álvaro Espinoza sem piedade nem retribuição e na mais total perplexidade, incapaz de encontrar argumentos diante de um discurso sistemático destinado a desvalorizá-la, onde era tratada como estúpida toda vez que se aventurava a dar uma opinião, ou como degenerada se, com muitas precauções e superando seu pudor, tentava se rebelar contra uma concepção da sexualidade que a oprimia. No entanto, o que realmente a diferenciava do rato era constituído menos pelo desejo desesperado de escapar do que pela vontade de compreender a validade das razões em nome das quais Álvaro Espinoza a mortificava, pois embora as freiras não tivessem sido capazes de inculcar nela seus preceitos no colégio, Catalina aprendera, estudando matemática, que todo postulado exigia uma rigorosa verificação. O comportamento de Álvaro Espinoza era incompreensível para ela, mesmo que já tivesse conseguido distinguir suas formas de se expressar e examiná-las com a formidável capacidade de concentração que Lina o vira usar tantas vezes diante de um problema de xadrez: havia, por um lado, aquela necessidade obsessiva de insultá-la por tudo, de modo completamente irracional, pois uma determinada ação e seu oposto despertavam nele a mesma agressividade; havia também sua estranha reação ao dinheiro, que deveria lhe dar para cobrir as despesas da casa, e cuja contabilidade dava lugar a sórdidas disputas sobre a maneira de gastá-lo e as supostas ou reais liberdades que ela se permitira para seu propósito. Mas muito rapidamente e quase por instinto Catalina voltara sua atenção para o que era, mesmo que não o soubesse na época, o centro nevrálgico do conflito, a recusa furiosa de Álvaro Espinoza em se envolver em qualquer conversa que tocasse minimamente no assunto da sexualidade, e se por um tempo ela foi tentada a considerar essa rejeição legítima, explicando sua frustração e seus fantasmas como sinais anormais, logo que a filha nasceu ela iniciou uma busca sistemática por tudo o que havia sido dito ou escrito a esse respeito, estabelecendo um diálogo preciso com os livros guardados na biblioteca de Divina Arriaga até conhecer a imensidão do problema, suas inúmeras ramificações, seu caráter quase metafísico, não para se aproximar daquela esfera de reflexão a partir da qual sua mãe contemplara o mundo serenamente, percebendo tudo, inclusive a sexualidade, em sua dimensão exata, mas para argumentar com Álvaro Espinoza e forçá-lo a discutir, apesar de prever que nada o faria mudar de atitude e que se colocava no terreno da palavra, onde parecia invulnerável e podia escapar com as piruetas verbais que aprendera com os jesuítas e cujo mecanismo secreto, sem perceber, ia ensinar a ela. O movimento era correto: os deuses, como sabemos, jamais se explicam, jamais respondem.

Como Benito Suárez, e talvez no desenvolvimento de um mesmo desatino, Álvaro Espinoza havia desposado a antítese da mulher que em boa lógica lhe convinha, abrindo assim a primeira brecha no caminho pelo qual, mais cedo ou mais tarde, ele devia se perder. De um homem tão frio e calculista, que pretendia conhecer os segredos mais íntimos da alma, era de se esperar uma conduta mais cautelosa, ou no máximo mais bem adaptada ao sistema dentro do qual o mundo, despido de suas bordas, lhe era entregue. Uma esposa pouco inteligente, bem acostumada a se submeter aos outros, teria concordado em viver ao seu lado como uma sombra. Catalina, não: ignorava o respeito e, com a habilidade de uma cobra d'água, sempre fugira da autoridade. Para controlá-la, Álvaro Espinoza teria de realizar uma lobotomia nela, pois nenhum de seus esquemas conseguia esconder o fato de que, se a natureza realmente quisesse limitá-la à reprodução, ela existiria como uma entidade capaz de reproduzir a espécie e nada mais, algo como um útero pendurado em árvores ou flutuando nas águas. Assim, depois de se casar com uma mulher desprovida do que em seu próprio jargão ele chamava de superego, acabara cedendo à vaidade de desdobrar à sua frente a lógica brilhante de seu raciocínio como um general que, inebriado pelo poder de suas armas, pela habilidade de seus oficiais, pela arrogância de suas bandeiras, desfilava seu exército dia após dia diante de um minúsculo adversário pasmado de inquietação e admiração, que, no entanto, foi compelido por essa manifestação de força a medir sua própria fraqueza e, gradualmente, a conceber os meios de combatê-la.

Se declarar guerra a ele era suicídio em tais circunstâncias, a guerrilha de discussões intermináveis tinha o duplo benefício de exasperá-lo e mantê-la em um estado de combatividade permanente que, dado seu espírito esportivo — andar a cavalo seria sua primeira atividade assim que a filha nascesse —, logo a levaria a passar das especulações na biblioteca de Divina Arriaga ao desejo de testar terrenos mais concretos, onde o sexo não existia mais em palavras, e sim na realidade, e como na opinião de Catalina ninguém poderia conhecer esse aspecto da realidade mais do que uma prostituta, Petulia entrou sorrateiramente em suas vidas.

Antes de praticar esse ofício, Petulia havia sido uma senhora que se entediava com seu velho marido, judeu por religião, joalheiro de profissão, com quem sua mãe a obrigara a se casar para colocá-la a salvo da necessidade. A mãe agira razoavelmente, considerando que boa parte de sua família havia perecido em um campo de concentração e nem mesmo sua chegada a Barranquilla, onde proliferavam em paz as colônias de estrangeiros, mudara sua convicção de que a qualquer momento os *goyim* poderiam enlouquecer e massacrar os judeus, acusando-os de comer as crianças cruas ou alguma outra aberração do tipo. Petulia não via as coisas da mesma maneira: do pai, grego indiferente aos problemas religiosos, em cujo barco de pesca passara os melhores anos da infância, herdara o gosto pela aventura e uma sexualidade exuberante que não se adaptava bem às lamúrias da mãe e ao cansaço do marido que a cobria de joias, mas raramente fazia amor com ela.

Durante anos, foi fiel a ele. Lina a observava atravessar a calçada de sua casa empurrando o carrinho de um menino e, mais tarde, quando o menino tinha idade suficiente para acompanhar o pai aos cultos religiosos, ela e Catalina, do jardim onde brincavam, olhavam com admiração para o passo ondulante daquela bela mulher, dourada como uma laranja madura, que, enfiada em vestidos de seda, vagava ao entardecer pelas ruas do Prado seguida de carros com os faróis apagados, quase furtivos, cujo silêncio expressava a ansiedade de seus motoristas. Certa tarde, aproximou-se delas, entrou no jardim e, balançando-se preguiçosamente no velho balanço, começou a lhes falar do cheiro de robalo recém-retirado da água, de umas ilhas com nomes estranhos e daquele pai tão forte que com uma mão a içava da escada a bordo de seu barco. Forte também seria seu primeiro amante, o italiano com quem fugiu, acreditando ingenuamente que ele iria se casar com ela, e pelo menos esse vigor, essa corpulência, teria seu último homem que Lina conheceu antes de deixar Barranquilla, um horrível caminhoneiro que obscenamente a estreitava contra o corpo sob as lâmpadas de um camarote de Carnaval enquanto Petulia, um pouco bêbada, com o rosto marcado por grande cansaço, indicava com um sorriso que ele não podia abraçá-la na frente de tanta gente, em memória de outros tempos, caso se lembrasse dela com carinho.

Havia algo em Petulia que Lina sempre achou respeitável: possuía atributos suficientes para encarnar em escala local a lenda perturbadora de dona Bárbara; poderia ter se tornado um mito — durante anos ela realmente foi, para seu pesar, entre os homens ricos da cidade que a disputavam e a exibiam como um troféu de caça —, mas a consistência de sua personalidade a tornava irredutível e, paradoxalmente, pelo orgulho de se manter fiel a si mesma, caiu na engrenagem da prostituição, rolando do Prado para Las Delicias, e depois para a minúscula casa do Bairro Abajo onde vivia quando Catalina a encontrou na sala de uma vidente. Mesmo que já então, em seu desprezo pelos homens, considerasse mais sensato distanciar-se deles, Petulia se comoveu com a desorientação de Catalina e resolveu imediatamente tomá-la sob sua proteção e ensiná-la a se defender, ou talvez, nas dobras de um desejo vingativo sombrio, revelar-lhe a realidade das relações amorosas, a fim de capacitá-la a enfrentá-las, evitando as armadilhas que a fizeram se perder. Ela não era culta, e sua linguagem carecia de matizes: Catalina não se importava com isso; ouvindo-a falar, comprovava que a ordem masculina havia disposto arbitrariamente o destino das mulheres, condenando uma parte delas à prostituição e outra, à frustração na castidade. Seu instinto, ou, como queira, uma espécie de habilidade tardia de distinguir os raros homens não marcados pelo medo da natureza, dispostos a aceitar sua sexualidade sem precauções, faria o resto no futuro. Imediatamente, e sempre seguindo as instruções de Petulia, ela se propôs a um único objetivo: descobrir para onde Álvaro Espinoza ia naquelas sextas-feiras em que desaparecia até de madrugada e voltava recendendo um hálito de álcool misturado com cheiro de sexo e perfumes baratos. Não bastava que ela o imaginasse na farra: queria vê-lo sair com seus próprios olhos daquela casinha pintada de amarelo em frente à qual seu Cadillac preto estava parado, enquanto ela, Lina, ao volante do carro do mais puritano de seus primos, a ouvia repetindo no escuro não só a lista completa de agravos que recebera desde seu casamento, mas também a possível explicação de cada um deles, em uma análise glacial, mas não isenta de ódio, como se fosse um aracnólogo examinando as características do escorpião cujo ferrão matara um filho seu e contemplando o animal imobilizado em sua bancada antes de realizar uma vivissecção; sua voz, de fato, tinha o tom impessoal do especialista, e suas íris, iluminadas de vez em quando pelo clarão de um fósforo, refletiam aquele verde furioso que o mar assume quando a tempestade se aproxima. Ela o odiava, sem dúvida, mas quando o viu aparecer na soleira da porta, cambaleando de braços dados com uma menina lamentável em seus saltos dourados e cabelos tingidos de vermelho, Catalina não fez o escândalo que Lina secretamente temia: ela apenas o encarou ferozmente, e seu rosto estava fixo em uma concentração implacável tentando, talvez, gravar para sempre em sua memória a imagem daquele homem bêbado, com a braguilha mal fechada, que titubeava procurando as chaves do carro no bolso. Era tudo o que ela queria: surpreendê-lo na miséria de sua intimidade; quando o Cadillac se afastou pela rua mal iluminada, ela simplesmente disse a Lina: "Agora podemos ir".

Nunca falou com Álvaro Espinoza sobre aquele episódio e, a partir daí, absteve-se de discutir suas opiniões: quer ele a insultasse ou a cobrisse de comentários sarcásticos, Catalina permanecia impassível, fora de seu alcance e ainda atenta ao seu monólogo, pescando aqui ou ali os lapsos, as mentiras ou hesitações que lhe permitiam, com a ajuda dos livros de Divina Arriaga, traçar o fio de seu raciocínio à maneira do cosmonauta de Kubrick que, ao desmontar as peças do computador assassino, ia descobrindo as diferentes etapas de sua programação até encontrá-lo aprendendo a balbuciar como uma criança.

O ódio, no entanto, a mantinha sujeita a ele. Também as convenções: graças ao seu casamento — e ao dinheiro discretamente passado pela criada de Divina Arriaga —, Catalina brilhava nos salões, convertida em uma rainha da moda e da elegância cuja presença ou ausência em uma festa era o principal motivo de inquietação da anfitriã. As mulheres que dois anos antes a haviam vaiado no Country buscavam sem reservas sua companhia e a incluíam em todas as associações religiosas ou cívicas que existiam na cidade, de modo que, vestindo uniformes de várias cores, com frequência era encontrada na rua à frente de senhoras obstinadas em vender bandeiras, distintivos ou ingressos aos transeuntes em nome de projetos altruístas e perfeitamente ineficazes. Em vez de servir de compensação, essa atividade mundana revelaria a longo prazo uma espécie de estratégia inconsciente com a qual Catalina conseguiria se libertar de suas inibições diante da sociedade de Barranquilla, descobrindo uma após a outra as facetas de um mundo percebido, a princípio opaco, depois ameaçador, e que agora, como esposa de Álvaro Espinoza e amiga secreta de Petulia, podia examinar minuciosamente, aprendendo a manipulá-lo. Seus primeiros sentimentos de espanto e indignação com o destino que lhe estava destinado como mulher haviam sido sucedidos por um egoísmo tranquilo e não desprovido de desprezo por aqueles que se adaptavam ou preferiam resignar-se, considerando friamente que qualquer empreendimento de transformação social estava além de seu alcance e que ela teria trabalho suficiente pondo-se a si mesma a salvo. Porque este seria seu verdadeiro objetivo durante anos: encontrar uma forma de escapar ao poder de Álvaro Espinoza demolindo sem piedade a imagem que ele tinha construído de si mesmo: uma fortaleza edificada a partir do interior e aparentemente impenetrável devido à ausência de ameias, frestas ou qualquer coisa semelhante a um orifício, mas que, deixada à observação paciente de Catalina, iria revelar sua vulnerabilidade, as fendas pelas quais poderia ser penetrada e ferida, mais mortalmente quanto maior fosse sua necessidade de se proteger e menor seu interesse pelo adversário a quem oprimia a ponto de fazê-lo sentir que, para se libertar, deveria demoli-la. Sentindo-o assim, percebendo paulatinamente por trás daquela carapaça de força uma terrível manifestação de angústia, Catalina aguardava sua hora com a tranquila certeza de ter a seu favor uma gama de cartas oferecidas pelo tempo, enquanto ele, que pontificava sobre os mistérios da alma, se regozijava em sua autoridade, certo de que havia subjugado uma criatura já consciente de sua própria inteligência e encerrada em um silêncio cuja persistência deveria, se não alarmá-lo, pelo menos fazê-lo intuir que uma mudança sutil, mas definitiva, havia ocorrido nela. O mutismo de Catalina, sustentado desde a madrugada em que surpreendeu Álvaro Espinoza saindo daquele bordel de paredes amarelas, longe de ser uma reação passageira de raiva ou desprezo, tornara-se o instrumento com que escapava à sagacidade do psiquiatra que só podia apreendê-la através das palavras. O resto, o que ele supunha ou imaginava sobre sua vida interior, eram simples especulações baseadas em teorias pelas quais Catalina deslizava zombeteiramente sem sentir a menor necessidade de procurar argumentos para refutá-las e, às vezes, em um jogo muito próximo da perversão, adotando o comportamento que permitia a Álvaro Espinoza defini-la através delas, isto é, integrá-la na estrutura intelectual que justificava não só sua autoconfiança, mas também seu curioso desprezo pelas mulheres: se Catalina se permitia propositalmente caprichos extravagantes, ele podia pensar satisfeito na imaturidade do caráter feminino; quando fingia enternecer-se diante da filha, comprovava como a maternidade servia de substituto para o tão ansiado falo e, claro, em sua recusa sistemática em fazer amor, ele acreditava ter descoberto a frigidez inerente ao seu sexo. Assim velada pelas aparências, Catalina forjava sua personalidade afiando em segredo as flechas que um dia cravaria nele. Tia Eloísa não parecia ter se enganado quando sentiu na filha de Divina Arriaga a possibilidade de evadir-se no tempo: o que outras mulheres levavam uma vida inteira para entender depois de um longo rosário de ilusões e decepções, ela aprendera em dois anos de casamento, descobrindo a medida exata das coisas e se preparando com calma para passar por aquele périplo de iniciação e provação que culminaria na morte de Álvaro Espinoza e em sua própria libertação, ambas prefiguradas assim que Catalina tomou consciência de que, enquanto sua feminilidade fosse negada, ela nunca seria capaz de reivindicar qualquer dignidade.

Aconteceu certo dia na bela biblioteca de Divina Arriaga sobre a qual Álvaro Espinoza nada sabia: um lampejo de ideia, uma associação fortuita ou a combinação certa de algumas frases pôs em marcha o mecanismo mental que lhe permitiria desafiar a lei de seu marido com o primeiro amante, escolhido paradoxalmente não com base em cálculos frios, mas em uma emoção repentina, cuja única relação com o raciocínio original era que, de qualquer forma, este deveria ter sido formulado de antemão. Mas ela não refletiu nem mediu as consequências de seu ato, assim como em nenhum momento tentou evitar seu fascínio por aquele índio de olhos dourados que tinha saído para encontrá-las no aeroporto de Montería e, como forma de cumprimento, limitara-se a observar com um brilho zombeteiro nos olhos o traje das mulheres de Barranquilla atoladas em seus vestidos encorpados por crinolinas junto à escada do avião, hesitando entre voltar imediatamente para trás ou enfrentar o hálito feroz de um lugar abandonado pela clemência divina, onde a umidade escorria do ar como uma névoa espessa, quase tangível, e os homens nunca haviam tentado pôr sobre seus corpos roupas além daquelas estritamente necessárias para cobrir sua nudez, exceto o chapéu *vueltiao* que ele não usava e as sandálias de couro que ele calçava em seus pés muito grandes e fortes, bronzeados pelo sol, não como sinal de deferência para com elas, Lina saberia depois, mas porque sempre os usava quando ia à cidade, geralmente preferindo andar descalço, como descalço e sem estribos montava o cavalo mais soberbo da propriedade de sua tia, um alazão cujos músculos e corpulência ele mesmo desenvolvera com muito treino, falando baixinho com ele em uma língua desconhecida enquanto o exercitava nos rodeios e levava-o para galopar de madrugada pelas pastagens repletas de sereno. Tampouco as sandálias indicavam qualquer submissão às convenções da cidade, mas ele as usava com o propósito declarado de não se contaminar, manifestando assim seu desprezo pelo símbolo mais vistoso da civilização do homem branco, que havia destruído sua raça enchendo-a de doenças trazidas de outros mundos, e pelos sobreviventes, com conceitos aberrantes destinados a envergonhá-los de si mesmos, rompendo em pedaços sua identidade. Eles, seus antepassados, haviam matado e saqueado, conquistado e defendido suas terras em combates implacáveis, mas nunca ousaram imaginar a propriedade individual: já era um enorme crime roubar a substância da terra e, para apaziguá-la, deviam realizar cerimônias precisas, às quais haviam tentado se conformar às cegas, buscando manter um equilíbrio na ordem natural da vida até se equivocar e, como castigo, ver aparecer um dia entre os pastos homens cuja pele exalava o cheiro da morte, que semeavam a morte e para a morte procriavam, já que sua lei secretava inevitavelmente a discórdia. E assim haviam sido derrotados, derrotados, mas não vencidos enquanto uma de suas raças permanecia viva, seu avô lhe explicara com a mesma convicção serena com que uma de suas irmãs contaria a Lina.

Porque ele não falava, a não ser para dar ordens aos peões da fazenda na qualidade de capataz. Ele vivia mais além do rio, nas montanhas, e vinha até a casa depois de ter montado seu alazão para tomar café da manhã na companhia de sua tia e explicar a ela os problemas relacionados à gestão da propriedade. Avançava pelo corredor com um passo seguro e furtivo, sem mover o ar, e sentava-se à mesa erguendo a cabeça de pele acobreada, queimada por muitos sóis, em um gesto de indiferença intratável e invencível. Não emitia nenhum som; devorava lentamente os vários pratos preparados pensando em seu grande apetite felino, as bananas verdes, as mandiocas fritas, pedaços de carne, as arepas de queijo, que sua tia só provava por cortesia para com ele, ainda maravilhada por ter conseguido conservar o melhor capataz da região, o índio que os animais amavam e os homens temiam e cujos assobios ressoavam na solidão da savana guiando um bezerro perdido ou um cavalo agitado; o feiticeiro de olhos calmos e criminosos que corria à noite seguido de um puma tão elástico quanto ele, realizando rituais de cerimônias vindas de um tempo muito distante e morto; feiticeiro já desde criança, quando seu avô o fazia correr descalço junto aos domadores, mais rápido do que eles, mais rápido em busca do cervo cujo rastro os cães às vezes perdiam, mas nunca ele, pisando levemente entre colinas pedregosas e águas lamacentas enquanto a matilha envergonhada o perseguia sem outro cheiro nas narinas que não a emanação seca de seu corpo insensível ao cansaço; ainda era um menino no dia em que sua lenda começou a se formar na praça de Cereté, onde um padre histérico que viera do interior como o primeiro arauto da violência incitava seus paroquianos a atacar os liberais da região, e ele apareceu lá na companhia de um ex-líder do Partido Liberal que costumava caçar com seu avô. Os dois, o homem já grisalho e furioso, e o menino, talvez pequeno demais para seus doze anos, armado com um chicote, mas sem deixar transparecer qualquer emoção naquele rosto em que a única coisa que o sol não queimara eram os olhos, sem olhar para nada, sem olhar para ninguém, como se estivesse absorto; até que o homem disse: "Vá". Essa foi a última coisa que se ouviu na praça, enfim, o último som articulado, porque, como o estalo do chicote, os gritos do padre não tinham nada de humano.

A partir daí, começaram a ter medo dele. Mesmo que nunca procurasse uma luta e permanecesse indiferente ao que se passava ao seu redor, as pessoas preferiam evitar seu olhar amarelo, não desafiador, nem mesmo insolente, que, ao pousar sobre um homem parecia calcular em um instante a maneira precisa de matá-lo antes de se afastar preguiçosamente para a imensidão da savana como se atraído por miragens cuja visão só ele podia contemplar. Aquela paisagem de arbustos imóveis sob um ar de calor vitrificado era o mundo que ele conhecera desde a infância, aprendendo a orientar-se entre pedras e árvores para muito além do rio, onde a savana perdia o aspecto de um mar infinito de grama e a selva surgia, hirsuta e fatídica, em um anacronismo de chuvas eternas. Ele podia andar por todo aquele espaço de olhos vendados. Aliás, era assim todas as noites, quando corria pelos pastos em busca de mulheres que cortejava em diferentes casas da região. E durante os anos da Violência, à frente de um bando de escravos foragidos, semeou o pânico entre as patrulhas que passavam ao cruzarem uma linha por ele estabelecida, imaginária e completamente arbitrária, como os soldadinhos apavorados descobriam quando viam seus oficiais caírem no chão, a garganta atravessada por uma faca saída ninguém sabia de onde, ou uma bala cujo disparo nenhum deles se lembrava de ter ouvido quando, no regresso ao acampamento, encharcados de suor, seus rostos cobertos de infames picadas de mosquito, seus tímpanos exasperados pelo zumbido incessante das cigarras, tinham de explicar como haviam perdido seus superiores sem ter encontrado a sombra de um homem na solidão angustiante da savana. Era coisa de assombração, diziam, amaldiçoando no íntimo seu destino, o do exército e até o do Partido Conservador, enquanto a aparição começava a figurar nas canções sussurradas nos pastos e as autoridades perdiam seu tempo prendendo camponeses que, em vez de dar uma pista sobre o índio de olhos dourados, preferiam ser esfolados vivos, não só para evitar a má hora depois, mas também porque estavam convencidos da absoluta nulidade daqueles militares empenhados em prender um diabo no seu próprio inferno.

 Partidos os proprietários, foragidos os negros, ele foi visto novamente na região justo no momento em que o marido estrangeiro da tia de Lina cometera a irresponsabilidade de morrer, deixando para trás vinte e oito descendentes naturais, todos conservadores declarados para melhor se identificarem com o pai, briguentos e valentões diante de uma pobre mulher a quem dez anos de casamento e o nascimento de cinco filhas haviam dado um ar de figurinha de papel, mas que, quando ficou viúva, foi obrigada a tirar de si, se não a força, pelo menos a habilidade necessária para conquistar para sua causa o capataz mais belicoso da região, neutralizando de uma só vez todas as tramas impiedosas de sua ruína, mesmo que esse índio lhe custasse seu preço em ouro, exigindo dela como salário um terço dos lucros de cada mês. Dinheiro que ele gastava ajudando seus parentes e na aquisição das terras nos arredores de sua própria fazenda, uma espécie de refúgio de animais onde, além do lendário puma, viviam todos os tipos de macacos, felinos e répteis cativados por seu magnetismo, aos quais costumava se dirigir na mesma língua usada quando falava com seu alazão, com uma entonação muito suave e calma na voz, olhando-os diretamente nos olhos enquanto suas mãos traçavam no ar movimentos leves, aparentemente destinados a acalmar o medo do animal até que ele ficasse fascinado, as pupilas dilatando-se e contraindo-se como se perdidas em uma vertigem de prazer.

No fundo de sua alma, a tia de Lina acreditava que feitiçaria semelhante havia sido exercida sobre Catalina, mas uma curiosa apreensão diante dos jogos do destino a impedia de encurtar sob qualquer pretexto sua estadia na fazenda: era justamente ali que o fantasma do cavalo usado há muitos anos pelo namorado de dona Clotilde del Real como instrumento de sua morte podia ser mais ouvido, e era o próprio avô desse homem que o havia vendido ao pai de Cristian depois de capturá-lo com sua mistura de ervas mágicas, criando assim as condições para que um descendente seu, um índio de inexplicáveis olhos dourados, se juntasse à filha de Divina Arriaga na realização de desígnios inacessíveis à compreensão humana.

Superstição ou experiência, sua tia afirmava ter pressentido esse amor assim que os viu sair do jipe no qual havia ido buscá-las no aeroporto. Ele, sedutor inveterado de cujos ardores falavam as canções que aconselhavam noivos e maridos a esconder a amada em sua presença, nunca havia encontrado uma mulher mais bela e excitante por sua sensualidade dissidente, forte, como outrora a de sua mãe, capaz de galopar por horas a seu lado sem mostrar nenhum sinal de cansaço, exceto o rosa luxuriante que subia ao seu rosto sob o resplendor das íris verdes. Para manter um pouco as aparências, sua tia exigia que ela, Lina, os acompanhasse em suas cavalgadas infernais até que ela se dobrasse de exaustão no cavalo, os pulmões agoniados pelo pó e desejando a banheira da fazenda com suas imponentes torneiras de ouro maciço e aquela água trazida do rio por uma leva de criadas, viscosa, com um cheiro incerto e escondendo pequenos sapos que de repente saltavam em seu joelho. A banheira ou passar o dia perseguindo as moscas em uma rede, Lina diria à tia rotundamente certa tarde, tudo menos seguir dois ginetes que pareciam conhecer as mais sofisticadas artes da equitação, exceto a muito simples de fazer seus animais marcharem devagar.

O amor os tornara excessivos, imprudentes. À noite, quando os trabalhadores se reuniam para conversar no pátio da casa, ele aparecia de repente e as vozes morriam, permitindo ouvir os ruídos da savana enquanto seus olhos cintilavam como topázio suspensos na escuridão. Que ele vinha buscar Catalina era sabido por todos na fazenda, desde a tia de Lina até o último de seus empregados, que estavam acostumados a imaginá-lo correndo pelos pastos, seguido ou precedido por seu inquietante puma, para cortejar alguma mulher da vizinhança ou para realizar as cerimônias pagãs que seu avô lhe confiara. Mas ninguém dizia nada. Na sala, Lina ouvia o silêncio deixado pela ausência de risos e vozes, via Catalina levantar-se a pretexto de um súbito desejo de dormir e, mais tarde, quando já estava na cama, a tia perguntava-lhe prudentemente do corredor se estava bem, ao que ela respondia afirmativamente olhando para a cama vazia sob o mosquiteiro e para a janela por onde uma sombra deslizaria ao amanhecer. Esse seria o amor mais autêntico de Catalina, o único, ela confidenciaria a Lina certa vez, contra o qual não tinha necessidade de se proteger, podendo ir ao fundo de si mesma sem medo de se magoar ou se decepcionar pois o homem que a amava conhecia instintivamente seu desejo e nenhuma reserva o impedia de satisfazê-lo. Ele vivia demasiado perto da terra para se recolher diante da sexualidade, criado por um avô irredutível, encarnação da antiga raça selvagem, que o ensinara não tanto a defender-se da natureza, mas a integrar-se nela, condensando em seu espírito — onde não havia nada de frenético, mas apenas a decisão tranquila de enfrentar qualquer coisa — uma energia associada à sua total adaptação aos ritmos da vida ou ao conhecimento de seu lugar exato no universo. Catalina era uma mulher, talvez a mais bela que lhe seria dado possuir, mas ele mal lhe pedia o que ela ansiava entregar-lhe, algo indefinível, anterior a qualquer forma de reflexão, que se agitava obscuramente em seu corpo e só podia se expressar com um homem. E ele a esperava ali, naquela enorme savana onde seus cavalos galopavam livremente sem encontrar qualquer limite no horizonte, sob aquele sol inclemente do qual ambos pareciam ter nascido, indomáveis e ferozes em sua vontade de respirar a vida a plenos pulmões. Uma vez que os dias de seu desejo eram breves, eles se buscavam com as febres dos amantes condenados; de dia e de noite, nos esconderijos que ele descobrira quando criança, ou nas dobras ásperas da rede pendurada em seu rancho, tentavam aproveitar cada momento de uma paixão percebida desde o início como cerrada a todas as formas de esperança. Recusando-se a tomar precauções, Catalina se irritava diante da menor contrariedade. Seu amor não tinha outro objetivo senão existir em si mesmo, ou talvez, sem que ela soubesse, conceber a menina da qual engravidaria justamente quando não era mais possível prolongar sua permanência na fazenda com o homem cuja memória marcaria sua vida por anos, forçando-a a buscar em outros homens, ansiosamente, talvez inutilmente, a mesma plenitude que ele soube dar-lhe. Mas o desígnio, se havia um desígnio, estava aparentemente cumprido: Aurora, idêntica a Catalina, marcada, como Divina Arriaga, pelo signo do qual viria sua sorte ou seu infortúnio, conforme soubesse ou não impor ao mundo o ultraje secreto da sua beleza. Seus olhos não eram verdes, mas dourados, e quando Lina saiu de Barranquilla ainda tinha a expressão cândida de um gatinho; depois soube que tinha seguido Catalina para Nova York, onde terminara sociologia e antropologia ao mesmo tempo com excelentes notas, como se o espírito de Divina Arriaga tivesse se prolongado nela, aquela curiosidade que a induziu a estudar os autores clássicos e a percorrer os caminhos seguidos pelos exércitos dos grandes conquistadores cuja ambição, embora entendesse, certamente desprezava, na companhia da antropóloga que morreu de tanto amá-la, ignorando, ao sofrer um infarto nas arenas férvidas de um deserto africano, que a neta da menina de beleza hierática, semelhante em seu porte à estátua de uma deusa antiga, iria aprender sua ciência lendo seus próprios livros em uma universidade americana. Lina descobriu quando, a seu pedido, Catalina lhe enviou de Nova York o programa de estudos de Aurora e a lista de autores recomendados. E fez esse pedido para se certificar mais uma vez de que o acaso das coisas sempre a remetia a Divina Arriaga, como se o fato de tê-la conhecido implicasse a impossibilidade de esquecê-la ou de escapar à sua influência como um fantasma irônico, mas obstinado, arranhando de leve as portas dos mundos que secretamente procurava. Seu nome foi o fio condutor do cérebro enlouquecido do homem que mais iria modificar sua percepção da vida, um poeta inglês radicado em Maiorca a quem certa noite de verão perguntou como ela era, a Divina Arriaga que encontrara na juventude, e ouviu-o gaguejar *"she was, she was"*, calando-se angustiado pela dificuldade de definir a beleza absoluta, de repente erguendo os olhos com uma expressão de renovado espanto: *"like that"*, murmuraria, apontando para o céu cravejado de estrelas.

Já distante estava então para Lina o escritório do pai na rua San Blas, sob o retrato solene do antepassado judeu e o ventilador queixando-se de não poder deslocar o ar irredutível daquela tarde de setembro em que lhe foi revelada a existência da fortuna de Divina Arriaga, e ela teve um primeiro vislumbre da mudança que iria acontecer em seu destino. Foi um dia de irrealidade, de regresso às impressões de uma infância povoada de contos em que fadas e bruxos escandalosamente introduziam a ilusão. Ela já havia se surpreendido ao encontrar, quando acordou, um papel de seu pai convidando-a a ir até seu escritório, cerimoniosamente, como se se dirigisse a um de seus clientes, e ficou ainda mais espantada quando notou o ar circunspecto com que ele fez sinal para que ela se sentasse à sua frente antes de tirar um velho documento da gaveta de sua mesa e perguntar-lhe, não sem ceticismo, se alguma vez ouvira os nomes de Utrillo, Degas, Picasso e Modigliani, e, se sim, se tinha alguma ideia da atividade a que esses senhores se dedicaram. Lina teria brincado se não percebesse uma sombra de gravidade nos olhos minúsculos do pai que a deixou em guarda. Então ela soube: soube que, depois de ter morrido dez meses antes, sua criada com feições meio asiáticas desaparecida em algum lugar do planeta com a biblioteca que ela lhe deixara, sua casa no Prado constituída como único bem do testamento, Divina Arriaga, àquela hora precisa, punha em movimento as engrenagens destinadas a transmitir sua fortuna integral para Catalina. Todos os detalhes haviam sido previstos: seu pai era um simples executor, o peão que manteria o jogo, ela, Lina, o primeiro cavalo deslocado com o objetivo de iniciar uma ofensiva implacável cuja lógica era reduzir a pó Álvaro Espinoza ou qualquer outra pessoa que ousasse se casar com sua filha. Em outras partes do mundo, em

Londres, Paris e Nova York, vários homens se movimentavam silenciosamente seguindo instruções ditadas vinte anos antes, banqueiros e advogados que mantinham uma enigmática correspondência com o pai de Lina, donos de galerias de arte a quem Divina Arriaga sugerira esperar essa data para ver aparecerem no mercado mais de duas centenas de obras de grandes mestres, antiquários que às vezes, de pai para filho, haviam passado adiante o segredo de magníficos objetos espalhados em bancos e cofres até que sua herdeira tivesse aprendido a tomar a vida a pulso. Divina Arriaga calculara o tempo com relativa precisão: Catalina já era uma mulher adulta, talvez dura demais, mas insensível às miragens que a sociedade poderia suscitar para enganá-la; ideologias, sentimentos e lugares-comuns morriam passando pelo filtro de sua lucidez sem que o fato de viver na ausência de qualquer sonho parecesse preocupá-la demais: Deus não existia e o mundo podia ser absurdo, mas bastava que ela lutasse por sua própria causa. Diante dos argumentos de Lina, que, incapaz de entender como tal ceticismo árido se aliava à mais inflexível combatividade, insistia em convencê-la de que, em seu caso, a esperança existia na forma de libertação individual, Catalina se limitava a sorrir. Na adolescência, era Lina quem introduzia temas de reflexão em suas conversas; depois os papéis tenderam a se inverter: de Catalina vieram as perguntas prementes e o desejo imperativo de explorar cada questão até que ela fosse reduzida à sua verdade, ou ao que poderia ser conhecido de sua verdade. Tinham sido como dois foguetes programados juntos para chegar a um ponto a partir do qual um deles tinha de ganhar impulso e voar para longe, em espaços onde o outro nunca poderia segui-lo. Lina sentira o abalo da decolagem e por um tempo assistira espantada enquanto Catalina raciocinava rapidamente como um computador, com o rosto tenso de concentração, um pouco irritada por seus comentários que talvez lhe parecessem risíveis. Então ela aprendeu a ficar quieta, secretamente orgulhosa de ter como amiga uma mulher de inteligência excepcional. Pelo menos era assim que sempre pensava, enquanto viveu em Barranquilla e, mais tarde, em Paris, recebendo aquelas cartas em que Catalina lhe dava instruções astutas para vender um quadro ou abordar um cliente, mesmo quando ela era vítima de sua ironia, como aconteceu da última vez que se viram e conversaram sentadas na esplanada de um café, ela, Lina, expressando sua indignação crônica com os desatinos do mundo, Catalina silenciosa, ouvindo-a falar com a condescendência de quem ouve o eco de um delírio, até que, cansada, consultou seu relógio e lhe disse como uma despedida: "Há algo irremediavelmente ingênuo em você, Lina". E Lina, atordoada, pensou de novo que, embora não a entendesse, ela devia ser muito inteligente.

Assim, o projeto de Divina Arriaga seria realizado sem contratempos; alguns anos antes e sua filha, por orgulho ou impetuosidade, teria revelado a Álvaro Espinoza a existência daquela fortuna que lhe permitiria apoderar-se dela; alguns anos depois, para Catalina talvez fosse impossível encontrar energia para começar uma nova vida fazendo tábula rasa do passado. Mas, no momento de receber a herança de Divina Arriaga, manteve intacto seu dinamismo e possuía uma capacidade quase diabólica de cálculo, por força da frieza e da reflexão. Da jovem diáfana que todos os anos encarnava Santa Joana de Lestonnac na sessão solene do colégio restava muito pouco, a fidelidade às suas amigas e uma certa forma de pureza representada por sua vontade de assumir-se completamente, sem nunca mentir para si mesma. Isso era tudo; conhecia muito bem a marionete que, por trás de cada pessoa, contraía o ressentimento ou abalava o orgulho para se abster de usá-la para seus próprios interesses, tanto mais que sua luta incessante contra Álvaro Espinoza a fazia por extensão considerar o mundo como um imenso campo de batalha onde apenas os melhores e mais fortes prevaleciam. Na verdade, era difícil imaginar que ela concebesse as relações humanas de forma diferente, ela que dia após dia tinha de enfrentar a exaltada agressividade de um homem determinado a quebrar suas defesas para recuperar uma predominância cuja perda ele se recusava a admitir e, na fúria da impotência, procurava cegamente atingi-la com insultos transformados pela ação da inércia e pelo passar dos anos em um monólogo reduzido a palavras carregadas de ódio, mas desprovidas de eficácia. Álvaro Espinoza tornara-se também vítima da situação que ele próprio criara: suas ambições pessoais, expressas através de uma carreira política que coroou sua breve nomeação como governador, e um fantástico projeto de conciliar a teoria psicanalítica e a doutrina católica em um livro do qual não escreveu nem a primeira página, acabaram agonizando no braseiro de sua fúria para com Catalina, como se sua possibilidade de transcender-se tivesse sido anulada pelo que, no final, se reduzia a um simples problema conjugal ao qual sua própria neurose havia conferido proporções desmedidas. Ele cometera a imprudência de justificar seu poder pelo domínio que a sociedade lhe permitia exercer sobre a esposa e a partir do qual se afirmava no mundo, submetendo sem contemplações qualquer pessoa que as circunstâncias punham sob sua autoridade. E eis que essa esposa-criança inventara sub-repticiamente um sistema perverso para se rebelar, deixando-o diante de uma alternativa cujas duas soluções levavam ao escândalo social onde sua ambição morria: ou aceitava uma separação, reconhecendo implicitamente que fora durante anos o marido enganado que as más línguas murmuravam, ou continuava a fingir levar uma vida conjugal harmoniosa, com as vantagens que isso implicava para sua carreira e seu orgulho em se exibir com a mulher mais bonita da cidade. O charme de Catalina tinha sido usado ao máximo em suas campanhas políticas, como nas festas oferecidas em homenagem aos líderes conservadores que vinham do interior. Ela sabia receber, seduzir, ser brilhante e ao mesmo tempo reservada, animar um diálogo ou apaziguar uma discussão. Era a companheira perfeita, embora o impedisse de atravessar a porta de seu quarto e levasse uma vida oculta de cuja existência ele suspeitava sem ousar reconhecer. Nesse confronto constante com a mentira que viver ao seu lado lhe impunha, sua autoconfiança começara a ser perdida: ele já não olhava para o ponto cego entre as sobrancelhas de seu interlocutor para desconcertá-lo nem demonstrava insolentemente seu desprezo por opiniões que contradiziam as suas; seus olhos haviam se tornado fugazes, sua necessidade de uísque havia aumentado, mas ele continuava a atacar Catalina mesmo que seus insultos caíssem no vazio e, para humilhá-la, ele usasse seu poder sobre o dinheiro, forçando-a a discutir com ele centavo após centavo em cenas lamentáveis através das quais seu ressentimento era expresso. Catalina as acolhia com um cinismo imperturbável. Se no início tinha vergonha de se ver regateando os meios necessários ao padrão de vida que ele mesmo exigia, os anos a ensinaram a empregar todo tipo de estratagema destinado a enganá-lo, desde esvaziar seus bolsos quando ele voltava bêbado nas primeiras horas da manhã dos bordéis onde poderia ter sido roubado até conseguir que comerciantes compreensivos faturassem duas ou três vezes o preço de um produto. A fortuna de Divina Arriaga, então, vinha romper o último laço com o qual ele a sujeitava.

Romperia também, e definitivamente, todo contato entre Divina Arriaga e a cidade, já que Aurora, a neta em cujo espírito parecia ter transmigrado, iria embora de Barranquilla e não regressaria jamais. Lina teve notícias suas enquanto serviu de agente de Catalina na Europa; ficou sabendo de seus estudos e viagens, leu seu trabalho de graduação, certa vez ouviu seu nome sendo mencionado por pessoas que frequentavam os círculos da alta sociedade cosmopolita. Mas nunca a encontrou quando adulta e em vão tentava representá-la. Veria por fim sua fotografia quando já estava doente, antes de morrer: saindo do metrô em um chuvoso dia de outono, foi surpreendida pelo rosto que a mirava da luxuosa capa de uma revista; durante um segundo acreditou estar diante da imagem de Divina Arriaga, de sua beleza indescritível; depois, entre a bruma da febre e sorrindo pela primeira vez depois de muito tempo, descobriu que nos olhos amarelos daquele retrato brilhava um resplendor assassino, assassino e tranquilo.

V.

Certamente houvera um paraíso, dizia às vezes tia Eloísa imperturbável em sua poltrona de veludo azul-turquesa, sem que Lina soubesse muito bem se seu comentário resumia um reflexo ou um sonho, pois sempre acontecia em um daqueles silêncios em que ela se isolava à noite, quando suas irmãs partiam e os ventiladores traziam a fragrância de essências moribundas para a sala de estar. Um Éden lembrado com nostalgia, insistia, sorrindo para Lina ao notar sua perplexidade, cuja existência não deveria ser buscada no espaço, mas nos tempos de uma consciência antiga que ainda não distinguia o eu da unidade. Talvez então a dor e o medo fossem compartilhados, o amor por si mesmo se estendesse aos outros, o fim de alguém fosse ressentido como morte pelos outros. Não mais animais, nem ainda homens, os seres onde essa consciência pulsava se moviam sem saber em busca de um conhecimento que lhes desse o predomínio sobre a terra, mas também a solidão. E a diferença. E as alienações necessárias para que, em função de qualquer hierarquia, uns mandassem e outros obedecessem. Naquela época, os homens haviam sido desafortunados: não só por causa da saudade cega de um passado tão perdido que se tornaria uma lenda, mas também porque, ao alcançarem esse nível de inteligência, entravam na terrível contradição de indivíduos livres, capazes de pensar sua liberdade, mas obrigados a se submeter à vontade alheia, sempre vacilando entre o orgulho de se rebelar graças à sua lucidez e a negligência de se extraviar na vertigem da alienação. Esforçaram-se muito para encontrar uma saída para esse conflito, inventando formas de sociedade em que o exercício do poder se concentrava ou se diluía de acordo com necessidades momentâneas como um último fulgor da sabedoria primitiva, até finalmente desembocar naquele patriarcado onde se cristalizava a patologia específica do homem que, esquecendo sua condição de mortal, corria atrás de honrarias ilusórias, semeando dor e miséria em seu rastro. Era assim que tia Eloísa falava algumas vezes, dirigindo-se apenas a Lina, no silêncio daquele casarão cercado de ceibas e envolto na penumbra, onde o brilho de budas, cofres e tocheiras se refletia nas íris azuis de seus gatos birmaneses.

Outro era seu discurso quando discutia com suas irmãs, não mais da maldição que os homens haviam lançado sobre toda a humanidade, ameaçando extingui-la nos fogos demenciais do suicídio coletivo, mas das mulheres, cuja resignação mergulhava tia Eloísa em uma espécie de espanto consternado que suas irmãs compartilhavam em maior ou menor grau, analisando minuciosamente, com suas vozes suaves, como os adejos de pássaros minúsculos, o processo eventual pelo qual a opressão havia se estabelecido primeiro e depois se consolidado por meio de uma moral destinada a justificá-la. Mas se para todas elas a libertação entrava sem nenhuma dúvida em conflito com os princípios do sistema masculino, tia Eloísa era a única a afirmar que apenas uma luta implacável poderia fazer frente à ferocidade de sua violência. E nesse combate, havia naturalmente um vencedor e um vencido.

Suas irmãs achavam divertido ouvir tia Eloísa falar com tanta convicção da luta entre os sexos, quando, diziam, ela havia sido amada sem reservas por homens que fizeram parte de sua vida. Dela, no entanto, estavam acostumadas a esperar as reações mais insólitas. Para começar, contavam a Lina, ela não havia nascido como todo mundo, mas cinco meses depois de sua concepção, saindo do ventre da mãe sem lhe causar dor alguma, como uma bonequinha já formada, mas tão pequena que cabia na palma de sua mão. Felizmente, a mãe teve a brilhante ideia de envolvê-la em algodão e mantê-la sob seu peito — de modo a permitir que ela ouvisse seus batimentos cardíacos — usando uma espécie de bolsa a tiracolo que ela levaria junto ao peito por quatro meses. Várias cabras, trazidas às pressas para o quintal da casa, eram ordenhadas de tal forma que o bebê recebia uma gota de leite dia e noite a cada hora. E para que a mãe pudesse dormir, as irmãs mais velhas se revezavam na delicada operação de abrir sua blusa, procurar a minúscula tia Eloísa e fazê-la beber aquela gota da qual dependia sua vida. Lina ouvia sua avó contar como, às vezes, reparara apavorada que o bebê, ainda incapaz de chupar, a observava com os olhos cinzentos bem abertos do fundo de seu ninho de algodão; não chorava, dizia, nem fazia barulho, apenas olhava intensamente ao redor toda vez que era alimentada. Mais tarde, e ao longo de dez anos, manteria a mesma atitude: reparar em tudo porque obedecia às instruções da mãe — se não a incomodassem muito — e seguia disciplinadamente os cursos ministrados por professores particulares às irmãs e primas que tinham mais ou menos sua idade, ou seja, fazia exercícios de gramática, resolvia problemas aritméticos e respondia por escrito de forma correta às perguntas que lhe faziam. Mas sempre mantendo o mais teimoso dos silêncios.

 Assim podiam ter continuado as coisas se uma parenta distante de Mompós não tivesse vindo à casa um dia, acompanhada de seu filho de quinze anos, um rapaz bonito e tímido, a quem os maus conselhos de um padre incutiram na cabeça a ideia de se tornar sacerdote. Era domingo, e estavam todas reunidos no terraço do pátio: as mais velhas, o menino que não ousava levantar os olhos do chão, tia Eloísa muito bonita, com seus cachos dourados e seu amplo vestido de organdi, olhando-o avidamente de sua cadeira de balanço de vime como um filhote vislumbraria um prato de leite. Quando a parenta terminou de contar seus pesares, e em meio aos murmúrios tristes daquela assembleia de mulheres reunidas para se sustentar na adversidade, de repente ouviu-se a voz de tia Eloísa dizendo: "Que desperdício". O espanto imobilizou instantaneamente cadeiras de balanço, agulhas e mãos que se esticavam para pegar copos de sucos ou doces de gergelim de uma mesa: então a mimada, aquela que era favorecida em todas as casas recebendo carícias e presentes, sempre sentada nas pernas de alguma tia, sempre recebendo as melhores guloseimas por conta de sua mudez, falava. E não só falava com uma vozinha zombeteira e determinada, como resumia em duas palavras os sentimentos partilhados pelas mulheres ali presentes, o que permitia supor uma precocidade muito avançada.

A partir daí, começou a vida amorosa de tia Eloísa, pois o rapaz, fascinado, desistiu de seus projetos sombrios e dois anos depois se casaria com ela. Mas, como todos os homens que de uma forma ou de outra entraram na família, morreu em plena juventude, deixando suas quatro filhas e um negócio de exportações que a levou a viajar para todos os lugares, ganhando muito dinheiro e tendo muitos amantes. Ela não poderia, pois, na opinião de suas irmãs, recriminar em nada um sistema cujas engrenagens ela havia controlado sempre, mantendo-se, graças à sua fortuna e inteligência, afastada da condição feminina e seu cortejo de pesares; além disso, tia Eloísa era elitista, tanto que considerava a existência do homem um erro da natureza e até se podia pensar que em seu coração lamentava a ausência de patogênese no ramo dos mamíferos superiores do qual a humanidade havia surgido. Só Lina, que em vez de discutir com ela a escutava, acreditava perceber em sua ironia uma profunda convicção moral da qual não falava por pudor e, talvez, por julgar irrisório sugerir um modo de vida cuja aplicação implicava mutações comparáveis àquelas que haviam permitido o surgimento da consciência. No fundo, tia Eloísa nunca deixou de ser a criança que durante dez anos observou o mundo em silêncio, com atenção. E se sugeriu algo de suas ideias a Lina, foi, entre outras coisas, com o propósito de integrá-la nos projetos de Divina Arriaga, que antes de chegar doente a Barranquilla decidira dar à filha os meios para lhe abrir as asas e voar muito longe.

Porque Lina estava destinada a apoiar incondicionalmente Catalina, abstendo-se de julgar seus atos em nome de qualquer princípio; destinada, também, a servir-lhe de explorador assim que seu pai lhe contou sobre a herança, dizendo-lhe para protegê-la de todos os vigaristas, charlatães e ladrões do mercado de arte, o que significava nada mais nada menos do que todas as pessoas que, de longe ou de perto, traficavam arte: ela, que tinha apenas alguns estudos em economia e nenhuma experiência, seria de súbito projetada no mundo da fraude absoluta, onde cada movimento tinha de ser calculado como se move uma peça de xadrez e exercitado mantendo o controle que um jogador de pôquer exerce sobre si mesmo. Ao enfrentar a perfídia, perderia mais de uma ilusão, mas aos poucos ganharia seus distintivos no difícil aprendizado da paciência. E enquanto viajava repetidamente aos Estados Unidos para estimar o justo valor de um quadro ou o nível de retidão moral de um cliente, Catalina punha em prática o plano destinado a libertá-la de Álvaro Espinoza, criando uma espécie de peça de teatro em que os diferentes protagonistas não sabiam que estavam atuando diante de um único espectador, que, por sua vez, não podia estabelecer qualquer relação entre eles ou imaginar o objeto perseguido através de suas aparências inesperadas, pois nada sabia das intenções de Catalina, daquela inteligência tenaz que durante anos havia aplicado para observá-lo até alcançar a compreensão mais completa de seus medos e desejos. A arrogância seria seu calcanhar de aquiles. Se tivesse lhe vindo à mente, por exemplo, a ideia de associar o revólver que Catalina comprara a pretexto de um medo súbito de ladrões, com a presença de Henk, seu detestado irmão de leite na cidade, ele a teria rejeitado imediatamente, não só por considerar tal premeditação impossível em uma mulher, mas também pelas dúvidas que provocaria sobre sua própria saúde mental: isso, em seu jargão, se chamava paranoia, e nada horrorizava mais Álvaro Espinoza do que a loucura. Também não suspeitaria da tentadora garrafa de uísque colocada sobre uma mesinha na sala ao lado de um copo sempre disponível, dia e noite, por mais álcool que fosse ingerido, mesmo que em seu desespero às vezes o espatifasse contra a parede; outra garrafa viria para substituí-la assim que a empregada terminasse de recolher os cacos e, de qualquer forma, as caixas de uísque se empilhavam em armários e aparadores. Pensava reinar nos bordéis, sem saber que também ali o olhar de Catalina o seguia, imperturbável e à espreita, desde que descobrira as vantagens de uma posição de vigia em um lugar onde os homens se revelavam como eram, acreditando-se a salvo de qualquer indiscrição, pois o vício compartilhado assegurava a solidariedade, e as mulheres utilizadas lhes inspiravam menos temor que um animal doméstico. Através de Petulia, sua amiga de longa data, Catalina observara assim a evolução de Álvaro Espinoza: sua promiscuidade inicial se transformara em relações mais ou menos duradouras com garotas do interior do país encontradas em prostíbulos, que ele transformava em amantes pagando-lhes o aluguel de um minúsculo apartamento e as necessidades básicas para sobreviver. Quando a menina, cansada de sua mesquinhez, começava a dar sinais de querer deixá-lo, Catalina lhe passava dinheiro por intermédio de Petulia, garantindo-lhe assim uma certa tranquilidade e, sobretudo, um conhecimento preciso das horas em que podia ver seu amante da vez sem correr o risco de ser descoberta. Se a menina imaginava de onde vinha o dinheiro, tinha o cuidado de não avisar Álvaro Espinoza, temendo perder a galinha dos ovos de ouro. Além disso, Petulia era muito prudente e totalmente leal a Catalina: ela, que era conhecida pela rigidez de suas tarifas, iria ajudá-la gratuitamente durante anos, e só quando fosse velha aceitaria o presente de duas casinhas em Siape, quando Catalina viajou pela última vez a Barranquilla.

Álvaro Espinoza estava morto havia muito tempo, e Lina, morando em Paris, ainda tentava entender como Catalina tinha conseguido levá-lo ao suicídio. Pois não havia a menor dúvida de sua intervenção: seguindo suas instruções, ela mesma comprara o revólver na Califórnia e trouxera Henk de Boston quando, por uma feliz coincidência, Catalina soube de sua reputação como especialista em arte e conselheiro de grandes colecionadores. E Henk, a princípio reticente, depois interessado, concordara em viajar para Barranquilla e lá se apaixonou irremediavelmente por Catalina (ou por seus quadros). Mas se tivesse sido estivador ou bailarino, nada teria mudado: seu destino se transformaria assim que Catalina descobrisse a existência de um irmão de leite no passado de Álvaro Espinoza, questionando não dona Clotilde del Real, para quem a mera lembrança dos anos de casamento poderia causar uma terrível crise de alergia, mas Flores, a cozinheira que já em Cartagena lhe servia como pano de lágrimas e partilhava suas aversões a ponto de detestar francamente Álvaro Espinoza, aquele desgraçado que se permitia desprezá-la por causa da cor da sua pele, ela, a irmã da mulher cujos seios o nutriram na infância.

Durante toda a sua vida, Flores guardou esse rancor no coração, contendo o desejo de expressá-lo para não exacerbar a sensibilidade de dona Clotilde, e de repente encontrava uma pessoa disposta a ouvi-la, a quem podia dizer a verdade à sua maneira, lentamente, com circunlóquios de bruxa através dos quais sua memória evocava ultrajes e nostalgia, mas também o conflito em torno do qual se estruturara a personalidade de Álvaro Espinoza. Ao ouvi-la falar, Catalina ia formando sua imagem na mente: ele, a criança engendrada em horror e repúdio por sua mãe, o adolescente desajeitado e feio que encarava sua homossexualidade com vergonha; e o resto, o pai, os bordéis, as negras de nádegas rijas e gostos estranhos. Foi talvez então que Catalina concebeu a ideia de precipitá-lo no inferno da tentação, bastando-lhe encontrar o personagem capaz de resistir à vontade do homem e à inteligência do psiquiatra, ou, mais simplesmente, ouvir falar de María Fernanda Valenzuela, uma lésbica de boa família que se prostituía em Cali, e cuja originalidade consistia precisamente em rejeitar todo contato praticado segundo as normas conhecidas, mesmo se pusessem uma faca em sua garganta ou um saco de ouro aos seus pés.

Da violência masculina María Fernanda nada ignorava. Aos quinze anos, uma freira a ajudou a fugir do hospital psiquiátrico em que estava confinada, para escondê-la no Bom Pastor. Foi ali, lavando lençóis e esfregando pisos, que María Fernanda começou a recuperar sua saúde mental ao desconfiar que nunca a perdera e pôde finalmente nomear a infâmia: ter sido brutalmente estuprada aos dez anos pelo próprio avô constituía um trauma difícil de superar; ainda mais difícil se, ao ser descoberta pelo pai banhada em sangue, ele decidira trancá-la em um quarto, isolando-a do resto da família para esconder a verdade e apagar o opróbrio recebido, atacando não o culpado, patriarca respeitável, dono da melhor fazendo da região, mas a vítima, a menina que, por ter encarnado a tentação, teve de se esconder em um quarto quase escuro, do qual ninguém podia chegar perto mesmo se ela chorasse dia e noite, e que sobreviveria graças à cesta de alimentos içada à sua janela ao anoitecer. Sozinha, sem ouvir uma única voz, na mais completa confusão, resistiu durante dois anos. Quando menstruou pela primeira vez, parou de comer. Em seguida, a declararam louca e ela foi enviada para um hospital psiquiátrico em outra cidade do país, com uma identidade falsa, para que psiquiatras, drogas e maus-tratos acabassem por destruí-la. De certa forma, destruíram-na, pois assim que conseguiu escapar do Bom Pastor dedicou-se à prostituição, economizando centavo após centavo para pagar os honorários de um advogado capaz de restituir legalmente seu sobrenome quando atingisse a maioridade; ela não queria processar seus pais nem exigir qualquer indenização, apenas praticar o comércio de prostituta sob seu nome verdadeiro e lançar desonra sobre a família.

Muito em breve, entre os homens ricos da região, espalhou-se a notícia de que os favores de uma irmã ou prima das aristocráticas Valenzuela eram obtidos em um bordel em Cali, desde que se estivesse disposto a gastar muito dinheiro e se conformar com uma maneira curiosa de fazer amor, mais excitante do que qualquer outra graças ao seu caráter de perversão absoluta, cristalizando o *summum* do pecado e, consequentemente, o desejo irresistível de cometê-lo. Assim, María Fernanda começou não só a se vingar de sua família, mas também a conhecer o fabuloso poder dos pesos que se acumulavam em sua conta bancária, permitindo-lhe escolher clientes e amantes como bem entendesse. E, justamente quando acabara de se instalar por conta própria, criando uma lucrativa rede de serviços telefônicos, recebeu de Barranquilla a inusitada proposta de viajar àquela cidade para seduzir um psiquiatra em troca de meio milhão de pesos, livre de todos os impostos, com a única condição de permanecer fiel às suas práticas amorosas, exigência desnecessária, já que María Fernanda estava disposta a tudo, exceto repetir o ato pelo qual a infelicidade lhe chegara. Talvez, mais do que a bonificação oferecida, ela estivesse interessada no desafio de capturar um homem que condensava, como ex-governador da província e psiquiatra, os dois poderes em cujo nome a haviam martirizado. O fato é que ela aceitou imediatamente a proposta de Petulia e, depois de lançar uma hábil campanha publicitária, passou a frequentar os bares onde Álvaro Espinoza costumava encontrar seus amigos, indo para a cama a torto e a direito e sempre a preços consideráveis, enquanto o boato de sua particularidade provocava piadas, obscenidades e apostas, mas nenhuma excitação realmente mórbida entre aqueles costeiros tão inclinados a compreender certas curiosidades do erotismo extraconjugal. Só Álvaro Espinoza acolhia sua presença com um horror secreto: tinha lutado tanto contra suas tendências sodomitas, por trás das quais, bem sabia, o demônio da homossexualidade estava adormecido, que resistir ao desejo de María Fernanda seria sua obsessão durante meses. O fruto proibido não pendia inerte de uma árvore, estava em toda parte; em bares e bordéis, em cabarés e restaurantes, andrógina e muito ereta com o corpo de adolescente e a camisa de seda apertada no pescoço por uma gravata. María Fernanda usava o cabelo curto e penteado para trás, rejeitava joias e perfumes e, como único adorno, pintava as longas unhas de vermelho-escarlate. Uma ambiguidade semelhante era evidente em toda a sua atitude: ela tinha maneiras distintas — uma marca indelével da educação que recebera na infância —, mas tolerava sem vacilar qualquer manifestação de vulgaridade; era autodidata, com uma cultura não desprezível, pois assim que fugiu do Bom Pastor começou a ler intensamente ao compreender que o conhecimento fazia parte do poder, usava uma linguagem simples para neutralizar a rivalidade das mulheres e a desconfiança dos homens, preferindo sempre ouvir educadamente a expressar sua própria opinião. A verdade é que naqueles cinco anos de solidão, dor e medo, María Fernanda aprendeu a refletir; refletir e calar-se: ninguém sabia nada de seu passado nem das circunstâncias que a levaram a se prostituir apesar de pertencer a uma família de boa linhagem. De seus contatos com a psiquiatria, quando, totalmente nua, descalça e vestindo a bata ignominiosa do hospital psiquiátrico, comparecia diante de um homem falsamente amável que, da altivez de sua posição, tentava reduzir suas memórias trágicas, sua realidade de vítima, ao delírio, ficara com um ódio invisível de tão intenso, imaterial como o ar da Antártida fixado pelo frio. Assim como Catalina, Fernanda acreditava que a psiquiatria atraía aqueles que temiam ser vítimas de uma loucura latente, construindo sua vida em torno das obsessões alheias para minimizar a importância de seus próprios delírios. De acordo com esse esquema, ela havia entendido muito cedo o que estava em jogo: ferir mortalmente Álvaro Espinoza, forçando-o a confrontar sua homossexualidade. E como conhecia bem os modelos de raciocínio em cujos trilhos os psiquiatras conseguiam manter o controle de todas as situações, fechou-se em um mutismo destinado a despertar sua curiosidade sem se deixar apreender, apenas insinuando que só conseguia alcançar o prazer através das práticas pelas quais era conhecida. De nada serviam perguntas capciosas e silêncios deliberados. María Fernanda sabia a cartilha de cor. Ela podia passar horas sentada em uma mesa olhando à sua volta sem mover um único músculo do rosto; alegava ter esquecido sua infância e sorria baixinho quando ele descrevia seu comportamento como anormal. Diante de uma demência tão controlada, Álvaro Espinoza sentia-se desarmado: que, tendo nascido em bom berço, uma mulher se declarasse lésbica e aceitasse a prostituição deliciando-se na aberração revelava aos seus olhos um absoluto desequilíbrio mental; mas o transtorno em questão não se traduzia em sintomas perceptíveis de sua experiência como médico: não surpreendia nenhuma falha na coerência de sua linguagem ou na lógica aparente de sua conduta; além disso, María Fernanda, que não bebia nem fumava, dava a impressão de viver em paz consigo mesma, aceitando sua própria realidade e a das coisas, embora sem estabelecer o menor juízo de valor moral. Ele não sabia, e ela se abstinha de avisá-lo, que para poder viver precisava dormir doze horas seguidas à base de fortes soníferos, indo para a cama às seis da manhã e levantando-se à noite; também silenciava seus medos: o pânico de entrar em um quarto sem ter duas cópias da chave no bolso, ou a necessidade imperiosa de esconder em bolsas e saltos minúsculos instrumentos capazes de abrir qualquer fechadura. Mas quanto menos María Fernanda se descobria, mais Álvaro Espinoza tentava compreendê-la, fingindo aos amigos um interesse estritamente profissional, quando estes não lhe pediam qualquer explicação e no máximo se surpreendiam ao vê-lo tão apaixonado por uma mulher, complicada, sim, mas no fim das contas disposta a vender-se como as outras prostitutas que frequentava.

Ele, no entanto, encontrava-se em pleno desassossego. Talvez fosse verdade que, a princípio, ele se sentira atraído pelo caso de María Fernanda, pois constituía uma formidável provocação à sua atividade de desfazedor de erros e guardião da ordem indispensável ao bom andamento da sociedade. Por trás daquela aparência calma, ele deve ter sentido a irredutível ironia da loucura, mais ameaçadora do que aquela que encontrava diariamente em sua clínica para os alienados, onde homens e mulheres tornavam irrisória qualquer pretensão de racionalidade, mas sobre os quais ele poderia se vingar com drogas e choques elétricos, transformando-os em animais brutalizados ou aterrorizados. María Fernanda, por outro lado, representava a loucura triunfante, prevalecendo inclusive aos sistemas imaginados para reprimi-la e mesmo ao conhecimento que permitia detectá-la: desafio velado, insinuação invisível, guerreiro sem nome, Álvaro Espinoza não conseguia se libertar de seu fascínio; podia fazer isso banalizando-a, ou seja, concordando em fazer amor com ela, mas então os fantasmas dos quais ele vinha fugindo desde a juventude voltariam em tropel. Talvez se comparasse a um alcoólico desintoxicado a quem uma única gota de uísque precipita inexoravelmente ao alcoolismo, vendo na sodomia o ato que jamais deveria cometer para preservar a solidez de sua estrutura psíquica. Não porque o pecado nefasto representasse uma perversão na qual ele pudesse encontrar suas antigas delícias sem se sentir inibido ou culpado, mas, ao contrário, porque através dele regressava ao caos onde sua neurose o impelia a se destruir. Ali, no âmbito do equívoco, corria o risco de destruir a imagem de si mesmo que lhe permitia integrar-se às regras morais de seu pai e, na certeza de seu próprio valor, impor-se à sociedade recebendo dela os privilégios tão caros ao seu orgulho.

Essa seria a explicação de Catalina quando finalmente decidiu contar a verdade a Lina. Ainda era um outono incerto, muitos anos haviam se passado, e de sua juventude lhes restava apenas uma lembrança atônita e sem nostalgia. Encontravam-se no terraço do café onde costumavam conversar sempre que Catalina viajava a Paris, tal como elas mesmas, como talvez Divina Arriaga imaginasse que seriam nessa idade: Lina com seu *blue jeans* de sempre e cabelos grisalhos que não tinha tingido porque os julgava merecidos e até conquistados; Catalina no esplendor daquela beleza inalterável que cometia o opróbrio de se impor sem qualquer esforço. Ambas já estavam tranquilas, além das cordialidades banais, evocando o passado que surgia esvaziado de toda emoção e dissolvido entre um barulho remoto de trânsito e o balançar e correr dos pombos aos quais alguém jogava migalhas de pão da mesa vizinha. E menos arrogantes, talvez — mesmo que Catalina tivesse alugado por princípio um Rolls-Royce e o motorista uniformizado a esperasse em frente à praça —, capazes, em todo caso, de reconhecer o valor da amizade entre a pilha de ouropéis onde tantas vaidades tinham ido desfolhar-se.

Não havia curiosidade real na mente de Lina na época, nem mesmo o desejo de alinhavar certos eventos nos quais estava envolvida para lembrá-los com coerência quando ela começava a envelhecer em um mundo que às vezes parecia cheio de bobagens e confusão. Mas, conhecendo o código de conduta de Catalina, sabia que um dia lhe falaria sobre a morte de Álvaro Espinoza, não para se justificar, porque aprendera a prestar contas apenas à sua consciência, mas para lhe fornecer os elementos que faltavam se quisesse situar aquele suicídio em seu verdadeiro contexto, acreditando que satisfaria à sua necessidade de encontrar uma lógica para tudo e, dessa forma, cancelar a dívida contraída quinze anos antes, ao utilizá-la em uma intriga cuja maquinaria havia levado um homem a se destruir. Uma necessidade que já não existia pois, muito antes de Catalina, Lina aceitara viver na incerteza, isto é, em um universo de perguntas sem respostas definitivas, onde nenhuma lei geral podia ser aplicada ao comportamento humano. Mas, naquela tarde, Catalina quis dar-lhe os meios para construir um esquema através do qual o suicídio de Álvaro Espinoza lhe fosse inteligível, dizendo a ela, Lina, que qualquer ato poderia ser explicado conhecendo as causas que o precederam, quando, na opinião de Catalina, o gatilho para a ação se encontrava não no acréscimo dos fatos, mas em uma espécie de alquimia secreta diante dos fatos, formada de reações minúsculas e associações imprevisíveis que escapavam eternamente à consciência. Lina deixou-a falar sem comunicar sua concordância com seu próprio juízo; ela a ouviu admitir que essa intuição a levara no passado a reunir os elementos cuja presença causou o drama; e negar, no entanto, a natureza inexorável do desfecho causado por sua intriga. Porque tudo estava lá, o homem e seu orgulho: Álvaro Espinoza confrontado com o dilema em que sua arrogância havia de ser destroçada: havia buscado o poder como recompensa e tinha-o enredado como um vírus, ignorando que em sua acumulação desesperada de honras perdia precisamente o que mais queria.

Poder alcançado cedo demais, diria Catalina, quando ainda conservava intactos seus desejos e era sensível ao espectro da dúvida se, por acaso, lhe ocorresse considerar o valor do adquirido com o preço pago para obtê-lo. Ele havia jogado o jogo honestamente assim que as regras ficaram claras para ele: em um mundo hostil, desprovido de compaixão, onde sua mãe o rejeitava por sua ausência e a ama de leite por sua morte, apenas seu pai estava inclinado a amá-lo, com a condição de que ele perseguisse um objetivo cuja realização exigia a renúncia de tudo o que lhe dava prazer: a lembrança de sua infância na companhia de um menino loiro, ambos nus nos braços de uma mulher negra: a solidão a que era levado pelo temor de se ver desairado mais uma vez; seus sentimentos perturbadores na presença dos estudantes do San Pedro Claver. Ele havia renunciado a isso através de um esquecimento formidável que durante anos abalou sua memória como uma implosão, sufocando as imagens de seu passado entre um surdo rumor de sons discordantes. Tão miserável teria se sentido que só imaginando seu suicídio encontraria ânimo para sobreviver: a morte, regresso ao espaço no qual não nascera para conhecer o desamor, iria lhe inspirar os únicos poemas que escrevera e certas considerações filosóficas narradas em cartas febris à margem de um livro de Marco Aurélio encontrado por Catalina. Ele tinha dezessete anos na época, e acreditava que realmente ouvia vozes: o eco das conversas mantidas pelas pessoas ao seu redor em qualquer lugar golpeava seus ouvidos, precipitando-o em confusão; mas ele ouvia não apenas os diálogos do presente, e sim também aqueles que se cruzaram no passado e, às vezes, até mesmo as vibrações inquietantes do pensamento. Enlouquecido de perplexidade, devorado pelo cansaço, oscilava entre suas crenças religiosas e o argumento tentador dos filósofos estoicos que, em nome da dignidade humana, invocavam o direito de dispor da própria vida, quando, examinado por um médico amigo de seu pai, descobriu que seus males poderiam ser assimilados a uma forma de desequilíbrio mental. Talvez então tenha decidido lutar contra si mesmo, impondo-se a disciplina implacável para a qual os jesuítas o haviam treinado. Aos poucos, as névoas da agitação devem ter recuado e ele começou a canalizar seu destino, acumulando sucessos em seus estudos até adquirir uma formação profissional que, se não o tornava um psiquiatra particularmente dotado para amenizar o sofrimento de seus pacientes, ao menos lhe permitia dirigir a única clínica particular para alienados em Barranquilla. O desespero o impeliu à conquista de uma posição privilegiada, mas o triunfo, longe de reconciliá-lo com a vida, despertaria nele a ânsia sem sentido pelo poder.

Adquirindo-o muito jovem, Catalina repetiria naquela tarde, em uma idade em que não podia assumir a frustração que o poder gerava, seu vazio infinito: da bajulação ditada pela hipocrisia às mulheres que se entregavam sem desejá-lo, sentia-se objeto de manipulação em vez de sujeito dominante, como se a partir de certa posição a predominância se transformasse em impotência. Seu pai havia sido transtornado pela reversibilidade do poder, ele descobrira sua ilusão. Por trás das imagens que se agitavam ao longe oferecendo-lhe louros não havia nada, apenas novas miragens destinadas a guiá-lo por um caminho já traçado em que sacrificava seus desejos para que a sociedade preservasse sua permanência: odiava a desordem, mas odiava ainda mais saber que estava sendo usado; rapidamente havia passado o tempo em que o cargo de soberano lhe dava uma intensa satisfação: propor-se a si mesmo metas e alcançá-las através de homens que o serviam sem saber; afirmar uma coisa para uns e o oposto para outros, ou impedir toda comunicação possível entre eles; fingindo estar de posse de segredos que apenas alguns poucos escolhidos compartilhavam. Dessa forma, ele conseguira se impor, não apenas profissionalmente, mas também politicamente, amarrando nós e desencadeando intrigas até obter o governo do departamento em nome do Partido Conservador. Essa honra e tantas outras haviam sido um bálsamo para suas velhas feridas, mas, ao mesmo tempo, a origem das perigosas elucubrações sobre sua condição de instrumento nas mãos de uma sociedade empenhada em preservar o *status quo*, um objetivo cuja legitimidade ele não contestava, mesmo que insidiosamente uma raiva incompreensível se insinuasse em seu coração.

Foi nesse momento de dúvida que María Fernanda irrompeu em sua vida. E Henk, o belo estrangeiro de rosto fino como que delicadamente desenhado por um pincel de tinta indiana que o passar dos anos ensombrecera, apagando um pouco a palidez de seu pai em irônica homenagem à mãe negra. Henk, inapreensível, cosmopolita por instinto, cujo amor pela elegância o limitara ao tratamento de aristocratas e magnatas cujas mulheres seduzia em função de seu trabalho, mas também por dever social; acostumado ao luxo e às facilidades de uma vida sem princípios, exceto os inerentes ao *dândi*, nos quais se reconhecia com displicência; e de repente projetado a Barranquilla, em pleno trópico, onde tudo parecia excessivo e a conquista de uma mulher deixava de ser divertida para se converter em drama. É claro que ele nunca imaginou tal desenlace; nem o risco de viajar ao encontro de sua infância quando não tinha memória dela. Esse foi seu primeiro erro: abandonar cassinos, castelos e festas de caça na Escócia junto a amigos que viam nele apenas o herdeiro cultivado de um milionário holandês e sua senhora, tão lânguida que parecia saída de um quadro de Modigliani, para descobrir que o fato de ele ter nascido no ventre de outra, circunstância assimilada por ele a um acidente, condenou-o a sofrer o desprezo da burguesia de uma cidade sem importância, espalhada como um horrível jacaré na margem de um rio. Não, nem em sonhos teria concebido essa situação ouvindo Lina falar dos quadros de Divina Arriaga, entre os pinheiros de sua casa em Boston. E se a tivesse concebido, provavelmente a teria encarado com o humor de quem se representa recebendo insultos de um bando de macacos barulhentos, esquecendo-se dos laços que, apesar de sua primorosa educação, o ligavam a esses macacos. Mesmo que o compreendesse, isto é, se tivesse admitido até que ponto o olhar alheio poderia ferir sua autoestima, teria se refugiado na ideia de uma possível fuga, sem suspeitar do prazer que seu temperamento esteta tiraria daquele confronto, escravizando-o: relativamente, já que sempre teve armas eficazes para humilhar o orgulho de Álvaro Espinoza, como, por exemplo, falar-lhe dos quadros de Divina Arriaga, sob pena, é claro, de vê-los evaporar entre suas mãos de colecionador. Não o fez, mas essa vantagem secreta permitiu-lhe resistir enquanto Álvaro Espinoza sucumbia.

Pois uma curiosa antipatia despertaria naquele homem assim que desembarcou em Barranquilla, para o infortúnio de seu ego e a feliz multiplicação de sua fortuna. Ele, Henk, dizia Lina a si mesma na época, dificilmente poderia ter encontrado um personagem mais venenoso, animado por sentimentos cuja interpretação remetia a algum manual sobre répteis ou qualquer verme que rastejava nas sombras e atacava com ferocidade no momento menos esperado. Se a princípio ele se sentira um pouco culpado de enganar o irmão escondendo sua profissão e os reais motivos pelos quais estava na cidade, o incômodo não deve ter durado muito, o que levou Álvaro Espinoza a se recuperar do trauma de sua chegada e elaborar uma ofensiva gratuita contra ele, pois não podia dizer nada a seu respeito, exceto o fato de ser mais culto que ele, e dispor de muito mais dinheiro, e ter a cara e os modos de um playboy acostumado a seduzir homens e mulheres sem esforço. Talvez a cólera de Álvaro Espinoza surgisse das andanças obscuras de seu inconsciente, onde se agitavam tristezas que sua memória tinha preferido não guardar. De qualquer forma, a mera presença de Henk sacudiria bruscamente o andaime de sua arrogância, oferecendo-lhe uma imagem irrisória de si mesmo: rei dos loucos e notável de província, como gritou para Catalina na noite em que, perdendo o controle de seus nervos, começou a deslizar até o disparate. Henk, no entanto, se abstivera de lhe revelar seus pensamentos durante aquelas longas conversas em que Álvaro Espinoza se gabava de seus bens: havia concordado em acompanhá-lo aos bordéis, olhando sem complacência para as mulheres que eram objeto de seu desejo; à sua clínica para os alienados, um pouco tenso de vê-lo pavonear-se com a vaidade de um deus olímpico entre aquelas criaturas indefesas; e, finalmente, ao Country Club, que, comparado com os palácios de Veneza e os castelos vienenses para onde costumava ser convidado, tinha um ar de pretensão pueril. Mas ele não dissera nada: da mesma forma que María Fernanda, embora por razões diferentes, Henk guardava sua opinião com cautela. Ele estava lá para servir de intermediário para a dona de uma fantástica coleção de quadros que, além de milionária, era bonita e, aparentemente, inacessível. Por azar, ela era casada com aquele palhaço do seu irmão de leite e ele se via obrigado a suportá-lo enquanto se tomavam as providências necessárias para a venda das telas. Sua prudência de *marchand de tableaux*, instigada pela magnitude do negócio em perspectiva, e, sobretudo, a perfeita urbanidade absorvida nas escolas inglesas desde a infância, tornavam-no impermeável às sondagens do psiquiatra com suas perfídias.

    Houve perfídia, depois que Álvaro Espinoza, deslumbrado com a distinção daquele fantasma em má hora ressuscitado, embora imensamente rico, resolveu aproveitar-se de sua aparente engenhosidade extraindo-lhe certa quantia em dinheiro para ampliar sua clínica e, como recompensa antecipada, apresentá-lo à burguesia da cidade, ambos favores dos quais Henk teria preferido prescindir, mas que despertavam em Álvaro Espinoza os piores demônios do ressentimento. Daí a ambiguidade de seu comportamento: passar da desconfiança à gentileza, levá-lo aos bordéis para apresentá-lo aos melhores amigos ou deixá-lo plantado no Hotel del Prado sem lhe dar explicações. O pior foi a noite em que começou a imaginar Henk julgando com desprezo o trabalho de sua vida: havia oferecido um coquetel em sua homenagem e, de repente, sob a influência de muitas bebidas, declarou malevolamente na frente de todos que o homem para o qual o olhar feminino convergia fascinado era o filho natural de uma criada negra. A revelação teve um efeito tão brutal que, contrariados ou ofendidos, não demorou muito para que os convidados se despedissem, e Henk ficou sozinho e desorientado em um canto da sala, descobrindo amargamente naquele momento como Catalina tinha razão em odiar seu marido e estar disposta a abandonar tudo para segui-lo. Ele foi seu segundo erro.

Catalina detestava Álvaro Espinoza sem dúvida, mas, fiel a um lema que sempre respeitaria e segundo o qual o amor e o trabalho caminhavam separados, não fazia parte de seus planos unir sua vida à daquele estrangeiro. Além disso, mesmo antes de conhecê-lo, havia estabelecido seu perfil psicológico com relativa precisão: um colecionador que viajava o mundo inteiro em busca de objetos raros, preciosos e difíceis de obter deveria necessariamente subestimar o que lhe seria entregue sem resistência; um playboy acostumado a frequentar belas mulheres só poderia ser atraído por aquela que escapasse de seu donjuanismo estimulando os fantasmas de sua virilidade cansada. A estratégia de Catalina, então, seria fingir ser seduzida sem sê-lo, e sabendo que nunca seria, primeiro porque Henk mais tarde se tornaria seu empresário, e também porque seu refinamento excessivo esfriava nela toda veleidade de desejo. Enquanto isso, ela necessitava dele para humilhar Álvaro Espinoza, fazendo-o passar por seu amante. Ela, geralmente reservada, tão cautelosa que ninguém sabia nada de suas aventuras com certeza, ia inventar a grande paixão e, ainda por cima, vivê-la, não com Henk, é claro, mas com um homem bastante estranho que durante anos a desejara silenciosamente. A aparência do amor modificaria seu comportamento, tornando-a irreconhecível; de escapadas noturnas a declarações categóricas em que se tratava de superar preconceitos para obter a plena posse de si mesma, pouco restava daquela Catalina de sangue frio que Álvaro Espinoza sempre tratara como um adversário desprezível. Agora, e pela primeira vez, temia perdê-la, descobrindo subitamente o papel decisivo que ela desempenhara em sua carreira social, acompanhando-o em turnês políticas e recepções através das quais influências e amizades se consolidavam. Com o dinheiro, que ele fora obrigado a dar-lhe em meio a tantos insultos, ela criara uma estrutura propícia à vida mundana e àquele bem-estar material tão agradável de encontrar quando, depois de um dia de trabalho ou de uma noite de farra, voltava cansado para o apartamento. Na ausência de Catalina, os serviçais faziam das suas, as meninas ficavam desorientadas, as pessoas, apesar de admitirem sua razão, gradualmente deixaram de frequentá-lo. E Catalina parecia-lhe invulnerável: às suas queixas nada respondia, às suas ameaças se limitava a sorrir. Queria deixá-lo, só isso, deixá-lo por um meio-negro, levando consigo Aurora, a filha que ele mais amava. Para Álvaro Espinoza, o mundo perdera subitamente o sentido porque não sabia quem era seu adversário; não sabia que a fortuna de Divina Arriaga o confrontara, desmantelando suas fortalezas uma após a outra. Esse tesouro, do qual ele nunca ouviria falar, fortaleceria a determinação de Catalina e tornaria Henk infinitamente perseverante.

Nenhuma cobiça, por outro lado, encorajava María Fernanda, que parecia determinada a gastar cada nota de sua recompensa contanto que o encerrasse no desespero. No máximo, o dinheiro oferecido lhe servia de estímulo em seus momentos de desânimo, mas toda a força de sua loucura, Lina ouviria a explicação naquela tarde enquanto seguia com os olhos o gingado dos pombos, tinha ido se concentrar na destruição daquele homem por um curioso movimento de sua mente que ninguém, nem ela mesma, poderia prever; reduzi-lo a pó parecia-lhe arbitrariamente sua vingança final contra a sociedade. É por isso que Catalina lhe falou, quinze anos depois, de incerteza; como imaginar, de fato, que essa mulher, impermeável a qualquer emoção, não se limitasse a fazer Álvaro Espinoza sucumbir aos seus caprichos segundo o acordo firmado com Petulia e, recebendo seu dinheiro, retornasse a Cali? Que, tendo dado a Petulia as fotografias cuja posse permitia a Catalina exigir imediatamente a separação de bens e corpos, resolvesse permanecer na cidade?

Porque ficou lá sem dar explicações e, depois de montar um apartamento de luxo, começou a organizar festas parecidas a orgias, convidando todos que conhecera até então. Ali se encontravam noctívagos e prostitutas. Em meio a muito uísque, gente de má fama e música *vallenata* reinava um suposto parente seu chamado Lionel, nem tanto educado quanto equívoco, que teria podido passar por seu irmão gêmeo e se divertia contando piadas obscenas com um leve sotaque italiano; nada delatava sua homossexualidade e até havia amigas de María Fernanda que elogiavam seus talentos eróticos, mas os homens, mesmo que continuassem a beber como cossacos enquanto se refocilavam sem qualquer freio, diziam sentir-se desconfortáveis em sua presença. Ciente do perigo que isso representava para ele, Álvaro Espinoza o odiava. Na verdade, ele odiava tudo, desde o apartamento onde recebia na qualidade de anfitrião sem tirar um centavo do bolso, até a mulher de cujas artimanhas ele não conseguia se livrar. Durante muitos meses, María Fernanda fora o poço de seus tormentos: ela era sua amante, e mesmo assim ele não tinha a impressão de possuí-la; quando lhe ocorria associar esse vazio às restrições que ela lhe impunha, e assim gritava com raiva para ela, mais tarde descobria com renovada angústia sua incapacidade de dispensar as delícias introduzidas em sua vida amorosa; ele então se rebelava contra o sentimento de insegurança que uma mulher tão viciosa provocava — pois ele não se atrevia a deixá-la sozinha por um momento, temendo que ela se entregasse a outro em sua ausência — e, no entanto, ele se abstinha de oferecer-lhe o apoio financeiro que, em princípio, lhe dava o direito de se apropriar dela com exclusividade, ou de exigir, pelo menos, a partida daquele Lionel cujos gostos o levavam a imaginar as relações mais aberrantes entre eles. María Fernanda contava justamente com as renúncias de sua vontade e sua proverbial mesquinhez: bastava-lhe estar disponível sem pedir nada para que nenhuma mortificação viesse a contrariar seus desejos.

Enquanto isso, Álvaro Espinoza sentia sua autoestima desmoronar ao ver como uma após a outra suas resoluções não eram cumpridas: todas as manhãs, saindo daquele apartamento, jurava nunca mais pisar ali e, assim que chegava à sua clínica, era assaltado pelo desejo de vê-la, de correr para encontrá-la a fim de surpreendê-la nos braços do homem que certamente pagara pelos esbanjamentos da noite anterior; mas não encontrava ninguém além daquele rapaz de quem tanto desconfiava, que dormia em um quarto de tecidos dourados e almofadas salpicadas de lantejoulas, exibindo sempre sua sonolenta nudez entre dois enormes tigres de porcelana. Lionel não tolerava ser acordado no meio da manhã pelo ciúme sem sentido de Álvaro Espinoza. María Fernanda, acostumada a adormecer com soníferos, começou a se irritar com essas irrupções e um dia resolveu pregar uma placa na porta do apartamento anunciando que só receberia depois das seis da noite. Esse seria o detonador do drama.

Álvaro Espinoza passou aquele sábado em um estado de fúria sombria. Trancado em seu consultório, não quis aceitar telefonemas nem atender seus pacientes e mandou sua secretária para o inferno quando ela entrou para oferecer-lhe uma xícara de café. Ninguém poderia imaginar no que ele pensava durante todas aquelas horas fumando um cigarro após o outro e bebendo do uísque guardado em seu arquivo pessoal. Soube-se que ele ligou para casa, mas a empregada lhe disse que Catalina havia saído com as meninas para passar o fim de semana em Puerto Colombia. Seus amigos se lembravam de tê-lo visto chegar ao apartamento de María Fernanda por volta das onze horas, completamente bêbado e, à guisa de cumprimento, tentar esbofeteá-la. Ela se esquivou do golpe e ele, perdendo o equilíbrio, caiu no chão. A partir daí, começou a insultá-la obscenamente, acusando-a, entre outras coisas, de manter relações infames com Lionel, com base naqueles contatos bucais onde a corrupção de ambos encontrava satisfação, até que Lionel, muito digno, declarou em alta voz que ele respeitava demais as mulheres para tocá-las mesmo com a ponta da língua, causando uma explosão de risos entre os que assistiam à cena. Irritados, alguns homens preferiram fazer-se de desentendidos enquanto Álvaro Espinoza, ajudado por María Fernanda, se dirigia ao seu quarto; alguém o avistou deitado na cama, aparentemente dormindo. A farra continuaria como de costume, com muitas bebidas e *vallenatos* até as primeiras horas da manhã; havia casais que partiam em busca de intimidade, outros acabavam deitando-se na escuridão dos cantos. María Fernanda estabelecera a regra de que em suas festas tudo poderia ser dado e nada vendido, razão pela qual Petulia, fiel ao seu princípio de nunca se entregar livremente a um homem, limitara-se naquela noite a esvaziar os copos e preparar as comidas, talvez feliz por voltar a encarnar a dona de casa que havia sido quando morava no Prado. Assim, ela foi a única a observar que María Fernanda e Lionel entraram juntos no quarto em que Álvaro Espinoza estava descansando, e que, um pouco mais tarde, ele saía dali com o ar de um homem condenado à morte: lívido, olhando ao redor apavorado, se precipitou para os restos de uma garrafa de uísque, cujo conteúdo bebeu de uma só vez, antes de vomitar no tapete, tremendo como se fosse atacado por uma febre violenta e caminhando até a porta da rua. Petulia juraria mais tarde que imaginara na mesma hora o que havia acontecido quando viu María Fernanda aparecer com a gravata firmemente amarrada à gola de sua camisa e aqueles olhos negros, tão desprovidos de sentimentos que pareciam estar cravados nas órbitas de uma estátua. Ela sentiu isso quando a ouviu dizer calmamente: "Agora você provou esse prazer, agora você sabe que nenhum outro será capaz de substituí-lo".

E porque tal prazer o condenava a buscá-lo pelo resto da vida, Álvaro Espinoza suicidou-se naquele domingo com o revólver comprado por Catalina para se defender dos ladrões, que ela descuidadamente deixara na mesa de cabeceira antes de partir para Puerto Colombia.

Três

I.

"E eu mesmo expulsarei de diante de ti os amorreus, e os cananeus, e os hititas, e os fariseus também, e os heveus, e os jebuseus... destrói seus altares, quebra suas estátuas e arrasa até o chão os bosques consagrados a seus ídolos."
Assim poderia resumir-se a incapacidade do homem de aceitar a diferença nos outros e a aversão que essa diferença provocava, dando origem a tantos conflitos, provavelmente teria dito tia Irene se Lina tivesse aludido à sua tolerância, transformada por meio de viagens e reflexões em ceticismo irredutível diante de qualquer ideologia que pretendesse monopolizar a verdade. Mas Lina logo estabelecera com ela um diálogo baseado menos em afirmações do que em sugestões e incertezas fatais, desde a noite em que a viu pela primeira vez, quando tia Irene estava na Europa e Lina em Barranquilla ardendo de febre por causa de uma difteria, cuja violência parecia condená-la a morrer antes de completar três anos de idade; deitada na cama da avó, que mal conseguia esconder o terror enquanto caminhava do quarto para a sala esperando a chegada daquele novo pediatra chamado com urgência, o dr. Agudelo, mergulhada na vertigem de uma febre que poderia ter sido agradável se não viesse acompanhada da inaudita dificuldade em aspirar o ar daquele quarto onde, de repente, Lina viu aparecer a figura de uma mulher idêntica à sua avó, só que muito alta e magra e vestida com um belo vestido escuro, como de tafetá preto, que se aproximou dela lentamente e, quando chegou ao seu lado, pôs a mão na testa dela, dando-lhe uma sensação instantânea de paz. Anos mais tarde, voltaria a encontrá-la, não entre

as brumas da febre, mas na casa onde foi instalar-se quando chegou a Barranquilla depois de ter estado ausente durante quase quinze anos dando recitais de piano por todo o mundo, e bastou a ela, Lina, olhar nos olhos da tia para saber que não devia aludir ao que tinha acontecido durante a noite crítica de sua doença para preservar o prazer de um jogo cujas regras tinha de descobrir sozinha a se resignar a não conhecer jamais.

O proprietário da casa tinha sido um italiano bastante excêntrico, que no passado havia desembarcado de umas canoas, acompanhado por cinco falsos pedreiros e uma carga de pedras e estátuas nunca antes vistas, e que depois de percorrer as imediações muitas vezes seguindo o movimento de uma agulha magnetizada, as pessoas diziam, decidiu comprar alguns hectares de terreno sem valor algum e lá construir a mansão mais estranha que poderia ser concebida, pois não era quadrada nem retangular, mas redonda, e suas bases evocavam a forma de uma espiral. Só isso era do conhecimento das raras pessoas que se davam ao trabalho de ir observar a construção, pois antes mesmo de ela começar, o italiano havia cercado seu terreno com um espesso muro de pedras de cinco metros de altura, em torno do qual rondava um bando de dobermans intratáveis. Entre os pedreiros, "maçons", como os chamava com horror o padre da aldeia, havia um instruído em espanhol, e foi ele quem se encarregou de vasculhar a região em busca dos operários e carpinteiros que trabalharam no local por sete anos até terminar aquela casa impossível de janelas circulares como rosetas de catedral e gárgulas capazes de incutir medo no mais belicoso dos espíritos. Nada se ouviu falar de seus habitantes; não desciam à aldeia nem procuravam contato com o povo; vegetarianos, comiam as frutas e legumes cultivados em seu quintal, caçando coelhos e veados de vez em quando para alimentar aqueles cães dos quais sua tranquilidade dependia em grande medida; de qualquer forma, o monte logo encerrou a trilha por onde haviam circulado anos antes as carroças que transportavam seus pertences, materiais de construção, mas também caixotes cheios de sementes, livros, telescópios e até instrumentos musicais inusitados. Viviam tão longe da praça principal e do que mais tarde viria a ser a cidade e seus subúrbios, que se no final do século ainda se falava deles com apreensão, assimilando-os ora a monges excomungados, ora a membros de uma seita satânica, quando tia Irene se formou como pianista de concerto quase ninguém se lembrava deles, e "a Torre do Italiano", como costumava ser chamada no Prado, começava a ser cercada por casinhas modestas onde nenhuma pessoa bem nascida aceitaria morar. Seguia persistindo um enigma: seus primeiros moradores deviam ter morrido há muito tempo e, no entanto, em nome de seus herdeiros ou de quem quer que fosse, um advogado se encarregara de pagar impostos regularmente e discutir com as autoridades locais a instalação de tubos e cabos elétricos; o mesmo advogado, ou seu filho, tinha aparecido todas as vezes que a Torre era revistada por razões de segurança nacional no início das duas guerras mundiais, e sempre houve algum cabeça quente para afirmar que ela servia de refúgio para espiões alemães. Mas, exceto por um guardião de pura cepa costeira e os descendentes daqueles perturbadores dobermans, ninguém nem nada foi encontrado pelos agentes do serviço secreto, nem mesmo os móveis, tapeçarias, quadros e instrumentos musicais que surgiram como que por magia quando tia Irene tomou posse da casa como legatária universal, para a total perplexidade de suas irmãs. Nenhuma delas se importava em saber quem realmente tinha sido seu pai, já que a filiação se estabelecia a partir da mãe, mas daí a imaginar a autora de seus dias em relação com os habitantes incomuns da Torre do Italiano havia uma passagem difícil de atravessar; difícil e particularmente vexatória, pois abria uma dúvida sobre aquela perspicácia com que se julgavam dotadas sem discussão alguma. No entanto, todas se lembravam daqueles passeios a cavalo em noites de lua cheia, tia Irene precedendo-as como se soubesse o caminho de cor e fosse atraída por uma força negra para o edifício circular e murado cuja porta um criado abria quando as ouvia chegar, prendendo os cachorros e acendendo as tochas que iluminavam o jardim por onde andavam em fila única, sempre atrás de tia Irene, só ela capaz de descobrir as armadilhas planejadas para intrusos indesejáveis, a única a adivinhar sob qual árvore ou pedra estava escondido o presente que os donos da Torre lhes ofereciam silenciosamente e sem se mostrar, baús, livros e aquelas partituras que tia Irene mais tarde se esforçava em repetir no piano, produzindo uma música profunda, alheia a qualquer forma de salmo ou devoção, mas dirigida com intensidade infinita ao céu. Naquela época, tia Irene tinha cerca de onze anos, e elas, suas irmãs, acreditavam ingenuamente que sua fama de pianista precoce havia sobrevoado os telhados da praça de San Nicolás para alcançar os corações desses homens indiferentes ao mundo e comovê-los. Poderiam ter suposto outras coisas, já que tia Irene passou a frequentar nos finais de semana uma propriedade familiar abandonada, invadida pelas montanhas e sem qualquer interesse, exceto que estava localizada não muito longe da Torre, peculiaridade que também lhes passara despercebida; assim como não perceberam, em uma idêntica e acovardada inibição, as diferenças de talento, sensibilidade e caráter que as distinguiam daquela irmã incompreensível cuja paixão pela música a afastava de suas brincadeiras, e a quem sua mãe decidira dar uma educação acelerada para enviá-la o mais rápido possível para a Europa, preservando sua inteligência da miséria intelectual do ambiente; sua inteligência ou uma certa compreensão da vida que era completamente oposta à delas, as outras cinco irmãs forçadas a se refugiar em um racionalismo cego para se protegerem. Essa desigualdade e seu não reconhecimento, chegaria a pensar Lina algumas vezes, criaram laços de cumplicidade entre elas que as fizeram se sentir culpadas e dos quais tentaram se livrar em vão quando tia Irene veio morar na cidade, tomando posse da Torre do Italiano, em um último e desesperado desafio à família. É claro que de semelhante ultraje elas jamais iriam se dar por inteiradas e, em nome da discrição, resolveram visitá-la a cada dois meses, depois de um telefonema e não poucas considerações sobre o horário de se apresentarem e o tipo de conversa que poderia distraí-la; mas qualquer colóquio parecia agradá-la e, com o passar dos anos, as irmãs se acostumaram a falar entre elas sem perceber o humor condescendente com que tia Irene sugeria o tópicos de discussão e seguia o curso de seu raciocínio. Apenas sua avó, Lina observara, se mostrava reservada: sempre que se dirigiam juntas à Torre no Cadillac da mais rica de suas tias, sua avó se refugiava em um silêncio pensativo que conservava muito depois de voltar para casa. Nunca lhe explicou o motivo de sua cautela, nem mesmo mais tarde, quando ela ia visitar tia Irene sozinha e passava a tarde inteira ouvindo-a interpretar Mozart ou tocar um velho órgão em busca de melodias inquietantes que eram amplificadas pelos salões como se a Torre tivesse sido projetada para se tornar uma enorme caixa de ressonância; conversavam pouco, mas Lina sempre tinha a impressão de que havia descoberto algo através de seus silêncios; ou das perguntas com que tia Irene respondia às suas, sugerindo que ela fosse além de sua percepção das coisas até chegar a uma nova perspectiva ou reconhecer os limites de sua própria ignorância.

Curiosamente, foi a tia Irene, e não à avó, que Lina contou as suas dificuldades com Beatriz, e não porque Beatriz fosse sua amiga, mas porque de alguma forma nunca o seria, apesar de assim desejar sua avó: ela, a avó, a apresentara àquela menina de olhos muito azuis como filha de Nena Avendaño, amiga de infância de sua mãe, e parecia normal que, se Beatriz entrasse em La Enseñanza para cursar os anos do secundário, Lina se encarregasse de apresentá-la ao seu grupo de colegas e explicar os costumes do colégio. Os Avendaño tinham acabado de se mudar para o Prado, perto de sua casa, aparentemente levando uma vida conjugal harmoniosa que contradizia tudo o que as más línguas haviam previsto no dia do casamento de Nena com Jorge, seu primo em primeiro grau. Aquele casamento havia provocado uma avalanche de fofocas na cidade: os dois tinham crescido juntos, sob a tutela do pai de Nena, que, com a morte de seu irmão mais velho, adotara Jorge, amando-o como filho; duas crianças severamente educadas, na mais estrita obediência cristã; belos e refinados; eram tão parecidos entre si que, se não houvesse certa diferença de idade entre eles, acreditava-se que eram gêmeos. E de repente tinha vindo o amor, provocativo, desesperado, exibindo os conflitos da família, sua intimidade: Jorge não queria voltar a Bogotá para terminar seus estudos de Direito, Nena se recusava a experimentar um pedaço de comida enquanto seu pai insistia em separá-los; médicos, padres, amigos intervieram. Dilacerado de raiva, o pai finalmente consentiu com o casamento, mas, voltando para casa depois da cerimônia, ele foi vítima de um ataque cardíaco e morreu naquela mesma noite, amaldiçoando os noivos em sua agonia. Na realidade, a união entre primos era uma ocorrência comum para uma classe social determinada a evitar a miscigenação por todos os meios possíveis e sempre com a cumplicidade da Igreja. Algo bem diferente estava em jogo: a autoridade do pai, duplamente pai, por duas vezes desrespeitado em seu direito abusivo sobre a filha e seu poder sobre o sobrinho que insidiosamente o traíra. Daí a cólera que pôs fim à sua vida, expressa através de uma maldição que, segundo o povo, deveria assombrar os culpados, impedindo-os de encontrar a felicidade. Mas estavam todos enganados: essa paixão transformou-se em um prazer intenso e silencioso, indiferente ao que se passava à sua volta; os filhos, sempre meninos, chegavam e eram confiados aos cuidados de aias, que os mantinham longe dos pais nos inúmeros cômodos da mansão dos Avendaño. Até o nascimento de Beatriz: um bebê cuja dificuldade para vir ao mundo e os danos irreparáveis que causou no ventre de sua mãe — tamanha seria a determinação com que ela abriu passagem, rasgando órgãos e músculos — não deixavam presumir sua fragilidade: passou dois anos doente em seu berço forçando todos a cuidarem dela, enquanto a relação entre seus pais ia se deteriorando: talvez a voluptuosidade já fosse impossível para uma mulher cujo sexo havia perdido a estreiteza necessária ao prazer masculino, ou talvez a própria Nena inconscientemente temesse uma nova gravidez, o fato é que Jorge Avendaño se viu apaixonado por outra prima de primeiro grau, precipitando Nena no inferno. Isso foi muito antes de se mudarem para o Prado, abandonando o antigo solar da família, impregnado da memória de seus amores incestuosos, em uma rejeição definitiva do passado. Nada se sabia sobre aquele naufrágio na época, apesar do fato de que Nena já havia começado suas peregrinações à Virgem de la Popa em Cartagena e as pessoas contavam como ela saía na estrada e marchava durante dias sob um sol de chumbo na companhia de padres e todos quantos tocados pela religião havia na cidade, até chegar ao pé do morro e subir de joelhos o caminho de pedras e arbustos que levava ao santuário. Tal extravagância era explicada como uma decisão tardia de se reconciliar com o espírito do pai morto, neutralizando ao máximo sua maldição; falava-se também de arrependimento depois de anos de concupiscência conjugal, a fim de oferecer aos filhos mais velhos o exemplo de um amor mais contido, pois que senso de decência essas crianças poderiam ter se, assim que se aproximassem do quarto onde seus pais passavam a noite e boa parte do dia, ouvissem gemidos, suspiros e outros sons inconvenientes? É claro que eles não tinham senso de decência, tal como entendido pelas boas almas, o que lhes permitia estabelecer relações bastante equilibradas com a vida, ou seja, enlouqueceram aqueles que tentaram governá-los, adaptaram-se às regras sociais na medida de sua conveniência e, tendo começado muito cedo com suas aias o aprendizado da sexualidade, sempre satisfizeram as mulheres que o destino pôs em seu caminho.

Beatriz era diferente; ao contrário de seus irmãos, parecia encarnar o personagem de uma história exemplar: assim que ingressou em La Enseñanza, conquistou imediatamente a admiração das freiras, que nunca tinham visto uma aluna mais ordeira, tão disciplinada e dedicada, capaz de obter a melhor nota em cada disciplina e uma excelente nota por comportamento toda semana. Tal perfeição irritava Lina, que, depois de observá-la por algum tempo vacilando entre designar sua conduta de fariseia ou simplesmente de idiota, descobrira para seu espanto que Beatriz acreditava sinceramente nas virtudes da obediência: submeter-se às ordens dos mais velhos parecia-lhe ser a única maneira de se libertar da angústia que lhe proporcionara uma educação voltada exclusivamente para a existência do pecado e seu castigo natural, como Lina pensava entender mais tarde, respondendo às perguntas que suas perguntas despertavam em tia Irene e cuja formulação ela se abstinha de fazer à sua avó por medo de mortificá-la, pois tudo quanto dizia respeito a Nena Avendaño dava a impressão de causar-lhe infinita tristeza: Nena a ajudara a amortalhar sua filha, esteve com ela durante os dias horríveis que precederam sua morte. E ela, sua avó, não estava disposta a esquecer isso. E ela, Lina, devia assumir essa dívida ajudando Beatriz em qualquer circunstância, sem tentar entender sua personalidade ou julgar seu comportamento. Isso foi particularmente difícil para Lina, dada sua antipatia instintiva ao proselitismo de Beatriz, porque não lhe bastava curvar-se às decisões arbitrárias das freiras e, como elas, rastrear por trás de cada gesto o pecado: conversar com as internas, não brincar no recreio, distrair-se na missa, fugir do curso de costura, enfim, todos os pequenos desafios que tornavam mais tolerável o ambiente repressivo do colégio. Não. Beatriz pretendia convencer Lina e as amigas das vantagens espirituais inerentes à subordinação, réplica, em escala reduzida, da sujeição dos homens à vontade divina; além disso, o castigo deveria ser aceito com gratidão, especialmente se fosse injusto, pois então havia a oportunidade de oferecê-lo como sacrifício ao Senhor, ganhando indulgências para a hora da morte.

 Aquela linguagem de sermão dominical e sua prática de delatar aquelas que haviam feito desordem quando uma freira estava ausente, deixando-a aos cuidados da classe, acabaram lhe rendendo a antipatia geral a tal ponto que Lina, muito a contragosto, foi forçada a se tornar sua defensora. Mais de uma vez ela a tirou de problemas ou interveio em seu favor para acalmar os ânimos, mas um dia não conseguiu evitar a catástrofe: a tubulação do colégio estava sendo trocada e entre as bordas de uma vala relativamente profunda os operários haviam deixado uma tábua como passarela; em cima dela, e às escondidas das freiras, alguém havia atravessado outra tábua idêntica, formando uma perigosa gangorra com a qual um grupo de alunas se divertia; Beatriz apareceu, convidaram-na a subir em uma das extremidades da prancha enquanto elas o faziam no extremo oposto, e então desceram de um salto assim que Beatriz estava no topo: o improviso para cima e para baixo a jogou violentamente no fundo da vala, onde recebeu um golpe que a deixou inconsciente, e, quando ela saiu da clínica e voltou para o colégio, um novo traço começava a marcar seu caráter: a desconfiança.

 A partir de então, apenas Isabel e Lina frequentaram a casa dos Avendaño. Uma casa bastante triste, na qual as orações de Nena podiam ser ouvidas durante todo o dia, às quais a voz de Beatriz respondia como um eco, aprendendo as lições de cor. Tudo ali parecia limpo demais, azulejos, móveis, cortinas, e os belos objetos transmitidos de geração em geração pareciam mais impessoais do que se estivessem na vitrine de um antiquário. Não havia rádio nem animais de estimação; nada de plantas ou flores; uma espécie de desolação se desprendia dessa ordem nunca contrariada, cuja imobilidade evocava o digno esquecimento de um cemitério. Sobre a casa, e apesar de ter morrido meses antes, ainda pairava a memória de uma tia de Nena que fora responsável pela educação de Beatriz, se por tal coisa se entendia aterrorizar uma criança noite e dia com histórias arrepiantes de almas em dor que apareciam aos homens para lhes contar seus infortúnios e, assim, mantê-los longe do pecado. Aquela mulher, rejeitada de dois conventos depois de noviciados calamitosos, arrastara para seu desequilíbrio a própria Nena, que, não contente em abandonar a educação de Beatriz, adotara seu misticismo de má qualidade, iniciando aquelas peregrinações à Virgem de la Popa em que queimaria sua beleza e juventude, ou o que restava de ambas. Ela não tinha nem cinquenta anos quando Lina a conheceu e sua pele já era de uma velha, e os olhos se nublavam de um estupor doloroso; depois de tanto andar ao sol na estrada para Cartagena, caminhava inclinando a nuca enegrecida, e seus joelhos, maltratados no caminho pedregoso da colina, mostravam aqui e ali cicatrizes e chagas. Desde o primeiro momento, Lina sentiu por ela um afeto mesclado de raiva e piedade; tendo conhecimento, graças às finas antenas de Berenice, do problema dos Avendaño, era intolerável para ela descobrir que poderia sofrer tanto por causa do desgosto de alguém; essa dor era perturbadora em sua manifestação, obscena em seu excesso. No entanto, o desamparo de Nena e sua absoluta falta de agressividade a levaram a amá-la facilmente e, com o passar dos anos, ela aprenderia a decifrar o monólogo confuso através do qual se expressava a ruína de sua consciência. Pois ela nem sequer tinha palavras para compreender aquele sentimento de culpa dilacerante que havia sido o seu assim que se viu sozinha diante de si mesma, sem a proteção de um prazer em que se perder todas as noites, de um amor cuja existência a valorizasse, afugentando o remorso de não ter sentido nada com a morte de seu pai quando, em agonia, ouviu-o amaldiçoá-la. Limitava-se a sofrer cegamente, nas trevas de uma ignorância desprovida de nome, enquanto vegetava naquele estado que até seus próprios filhos assimilavam à loucura e que Lina preferia considerar como um refúgio onde ela, Nena, mantinha pelo menos a esperança de modificar seu destino através de rituais mágicos capazes de atrair o favor dos deuses.

Para Beatriz, por outro lado, o destino de sua mãe era uma injustiça horrível e intolerável. Talvez, inconscientemente temendo julgar o pai que adorava, não tentasse procurar as causas que o haviam provocado; enfim, já lhe bastava ver Nena voltar de suas peregrinações com os joelhos ensanguentados, queimados de sol, a bainha de seu vestido em frangalhos; ouvi-la rezar o terço caminhando pelos corredores à noite em um vaivém desesperado; surpreender a marca de suas lágrimas silenciosas, observar sua falta de vontade à mesa, descobrir as pequenas mentiras com as quais tentava tranquilizá-la. Porque Nena não contava a ninguém sobre seus pesares, muito menos a uma menina de doze anos que a princípio não podia compreendê-la e por quem Jorge Avendaño aceitava passar uns fins de semana em casa, depois de ter obtido uma incerta concessão americana para justificar suas repetidas ausências. Na realidade, ele trabalhava pouco, vivendo da renda herdada do pai de Nena e escondendo a existência de seus amores ilícitos de todos, até mesmo dos filhos mais velhos. Tornara-se um sem-vergonha sem querer, preso nas engrenagens de uma situação que não sabia governar, pois não estava preparado para ganhar o pão com o suor de sua fronte, nem podia prescindir dos confortos aos quais cinquenta anos de ociosidade o habituaram. Com os filhos estudando em Bogotá e a esposa transformada em uma chorona inofensiva, ele podia se dar ao luxo de viajar regularmente para Miami, onde morava o novo objeto de sua paixão. E lá ele mantinha um iate e vivia a vida boa sem prestar contas a ninguém pela gestão da fortuna de Nena, que, por sua vez, não as pedia. Um excesso de delicadeza ou o cúmulo da fraqueza, Lina se arriscaria a sugerir na frente de uma tia Irene, como de costume, hermética, cujo silêncio determinado a induziria, desta vez, a abandonar a facilidade dos lugares-comuns para vislumbrar o mundo, tão rígido e vulnerável, de pessoas nas quais persistia certa nobreza de alma, expressando-se em atitudes sutis como se refugiar no delírio em vez de admitir qualquer forma de ignomínia. Pois se Nena tivesse aceitado que Jorge Avendaño era capaz não só de mentir para ela, mas também de roubá-la, teria sido forçada a reconhecer o caráter irrisório de sua paixão e até mesmo a indignidade de tê-la vivido, sacrificando-lhe uma concepção de honra baseada menos na obediência filial do que no princípio, respeitado pela velha aristocracia, segundo o qual nunca se deveria cometer um ato que pudesse chamar a atenção do vulgo sobre a família. Eles ainda existiam na mais absoluta opacidade; seus descendentes, perdidos em uma sociedade conturbada, teriam o mau gosto de pintar quadros ou escrever romances.

Então, Beatriz não sabia por que a mãe sofria tanto. Berenice supunha-o com um enternecedor bom senso; tendo sabido pelas criadas de Nena que Jorge Avendaño nunca dormia em seu quarto, nem mesmo durante os fins de semana dedicados a Beatriz, ela adivinhara sem muita dificuldade a existência de uma amante; Berenice não pretendia saber quem era e onde vivia, mas sua antiga experiência com o povo do Prado lhe permitia assegurar-lhe que era uma parente próxima, já que, em sua opinião, Jorge Avendaño só podia enredar-se em paixões fatais como a morte. Freud teria concordado com ela, Lina mal a ouvia; sua grande preocupação naquela época era ver Beatriz o mínimo possível fora do horário escolar sem que a avó percebesse e, quando não podia evitar, suportar estoicamente o clima daquela casa impregnada de dor, onde a mãe se martirizava enquanto a filha impunha castigos atrozes às suas bonecas. Essa era a única distração de Beatriz e, em nome da boa educação, ela, Lina, tinha de assistir a cerimônias de luto em que as mais belas bonecas de porcelana importadas por tia Eloísa quarenta anos atrás e vendidas ao pai de Nena a preços consideráveis eram simbolicamente amarradas, espancadas e às vezes crucificadas para purificar seus corpos dos pecados que Beatriz lhes atribuía ou em pagamento por faltas tão graves que ela não podia mencionar.

"Que não sabe mencionar", Lina certa vez ouvira tia Irene sugerir sem tirar os olhos do imenso *Livro dos Mortos*, cujos hieróglifos ela lhe mostrava para ensiná-la a decifrá-los, não em tom afirmativo, mas questionador, como se acreditasse que Lina fosse capaz de ir além das aparências em busca do significado exato por trás da obscuridade do signo, à maneira como aprendia a dar sentido às figuras complexas do livro aberto sobre a mesa. E de repente Lina teve a impressão de olhar as coisas por outro ângulo, de ter sido projetada em uma dimensão tão reveladora que sempre se lembraria muda de espanto junto a tia Irene, associando rapidamente o número de detalhes desaparecidos em seu inconsciente e recuperados em um instante por sua memória: os jogos de Beatriz já não lhe pareciam uma imitação mecânica do exemplo que sua mãe lhe oferecia, mas a expressão de um desequilíbrio mais inquietante e profundo, como se ao torturar suas bonecas outra pessoa se apoderasse dela. De certa forma era verdade, pois uma grande distância separava a excelente aluna, bem desperta e à procura da primeira oportunidade de levantar o braço e responder à professora, da menina brincando em seu quarto com uma determinação sombria. Desde então, Lina veria seu mal-estar se transformar em curiosidade; Beatriz habitava dois universos distintos, embora não paralelos, na medida em que se cruzavam como duas ondas de rádio que ocupassem sucessivamente a mesma frequência; às vezes, sua inteligência se introduzia na lógica macabra de seus jogos infantis, banalizando-os; outras, a morbidez de seu caráter a levava a se converter ela mesma em boneca, e ouvia toda a missa de joelhos ou permanecia na cadeira muito ereta e imóvel durante o período escolar. Dessa forma, Beatriz logo se tornaria uma fonte de observação para Lina, apesar da rejeição instintiva que sua presença sempre produziu nela.

Porque não podia evitá-la, isso estava claro: de um lado, a avó insistindo na dívida contraída com Nena Avendaño; do outro, Beatriz a convidando para sua casa todos os dias. Lina só se divertia quando estava acompanhada de Isabel, que, se não detestava bonecas, preferia como ela sair para o jardim e subir nos galhos de um samã centenário que milagrosamente resistira aos atropelos da urbanização; escondidas em suas folhagens, elas começavam a imaginar histórias fantásticas enquanto Beatriz implorava para que descessem em meio a ameaças e considerações sobre o inconveniente de tal comportamento, especialmente se houvesse meninos andando pelos arredores de bicicleta e, mais tarde, de carro. A amizade com os primos de Lina, que, assim que haviam começado os últimos anos do secundário abandonaram a misoginia de adolescentes para brincar de sedutores, modificaria Deus graças à situação: Beatriz, primeiro, concordou em acompanhá-los a um passeio de carro ou explorar antigas casas abandonadas à noite, e depois, apaixonada por um deles, sua sexualidade começou a germinar rápida e silenciosamente.

Aconteceu em dezembro, durante as férias. Tinham se acostumado a sair das Novenas e partir pela estrada de Puerto Colombia até chegarem ao pântano, envoltos por uma luz difusa de reflexos azuis;

desciam de seus carros e conversavam entre um farfalhar de insetos e o súbito bater das asas de um pássaro noturno cujo repouso haviam perturbado; alguns casais se refugiavam no escuro, não muito longe por medo de se perderem, esperando o sinal de regresso que os faróis dos carros indicariam. Beatriz e Jairo Insignares mal se atreviam a dar as mãos: eram namorados há cerca de seis meses, quando Jairo se juntou aos outros meninos que perseguiam em seus carros o ônibus de La Enseñanza, cortejando as alunas, para indignação da solteirona designada a vigiá-las. Esses galanteios sempre deixaram Beatriz indiferente; pelo menos aparentemente, porque sua reação seria outra no dia em que Jairo lhe enviou, através de Lina, uma carta declarando seu amor em termos tão convencionais que qualquer uma delas teria rido. Mas Beatriz não riu, muito pelo contrário; guardou a carta dentro de seu livro de religião, a fim de mantê-la o mais perto possível dela, e talvez tenha começado a sonhar com a ingenuidade de seus treze anos e na medida em que a pulcritude de seu coração permitisse. A partir daí sentou-se à janela do ônibus: muito pálida, contorcida de emoção, esperava os carros aparecerem para procurar Jairo com os olhos e olhá-lo intensamente; um dia mandou dizer que concordava em ser sua namorada, sem saber realmente o que aquilo significava, ou ter uma ideia mais ou menos confusa a respeito, pois como às vezes ia ao cinema aos domingos na companhia de Lina, tinha visto os namorados se sentarem juntos e se beijarem por longos períodos assim que as luzes se apagavam. Beatriz não entendia que essas carícias, esses primeiros assaltos do desejo, constituíam em sua idade o pecado por excelência. Ninguém lhe tinha dito isso e, da mesma forma que Catalina, nada compreendera das alusões dos sacerdotes quando trovejavam do púlpito contra as tentações da carne; sim, era proibido olhar na direção dos meninos empoleirados no muro do colégio; e proibido vê-los às escondidas de seus pais, cometendo assim a infâmia de mentir a estes. Mas o único juiz de sua vida privada era para Beatriz sua própria mãe, e Nena Avendaño, talvez procurando mantê-la longe das bonecas, não só não mostrou nenhuma relutância quando soube que estava apaixonada, como também a encorajou a formalizar um pouco esse namoro, sugerindo que ela convidasse seu pretendente para a casa. Jairo, bastante surpreso no início e não menos intimidado, acostumou-se a visitá-la nos finais de semana e acabou brincando com elas como qualquer outro amigo, mesmo que de vez em quando, lembrando-se de sua condição, levasse flores para Beatriz ou segurasse sua mão no cinema. Assim as coisas poderiam ter continuado se os companheiros de Jairo não tivessem intervindo, incitando-o a demonstrar mais audácia e, sem que ele imaginasse, a realizar certos desejos de Beatriz, que vivia seus amores na ambiguidade obscura de uma adolescente incapaz de deixar definitivamente a infância para trás. Pois ela não havia se afastado das bonecas: sua favorita, uma de cabelos cacheados e muito pretos, permanecia a maior parte do tempo amarrada às grades de uma janela voltada para as árvores do pátio; só se Jairo fosse visitá-la em casa, Beatriz a trancava em um armário com as outras, não tanto como sinal de conciliação, mas por medo de que suas brincadeiras fossem descobertas, deixando-a em um papel ridículo; os seis meses de namoro a sensibilizaram para a opinião alheia, mas sem essencialmente mudar seus conflitos com a vida, e apesar da fermentação furiosa que estava ocorrendo em seu corpo. Furiosa e muda: nada em Beatriz permitia adivinhar suas emoções, exceto a cor de seus olhos, que iam do azul a um tom escuro, quase cinza, quando ela olhava para Jairo pelo canto do olho ou pela janela do ônibus. Depois veio dezembro, a liberdade da brisa noturna que soprava do pântano e daquela estranha sensação de viver em um tempo parado durante o qual os desejos mais selvagens poderiam ser realizados. Seguindo o exemplo dos outros casais, Jairo e Beatriz se aventurariam uma noite no escuro e passo a passo aprenderiam a se amar; juntos, eles descobririam a perturbação das carícias e a vertigem insensata dos beijos. Cobertos de suor acre, com os olhos vidrados de excitação, voltavam como sonâmbulos ao chamado dos automóveis; cheiravam a grama e terra úmida; pareciam ausentes e secretos.

Talvez aqueles tenham sido os melhores dias da vida de Beatriz, chegaria a dizer-se Lina com o tempo, quando conseguiu pensar nela com calma, enfim, sem se deixar impressionar pelo sentimento de horror que sempre a invadia à sua lembrança. Pois nunca como então Beatriz esteve tão perto de encontrar uma forma de equilíbrio, abandonando gradualmente seus jogos inquietantes para entrar na ordem bem definida dos adultos; gestações e problemas domésticos teriam dado conta de sua dicotomia; em Carnavais e jogos de canastra, suas insensatezes teriam sido diluídas. Mas o destino decidiu reforçar o lado sombrio de sua personalidade, afastando-a definitivamente do amor e, aliás, implicando Lina no evento que a marcaria de um jeito tão ruim.

Mais de mil vezes Lina se arrependeria de tê-la levado para passear de carro naquela tarde; fazia-o sempre na companhia de uma amiga, pois tal fora a condição imposta pelo pai quando este finalmente decidiu confiar-lhe o velho Dodge no dia dos seus doze anos, e Catalina e Isabel partilhavam com bom humor o prazer de caminhar pelos Altos do Prado, com suas ruas bem dispostas em torno de terrenos ainda desertos, onde os ruídos da cidade eram silenciados sem ousar perturbar seus sonhos de adolescentes; o motor agonizante parecia recuperar um sopro de sua juventude distante sob o efeito da brisa e da ausência de circulação; pelo crepúsculo havia apenas um leve pulsar de luzes e os raros automóveis que se aventuravam com os faróis apagados em busca de esconderijos para amores clandestinos. Foi justamente a visita de um deles, um Packard de cor creme estacionado em um beco sem saída, que provocou a exclamação de Beatriz e seu gesto de abrir a porta, obrigando Lina a frear de repente: surpreso, o casal que se acariciava no Packard se separou instantaneamente e, enquanto a mulher se jogava no chão, o homem virou-se para olhar para elas; mas Beatriz já corria em sua direção, parou à janela e gritou algo que Lina não conseguiu ouvir: Jorge Avendaño acabara de ser descoberto em flagrante delito de adultério; e por sua própria filha, a menina de treze anos de idade que ele tanto amava, e de quem não podia esperar o menor indício de compreensão. Movidos pelo medo, certamente, e pelo pedido angustiado da mulher escondida ao seu lado, ele ligou o motor sem prever a reação de Beatriz, que pulou na frente do Packard recebendo a investida do arranque e caindo a poucos metros de distância. Lina já tinha descido e chegado onde estava Beatriz, atordoada pelo golpe e pela dor da fratura de uma perna, ao mesmo tempo que chegava Jorge Avendaño, dando a impressão de não conseguir controlar a situação. Ambos se inclinaram sobre ela e viram a mulher passar correndo em uma tentativa desesperada de preservar sua identidade. Beatriz também a viu e conseguiu implorar para Lina não dizer nada a Nena. Um momento depois, desmaiaria amaldiçoando o pai, e ao fazê-lo seu rosto, muito pálido, tinha a máscara severa, a expressão intratável dos antigos retratos de seus antepassados pendurados nas paredes de sua casa.

Nena, claro, descobriu tudo. Lina soube disso quando observou o gesto com que lhe impôs silêncio quando entrou na clínica do Prado acompanhada de Alfredo, seu filho mais velho; um gesto firme e ao mesmo tempo cheio de ternura, como se quisesse evitar-lhe a humilhação de mentir; ela deve ter pensado que não foi pouco o que aguentou naquela tarde quando se viu sozinha com Beatriz deitada no banco de trás do carro, procurando ansiosamente alguém que pudesse ajudá-la. Porque Jorge Avendaño, depois de depositar o corpo inanimado de Beatriz no Dodge e dizer-lhe para segui-lo, começou a circular pelas ruas até localizar a mulher que corria em estado de delírio absoluto e, quando finalmente conseguiu colocá-la no Packard, mergulhou o acelerador e desapareceu ao virar uma curva. Lina não conseguia acreditar em seus olhos; por alguns segundos, ficou embasbacada, sentindo uma onda de raiva tirar-lhe o fôlego; de repente, lembrando-se do dr. Agudelo, resolveu procurá-lo em seu consultório; ele já tinha ido embora, e ela teve de rodar metade da cidade até encontrá-lo; como o dr. Agudelo julgou prudente levá-la a uma clínica, foram para Las Tres Marías e, enquanto ele se encarregava das formalidades necessárias, Lina chamou os irmãos Avendaño ao Country. Não podia esconder a verdade deles: o Dodge estava intacto e era impossível falar que sofreram um acidente; pediu-lhes, sim, até suplicou que disfarçassem o que tinha acontecido diante de Nena; inútil: os cinco irmãos Avendaño não perderiam a oportunidade de finalmente desmascarar os negócios financeiros obscuros de seu pai, forçando Nena a admitir de uma vez por todas o fracasso de seu casamento e, consequentemente, recuperar o controle legítimo de sua fortuna. Isso foi feito sem muita dificuldade: sob a ameaça de revelar o nome de sua amante e seu comportamento infame com Beatriz, os irmãos conseguiram que Jorge Avendaño lhes desse os bens cujo usufruto lhe permitiu levar uma vida principesca por anos e sem qualquer relação com suas capacidades produtivas; poderiam ter-lhe exigido muito mais, e ele teria dado; Beatriz hospitalizada por causa dele e seu amor perdido para sempre subitamente o mergulharam em um estado de depressão que o impediu de oferecer a menor resistência à operação dos filhos. De certa forma, comportaram-se corretamente, deixando-lhe até mesmo uma renda pessoal sólida o suficiente para se acomodar em uma honrosa aposentadoria de donjuan mais ou menos andropáusico que passaria o resto de seus dias nos campos de golfe do Country, vestido elegantemente e lançando às mulheres olhares de dolorosa admiração. Em troca dessas facilidades, ele teve de voltar para a casa conjugal para manter as aparências e acabar com o desespero da esposa, que era a causa daquelas peregrinações ridículas das quais tanto se falava na cidade.

Tudo, então, estava em ordem, como talvez os irmãos Avendaño acreditassem, com a franqueza de pessoas equilibradas para quem a solução de um conflito é uma questão de apagar e começar a conta de novo. Sem entender que os longos anos de infortúnio marcaram indelevelmente Nena e, sobretudo, sem considerar a repercussão dessa história no espírito de Beatriz.

A adolescente que saiu da clínica com a perna engessada e não poucos hematomas parecia ter perdido o uso da palavra a tal ponto que Nena implorou para que Lina ficasse ao seu lado por alguns dias para tentar tirá-la do mutismo em que se encerrara desde o acidente. Na verdade, Beatriz não falava, comia pouco e passava a noite inteira sem dormir. Uma força terrível vinha daquele silêncio granítico, não calculado, nem mesmo decidido, mas inevitável, quase inerente à febril atividade mental em que vivia, como se seu cérebro, em um processo monstruoso, consumisse toda a energia de seu corpo. Lina às vezes tinha a impressão alarmante de sentir seus pensamentos, especialmente à noite, quando acordava sobressaltada e no espelho da penteadeira, à luz de uma lâmpada permanentemente acesa, via os olhos arregalados de Beatriz olhando para o vazio. Talvez examinasse seus pontos de referência, um após o outro, com uma perplexidade carregada de ressentimento; era lógico supor que o coração de seus princípios tivesse recebido um golpe considerável: eis que o pai, símbolo da ordem em torno da qual gravitava um rígido sistema de coerção e obediência, se comportava como um covarde infringindo as regras cujo respeito justificava seu poder; e a mãe, imagem com a qual devia se identificar, era uma vítima que ninguém podia ajudar, nem mesmo o céu. Mas Beatriz não tinha a capacidade mental de Catalina para questionar os valores que a sociedade lhe incutira e começar a pensar por si mesma: nem o senso de humor de Lina, capaz de minimizar a longo prazo aquela angústia inseparável da perda de qualquer certeza. Se o núcleo havia se desarticulado, seus componentes ainda estavam lá, em sua consciência abalada, procurando desesperadamente por uma nova estrutura. Até encontrá-la: talvez naquela madrugada quando, saindo de sua prostração, foi para o pátio carregando suas bonecas consigo, em silêncio, sem acordar ninguém, nem mesmo Lina, que dormia a seu lado, e apoiada em suas muletas se pôs a colher folhas e galhos até que conseguiu acender uma fogueira que começou a arder com reflexos de mau presságio. Lina sentiu-se assim quando saltou da cama, já adivinhando, naquele momento, o que um segundo depois seus olhos veriam. E enquanto contemplava da janela Beatriz jogando suas bonecas no fogo, teve a estranha e implausível certeza de que já havia presenciado a mesma cena: uma jovenzinha loira, com expressão angelical, mas esvaziada de emoção, diante de uma fogueira em que se contorciam e crepitavam bonecas lamentando sua morte em um execrável cheiro de cabelo queimado.

II.

A Torre do Italiano aparecia como uma interrogação, um reflexo irônico dos problemas apresentados aos homens. Seu centro era uma peça circular cujas paredes eram painéis de espelhos alternados com espaços abertos pelos quais entrava a luz filtrada através das janelas redondas das salas dispostas em torno dela; de cima para baixo, de um lado para o outro, todas as salas levavam diretamente, ou através de escadas e corredores, àquela peça onde tia Irene costumava passar suas noites; além do piano, não havia mais nada e, no entanto, uma sensação de plenitude emanava dela: talvez porque as lajotas do chão formassem um mosaico heterogêneo de figuras geométricas pintadas em ouro, azul e ocre; e as mesmas cores e motivos se repetissem no teto, um grosso vitral cujos cristais filtravam os raios solares, transformando-os em uma luz imóvel e dourada que os espelhos refletiam ao infinito. Lina conheceu aquele aposento quando começou a visitar tia Irene sozinha, e desde a primeira vez teve a impressão não só de ter obtido um privilégio, mas também de estar na presença de um enigma que não conseguia decifrar, como se o cômodo tivesse sido concebido com uma intenção precisa, mas oculta, proibida à sua inteligência; foi só no final da vida que pensou ter percebido o significado do salão dos espelhos, a razão de sua forma, seu curioso arranjo: e com a lembrança confusa em sua memória, entrou sorrindo no sonho muito preciso da morte. Quando criança, por outro lado, ela tinha medo de ficar lá se a tia se afastasse, e ainda mais medo de se aventurar fora dela, correndo o risco de se perder no labirinto dos corredores. Porque, por trás de sua aparência, a peça circular era cercada por um dédalo de artifícios destinados a enganar o visitante incauto, enviando-o para outras salas, sempre iguais e cobertas de tapeçarias mais ou menos semelhantes, exceto se alguém notasse os filetes de pedra que corriam ao longo de suas paredes, logo abaixo de pinturas e gobelins, revelando um universo inédito de figuras esculpidas pelo cinzel de uma mão alucinada: árvores cujos troncos afundavam na terra enquanto suas raízes se abriam para o céu, penhascos suspensos no ar desafiando a gravidade sobre um mar ardente, homens minúsculos vivendo na barriga de uma sereia, peixes alados, pássaros de duas cabeças, enfim, todo tipo de criaturas aberrantes em meio a signos de alfabetos provavelmente perdidos e esboços de silhuetas sugerindo uma ideia cujo desenvolvimento seria encontrado muito mais longe, em outro aposento, seguindo caprichosos desígnios até que de repente atingisse sua forma definitiva, nem sempre acessível ao entendimento, mas indicando, pela expressão de sua totalidade ou pela enunciação simbólica de sua essência, o caminho a seguir até chegar à sala circular, onde tia Irene, em frente ao piano, tocava suas sonatas preferidas.

 Lina descobriria a pista oferecida pelo friso de pedra, em um lampejo de intuição, quando certa tarde perdeu seus pontos de referência ao atravessar um corredor, e foi subindo e descendo escadas, dando voltas e voltas pelos cômodos sem poder se orientar, pois todos pareciam idênticos e em todos eles o piano da tia Irene ressoava com igual intensidade; hesitando entre gritar por ajuda ou manter o controle de si mesma, ela de repente notou uma imagem que lhe era familiar, não porque realmente a tivesse visto antes, mas talvez porque a tivesse visto de passagem, e sua memória havia conservado a impressão dela: era um esboço de inseto pairando como um zepelim sobre uma cidade em sombras, mas seu olhar ameaçador — que Lina lembrava naquele momento com espantosa exatidão — ainda não estava formado, e de sua órbita saíam molas semelhantes a antenas; uma delas se estendia até o desenho seguinte, misturando-se à folhagem tortuosa das árvores tropicais que representava, até se confundir com os galhos de uma árvore de mogno sob a qual uma mulher abrigava um ovo translúcido em seus braços; alguns passos mais adiante, a figura reaparecia, olhando para uma porta cuja presença Lina não havia notado, e que se abria para um corredor por onde ela entrou, observando como, ao longo de seu friso, o ovo se transformava em círculos concêntricos dos quais emergia algo como um ser andrógino que, antes de se separar em dois sexos definidos, dava a impressão de inventar o próprio inseto, de criá-lo com sua imaginação; e assim, aos poucos, através de arabescos e pentagramas e outros símbolos, a forma do inseto foi se tornando mais precisa, enriquecida com detalhes que o tornavam mais perturbador, metálico, armado como um instrumento de destruição. Quando Lina o viu terminado, fixando seu olhar duro e frio na cidade adormecida, percebeu que havia chegado a um dos quartos contíguos ao salão dos espelhos. A partir de então, imaginou estabelecer um diálogo silencioso com tia Irene.

Imaginou porque nunca soube ao certo se essa suposição correspondia à realidade ou a um delírio secreto causado pelo mutismo de sua tia e pela sombra tenaz daqueles estrangeiros que, antes de morrer, haviam traduzido seus sonhos em pedra. Tudo começou quando Lina se propôs a compreender seu próprio mecanismo de reflexão, se é que se podia chamar assim a atividade desordenada de sua mente, limitada, em geral, a um acúmulo passivo de observações das quais tirava conclusões precipitadas e desinteressantes, já que a simplicidade de sua visão a impedia de transcendê-las: uma vez reconhecida essa barreira aparentemente intransponível, restava-lhe o recurso de delimitar o objeto de sua atenção, que, curiosamente, resistia a toda anarquia, expressando-se em uma nuvem de perguntas que giravam em torno de um mesmo tema; quando um belo dia conseguia cercá-lo, tinha a impressão de que tia Irene estava intervindo através de uma nota musical. Sim, uma nota musical. Nem mais, nem menos. Essa ideia maluca veio à sua mente quando notou que, depois de passar tardes inteiras monologando à sua frente e obter dela comentários educados, mas bastante lacônicos, tia Irene tocava uma certa sonata durante os intervalos: havia sete notas na variação e sete espaços abertos entre os espelhos: a partir daí, relacionar a nota característica da sonata a uma das sete entradas da peça circular foi um passo que Lina deu alegremente, preferindo a arbitrariedade dessa associação à ineficácia de suas especulações. De qualquer forma, como comprovaria muito mais tarde, os frisos que adornavam as paredes se prestavam a qualquer interpretação, ou melhor, podiam ser lidos de mil maneiras diferentes, desde que um dos infinitos fios ocultos na complexidade de seus desenhos fosse capturado e, mesmo assim, a linha condutora oferecia um número incrível de leituras, como aqueles livros capazes de acompanhar uma pessoa ao longo de sua vida, abrindo novos horizontes à medida que ela cresce em idade e experiência. Passou anos tentando em vão atribuir a cada entrada a nota correspondente, e ainda mais anos tentando isolar entre o dédalo dos signos as imagens de temas que lhe interessavam. Às vezes, por força de paciência e grande humildade, conseguia romper o silêncio dos frisos; às vezes, recusavam-se a falar com ela ou o faziam com parcimônia. Exceto no caso de Beatriz.

Beatriz, ou sua situação, estava claramente expressa nos desenhos esculpidos na pedra pelos antigos habitantes da Torre Italiana; era representada por um autômato, ou uma marionete, e às vezes por um boneco de corda ou de mola; sua marca distintiva era a rigidez, o caráter mecânico e disciplinado de seus movimentos; em sua primeira aparição caía da roda da décima carta do Tarô, e na segunda rejeitava a luz da lanterna do eremita; a partir desse instante, podia ser visto construindo as cordas que fariam dele uma marionete tensa de raiva ou dor, sempre olhando na direção de um sol tão forte que tudo que brilhava abaixo dele era dissolvido; à medida que avançava, alternadamente vestindo os hábitos de um inquisidor ou de um suplicante, o autômato parecia abandonar seu aspecto trágico de soldado de lata perdido em um mundo de obstáculos invisíveis, para adquirir a consistência de um guerreiro preso cada vez mais às grossas couraças que protegiam seu corpo; de repente ele tombava e ao longo dos frisos podia ser visto no chão ou no fundo de uma caverna, debatendo-se inutilmente contra o peso de sua sucata; quando as cordas às quais estava preso o punham de novo em pé, ele cambaleava por alguns instantes antes de recuperar sua marcha mecânica sob aquele sol que deformava os objetos ao seu redor. O autômato não percebia a realidade, nem Beatriz; sua armadura o mantinha fechado em si mesmo, impedindo-o de se comunicar com os outros; a de Beatriz também: perseguia um único objetivo, encarnado pela estrela cuja luz lhe cegava os olhos; Beatriz também tinha uma mística exclusiva e excludente: o culto à família.

Qualquer pessoa sensata teria acreditado que, depois do acidente ocorrido nos Altos do Prado, Beatriz se questionaria sobre essa instituição criada pela sociedade para fortalecer um sistema em que ela, como mulher, era desfavorecida. No fim, sua mãe não poderia se parecer mais infeliz, e não era a presença de um marido derrotado, mas rancoroso, que lhe restituiria os anos perdidos em prantos e peregrinações. Além disso, Jorge Avendaño tornara-se taciturno e participava o mínimo possível da vida familiar, passando seus dias nos campos de golfe do Country e suas noites trancado no quarto bebendo com malevolência, metodicamente, até adormecer na cama. Sem motivo aparente que lhe permitisse expressar sua dor, Nena havia se refugiado em uma doce loucura de missas, orações e procissões. Sobre aquele mundo agonizante, Beatriz reinava. Todos, inclusive os irmãos, temiam as crises em que ela cairia caso se contrariasse minimamente qualquer ordem imaginária, criada por ela mesma, em relação às ideias e ao comportamento das pessoas ao seu redor; crises bastante estranhas, que começavam com um desmaio súbito e se prolongavam em inapetência total até obrigar seus pais a levá-la a uma clínica; diante dessa criatura de olhos de anjo, mas empenhada em morrer como se um espírito maligno habitasse seu corpo, os médicos se ocupavam com injeções, transfusões e quaisquer meios que tivessem à sua disposição para combater a anorexia; quando finalmente conseguiam restabelecer-lhe o apetite, ela se queixava de uma dor lancinante na virilha que a obrigava a andar mancando; tampouco contra isso os médicos podiam fazer muito, a não ser aventurar-se em complicadas hipóteses psicanalíticas, cujo conteúdo no fundo eles rejeitavam. Teorias ou não, teriam ficado espantados ao saber como Beatriz controlava suas crises de certa forma: certo, sua capacidade de sofrimento parecia ilimitada e ela podia passar dias e dias sem comer, insensível aos apelos, ameaças ou promessas que lhe eram feitas. Mas controle havia, e até administração. Por ora, esses problemas só lhe chegavam durante as férias ou na véspera de um fim de semana prolongado, pois não estava disposta a perder a posição de primeira aluna da turma; da mesma forma, a dor na virilha desaparecia assim que a sessão solene do colégio se aproximava, e ela devia disputar com Catalina o privilégio de representar santa Joana de Lestonnac; e, curiosamente, os desmaios ocorriam sempre na presença do pai.

   Jorge Avendaño tinha caído em uma armadilha incompreensível. A princípio, ele se julgava responsável por essas calamidades, pois a ligação entre o acidente causado por sua covardia e o desequilíbrio de Beatriz parecia óbvia. Depois os anos foram passando, e em algum momento ele deve ter notado uma nota falsa em seu raciocínio, ou seja, ao atravessar os campos de golfe do Country tentando em vão acertar a bolinha branca sob o olhar entediado, já nem sequer zombeteiro, do *caddie*, e entre dois copos de uísque bebidos na escuridão de seu quarto, algumas dúvidas viriam a inquietar-lhe a mente, perturbando-o até que ele resolveu pedir ajuda ao dr. Agudelo. Cristão de formação, Jorge Avendaño estava inclinado a aceitar o castigo como consequência do pecado, e tinha muitas faltas a seu crédito desde o dia em que, desafiando a autoridade do homem a quem considerava seu pai, cometera gananciosamente um crime muito próximo do incesto; quando, depois de muitos erros, foi sua vez de ser despojado de seu poder mal adquirido por seus próprios filhos, sua cólera pôde se dissolver no alívio de assimilar aquele ultraje a uma forma de expiação cujo último espinho era a conduta de Beatriz; desde que, é claro, essas crises correspondessem ao desejo secreto de mortificá-lo em nome de uma razão concreta, sua longa indiferença ao infortúnio de Nena, por exemplo, ou sua reação ao ser descoberto nos braços de uma amante. Porém — e ali estava o cerne do problema, a perplexidade que o levou a falar de sua vida privada a um médico, superando a reserva natural de todo Avendaño —, Beatriz não tinha a menor lembrança daquela aventura, tornando assim aleatória qualquer interpretação que tivesse a vingança como eixo, e insuportável a tensão nervosa em que seus transes imprevisíveis o mantinham. Usou a palavra com espanto, dando a impressão de descobri-la por um segundo antes de proferi-la e arrependendo-se instantaneamente de tê-la usado, o dr. Agudelo contaria a Lina, não naquela que seria a primeira entrevista entre eles sobre Beatriz, mas meses depois, quando, de tanto se verem na solidão de seu consultório para analisarem juntos a situação, Lina realizou seu antigo sonho, nascido na febre de uma difteria, de viver uma história de amor com esse homem de mãos macias, mas precisas, e olhos sagazes por trás da cordialidade estrita de seu sorriso. Jorge Avendaño nunca saberia até que ponto ganhara seu reconhecimento ao sugerir ao dr. Agudelo que a tomasse como interlocutora para tentar compreender o transtorno da filha. E certamente ela, Lina, era capaz, se não de explicar, pelo menos de fornecer alguns elementos suscetíveis de dirigir a atenção de um médico que não podia ver sua paciente e cujo único material analítico lhe havia sido fornecido por alguém profundamente envolvido no conflito.

Sem ir muito longe, Lina podia revelar-lhe que a suposta amnésia de Beatriz correspondia ao desejo de modificar o passado para adaptá-lo a uma fantástica história familiar em que todos os seus antepassados apareciam como exemplos de virtude, cavaleiros galantes a serviço do rei e, mais tarde, da independência, matronas dedicadas à sua casa ou ao amparo dos necessitados. Jorge Avendaño e Nena se amavam desde a infância e nenhum acontecimento havia chegado a contrariar seu idílio. A existência da amante? Não, Beatriz não a esquecera, mas aquele era um desvio passageiro sobre o qual era melhor calar-se; enfim, às vezes, diante de Lina, ela a evocava de forma sombria, como se fosse a personificação do mal, do próprio horror, porque seu maniqueísmo fora reforçado adquirindo proporções delirantes: havia, de um lado, mulheres ignóbeis, prostitutas infames, mães sem alma, todo um universo satânico e feminino conjurando à sombra para perdê-la; de outro, pessoas cuja conduta se conformava com a lei por trás da qual ela se entrincheirara e que era composta por uma série de princípios destinados a proteger a integridade da família. Desses princípios, pouco lhe importava saber a origem religiosa, social ou política, os interesses que ocultavam, as injustiças cometidas em seu nome; assim, quando seus irmãos e tios discutiam entre si — enquanto Jorge Avendaño pacientemente se embriagava em seu quarto —, ela defendia com igual intransigência a Inquisição, o nazismo ou o comunismo, conforme o caso, para espanto de quem a ouvia, ignorando a face oculta de suas declarações, a estrutura intelectual organizada que as sustentava: depois de muitas leituras e alguns compromissos, Beatriz aderira secretamente à teoria da evolução, interpretando-a à sua maneira, isto é, assimilando-a a um processo que visava criar ordem a partir do caos e concluindo que todos os sistemas repressivos que existiam e existirão respondiam, sob diferentes aspectos, à mesma progressão na luta contra a anarquia. Ninguém, é claro, se atrevia a contradizê-la, temendo provocar uma crise repentina: assim que ela começava a falar, os outros ficavam em silêncio, um pouco perdidos por seus progressos no domínio das ideias. Com exceção de Lina: era ela quem lhe emprestava livro após livro sem muito entusiasmo, porque sabia que Beatriz ia lê-los, menos para seguir a reflexão do autor do que para obter novos argumentos; diante da palavra escrita, sofria de uma espécie de daltonismo inato com o qual evitava qualquer coisa que pudesse abrir uma brecha na parede sólida de suas convicções. Álvaro Espinoza fazia algo semelhante, mas, ao contrário dele, Beatriz não aceitava dois pesos e duas medidas, nem nos homens nem nas mulheres, e não tolerava a menor infração, nem em si nem nos outros.

    As coisas teriam sido mais fáceis se alguma teoria científica ou filosófica tivesse vindo a confirmar o esquema fabricado por Beatriz. Lina estava disposta a admiti-lo como hipótese de reflexão, desde que incluísse as noções de princípio e finalidade, ou seja, o conceito de Deus; às vezes, ele parecia encontrar uma analogia entre sua ideia de uma matéria organizando a si mesma ou carregando em si o projeto de organizar-se, e certos desenhos esculpidos nos frisos da Torre do Italiano. Mas Beatriz rejeitava categoricamente qualquer intervenção divina naquela criação impiedosa cujo único objetivo era alcançar a ordem original, imutável e feliz da primeira partícula um segundo antes da explosão que produzira a expansão do universo: havia, portanto, um propósito de harmonia que buscava suprimir a diversidade em busca da unidade primitiva onde se encontrava o bem, concebido como ausência do mal, e até mesmo negado em seu estado puro pela falta de pontos de referência. E nada mais; talvez, sim, outra coisa, ciclos infinitos de dilatação e contração cujo significado representava um enigma indecifrável à inteligência. De qualquer forma, Beatriz não pretendia ir mais longe: essa explicação sustentava suas opiniões sobre a necessidade de uma ordem social capaz de integrar o homem — ser rebelde e individualista por excelência — no plano da própria matéria, exatamente como anos atrás, quando acreditava em um Deus que distribuía castigos e recompensas e via em cada ato de submissão uma repetição da obediência devida à autoridade divina. Naquela época, porém, suas ideias apenas refletiam, e exageravam, os princípios religiosos da sociedade, e qualquer analfabeto catequizado poderia ter feito a mesma coisa, enquanto seu novo credo, rapidamente transformado em dogma do qual falava apenas para Lina, lhe dava a impressão de fazer parte de um grupo de escolhidos. Onde estavam esses homens capazes de descobrir a verdade e sofrer as consequências de tal revelação? Ocultos. Se eles tivessem se mostrado, a sociedade os teria esmagado. A sociedade queria explicações simples e tranquilizadoras, um Deus todo-poderoso velando sobre seus filhos da imensidão do céu, uma razão de ser para a vida e para a morte; atrever-se a afirmar o absurdo de uma e de outra no plano individual, já que ambas eram a minúscula reprodução do processo ao qual todo o universo estava condenado por uma lei inerente à sua essência, não era apenas correr o risco de despertar nas pessoas uma onda de raiva, mas também, e na melhor das hipóteses, de conduzir a reflexões das quais poderia surgir uma desordem colossal, retardando a marcha em direção à entropia libertadora para cuja realização se dirigiam os esforços das pessoas que compartilhavam a lucidez de Beatriz. O regresso à não existência exigia, portanto, uma disciplina absoluta; quem sabia disso era a elite da humanidade.

Durante anos, Beatriz acreditou que esse conhecimento deveria ser refletido de alguma forma, permitindo que os iniciados se reconhecessem como os membros de uma seita maçônica; ao não perceber qualquer modificação visível em sua pessoa, nenhuma marca ou estigma capaz de revelá-la, pensou que o rigor de sua conduta atestaria sua condição, e começou a esperar o sinal pelo qual os outros eleitos viriam ao seu encontro; depois de muito sonhar com cartas que não chegavam e gestos que ninguém fazia, fez um joalheiro fabricar um curioso pingente de ouro cuja gravura ela mesma desenhara, onde se via o símbolo do infinito, englobando emblemas religiosos e fórmulas matemáticas. Finalmente, chegou à conclusão de que em Barranquilla, uma cidade de mestiços e prófugos, não havia ninguém inclinado a considerar as coisas do espírito, e resolveu assumir o peso da verdade sozinha. Tinha quinze anos.

Sua convicção de que havia descoberto o absoluto tinha vantagens e desvantagens; as primeiras manifestaram-se de imediato e explicavam-se pela autoconfiança que tinha: uma surpreendente facilidade de aprendizagem com que absorvia em meia hora de estudo as tarefas de cada dia e assim podia dedicar-se à leitura; um dinamismo intelectual febril do qual por vezes emergiam análises sutis, corrosivas como ácidos; um certo estoicismo diante da solidão. Tudo isso, em meio à obstinada rejeição que se opunha a qualquer ideia que viesse a contradizer a sua. Felizmente, não eram muitas. O mundo em que vivera até então era marcado como ela pelo maniqueísmo e, nos anos 50, duas ideologias disputavam o monopólio da verdade: a religião, fosse ela qual fosse, com seu único Deus animado por tendências homicidas para com aqueles que tentavam negá-la, reflexo do pai arbitrário exigindo de seus filhos a mais servil submissão, refreando neles sua sexualidade para cortar pela raiz qualquer desejo de independência; isso, e um pensamento materialista que encontrara sua melhor expressão no comunismo, com outro patriarca barbudo à cabeça, cujas ideias, nem sempre conformes com a realidade e distorcidas para dar origem a uma nova doutrina, criavam, quando postas em prática, um clima de medo e repressão que, da memória do homem, só haviam provocado os tribunais inquisitoriais da Idade Média. As duas ideologias convinham a Beatriz: ambas precisavam se apoiar na família se quisessem estabelecer alguma forma de poder em nome de seus princípios; uma e outra tendiam a eliminar aquele fator de distúrbio representado pela pretensa liberdade humana. Simples assim. E o que dizer de seus fundadores, os messias, profetas e revolucionários que, invocando o deus de seus antepassados ou o credo materialista, lutavam por uma sociedade mais justa? Instrumentos humildes a serviço de uma lei da qual nada sabiam. Bastava observar como as esperanças desmoronavam no contato com a realidade, como as ilusões morriam quando a utopia dava lugar ao governo das coisas.

Ao ouvi-la falar, Lina sentia-se tomada de impotência: nunca conseguia encontrar argumentos capazes de enfrentar tal discurso e faltava-lhe a disciplina mental com a qual Beatriz memorizava datas, fatos e números para transformar suas ideias em falanges vitoriosas. O mesmo desânimo a invadia ao ouvir os desabafos de seus tios crentes e, anos mais tarde, dos comunistas que conheceria na universidade. Ignorava então, e só descobriria muito mais tarde, o horrível tributo exigido por qualquer dogma, uma divindade canibal que começava devorando o coração de seus adeptos e acabava por extinguir neles toda a atividade intelectual. Beatriz abraçara a causa do absoluto muito jovem, com muito rigor, sem ter aprendido a sorrir para si mesma. A convicção de sua superioridade lhe dera, sim, um sentimento de onipotência do qual tirava a energia que lhe permitia impor-se na escola, alcançar seus objetivos. Mas, uma vez de posse da verdade, fonte de tantas gratificações, devia conservá-la em sua totalidade, a qualquer preço, evitando o risco de expô-la à crítica dos demais. E os demais poderiam ser não apenas pessoas próximas a ela, incluindo Lina, mas também livros que transmitiam opiniões diferentes ou perguntas subversivas. Assim, pouco a pouco, deixou de ler, suas ideias perderam o brilho de uma inteligência animada pela paixão, seu discurso foi se empobrecendo até se converter em uma ladainha de preceitos negativos. Negativos, mas ferozes, obrigando-a a atacar como uma víbora aqueles que ousavam transgredi-los. Se a ebulição mental tinha esfriado, o ódio de onde havia surgido permanecia intacto.

Daí as crises de Beatriz toda vez que o comportamento de alguém a contrariava, principalmente o de seus irmãos. Entre ela e o mais novo havia uma diferença de quase oito anos de idade, exatamente o tempo que a tia, enervada pelo misticismo, passou envenenando a vida do convento em que fez seu último e desastroso noviciado antes de chegar à casa de Nena e se encarregar da educação de Beatriz. Não tendo sido influenciados, portanto, por aquela solteirona tresloucada, iniciados precocemente em jogos amorosos, os irmãos Avendaño mostravam um gosto instintivo pela liberdade e conciliavam restrições sociais e prazeres pessoais com uma habilidade que despertava em Beatriz a mais terrível raiva. Todos eles já haviam retornado de Bogotá e se divertiam a valer em festas cerimoniosas ou noitadas de bordel; ora tinham namoradas, escolhidas entre as raras moças mais ou menos libertas da burguesia, enfim, aquelas que haviam estudado nos Estados Unidos ou possuíam temperamento forte. E com elas organizavam reuniões em sua casa, criando um ambiente cálido de luzes filtradas, boleros e blues, silêncios e sussurros. Beatriz trancava-se no quarto, ardendo de indignação: não podia proibir os irmãos de receberem as amigas, e tampouco encontrava qualquer razão para o fazer; finalmente a tão almejada ordem exigia o casamento, e este, por sua vez, passava pelo namoro. Mas o mal estava lá, no desejo daqueles corpos acariciando-se sob o pretexto de dançar em uma sala mal iluminada, tão escura quanto o pântano onde, quatro anos antes, ela conhecera os primeiros afagos do desejo. Encurralada pela contradição de sua própria lógica, sentindo se expressarem nos outros os apetites que tão cruelmente reprimia em si mesma, Beatriz transformava a anorexia em instrumento de vingança. Se tivesse sido um inquisidor ou comissário político, teria criado um clima de terror digno dos anais da história. Não era o caso, nem jamais seria: nascera mulher, aceitara a todo custo a lei masculina; sem que ela soubesse, seu poder havia sido confiscado no instante em que veio ao mundo, e o pouco que dele lhe restava, sua raiva contra a vida o destruíra. Diante da realidade, de nada lhe servia a ilusão de pertencer a uma casta de escolhidos, invisíveis por necessidade e, consequentemente, incapazes de consolá-la com sua presença ou levantar seu ânimo quando as asas negras do pessimismo se abriam. Quão atroz lhe parecia então a existência, quão inúteis eram seus esforços para mostrar pelo exemplo de sua conduta o caminho a ser seguido. De repente, todos pareciam animados com o propósito de semear o caos, e naqueles momentos bastava um gesto ou uma simples frase para precipitá-la naquelas crises que provocavam a consternação daqueles que, com toda ignorância, a haviam ofendido.

Em vão Lina assumia a defesa dos irmãos Avendaño, insistindo que todos os homens de sua idade e condição se comportavam da mesma maneira: Beatriz atribuía a eles a intenção secreta de mortificá-la, zombando de seus princípios, sem reconhecer que ninguém sabia muito sobre eles, já que sua suspeita a impedia de expô-los claramente. No máximo, seus irmãos a consideravam uma carola destinada ao convento, a criança arruinada por uma educação repressiva, que deveria ser deixada de lado para evitar complicações; em seus corações, recriminaram seu pai por tê-la exposto às loucuras daquela tia, cuja chegada os fizera fugir imediatamente para Bogotá; mas as crises de Beatriz, assim como o misticismo de Nena, eram combatidas por uma rejeição instintiva que se expressava em humor, não sarcástico, mas distante e mais ou menos afetuoso, esgrimindo a facilidade típica de costenhos inclinados a tomar as coisas da vida como uma brincadeira para tirar dela o melhor proveito possível. Estavam longe de imaginar as elucubrações de Beatriz sobre eles, como ela espionava suas conversas telefônicas, examinando seus papéis, até mesmo suas roupas íntimas; à noite, deslizava pelos corredores, colando o ouvido nas portas para ouvir seus diálogos; quando, por acaso, se referiram a ela, começava a dar voltas e voltas na frase que havia capturado, distorcendo-a de tal forma que, de banalidade inofensiva, se tornava um insulto; mesmo que a crise não ocorresse, esse processo de ruminação deixava em seu ânimo um rastro de ressentimento que a tornava agressiva a ponto de exacerbar seus irmãos. Algo semelhante acontecia com todos, mas a reação do povo não era inibida por nenhuma forma de sentimento fraterno; se a deixavam tranquila em La Enseñanza, era, em grande parte, graças à proteção das freiras, suas aliadas naturais, e também porque, depois da experiência da gangorra, ela havia aprendido as virtudes da prudência.

Fora do colégio, por outro lado, a hostilidade que despertava poderia ser inquietante. Beatriz a percebia de forma mágica, associando-a a uma espécie de ressentimento involuntário e inescapável da superioridade de seu espírito. E havia realmente algo de irracional no comportamento das pessoas diante dela, como se sua personalidade fosse carregada de um carisma negativo, que abolia as oposições individuais para criar o grupo, a horda empurrada por uma maré de aversão demolindo as frágeis convenções sobre as quais a vida social repousava; talvez porque ela era percebida como intransigente diante de qualquer forma de compromisso, irredutível, tão incapaz de integrar um grupo que sua mera presença o fazia surgir. Lina havia presenciado um daqueles ataques infames contra ela, semelhante ao que Catalina sofrera no Country durante o reinado do jornalismo. Catalina, no entanto, oferecera-se à vingança da burguesia encarnando o fantasma mil vezes odiado de Divina Arriaga, ingenuamente, mas através de um gesto ativo, a exibição soberba de sua beleza, enquanto Beatriz se limitara a não intervir em um jogo, como a própria Lina e tantas outras convidadas para o passeio a Puerto Colombia daquele dia. É verdade que não tinha sido um dia comum; estava muito calor, uma ameaça de chuva pesava no ar desde o amanhecer; e então, a tensão aumentou quando as madres encarregadas de vigiá-las encontraram casualmente Elvira Abondano fazendo amor com o namorado entre os troncos jogados pelo mar na praia. Isso as horrorizou tanto que, entre a urgência de esconder um escândalo que poderia se voltar contra elas como um bumerangue, e as medidas tomadas para mandar o culpado para casa o mais rápido possível, elas deixaram às outras o tempo de organizar o tão proibido jogo da garrafa. Um jogo que praticavam sempre que tinham oportunidade, meninos e meninas sentavam-se no chão formando um círculo no meio do qual eles giravam uma garrafa vazia; quando deixava de se mexer, a orientação do gargalo indicava a pessoa que deveria se levantar para ir beijar um jogador do sexo oposto, facilitando assim amores, reconciliações e os meios de vencer pouco a pouco a timidez. Algum dia Lina pensaria que seus amigos haviam instituído, sem saber, uma dinâmica de grupo destinada a desinibi-los sexualmente, anulando a culpa, já que tudo dependia do movimento imprevisível de uma garrafa e a regra estipulava que, se um jogador pudesse se abster de agir por sua vez, ele era, no entanto, obrigado a se deixar beijar por outro que estivesse determinado a usar seus direitos. Era justamente essa cláusula que sempre segurara Lina, que não confiava muito no acaso. Para Beatriz, que assistia ao espetáculo pela primeira vez, o jogo condensava em si o cúmulo da hipocrisia. Lina foi a única a saber sua opinião, e mesmo assim os outros adivinharam. Impossível saber como ou por quê; nada em Beatriz permitia conhecer seus sentimentos, nenhum gesto ou olhar traía sua desaprovação; ela permanecia em sua cadeira com muita calma, e calmamente embarcou no ônibus em que iriam retornar para a cidade. Já eram sete horas, a noite tinha caído; de repente, a lâmpada dentro do ônibus explodiu e uma multidão de meninos e meninas enfurecidos caiu sobre ela, espancando-a selvagemente;

entendendo o que estava acontecendo, Lina começou a se dirigir até onde a tinha visto sentada, dando socos e chutes a torto e a direito; tudo aconteceu em meio a um silêncio surpreendente; à medida que avançava quase caminhando sobre os corpos de seus amigos, eles recuavam como se tivessem medo de serem identificados; por isso, no fim, ela só conseguiu reconhecer um dos agressores, uma menina cuja mecha de cabelos loiros ficou em suas mãos. Beatriz voltou para Barranquilla em silêncio, acumulando suas energias para o previsível desmaio que não ocorreu, pelo simples motivo de que seu pai estava ausente de casa. Enquanto ajudava Nena a passar pomada em seus hematomas, Lina arriscou a explicação do bode expiatório, arbitrariamente escolhido e martirizado para aliviar a comunidade de seus pecados: um casal havia sido flagrado naquele dia fazendo amor: todos se sentiam mais ou menos culpados. Beatriz apenas sorriu para ela com um ar indulgente, os irmãos Avendaño nem olharam para ela; feridos em seu amor-próprio, resolveram lavar a afronta à sua maneira, e assim, um após o outro, todos os meninos que haviam participado do passeio foram desafiados e esbofeteados, pagando justos e pecadores, e reforçando em Beatriz o sentimento de poder contar apenas com sua família.

Reabilitados por esse gesto de solidariedade, os irmãos Avendaño escaparam momentaneamente do olhar obsessivo de Beatriz, que, na ausência de presas ao seu alcance, voltou sua atenção para o comportamento das criadas. Ela não as havia notado antes, julgando-as *a priori* irrecuperáveis, pois haviam nascido do pecado, e no pecado procriavam com a mesma desfaçatez que as fêmeas do mundo animal. E ela as havia assimilado a animais durante os primeiros sete anos de sua vida, enquanto esteve sob a influência da noviça frustrada para quem uma essência diferente os separava das pessoas negras. Os Avendaño eram loiros e brancos desde sua aparição no mundo, tinham chegado à Península Ibérica à frente de suas tropas defendendo as causas mais nobres; juntamente com a rainha de Castela, travaram guerra contra os mouros acobreados, depois de os terem combatido nas Cruzadas dois séculos antes, hasteando o javali feroz dos seus brasões; seus antepassados contraíram laços matrimoniais com as melhores famílias da Europa e alguns conseguiram imprimir capacetes em suas figuras heráldicas; distinguiam-se por seu sentido de honra e coragem, nunca traindo um juramento. O que, então, os ligava àqueles bastardos manchados pelo sangue fraco do índio caribe e pelo diabólico do escravo negro? Nada, enfim, a tia não via conexão, mesmo que o bom senso lhe assegurasse que havia afinidades e sua própria religião a obrigasse a considerá-los irmãos. Beatriz percebia-os como tão distantes dela que, se alguém se tivesse dado ao trabalho de lhe explicar a noção de espécie, ela teria, sem qualquer malícia, atribuído a eles o lugar do elo perdido. No entanto, confidenciaria com espanto a Lina, as empregadas a fascinavam na infância: sonhava em ser uma delas e ter muitos trapos e coisas inúteis: queria usar o cabelo comprido, lambuzá-lo com óleo e penteá-lo por horas em frente a um espelho quebrado; e fumar bitucas de cigarro e tomar banho com perfumes penetrantes. As criadas levavam uma existência cigana; apareciam no Prado vindas daquele além maligno onde a tia via ladrões e prostitutas vagando; vestidas com trajes de cores berrantes, iam de porta em porta pedir um emprego que lhes permitisse despedir-se da pobreza, da eterna bicada da fome no estômago, da promiscuidade de uma cabana insalubre em que dormiam homens, cachorros, galinhas e, às vezes, um porco gulosamente cobiçado todas as noites, reservado para horas mais difíceis. No Prado elas imediatamente conseguiam uma cama, comida, uniformes, um salário que poderiam economizar ou gastar em bobagens. Por que, então, partiam? Depois de alguns meses, por qualquer besteira, elas colocavam tudo o que haviam comprado ou recebido de presente em uma mala de papelão, e voltavam para seus aposentos miseráveis com muito orgulho. "Preguiça", dizia a tia. "Luxúria", dizia Beatriz, sem sequer tentar considerar por um momento a opinião de Lina, que via na conduta das criadas um desejo de liberdade tão irreprimível que qualquer bem-estar material era sacrificado ao prazer de mandar ao diabo suas patroas, recuperando no processo uma dignidade inexoravelmente perdida na servidão. Inútil: as criadas haviam aparecido no horizonte de Beatriz trazendo consigo a imagem da libertinagem: milhares de adolescentes eram vendidas todos os anos a homens inescrupulosos ou perdiam a virgindade com o amante de suas mães; aos quinze anos já carregavam um filho, e aos trinta arrastavam uma prole concebida por numerosos progenitores, aumentando assim a miséria e a desordem da sociedade. Nada podia ser feito contra sua libertinagem, até mesmo a própria Igreja havia falhado. E quando, movidas pela fome, finalmente encontravam trabalho honesto, gastavam seus salários em pós, blushes e perfumes para atrair os homens e, assim, iniciar outro maldito ciclo de luxúria que terminaria em uma nova gravidez e perda imediata de emprego. Não, a liberdade exigia uma inibição total das pulsões do animal para adquirir aquele controle de si mesmo a partir do qual o indivíduo poderia escolher com plena lucidez. As criadas não escolhiam: em busca de paixões momentâneas passavam de um amante para outro, procriando sem qualquer responsabilidade. Mas, acima de tudo, pecavam, ou para dizer em termos profanos, espalhavam o vírus da indecência por onde passavam, contagiando inclusive o povo do Prado.

Foi então que Beatriz cortou seus últimos (e abalados) laços com a religião para se interessar pelo maoísmo, a única doutrina cuja prática abordava o problema da reprodução atribuindo a cada mulher um homem e um número limitado de filhos. Anos mais tarde, sua convicção de que o continente latino-americano se tornaria um berçário humano fervilhante como a China levou-a a simpatizar com os primeiros maoístas da cidade inclinados ao terrorismo, a ponto de deixá-los esconder explosivos e armas em sua casa de Puerto Colombia. Mas nunca foi inteiramente marxista, na medida em que via nas massas um mero instrumento do líder, um indivíduo capaz de impor suas convicções morais por força da tenacidade. Dessa conjectura surgiu a ideia de empreender uma campanha de purificação em pequena escala, levando a boa palavra às empregadas de suas parentas mais próximas, suas tias Avendaño, que a princípio lhe deram carta branca ao atribuir tanto candor à sua idade, e depois, quando viram os resultados desastrosos do experimento, educadamente pediram-lhe que o limitasse às criadas de sua própria casa. A pobre Nena viu-se subitamente sem serviço: nenhuma menina queria trabalhar para uma família em que a filha da patroa se permitia intrometer-se em sua vida privada, espionando-a quando saía para o jardim à noite, para se certificar de que, como aconselhara, não recebia visitas noturnas nem se permitia galanteios ao abrigo das árvores. Aquelas duas horas de liberdade, conquistadas depois de um trabalho incessante, eram menos uma busca por prazer do que a recuperação do corpo perdido em trabalhos servis; reunidas em grupos, no fresco da noite, as criadas do bairro tinham então a impressão de escapar à vontade das senhoras que, inconscientemente, ansiavam pelos felizes tempos da escravidão e descarregavam sobre elas a agressividade inibida diante de pais e maridos, descarregavam a partir das oito horas da noite, quando se abria a trégua indispensável para reiniciar a luta do dia seguinte, com seus dois lados bem separados por uma zona neutra, estabelecida a partir dos terraços, onde as senhoras se sentavam em cadeiras de balanço comentando as últimas fofocas ou qualquer banalidade, enquanto do outro lado do jardim, na calçada, as criadas revelavam a intimidade da família referindo-se ironicamente aos incidentes que tinham presenciado durante o dia. Suas unhas repousando ao lado de faixas com nomes abstratos que haviam servido para suportar o tédio de mais um dia, aberto sobre a noite sem esperança, envelhecidas não só em seus corpos, mas também naquela região do espírito de onde emergiam sonhos e ilusões; as outras excitadas e sorridentes, recobrando um sopro de juventude enquanto esperavam os soldadinhos que viriam visitá-las antes de retornar ao quartel à meia-noite. Entre elas estava o jardim, uma área proibida às primeiras (os cartazes, embora derrubados, ainda estavam ao lado), proibida por estas às segundas, inutilmente, já que nada no mundo as impediria de violá-lo na companhia de seus amantes, desenterrando plantas e aplastando a grama até alcançarem o breve e selvagem espasmo que restaurava algo parecido com a justiça. Tudo o que lhes tinha sido roubado em casa durante o dia, elas recuperavam à noite no jardim, com avidez e humor, porque notavam na escuridão do seu inconsciente o preço pago pelas outras para se sentarem nas cadeiras de balanço do terraço (junto às faixas inertes). Aquele compromisso que vinha das profundezas dos anos, desde que uma pessoa teve os meios para fazer-se servir de outra, e humilhá-la, Beatriz pretendia aboli-lo em nome de princípios com os quais ela simplesmente encobria seu desespero. O pior era que a ansiedade de comprovar se as criadas seguiam ou não suas instruções mergulhava-a cada vez mais fundo na atmosfera luxuriante dos jardins: atrás de uma janela no terceiro andar de sua casa, munida de binóculos, ela observava os amores noturnos até onde a escuridão permitia, ouvindo risos e gemidos com o corpo contraído de angústia; dessas expedições descia exacerbada e cheia de ressentimento contra a culpada: a crise não estava longe; a crise, ou uma nova sessão de conselhos e reprovações que levaria a menina a pedir o salário do mês e se despedir.

Essa situação já havia se repetido dez vezes quando Armanda, criada de dona Eulalia del Valle, cansada de suas queixas, decidiu abandoná-la e foi trabalhar para os Avendaño. Na posse de todas as águas-marinhas oferecidas a Dora por Andrés Larosca e dos broches que em um passado distante o dr. Palos dera de presente a dona Eulalia, Armanda começou a se fazer algumas perguntas sobre a solidez do dinheiro e a maneira mais eficaz de obtê-lo; não era ela que ia descartar as recomendações de uma jovem maníaca se vinham acompanhadas de certas recompensas: assim que captou as apreensões de Beatriz, resolveu negociar sua honestidade noite após noite, convencida de que era melhor prescindir dos prazeres do jardim se, em troca, obtivesse as correntes de ouro e pulseiras guardadas em sua caixa de joias. Beatriz estava feliz: por alguns objetos, aos seus olhos, desprezíveis ela podia finalmente arrebatar uma criada do vício e oferecê-la como modelo às outras. Passados seis meses, Armanda tornara-se sua coisa: exibia-a, apresentava-a, levava-a ao cinema; depois de ensiná-la a ler e escrever, pediu à espantada Nena que deixasse as tardes livres a Armanda para que ela pudesse se dedicar aos estudos. Finalmente, decidiu entrar em contato com as outras criadas do Prado por meio dela, organizando seminários de reflexão nos quais seriam discutidas as vantagens de uma vida comedida. Isso estava além das possibilidades de Armanda, que, sentindo o perigo, desviou a atenção de Beatriz para o que estava acontecendo na casa de seus novos vizinhos, os Del Puma.

Com esse sobrenome nas costas, Evaristo del Puma teria que se trancar em um convento de monges trapistas para evitar os contratempos que naturalmente lhe eram reservados. Fez mais ou menos isso, escondendo-se o quanto pôde na escola, onde era motivo de chacota dos colegas que o desafiavam a provar sua coragem e acabavam por agredi-lo a golpes exacerbados por sua covardia; para fugir deles, refugiou-se em uma modesta escola de comércio e, com um diploma incerto de contador, iniciou sua vida profissional. Tímido e pequeno, do tamanho de um ratinho, ele teria permanecido naquela classe média insípida que se adequava tão bem ao seu caráter se o destino (ou a mais aberrante incoerência consigo mesmo) não o tivesse levado a se casar com uma das Sierra, mulheres de temperamento forte, muito precoces e não menos tenazes, pois se despediam da adolescência aos nove anos e eram capazes de engravidar aos sessenta. As pessoas diziam que se o pai de Lucila Castro estivesse em sã consciência quando Evaristo del Puma a conheceu, o casamento nunca teria acontecido, porque todo homem casado com uma Sierra e tendo tido filhos dela sabia muito bem a quantidade de vigor moral e físico que era necessário para agradá-las. Infelizmente, o pai de Lucila era então um velho desgastado por intermináveis anos de frenesi conjugal e uma luta desesperada contra o ardor de suas filhas mais velhas, que, no entanto, ele havia conseguido unir com homens que possuíam, como ele havia tido em sua juventude, a corpulência de touros. E seus apetites. O casamento, então, aconteceu. Evaristo e sua gravata de contador foram digeridos em um ano, período em que Lucila deu à luz seu primeiro filho e provou de uma vez por todas que seu marido era feito de uma substância diferente da dela. Assim começou a rodada de amantes. Muitos. Tantos que Evaristo del Puma preferiu afastar-se da cidade a pretexto de cobrar as dívidas contraídas pelos camponeses de Madalena com a firma para a qual trabalhava; voltava para casa no final do mês, precedido de um telegrama detalhando a hora exata de sua chegada e os dias em que permaneceria em Barranquilla; uma vez encontrou Lucila grávida e não fez o menor comentário; nove meses depois, assistia ao batismo de Leonor e se instalava definitivamente em uma vila às margens do rio.

 Foi mais tarde que uma herança permitiu a Lucila Castro comprar a casa ao lado da de Beatriz e alojar nela aquele seu negro. Era um homem imenso, tranquilo, que caminhava com a gravidade de um rei africano; costumava passar o dia seminu, com as vergonhas cobertas com shorts amarelos, e só se vestia à noite, quando saía para negociar de carro em carro os favores de sua patroa. De fato, já naquela época Lucila Castro havia descoberto que o prazer podia se tornar uma fonte de renda, conservando seu caráter de maravilhosa recompensa oferecida pelo bom Deus àqueles que aceitavam as coisas da vida em sua simplicidade: ela amava fazer amor e os homens sabiam disso: seu marido não lhe enviava um centavo e os homens não o ignoravam. Por isso, logo que a noite caía, iam buscá-la em seus carros, apagando os faróis para não se incomodarem uns aos outros, e, em fila, em frente à calçada de sua casa, esperavam pacientemente o aparecimento do negro que viria anunciar a tarifa da noite, sempre imprevisível; alguns esperaram meses a fio, por capricho de Lucila ou arbitrariedade do negro, que, a título de explicação, limitava-se a afirmar em um tom sossegado que muitos eram chamados e poucos os escolhidos. Porque ele nunca perdia seu sangue-frio, Berenice contava encantada; nem sequer ouvia enquanto os outros lhe imploravam que interviesse em seu favor: olhava imperturbavelmente para além dos carros e talvez se lembrasse do seu primeiro encontro com Lucila Castro em uma noite de Carnaval, naquele Bairro Abajo onde nenhuma mulher branca jamais havia pisado; ela e seus cabelos avermelhados; seus seios polpudos, da cor do leite, dançando freneticamente o mapalé como se o próprio Xangô habitasse seu corpo; e quando o homem que a acompanhava começou a recuar com medo, percebendo, em meio à sua embriaguez, o erro de tê-la levado até lá, ele, Lorenzo, dirigiu-se a ela, afastando imediatamente os negros que começavam a cercá-la; a um gesto seu a banda mudou de ritmo, os tambores tornaram-se lentos, como uma queixa a flauta soou e o ardor da mulher veio grudar em sua pele para nunca mais deixá-lo. Desde então, um laço demoníaco os unira, sem modificar os hábitos amorosos de Lucila. Como Berenice explicava, Lorenzo sabia que nenhum homem no mundo poderia satisfazer os desejos de uma mulher que havia descoberto completamente as profundezas de sua sexualidade e tinha a coragem de aceitá-la; além disso, não havia uma noite em que, ao regressar, Lucila não lhe pedia para esperá-la na cama enquanto tomava banho, livrando-se do cheiro corrosivo de seu amante branco até ser novamente a presa luxuriante de Xangô, cujo grito sagrado só ele sabia reconhecer. E respeitar. Sim, Lorenzo amava as mulheres quando, através de seus corpos, se agitavam as forças fatais da vida; amava-as no mais absoluto fascínio, seguindo o curso imprevisível de seus desejos, a fantasia vertiginosa de suas paixões; e respeitosamente, com aquela veneração que um velho marinheiro sente pelo mar. Os outros podiam ficar em terra se não ousassem correr o risco. Não ele: durante toda a sua infância nadou nas águas verdes da ilha caribenha onde nasceu, abandonando-se às correntes cruzadas de tubarões, às enormes ondas que irrompiam em espuma na praia, sem o menor temor, confidenciara a Berenice, porque já então sabia o dia e a hora em que a morte viria procurá-lo: tinha-lhe sido previsto por uma bisavó sua que, com um simples estalar de dedos, fazia surgir as divindades do vodu; em tom sentencioso, anunciando ao mesmo tempo sua paixão por uma mulher branca em que o fogo de sua masculinidade queimaria sem ser consumido. Lucila Castro já estava em sua mente a primeira vez que uma de suas primas deslizou em sua esteira à noite e ele sentiu seu membro endurecer com determinação irresistível; ele esperou pacientemente por ela através de inúmeros amores, até vê-la dançando entre os negros naquela noite de Carnaval. Ele pouco se importava, dizia, com a opinião das pessoas sobre seu relacionamento, ou com os sentimentos imundos que isso despertava nos homens cujos carros se alinhavam em frente à casa ao entardecer; o resto do tempo Lucila pertencia a ele, era dele o dia todo, quantas vezes ele quisesse tomá-la em seus braços e com uma sábia carícia acender seu desejo; aquele corpo, abandonado sob seu próprio corpo imperioso, mergulhava Lorenzo em êxtase total, dando-lhe a impressão de ter sido apontado pelo dedo magnânimo de Oxum; além disso, Lorenzo pretendia tirá-la de Barranquilla: dia e noite entregue à sua volúpia, dia e noite sentindo seus poros se dilatarem um a um diante de seu olhar premente. Lucila estava começando a aceitar a ideia de se mudar com ele para San Andrés, investindo suas economias na compra de um negócio que lhes permitisse trabalhar juntos. E era assim que suas relações se desenrolavam, quando o olhar maníaco de Beatriz caiu sobre eles.

    Foi a comoção. Descobrir junto à sua porta — embora não na mesma calçada, pois a fachada da casa de Lucila Castro dava para uma avenida e a dela, para uma rua — o tráfico ao qual esta mulher despudorada se entregava na companhia de seu amante negro produziu em Beatriz uma onda sucessiva de desmaios. No início ela não entendeu muito bem, ou seja, na primeira vez que caminhou até o final da calçada e vislumbrou a fila de carros estacionados com as luzes apagadas, enquanto Lorenzo ia de um para o outro murmurando algo para os motoristas; a astuta Armanda se abstivera de lhe dar explicações concretas, de modo que ela só pôde estabelecer o fato de que por volta das seis da tarde muitos homens paravam seus carros ali, discutiam com o negro, e então todos iam embora, exceto um, que ficava para trás esperando a saída de Lucila. Beatriz pouco sabia dela, mas se, sendo casada, se permitia semelhante conduta, nada de bom poderia se concluir dali. Em plena excitação, convocou os seus no dia seguinte para expressar suas suspeitas e pedir que interviessem e pusessem fim ao escândalo. Os irmãos Avendaño começavam a trocar olhares de desconforto, quando, *oh*, surpresa, Nena interveio categoricamente: nenhum membro de sua família iria invadir a intimidade da vizinha; Lucila havia comprado aquela casa e o que fazia nela não lhes dizia respeito. Aliviados, os irmãos expressaram sua aprovação, e Beatriz teve sua primeira crise. Inútil: Nena mostraria sempre uma rara intransigência a esse respeito, afirmando que a situação dos filhos de Lucila Castro não deveria ser agravada. Como essa era sua convicção, Beatriz decidiu espionar aquelas crianças até encontrar uma evidência que pudesse confirmar sua infelicidade. Mas seus esforços não deram resultado: Rafael, o mais velho, havia sido recuperado à força por Evaristo del Puma e enfiado em um internato religioso da qual escapava tantas vezes quanto podia para ir ver sua mãe e se divertir ajudando Lorenzo a fazer barcos que milagrosamente se abriam dentro de garrafas de vidro. Quanto a Leonor, que frequentava uma escola laica, parecia bastante satisfeita com sua sorte; era uma menina espigada, de olhos muito negros, com dom para atrair animais; gostava de ficar no pátio de sua casa, transformado em um minúsculo zoológico, observando as idas e vindas de macacos, pássaros, pombos e pavões, sempre encarapitados nos braços de Lorenzo. Beatriz descobriu isso depois de ter feito um buraco na parede que separava os dois pátios. Para vislumbrar o da vizinha, ela se deitava no chão e passava horas vigiando os dois, o homem negro e a menina, que cuidavam dos animais juntos ou regavam as plantas ou simplesmente dormiam abraçados sob uma árvore de tamarindo. Certa tarde, um dos cachorros de Lucila Castro deu de cara com o buraco, revelando sua existência com uivos. Mulher determinada, Lucila foi à casa dos Avendaño, para descobrir qual de suas criadas se permitia tanto atrevimento; foi recebida por Nena, que, vendo com seus próprios olhos que o buraco em questão havia sido cavado de seu quintal, desculpou-se com ela, atordoada de humilhação, prometendo mover céus e terras até que o culpado fosse desmascarado. Armanda não resistiu ao interrogatório dos irmãos Avendaño. Beatriz foi obrigada a reconhecer a verdade. Naquele momento, abriu-se a brecha que a separaria tragicamente de sua família.

Ela não percebeu, nem então nem por muito tempo. Ao voltar da clínica para onde sua enésima anorexia a levara, sentiu-se rodeada por uma desconfiança glacial, mas não explícita, cujos contornos só conseguiu discernir tarde demais. Não sabia que, em sua ausência, os Avendaño haviam posto as cartas na mesa, expressando finalmente seus sentimentos sobre a conduta inadmissível daquela irmã empenhada em catequizar as criadas e espionar os vizinhos. Beatriz tornara a vida deles insuportável, e suas crises revelavam um desequilíbrio mental. Depois de anos de silêncio, a frase havia sido proferida. Chorando, Nena ouviu o marido e os filhos falarem, mas não ousou contradizê-los. Mesmo ela, a quem tanto sofrimento sensibilizara em relação aos problemas alheios, não conseguia entender a obstinação de Beatriz em provar o que todos viam e preferiam calar-se por caridade cristã, ou seja, que Lucila Castro se prostituía desde que o marido a abandonara, deixando-a sozinha, com uma menina condenada a seguir seus passos se a maledicência pública a encurralasse. Havia pessoas na cidade, entre as velhas famílias que haviam conseguido conservar fortunas e privilégios, que mantinham certa reserva quando o futuro de uma criança estava em jogo. Nena era uma delas. Imaginar Beatriz deitada no chão ao lado de uma criada, vigiando o pátio de Lucila Castro por horas, mergulhava-a na consternação: nenhum Avendaño (de seu marido, Jorge, ela fazia abstração) jamais se permitiu um comportamento mais ignóbil, tão alheio ao espírito cavalheiresco da família. No entanto, custava-lhe aceitar a solução sugerida pelo dr. Agudelo ao marido: mandar Beatriz para um internato dirigido por freiras, longe dos conflitos dos quais suas crises surgiam, e organizar a viagem de tal maneira que não parecesse uma forma de rejeição ou punição. Nena não queria se separar da filha e, sem sua colaboração, o objetivo do projeto não seria alcançado. Assim, enquanto aguardavam seu consentimento, os irmãos Avendaño começaram a coletar dados sobre os colégios religiosos que se conformavam ao puritanismo de Beatriz. Entretanto, Nena decidira dar-lhe um exemplo de tolerância, obrigando-a a acompanhá-la até a casa de Lucila Castro com uma cesta de frutas e chocolates para Leonor, a fim de apresentar novamente desculpas e confirmar a partida de Armanda. Com aquela visita Lucila foi quem mais se surpreendeu e, para agradecê-la, deu de presente a Beatriz um macaco-aranha que alguém lhe oferecera naquela tarde.

O miquinho devia estar acostumado a mudar de residência, pois logo se familiarizou com o pátio dos Avendaño e fez dele seu território. Era divertido vê-lo pular de árvore em árvore e fazer todo tipo de pirueta por uma ameixa madura, sua guloseima favorita; os irmãos Avendaño construíram para ele um abrigo da chuva e Lina trazia-lhe mamões de vez em quando. Mas Beatriz odiava-o: nunca convivera com um animal e ficava cheia de nojo de seu atrevimento; além disso, tinha medo dele: esse estranho ser, tão diferente e ao mesmo tempo tão semelhante a ela, parecia compartilhar suas emoções, imitar seus gestos e, ainda mais terrível, examiná-la: seus olhos não lhe devolviam o olhar irado ou servil de um cachorro, nem suas pupilas, a breve e imponente indiferença de um gato. Não, seus olhos a observavam, tentando captar seus sentimentos por ele, pobre miquinho condenado a buscar a simpatia de seus novos donos; talvez estivesse apenas esperando que ela aceitasse sua presença para que ele pudesse se libertar com segurança do prazer de balançar entre as árvores; e se coçar meticulosamente; e ouvir com espanto os ruídos que saíam da casa, em especial os daquele objeto no qual girava uma coisa preta redonda, cuja inspeção lhe rendera a pior palmada de sua vida. Isso, receber punição por jogar no chão algo que tivesse atraído sua curiosidade, fazia parte de sua relação com os homens; seres muito imprevisíveis, às vezes perigosos, embora nunca, em toda a sua experiência de macaco, ele tivesse achado um deles tão irritante quanto essa garota que agora o observava sem o menor indício de bondade e brandia um pau contra ele se tentasse comer os frutos da ameixeira. Na verdade, Beatriz decidira educar o macaco controlando seu apetite e ensinando-o a aliviar-se em um penico; do pátio vinha sua voz furiosa, seguida de gritos exasperados e da balbúrdia de um animal fugindo desesperadamente pelos galhos das árvores. Depois, ocorreu um incidente do qual ela deu uma versão um tanto confusa: procurando prendê-lo, ela o ferira sem querer e, desde então, era vítima de sua animosidade obscena; houve uma ferida, é verdade, sob o rabo grosso e avermelhado, e a nova criada da família Avendaño usara muitos truques para arrancar a bacia da cabeça do macaco: segundo Beatriz, ele mesmo a colocara para zombar de sua autoridade. Mas era difícil imaginar o macaco saindo de seu abrigo noturno, subindo até a janela do quarto de Beatriz e ficando ali, muito parado, olhando para ela até acordar; ainda mais inacreditável era atribuir a ele a intenção de aterrorizá-la se masturbando na frente dela. Os irmãos Avendaño discutiram sobre a veracidade daquelas declarações durante uma tarde inteira sem conseguir chegar a um acordo; por fim, combinaram de organizar uma ronda noturna às escondidas de Beatriz, ou seja, observar o mico durante a noite para ver se ele realmente ousava ser tão impudente. A questão lhes parecia bastante séria: ou o animal era vicioso, ou o desequilíbrio de Beatriz havia piorado; ao ouvi-la gritar de terror certa noite sem descobrir a presença do macaco em sua janela, optaram pela segunda hipótese e decidiram apressar a viagem ao Canadá, onde haviam encontrado uma escola adequada, enquanto a menina chorava trancada no banheiro e Lina, familiarizada com os animais desde a infância, especulava sobre a inteligência daquele macaquinho. Mas o que decidiria a viagem, provocando o horror definitivo dos Avendaño, foi o segundo episódio do buraco, por assim dizer, quando em um domingo, depois do almoço, Beatriz entrou na sala onde a família tomava café e, antes de vomitar, chorar e finalmente perder a consciência, jurou ter visto, através de um novo buraco feito por ela na parede do pátio, Lorenzo acariciando o sexo de Leonor com os lábios. Isso produziu um verdadeiro caos: enquanto Jorge Avendaño telefonava para a clínica e Nena chorava, um dos irmãos correu para o pátio e examinou a parede até que encontrou o buraco, para descobrir Leonor inocentemente brincando em um balanço que Lorenzo estava empurrando. Não havia dúvidas: Beatriz estava louca. Nessa mesma tarde foi decidida sua viagem para o Canadá e Lina voltou para casa com o macaco, a quem sua avó deu o pomposo e imerecido nome de Merlin.

Seis meses haviam se passado quando o macaco voltou a se mostrar impertinente, contrariando o velho ditado de que todo macaco sabe em qual galho trepa. Apresentada à sociedade, Lina costumava sair para coquetéis e festas quase todas as noites, em vez de ler em uma cadeira de balanço no terraço do pátio, com Merlin abraçando seus joelhos. Era evidente que Merlin não gostava dessa agitação mundana da qual ele estava excluído, pois manifestava sua desaprovação de mil maneiras possíveis, desde gritar como um condenado entre as árvores quando ela estava começando a se arrumar, até jogar sementes de frutas e outras sujeiras em sua penteadeira. Aí chegou o Carnaval e Lina, nomeada princesa da rainha, voltava sempre de madrugada depois de ter dançado a noite toda, tão ansiosa para dormir que, assim que tirava a maquiagem, caía na cama exausta. Isso era um ultraje para Merlin, que decidiu se vingar usando seus maus modos: certa manhã, Lina viu Beatriz em um sonho, assim como a vira no dia de sua partida para Quebec: muito digna, mas olhando-a com um profundo desespero; em seu sonho, o aeroporto havia se tornado um dos labirintos da Torre do Italiano e Beatriz parecia ser sugada pelo ar de um redemoinho que, em vez de subir, descia ao fundo da terra. Lina acordou de repente. E instantaneamente viu Merlin pela janela, seus olhos agora malignos cravados nela, uma mão na grade e a outra no sexo, lentamente se masturbando. Para lhe dar uma lição, Lina assobiou para o cachorro que não tinha raça ou nome, e Merlin fugiu apavorado pelas árvores. Nunca mais voltou aos velhos costumes, mas, a partir desse dia, Lina deixou de partilhar a opinião dos irmãos Avendaño sobre Beatriz.

III.

Desde que tia Irene passou a residir na Torre do Italiano, Lina notou suas curiosas relações com os animais: não os considerava um ornamento ou um obstáculo, nem buscava a companhia deles para preencher sua solidão; não pretendia usá-los, apenas os amava, e eles, desde o minúsculo rato que passeava sobre o brilhante piano quando não havia gato por perto até o imponente par de dobermans cujos ancestrais tinham visto a construção da Torre, pareciam sentir-se bem ao seu lado, como se a considerassem uma extensão de sua própria existência. De certa forma, eles não estavam errados: tia Irene, sua avó dizia a Lina, tinha desde a infância a capacidade de se identificar com todos os seres vivos, por menores que fossem, de penetrar em seus corpos e compartilhar suas emoções, aumentando assim sua visão das coisas, e aquela sensibilidade extrema, quase dolorosa, que só a música lhe permitia tolerar e só na música poderia se expressar; muito jovem, dissera-lhe, de repente observava o voo de um pássaro até dar a impressão de se infiltrar no pássaro e com ele olhar do céu para os telhados, afastar-se da cidade, seguir o curso do rio; ou de deslizar sobre uma formiga e andar no subsolo; ou de se transformar em um inseto e lutar desesperadamente entre as redes de uma teia de aranha. Dessas experiências fascinantes e angustiantes, sua mãe a tirava teclando gentilmente no piano as notas da partitura que ela havia deixado de estudar para se perder na consciência desconhecida dos animais. Depois os anos foram passando e tia Irene teve de se resignar a admitir o aspecto cruel da vida, mas sempre, Lina percebia, se rebelou contra qualquer ato de crueldade: os dois criados encarregados da Torre eram obrigados a dar abrigo a qualquer cão que tivesse sido apedrejado ou ferido pelas pessoas do bairro, e até mesmo a encher as tigelas dos gatos até a borda para evitar-lhes, na medida do possível, a tentação de caçar ratos ou comer os ovos dos muitos pássaros que faziam ninhos nas árvores do jardim. A Torre do Italiano tinha algo de paradisíaco, com muitas borboletas voando no ar da manhã e morcegos batendo as asas pelos corredores ao entardecer. As coisas sempre ocorreram assim nela, mesmo antes de ter sido legada a tia Irene, mesmo antes de seu nascimento e do nascimento do homem que provavelmente a gerara. Bastava percorrer seus porões para descobrir os viveiros de vidro onde haviam descansado até a morte cascavéis, tarântulas e outras espécies de insetos venenosos que qualquer pessoa de juízo teria matado sem remorso; eles, os primeiros habitantes da Torre, haviam se limitado a colocá-los em segurança, escrevendo seus nomes em latim e a maneira correta de alimentá-los, movidos não tanto pela curiosidade ou espírito de observação, parecia a Lina, mas pelo propósito de estabelecer uma certa harmonia com a natureza, integrando-a ou integrando-se a ela, à maneira de tia Irene, que finalmente aprendera a aceitar a vida em sua totalidade. Mas se Lina não sabia disso na época, ou talvez não pudesse expressá-lo exatamente, ela intuíra desde criança que havia uma relação entre a qualidade da alma e o tratamento dado aos animais, como se toda elevação moral passasse necessariamente pelo desejo de protegê-los ou não prejudicá-los. Daí vinha em parte seu deslumbrado afeto por essa tia, e daí veio mais tarde a repugnância que os Freisen iam despertar nela.

Não os primeiros Freisen surgidos em Barranquilla, por volta de 1921, dois irmãos franceses meio loucos, um incapaz de ser recuperado pela indolência corrosiva do clima, e a quem o outro encerraria em um quarto até sua morte, enquanto ele, o mais velho, empreendia contra céus e terra seu projeto de criar uma fábrica de tecelagem semelhante à que seu tio lhe roubara em Armentières, aproveitando-se de sua falta de experiência em artimanhas jurídicas. Esse Freisen odiava os alemães e seu tio, e alegou ter perdido a mão que lhe faltava na Batalha de Verdun. No entanto, quando aprendeu espanhol, começou a fazê-lo com um vago sotaque alemão, e era muito alto, muito loiro e muito magro, tanto que sobre seu corpo nu um professor poderia ter dado um curso de anatomia. Sua loucura, à qual aludia não sem humor, fora descoberta por ele nas trincheiras do campo de batalha observando os soldados que, de repente, sob a influência do terror cotidiano, começavam a delirar como ele fizera durante os primeiros vinte anos de sua vida; saber que era louco, explicava, tinha sido o início de sua salvação, pois então conseguira enfrentar o inimigo entocaiado nele, reconhecer sua fala e sistematicamente fazer o oposto do que lhe dizia: sem ir mais longe, o lógico era ficar na França e procurar um bom advogado para recuperar seus bens, em vez de aceitar o dinheiro oferecido por seu tio como compensação; e, em um país onde vinte por cento dos homens jovens tinham morrido, encontrar uma herdeira com sólida fortuna. Mas o *Maneta* Freisen — era a isso que seu nome seria reduzido — só recorreria aos rigores burgueses para administrar sua fábrica e se tornar milionário. O resto de sua vida foi um desafio consciente a todos os valores de abstinência e moderação que lhe tinham sido incutidos em sua infância: ele havia plantado seu lar em Barranquilla, dizia, porque não havia lugar no mundo mais oposto a Armentières, e uma razão análoga, certamente, o induzira a se casar com Rosario Ortiz Sierra, que herdara de sua mãe um temperamento capaz de demolir todas as noites os pudores inerentes ao desequilíbrio mental de todos os Freisen havidos e por haver, com a perversidade adequada aos seus fantasmas mais contraditórios, encarnando durante o dia o personagem da mulher delicada, quase imaterial por força do refinamento, e transformando-se à noite em um vampiro habitado por demônios sedentos de lascívia.

    Lina começou a suspeitar disso no dia em que entrou correndo atrás de uma bola no quarto dos pais de Maruja Freisen, primogênita do casal, e se surpreendeu com a quantidade de objetos perturbadores pendurados nas paredes ou espalhados ao longo do quarto, desde o espelho incompreensível no teto até os buracos e saliências fálicas das quatro estátuas que aparentemente serviam de colunas, lembrando deusas de cultos antigos; o aposento dava, além disso, vista para um jardim privativo cujos arbustos e flores de cores feéricas reproduziam a mesma atmosfera de luxúria rebuscada. Lina permanecia imóvel, em um estado de fascínio semelhante ao que por vezes a invadia contemplando certas salas da Torre do Italiano; semelhante, mas muito mais intenso, pois essas coisas não haviam sido usadas anos atrás por homens e mulheres mortos e enterrados sabe-se lá onde, mas por um sr. Freisen muito real, que ela imaginava entrando no escritório de sua fábrica com um passo rápido, e uma senhora muito fina que, antes de ir jogar canastra no Country, se abaixava para beijá-la no rosto, envolvendo-a em um perfume lânguido de magnólia. De seu espanto a tiraria a entrada intempestiva de Maruja, perturbada ao vê-la descobrir os jogos eróticos de seus pais, eufemismo que usou depois de tê-la feito jurar que não revelaria a ninguém o conteúdo do quarto, enquanto explicava o uso e a razão de ser de cada instrumento, sem qualquer alarde ou malícia, mas como algo comum, e mais ainda, indispensável se uma mulher pensasse em se casar com um europeu estropeado pelo puritanismo. Quase vinte anos depois, em Paris, Maruja Freisen despertaria grande paixão no homem mais belo e rico do mundo, e se recusaria a se tornar sua esposa, e literalmente o mandaria para o inferno porque ele não sabia beijar o sexo de uma mulher e ela, confiaria a Lina no Select de Montparnasse, carecia da paciência que a mãe e a avó demonstravam para combater todas as noites os estragos de uma má educação: o feminismo não surgira em vão.

A essa altura, Maruja já estava viúva de um piloto de aviação civil e, com o dinheiro correspondente do seguro, ofereceu-se uma longa viagem antes de retomar a administração do setor financeiro dos negócios do pai. Havia começado sua jornada pelo Oriente sozinha, e tinha sido forçada a se disfarçar de homem para visitar o Paquistão e a Turquia sem percalços. Sua autoconfiança, portanto, parecia indiscutível. No entanto, quando chegou a Paris, implorou a Lina que a acompanhasse ao norte da França, à cidade onde sua família se estabelecera depois da Guerra Franco-Prussiana de 1870, como se um misterioso vírus pudesse atacá-la pelo contato com aqueles tios e primos que aguardavam sua visita com a ávida expectativa de todo francês diante da chegada do parente americano. Era um inverno de estradas geladas; à altura de Douai tiveram de parar para colocar correntes nos pneus, e então, entre o para-brisas fustigado por uma chuva irremediável, a cidade por fim emergiu, estendendo-se sob um céu infinitamente triste até a praça principal onde ficava a antiga casa dos Freisen, sinistra, refletindo a solidez daquela burguesia orgulhosa de sua virtude e tenacidade. Os parentes de Maruja pareceram a Lina crispados em seus hábitos dominicais; uma poeira centenária, surpresa pela rápida sacudida de móveis e tapetes, flutuava sobre a lareira do salão, cujo fogo servia como único meio de aquecimento e abria um semicírculo de luz na escuridão que a tênue lâmpada perdida na escuridão do teto não conseguia realmente dissipar. De trás de uma porta adornada com uma estante de motivos pastoris, os últimos descendentes de Freisen haviam surgido de acordo com uma ordem incompreensível de hierarquia; todos tinham os traços da família: eram pálidos, ósseos, sem lábios e havia algo de excessivamente censurado em seus gestos, como se temessem sentir-se habitados por um autômato incontrolável; mas o instinto de rapina, característico de seus antepassados e força motriz de seus empreendimentos, já havia desaparecido neles, e podiam considerar-se descendentes de uma geração posterior; nenhum tinha se casado; envelheciam juntos, arranhando lentamente os restos de alguma herança rancorosamente disputada. Naquele cômodo de pisos e paredes revestidos de madeira, que tinha um cheiro de cera taciturno que sugeria legiões de criadas assediadas por muitas esposas Freisen, para quem a limpeza da casa havia sido desde o casamento até a morte a forma de se libertar de um mal-estar inominável, Lina pensou que estava visitando na companhia de sua avó as antigas mansões de seus parentes, onde havia sempre uma sala fechada, proibida, inacessível, atrás de cuja porta se escondia alguém que não queria ser visto ou decidira deixar-se morrer. Mas esses seres, os melancólicos, diziam suas tias respeitosamente ao aludir a eles, estavam cercados por uma auréola quase sagrada, pois, antes de escapar das pompas e vaidades deste mundo, distinguiram-se por sua inteligência e sensibilidade. Eles não eram considerados loucos, mas lúcidos, talvez lúcidos demais; sua reclusão tinha que ser protegida, e quando, depois de estar no escuro e comer pouco, seus corpos se tornavam miseráveis e suas mentes começavam a delirar, era seu dever cuidar de suas necessidades, mitigando ao máximo os sofrimentos de sua morte. Os Freisen adotavam uma atitude muito diferente em relação aos marginais de sua família, Lina dissera a si mesma assim que cheirou a atmosfera daquela casa e viu entrar pela porta a sucessão de homens e mulheres rigorosos e glaciais como figuras de um funeral. Um segundo lhe bastara para que compreendesse o terror secreto de Maruja, mesmo que no íntimo pensasse, divertida, que os genes Sierra absorviam os Freisen sem muita dificuldade, e que a verdadeira encarnação desse terror não só não estava lá, mas muito provavelmente havia sido trancada no porão ou levada para longe de casa sob qualquer pretexto. Mas apareceu, assim que tinham acabado de se despedir depois de terem jantado uma refeição insípida servida com cerimônias de festim na porcelana cuidadosamente desenhada para a ocasião. Apareceu como um fantasma e caricatura na pessoa de um velho esquelético que, tremendo de raiva junto ao automóvel, amaldiçoou seus parentes por tê-lo enviado naquele dia para cortar madeira nas montanhas, a fim de impedi-lo de vê-la, Maruja, e alertá-la contra os perigos de expor sua virtude viajando sozinha ou mostrando-se tão livre, revelando assim sua condição de *métèque* que desonrava o nome da família. Então seu discurso tornou-se incoerente, mas ele continuava vociferando sem deixá-las avançar, seus olhos azuis esbugalhados, seus longos ossos tremendo em uma convulsão como a da doença de São Vito. O terrível de sua insanidade não estava tanto em seu paroxismo, mas no fato de estar profundamente associada à morfologia dos Freisen, sugerindo assim um caráter hereditário, quase inelutável, pois esse velho era o Freisen por excelência, a repetição idêntica do primeiro de sua linhagem, aquele que na horda selvagem vinda do frio matara e saqueara mais do que os outros até impor-lhes sua liderança, propagando seu sêmen em um ato do qual se excluía qualquer forma de ternura, não domado, nem ele nem seus descendentes, pelo cristianismo, mas tomando da nova religião os preceitos necessários para aumentar seu poder, aquela castidade sombria como a dos castelhanos da Corte espanhola, que, depois de várias gerações de casamentos consanguíneos, se tornara uma aberração mental. O velho seguia ali, espumando de fúria, quando Maruja, que a princípio havia parado horrorizada, deu-lhe o tapa mais injurioso que Lina já tinha visto, e o velho, atônito, correu em direção à floresta de onde viera, e da qual nenhum Freisen deveria ter saído.

Havia, portanto, um Freisen adotado pelo povo de Barranquilla, cuja filha se sentiria obrigada a ir à casa de seus antepassados para esbofetear o arquétipo de todos eles e, assim, dizer adeus ao medo de uma vez por todas. E depois, outro, que chegou em um dos primeiros navios a zarpar da Espanha após a Segunda Guerra Mundial, país aonde tinha ido se refugiar com sua esposa e filhos assim que ventos nefastos começaram a soprar sobre os exércitos do Terceiro Reich, ao qual ele servira sem se fazer rogar desde a invasão, produzindo em sua fábrica de tecidos não só os toldos dos caminhões daquele exército, mas também os uniformes de seus soldados; e não por ganância, mesmo que os alemães secretamente armazenassem sua conta privada em um banco suíço, mas porque ele, Gustavo Freisen, era um homem de hierarquia e ordem, e a ideologia nazista corroborava seus princípios. Assim como os dignitários do regime: ele tinha visto os oficiais do Estado-maior de uma divisão blindada entrarem no parque de sua casa em um domingo, deslumbrantes na severidade de seus casacos *feldgrau* com lapelas vermelhas, os gestos precisos, o perfil de cavalheiros; ele os vira curvar-se cavalheirescamente enquanto beijavam a mão de sua esposa e o cumprimentavam com respeito, reconhecendo nele o aliado natural que sabia o propósito secreto daquela guerra. Não, não o vencido ou o colaborador vulgar, insistira com seu primo, o Freisen maneta, que não conseguia compreender seus sentimentos: o Maneta tinha fugido de uma Europa dilacerada, tão exangue e nas boas graças de Deus, que seus inimigos de sempre conseguiram conduzi-la ao mais mortífero dos conflitos: a guerra de classes. Apenas um país, ou sua elite, percebeu o perigo; apenas um povo, o alemão, havia decidido combatê-lo atacando o mal em sua raiz, os judeus responsáveis pelo caos, corruptores de almas, assassinos da civilização. De Marx a Freud, passando por Tróstski e outros que trabalharam para a Revolução de Outubro para dar aos asiáticos o poder de destruir o Ocidente, os judeus foram o inimigo oculto, a praga da humanidade. Ele, Gustavo Freisen, sabia disso, daí sua adesão ao nazismo.

Daí, também, seu desespero ao descobrir que a batalha havia sido travada tarde demais e ele teve de se refugiar na Espanha com um nome falso, enquanto a velha Europa começava a morrer: novamente sangrando, exposta à demagogia dos agitadores que um dia sairiam das sombras para precipitá-la na escravidão, corroída por um sentimento dissolvido, a culpa, aquele masoquismo que levava os homens a se punirem destruindo suas melhores conquistas ou a contemplá-las com o olhar rancoroso de seus inimigos, os fracos e covardes, a escória da sociedade. Não, o Maneta estava longe dessas preocupações. Ele, Gustavo Freisen, intuíra isso no navio que o trazia à Colômbia, quando certa manhã subiu ao convés para descobrir com espanto o Capitão, que na véspera vestia um digno e cerimonial uniforme de pano azul com divisas de ouro, convertido, pela passagem do navio para a zona tropical, em um personagem obeso e suado, semelhante a um padeiro italiano, vestido de branco e usando uns shorts ridículos. O ar estava pesado de calor e umidade e um cheiro de algas podres subia das águas refulgentes do sol. Todo o rigor e a disciplina que a tripulação tinha mostrado enquanto deslizavam pelas brumas do Atlântico Norte estavam agora desaparecendo em uma espécie de apatia sonolenta. O sr. Freisen sentia-se envolvido naquela umidade que turvava o vidro de seus óculos como em uma névoa de mau presságio; sua camisa se grudava às omoplatas devido ao suor; sentia as mãos molhadas e uma certa dificuldade em respirar aquele cheiro tórrido, quase obsceno em sua evocação de coisas sobre as quais nem ousava pensar. Uma luz intensa, sem nuances ou sugestões, feria suas pupilas, até então acostumadas aos austeros cinzentos do inverno em que toda uma civilização fora forjada e refinada. A cada dia o barco penetrava mais naquele mar de águas-vivas azuis e medusas, a cada dia o calor se tornava mais implacável, diminuindo a capacidade de reflexão de Gustavo Freisen. Os outros passageiros foram se adaptando passivamente à corrupção do clima, as mulheres se mostravam sensuais, as crianças, insolentes. E aparecia à noite, no céu cheio de estrelas, uma lua brilhante que nada de bom prenunciava, uma lua pagã, propícia à licenciosidade; e já havia, nas imediações dos portos, barcos carregados de um tumulto de negros, oferecendo frutas doces demais, com aromas agressivos. E nas ilhas, afundadas em um sono de mosquitos e abandono, ninguém parecia ter pressa, nem os negros amodorrados sobre feixes de cocos e bananas, nem as mulheres que iam e vinham com uma provocante ondulação de quadris. Vendo todos esses sinais de decomposição, Gustavo Freisen dizia a si mesmo que, se um primo seu havia aceitado de bom grado morar ali, seria inútil explicar-lhe o drama vivido no continente europeu e a ruína fatal de seus valores, porque aquele continente e seus valores certamente haviam deixado de importar para ele.

O Maneta, na verdade, não entendia muita coisa. Acreditava que, se qualquer sociedade tinha de recorrer ao genocídio para sobreviver, sua existência não poderia ser justificada. Nunca digeriu os campos de concentração, Maruja confidenciaria a Lina — tanto mais que seus melhores clientes eram os vendedores de tecidos judeus da Rua do Comércio —, nem perdoou o primo por ter montado um negócio familiar a serviço daqueles *boches* cujos obuses lhe arrancaram a mão. Mas como um bom homem litorâneo, ele acabou ao longo do tempo minimizando o assunto depois de aconselhar seu parente a esconder seu passado como colaborador se não quisesse ser alvo dos liberais, apoiadores dos Aliados e maioria na cidade. Gustavo Freisen, portanto, como dona Giovanna Mantini e tantos outros estrangeiros que se instalaram em Barranquilla contra a vontade, resolveu recriar o ambiente em que fora educado e impor aos filhos uma disciplina de quartel. Também deu um exemplo para eles, explicou Maruja, a partir do momento em que o navio cruzou a linha do equador e, em vez de adotar o comportamento do capitão, apareceu no convés vestindo um terno branco de corte impecável que um alfaiate espanhol havia feito para ele, com a camisa muito engomada e fechada na gola por uma gravata de seda preta, vestimenta destinada a acompanhá-lo até sua morte, já que ele nunca se permitiu não só as *guayaberas* berrantes que o Maneta usava aos domingos, mas também os tons pastéis introduzidos pela moda anos depois. Maruja disse ter ficado surpresa ao vê-los descer do navio, ele com suas vestes imaculadas sob o rosto avermelhado como um gafanhoto pelo sol, ao lado de sua esposa, também sufocada em seu vestido de linho recém-passado, e, atrás deles, as dez crianças respeitosamente seguindo-os à maneira de coroinhas. Os quatro mais velhos eram de um loiro quase albino, e tão semelhantes entre si que só seu tamanho os distinguia; nasceram um após o outro, deixando o ventre da sra. Freisen em tal estado de cansaço que durante cinco anos ela foi abortando sem parar até a chegada de Jean Marie Xavier, o único dos irmãos que tinha cabelos negros e uma certa musculatura; então, no mesmo ano do nascimento de Lina e Maruja, Ana veio ao mundo, acompanhando mais quatro homens que poriam definitivamente fim às faculdades de reprodução da sra. Freisen e à vida sexual de seu marido, já que ele, seguindo à risca os preceitos cristãos sobre o casamento, nunca se permitiu tocá-la fora de seus períodos férteis. A esse respeito, Maruja contava divertida que, em certa ocasião, sob o efeito de um daqueles coquetéis à base de sucos de frutas e muito rum preparado por seu pai, Gustavo Freisen havia explicado ao Maneta sua maneira de conceber as relações conjugais, gabando-se de nunca ter cometido um pecado contra a carne a ponto de cada contato ter causado uma gravidez, o que reduziu para vinte, mais ou menos, o número de vezes que a sra. Freisen havia sido solicitada, dez pelos filhos e outras tantas pelos abortos.

Mas isso não incomodava nem um pouco Odile Freisen, uma bretã de nascimento e afetada por uma luxação congênita do quadril. Filha única de um importante dono de estaleiros, ela havia sido muito bonita em sua juventude e muito complexada por causa daquela doença que a condenava a mancar, deformando a graça de seu corpo. Desde criança sentiu o chamado da religião, confiara-o a Ana, e provavelmente acalentava sonhos românticos de vida monástica, enquanto sua mãe preparava um enxoval cuja peça principal Lina um dia veria, uma bata idêntica à de todos os seus antepassados, com mangas até os pulsos e apertada nos tornozelos de tal forma que o futuro marido não pudesse puxá-la para cima e se visse na necessidade de usar a única abertura à sua disposição, uma espécie de janela em formato de coração colocada ao nível do púbis, na qual se podia ler em letras bordadas: "Deus assim quer". Então a mãe costurava atarefadamente, e a filha chorava às escondidas, não porque sua condição coxa a impedisse de ser cortejada em bailes, mas porque ela estava arrependida de contar aos pais um dia sobre sua decisão de entrar no convento. A futura sra. Freisen devia ser então bastante ingênua e sua mãe, bastante lúcida: luxação congênita do quadril ou não, essa herdeira de seiscentos hectares de terra na Normandia legados por sua avó materna e três prédios de apartamentos em Paris mais cedo ou mais tarde seria pedida em casamento. Quando isso aconteceu, a vocação religiosa foi imediatamente substituída pelo desejo frenético de ter filhos, muitos, para provar ao mundo inteiro que, apesar de seu infortúnio físico, era uma mulher idêntica às outras, e ainda mais prolífica: os vários abortos sucessivos constituíam sua grande dor. Talvez por isso Jean Marie Xavier tenha sido tão mimado e protegido dos acessos de fúria paternos. Talvez houvesse outra razão: submissa como era, a sra. Freisen já tivera anos suficientes para julgar, ou pelo menos observar, seu marido, e consciente ou inconscientemente devia estar cansada de seu despotismo; ao reconhecimento inicial, era provável que se tivesse seguido uma amargura não isenta de ódio, sem contar que, durante esse tempo, Odile Freisen havia se transformado de menina em mulher; depois veio a guerra, e enquanto seus familiares, seus primos normandos principalmente, se juntavam ao campo de De Gaulle ou aderiam à Resistência, Gustavo Freisen desonrou a si mesmo servindo os alemães. Então ela começou a desprezá-lo, dizia Maruja, encontrando assim um apoio concreto e racional para seu ódio. Como o divórcio era impensável, dados seus sentimentos religiosos e os laços econômicos inextricáveis que a ligavam a esse homem, ela foi forçada a segui-lo na vergonha do exílio, sua bata guardada para sempre no fundo de uma mala, pois o último filho, nascido dois dias antes da queda de Stalingrado, a tornara estéril para toda a vida.

Sua fertilidade provou ser inquestionável, seus deveres conjugais terminaram, graças a Deus, e então a sra. Freisen abriu um combate surdo, mas implacável, contra o marido, que duraria até sua morte. As primeiras hostilidades haviam se manifestado no nascimento de Javier, quando ela decidiu criá-lo sozinha, sem acudir às babás que cuidavam dos mais velhos, e mimá-lo, e levantar-se à noite se ele chorasse, enfurecendo seu marido, que insistia em dar às crianças um tratamento espartano desde o berço; algo tão banal como expressar ternura a um bebê ou dissipar seus terrores noturnos já era um desafio à autoridade patriarcal e uma manifestação de independência para Odile Freisen. Javier tornou-se assim uma criança atraída em dois sentidos contrários, o colo de sua mãe, onde encontrava um oceano de complacência, e a disciplina exacerbada do pai, cuja imagem deveria ajudá-lo a formar sua identidade; os outros irmãos não conheciam esse dilema pela simples razão de que foram amados ou aceitos sem paixão; vieram ao mundo para sufocar os complexos de uma mulher e justificar o trabalho de um homem e seu senso de hierarquia; de certa forma, eram objetos. Javier, por outro lado, sempre foi um símbolo, e não apenas na batalha silenciosa que seus pais travavam um contra o outro, mas também como um homem submetido à influência de dois mundos antagônicos, o europeu, cujos tabus o marcaram durante seus primeiros dez anos de vida, e o Caribe, onde esses tabus tendiam a se quebrar em uma explosão de sol e sensualidade. De todos os irmãos Freisen, Javier seria o mais contraditório: o mais velho sempre guardava a saudade da França e três deles voltariam definitivamente a morar lá assim que tiveram certeza do véu acovardado lançado por seus compatriotas sobre os acontecimentos da guerra; os mais novos tornaram-se baderneiros, um se limitou a farrear como playboy e o caçula nem se deu ao trabalho de pôr os pés na fábrica do pai, preferindo enriquecer com o contrabando de maconha.

A maconha desempenharia um papel decisivo na vida de Javier, muito mais tarde, ajudando-o a se livrar de suas inibições. Quando chegou a Barranquilla, aos dez anos, era uma criança mimada e teimosa, que sabia tirar tudo da mãe; bastava-lhe dizer não e ficar firme, mesmo que Gustavo Freisen o espancasse até a morte aproveitando-se da ausência da esposa; ao retornar, Javier mostrava-lhe sem comentários os hematomas dos golpes que recebera, e a sra. Freisen entrava em uma cólera muda que se traduzia no bloqueio imediato da conta bancária na Suíça, aberta sob seu nome de solteira, já que essa condição havia sido imposta ao marido entre os múltiplos e complicados arranjos legais feitos antes do casamento. A experiência da Primeira Guerra Mundial havia ensinado à família de Odile Kerouan que, concórdia ou não, era melhor manter uma parte do patrimônio em Nápoles, fora da França, muito melhor em um país neutro como a Suíça, e se metade do dote tinha sido usada para ampliar a fábrica de tecidos de Gustavo Freisen, o resto tinha permanecido naquela conta secreta onde os alemães mais tarde depositariam o dinheiro pago por seus serviços e cuja procuração Odile nunca quis lhe dar. Tudo correu bem durante anos, enquanto Odile Kerouan foi a serva dócil e grata de seu marido. Quando o ressentimento começou a germinar e ela enfrentou esse homem ganancioso e de sangue glacial como um tubarão, descobriu que poderia resistir à sua investida recusando-se a assinar cheques ou documentos para ele; como Álvaro Espinoza, Gustavo Freisen havia subestimado a possível evolução de uma mulher prometida por cálculo e não sem desprezo. Ele nunca falou disso para ninguém, exceto para o Maneta, aquele parente envolto em fumaça de enxofre que, no entanto, acabaria se tornando seu confidente. O Maneta era a única pessoa capaz de aceitá-lo em sua verdade sem recriminá-lo ou julgar sua conduta com muita dureza. E, aos poucos, Gustavo Freisen foi se acostumando a visitá-lo em sua fábrica nas tardes de sexta-feira, para tomar o pulso da cidade, segundo ele, pois o Maneta estava ciente de tudo o que acontecia em Barranquilla, mas, no fundo, para poder evocar com alguém suas lembranças nostálgicas de lugares envoltos em brumas e céus frios onde passara os melhores momentos de sua juventude. Naquela época, ele era solteiro, sua mãe recebia a alta sociedade de Lille e ele parecia destinado a um futuro brilhante. Sempre estava elegantemente vestido com seu colarinho italiano e o paletó bem ajustado ao corpo, cortejando uma romântica *mademoiselle* de Broquemont cuja família teve o mau gosto de arruiná-la. Lembrava-se de seus passeios pelo campo na companhia de seus irmãos, os *canotiers* se elevando com urbanidade para encontrar outras carruagens entre aqueles choupos com troncos esverdeados pelo musgo. Lembrava-se, sobretudo, de sua casa, de frente para a austera praça de paralelepípedos que fora polida pela passagem de muitos homens e muitas chuvas: nela ouvia os criados se movendo furtivamente seguindo as ordens de um mordomo invisível, o tilintar de uma colher de prata, o majestoso repique do campanário da catedral; quando, da varanda da biblioteca, via os tetos de ardósia cobertos com a pátina do tempo, tinha uma agradável sensação de perenidade: seus antepassados haviam olhado para as mesmas pedras, e atrás dele, junto à lareira, tinham lido os mesmos livros que se alinhavam nas estantes; idêntico teria sido o cheiro de cera recém-esfregada, de troncos queimando nas cores amenas do inverno. Como Gustavo Freisen sentia falta daquela luz de matizes e meios-tons, dos armários cheios de roupas perfumadas de lavanda, dos retratos de seus antepassados que, das paredes, pareciam observá-lo com aprovação: ele também trabalhava duro e firme para manter alto o prestígio de sua casa: ao retornar da fábrica de tecidos, podia saborear o prazer de sentar-se no salão que sua mãe, distinta, adoravelmente mundana, havia decorado com cortinas amarelo-siena e lâmpadas opacas; ao lado dela, tomando um aperitivo, descansava satisfeito de seu dia, imaginando o mordomo dando as últimas instruções aos criados ocupados na cozinha ou procurando na umidade da adega os vinhos refinados que acompanhariam a refeição. Ah, aqueles vinhos da França, aquele licor de pera, o sabor, o cheiro de coisas há muito elaboradas, sabiamente envelhecidas: que nunca mais encontraria. E ao proferir aquelas palavras, Gustavo Freisen fazia uma pausa e abaixava a cabeça enquanto seu primo, o Maneta, tentava chamar sua atenção para outros assuntos, temendo que a conversa se prolongasse demais. Porque então Gustavo Freisen podia revoltar-se contra a sorte e passar da saudade a uma irritação sombria capaz de levá-lo a falar por duas horas seguidas: invariavelmente o licor de pera estava associado em sua mente à lembrança daquelas aquarelas trazidas da França que um mês depois de sua chegada a Barranquilla haviam se decomposto em um horrível amálgama de cores pela ação maléfica de um fungo tropical: como viver em um país onde os quadros se cobriam de lepra e os vinhos azedavam e o sol parecia vidrar a paisagem ao ponto de uma miragem: se com paisagem queria se referir a um mar infestado de vermes com areias tão ferventes que borbulhavam os pés; ou àquele rio fétido de água espessa, cuja fumaça perfurava as janelas de seu escritório na fábrica, embora permanecesse fechada dia e noite para conservar o frescor do ar-condicionado. Os trópicos lembravam a Gustavo Freisen as passagens mais pessimistas da Bíblia: tudo era vaidade e corrupção, e as obras dos homens estavam condenadas a perecer: bastava contemplar aquela cidade de construções rachadas, onde cupins comiam irremediavelmente um edifício em menos de dez anos. Nada durava ali, nada se perpetuava naquele mundo sem memória ou passado.

Assim que chegou a Barranquilla, Gustavo Freisen comprou uma casa construída por outro francês, provavelmente enlouquecido de tristeza: era uma mansão imponente, semelhante à que sua mãe costumava alugar quando iam para a Riviera durante o verão, com fachada branca, piso de mármore e muitos espelhos; tinha três andares, e havia soberbos cães de bronze adornando os corrimãos da escadaria. Ele acreditava que poderia se dar ao luxo da ilusão de habitar um lugar civilizado. Inútil: quando olhava da varanda não via jardins plantados com palmeiras e mimosas, nem veleiros atravessando delicadamente as águas azuis do Mediterrâneo, mas a reverberação do sol em telhados desbotados e paredes rachadas abrigando a burguesia de Barranquilla, aquelas pessoas que falavam alto e de maneira enfática, com seus intelectuais perdidos em discussões bizantinas e suas velhas famílias acreditando ser parentes de Afonso XIII. Bourbons, nem mais nem menos, repetia como que vexado por um insulto, quando bastava ver seus rostos para se perguntar de que acoplamentos indizíveis haviam surgido. E de repente olhava para o primo, um pouco envergonhado de ter se deixado levar pela indignação, esquecendo-se de que o Maneta se casara com um daqueles supostos descendentes da casa real espanhola. Mas o Maneta sorria simpaticamente para ele: naquela amargura ele reconhecia apenas os sintomas de uma enfermidade da qual ele mesmo havia escapado. Ele podia imaginar seu primo como o via quando ia visitá-lo em Lille antes da Primeira Guerra Mundial, convertido no herdeiro de uma fortuna considerável a quem todos os deuses pareciam sorrir. Com ele, o Maneta tinha aprendido a arte de fazer-se obedecer pela persuasão, adotando o lema de sempre dar aos seus empregados um tratamento especial para evitar greves e complicações sindicais, mas, no caso de seu primo, esse paternalismo expressava menos um cálculo materialista do que um desejo de não trair suas convicções religiosas. Pois Gustavo Freisen era então profundamente cristão: acompanhava a mãe à missa aos domingos, e sua integridade moral tinha-lhe merecido o respeito dos grandes senhores do Norte. Aquele mundo ordenado e feliz, onde um patrão podia dar-se ao luxo de ser amado por seus trabalhadores, tinha sido despedaçado durante a guerra de 1914: Gustavo Freisen fora um dos primeiros a alistar-se e, três anos depois, o Maneta o encontrara coberto de cicatrizes e condecorações em uma trincheira: o jovem belo e bem-educado a quem o pai confiara a gestão dos negócios da família, o perfeito *gentleman* que sabia como se descobrir diante das senhoras e fazer-se apaixonar por uma *mademoiselle* de Broquemont, o esteta que podia vibrar ao som dos sinos ou se comover pelo cheiro de livros velhos, era um capitão despótico diante do qual tremiam os homens de sua companhia; não podiam recriminá-lo em nada: lançava-se à frente de suas tropas e expunha-se ao perigo com a temeridade de Aquiles: era justo, tanto que perdera a alma, explicava o Maneta a Maruja: não suportava o medo ou a covardia, e como ambos estavam na natureza humana, começara a desprezar a natureza humana. Das façanhas em que centenas de homens sob seu comando haviam encontrado suas mortes, e que lhe renderam oito palmas na fita da Croix de Guerra, o Maneta só falava em tom baixo: ao contato da dor, à vista do sangue, Gustavo Freisen provavelmente fora possuído pelos velhos demônios de sua linhagem. Tudo o que o Maneta dizia era que ninguém podia imaginar aquele capitão de olhos furiosos se apaixonando por uma mulher ou se deliciando com o cheiro de um livro. Depois o Maneta, hospitalizado, soube dele por outros feridos que vinham amaldiçoando, entre gemidos e ataduras, o nome de Freisen. E nada mais. Daquela França, o Maneta havia partido para nunca mais voltar, enquanto seu primo enfrentava a depressão econômica tentando pôr em marcha os negócios da família, contra os ventos e marés representados por uma fábrica paralisada por quatro anos e isolada de seus fornecedores e clientes, sem falar na parcimônia desconfiada dos banqueiros — em sua maioria judeus — e na desordem da vida política. Gustavo Freisen lutou firmemente, com a mesma tenacidade que usara contra os alemães, para restituir à sua mãe e à sua casa a riqueza de que desfrutavam anteriormente, até que dívidas e outros problemas financeiros o forçaram a pedir a mão daquela herdeira bretã, Odile Kerouan, cujo dote não era suficiente para esconder suas origens obscuras, pois se seu pai se formara engenheiro na École d'Arts et Métiers, seu avô fora um simples operário de reparação naval, astuto o suficiente para acabar se tornando o dono da empresa onde trabalhava e se casando com a filha de seu principal concorrente.

As antenas requintadas da mãe de Gustavo Freisen julgaram aquela fortuna necessária, mas fresca demais. Assim, a vida de casada de Odile Kerouan começou em condições ainda mais ingratas. Ela nunca esperara grande coisa dos homens, e seus severos princípios morais instintivamente a mantiveram longe dos jogos e seduções do amor; havia chorado quando seus pais anunciaram a data do casamento, e em lágrimas entrou na igreja onde a cerimônia foi realizada. A partir daí, da rejeição de uma menina imatura, dizia o Maneta, àquilo que ela teve de suportar, havia, no entanto, um abismo: Gustavo Freisen não amava as mulheres e, como sua mãe, desprezava os arrivistas; assim que se instalou na casa em Lille com seu incrível vestido de noite, Odile Kerouan provavelmente foi vítima da animosidade de ambos, e a ela coube curvar-se e sofrer até a morte de sua sogra, personagem de quem o Maneta se lembrava sem humor, comparando-a a uma arrogante e tola Madame Verdurin das províncias, que de bom grado teria criado um salão literário se seus preconceitos sociais não a tivessem impedido de fazê-lo; tratava todo mundo mal, dizia o Maneta, exceto seu filho mais velho, com quem teve uma relação amorosa muito próxima do incesto; isso explicava os escrúpulos sexuais de Gustavo Freisen, que ele houvesse se casado tão tarde e por simples interesse, o que, entre parênteses, ele nunca tentou esconder de sua esposa, ganhando assim seu ressentimento definitivo. Odile Kerouan, além disso, vinha da Bretanha profunda; apesar de sua educação religiosa, vivera impregnada de um mundo mágico, onde os marinheiros ouviam os sinos de uma cidade afundada no mar e a névoa trazia seres minúsculos e imprevisíveis que séculos de cristianismo não tinham sido capazes de eliminar; deles lhe falaram muitas vezes em sua infância, e talvez ela tivesse pensado que viu os *korrigans* dançando entre as árvores do bosque em uma noite de luar. Como imaginar essa menina de dezenove anos chegando a Lille para confrontar um marido brutal e uma sogra desdenhosa? Cheia de terror, o Maneta afirmava a Maruja, capaz, talvez, de resistir, mas não de lutar, pois seus pais a haviam despojado de tudo, até de si mesma, quando a deram a um homem por vaidade e esse homem a recebeu como objeto por ganância. Ela foi então despojada de sua sexualidade na ignorância, e de seus filhos mais velhos na impotência. Até o nascimento de Javier.

Ela deve ter assistido horrorizada ao que esse marido fazia com seus filhos sem ousar protestar por medo de despertar sua raiva ou os comentários humilhantes da sogra. Nenhuma mulher, dizia o Maneta, a menos que tivesse o Freisen no sangue ou estivesse acostumada à barbárie, poderia permitir que as crianças nascidas de seu ventre fossem transformadas sob seu olhar complacente em criaturas cruéis e egoístas a quem o sofrimento dos fracos produzia prazer. E ela teve de ficar calada enquanto Gustavo Freisen sistematicamente extirpava de seus filhos qualquer desejo de compaixão ou ternura, a fim de deixar o campo livre para as piores tendências da natureza humana. O que Lina e Maruja viram uma vez, com a impressão de estarem imersas em um pesadelo abjeto, Odile Kerouan suportou por vinte anos; e ela ainda suportou quando chegou a Barranquilla, pois a coisa se repetiu na frente delas e em meio aos gritos enlouquecidos de Ana. Talvez tenha sido o fato de ter duas testemunhas, e o argumento de que as únicas amigas de Ana na cidade haviam saído horrorizadas para contar às respectivas famílias sobre o comportamento mórbido de Gustavo Freisen, o que permitiu a Odile Kerouan exigir que seu marido acabasse com essas abominações. Além disso, o Maneta ficara sabendo do assunto e, sem mais tardar, correra para a casa de seu primo para descobrir, para seu espanto, a evidência ainda visível do espetáculo que tanto impressionara Maruja. Conhecendo Gustavo Freisen, o Maneta não perderia seu tempo falando com ele sobre sentimentos humanitários ou qualquer coisa do tipo, ele simplesmente explicou que, apesar de sua cegueira racista, a alta sociedade de Barranquilla era composta por dois grupos de pessoas, os verdadeiros senhores, descendentes, na verdade, de nobres espanhóis que se estabeleceram na região durante a era colonial, para quem um ato gratuito de crueldade era prova de covardia inadmissível, e os demais, aqueles que vinham ascendendo na escala social por força do arrivismo e da perseverança, mas sempre considerados pelos primeiros como indivíduos de pouca classe cujo trato deveria ser evitado tanto quanto possível, reduzindo-se a formalidades mundanas.

Portanto, Gustavo Freisen tinha uma escolha: entrar no bom campo e ser objeto de uma proteção efetiva e silenciosa que se traduzia em notícias dadas a tempo, projetos governamentais conhecidos antecipadamente, convites para festas de que os jornais nunca falavam; isso, ou ser assimilado aos novos ricos que, não obstante ser sócios do Country Club, ou agitar-se em períodos eleitorais em busca de nomeações que lhes dessem a ilusão de exercer o poder, estavam excluídos daquela sociedade secreta de senhores onde se ocultava o poder real, e à qual ele e seu primo nunca pertenceriam de todo, porque eram estrangeiros, mas sob cuja asa podiam perfeitamente prosperar.

Aparentemente, o discurso surtiu efeito. Nunca se soube ao certo se Gustavo Freisen tinha dúvidas sobre a homogeneidade da burguesia de Barranquilla quando descobriu as divisões sutis descritas por seu primo, mas se as mundanidades não importavam para ele, ele não queria ver seus filhos descerem na escala social. Odile Kerouan tinha novamente ameaçado fechar sua conta bancária e ele, talvez, começava a se sentir cansado de tantas tensões: tinha mais de cinquenta e cinco anos e, de certa forma, podia se considerar derrotado; como lhe apontou o Maneta, era incongruente que, em sua idade, ele se permitisse tal comportamento, repetindo os erros que haviam causado sua ruína; fossem quais fossem as razões ideológicas de sua adesão ao nazismo, ele deveria pelo menos evitar um segundo fracasso e pensar no futuro de seus filhos, que ele já havia privado de seu país e da herança acumulada por gerações de Freisen: se um dia os mais velhos voltassem para a França, os mais novos, sem dúvida, ficariam lá, se tornariam moradores de Barranquilla e, contra esse destino, seria inútil Gustavo Freisen se rebelar. Ele, o Maneta, sabia disso; não lhe importava, pois tal tinha sido seu propósito ao instalar-se naquela cidade calcinada pelo sol: tinha visto, porém, muitos estrangeiros, alemães, espanhóis ou italianos, formarem guetos para impedir que seus filhos se associassem ao povo de Barranquilla, criando clubes e escolas, obrigando-os a praticar o idioma do país abandonado, e só conseguindo precipitá-los na classe média que nivelava a todos em uma mediocridade desanimadora. O Maneta, graças ao seu casamento, tinha sido capaz de oferecer à sua família a oportunidade de frequentar os círculos mais elevados daquela burguesia, mas se

Gustavo Freisen insistisse em educar seus filhos como rufiões, poderia ter certeza de que nunca os veria ter acesso a ela. E pouco importava o dinheiro ou a eterna evocação de paraísos perdidos: a coesão de uma identidade necessária para se impor à vida às vezes passava pela morte do passado.

A partir daí, os rigores foram amenizados na família de Gustavo Freisen. Graças à intervenção do Maneta, que se deu ao trabalho de ir explicar as coisas à avó de Lina, ela e Maruja voltaram a visitar Ana. Mas enquanto moraram na cidade, os irmãos mais velhos despertavam em Lina uma apreensão incontrolável. Toda vez que encontrava em um salão aqueles jovens astênicos, com pupilas eretas, lembrava-se do espetáculo horrível que lhe haviam oferecido, parecia-lhe que os via ainda ao lado de Gustavo Freisen, com os olhos iluminados por um brilho malévolo, diante da pobre gata que, enlouquecida de dor, tentava proteger sua cria; nem sequer tentaram matá-la primeiro para poupá-la do sofrimento de ver seus filhos torturados um após o outro até a morte, porque o prazer, e Lina havia entendido isso instantaneamente, estava justo em contemplar o desespero; e, enquanto os irmãos Freisen golpeavam cada gatinho de tal forma que sua agonia durasse o maior tempo possível, Gustavo Freisen se encarregava de repelir aos chutes as agressões da mãe, aquela gata vira-lata que tivera a infelicidade de dar à luz no sótão da casa; certamente já o fizera antes, obtendo a proteção do antigo proprietário; então ela não entendia o que estava acontecendo: seus filhos, os olhinhos recém-abertos, tentavam apavorados escapar daqueles golpes precisos que quebravam seus ossos um a um: miavam em um tom tão agudo que se tornava um gemido, um desespero cego, e ela, a gata, ensanguentada dos golpes que recebera, um olho pendente, o focinho destroçado, voltava à carga como se toda a energia do mundo tivesse sido concentrada em seu maltratado corpo. Lina nunca soube por quanto tempo ela e Maruja assistiram ao massacre antes de reagir pegando alguns paus esquecidos no sótão e se jogando contra os irmãos Freisen. As duas eram pequenas, mas o horror parecia ter lhes comunicado a força do animal: um golpe na parte de trás da cabeça pôs um dos irmãos Freisen fora de circulação, desviando a atenção do pai e permitindo que a gata cravasse suas garras no rosto de outro. Em seguida, Gustavo Freisen deu a impressão de enlouquecer: com um uivo desumano, matou a mãe no local e jogou violentamente os animais que ainda estavam vivos contra a parede. Maruja olhou para ele, lívida de ódio. "Nazista", gritou, "porco nazista." E pegando Lina pela mão, correu para a porta.

Eram seis da tarde. Corriam chorando pelas ruas do Prado, ainda levando o miado lancinante da gata nos ouvidos. Lina achava que tinha saído do inferno; o lanche da tarde, comido meia hora antes, transformou-se em pedra em seu estômago, e o ar chegava a seus pulmões com dificuldade. Finalmente ela se deteve, exausta, perto de uma árvore para vomitar. Entre lágrimas, olhou para Maruja: tinha parado de chorar, recuperando o olhar de raiva no rosto quando insultou Gustavo Freisen. "O que é um nazista?", questionou. "Você acabou de ver", ela a ouviu responder. Sem Lina saber, aquilo a que as pessoas chamam de ética ou moral, aquilo que leva uma pessoa a rejeitar a violência com seu corpo, e seu instinto e seu cérebro, sem ambiguidade ou compromisso, ficou incrustado nela para sempre. A chegada dos Freisen à cidade modificara a trajetória de sua vida. E, anos depois, modificaria a de Beatriz.

IV.

Quando Lina se habituou a ir sozinha à Torre do Italiano e a encontrar o caminho em seu labirinto de corredores e passagens, começou a lembrar-se da forma e do conteúdo de seus sonhos: as imagens que a assombravam durante a noite para desaparecer como orvalho à primeira luz da manhã voltavam ansiosamente à sua memória assim que o grande portão de ferro do jardim se abria e ela sentia o perfume intenso que fluíam das árvores de jasmim trepadas nos restos de gazebos ou emaranhadas em ramos de mogno. Aquele cheiro de jasmim dava-lhe a impressão de ser o limiar de um mundo imprevisível em que tudo podia acontecer, desde recordar os sonhos da noite anterior até acreditar que via a tia vagar sob cascatas verdes de samambaias enquanto de dentro da Torre vinham as notas da sonata que a própria tia Irene talvez estivesse tocando. O jardim da torre, com suas avenidas caprichosamente dispostas e o cheiro de jasmim, prestava-se a qualquer jogo da imaginação, insinuando as alucinações mais bizarras; havia tantas árvores que suas folhagens se cruzavam e nenhum raio de luz podia dissipar a escuridão úmida onde floresciam plantas de cores crepusculares; havia estátuas de mulheres cujos rostos pareciam usar uma máscara, cobertas durante muitos anos por um emaranhado de vegetação; havia fontes sem água que de repente começavam a gotejar e grutas artificiais que o tempo havia trabalhado até convertê-las em intermináveis subterrâneos através dos quais deslizavam iguanas de crista iridescente e salamandras albinas que detestavam o sol. Mas, acima de tudo, havia aquela atmosfera de irrealidade criada pela ilusão de perceber a sombra de tia Irene em vários lugares ao mesmo tempo; e, também, a lembrança dos sonhos, cuja importância sua tia lhe ensinaria a descobrir, incitando-a aos poucos a contar-lhe sobre eles. Ouvindo-se, diante do silêncio dessa tia inescrutável e ao mesmo tempo indubitavelmente atenta, Lina tinha a sensação de abrir portas que, em outras condições, julgaria sensato deixar fechadas; de desvendar emoções sombrias ou violentas até então escondidas nas dobras cautelosas de sua memória. Os sonhos pareciam-lhe como um gancho atirado sobre águas de superfície serena e fundos revoltos em que os sentimentos eram agitados como lagartixas que tinham perdido a cor por viverem no escuro. Lina os convertia em palavras com um misto de fascínio e horror: eram o espelho onde sua verdadeira imagem se refletia deixando-a indefesa diante de suas contradições. Sem perceber, ela havia caído em uma vertigem interior da qual jamais emergiria, nem mesmo quando, divertida, pôde nomeá-la anos depois, e quando já havia aprendido a canalizá-la na Torre do Italiano. Porque tia Irene também iria ensinar-lhe isto: a usar os sonhos com o propósito de modificar suas reações aos conflitos ordinários da vida. Se soubesse controlar a respiração e relaxar o corpo, se fechasse os olhos e, seguindo um ritual descontraído de concentração e esquecimento, deixasse uma parte de sua consciência entrar em outra, os sonhos, como as ondas que vão e vêm em uma praia, começavam a voltar; então sua memória os recuperava, aventurando-se em seus segredos até levá-los à solução desejada: assim a fuga se transformava em combate, ou o fracasso em vitória; assim seus desejos mais ocultos eram realizados. A partir desse momento, e contra toda a lógica, os sonhos deixavam de ser a expressão passiva de sua inquietude, porque ou a inquietude desaparecia, ou então sua forma de apreendê-la mudava, como se o ato de agir sobre os efeitos pudesse modificar as causas.

Mas a lógica formal não tinha lugar na Torre do Italiano, e muito menos no parque que a rodeava, reproduzindo sua estrutura; ambos não tinham sentido, a menos que se renunciasse à própria noção de racionalidade para se perder nos devaneios da ilusão. E o jardim os oferecia a quem quisesse encontrá-los: em seus cantos mais sombrios havia gigantescos mognos sob os quais cresciam cogumelos macilentos e de aparência frágil: quando se deitava entre eles, Lina imediatamente caía em um sono tão profundo que, depois de alguns instantes, sentia-se emergindo de seu corpo adormecido e vagando por regiões desconhecidas; às vezes, seu espírito — ou aquele fragmento de si mesma desprendido de sua pessoa — encontrava seres vindos de outros lugares, desprovidos de qualquer forma de envoltório, que a arrastavam em uma viagem vertiginosa a certos pontos do espaço, não para fazer grandes revelações, mas para lhe transmitir conceitos de uma banalidade desconcertante. Lina não entendia por que essas entidades insistiam em gravar em sua mente a noção de sua própria insignificância, a sua e a de todos os habitantes do minúsculo planeta onde seu corpo repousava e a vida, como um milagre, havia surgido: ali estava, pareciam dizer-lhe, um simples alfinete entre a constelação infinita de estrelas, e a partir dali ela poderia desaparecer sem que sua ausência mudasse muito a pulsação deslumbrante da matéria. Talvez, como tia Irene, aquelas vozes estivessem tentando comunicar-lhe o eco de uma mensagem que havia sido esquecida por milhares de anos, mas não destruída enquanto houvesse alguém ouvindo-a no segredo de um jardim, sabendo que teria de dá-la a alguém quando sentisse os primeiros passos do silêncio se aproximando; por mais confusa que fosse, sua percepção acionava um mecanismo que nada nem ninguém podia parar, como um relógio destinado a marcar as horas até o momento da morte, ou um terceiro olho subitamente aberto e para sempre acordado: pois a partir de então não havia trégua ou descanso, mas um questionamento contínuo, uma eterna peregrinação às profundezas do inconsciente. Forçada a todo momento a duvidar de si mesma, das justificativas com que tentava esconder seus desejos, Lina veria seu narcisismo recolher-se, desorientado. Também seu orgulho: nenhuma reação podia ser prevista, nem nela nem nos outros, quando a realidade humana se revelava irredutível aos esquemas da razão. Com o passar dos anos, Lina entenderia que o simples fato de vislumbrar aquelas miragens havia modificado sua concepção de vida, sugerindo a existência da incerteza. Tia Irene e o jardim, os sonhos e suas sombras acabariam quebrando a estrutura de reflexão que sua avó lhe oferecera como modelo. Muito mais tarde.

As rachaduras que anunciavam a inevitável ruptura haviam aparecido, no entanto, em Barranquilla, quando nada previa isso. E surgiram a propósito de Javier Freisen, ou melhor, de seu casamento com Beatriz. Apesar das reservas de Lina, sua avó recebera a notícia favoravelmente, e, prestando pouca atenção às suas objeções, afirmara que nele Beatriz havia encontrado o marido para se adequar a ela e Nena poderia, doravante, substituir suas orações de súplica por um *Te Deum*. Feliz por imaginar Beatriz no caminho de um casamento sem histórias, ela não quis questionar os motivos que levavam um homem de vinte e quatro anos, transbordando de saúde e com a fogosidade de um touro de lida, a se interessar por aquela criatura mineral cuja aridez fazia pensar nos desertos congelados de algum planeta distante. Pois o temperamento de Beatriz, como ela sabia, não mudara no contato com as freiras canadenses: ela permanecia inexorável e puritana e, se aprendera alguma coisa, era a fabricar a imagem de uma pessoa impassível que ninguém conseguia tirar da serenidade. Os irmãos Avendaño consideravam que ela finalmente havia entrado na razão, superando os conflitos de uma adolescência prolongada demais. O dr. Agudelo falava a Lina de psicopatia em tal estado de concentração que até podia manter o controle de suas manifestações. E em seu íntimo Lina dizia a si mesma que era melhor Beatriz dar a mão ao diabo do que àquele homem dilacerado por duas forças antinômicas que no interior de sua consciência estavam travando uma batalha total. Mesmo percebendo a vacuidade de sua afirmação, Lina só conseguia encontrar essa fórmula para explicar a dilogia que marcava a personalidade de Javier Freisen. Era impulsivo à maneira de Benito Suárez, talvez menos louco, mas animado pela mesma fúria para impor sua vontade a qualquer custo. Uma vontade caprichosa, que durante anos fora fortalecida graças a Odile Kerouan, que utilizava os desejos do filho não só para humilhar Gustavo Freisen, mas também, e sobretudo, para explorar através deles seus próprios desejos reprimidos. Para Javier, abundância e liberdade, as coisas com que sonhara a menina meio paralítica e, mais tarde, a jovem confinada em um convento. Não importava quantas bicicletas quebradas ou raquetes de tênis perdidas fossem; Javier tinha o direito de sair e entrar em sua casa a qualquer momento, sem prestar contas de suas ações a ninguém. Mas ela, Odile Kerouan, recebia suas confidências: com ele saboreava o prazer de se lançar no ruído estrondoso de sua moto ou olhar através das nuvens para as asas de prata do pequeno avião pessoal que comprara depois de obter sua licença de piloto, falsificando sua data de nascimento. Havia outras coisas sobre as quais Javier provavelmente não falava com ela, e ainda assim ela podia muito bem imaginar quando o via sair à noite na companhia de seus amigos, seus bolsos cheios de dinheiro destinado a se perder no meio de muita música e álcool. Essas notas, oferecidas em abundância, permitiram que Javier saísse desde jovem com homens mais velhos do que ele, com quem aprendera a arte de se embriagar em bordéis e se comportar adequadamente com as garotas que conhecia lá. Petulia, cujos julgamentos eram implacáveis, tomara carinho por ele, assegurando que ele tinha temperamento e realmente amava as mulheres. Maruja e suas irmãs sabiam com certeza sobre seu temperamento, pois quando visitavam Ana tinham de se certificar de não permanecerem sozinhas em um quarto, ou então o veriam entrar de repente, fechar a porta e se jogar sobre elas, seus olhos azuis tomados por um brilho que não deixava dúvidas quanto às suas intenções; foi só gritando e batendo nele que o ensinaram ao longo do tempo a ser mais respeitoso.

Também era verdade que Javier parecia estar em casa entre as mulheres: desde sua chegada à cidade, ele se juntou à gangue de Lina, aceitando o pacto de não abusar de sua força nos jogos um pouco masculinos, e então, quando seu pai comprou a melhor casa de Puerto Colombia, ele ia procurá-las de manhã cedo na mansão de Divina Arriaga para andar a cavalo ou tomar banho de mar com elas. Tudo isso o tornaria um personagem bastante aceitável, se não estivesse tomado por um Freisen que, de tempos em tempos, aparecia revelando uma violência insuspeita. Lina comprovou isso pela primeira vez na praça da cidade, vendo-o demolir aos socos um motorista que tinha parado seu ônibus para soltar-lhes uma fileira de obscenidades: em menos de poucos minutos, Javier entrou no veículo, tirou o motorista de seu posto atirando-o ao chão e, se elas e alguns passageiros apavorados não tivessem intervindo, o homem teria ido parar no cemitério. Ele tinha dezessete anos na época, mas já era tão alto quanto seu pai e, ao contrário do pai, seus ossos suportavam uma massa formidável de músculos. Talvez Odile Kerouan assim o desejasse, uma verdadeira descendente daqueles marinheiros bretões cuja coragem não os impedia de ouvir o tilintar dos sinos afundados no mar. De qualquer forma, ela sempre protegeu seu espírito rebelde: na primeira humilhação dos jesuítas, ela o transferiu para o Biffi, e como a disciplina dos Irmãos Cristãos também não lhe parecia conveniente, decidiu educá-lo em uma escola secular onde insultar os professores não despertava nos alunos qualquer sentimento de culpa. No entanto, Javier devia enfrentar a antipatia de seu pai; embora não quisesse realmente seu fracasso, Gustavo Freisen esperava por ele, mesmo que fosse para recuperar alguma confiança em si mesmo e na eficácia de seus próprios métodos pedagógicos: de seus três primeiros filhos instalados na França, apenas um conseguira arranjar uma posição adequada para si; nada mais se sabia sobre o outro, e o terceiro tornara-se comunista, depois de ter sido membro clandestino de um partido de extrema direita, e, para o cúmulo do ultraje à família, passava os domingos gritando a *Humanité Dimanche* na Place Maubert. O único daquela ninhada que permanecera em Barranquilla, Jean-Luc, mostrava sinais de desequilíbrio, passando de crises de total apatia, durante as quais se deitava na cama queixando-se de exaustão, a uma atividade febril dirigida contra a suposta preguiça dos operários da fábrica. Gustavo Freisen perdia boa parte do tempo desfazendo os erros de Jean-Luc e acalmando os enfurecidos dirigentes do sindicato que, graças à sua habilidade, não tinha sido infiltrado pelos comunistas até então. Além dos problemas causados por esse filho, de cuja educação Odile Kerouan não havia participado nem de perto, Gustav Freisen tinha de resistir à vingança surda, mas tenaz, dos judeus.

A colônia israelita da cidade era um modelo de organização. À sua frente, o rabino e três milionários, que se distinguiam pela delicadeza de sua diplomacia diante dos políticos locais e sua estrita obediência aos preceitos bíblicos; eram chamados de homens de palavra, mesmo que pouquíssimas pessoas conseguissem falar com eles, e tinham conseguido levar centenas de seus correligionários para o país entre as duas guerras mundiais. Os recém-chegados aprenderam desde o início que, se quisessem prosperar, tinham de abandonar as brigas e os argumentos inúteis para a solidariedade infalível; se não tinham dinheiro, também eram obrigados a submeter-se a uma espécie de iniciação, cujo princípio era aceitar os infortúnios de um simples vendedor de tecidos nas lojas judaicas da Rua do Comércio, quaisquer que fossem seus conhecimentos ou diplomas, a fim de provar sua capacidade de sobreviver, isto é, de criar uma fortuna em condições muito precárias. As pessoas olhavam para eles com uma mistura de admiração e desconfiança, porque, embora fosse exemplar ver tornar-se um magnata um pobre sujeito que dez anos atrás proclamava, na boca de um alto-falante, o mérito de seus produtos em um banquinho, a ninguém escapava o caráter exclusivo e excludente daquela comunidade, diferente das outras, não tanto porque tivesse igrejas, clubes e colégios privados — as outras também tinham —, mas por causa de sua oposição irredutível ao casamento de seus membros com pessoas que não professavam a mesma fé. Essa regra, fonte de tantos conflitos, protegeu a unidade de um povo sem país por milênios, explicava seu pai a Lina, mas também permitiu que os judeus mantivessem intacta a memória, a recordação das ofensas recebidas ou da bondade demonstrada para enfrentá-las. Como prova, Lina ouvia seu pai citar o caso de Divina Arriaga, cuja estranha doença nenhum médico da cidade compreendia, e que poucos anos depois de seu retorno recebera inesperadamente a visita de um neurologista judeu de grande renome com quem a criada meio asiática manteria uma correspondência médica até sua morte. Divina Arriaga não tinha solicitado seus serviços e nem sequer o conhecia. E tudo o que o neurologista sabia sobre ela era que, durante a ocupação alemã da França, ela havia ajudado vários judeus a escapar das garras nazistas. Até onde o pai de Lina sabia, nenhum membro da comunidade israelita havia entrado em contato com o médico ou notado sua breve passagem por Barranquilla. E o neurologista não explicou a ele, seu pai, quem o informara das atividades de Divina Arriaga na guerra e, mais tarde, de sua estranha doença. Mas atravessou o Atlântico para ajudá-la e, a partir daí, acompanhou a evolução de sua doença através das cartas que a empregada lhe escrevia, e enviava pelo correio caixas cheias de remédios, pós em cápsulas de cores diferentes destinadas a prolongar sua vida o máximo de tempo possível. Assim, seu pai não ficou nada surpreso que os judeus prometessem a si mesmos a ruína de Gustavo Freisen. Amigo do Maneta e, para alguns negócios, seu advogado pessoal, foi incumbido da delicada missão de ir ao rabino pedir o perdão daquele canalha. Ele e o rabino discutiram por uma tarde inteira, ambos tirando seus argumentos da Bíblia, um livro que felizmente seu pai sabia de cor, pois conhecia as sutilezas da alma semítica, herdada, talvez, daquele avô seu por cujo assassinato Cartagena esteve a ponto de ser destruída. E então houve uma pausa de alguns anos durante a qual o negócio de Gustavo Freisen parecia ir pelo ralo, e só vendendo tecidos com prejuízo para os gringos ele conseguia pôr sua fábrica em funcionamento. Às vezes, ao voltar da sinagoga, o rabino parava para conversar com seu pai na calçada, e novamente as interpretações rebuscadas voltavam, levando-os a conversar à maneira de exegetas no meio dos mosquitos da noite. Mas em um dia de grande perdão, o rabino finalmente o informou da decisão tomada pelos líderes da colônia: eles, os judeus, estavam prontos para esquecer os crimes de Gustavo Freisen em nome de sua família, com a condição de que ele desse provas tangíveis de seu arrependimento, no caso, uma doação ao Estado de Israel. Ao saber da notícia, Gustavo Freisen quase morreu de raiva. O Maneta contava que ele ficara sem ar e, de repente, os ossos de seu corpo começaram a tremer; meio congestionado, ele o levou a uma clínica onde o médico de plantão teve a boa ideia de fazê-lo respirar oxigênio em vez de injetá-lo com qualquer remédio que acabasse desbaratando seu sistema nervoso já danificado. É claro que os judeus ficaram sabendo dessa reação, e se, depois de receber o presente oferecido pela sensata Odile Kerouan a *Eretz Yisrael*, eles concordaram em negociar com seu marido, foi apenas para não trair a palavra prometida em um dia de perdão. Mas Gustavo Freisen teria de se lembrar a cada seis meses que sua prosperidade dependia da boa vontade da colônia, quando as novas fábricas de roupas judaicas faziam suas encomendas com os produtores de tecido e, enquanto em cima de seu primo, o Maneta, choviam afazeres, ele, forçado a esperar, roía as unhas, amaldiçoando secretamente os filhos de Sião. Sua sorte não podia ser mais dura: ter abandonado seu país, aquela França cuja doce recordação parecia já diluída em sua memória, sentir-se prematuramente envelhecido pela erosão de um clima que só era conveniente às feras, saber que estava irremediavelmente isolado do meio cultural onde se ouvia solenemente uma sinfonia e o aparecimento de um livro provocava uma brilhante explosão de discussões. E tudo isso para ficar à mercê dos mesmos homens contra os quais ele havia lutado a ponto de se aliar aos inimigos de sua pátria, tornando-se um renegado. Depois de dez anos em Barranquilla, Gustavo Freisen não sabia o que esperar e o mundo parecia um completo absurdo. O pior, repetia-lhe o Maneta, seu eterno confidente, era o fato de estar tão afundado na mediocridade que nem sequer a reconhecia: a não ser para estudar, seus filhos mais novos nunca haviam aberto um livro e não queriam nada com o passado, não se interessavam por pintura nem por música, apenas pelos horríveis ritmos afro-cubanos e pelo não menos insuportável rock dos gringos. Gustavo Freisen se dizia exausto; ele tentara inutilmente inculcar em sua prole um respeito pelos valores europeus, consumira tanta energia trabalhando em sua fábrica e contendo as loucuras de Jean-Luc, que Odile Kerouan facilmente assumira o controle dos assuntos familiares e reinava em sua casa à maneira das mulheres de Barranquilla, a cujo mundo ela se integrara em um piscar de olhos.

Porque Odile Kerouan havia descoberto que, a partir de certo nível social, e enquanto as esposas silenciavam certas demandas ou fingiam silenciá-las, o patriarcado se tornava uma pantomima naquela cidade; os homens ficavam com a ilusão de manter o poder:

seus caprichos eram consentidos e suas opiniões nunca se discutiam. Mas entre a mãe e os filhos havia uma rede infinita de cumplicidades das quais o pai era excluído. Uma vez casadas, as mulheres despejavam as tarefas domésticas sobre suas criadas e entravam na feliz ociosidade das tardes passadas no Country jogando cartas até o anoitecer, enquanto se rendiam aos desejos de seu apetite pedindo sanduíches, xícaras de chá e algumas bebidas disfarçadas de coca-colas. Aquela monotonia pura parecia servir-lhes perfeitamente bem; repetiam vezes sem conta os gestos da tarde anterior, de milhares de noites idênticas, até que suas mentes adormeciam e seus corpos funcionavam como entidades ávidas de presunto e queijo quente entre duas fatias de pão, engordando gradualmente, e também aumentando gradualmente a quantidade de gim que os garçons do Country misturavam às coca-colas com requintada discrição. Odile Kerouan descobrira nessa ordem uma liberdade inimaginável para suas irmãs europeias, sempre sujeitas à pressão do marido ou da família, privadas das mesmas satisfações e sem receber a menor compensação. Ali, ao contrário, as mulheres arrogavam para si um número considerável de prerrogativas: soberanas em sua casa, deusas para seus filhos, elas começavam a diminuir os poderes de seus maridos desde o casamento e acabavam por possuí-los completamente quando a idade ou o cansaço diminuíam a combatividade dos homens. E ninguém discutia uma situação que, aos olhos de Odile Kerouan, formalizava o mais sutil dos compromissos, um acordo tácito entre os dois sexos para viver e morrer em paz. O que esse pacto sacrificava não parecia importante para Odile Kerouan, que incluía a sexualidade dentro da selvageria humana que tinha de ser inibida se quisesse evitar o perigo de cair na animalidade. Ela conhecia de sobra os resultados funestos da violência, e conseguira extirpá-la do comportamento de Gustavo Freisen. No entanto, era indulgente com a vida amorosa de seus filhos homens, dizendo que a experiência lhe mostrara o quão contraproducente a repressão excessiva poderia ser. Se havia ambiguidade em suas intenções, ninguém se importava muito: nascidas ali ou não, suas amigas estavam casadas, como ela, com estrangeiros abastados que haviam se instalado na cidade, e formavam um pequeno grupo fechado sobre o qual flutuava uma leve brisa de liberalismo; além de jogarem bridge, liam as notícias do jornal local e alguns livros nem sempre recomendados, e se tinham um temperamento difícil, tinham breves depressões ou se permitiam aventuras secretas e sem eco. Qualquer que fosse sua nacionalidade, todas respiravam o ar de Barranquilla com alívio e não prestavam muita atenção aos preconceitos do passado que, de repente, saltavam para suas conversas como sapos de uma lagoa negra. Cientes do que haviam sido as relações conjugais de Odile Kerouan, davam de ombros quando ouviam seus comentários absurdos sobre sexo, sem entender que, na realidade, traduziam o sentimento profundo de uma mulher para quem durante anos tudo o que escapava ao domínio da produção era desperdício, postulado do qual ela às vezes se lembrava vagamente, ao observar sua própria ociosidade e o esbanjamento de Javier.

Seu filho mimado havia se tornado cada vez mais exigente, e as somas de dinheiro gastas em bordéis e novos desejos, mais exorbitantes. Odile Kerouan continuava a abrir a bolsa para ele, sempre satisfeita em entrar com Javier no deslumbrante mundo dos homens. Era um moço bonito e livre: havia substituído sua moto por um carro esportivo que corria pela estrada de Puerto Colombia levantando espirais de poeira e estava apaixonado por um veleiro chamado *Odile*, a bordo do qual enfrentava as tempestades do Caribe com tanta coragem que os pescadores do alto-mar não sabiam se deveriam tratá-lo como corajoso ou imprudente. Na opinião de Lina, sua copiloto quando treinava para corridas de carros, Javier merecia as duas qualificações. Por sua vez, Odile Kerouan via nesse gosto pelo perigo apenas a herança de muitos marinheiros bretões que por gerações aprenderam a se entregar ao mar como aos braços de uma amante. Às vezes, ela mesma o acompanhava a navegar, e as lembranças de sua infância voltavam em tropel à sua memória: sentia-se jovem, dizia a Rosario, mulher do Maneta, feliz de que a brisa lhe arrepiasse os cabelos e o ar lhe trouxesse cheiros excitantes de algas e iodo; mar adentro, as águas do Caribe se abriam em uma infinita variedade de verdes até chegarem a pequenas ilhas desertas onde o paraíso podia ser evocado; lá ela e Javier atracavam para passar a noite e dormiam juntos sob um mosquiteiro ouvindo a batida rítmica das ondas. Naqueles momentos, o passado voltava à sua memória e Odile Kerouan percebia o quão doentia havia sido sua educação, encerrada entre o puritanismo das freiras e a vaidade de seus pais; sua vida lhe parecia triste, seus sacrifícios pareciam vãos; ela era acossada pelo desejo de saber por que nunca havia pensado no amor quando era bonita — apesar da luxação do quadril — e sua presença nos salões de seus tios despertava olhares de admiração; então ela teria sido capaz de descobrir os prazeres da juventude, em vez de querer se confinar em um convento até perder toda a vontade, e deixar que seus pais a casassem com esse homem estéril como um polvo abandonado pela maré na praia. Suas reflexões a levavam às humilhações que sofrera na mansão de Lille, onde a sogra, odiada mil vezes, se aproveitara de sua ingenuidade para ridicularizá-la aos olhos do marido, que por sua vez via nela apenas a matriz reprodutiva da família Freisen. Era o que Odile Kerouan dizia à esposa do Maneta. Graças a Deus tinha Javier, lhe dizia, Javier era sua única recompensa diante de tantas amarguras.

   E Javier amava sua mãe; gostava de saber que ela estava feliz, de ajudá-la a apagar aquelas lembranças. Desde criança encontrara nela um aliado incondicional contra a violência de Gustavo Freisen e de seus irmãos mais velhos, que tinham prazer em mortificá-lo, em parte por inveja, mas também porque sua falta de defesa os instigava com crueldade. Quando o encontravam sozinho, ele um dia confidenciaria a Lina na praia de Puerto Colombia, mergulhavam sua cabeça em uma tina de água fria até quase o sufocarem, repetidas vezes, exigindo um ato qualquer de degradação para destruir sua confiança em si mesmo. Lina ouviu-o dizer isso horrorizada. Javier olhou para ela, sorrindo. "Eles nunca conseguiram", disse ele. E sua voz parecia a Lina tão perigosa e desafiadora quanto os chifres de um touro na arena. Mas quando falava de sua mãe, suas palavras sempre envolviam uma secreta ternura: pensando nela, decidira comprar o veleiro e, descobrindo sua felicidade nas pequenas ilhas desabitadas, a persuadira a comprar uma. Naqueles dias, Odile Kerouan e seu filho viviam em completa fusão: ele confidenciava suas emoções e experiências a ela, e ela aquiescia a todos os seus desejos. De tanto ir buscá-la no Country ao entardecer, Javier acabara conhecendo suas amigas e se tornara o galã daquelas mulheres ligeiramente murchas, que achavam delicioso se entregar a um *flirt*, inocente, é claro, com um dos homens mais atraentes da cidade. Levava-as para casa no MG ou as tirava para dançar nas festas, despertando fantasmas da juventude que elas julgavam enterrados; de repente descobriam o prazer de farejar um corpo jovem, de poder abandonar-se aos músculos de um braço, e começavam a esquecer a flacidez das coxas e as horas passadas em frente ao espelho tentando esconder o insulto dos anos até que a indiferença estrita de Javier reabria a velha ferida; depois, e passado o tempo necessário ao luto, tomavam atitudes maternais para com ele, protegendo-o com o ciúme de uma galinha choca: disputavam sua companhia, convidavam-no para os seus mais seletos coquetéis, que só eram frequentados por pessoas mais velhas, muito ricas e de bom nascimento. Essas relações permitiam que Javier aumentasse o número de clientes da agência de viagens que Odile Kerouan havia adquirido para ele, a fim de oferecer-lhe um meio decente de ganhar a vida sem entrar na fábrica de seu pai. Quando a compra foi feita, Javier mal havia obtido seu diploma do secundário e a agência estava à beira da falência; três anos depois, o negócio ia de vento em popa, pois à frente do aparatoso escritório de um gerente que só de vez em quando passava por ali, a astuta Odile havia instalado um homem de confiança, casado, com cinco filhos nas costas, ou seja, realmente obrigado a ganhar a vida.

Nada era mais importante para Odile Kerouan, em seu inconsciente, do que o propósito de possuir seu filho; sempre disposta a dar-lhe tudo que quisesses, se estivesse longe ou perto, mesmo antecipando seus caprichos, havia deformado seu caráter a tal ponto que Javier não tolerava renúncias ou contratempos. Mas o grande erro de Odile Kerouan foi acreditar que ele estava eternamente ligado a ela, como se um jovem em perfeita saúde aceitasse por muito tempo permanecer naquele estado de simbiose uterina, negando-se a si mesmo outros amores e contentando-se com a triste rotina dos bordéis. Lá, por mais habilidosas que fossem, as mulheres não estavam muito interessadas; Javier dizia conhecê-las muito bem: sabia-as frígidas e forçadas a satisfazer os fantasmas de seus clientes por dinheiro, nunca por perversão; se tivessem a sorte de ascender ao posto de amantes, tentavam constituir um dote composto por uma cama ou uma geladeira para depois serem esquecidas no anonimato de um casamento modesto. Não, os bordéis não eram propícios ao aparecimento de grandes amores, e enquanto Javier os frequentava, Odile Kerouan certamente monopolizava seu afeto; às vezes, em seus momentos de depressão, ela o imaginava casado com uma moça de boa família e sentia seu coração trespassado por alfinetes; para se consolar, recorria à concepção europeia do casamento, uma simples operação econômica destinada a aumentar a fortuna e perpetuar o nome da família. Mas supor que Javier estivesse apaixonado não entrava em suas elucubrações, a própria ideia lhe parecia um pesadelo. Não eram felizes juntos, ela não se empenhava em agradá-lo?, perguntou Odile à esposa do Maneta. Ninguém poderia amá-lo como ela, dando-lhe tudo e sem exigir nada dele, ninguém seria capaz de minimizar seus defeitos arrancando as pedras de seu caminho com as unhas. No entanto, Javier se apaixonou. E não pelo duplo de Odile Kerouan, ou seja, uma mulher rendida de admiração aos seus pés, e sim por Victoria Fernán de Núñez e muitos outros sobrenomes ilustres, que desde a infância tivera mãe, quatro tias e um enxame de empregadas que estavam atentas aos seus caprichos, que eram muitos e imprevisíveis, como o pobre sujeito de Caldas que se casou com ela, acreditando ter encontrado El Dorado para se descobrir, do nada, convertido em principal sacerdote de uma divindade impetuosa a quem devia curvar-se se quisesse conservar o privilégio de administrar seu imenso patrimônio. O caldense era tempestivo, mas Victoria, nascida sob o signo de Leão e envolta na aura de sua riqueza, não se deixava impressionar por ninguém; de sua mãe e tias aprendera a nunca ceder a um homem o controle de sua pessoa, e muito menos de sua fortuna; assim, ao voltar de sua lua de mel, que ela julgou pouco exaltante, o caldense começou a dar-lhe conta de sua gestão todos os meses, e fosse por causa dessa vigilância que poderia merecer elogios ou reprovação, ou por causa de sua dificuldade em acompanhar os ardores de Victoria, sua personalidade pareceu se dividir no decorrer do tempo. Exteriormente, converteu-se em um formidável homem de negócios e, na vida privada, tornou-se uma criança apaixonada por coleções de soldadinhos de chumbo. Victoria trazia aqueles soldadinhos de volta de suas viagens à Europa, onde os comprava ou encomendava a artesãos aposentados por somas colossais, enquanto seu amante do momento a transportava para aqueles picos de paixão em que se abriam as mil flores de seu temperamento insaciável e sempre em busca de novas emoções. As senhoras de Barranquilla tinham horror a ela pois, embora não fosse refinada e bela como Divina Arriaga, possuía o mesmo dom de fascinar os homens; talvez não se tratasse de fascínio, mas de algo parecido com luxúria, pois sua total falta de inibições e uma pitada de vulgaridade adquirida sabe-se lá onde os incitava a se desfazer da última camada de sua armadura, revelando fantasmas cuja exibição carecia de malícia nos bordéis ou era inadmissível diante das esposas. Junto a ela, por outro lado, as formas mais truculentas de amor podiam ser exibidas sem vergonha e gratuitamente: Victoria recusava presentes, convencida, uma vez confidenciaria a Lina, de que qualquer presente constituía em si uma compensação associada ao declínio do erotismo, e que recebê-lo significava admitir a lassidão do comportamento amoroso do homem, um sinal precursor de monotonia e, a longo prazo, de tédio. Quando, muitos anos depois, Lina a encontrou por acaso em Paris, acompanhada de um jovem playboy alemão, sem dúvida seu gigolô, ela sustentou o mesmo raciocínio com uma ligeira modificação; então ela pagava, é claro — a idade tinha cara de herege —, mas seus amantes deviam provar sua imaginação, sob pena de levar um pé na bunda, ou seja, de abandonar carros esportivos e apartamentos suntuosos em hotéis de luxo; enquanto ouvia sua fala, divertida com seu cinismo e seu senso de humor fulminante, Lina não podia deixar de pensar na outra, a Victoria Fernán ainda graciosa apesar de seus anos, esbelta por força de exercícios, por quem Javier havia se apaixonado, causando o infortúnio de Odile Kerouan e a ruína de suas relações.

Nem ela nem suas amigas do Country suspeitaram por um segundo do impacto que a personalidade ardente daquela amazona entrada em anos teria sobre Javier, quando Victoria se encaixava como uma luva em qualquer Freisen que não fosse inteiramente neurótico, enfim, mais ou menos desembaraçado daquelas religiões ou ideologias nas quais sua sexualidade sempre havia congelado. Odile Kerouan sucumbiu ao ciúme e pela primeira vez na vida teve uma crise de depressão; se ela não tivesse se oposto aos amores de Javier, teria pelo menos mantido sua cumplicidade; mas, como os desígnios de Deus, disse o Maneta, os vaivéns do desequilíbrio mental eram impenetráveis. Projetada em seu filho, afirmara-se contra o tempo e a morte; oferecendo-lhe abundância, vingara-se das privações que sofrera e, tornando-o independente, obtivera uma parcela de liberdade. Javier fora concebido pouco depois da morte de sua odiada sogra, quando Odile Kerouan deixou de se sentir inferior naquela casa em Lille; a gravidez não foi acompanhada de desconforto e o parto durou muito pouco, associado menos à dor do que a uma perturbadora e até então desconhecida sensação de volúpia. Odile dizia à esposa do Maneta que teve medo de que Gustavo Freisen rejeitasse aquele bebê de cabelos pretos, porque, apesar de sua virtude, ela havia engravidado durante umas férias em que alguns membros da família Kerouan estavam em casa, entre outros uma prima casada com um parente no qual ela, Odile, estava muito interessada. E além de encorpado, o parente tinha cabelos pretos. Odile Kerouan parecia ter deslocado seu desejo por aquele homem ao esperma do marido que a engravidou, de alguma forma contrariando as leis da genética e de alguma forma considerando o novo bebê como realmente seu, alheio ao seu verdadeiro progenitor e diferente dos outros filhos formados em seu ventre por dever ou vaidade e expulsos em meio a sofrimentos atrozes e hemorragias incontroláveis. Seu amor por Javier nunca foi ambíguo, e além disso, para ser coerente com ele, ela concordou em modificar suas convicções até se tornar uma mãe tolerante e generosa, impondo a seus próprios princípios morais a elasticidade dos trapezistas: no fundo, esse sentimento não era exclusivo ou limitado à sexualidade de Javier, porque através dele Odile conhecia o prazer por procuração e, como Lina pensou ter intuído anos depois, ela estava soltando os fantasmas inibidos durante uma época que provavelmente se situava na infância, quando vivia na companhia de três de suas primas de primeiro grau, Jeanne, a futura esposa do parente de cabelos pretos, e outras duas que Lina encontraria estabelecidas em Cannes, ainda unidas nos últimos lampejos de um amor etéreo e cauteloso. Foi Maruja quem sugeriu a Lina passar com elas um verão em que, tendo perdido seu emprego de tradutora, ela estava em uma situação muito difícil; e as srtas. Breville a mantiveram ao seu lado por vários meses até que conseguiram para ela, graças a seus amigos, um emprego capaz de lhe permitir continuar vagando por Paris. Lina as achou adoráveis desde o início, como dois círios em uma igreja vazia e diante de uma estátua velada espionando um ao outro para se consumirem na mesma cadência de acordo com um acordo tácito para apagarem juntos. Às vezes falavam do passado e, apesar da circunspecção de sua linguagem, Lina entendia que Odile Kerouan poderia ter tido um destino semelhante ao da prima Jeanne, personagem a quem as srtas. Breville se referiam não sem apreensão, usando a palavra "intrigante" como eufemismo, porque elas eram muito bem-educadas para chamá-la de "cadela". De qualquer forma, uma indiscrição premeditada por parte daquela Jeanne tinha decidido que os pais de Odile Kerouan a colocassem em uma escola para freiras, onde terminaram de morrer seus sonhos de um dia descobrir a maravilhosa pedra que a tornaria invisível ou a Dama do Lago e sua fortaleza de ouro habitada por dez mil mulheres vestidas de seda que não tinham conhecido o homem nem as leis do homem. Enquanto isso, Jeanne, órfã e confiada aos cuidados dos Kerouan, foi conquistando seu carinho até substituir Odile no coração de sua mãe. Essa foi a primeira traição de Jeanne Breville em uma longa carreira de ignomínias, cujos episódios teriam fornecido a Balzac o material de um romance e, mais modestamente, ofereceriam a Lina alguns elementos para entender o ciúme patológico de Odile Kerouan ao saber que Javier estava apaixonado por uma mulher tão semelhante em aparência à sua prima que, depois de iniciá-la em certos jogos proibidos, a havia delatado para seus pais, condenando-a ao exílio. Tudo isso, perdido talvez nos meandros mais sombrios de sua memória, deve ter lhe dado um estalo quando ela foi substituída por Victoria Fernán de Núñez, precisamente a única mulher que não podia amar sob pena de trazer à tona ansiedades esquecidas. Assim, de um dia para o outro, Odile passou da compreensão ao despotismo; convertida em mãe dolorosa, ela começou a irritar Javier com recriminações e súplicas, e ao descobrir de quão pouco serviam suas cenas de ciúme, acabou ameaçando suspender sua liberalidade, sem levar em conta que, apesar de seus sonhos confusos de partogênese, Javier ainda carregava o sangue de Gustavo Freisen em suas veias e era melhor deixar o demônio dormindo nele tranquilo. Odile também cometeu a imprudência de colocar as ações da agência em seu nome, o que permitiu a Javier não apenas cortar o cordão umbilical, mas também saborear as delícias da independência econômica enquanto descobria uma formidável capacidade de ganhar dinheiro; do turismo, passou para a construção civil e depois para operações financeiras tão frutíferas que Gustavo Freisen começou a abrir os olhos. Recebera mais de um ultraje daquele filho: quando criança, permitiu-se desprezá-lo zombando de suas represálias e, assim que chegou à adolescência e soube plenamente qual havia sido seu comportamento diante dos nazistas, o desdém se transformou em repulsa dolorosa e sem nuances, chegando à ousadia de tratá-lo como covarde. Essa foi a última vez que Gustavo Freisen tentou esbofeteá-lo, porque Javier pulou em cima dele, o imobilizou com um braço e sussurrou em seu ouvido que seu maior desejo era ter um pretexto para esmagar sua cabeça contra a parede. A partir daí, pararam de se falar, ou melhor, Gustavo Freisen suportou silenciosamente os comentários mordazes que Javier fazia à mesa sobre a traição dos colaboradores e a imbecilidade daqueles que se deixaram aprisionar por qualquer ideologia, repetindo ao pé da letra as opiniões indignadas de Maruja. Mas quando Odile começou a tornar sua vida miserável e Javier provou ser um ás dos negócios, Gustavo Freisen viu se abrir a brecha através da qual ele poderia obter não o afeto, mas a cooperação de um filho que no fundo ele respeitava por sua coragem, em todo caso superior àquele psicopata do Jean-Luc, cujos delírios de perseguição haviam atingido proporções perturbadoras ao longo dos anos. O tempo, por outro lado, e os dissabores sofridos naquela cidade demoníaca haviam aguçado a capacidade de cálculo de Gustavo Freisen; ele já conhecia a sutil arte da paciência e podia adivinhar o desenvolvimento lento, mas inevitável, dos acontecimentos; um dia Victoria Fernán se cansaria de Javier e, ferido em seu amor-próprio, esse filho turbulento buscaria o poder como compensação, um poder que só ele, Gustavo Freisen, seria capaz de lhe oferecer, dando-lhe um cargo importante em sua fábrica, destinada a se tornar, graças ao seu esforço pessoal e apesar do rancor dos judeus, um império de múltiplas ramificações. Jean-Luc não tinha estatura para se impor e Javier conseguiria orientá-lo, enquanto o único filho em quem Gustavo Freisen realmente confiava, Antonio, terminava seus estudos na Harvard Business School. Assim que a situação ficou clara para ele, Gustavo Freisen começou a mostrar uma galhardia requintada para com Victoria Fernán e, quando tinha certeza de que seus comentários sobre ela chegariam a Javier, explicava, confidencialmente, é claro, que preferia encontrar seu filho na companhia de uma senhora de linhagem, em vez de imaginá-lo frequentando aquelas miseráveis dos bordéis, onde pululavam os vírus das doenças venéreas. Desarmado diante desses propósitos, Javier, cuja inteligência às vezes parecia inversamente proporcional ao seu vigor, resolveu testar a boa vontade do pai, pedindo-lhe que alugasse sua casa em Puerto Colombia para ele por alguns meses, e qual não seria sua surpresa quando se viu intimado por um tabelião para registrar a escritura segundo a qual Gustavo Freisen fazia uma doação da mesma, pagando do próprio bolso os impostos necessários para a transferência, e organizando as coisas de tal forma que seus outros irmãos não sofressem o menor prejuízo. Javier estava feliz: adeus Odile Kerouan e suas condenações, a impressão constante de se sentir vigiado, a obrigação de ser sempre grato. Ele ainda a amava, diria a Lina, mas não aguentava mais viver sob sua dependência, especialmente se para agradá-la tivesse que desistir da mulher desejada. E Victoria Fernán realizava seus desejos além do esperado; não só atiçava sua masculinidade, mas também lhe ensinava os segredos do prazer feminino: com ela, dizia aprender a ciência dos ritmos, a arte da ousadia, a alquimia do tempo; quanto mais se entregava ao amor, mais sentia sua personalidade afirmar-se, pois, curiosamente, o Freisen do prazer assumido revelava uma força idêntica à do castrado, como se apenas nos extremos, fosse de volúpia ou de ascetismo, pudessem alcançar aquela verve que os levara a dominar os homens desde que haviam conseguido acender um lenho nas ribeiras selvagens e congeladas do Báltico. Nunca antes Javier tinha sido tão eficaz, gerindo dinamicamente vários negócios ao mesmo tempo; como um turbilhão amarelo, seu MG se deslocava das margens do Paseo Bolívar para as fábricas da Zona Industrial, do aeroporto, onde ia receber empresários americanos, para o Hotel del Prado, cujos bares banhados por uma penumbra climatizada serviam para falar de dinheiro em inglês. E assim que anoitecia, o MG deslocava-se em direção a Puerto Colombia com um Javier ansioso para se perder novamente entre as coxas ávidas, quentes e suculentas de Victoria, que para guardar as aparências se declarava doente e forçada a se recuperar na solidão de uma cura marítima. Essa paixão durou o tempo que deveria durar: Victoria não podia prolongá-la por muito tempo, sob pena de provocar um escândalo muito difícil de deferir para a boa sociedade de Barranquilla, e como o caldense se inquietava de vê-la com tantas olheiras, ela concordou em ir a Miami fazer um check-up em uma clínica particular, onde conheceu um jovem médico absolutamente irresistível e começou a viver um novo amor que a manteve longe da cidade por mais de seis meses.

Durante esse tempo, Javier passou por todos os tipos de humores até se instalar na personalidade abrupta dos Freisen. O estupor inicial tinha sido sucedido por um violento sentimento de cólera que o levou a destruir com pontapés, em plena lucidez, os móveis da casa em Puerto Colombia, e a destroçar o MG, em um verdadeiro acidente do qual milagrosamente saiu ileso. Quando cansou de ficar bêbado, brigar em bordéis e xingar Victoria Fernán, tentou dolorosamente refletir sobre as coisas da vida usando como interlocutoras Lina e Maruja, suas melhores amigas, que tentaram em vão dissuadi-lo de se envolver em uma atividade para a qual não estava preparado.

Mas ele estava determinado: queria descobrir a escala de valores que poderia influenciar uma mulher de quase cinquenta anos de idade, deixando de lado os compromissos sutis que naquela idade qualquer mulher tinha de fazer com a vida para proteger sua integridade psíquica e material. Como não compreendeu nada, optou por renunciar aos feitiços da paixão, dedicando toda a sua energia à conquista de uma sólida posição econômica e entrando, sem perceber, no terreno onde seu pai o esperava. Gustavo Freisen não lhe impôs restrições precisas, certo de que as novas responsabilidades de Javier acabariam por acalmar seu espírito truculento. E, de fato, o diretor dos serviços comerciais do complexo industrial de Freisen era proibido de fazer muitas coisas, desde se vestir casualmente até fazer escândalo nos bordéis. Sua vida mundana foi reduzida a frequentar coquetéis onde era importante ser encontrado, mas o playboy que fazia as esposas aborrecidas e as garotas casadoiras sonharem havia se tornado um homem de negócios calculista e um pouco cínico ao se referir às mulheres. Trabalhar ao lado de seu pai lançou uma sombra sobre sua personalidade; era impossível reconhecer o Javier do veleiro naquele executivo rigoroso que mal sorria. A paranoia o assombrava: um dia contaria a Maruja como naqueles anos tivera a impressão de ser perseguido. Mas, em vez de assustá-lo, o medo o levava a reduzir a pó seus inimigos, reais ou imaginários. Gustavo Freisen achava melhor deixá-lo em paz. Incapaz de prudência, Jean-Luc confrontou-o, cometendo assim o erro fatal de sua vida.

Javier odiava Jean-Luc, a personificação dos outros irmãos mais velhos que tanto o fizeram sofrer em sua infância e o portador insigne da anomalia familiar. Enquanto o primeiro cresceu sob a gentil proteção de sua mãe, Jean-Luc só se reconheceu em Gustavo Freisen; se havia permanecido em Barranquilla, não era tanto para ajudá-lo nos negócios, mas para estar próximo daquela vontade rude e feroz cujo exemplo lhe permitia estruturar a sua. O Maneta afirmava que, apesar dos anos em que viveu nos trópicos, ele se recusava a comer frutas e saladas ou beber água não fervida, e que sempre levava uma pequena garrafa de álcool no bolso para passar nos dedos quando alguém apertava sua mão; nunca tinha ido a um bordel ou se permitido um caso porque as mulheres o aterrorizavam: entre suas pernas se escondiam todos aqueles vírus e bactérias que o ameaçavam, e por suas almas deslizavam as cobras do mal. Ao medo dos micróbios se somava a mais singular aversão aos operários, seres inferiores devido à miscigenação e naturalmente inclinados à baixeza; como era de se esperar, imaginava os operários animados por sentimentos implacáveis contra ele, e sofria o indizível, acreditando ser vítima de seus complôs. Seu delírio de perseguição havia chegado a tais extremos que, de repente, ele se recusava a deixar o escritório e Gustavo Freisen tinha de ir buscá-lo sob gritos e ameaças. Foi nessa época que Javier entrou na fábrica com um cargo muito superior ao seu, ganhando imediatamente a simpatia geral: os funcionários preferiam um chefe que falasse sem sotaque, bebesse rum branco e soubesse dançar cúmbia; nos casamentos e batizados para os quais era convidado, Javier abandonava todo o senso de hierarquia para recuperá-lo no dia seguinte sem o menor constrangimento. De tanto frequentar mecânicos e pescadores, conhecera o povo da cidade, e não seria ele que se intimidaria, à maneira de Jean-Luc, por um insulto murmurado ao passar ou por um olhar sombrio; conhecendo a mentalidade litorânea, bastava que ele chamasse a pessoa ressentida ao seu escritório para conversar com ele cara a cara e assim resolver as dificuldades. Além disso, se mostrava generoso, inclinado ao diálogo; sua reputação de solucionador de problemas logo se espalhou por toda a fábrica e os trabalhadores começaram a apresentar suas demandas a ele sem recorrer ao sindicato. Isso e duas ou três inovações bem-sucedidas nos circuitos de produção lhe renderam o reconhecimento de Gustavo Freisen, para quem lucratividade era a palavra sagrada por excelência. Jean-Luc, por outro lado, sentia-se diminuído; era inútil para ele prever a ruína de seu pai se continuasse a aceitar os métodos de Javier. Com as mãos crispadas, os cabelos brancos molhados de suor como chumbo derretido na nuca, Gustavo Freisen olhava friamente para aquele rosto cheio de tiques, cujo queixo, antes enérgico, havia desaparecido com o tempo. E Jean-Luc, humilhado, se retirava na ponta dos pés. Humilhado e confuso: a sensação de ter perdido seus pontos de referência, dizia o Maneta, o invadira muito antes, quando ao vir da Europa, seu pai pareceu se curvar à vontade de Odile Kerouan e outra escala de valores foi imposta à família; além disso, naquela cidade ele não podia ter amigos: os jovens de sua idade zombavam dele porque ele não ia a bordéis e não gostava de ficar bêbado, e a primeira vez que assistiu a um baile de Carnaval no Country prometeu nunca mais pisar lá: "aberrante", foi seu comentário; as mulheres da alta sociedade maquiadas, dançando ao ritmo da música negra, os homens pintados como palhaços. Aquele mundo de luz e desenvoltura rejeitava todas as células de seu corpo que eram brancas demais, sensíveis demais ao sol; a partida de seus irmãos mais velhos, e um infeliz desentendimento com um cabeleireiro, que ele imaginava capaz de entendê-lo porque tinha maneiras requintadas e falava francês, acabou por precipitá-lo na solidão; como o eremita que corre apavorado para sua caverna quando percebe a tentação, ele buscou desesperadamente refúgio no trabalho: seu escritório era limpo, sua secretária, eficiente e idosa; com sua mera presença, Gustavo Freisen mostrava-lhe o caminho a seguir, uma estrada real que conduzia ao poder: a uma ordem sua, dezenas de pessoas se punham em movimento, a velocidade das máquinas aumentava, operários eram contratados ou demitidos. De sua mesa, ele tinha a impressão de ser um delfim do rei, vizir de um sultão, e desde que ele não estivesse aterrorizado por pesadelos, o mundo lhe parecia um campo de batalha formidável.

Ai, aquele sofrimento existia, pesadelos, seu pai o batizara: era algo localizado em sua garganta, uma garra que de repente o impedia de respirar para imediatamente deixá-lo sentir seu sangue se debatendo agonizante pelas artérias do peito como se seu coração o estivesse expelindo em redemoinhos desordenados. A crise era acompanhada de uma diarreia irreprimível e associada às perseguições de que era vítima e que ninguém levava a sério. Durante anos, Jean-Luc tentara descobrir a relação causal entre os dois primeiros fenômenos, isto é, descobrir se a arritmia cardíaca vinha de dificuldades intestinais ou o contrário, mas era inútil para ele visitar médicos ou enviar suas fezes para os laboratórios em busca do verme ignóbil ou das amebas nojentas que causavam aquelas cólicas, pois os especialistas da cidade insistiam em assegurar-lhe, contra todas as evidências, que suas entranhas estavam limpas e seu coração, em perfeita saúde. Um deles, o dr. Agudelo, levara a incredulidade ao ponto de lhe fazer perguntas sobre sua vida privada, sugerindo que ele deveria acabar com sua castidade, e desde então os médicos o inspiraram mais desconfiança do que os operários. Na opinião do Maneta, o dr. Agudelo não soubera medir suas palavras: Jean-Luc devia permanecer casto durante toda a sua vida ou então acabaria enlouquecendo, porque nenhum Freisen poderia vislumbrar sua sexualidade sem cair em um poço de tormentos. E assim aconteceu: privado do único contato humano que lhe restava, do alívio de esperar uma solução para seus problemas a partir da medicina, as crises de Jean-Luc se intensificaram. Ele tremia, lembrando-se do dr. Agudelo e de suas perguntas malévolas que haviam semeado tanta confusão em seu espírito: seus mal-estares não eram de origem nervosa, gemia quando a paranoia começava a tomar conta dele, e a velha secretária corria para anunciar a Gustavo Freisen que seu filho havia se trancado no escritório novamente. No curto prazo, no entanto, essa associação de ideias produziu um efeito curioso: Jean-Luc pareceu de repente perceber que, se fosse ao Country ao anoitecer, poderia encontrar as amigas de sua irmã Ana e conversar com elas, dando a todos a impressão de que estava se habituando. Foi assim que conheceu Beatriz e, pela primeira vez, sentiu o coração bater sem espanto.

Beatriz nem percebeu, ainda anestesiada pelos sonhos concebidos na escola das freiras canadenses. Ela nunca soube como tinha ido parar lá, e se alguma vez se perguntou, deve ter imaginado que seus pais haviam seguido passivamente a moda de enviar meninas de boas famílias para terminar seus estudos secundários no exterior; nem foi possível especular muito sobre o assunto, compreendeu Lina ouvindo-a falar anos depois de sua viagem ao Canadá, já que assim que desceu do avião e sentiu as lâminas daquele ar glacial rasgando seus pulmões, a lembrança de Barranquilla pareceu fugir de sua mente. Foi esse esquecimento que mais a impressionou: ela estava ciente disso enquanto via o vento carregado de neve fazer rodamoinhos contra as janelas do carro que a levava ao convento, e esfregava lentamente os dedos azulados, temendo despertar o escárnio da outra discípula sentada ao seu lado; era uma amnésia curiosa, pois embora se lembrasse de tudo, podia curvar-se sobre seu passado sem experimentar a menor emoção; imediatamente ela viu como aquele passado se transformava em um ontem impotente que ela recuperava ou devolvia à sombra de acordo com sua vontade, e teve a impressão de que estava segura, escapando de um perigo que a perseguia desde a infância e cuja definição lhe era impossível formular. Então sentiu algo parecido com a felicidade, embora a palavra parecesse excessiva em espanhol, e ela preferisse o termo *bonheur* para expressar um estado da mente no qual toda forma de ansiedade estava ausente. Disse a Lina que foi como ter passado a vida doente sem saber e, de repente, descobrir a saúde. Aparentemente, não havia lugar para suas velhas ansiedades naquela escola: ninguém conhecia a família Avendaño e era até de mau gosto tentar sempre se impor nas conversas. A Colômbia era uma superfície rosada no mapa-múndi da turma; Barranquilla, um ponto ao lado da linha azul de um rio; e ela, Beatriz, uma latino-americana que ninguém pensava que poderia aprender a falar duas línguas em menos de seis meses, traduzindo Horácio do latim para o francês e resolvendo exercícios de cálculo diferencial em inglês. Mas sua aplicação aos estudos lhe rendeu elogios ali, e entre essas moças ricas seu rigor moral tendia a ser atenuado; para elas, o divórcio não era uma tragédia nem o destino da humanidade uma obsessão: queriam ser felizes, casar-se com os amigos de seus irmãos, que se tornariam médicos renomados, diretores de grandes empresas, políticos importantes; queriam ter dois ou três filhos e, como suas mães, viver em belas mansões em Boston ou Montreal, viajando todos os anos para a Europa para comprar vestidos e conhecer cidades e museus. Beatriz ficara perplexa com a simplicidade com que acolhiam as coisas da vida; quando ia passar férias com elas e observava o luxo pacífico de suas casas, a transparência de seus relacionamentos, aquele senso de honestidade que vinha de cada uma de suas ações, às vezes se perguntava se não havia se atormentado sem motivo; então seus planos de mudar o mundo pareciam utópicos, utópicos e excessivos: toda essa harmonia era resultado de um longo processo civilizatório seguido pelos povos do hemisfério norte, e não da realização de uma vontade individual. Depois de muita reflexão, começou a assimilar seu nascimento em Barranquilla a uma farsa do destino e acabou sendo totalmente integrada à sociedade anglo-saxônica. Suas próprias amigas, que Lina viria a conhecer graças a ela quando começou a vender os quadros de Divina Arriaga, continuavam a afirmar anos mais tarde: Beatriz adaptara-se muito bem aos costumes norte-americanos. Lembravam-na como uma jovem de modos refinados que não era conhecida por seus *boyfriends*, mas que estava sempre rodeada de admiradores em festas; lembravam-se, sobretudo, de suas breves relações com o filho de um senador republicano, interrompidas por seu regresso a Barranquilla: aquele rapaz, estudante de West Point, apaixonou-se por Beatriz ao ver uma fotografia dela que a irmã guardava e enviara-lhe instantaneamente a mais louca declaração de amor; quando se conheceram, depois de meses de correspondência, Beatriz falava em converter-se ao protestantismo. O rapaz queria se casar, mas ela, e ninguém entendeu isso, quis colocá-lo à prova e cometeu a imprudência de ir embora, deixando-o tão desorientado que depois de um tempo começou a namorar sua melhor amiga. Essa história, julgada por Lina como implausível, acabaria sendo decisiva em um momento crucial da vida de Beatriz: sua tentativa frustrada de vingança. Já explicava muitas coisas, aquela indiferença para com as pessoas que havia demonstrado quando voltou à cidade e o sorriso um pouco desdenhoso por trás do qual parecia esconder um segredo: Davy, filho do senador, ainda lhe escrevia e ela podia imaginar-se longe de Barranquilla. Sua reserva, que o dr. Agudelo chamava de psicopatia, era simplesmente a contemplação radiante de um sonho em que, vestida de noiva, marchava com Davy sob a abóbada de aço formada pelas espadas brilhantes dos cadetes de West Point.

Entre sorrisos e flashes, descendo os degraus da igreja, jogando o buquê de flores para as amigas, Jean-Luc e os outros meninos do Country certamente passavam despercebidos. Beatriz só ia ao clube para agradar à mãe; a vida mundana de Barranquilla produzia nela um fastio que nunca tentou esconder; não sabia nem queria aprender a dançar ao som da música costeira e, ao primeiro sinal de vulgaridade, voltava para casa. Mas a elegância de seu jeito não provocava o escárnio do povo, como no caso de Isabel, porque estava respaldada pela fortuna dos Avendaño. A menina desprezada podia finalmente se vingar: era bela e rica, e tinha um enxame de pretendentes à sua volta. Suas ex-colegas de classe em La Enseñanza estavam casadas com homens de classe média, e as poucas que, por nascimento, faziam parte da grande burguesia estavam tentando conquistar sua amizade. Em vão: Beatriz era impenetrável. Ela viera do exterior envolta naquela auréola de mistério que tanto excitava a curiosidade, com seus cabelos loiros reunidos na nuca, seu perfil muito elegante e o olhar um pouco ausente dos míopes; seu ar majestoso havia sido admirado no baile de apresentação da sociedade dado por seus pais, e então, esperando que se interessasse por algum dos melhores partidos do momento, quase ninguém havia observado como sua discrição se transformava em hermetismo. Os Avendaño sim, Nena principalmente. Ela, que tanto sofrera pela filha, não podia acreditar no milagre da viagem; tendo envelhecido com um coração cheio de dores, Nena só compreendia o lado sombrio das coisas; a morte de um de seus netos e o irremediável alcoolismo de seu marido haviam fortalecido em seu espírito a convicção de que o mundo era um vale de lágrimas; na verdade, chorava todas as noites lembrando-se das calamidades ocorridas e imaginando as que estavam por vir, e só quando Beatriz decidiu voltar para Barranquilla aceitou o conselho dado por um médico de se submeter a um tratamento para insônia; depois, melhorou sensivelmente e até concordou em renovar o guarda-roupa e pintar o cabelo de um branco uniforme. Mas suas apreensões ainda espreitavam: embora a serenidade de Beatriz a tivesse surpreendido favoravelmente, ela não pensou por um momento que duraria muito e, desde o início, começou a esperar pelos sinais da tempestade.

A tempestade foi apenas um tom mais escuro em um céu sempre carregado de nuvens, algo quase imperceptível como o desaparecimento de um vago, muito vago sorriso. Lina pensaria mais tarde que, quando deixou de receber as cartas daquele namorado cuja existência nunca revelou, Beatriz deve ter olhado à sua volta e descoberto uma perspectiva sombria. O diploma do secundário que obteve no Canadá, que abriu as portas das melhores universidades americanas, foi de pouca utilidade em uma cidade onde as meninas de sua posição não buscavam educação superior ou trabalho, a menos que fossem muito pobres ou animadas por um espírito franco de rebeldia. Como ela não se enquadrava em nenhuma das categorias, só podia escolher entre se tornar solteirona ou se casar, e, em comparação com o oficial romântico em West Point, os homens de Barranquilla deviam lhe parecer uma triste figura. De qualquer forma, aos poucos deixou de frequentar as festas, inventando uma desculpa atrás da outra para não sair de casa e, para acalmar as ansiedades de Nena, descobriu uma súbita vocação para o desenho. Fazia cursos por correspondência nos Estados Unidos e passava o dia inteiro trancada em seu quarto em frente a um cavalete, pintando rostos e paisagens em carvão que, a princípio, reproduziam o modelo original e depois, enquanto trabalhava neles, assumiam um ar atormentado; tinha facilidade para o desenho, mas não pintava muito, porque no fundo só queria se isolar com sua dor. Não falava dela para ninguém, nem mesmo para Lina quando ia visitá-la a pedido de Nena. Os raros meninos que insistiam em cortejá-la se cansaram de sua indiferença e, no final, apenas Jean-Luc restou como seu pretendente.

Na realidade, Jean-Luc não queria nada além de dissipar as dúvidas sobre seu equilíbrio mental, passando diante de sua família como o suposto namorado de uma bela herdeira cujo nascimento e distinção não precisavam ser demonstrados. Gustavo Freisen não cabia em si de contentamento: as previsões do Maneta estavam prestes a se tornar realidade, e suas concessões àquela cidade que ele abominava, mas da qual dependia seu bem-estar, deveriam finalmente dar os melhores frutos: um de seus filhos, o menos afortunado, como se isso não bastasse, conseguiria consolidar sua posição social entrando no clã dos Avendaño. De repente, ele decidiu nomear Jean-Luc como diretor de produção, dobrando seu salário, para a indignação de Javier, que estava longe de imaginar na época tudo o que Beatriz representava para seu pai. A própria Odile Kerouan estava inclinada a atenuar seus ressentimentos conjugais, aliando-se ao marido na empreitada de seduzir essa moça de boa família que, além disso, tinha a vantagem de ser cem por cento branca e falar um francês irrepreensível; por isso, incentivou Ana a convidá-la com mais frequência para a casa, conquistando aos poucos sua simpatia. Na casa dos Freisen, Beatriz sentia-se à vontade: encontrava um ambiente agradável, praticava sua língua favorita e era objeto das mais delicadas atenções. Trazendo à tona sua sutileza, Odile convenceu a filha a se interessar também por pintura e transformou uma das salas de sua casa em uma oficina, contratando uma aluna de Belas-Artes para dar aulas de perspectiva para as duas. Passado pouco tempo, Ana e Beatriz eram as melhores amigas do mundo e iam juntas para todo lado no carro que Gustavo Freisen lhes tinha disponibilizado, com um motorista uniformizado. À noite, Jean-Luc as acompanhava ao cinema ou convidava Beatriz para jantar no Country. Lá, Lina às vezes os encontrava, sentados em uma mesa de *grill*, muito sérios, quase sem falar um com o outro. Suas relações permaneciam as mesmas, as de duas pessoas solitárias e um tanto mal-humoradas, que preferiam não expressar seus sentimentos; Beatriz ainda arrastava sinais de nostalgia e Jean-Luc não parecia determinado a dar um passo em frente: inquieto com a reviravolta que as coisas tinham dado, ele insistia em ponderar as virtudes de uma amizade inequívoca, permitindo-se por vezes certos comentários sobre as intenções de sua família, que eram para ser engraçados e acabavam por ser intoleráveis para Beatriz. O único a notar a ambiguidade da situação foi Javier. Assim que entendeu o que estava em jogo, decidiu conquistar Beatriz matando vários coelhos com uma cajadada só: recuperar os favores do pai, vingar-se de seu irmão e adquirir uma esposa adequada que ele pudesse mostrar em público e não lhe fizesse as velhacarias de Victoria Fernán. Mas não sabia lidar com as meninas de sua classe, detestava a hipocrisia do namoro, com sua coorte de visitas, serenatas e declarações de amor. Assim, começou a observar Beatriz como se examina uma praça-forte, pedindo conselhos a Maruja, que não queria intervir no assunto por considerar o projeto um disparate. Quase ao mesmo tempo, Lina começou a receber as confidências de Beatriz.

Ela havia notado o interesse que despertava em Javier com uma reserva não isenta de perturbação; diante daqueles olhos azuis que corriam descaradamente sobre seu corpo, ela sentia o sangue latejando em suas bochechas e a terrível impressão de perder sua individualidade para cair no anonimato viscoso da espécie, onde todas as fêmeas humanas chegavam um dia para esperar o desejo do homem, descobrindo em seu ventre uma pulsação até então ignorada. Percebia essa e outras coisas, a dificuldade de se expressar em sua presença, uma sonolência que não conseguia definir; ela acreditava que as pessoas podiam adivinhar suas emoções e, às vezes, permanecia cravada em uma cadeira imaginando sua saia manchada pelo fio de umidade que corria entre suas pernas quando do outro lado da mesa Javier insistia em olhar para ela. Essa experiência havia mudado brutalmente os ritmos de seu corpo: sua menstruação durava mais do que o normal, os sonhos eróticos a acordavam sobressaltada à meia-noite impedindo-a de voltar a dormir; à menor variação de temperatura passava de arrepios de frio para redemoinhos de calor. Se não tivesse sido confundida com vergonha, teria pedido ajuda a um médico, pois assimilava as manifestações de seu estado amoroso a sintomas de uma doença, e, se confidenciava-se a Lina, era para ouvi-la repetir mil vezes que não deveria se assustar ou se sentir degradada, recuperando assim um pouco de confiança em si mesma. Um pouco, apenas: suas resoluções de nunca mais voltar à casa dos Freisen se estilhaçavam todas as manhãs em um turbilhão de sentimentos contraditórios: um dia dizia que queria tratar Javier com frieza; outro, cortar pela raiz seus atrevimentos ou mostrar a ele que não se intimidava.

Enquanto isso, Javier vivia seu desejo à maneira de um corsário, sem suspeitar dos sentimentos complicados de Beatriz. Não muito inclinada à reflexão, e bastante ignorante de certos meandros do espírito, ela simplesmente seguia os impulsos de seu inconsciente, que fora se revelando com uma rara perspicácia. Aquela moça parecia estar apaixonada por ele, mas se ele a tratasse com correção, dizia a

Maruja, poderia estar seguro de vê-la crescer como uma deusa inviolável; os lábios desdenhosos, os olhos irascíveis, sugeriam na verdade um puritanismo irredutível aos avanços masculinos e mesmo a qualquer projeto de reprodução atribuível à natureza. No entanto, ao menor contato, Javier recebia dela uma resposta animal: bastava acariciá-la à força em um corredor para senti-la enlanguescer em seus braços com a volúpia de uma gata no cio; nem precisava recorrer às artimanhas que aprendera com Victoria Fernán, pois Beatriz reagia menos ao requinte da carícia do que à violência usada para impô-la, e vivia o prazer em uma embriaguez sombria e solitária da qual saía animada por um ódio insensato contra ele. Javier ressentia-se de sua incapacidade de compartilhar os sentimentos, mas se excitava violando os muros de seu pudor repetidas vezes. Era uma diversão curiosa, cheia de surpresas, como entrar no trem fantasma de uma cidade de ferro. Cada passo o levava inexoravelmente a outro mais ousado, sem que ele soubesse de antemão qual seria a reação de Beatriz. Gostava de criar situações em que ela não conseguia se defender sob pena de causar um escândalo. Certa vez, por exemplo, um grupo de amigos organizou um luau nas praias de Sabanilla; Beatriz chegara no Buick de Jean-Luc e Javier tinha ido passear na escuridão. Era uma noite agitada, com relâmpagos que brilhavam mar adentro; à luz da lua, as ondas se desfaziam sobre a costa em ondulações prateadas, e a brisa parecia trazer ruídos de vozes como os ecos de um antigo naufrágio; os pés afundados na areia, sentados à volta da fogueira onde se assavam espigas e pedaços de carne, ouviam boleros que alguém cantava ao acompanhamento de um violão, quando de repente surgiu um vento fresco que levou Beatriz a ir buscar seu xale no carro. Javier, que todos haviam esquecido, deve ter previsto seu reflexo, pois a esperava escondido no banco de trás do Buick e, assim que a ouviu entrar, imobilizou-a em frente ao volante, mantendo-a sujeita à cadeira com um braço, enquanto deslizava rapidamente a outra mão entre suas pernas e começava a acariciar seu sexo, seguindo o ritmo sujo de que falava dona Eulalia del Valle. Beatriz nem tentou se debater: o pânico, a raiva, turvavam seu ânimo e ela olhava através do vidro para o brilho da fogueira, pensando apenas que se alguém os descobrisse morreria ali mesmo de vergonha. Mas ninguém se aproximava e aquela mão continuava a remexer em sua intimidade sem que seu corpo a rejeitasse; ainda por cima, depois de alguns minutos que pareciam séculos, ela diria mais tarde, sentiu em plena ofuscação como suas pernas se separavam sozinhas e seus quadris balançavam-se em um vaivém que ela não conseguia controlar até sentir seu ventre descongestionar em uma onda de prazer. A pior indignação veio logo em seguida, quando Javier desceu do carro e silenciosamente acendeu um cigarro.

Na verdade, Javier tinha saído ao ar livre para aplacar sua própria excitação. Estava um pouco assustado; para ele, fazer gozar uma mulher era possuí-la; um segundo antes a virgem altiva fora sua, mais sua do que se a tivesse penetrado, e nesse pensamento seu sentimento de triunfo cedia lugar a uma ternura que não se atrevia a expressar: sem saber a razão, parecia-lhe que dali em diante as coisas mudariam para ambos, e de repente ele quis tomá-la em seus braços, dizendo-lhe o quanto a amava; jogou o cigarro na areia e se virou para olhá-la, mas através da escuridão tropeçou com seus olhos em chamas com um brilho feroz, e então, recuperando sua insolência, assegurou-lhe que na próxima ocasião ele a faria sua, e se a encontrasse intacta, pediria sua mão em casamento aos Avendaño. A resposta não tardou em chegar: um cuspe lançado em plena cara. Javier não esperava isso: quando a ouviu abrir a porta do carro, pensou que ela lhe ia dar um tapa na cara, e no coração teria reconhecido um tapa bem merecido; para Beatriz, cuspir era outra coisa, era uma declaração de guerra. Ao vê-la correndo em direção ao fogo, prometeu a si mesmo nunca mais tocá-la e saiu sem se despedir de ninguém.

Mesmo que sua promessa não durasse muito, o simples fato de tê-la concebido indicava que, mais cedo ou mais tarde, Javier se afastaria de Beatriz. Ele não tinha uma masculinidade tão agressiva, não até aquele extremo; talvez considerasse normal vencer a resistência das mulheres porque estava convencido de que, em comparação com o dos homens, o desejo das mulheres demorava mais para se inflamar; portanto, os dois sexos eram iguais em termos de prazer, cabendo a cada membro do casal sincronizar-se com as demandas do outro. Essa concepção de relacionamento amoroso, incomum para qualquer latino-americano de seu tempo e que, no entanto, ele poria em prática anos depois, deixava de lado a perversidade que poderia tomar conta dele diante do comportamento de Beatriz. Para sua tristeza ou não, ele continuava sendo atraído pelo jogo que ela lhe impunha: repetiram-se as cenas semelhantes à do dia da fogueira: Javier não perdia nenhuma oportunidade de fazê-la gozar contra sua vontade e nas circunstâncias mais comprometedoras. Quando se cansou de tanto persegui-la como um fauno em festas e jardins, de tantos prazeres arrancados entre forcejares de feras, resolveu esclarecer as coisas possuindo-a de uma vez por todas. Sua decisão seria precipitada pela grande briga que o opôs a Jean-Luc.

Jean-Luc, que aparentemente preferia passar por surdo e cego, descobriu um dia na página social do *El Heraldo* uma fotografia em que se via Javier e Beatriz saindo juntos do Country e de repente voltou a sentir a velha garra de sua ansiedade: enganavam-no, tiravam sarro dele, todos, até Gustavo Freisen, tinham se unido contra ele para favorecer os interesses do irmão. Depois de destroçar o jornal diante dos olhos alarmados de sua secretária, ele invadiu o escritório de Javier para exigir explicações e uma promessa de deixar Beatriz em paz. Essa foi a única frase coerente que ele conseguiu articular. Imediatamente perdeu o controle de si mesmo: começou a andar pelo escritório, sacudindo os ossos de seu corpo em um movimento desordenado e, enfurecido com o espetáculo de sua própria impotência, acabou jogando em Javier um cinzeiro. Foi assim que se armou o escarcéu. Os dois irmãos brigaram aos socos, enquanto escrivães e secretárias corriam como galinhas procurando um lugar para se esconder; os papéis voaram, os arquivos cujos documentos serviram como projéteis foram espalhados. A crise dera a Jean-Luc uma força descomunal e, depois de quebrar uma cadeira e derrubar a mesa de Javier no chão, ele pegou um cortador de papel e atacou seu irmão com mãos de açougueiro. Mas Javier parecia se divertir com a situação; não só não perdeu a frieza, como também atiçou a fúria de Jean-Luc ao tratá-lo como louco e sexualmente frustrado. Nem mesmo a chegada de Gustavo Freisen conseguiu acalmar os ânimos; continuaram a lutar em nome de um ódio acumulado ao longo dos anos e do qual Beatriz era apenas o pretexto: brigando, ferindo-se, insultando-se até que Javier conseguiu desarmar Jean-Luc e com um último golpe o deixou inerte entre um amontoado de papéis.

Ana e Beatriz desenhavam os telhados de Barranquilla quando viram Javier entrar na sala, com a jaqueta rasgada, um hematoma na bochecha, os nós dos dedos cobertos de sangue. Ouviram-no dizer friamente que Jean-Luc tinha enlouquecido e que deviam ir buscar Odile Kerouan no Country para levá-la à clínica onde estava encerrado. Depois haveria tantas versões do que aconteceu quanto havia testemunhas e protagonistas. Ana alegava ter saído correndo da sala e, percebendo a ausência de Beatriz ao seu lado, ter olhado para trás e a surpreendido nos braços de Javier. Javier, por sua vez, apenas reconheceu que havia bloqueado seu caminho por alguns instantes, mas sem tentar abraçá-la: sentia-se sujo e encharcado de suor; então, deu as costas para ela e foi para o quarto tomar banho. Depois de tirar a camisa, pôs a cabeça debaixo do chuveiro, percebendo então que o cinzeiro o atingira brutalmente: tinha um ferimento perto da orelha e, quando coagulou, o sangue grudou em seus cabelos; lavou-os, prestando pouca atenção à sensação de queimação causada pelo contato do xampu, e depois de secá-los com uma toalha, começou a pentear os cabelos em frente ao espelho da pia: seu rosto parecia irreconhecível: sob suas bochechas vermelhas, seus lábios estavam pálidos e como recolhidos para dentro, deixando as pontas de seus dentes aparecerem. Foi o que Beatriz disse, que seu rosto tinha a expressão de um diabo. Segundo ela, Javier a arrastara à força para o quarto e, antes de entrar no banheiro, a jogara violentamente na cama; ao ouvir o barulho do chuveiro, ela foi novamente possuída por aquela horrível sensação de existir em um corpo privado de vontade; esforçando-se, levantou-se e, caminhando em direção à porta, foi surpreendida por aquele rosto maligno que se refletia no espelho. Ela não conseguiu dar nem mais um passo: Javier pulou em cima dela e, jogando-a de costas na cama, arrancou seu vestido. Beatriz ficou paralisada de medo: o rosto do pai vinha à sua mente repetidas vezes; ela entendia que ia ser estuprada e não queria perder a virgindade. Quando ouviu os botões de sua saia rolarem no chão, gritou. Então, Javier lhe deu um tapa.

Javier viu aparecer em seus olhos um brilho que ele conhecia muito bem. Chegara a despi-la da cintura aos pés, mas não conseguia separar as pernas dela. Ele achava que sua vitória não consistia em estuprá-la, mas em forçá-la a compartilhar o prazer. Ele pensou nisso e, de repente, soube como poderia obtê-lo. Rasgando a saia em dois pedaços, amarrou as mãos de Beatriz com um e com o outro prendeu o nó na cabeceira da cama; assim imobilizado, ele terminou de desabotoar a blusa dela, deixando seus seios à mostra. Nem mesmo sentiu necessidade de acariciá-la, contaria a Maruja naquela mesma noite: sentir-se amarrada, os seios descobertos, produzia em Beatriz uma excitação sombria que o tremor de seu corpo traía. Lentamente Javier se despiu, contemplando orgulhosamente seu sexo ereto: outros homens reclamavam de não conseguir manter suas ereções por muito tempo, mas para ele esse tipo de problema nunca havia ocorrido. Essa visão aumentou ainda mais a rigidez de Beatriz: seus conceitos abstratos de virtude e castidade se dissolveram diante da ameaça do sofrimento físico. Apavorada, ela ouviu Javier dizer que seu sexo iria se abrir por si só, para se tornar uma gruta pela qual aquele membro entraria sem encontrar a menor resistência. Então ela viu o cinto e instantaneamente sentiu uma dor muito forte nos pulsos: Javier a virara de cabeça para baixo, colocando um travesseiro entre a cama e seu ventre; por isso mal sentiu a primeira chibatada: ela, diria a Lina, tentava mover as mãos até onde a firmeza do nó permitia para mudar de posição; depois, sim, quando conseguiu esquecer os pulsos, suas nádegas começaram a doer e ela entendeu o que Javier estava lhe sussurrando: cada golpe do cinto era acompanhado pela ordem de se abrir bem, de se abrir para ele, à sua frente. E pouco a pouco, sufocada de humilhação, sentiu o desejo apoderar-se de seu ventre apesar das chibatadas, talvez por causa delas, enquanto suas pernas obedeciam às instruções daquela voz altiva com uma volúpia que suavizava qualquer esforço de reflexão; ela nem percebeu em que momento Javier desamarrou suas mãos e a fez se virar, sempre sobre o travesseiro, para contemplar seu sexo já premente, batendo entre os pelos dourados de seu púbis como a boca minúscula de um animalzinho faminto: ele a penetrou lentamente, erguendo suas pernas com os braços para melhor escorregar no calor de sua intimidade: a membrana tão defendida cedeu no primeiro assalto, mas Beatriz também não se deu conta: um gozo fulgurante, como uma explosão, a lançara para além do tempo e do espaço, na vertigem tempestuosa onde a consciência se extraviava e o paroxismo do prazer encontrava as sombras da morte.

V.

Durante muito tempo, tia Irene havia sido para Lina uma sombra diante da qual seu pensamento se convertia em palavra, um espaço onde as palavras eram devolvidas a ela na forma de um eco questionador e sem fim, como serpentinas flutuando ao infinito; depois essa presença foi se tornando uma ausência, deixando para trás de si a nostalgia de uma estrada abandonada que um dia levou ao mar. Lina a sentira se afastar gradualmente em uma solidão consciente de si mesma e fascinada pela plenitude de seu próprio silêncio: tinha terminado a sonata em cuja composição trabalhara havia vários meses, e seus olhos contemplavam com serenidade distante um mundo onde as memórias já voavam em cinzas. Recolhida em seu hermetismo, a Torre do Italiano parecia preparar-se para dormir um longo sono: os móveis velhos, os espelhos de Veneza, as suntuosas pinturas a óleo e tapeçarias iam desaparecendo dos quartos e, guardados em suas velhas embalagens, partiam para uma direção desconhecida; o cupim descia de seus túneis negros sobre os frisos cuja linguagem Lina tanto tentara, quase sempre em vão, decifrar; de repente envelhecidos, os animais se ocultavam nos cantos mais escuros do jardim. Apenas o piano, refletido mil vezes pelos espelhos da peça circular, se erguia majestoso e perene, como se o coração da Torre ainda batesse e a partida de tia Irene fosse uma mera ilusão. Curiosamente, os criados pareciam ignorar que aquele casarão estava condenado à ruína: as amapolas já estavam invadindo a escadaria principal, cujos degraus haviam sido minados pelas chuvas recentes; nenhum pedreiro havia sido chamado para reparar as rachaduras nas paredes, e uma lufada de umidade corria pelas salas, carcomendo madeiras e colocando cachos de fungos nas cortinas. Mas eles trabalhavam com uma paciente determinação: lavavam o chão e outra vez cheirava a creolina, lubrificavam as dobradiças e cessava o chiado das portas. Poder-se-ia dizer que estavam à espera de um acontecimento inevitável, sugerindo através da azáfama incessante que, apesar de sua aparência de abandono, a Torre se preparava para uma última cerimônia antes de ruir secretamente, sem estrépito, sobre a voracidade inexorável do esquecimento. A avó de Lina provavelmente deve ter adivinhado: ela, que agora saía muito raramente e levava dois anos sem ver a irmã, enviou-lhe um dia uma carta cujo conteúdo tia Irene nem tentou descobrir, porque depois de olhar para o envelope com um sorriso, ela simplesmente disse a Lina que claro que a resposta era afirmativa, e que ela logo diria à avó quando ela deveria vir. Outros indícios anunciavam a chegada de sombras vagas, mas cada vez mais próximas; se das águas mortas do jardim agora brotava um cheiro de febre, a grande porta da entrada fora arrancada de sua ferrugem, e as árvores que margeavam a alameda estavam podadas e abertas em flores; nove cadeiras e vários castiçais de prata recém-polidos apareceram no salão dos espelhos. Sempre impenetrável, tia Irene não dava explicações e Lina se abstinha de perguntar; a cor muito branca de seu rosto e o brilho excessivo dos olhos indicavam que não era exatamente para o estrangeiro que ela estava prestes a partir; mas disso, como de tantas outras coisas, teria sido inapropriado falar com ela. Assim, Lina nunca aludia à sonata que havia sido o centro de seu interesse durante os últimos meses; se ela sabia alguns pedaços de cor, não conseguia articulá-los de forma coerente: certas linhas melódicas lhe pareciam destinadas a outro instrumento, certas modulações lhe pareciam incompreensíveis. No entanto, ela não ousava formular o desejo de ouvi-la interpretá-la inteira, e até se resignou a nunca ouvi-la em sua totalidade. Daí sua surpresa quando, ao anoitecer, justamente regressando da Torre, sua avó a recebeu com a notícia de que tia Irene tocaria a sonata para elas naquela noite. Lina foi tomada por um mau presságio: sua avó usava um longo vestido preto de seda, havia posto as poucas joias que havia resgatado de inúmeros naufrágios e, fosse por causa de seu traje incomum ou por causa do véu de renda escuro que escondia seu rosto, tinha o mesmo ar de irrealidade com que tia Irene lhe aparecera muitos anos antes nas brumas de uma febre. Com um gesto, a avó fez sinal para que ela fosse para o quarto: um vestido de baile e as luvas de pelica a esperavam na cama; ao lado deles, uma exortação de tia Irene convidando-as a apresentar-se naquela noite, às dez e meia, na Torre do Italiano.

Quando viu os criados uniformizados de libré vermelha e as tochas iluminando a avenida principal do jardim, Lina teve a impressão de que tinha voltado no tempo e entrado pela primeira vez no recinto onde, havia mais de cem anos, um grupo de homens e mulheres vindos de muito longe e alheios às veleidades do mundo aparentemente havia desejado estabelecer relações diferentes com a vida, em busca de um ideal que nunca tentaram impor, que nem sequer tentaram formular, limitando-se a sugeri-lo através de pouquíssimas coisas, a forma de uma torre e os curiosos desenhos de alguns frisos, ali, precisamente, naquelas paragens de desolação, onde tudo era destruído pelo desenfreio da natureza e pelo mercantilismo dos homens, como se aceitassem com sua lucidez irônica o risível de qualquer empreendimento humano. Talvez nunca pensassem que a Torre duraria tanto tempo, que outras pessoas animadas por sua mesma sensibilidade a habitariam, legando-a a seus descendentes até que um deles, sentindo seu fim se aproximar, olhasse ao redor e não encontrasse ninguém digno de merecê-la; e então, em homenagem àqueles que a haviam construído, criasse uma composição musical de beleza alucinante e decidisse apresentá-la na frente de nove desconhecidos, apenas uma vez, rasgando a partitura em pequenos pedaços.

Isso, a sensação de que aquela sonata para piano e violino só poderia ser ouvida uma noite, despertava estranhas ressonâncias na mente; havia uma espécie de lembrança de algo perdido, de rituais antigos destinados à contemplação tranquila de uma consciência em outra, à apreensão fugaz do absoluto. Os convidados de tia Irene, semelhantes a disfarces venezianos por trás de suas máscaras de veludo branco, pareciam compartilhar a mesma disposição ao recolhimento; permaneceram imóveis em suas cadeiras, em silêncio, em uma atitude que refletia a determinação inabalável de esconder sua identidade; de costas para eles e muito perto do piano, o violinista folheava rapidamente a partitura colocada em um atril de mogno; sua ânsia de percorrê-la a toda pressa indicava que a estava lendo pela primeira vez. Nunca o salão de espelhos parecera a Lina tão perturbador e secreto; de repente, reencontrava ali os medos de sua infância, a inquietante apreensão de sentir que estava cercada por presenças invisíveis, mas atenta a tudo o que acontecia nele. Essa impressão ficou mais forte quando tia Irene entrou e se sentou ao piano. As primeiras notas anunciavam o tom geral da sonata: uma meditação profunda, um tom grave amplificando sua lenta progressão através de variações que o violino captava encadeando cada nova frase com o clímax da anterior; nada nela permitia associá-la a um estilo conhecido, porque parecia existir fora do tempo e além do tempo, canalizando o infinito; seu enredo surgira como um ponto de luz em um céu escuro, atingira a dimensão de uma estrela em uma explosão de rara intensidade, e então, pouco a pouco, depois de explorar os mais variados contrastes de melodia, condensara-se sobre si mesmo até se tornar inaudível, inacessível, como uma estrela que guarda sua luz para si mesma a partir de sua implosão.

Quando tia Irene fechou a tampa do piano, houve um silêncio atônito. Sob o feitiço daquela música ainda presente, que sugerira a expressão aterrorizante da eternidade, o menor barulho teria resultado inédito. Exausto, com a máscara coberta de suor, o violinista baixou os braços e curvou-se profundamente para tia Irene. Seguindo seu exemplo, os outros convidados se levantaram e se curvaram. Lina notou que a avó estava prestes a chorar. De repente, sentiu-se dominada por um peso insuportável, como se a atmosfera sobrenatural tivesse invadido o salão dos espelhos. Por alguns instantes, fechou os olhos e tentou controlar a respiração; quando os abriu, tudo parecia diferente: o violinista e os convidados tinham desaparecido; apoiada com uma das mãos na bengala, a avó estendia o braço em um gesto de súplica em direção a um dos aposentos vizinhos, onde tia Irene, diante da janela aberta, rasgava a partitura cujos pedaços eram levados pelas brisas de dezembro. Mas era inútil; o espetáculo havia terminado e, à sua maneira, tia Irene estava se despedindo.

Lina não sabia, então, que, em troca de ouvir aquela sonata, sua avó havia concordado em organizar o mais incrível simulacro de velório em torno de um caixão vazio: a ela caberia receber as visitas de condolências, acompanhar tristemente o carro funerário até o cemitério e contemplar o caixão descendo até seu túmulo entre coroas e flores. Então, movida por uma curiosidade tardia, mas obstinada, ela procuraria em vão os criados que agora apagavam as velas e recolhiam cadeiras e castiçais, enquanto tia Irene caminhava passo a passo para o subterrâneo, seguida por Lina e o par fatigado de dobermans que nunca quiseram se reproduzir. Caminhavam em silêncio. Tinham deixado para trás quartos e corredores na escuridão; tinham descido as escadas e atravessado os porões onde muitos anos antes Lina, descobrindo as caixas de vidro onde descansavam os animais de picada fatal, vislumbrara como todas as formas de vida podiam ser amadas. Com uma vela na mão, tia Irene continuava a avançar calma e decididamente por escadas e túneis cada vez mais úmidos, de cuja existência Lina nunca suspeitara. Cheirava a terra e cogumelos, e o ar começava a ficar rarefeito. No fim de um longo corredor, ela parou e segurou a vela perto do friso que corria ao longo da parede. Lina foi olhar para ele. O que viu jamais esqueceria: viu uma cavidade ovalada e, dentro dela, e sem nada capaz de suportá-la, um objeto de metal brilhante formado por dois tipos de espirais que pareciam compartilhar o mesmo centro e cujas curvas se moviam em direções opostas até se encontrarem em seu ponto mais extremo; a dualidade era sugerida porque sucessivamente cada espiral adquiria uma fosforescência azulada quando se encontrava com a outra, permitindo imaginar um movimento de pulsação perpétua ou a ilusão de ser animado por sua própria energia indestrutível. Lina introduziu a mão para descobrir se o objeto estava ou não conectado com algo, para encontrar apenas o frio desumano, inconcebível, feroz que o cercava. Então tia Irene entregou-lhe a vela com um sorriso. E enquanto aquela coisa palpitava diante de seus olhos fascinados, Lina ouviu seus passos recuando na escuridão, o rangido de uma porta girando em suas dobradiças e o terrível silêncio que doravante cairia sobre a Torre do Italiano.

No dia seguinte, foi celebrado o velório de tia Irene. Entre a multidão de pessoas que vieram dar suas condolências entrando pela primeira vez na Torre, Lina viu Javier e Beatriz desfilarem. Quão distante lhe pareceu então a época em que Beatriz tentava encontrar sentido na vida, e quão inútil era agora falar de subterrâneos e frisos para aquela mulher apagada cujo único interesse consistia em passar por uma esposa exemplar. Beatriz já era outra pessoa: depois de atravessar os furacões da paixão, refugiara-se na virtude granítica de sua adolescência, perdendo toda a vivacidade de espírito. Aquele recolhimento passara por diferentes etapas e Javier foi, de alguma forma, o responsável por isso. Beatriz o atribuía simplesmente ao casamento. Para ela, o problema havia começado doze horas depois de ter perdido a virgindade, quando começou a sentir dor de cabeça e náuseas inconcebíveis. Saber-se grávida, ela contara a Lina na época, forçada a se casar contra sua vontade, havia bloqueado nela toda capacidade de desejo e até mesmo o próprio desejo de viver. Havia alguma verdade em sua afirmação, pois doze horas depois de estuprá-la, Javier recebeu um telefonema dos irmãos Avendaño para marcar a data de um casamento que deveria acontecer o mais rápido possível e com a mais estrita privacidade. As pessoas ficaram surpresas com o fato de duas famílias ricas terem casado tão discretamente seus herdeiros, mas como os Avendaño mexeram os pauzinhos para que o nascimento do bebê fosse anunciado nove meses após o casamento, as especulações não duraram muito. O próprio Gustavo Freisen sempre ignorou os arcanos daquele casamento cuja ausência de fausto tanto o decepcionou: ele desejaria uma grande cerimônia precedida de coquetéis, despedidas de solteiro, enfim, todos os eventos sociais que proclamariam seu triunfo contra a secreta rejeição da cidade, e não aquela recepção discreta oferecida pela família Avendaño às dez horas da manhã e uma noiva de pálpebras vermelhas cumprimentando os raros convidados sem esconder sua desolação. Gustavo Freisen não sabia o que esperar: Jean-Luc tinha enlouquecido por ela, e agora ela estava se casando entre lágrimas com o irmão responsável por Jean-Luc passar o resto de sua vida em um hospital psiquiátrico. O próprio casamento parecia-lhe uma espécie de reparação que o destino lhe dera e, ao mesmo tempo, um ultraje à memória do filho. De qualquer forma, estava bastante impressionado com a distinção daquela casa, e quando descobriu a fileira de retratos dos quais gerações de Avendaño o olhavam com soberba, seu espírito burguês se alegrou humildemente: apesar de sua fortuna, ele disse ao Maneta, a família Freisen não tinha antepassados de tão alto nascimento ou capazes de estar diante de um pintor como se estivessem acostumados a conversar informalmente com monarcas. Talvez tenha sido então que ele percebeu que havia esquecido o presente de casamento e passou um cheque de duzentos mil pesos entre os presentes, exposto em uma mesa coberta por uma toalha de mesa bordada; que Beatriz nem chegasse a lhe agradecer aumentou sua perplexidade: ou essa moça não sabia o valor do dinheiro e era irresponsável, ou não sentia a menor consideração por ele e era pretensiosa. O Maneta dissipou momentaneamente suas reservas ao aludir à timidez dos recém-casados e outras bobagens do tipo. Com o tempo, Gustavo Freisen se adaptaria ao temperamento de Beatriz, ficaria grato a ela por lhe ter dado dois netos loiros e de olhos azuis, mas o fantasma de Jean-Luc permaneceria sempre entre eles, cheio de ressentimento.

Jean-Luc voltaria a ser mencionado quando Javier decidiu abandonar Beatriz. Enquanto isso, apenas o pai ia vê-lo uma vez por semana na clínica de Álvaro Espinoza. Essa visita merecia atenção especial, pois se Gustavo Freisen o encontrasse sujo, excessivamente drogado ou reclamando de abandono, gritava ameaçando mandá-lo para um estabelecimento em Medellín e, temendo perder o mais rentável de seus pacientes, Álvaro Espinoza chamava suas enfermeiras à ordem. O resto da família não se importava muito com seu destino, nem Odile Kerouan, que tinha uma enxaqueca assim que decidia ir vê-lo, nem Ana, que parecia acreditar na loucura contagiante. Quanto a Javier, o confinamento do irmão deu-lhe uma satisfação secreta; como se casar com a namorada que seus pais achavam que era dele e adicionar as antigas funções de Jean-Luc na empresa às suas. Uma vez vingadas as crueldades que esse miserável lhe infligira na infância, o futuro se abria diante dele cheio de promessas. Querendo ou não, Gustavo Freisen confiava-lhe um número cada vez maior de responsabilidades, e se seu irmão Antonio começava a se mostrar um gestor perfeito, ainda não tinha experiência ou estatura para liderar homens. Ele, por outro lado, conhecia a arte de mandar e ser obedecido. Sabia conversar com seus funcionários e, magnetizando-os pela palavra, fazê-los compartilhar seus objetivos; sabia mobilizar seus operários; assim, havia estabelecido um engenhoso sistema de prêmios distribuídos entre as unidades da produção que atingissem a cota fixada a cada trimestre; uma cesta de brinquedos na véspera de Natal e três caixas de rum branco às vésperas do Carnaval aguardavam quem chegava pontualmente no dia a dia, sem contar o acesso à cooperativa da empresa, onde itens básicos eram comprados a um preço inferior ao do mercado. Se Javier procurava aumentar seu poder, nunca perdia de vista o aspecto humano das coisas; seu paternalismo decorria menos de um cálculo frio do que de uma certa sensibilidade social adquirida quando passava o tempo entre mecânicos, prostitutas e pescadores; para ele, os deserdados não mereciam a vida que levavam, simplesmente tinham sido atingidos pelo número errado da loteria. Javier não julgava a sociedade, e mais: seu temperamento belicoso o levava a admitir sem complicações a existência de vencedores e vencidos, mas, se pudesse ajudar alguém, o fazia com a mesma combatividade que usara para demolir Jean-Luc e conquistar Beatriz. Agora ele parecia um guerreiro, mais inclinado à ação do que à reflexão, entediado pela rotina, movido pela dificuldade e capaz de intuições brilhantes em combate. O mundo dos negócios oferecia-lhe um terreno ideal para exercer seus poderes de comando e organização, ao mesmo tempo em que lhe escondia as frustrações causadas pelo casamento; não falava delas para ninguém na época, e talvez nem mesmo as percebesse; devia ser um confuso sentimento de insatisfação que se expressava através de acessos repentinos de raiva contra Beatriz, dos quais ele imediatamente se arrependia, irritado consigo mesmo, e um pouco desconfortável ao vê-la cair naquelas crises horríveis de depressão nervosa, quando, deixando de comer, se trancava em um quarto por dias inteiros sem cuidar das crianças, enquanto Nena chorava ao lado dela e o dr. Agudelo tentava tirá-la de sua prostração com drogas de efeitos imprevisíveis. O dr. Agudelo dissera-lhe que ela era frágil, e por trás dessa vaporosa explicação ambos se escudavam para fingir que esqueciam o passado: agiam como se a paixão entre eles nunca tivesse existido, como se o desejo não os tivesse conduzido um para o outro com tormentos de feras; jamais aludiam ao evento que precipitou seu casamento, e esse silêncio tinha o ar de um homem afogado se decompondo no fundo da água; a ele se aderiam os fios de uma amargura a que Javier opunha a resistência do trabalho, mas em que Beatriz afundava todas as manhãs assim que via o sol nascer pela janela de seu quarto, abandonando mais uma noite de insônia para suportar o tédio de um novo dia idêntico ao anterior naquela casa em Puerto Colombia onde Javier teimava em viver; pouquíssimas pessoas iam visitá-la lá, as criadas eficientes não queriam trabalhar; não havia ar-condicionado e até a água às vezes era racionada. Em sua luta diária contra a poeira que cobria o chão e a umidade que comia as paredes, ela sempre saía vencida; o desejo de dar à habitação uma aparência elegante rapidamente a abandonara; sua necessidade frenética de mantê-la arrumada e muito limpa, não. A limpeza era uma obsessão para Beatriz: lavava os pisos, perseguia os insetos, esfregava bandejas e panelas. Odiava aqueles sábados e domingos em que a família de Javier vinha visitá-lo em suas idas e vindas ao mar e destruía seu trabalho de toda a semana; odiava a areia que insidiosamente se infiltrava pelas frestas das janelas e portas; e as chuvas de agosto porque inundavam o jardim, espirrando lama no terraço; e as brisas de dezembro que deixavam um gostinho de sal nos pratos. Os afazeres domésticos tinham a curiosa faculdade de acalmar seus ânimos e exacerbá-los simultaneamente: ela podia passar dias tranquilos lutando contra a sujeira e inculcando boas maneiras em seus filhos; então cuidava deles com paciência, lavava e passava as roupinhas deles, sempre brancas imaculadas, arrumava os brinquedos repetidas vezes. E, de repente, toda essa azáfama lhe parecia intoleravelmente vazia: qualquer empregada podia tomar seu lugar, qualquer babá podia cuidar das crianças. Para onde seus sonhos juvenis a levaram? Para essa rotina cansativa que nenhum elogio merecia. Ela já havia descoberto como era injusta a ausência de recompensa para donas de casa que trabalhavam dia e noite sem o menor salário e cuja devoção era dada como certa. Pura hipocrisia, dizia a Lina: a sociedade queria ter a consciência tranquila, escondendo o fato de que metade de seus membros poderia ser assimilada aos escravos de outrora. Aquele plural, que, se mantido presente, abriria caminho para uma certa libertação, logo desapareceu sob o peso de suas angústias: era infeliz, não passaria a vida dentro das quatro paredes de uma casa e da labuta dos filhos; sofreu, quis morrer; assim, aos poucos, foi entrando em depressão; um belo dia ela parava de se alimentar e deitava-se em sua cama até que a fraqueza a reduzisse a um estágio larval no qual ela parecia encontrar paz. Em vão, o dr. Agudelo se empenhava em dizer a Javier que a solidão de Puerto Colombia contribuía para a formação das crises; era inútil explicar-lhe como uma vida social mais harmoniosa as afastaria. Javier teimava: no íntimo acreditava que Beatriz estava desequilibrada, e se não se atrevia a dizê-lo francamente, era porque o drama de Jean-Luc ainda estava demasiado vivo na memória da sua família. Além disso, ele não queria admitir qualquer responsabilidade pelo comportamento de Beatriz, qualquer discussão que pudesse aproximá-lo da memória de seus primeiros amores. Casou-se por dever, disse a Maruja, mas o casamento dava-lhe certos direitos. E eis que sua esposa lhe havia negado o acesso ao leito conjugal por meses a pretexto de seu medo de perder o bebê em um aborto; então, quarenta dias após o nascimento de Nadia, quando ele tentou novamente gozar de suas prerrogativas, encontrou um corpo contraído e glacial, cuja posse acabou maltratando seu próprio membro e causando uma segunda gravidez que a reduziu novamente à castidade. As dificuldades não paravam por aí: Beatriz aceitou tomar a pílula porque o ginecologista ordenou, mas ele não conseguia possuí-la sob pena de lhe causar dores excruciantes, cistite e infecções vaginais que o obrigavam a levá-la ao médico, sentindo-se profundamente envergonhado. Esse não era o comportamento de uma mulher normal, ele se atreveu a comentar uma vez para Maruja. E Maruja, com sua habitual autoconfiança, o lembrara de como ele sabia acariciar aquele mesmo corpo até enlouquecê-lo de prazer. Indignado, Javier a chamou de depravada, e por dois anos eles pararam de se falar.

Foram dois anos difíceis para Javier: ele havia perdido peso e começava a adquirir aquele ar de ave de rapina característico dos Freisen; às vezes, queixava-se de má digestão ou cansaço, e seu rosto era tomado por contrações nervosas que ele não conseguia controlar. Seus impulsos sexuais haviam sido reduzidos como os de um monge prostrado por um longo tempo de jejum e penitência. Nem tentava mais entrar no quarto de Beatriz e, curiosamente, e à sua maneira, sentiu ciúmes. Por ciúmes, ele a trancara desde o início em sua casa em

Puerto Colombia, tentando evitar a tentação dela de ceder às carícias de outro homem capaz de adivinhar o complexo mecanismo de seu desejo. Ele insinuava isso quando a insultava em seus momentos de raiva, confusamente, mal tocando a zona proibida do fantasma; um fantasma diante do qual recuava, chocado por infligir tais vexações à mãe de seus filhos, ele havia contado a Maruja no dia da discussão, mas, no fundo, furioso por ter de recorrer a artimanhas para obter o que em princípio lhe pertencia em virtude do casamento. Beatriz finalmente entendeu a verdade: o que estava em jogo era a morte definitiva de seu prazer. Compreendeu-a, assimilando-a a uma mutilação, e assim a repetiu a Lina, chorando a tarde toda até o pôr do sol, enquanto recapitulava a história de sua vida com uma lucidez dilacerante e agonizante, como uma flor que explode em mil cores quando suas pétalas começam a cair; lembrou-se de sua infância sob o domínio da tia que havia sido expulsa dos conventos, daquelas noites horríveis durante as quais ela tremia de medo ouvindo-a falar de almas em dor, sua felicidade mal via chegar o pai e corria para estreitar-se entre seus braços: ele era a paz e a ternura, o mais amável dos refúgios; também lembrou o que aconteceu nos Altos do Prado e seu juramento de nunca se expor a sofrer os tormentos de Nena. Nessa espécie de psicanálise selvagem e dolorosa, quando pela primeira e última vez tentou desatar o nó de seus conflitos com a vida, admitiu que havia fugido do cadete de West Point porque ele representava o pai amado e imaculado, símbolo de uma respeitabilidade da qual o sexo era excluído: ela só podia desejar homens que, por uma razão ou outra, lhe fossem ignóbeis. Como Jorge Avendaño tinha sido quando a abandonou no carro de Lina para proteger sua amante, e Javier quando, por força de carícias, lhe arrancou o prazer enganando inescrupulosamente seu irmão. Falou de tudo isso em estado de extrema tensão, a voz estalando de emoção, o corpo abalado por rápidos espasmos que anunciavam cada nova crise de lágrimas, avessa a qualquer palavra de consolo, a qualquer explicação que pudesse banalizar seu masoquismo ao incluí-lo no lote comum de gerações de mulheres maltratadas por séculos de patriarcado. Exausta de cansaço, ela finalmente concordou em se deitar em sua cama, onde dormiu a noite toda. Na semana seguinte, entregava-se a Víctor, um suposto revolucionário, voltando a perder-se na voluptuosidade que o marido lhe negava.

Víctor era filho natural de um importante pecuarista de Bolívar, cujas terras cruzavam a fronteira a partir da qual os homens paravam de se insultar para lutar com facas. Reconhecido perante a lei por seu pai, de quem herdara o caráter traiçoeiro, Víctor cursou o ensino secundário em Cartagena, e suas qualificações induziram o pecuarista a enviá-lo para a capital, a fim de torná-lo um advogado encarregado de defender suas propriedades gratuitamente contra a invasão dos camponeses. Mas Víctor nem passou nos exames no primeiro ano da faculdade de Direito, porque achava mais divertido frequentar bares e mulheres de vida leviana do que assistir às aulas na faculdade. De qualquer forma, seus professores e colegas logo preferiram evitar contato: na pensão onde estava hospedado ele tinha fama de ladrão e, em seguida, foi acusado de ter matado a sangue-frio um velho usurário que exigia o pagamento de uma dívida. Embora não tenha sido denunciado, Víctor julgou prudente afastar-se de Bogotá por um tempo; nas planícies orientais ouviu falar de guerrilhas, na selva amazônica ajudou a organizar expedições para caçar índios; ali pegou a curiosa doença que o deixou impotente, uns diziam porque fizera amor com uma índia morta, outros porque recebera uma flecha vingativa em partes delicadas; o fato é que ele voltou para Bogotá cheio de dinheiro e doente de um mal que se rebelava contra os antibióticos conhecidos. Ele tinha então cerca de vinte e três anos, mas parecia muito mais velho pelas rugas no rosto; era quase careca e tinha dentes podres: os dentistas o horrorizavam. Quando o pecuarista soube de suas aventuras, ameaçou buscá-lo na capital, acompanhado de um guarda-costas reputado por sua habilidade em lidar com o açoite. Sem demora, Víctor matriculou-se na Universidade Livre: lá aprendeu o marxismo como cartilha, descobriu-se vítima da sociedade e encontrou nas manifestações estudantis uma forma honrosa de afrouxar o freio de sua violência. Em outras circunstâncias, ele teria se tornado um bandido, a graça do marxismo o convertera em revolucionário. Seus jovens colegas o consideravam um herói, os líderes estudantis o olhavam com desconfiança. Naturalmente, o Partido Comunista decidiu alistá-lo, mas Víctor não aceitou nenhuma forma de disciplina e, quando seus companheiros de célula lhe pediram para formular uma autocrítica, ele aproveitou a primeira oportunidade para tratar publicamente os policiais como covardes, gritando ao microfone que a revolução era assunto de homem e de homens com colhões, esquecendo o estado danificado dos seus. Não importava, ninguém se atreveria a lembrá-lo. Àquela altura, ele já havia adquirido a reputação de sicário e liderava os estudantes mais exaltados nas manifestações, prontos para enfrentar a polícia com facas. Foi fichado, acusou os comunistas de traição e foi da Libre para a Nacional. Por um tempo, ele ficou sumido, e então se tornou parte de um grupo de trotskistas virulentos cujas ideias adotou em um piscar de olhos. Como a luta armada estava precisando de fundos, ele invadiu uma pequena agência bancária e foi forçado a se refugiar na clandestinidade; então seus novos companheiros descobriram um aspecto singular de seu caráter: o prazer de seduzir suas mulheres aproveitando a hospitalidade que lhe ofereciam e a miséria sexual a que o puritanismo da revolução as condenava. Achavam que ele era aleijado, esqueciam que era astuto. O primeiro incidente ocorreu quando ele estava alojado no apartamento de um professor de filosofia cuja esposa havia abandonado os estudos para se dedicar à causa e aos afazeres domésticos. Chamava-se Mirian e vivia em um silêncio resignado, já sem se lembrar de seus sonhos de estudante determinada a obter um diploma que lhe garantisse a independência e o sentimento de fazer seu caminho na sociedade por méritos próprios. Aquele professor de filosofia que parecia tão seguro de si mesmo, tão imponente em sua convicção de possuir a verdade absoluta, mudou o curso de sua vida; junto com ele lutaria por um mundo melhor, criando uma sociedade sem classes e uma "fraternidade" universal; teria sido melhor para ela interessar-se pela redução que o termo fraternidade sofreu na prática, porque, uma vez casada e com três filhos nas costas, sua existência limitava-se à de todas as mulheres excluídas dessa associação de irmãos cujo objetivo permanecia o mesmo, apesar das mudanças introduzidas ao nível da ideologia e da linguagem. Intransigente em matéria de princípios, o professor a impedia de contratar uma criada; moralista, recusava certas fantasias eróticas que descrevia como vícios burgueses. E Mirian definhava, datilografando os textos revolucionários do marido e ocupando-se de lavar e passar camisas, costurar meias e cuidar das crianças. Era quase uma sombra quando o professor trouxe Víctor ao modesto apartamento onde moravam. Ela o recebeu passivamente, embora não sem relutância, pensando, talvez, no peso da presença de outro homem. Se Víctor percebeu isso, não disse nada, e como esse refúgio lhe parecia agradável depois de tantas pensões decadentes, tanta correria para lá e para cá fugindo da polícia, resolveu mostrar-se bem-educado lavando ele mesmo suas roupas, ajudando-a nas tarefas domésticas e, pouco a pouco, tornando-se seu confidente. Nada poderia ser mais fácil: as mulheres suportavam muitas frustrações para não ceder à tentação de falar se encontrassem alguém disposto a ouvi-las: por isso ele, Víctor, as impediria de acessar cargos importantes em sua organização; por isso, e à sua maneira, ele as amava. Cada mulher, confidenciaria a um amigo de Lina em um estranho momento de fraqueza, lembrava-o de sua mãe, morando em uma choça, cortando lenha no mato para acender o fogo, curvada diante do fazendeiro que fazia amor com ela como um cavalo depois de tê-lo afastado aos pontapés; sua mãe o amava enormemente; ela era bonita, mas por trabalhar ao sol e comer mal, morreu quando ele tinha oito anos, desdentada, com a pele enegrecida; a esposa do fazendeiro cuidara então de sua educação até que ele fosse enviado a Cartagena, e ele também tinha uma boa lembrança dela. A esse esboço de comiseração que as mulheres inspiravam nele, sua própria impotência acrescentara a arte de saber amá-las; privado de uma ereção, mas não de desejo, logo descobriu certos segredos do prazer feminino: uma mulher satisfeita, segundo ele, se mostrava sempre generosa, esquecendo o físico do homem e até abençoando a ausência de penetração que o obrigava a recorrer a procedimentos mais sofisticados sem se furtar à complexidade dos jogos eróticos. No dia em que o professor o pegou em sua própria cama, nu, deitado sobre sua esposa, as bocas dos dois avidamente enterradas no sexo um do outro, quase teve um ataque de apoplexia. Víctor viu-o pelo canto do olho à porta, transtornado e incapaz de reagir; então continuou com suas tarefas até ouvir o gemido abafado de Mirian, e depois se levantou e começou a se vestir, indiferente à cena que eclodia entre os dois esposos.

Reunidos às pressas para analisar esse terrível incidente à luz da dialética, seus amigos concluíram que o camarada Víctor havia sido vítima da sedução de uma falsa revolucionária e, com a cumplicidade de um médico comunista, internaram Mirian em um hospital psiquiátrico do qual ela nunca mais sairia. Alojado novamente na casa de um sociólogo, Víctor voltou aos seus velhos costumes; depois, foi a vez de um estudante de economia e, assim, em meio a escândalos e discussões, o grupo foi se dissolvendo. Enquanto isso, Víctor havia conquistado a confiança de um liberal muito rico e idoso, antigo partidário de Gaitán e exilado político durante a ditadura conservadora. Era um homem educado na Inglaterra, que herdara uma fortuna em propriedades espalhadas pelo país; tinha maneiras distintas e olhos muito pálidos; seu filho mais novo se assemelhava a ele: como ele, sentia-se culpado por ter tanto dinheiro, e esse remorso o levara a se filiar ao Partido Comunista; sempre à frente das manifestações, expondo-se para se fazer perdoar por suas origens, recebia os golpes dos policiais que o odiavam particularmente por ser comunista e milionário e acabava na prisão, onde os camaradas o deixavam apodrecer para ensiná-lo a temperar o aço; de lá, saía graças à intervenção de algum senador liberal amigo de seu pai, e para lá voltava assim que o partido decidia organizar uma nova manifestação. Dez anos de espancamentos e prisões o tornaram tão perturbado que ele se deixou envolver por Víctor, e quando finalmente conseguiu se proteger daquele demônio, dando-lhe um milhão de pesos como resgate, só encontrou a paz convertendo-se à seita de Krishna; envelheceria vestido de salmão, tocando pandeiro nas ruas e quase careca, apenas com uma mechinha de cabelos brancos na cabeça. Sim, Víctor foi um verdadeiro pesadelo para dom José Antonio del Corral e seu filho.

Os Del Corral eram proprietários de uma grande fazenda perto da Sierra Nevada de Santa Marta; de difícil acesso, ficara aos cuidados de um capataz com quem os índios da região se davam muito bem, pois respeitava seus costumes e sabia se aproveitar da melhor forma possível da lentidão de seu trabalho; entre mestiços e descendentes de guerreiros, esses índios haviam perdido sua lendária belicosidade graças ao consumo de uma maconha que cultivavam nas encostas da Sierra e que anos depois alcançaria notoriedade nos Estados

Unidos com o nome de Golden; enquanto isso, levavam uma vida pacífica, lavrando a terra à sua maneira; recebiam um terço da produção como salário e o restante lhes era devolvido sob a forma de invenções introduzidas por aquele homem branco de olhar diáfano que de tempos em tempos ali chegava precedido de animais e mulas carregados de fertilizantes e sementes desconhecidas; como sinal de deferência para com eles, o homem branco não lhes dava suas instruções diretamente, e sim o capataz, que lhes explicava como o novo garanhão ajudaria a criar uma raça de vacas cujo leite seria mais abundante ou por que valia a pena plantar aquelas árvores com frutos muito doces e muito apreciados no mercado de Santa Marta. E assim ocorria. Durante anos, don José Antonio del Corral fizera de La Carmela seu refúgio e o principal laboratório de suas inovações, e agora a fazenda se abastecia de boas pastagens e uma pecuária de excelentes rendimentos. Se ele não sofresse do coração, teria passado sua velhice olhando para aqueles céus imponentes onde massas de nuvens azuis corriam em direção ao pico nevado da montanha. Mas, em sua idade, a simples viagem a La Carmela o deixava exausto e, com exceção dos índios, nenhuma alma viva rondava por ali. Essa, a solidão da fazenda, foi a primeira coisa que chamou a atenção de Víctor quando dom José Antonio lhe falou sobre seu imóvel preferido; ninguém sabia sua localização exata, e no mapa do país aparecia como se estivesse coberto de selva e abandonado ao sabor de Deus. Víctor decidiu que era o lugar ideal para treinar para a vida de guerrilheiro e, do nada, convenceu José Antonio filho a pedir ao pai La Carmela emprestada e segui-lo até lá na companhia de um grupo de revolucionários que se definiam como maoístas.

Foi um inferno: levavam livros de Che e de Mao e as melhores intenções do mundo: levantar-se de madrugada, banhar-se nas águas frias do rio, subir as montanhas carregando fuzis e mochilas, enfim, praticar todos os exercícios necessários para endurecer o corpo e o caráter até formar uma guerrilha operacional e ir para as montanhas. Mas, seis meses depois, atiraram no capataz e, transformados em déspotas, trataram como escravos os poucos índios que não conseguiram escapar, esquecendo os sábios conselhos de seus guias revolucionários. Aquele amigo de Lina que anos mais tarde lhe contaria sobre

Víctor atribuía o fracasso do projeto às condições objetivas em que tentaram realizá-lo: os companheiros eram pobres demais: o luxo e o conforto os haviam pervertido, Víctor fizera o resto. Foi dele a ideia de ficar na mansão dos Del Corral em vez de acampar no meio do mato e assim começar o treinamento de verdade; depois, a pretexto do frio da noite, uma carga de uísque foi contrabandeada; entre o álcool e a falta de doutrinação política, que Víctor proibiu por julgá-la inútil, o grupo acabou se desmoralizando; passavam o dia inteiro dormindo bêbados ou cometendo as mais incríveis arbitrariedades; assavam um novilho a cada almoço, para a consternação do capataz e o escândalo dos peões que nunca tinham visto tamanho desperdício; devoravam galinhas e leitões, bananas e espigas de milho com gula descarada. Como toda tirania começa a ser justificada antes de ser exercida, Víctor se convenceu de que aqueles índios tinham uma alma tortuosa e só poderiam ser educados depois do triunfo da revolução; enquanto isso, deviam servi-los, os representantes do proletariado, contribuindo com seus bens e trabalho para a causa; era evidente que, mais cedo ou mais tarde, atacariam as propriedades dos peões, pois na velocidade com que saqueavam, nenhum animal comestível permaneceria vivo por muito tempo em La Carmela. Nem mesmo deixavam os animais se reproduzirem e até matavam as fêmeas grávidas. Foi isso que enlouqueceu o capataz, que certa tarde entrou armado no quarto onde Víctor roncava em sua cama e o despertou a pontapés ordenando que ele saísse de lá com sua gangue de bandoleiros. Víctor entendeu imediatamente a gravidade da situação: aquele louco parecia pronto para matá-lo, e ele nem mesmo limpava seu fuzil fazia três meses; ele prometeu ir embora no mesmo dia, ao entardecer, garantindo que seus homens estavam agora em condições de abrir um novo foco de guerrilha; poucas horas depois, o capataz foi julgado por um tribunal revolucionário presidido por Víctor e imediatamente executado como traidor da causa do povo. Aterrorizados, os índios esconderam suas mulheres e tentaram fugir, abandonando o trabalho de toda uma vida; houve tiros e mortos; aqueles que não conseguiram se refugiar na selva tiveram de se submeter aos fuzis. Aos poucos, La Carmela foi se arruinando e José Antonio caiu em estado de neurastenia aguda. Víctor havia avisado seu pai que atiraria nele se ousasse alertar o exército, e as coisas continuaram assim até que recebeu um milhão de pesos em troca de sua libertação. Depois de enriquecer com o comércio de maconha, ele se estabeleceu em Barranquilla, onde contrabandeava drogas mais pesadas.

Àquela altura, já haviam se passado quase vinte anos desde que Beatriz havia morrido e Víctor ria lembrando os planos de seus velhos amigos maoístas: durante os primeiros meses de sua estada em La Carmela, e antes da deserção dos verdadeiros revolucionários que inicialmente o acompanharam na aventura, recebera armas e instruções de um misterioso comandante para quem o terrorismo era o melhor meio de desestabilizar a burguesia. Assim, havia decidido organizar uma onda de ataques no aniversário do assassinato de Gaitán: os explosivos seriam desembarcados nas praias de Puerto Colombia e Víctor devia encontrar um lugar seguro para escondê-los. Foi então que descobriu a casa de Javier, longe da vila e tão luxuosa que nenhum policial teria pensado em bisbilhotá-la. Era habitada por uma linda menina de olhos azuis, sem dúvida infeliz, pois ia passear na praia ao pôr do sol, abatida e sempre sozinha, com ar de ter chorado o dia todo. Víctor resolveu tentar sua sorte; uma peruca e elegantes vestes de linho branco lhe conferiram a aparência de um playboy, para não assustá-la; sentava-se ao entardecer em um tronco olhando melancolicamente para o mar, nas mãos um livro de Sartre ou Marcuse. Um dia ele se aproximou dela e, desde então, passaram muitas horas discutindo existencialismo, maoísmo e libertação sexual. Se Beatriz não sabia que antes de cada entrevista Víctor aprendia de cor a explicação banalizada dos textos filosóficos, o caráter vulgar daquele homem não lhe escapava: um gesto, um comentário, e o suposto intelectual dava lugar ao filho natural do pecuarista. Percebendo isso, Víctor mudou de tática: contou-lhe de sua infância infeliz e dos infortúnios que sofrera quando pequeno; declarou seu amor por ela recitando poemas de José Assunción Silva em voz baixa; depois passou para Neruda, e em nome do poeta se dispunha a se sacrificar pela revolução. De vez em quando, e em tal contradição com o romantismo de sua linguagem, impunha-lhe carícias ousadas, mergulhando-a em pântanos de confusão: esse desconhecido inspirava nela ao mesmo tempo desejo e repugnância, e de ambos os sentimentos sentia-se envergonhada. Para escapar do dilema, pensou que estava apaixonada por ele. Quando finalmente fizeram amor, ela descobriu as delícias de uma volúpia desenfreada, não inibida pelo constrangimento de revelá-la a um homem de sua própria classe que a condenaria invocando seus próprios princípios. Durante quinze dias viveu uma orgia de prazer em meio a falsos juramentos de amor e verdadeiras lágrimas de arrependimento. Mais seguro de si, Víctor deixou cair uma atrás da outra as máscaras de intelectual refinado, até repugnar Beatriz. Depois, lembraram-se de seus deveres: a luta armada o aguardava; e a ela, seus filhos; por mútuo acordo e não sem arrependimento decidiram separar-se, mas como Beatriz se sentia culpada por sua antipatia secreta por um filho do povo que ia lutar pelo movimento revolucionário, concordou em esconder no porão de sua casa os explosivos destinados a destruir a sociedade capitalista. Víctor havia cumprido brilhantemente sua missão.

Desses amores, Beatriz saiu animada por uma total repugnância ao sexo. O prazer do orgasmo, diria ela a Lina, não compensava as humilhações que tinha de sofrer para obtê-lo: era demasiado breve, era precedido de angústia e deixava-a em plena culpa; odiava no erotismo precisamente o que Dora e depois Catalina haviam descoberto um dia fascinadas: uma forma de se afirmar através da transgressão, um silêncio momentâneo da vontade de encontrar o silêncio fulgurante do absoluto. Mas Beatriz vivia sua sexualidade como os homens, entre o medo do instinto, cuja aparição lhes lembrava a parte aborrecida de sua essência, e o ódio irracional diante das verdades simples da carne; comparava o desejo a uma possessão diabólica que a privava de seu livre-arbítrio, e o prazer, a uma aterradora desintegração de sua consciência. Temendo voltar a se expor a tais degradações, tentou se contentar com sua sorte e organizar toda uma estratégia para escapar da depressão causada por sua vida conjugal; assim, recorreu à vaselina e a certos exercícios de contração aconselhados por seu ginecologista, finalmente apaziguando o ciúme de Javier; ela então o convenceu a levá-la todos os dias para a casa de Nena, onde podia deixar as crianças enquanto ia ao salão de beleza ou jogar *bridge* no Country; às sete horas da noite começava a se empanturrar de calmantes e Javier encontrava uma esposa plácida e indiferente a tudo o que se passava à sua volta.

Incapaz de imaginar o pano de fundo dessa mudança, Javier sentia-se satisfeito: tinha uma posição respeitável, dois filhos lindos, uma mulher submissa; agora podia fazer amor todas as noites sem que a rejeição daquele corpo viesse a contrariar seus apetites; às vezes, no transporte do prazer, perguntava-lhe se ela também gozava, e Beatriz, embrutecida pelos calmantes, invariavelmente respondia que o amava. À sua maneira, estava dizendo a verdade; um sentimento estranho chegara a encobrir sua amargura; ela o chamava de amor por falta de qualquer outro nome, e se manifestava no medo incessante de perder o único homem com quem ela pensava poder contar na vida. Depois de conhecer Víctor, Javier parecia-lhe um exemplo de virtude: era bom e generoso, nunca mentia ou se aproveitava da fraqueza de ninguém; não seria ele quem ameaçaria um pobre velho de atirar em seu filho, como Víctor lhe dissera que pretendia fazer em uma demonstração de poder. Javier adorava as crianças e, desde que ela havia descoberto as vantagens da vaselina, eles formavam um casal feliz; deu-lhe um cachorrinho chihuahua, colares e anéis de grande valor; estava determinado a comprar-lhe um apartamento em Barranquilla e aos sábados à tarde saíam juntos para encomendar móveis que começavam a se acumular em seu quarto de solteira; de uma viagem a Miami trouxeram tapetes e porcelanas, em um catálogo francês escolheram louça de Limoges; as pessoas os invejavam, eram convidados para as melhores festas e, de presente de aniversário, Gustavo Freisen lhe oferecera um carro. Passar o tempo com as costureiras ou ao redor de uma mesa de *bridge* era chato, é verdade, mas González, o garçom mais esperto do Country, já sabia que quando pedia uma Coca-Cola tinha de servi-la com dois dedos de gim. E entre o gim e os calmantes, não conseguia refletir. E também não queria.

Depois de um tempo, quando compareceu ao funeral de tia Irene, estava convencida de que amava sinceramente o marido; telefonava-lhe várias vezes em seu escritório e sofria o indizível se ele se atrasasse. Javier insistia que ela fosse para Puerto Colombia em seu próprio carro, ela preferia esperá-lo na casa de Nena, exagerando nos perigos de dirigir acompanhada de duas crianças àquela hora da noite. Sua mãe, a única pessoa a notar como ela lavava a boca ou mastigava hortelã quando voltava do Country, lhe dava razão. E de tanto se sentir mimada e protegida, de tanto inibir sua rebeldia e negar sua sexualidade, Beatriz acabou se tornando inútil; agora ela tremia ao ver um rato, e mandava chamar o médico se um de seus filhos espirrava. A saúde das crianças era outra de suas grandes preocupações, pela qual Gustavo Freisen era profundamente reconhecido. Adorava esses netinhos loiros nos quais encontrava a justificativa para seus esforços. Era o que ele repetia ao Maneta: salvo Antonio, seus outros filhos não valiam grande coisa; Ana havia se casado com um verdadeiro mestiço, e os mais novos, Miguel e Jaime, frequentavam os intelectuais de Barranquilla, um grupo de homossexuais e usuários de maconha. Prostrado na cadeira de rodas a que fora condenado por um AVC, Gustavo Freisen ouvia-os chegar à noite acompanhados dos amigos e trancar-se em uma sala refrigerada para beber e fumar maconha até altas horas. Irritado, mas temendo um novo ataque que pusesse fim à sua vida, ele tentava desde então se distrair montando um gigantesco quebra-cabeças de mil peças minúsculas: era uma reprodução de um quadro de Degas e ele nunca conseguiu terminá-la. Por sua vez, Odile Kerouan se mostrava mais conciliadora; a efeminação de Miguel e a maconha de Jaime eliminavam os últimos vestígios da personalidade Freisen, aquela horrível maldade espreitada em todos os seus filhos que de repente surgia, tirando-os dela como acontecera com Javier. Odile Kerouan nunca imaginou que a vida lhe reservaria tamanha decepção: ver o menino de seus olhos cair tolamente na armadilha destinada a conseguir uma esposa para Jean-Luc. Javier, que graças à sua conta na Suíça teria sido capaz de acompanhá-la ao redor do mundo, visitar países maravilhosos, conhecer os melhores restaurantes, os mais famosos hotéis, tornara-se marido de uma menina insignificante cujo único mérito era ter dado à família dois filhos loiros e de olhos azuis. Somente neste ponto Odile Kerouan compartilhava os sentimentos de Gustavo Freisen; seus netinhos a enchiam de ternura e orgulho inconfessado: eram lindos, gentis e, acima de tudo, brancos. Beatriz cuidava deles com abnegação e não demonstrava escrúpulos em deixá-los sob seus cuidados, expressando assim o desejo de fortalecer os laços que a ligavam aos sogros. No fundo, Odile Kerouan não tinha nada com que recriminá-la, exceto o fato de ter se casado com Javier.

As críticas começaram quando Javier quis abandoná-la sem ter a menor pena de seu desespero. Olhando de longe, Lina pensaria que ele realmente a abandonara no próprio dia de seu casamento, ou mais precisamente, na primeira vez que tentou possuí-la, ignorando os labirintos de seu desejo. Javier não estava maduro então para continuar violando impunemente os valores dos Freisen, aquela subordinação à moral sexual e ao trabalho que o levara à exaltação de mandar e ser obedecido, de decidir e sentir-se importante, alienando como Álvaro Espinosa sua liberdade no exercício do poder. Pouco inclinado à introspecção, não havia percebido durante anos, mas agora, quando nenhuma vontade se opunha à sua, surpreendia-se subitamente, no meio de respeitosos escrivães e secretários eficazes, ansiando pelo som da brisa entre as lonas desfraldadas de seu veleiro. Havia feito as pazes com Maruja e, como suas respectivas fábricas ficavam próximas, convidava-a para almoçar quase todos os dias; já não lhe falava de seus problemas conjugais, que haviam sido resolvidos, ou de seus negócios em expansão, mas dos verdes deslumbrantes do Caribe, ou do sol que cobria seu corpo com um suor salgado e brilhava como o reflexo de um deus sobre as águas. Navegar à deriva, ver os manguezais costeiros recuarem, deixando para trás a área onde ainda se perfilavam alguns barcos e voava algum albatroz ou gaivota, era seu desejo mais profundo. Ali, diante do horizonte, vivia o presente sem pensar no ontem ou no amanhã; ali só podia contar consigo mesmo, e sua capacidade de driblar as correntes do mar ou de notar a menor mudança de vento, seu vigor para içar ou abaixar as velas no momento certo, lhe davam a impressão de viver intensamente descobrindo a plenitude de sua força e a sagacidade de seus reflexos. Lembrava-se do ranger das cordas sob a chuva, das constelações que brilhavam no céu e lhe permitiam orientar-se à noite; e de certas algas cuja fosforescência criava a ilusão de cidades adormecidas no fundo do mar; e de certos recifes cheios de corais; e daqueles momentos em que sentia seu membro endurecer em contato com o sol, quando deitado no convés via o céu desvanecer-se em uma luminosidade dourada. Queria ser livre e, fugindo da rotina de trabalho, reencontrar na natureza o reflexo de sua virilidade. Mas Beatriz impedia isso; Beatriz representava tudo o que de repente começara a desprezar, a monotonia, o convencionalismo, o amor rígido dos burgueses. Quão longe estava aquele sexo plácido untado de vaselina dos estremecimentos aos quais seu próprio sexo aspirava. E quão miserável era seu espírito de esposa possessiva diante das paixões cuja existência o coração dele já percebia.

Inebriado pelas imagens vistas em uma viagem alucinógena, quando seus irmãos mais novos lhe prepararam um coquetel de drogas que lhe permitiu vislumbrar o paraíso, Javier não aceitava os protestos de Maruja nem os rejeitava; simplesmente se limitava a afirmar seu direito de viver, associando o passado a um erro juvenil. Beatriz era frígida, e seus ciúmes, delirantes; não o deixava sozinho por um minuto e insistia em esperá-lo todas as noites na casa dos Avendaño, a fim de forçá-lo a voltar com ela para Puerto Colombia, privando-o assim de contatos viris; os homens, dizia ele a Maruja gravemente, precisavam se ver, contar piadas e se encontrar nos bordéis. Se fosse mais culto teria aludido àquelas cabanas cujo acesso era proibido às mulheres ou à matrícula de jovens em tempos mais recentes. Mas sua adoração ao sol ou sua nostalgia pela horda selvagem não indicavam nele uma homossexualidade nascente, como presumia Maruja, mas as primeiras manifestações de um desejo ainda incerto e sem rumo, que recorria a fantasmas difusos à espera da oportunidade de se cristalizar em uma doca do Clube de Pesca, e somente trabalhando no barco nos fins de semana seria capaz de torná-lo apto para velejar. Beatriz teve que se resignar, portanto, a ficar sozinha aos sábados e domingos, sem perceber o que estava germinando no espírito de Javier, ou melhor, atribuindo-o a um estado de espírito passageiro. Fazia algum tempo que seu marido se mostrava irritado, e a menor tolice o tirava do sério; tinha, ao que parece, abandonado o plano de lhe comprar um apartamento na cidade, as crianças o exasperavam, o último tubo de vaselina nem sequer tinha sido aberto. Ela foi capaz de lidar com tudo isso aumentando a quantidade de gim e de calmantes. Mas os intermináveis domingos em Puerto Colombia, em uma casa deserta porque a ausência de Javier afugentava familiares e amigos, a levavam a refletir, questionando sua vida e as várias vicissitudes que a haviam reduzido àquela situação. A falta de leitura e discussão havia entorpecido sua mente, e seus pensamentos derivavam de anedotas e recriminações; à medida que Javier se tornava mais ferino e agressivo, ela tentava em vão concentrar-se em *O segundo sexo* ou nos escritos recentes das feministas estadunidenses; em vez de consolá-la, aqueles livros deixavam-na com um gosto amargo e a impressão de ser responsável por seu destino; além disso, ela não entendia muito bem certos postulados que aludiam a autores ou teorias cuja existência ela ignorava, e as soluções oferecidas pareciam irrisórias ou impossíveis de alcançar no contexto de Barranquilla; a libertação sexual, tão em voga na época, a remetia às angústias de sua própria experiência, e Víctor lhe mostrara o lado mais negro da revolução. Ela fechou os livros, declarando para Lina estar cansada de tantas utopias e complicações. Javier voltaria, ela se pôs a esperá-lo.

Enquanto isso, Javier descobria a verdade do velho adágio segundo o qual apenas o primeiro passo é difícil. Tendo consertado a quilha do *Odile* graças a um trabalho de vários meses, achou absurdo retornar a Puerto Colombia nas noites de sábado, quando poderia continuar consertando os instrumentos a bordo na companhia de um eletricista que concordava em trabalhar até meia-noite. E depois ia beber naquele quarto escuro refrigerado por cinco aparelhos de ar-condicionado onde maconha e cocaína circulavam em bandejas de prata e seus irmãos recebiam as pessoas mais interessantes da cidade. Do nada, decidiu que a fábrica poderia ficar sem ele às sextas-feiras, reduzindo assim para quatro o número de dias dedicados ao trabalho e a Beatriz, já que a partir de quinta-feira à noite se instalava na casa dos pais e tomava posse de seu antigo quarto de solteiro, para a tortuosa felicidade de Odile Kerouan. Atordoada, Beatriz se recolhera sem reclamar por medo de despertar em Javier aqueles acessos de raiva em que ele a insultava com ferocidade, acusando-a de querer castrá-lo, de ser frígida e de impedi-lo de viver; já não sabia o que esperar: o menor comentário de sua parte provocava uma saraivada de gritos e insultos; além disso, a lógica de Javier era tão rasa e de má-fé que não admitia qualquer réplica, e ela, dizia a Lina, sentia-se invadida por uma estranha lassidão. Sua depressão havia tomado outro caminho: em vez de se expressar através da anorexia, recebendo atenção instantânea e tratamento destinado a combatê-la, permanecia ardilosamente entocaiada enquanto os eventos que justificariam sua explosão se acumulavam. Com o passar dos anos, Lina a compararia a um vírus de surpreendente sagacidade, que, depois de conhecer todos os antibióticos que poderiam neutralizá-lo, decidia permanecer invisível enquanto aguardava a degradação mais completa do organismo no qual se alojava para se lançar contra ele quando nenhuma defesa fosse possível. A partir do momento em que Javier começou a sair com seus irmãos mais novos, sua grosseria foi aumentando sem encontrar a menor resistência de Beatriz. Agora ele aparecia na casa em Puerto Colombia a qualquer hora da madrugada na companhia de seus amigos para continuar sua folia colossal; falava mal dos Avendaño, zombando em público de sua suposta linhagem; impunha a Beatriz o trato com pessoas vulgares, homens com vozes altas e cheiros azedos, que vomitavam no jardim, e suas esposas, mulheres de classe média, bastante servis e dispostas a minimizar as piores humilhações de seus maridos para conservá-los. Também precisava receber as amigas de Jaime, aquelas moças novas que saíram do mesmo meio, mas em surda rebeldia contra os valores estabelecidos, que adoravam a maconha e praticavam certa forma de liberação sexual. Pioneiras da emancipação feminina, eram desafiadoras em suas atitudes, excessivas em suas opiniões e sem qualquer indulgência para com pessoas que aceitavam compromissos; quase todas terminariam os estudos universitários, iriam se casar, se divorciar, teriam amantes e, com o aparecimento dos primeiros cabelos grisalhos, considerariam preferível envelhecer com o último amor de suas vidas. Mas então, em plena juventude, sua intransigência as impedia de compreender Beatriz e viam nela apenas uma réplica da mãe que as esperava em casa e cuja raiva teriam de enfrentar com resmungos ou mentiras. Javier estimulava sua insolência diante de Beatriz para mortificá-la, e porque a exigência de liberdade daquelas meninas respondia como um eco à sua; em sua companhia, sentia-se rejuvenescido, não tiranizado pelos limites do casamento. Elas, explicava a Maruja, cheiravam a frescor e, ao contrário de Beatriz, estavam cheias de vitalidade. Agora que o *Odile* tinha sido consertado,

Javier as levava para velejar com ele durante as férias até ensiná-las a conhecer o mar e dirigir um veleiro; iriam para San Andrés e Santo Domingo, para a pequena ilha que sua mãe lhe comprara anos atrás; aprenderiam a mergulhar explorando os restos de naufrágios famosos, cuja posição ele acreditava poder localizar graças à leitura de Exquemelin e dos relatos de antigos pescadores. "Eles vão descobrir o tesouro de Morgan", comentava Maruja, divertida e sem prestar muita atenção aos planos de Javier, que julgava infantis e de forma alguma ameaçadores à segurança de Beatriz, já que ela conhecia de sobra aquelas meninas, amigas íntimas de María Eugenia, sua irmã mais nova, e sabia que eram descontraídas, sim, mas pouco inclinadas a se comprometer com um homem casado. No entanto, seria justamente através da irmã que as coisas se complicariam.

María Eugenia era talvez a mais inteligente dos Freisen e, sem dúvida, a mais rebelde. Desde os quinze anos ela havia decidido passar as férias longe da família, indo viajar pelo país na companhia de hippies norte-americanos em busca de cogumelos alucinógenos. Uma viagem a San Andrés revelou-lhe a existência de uma parenta sua, da mesma idade, que já acumulara tantas experiências eróticas a ponto de empalidecer de inveja o próprio Casanova. Chamava-se Leonor e era filha de Lucila Castro. De sua mãe herdara o temperamento, vários prédios em Miami e a melhor loja de departamentos da ilha especializada na venda de produtos de luxo. Auxiliada por uma tia viúva e duas irmãs do fiel Lorenzo, Leonor mantinha-se à frente de sua loja, determinada a desfrutar dos prazeres da vida sem jamais se prostituir. Parecia ser habitada por dois personagens diferentes, um diurno, disciplinado, verdadeiro ás dos negócios, que, vestido de menino, discutia com os traficantes da ilha, e o outro noturno e sensual, que escolhia seus amantes de acordo com critérios que ninguém conhecia. Em contato com ela, María Eugenia foi forçada a mudar radicalmente de opinião: os estudos garantiam a independência, a longo prazo aqueles cogumelos embruteciam, e a liberação sexual não libertava as mulheres, mas as deixava todas em uma condição de disponibilidade total para os homens, que continuavam a fazer amor à sua maneira, indiferentes ao erotismo feminino, e agora, graças a novas teorias, evitando o trabalho de sedução ou a humilhação de pagar. María Eugenia ficou pasma de admiração e sugeriu que ela passasse o próximo Carnaval em sua casa. Não muito interessada nos homens do continente, mas farejando na viagem a possibilidade de vender uma carga considerável de mercadorias contrabandeadas, Leonor aceitou o convite e estabeleceu-se com os Freisen.

Para Javier, conhecer Leonor e se apaixonar por ela foi a mesma coisa: achava-a linda, fascinante e, curiosamente, inacessível. De fato, Leonor tinha algo que atraía os homens e os assustava ao mesmo tempo, um pouco à maneira de Divina Arriaga, Lina ouviria comentar um de seus tios, que se perguntava, não sem espanto, como podia ser tão culta e elegante se tinha crescido entre uma mãe de comportamento duvidoso e um negro quase analfabeto naquela ilha onde só se viam coqueiros e turistas. Mas a realidade tinha sido bem diferente, Lina descobriria anos depois, quando encontrou Leonor em Siena jantando em frente à Piazza del Campo na companhia de um conde italiano. Leonor convidou-a para a sua mesa, depois para a casa de seu amigo, localizada não muito longe da praça, e conversaram durante horas: tinham em comum a amizade com Maruja e a nostalgia do Caribe; abandonando uma parte de sua reserva, Leonor evocou seu passado, desde o tempo em que Lucila Castro se instalou em San Andrés, enviando-a para estudar na Alemanha a conselho de um de seus amantes, até sua fatídica estadia com os Freisen. Contou a Lina que tinha vivido em vários países da Europa, mudando de escola ao sabor dos caprichos de Lorenzo que, todos os anos, quando voltava à ilha para passar férias, realizava uma estranha cerimônia atirando caracóis no mapa do velho continente e então decidindo para onde ela deveria ir; depois de terminar seus estudos, tinha ficado em San Andrés porque lá estavam simbolicamente repousando os restos mortais de Lorenzo e de sua mãe, que haviam perecido juntos no mesmo naufrágio. Mas, como resultado de sua história com Javier, havia instalado seu comércio em Miami e, mais tarde, em Bali, onde se dispunha a voltar assim que terminasse de concluir alguns negócios. Como Catalina, Leonor não tinha mudado: ainda era muito bonita, com os cabelos curtos penteados para trás e os olhos, de um negro profundo, iluminados de inteligência; não usava maquiagem no rosto e, embora não houvesse coqueteria deliberada em seus gestos e trejeitos, ela tinha uma aura de sedução, uma espécie de volúpia aderida à pele, íntima e penetrante como perfume. Era sensual, mas lúcida, capaz de uma frieza terrível se seus interesses estivessem em jogo. A um movimento de sobrancelhas, quase imperceptível, o amigo retirou-se; depois, trocando o francês pelo espanhol, pediu a Lina notícias de Javier. Ouviu a história sem vacilar: Javier procurando-a desesperadamente em seu veleiro, navegando uma após a outra as ilhas do Caribe e, cinco anos depois, acometido pela doença fatal causada pelo sol, coberto de ataduras como um leproso, ainda gritando seu nome no *Odile* enquanto passava em frente aos pescadores do alto-mar, que tremiam de horror diante daquela figura esquelética e de seu veleiro com lonas rasgadas, ambos, o homem e o navio, já considerados mortos, e sua aparição, fantasmas de mau presságio. "Nunca lhe disse que iria viver com ele", foi o único comentário de Leonor, e depois mudou de assunto.

Lina não duvidou por um momento da veracidade dessa afirmação. Na paixão de Javier havia algo excessivo até o fim, e ela sabia que o amor por uma mulher às vezes servia de pretexto para destruir outra. Doeu-lhe, sim, não ter adivinhado a tempo, quando Beatriz ainda reagia aos argumentos da lógica e aceitava discutir analisando os diferentes aspectos da situação, suas possibilidades e consequências. Mas não ocorrera a nenhuma das duas que os sentimentos de Javier não fossem correspondidos; ignoravam até quem era a mulher pela qual estava disposto a abandonar tudo e cujo desejo o obcecava a ponto de contar a Beatriz sobre ela, pedindo-lhe que saísse completamente de sua vida; se soubesse, então, que o fogo daquela paixão só existia em sua imaginação, sem ser compartilhado por sua amante, o drama teria se tornado irrisório: pueris suas ânsias de liberdade, suas comparações sarcásticas, seu ar triunfante quando voltava para casa em Puerto Colombia depois de ter desaparecido por uma semana em seu veleiro. Mas, uma vez provocado o escândalo, Javier não podia dar um passo atrás sob pena de cair no ridículo. Daí sua relutância em revelar a identidade de seu grande amor e a risada de Maruja quando soube. A verdade é que todos riram, embora não pelas mesmas razões: lembrando-se de Lucila, os homens mais velhos pensavam em Leonor como prostituta; surpresos com sua autoconfiança, os amigos de Javier a imaginavam ninfomaníaca. Pouquíssimas pessoas na cidade, Maruja entre outras, descobriram em que base repousava o comportamento amoroso de Leonor: ela não aceitava que o erotismo girasse em torno de um órgão que se levantava e esvaziava rapidamente, deixando nas mulheres um sentimento de frustração e nos homens um gosto de tristeza; ela procurava os raros homens que haviam aprendido a fazer amor de forma diferente, transformando o orgasmo de cada mulher em seu, um após o outro, controlando seu próprio desejo, mantendo suas ereções o maior tempo possível, não para seguir princípios religiosos ou exercer um poder mais ou menos impregnado de sadismo, mas para erotizar a totalidade de seus corpos até mergulhar em uma volúpia atemporal e vibrar à cadência dos ritmos femininos. Em suma, Maruja comentou com Lina sem parar de rir, um tantrismo ateu. E quando viu que ela ainda a olhava apavorada, acrescentou: "Não se preocupe, ela já deve estar de saco cheio de Javier".

Mas, mesmo assim, já era tarde demais. Lina comprovou quando chegou uma hora depois à casa de Puerto Colombia e encontrou Beatriz prostrada em um canto do terraço olhando com uma expressão ausente para a última reverberação do sol sobre o mar. Estava muito pálida; olhou para Lina como se não a reconhecesse e, então, fazendo um esforço para se expressar, pediu que ela cuidasse das crianças. Agachados à porta, abraçados, Nadia e o pequeno Javier pareciam ter chorado o dia todo: estavam de pijama e não tinham comido nada desde o desjejum. Lina deu banho nos dois, preparou o jantar e ficou com eles em seu quarto até adormecerem. Quando voltou para o terraço, Beatriz ainda estava na mesma posição, sentada no chão, com os braços em volta dos joelhos, os olhos vazios de expressão, cravados no escuro; seu corpo era sacudido por leves estremecimentos, sua testa estava queimando e as mãos, congeladas. Um xale e um copo de gim finalmente a fizeram reagir. "Você sabia que eu sou louca?", perguntou a Lina do nada. Então, tomando pequenos goles de gim, fumando um cigarro atrás do outro, ela contou-lhe o que tinha acontecido: em um acesso de raiva, Javier lhe revelara o nome de sua amante e ela pensara ter perdido a cabeça; de qualquer forma, perdera a noção do tempo; lembrava-se de ter gritado com ele: "Por que ela, por que ela, justo ela?", antes de que tudo começasse a girar à sua volta e ela desmaiasse na cama. Ao voltar a si, Javier tinha desaparecido, as crianças ainda estavam dormindo. Sem pensar na hora, ela havia partido em seu carro para a cidade em busca do apoio da família, para chorar nos braços da mãe. Foi só quando viu Nena de camisola que percebeu que estava amanhecendo. Convocados por Jorge Avendaño, seus irmãos foram chegando à casa; ela podia ouvir o murmúrio de suas vozes na galeria, mas não ousava se mexer, disse a Lina, não conseguia nem pronunciar uma palavra. Curiosamente, em meio ao tumulto de seu espírito, ela não entendeu por que a revelação de Javier a fez se sentir tão infeliz, se havia três meses que ele não perdia uma oportunidade de ofendê-la contando-lhe sobre sua amante. Isso foi lembrado, e de forma bastante brutal, por seus irmãos, quando ela pronunciou o nome de Leonor. Desde o momento em que entraram no quarto onde ela soluçava abraçada a Nena, seus irmãos pareciam apiedar-se de sua sorte: ouviram sua história indignados contra Javier e seu comportamento infame. Mas quando contou quem era a amante, Beatriz notou uma estranha mudança neles: começaram a se olhar pelo canto dos olhos e fazer perguntas incompreensíveis sobre seu estado de espírito e se ela tinha a impressão de ser perseguida ou espionada. Beatriz intuiu a verdade e, para provocá-los, acusou-os de acreditarem que ela estava louca para não serem forçados a enfrentar Javier. E então um dos irmãos explodiu, lembrando-a de como anos atrás ela os havia mortificado espionando essa mesma Leonor e inventando histórias absurdas sobre um macaco que se masturbava e um homem negro que beijava o sexo de uma menina. Beatriz contou a Lina que sentiu seu coração pela primeira vez: sentiu-o bater, parar por um momento, bater de novo; uma dor horrível cortava sua respiração, como se um animal tivesse subitamente se enfiado em seu peito e estendido seus tentáculos até sua nuca. Ela não queria mais a ajuda de ninguém, só queria ficar sozinha consigo mesma; mil pensamentos se agitavam em sua mente, mas a dor a impedia de refletir; com alívio viu seus irmãos saírem do quarto, tomou aspirina e tranquilizantes até finalmente conseguir recuperar o controle de seu corpo e, depois de acalmar a pobre Nena, regressou a Puerto Colombia. Lembrou-se de dar café da manhã às crianças, e depois, nada mais.

Por uma vez na vida, Lina tentou colocá-la diante da realidade. É verdade que seus irmãos a achavam desequilibrada desde a história de Merlin, aquele macaquinho travesso que também tentara impressioná-la; da mesma forma, ela havia sido enviada ao Canadá por conselho do dr. Agudelo. Javier a enganava com Leonor, que havia sido iniciada na sexualidade por Lorenzo em sua infância. Mas ela, Beatriz, podia reagir, despedir-se do passado e começar uma vida diferente em outro lugar; tinha dinheiro e saúde, ninguém a obrigava a ficar lá sofrendo passivamente as injúrias de Javier. Finalmente, Lina se ofereceu para esclarecer as coisas para os Avendaño, e, no dia seguinte, houve uma reunião na casa de Nena com a presença de toda a família, incluindo Beatriz, que, mais segura de si mesma, conseguiu se expressar de forma coerente ao anunciar seu desejo de deixar o marido e se estabelecer em Miami com os filhos. Tranquilos com suas intenções, os irmãos Avendaño marcaram um encontro com Javier, depois de terem pedido a um advogado que analisasse os aspectos legais do problema e preparasse o documento necessário para permitir que as crianças deixassem o país. Para surpresa de todos, Javier não ofereceu a menor resistência: assinou os papéis que lhe foram apresentados, concordou em iniciar os trâmites para obter a separação dos corpos e, por iniciativa própria, propôs pagar uma pensão a Beatriz.

Aparentemente, tudo estava resolvido. No entanto, Beatriz continuava em Puerto Colombia, prostrada pela apatia, ruminando sobre os fracassos de sua vida amorosa. E, além disso, Javier não conseguia reprimir seu desejo de vê-la e de lhe contar sobre Leonor. Criara-se uma relação mórbida entre os dois: ele precisava ostentar suas proezas amorosas como se quisesse fixá-las na memória de alguém e, mais precisamente, em uma memória da qual jamais seriam apagadas. Isso foi captado pela parte lúcida de Beatriz, aquela que surgia na presença de Lina, quando ela precisava se expressar razoavelmente e encontrar para cada coisa sua verdadeira explicação. Essa mesma Beatriz admitia a existência da outra, incapaz de escapar à influência de Javier porque isso fornecia uma justificativa para o que, em diferentes circunstâncias, ela teria de admitir como um delírio de sua mente: agora vivia cheia de medo; tinha medo de sair de casa ou permanecer nela, de ficar em um lugar onde as pessoas sem dúvida riam de seus infortúnios, ou de ir para Miami enfrentar mil problemas desconhecidos; tinha medo de ficar acordada a noite toda angustiada ou dormir graças aos soníferos entrando no horrível universo dos pesadelos. De repente, se surpreendia ouvindo vozes estranhas no jardim, vindas do mar; às vezes, pensava ver o rosto de um homem através das persianas. E o pior era que essas alucinações podiam encontrar eco na realidade: assim, quando os ruídos começavam, seu pequeno cachorro chihuahua uivava arranhando a porta; da mesma forma, Lina tinha visto o homem. De fato, certa noite, Lina viu o brilho de uns olhos pela janela e saiu para o jardim armada com um pedaço de pau; mas o homem nem se mexeu: continuou a olhar para Beatriz como se estivesse hipnotizado e só saiu quando a ouviu ameaçá-lo com a polícia; por suas feições e maneira de caminhar, parecia um sujeito do interior; era jovem e bastante bonito, e provavelmente tinha sido atraído por uma mulher bonita que vivia em uma casa isolada. Beatriz pensava de outra forma: esse homem devia ser amigo de Víctor, informado de suas perversões sexuais, disposto a estuprá-la e recuperar os explosivos que até então ninguém havia reivindicado. Quando aquele pobre-diabo armou um escândalo ao se despir nas praias de Puerto Colombia, sua fotografia apareceu na imprensa acompanhada de uma nota segundo a qual ele havia sido trancafiado no hospital psiquiátrico por demência: "inofensivo", especificava o artigo. Longe de se tranquilizar, Beatriz encontrou um novo motivo de preocupação: os hospitais psiquiátricos não eram seguros, ele fugiria, viria procurá-la; mais de três vezes ela o viu novamente em frente às persianas, e três vezes Lina teve de telefonar para o hospital fingindo ser jornalista para verificar se o homem não havia escapado. Contra as vozes, por outro lado, não podia fazer nada: de repente, no meio de uma conversa, Beatriz parecia estar desconectada da realidade e permanecia muito atenta a algo que só ela percebia; imediatamente explodia em lágrimas como se sua alma estivesse quebrando. Nunca falou sobre isso para Lina, mas em um momento de lucidez, havia lhe explicado como as vozes que vinham do mar lhe diziam que a vida não tinha sentido e que somente na morte ela encontraria a paz. Mas seus filhos a impediam de morrer; não podia confiá-los à sua mãe, que era muito velha, ou a Odile Kerouan, que desde o início tomara o partido de Javier com uma ferocidade inexplicável: na única vez que Beatriz tentou procurar sua ajuda, Odile soltou o fel acumulado em seu coração, acusando-a de ter seduzido seu filho sem levar em conta os sentimentos de Jean-Luc; sua má-fé levou-a ao mais incrível paradoxo: assim, ela a recriminou por ser uma esposa indigna, já que Javier queria deixá-la e, ao mesmo tempo, não saber como se adaptar ao liberalismo da época, agarrando-se a Javier em nome de princípios em desuso; se não lhe disse diretamente, deu a entender que só a considerava por ter dado dois filhos à família, repetindo, talvez sem perceber, o comportamento da sogra de Lille, cujo sarcasmo a fizera sofrer tanto na juventude. Aquele encontro consternara Beatriz: toda a amabilidade que os Freisen haviam demonstrado para com ela era pura hipocrisia, porque a viam como uma simples reprodutora. Ela nunca entregaria seus filhos a eles, ou à amante de Javier. Já não se atrevia a confiar em ninguém: seu marido era infiel, seus sogros a desprezavam, seus irmãos achavam que ela era louca. E sua própria razão, abalada pela angústia, perdia cada vez mais o contato com a realidade. Lina se ofereceu para ligar novamente para o dr. Agudelo, já que poderia falar com ele sem medo de ser traída.

A visita do dr. Agudelo durou três horas e produziu um resultado imediato. Beatriz decidiu não voltar a servir como confidente de Javier e começar imediatamente os trâmites de ir para Miami. O medo de ter o visto recusado por causa de seu relacionamento com Víctor se dissipou assim que ela entrou no consulado americano e encontrou uma secretária que era amiga de sua família. Pela primeira vez, após um mês de confinamento, ousou ir ao salão de beleza, onde Angélica, a cabeleireira, a recebeu cordialmente, garantindo-lhe que toda a cidade estava do seu lado e aplaudia sua decisão de partir. Convocadas por ela, vieram Isabel, Maruja e Lina, que fizeram uma festa abrindo uma garrafa de champanhe. Alguém trouxe sanduíches quentes e Lina telefonou para Rosario Miranda, uma parenta sua que morava em Miami, que imediatamente se ofereceu para pegar Beatriz no aeroporto e hospedá-la em sua casa enquanto ela arranjava um emprego. Eram três horas da tarde quando se separaram um pouco tontas e bastante felizes, prometendo ir naquela noite para Puerto Colombia. Beatriz tinha de comprar as passagens, alguns dólares ao câmbio negro, e depois ir até Nena para levantar seu ânimo e buscar as crianças. Estaria esperando por elas lá, disse-lhes, entrando em seu carro. Ao passar por Lina, sorriu para ela. Lina teve uma impressão estranha; sempre tinha visto aquele rosto tomado pela severidade ou tristeza, contraído de raiva ou dor, mas nunca sorrindo; por alguns segundos, lembrou-se em silêncio dos frisos da Torre do Italiano. "Bobagem", ela disse para si mesma, ligando o motor de seu novo carro, "bebi muito champanhe."

 Henk a esperava no Hotel del Prado para apresentá-la a um colecionador inglês interessado em um Van Gogh de Catalina. Ficaram discutindo até as sete horas. Quando Lina se despediu deles e chegou à casa de Nena, encontrou um clima de caos: Isabel tinha a expressão de seus piores dias, Maruja insultava Odile Kerouan que parecia ter perdido o uso da palavra e Nena chorava abraçada a um álbum de fotos rasgado; em um corredor, Javier se debatia, já sem forças, contra os punhos de um dos irmãos Avendaño. Lina demorou mais de meia hora para obter uma explicação do que havia acontecido, e a história lhe fez pressentir a catástrofe. Gustavo Freisen aceitara sem muita relutância o fim do casamento do filho, limitando-se a comentar que, por causa desse casamento, o pobre Jean-Luc vegetava em um hospital psiquiátrico, mas ninguém se atrevera a revelar-lhe o conteúdo das transgressões realizadas entre os Avendaño e Javier. No último mês, ele havia se resignado com a ausência dos netos, que acreditava estarem sofrendo de coqueluche, e enviara um advogado para examinar a situação. A situação não poderia ser pior: seu filho tinha uma amante com quem se exibia em público, sua nora nunca havia saído do lar conjugal. Furioso, Gustavo Freisen ordenou que o advogado contratasse dois ex-policiais como detetives, cuja missão seria vigiar a casa em Puerto Colombia até demonstrar, ou inventar, se fosse o caso, a infidelidade de Beatriz. Mas, exceto o louco e um médico que passara três horas com ela na noite anterior, nenhum homem havia tentado vê-la. A presença do médico intrigou Gustavo Freisen: seus netos tinham coqueluche e ninguém os atendia, Beatriz chamava um médico reputado por sua habilidade de tratar doenças nervosas. A estratégia estava decidida: ele tiraria os netos dessa mulher pretextando seu desequilíbrio mental. O advogado renunciou a se envolver em tal processo e prometeu enviar-lhe a conta de seus honorários no dia seguinte. Mas Gustavo Freisen não se deixaria desarmar assim: ligou para Javier para exigir que ele terminasse seu caso de amor e recuperasse os filhos e, quando soube do pacto estabelecido com os Avendaño, o amaldiçoou, prometendo deserdá-lo, expulsá-lo de sua casa e exigir imediatamente o pagamento do dinheiro que havia tirado da fábrica como empréstimo. Javier foi embora batendo a porta com força; tomado pela cólera, desceu a Avenida Olaya Herrera a toda velocidade em sua nova MG e, quando chegou ao Paseo Bolívar, viu o carro de Beatriz estacionado em frente a uma agência de viagens. Parou e desceu: diante dos olhos apavorados de Beatriz, quebrou o vidro da janela, abriu a porta e pegou os papéis, todos eles, os passaportes e vistos, os dólares que acabara de comprar, o documento pelo qual a autorizava a levar as crianças para fora do país. E quando Beatriz correu para detê-lo, ele a esbofeteou violentamente, gritando sua intenção de tirar as crianças dela e trancafiá-la na mesma clínica que Jean-Luc.

"Por que você fez isso?", perguntava-lhe agora Federico Avendaño, moendo-o a pauladas. E Javier, curvado no corredor, com o rosto desfigurado pelos golpes, respondia fracamente: "Não sei". Tampouco Odile Kerouan entendia o motivo pelo qual tinha dado as costas para Beatriz quando a encontrou em sua casa tirando as fotos dela e de seus filhos dos porta-retratos. Do Clube de Pesca, Javier telefonara para ela para contar como tinha tomado posse dos documentos e pedir que ela explicasse a Gustavo Freisen que tudo estava resolvido. Depois de dar o recado ao marido, Odile desceu as escadas para ir até o Country, onde uma mesa de *bridge* a esperava. Encontrou Beatriz na sala rasgando as fotos com uma resolução tranquila que destacava o ar alucinado em seus olhos. Odile pensou que Beatriz não a vira até ouvi-la gaguejar: "Você não vai fazer nada?". E então, como se estivesse falando consigo mesma, disse: "Não, ela não vai fazer nada".

Então tinha perdido o controle de suas ações, Odile Kerouan disse a Maruja: havia ido para o Country e, em vez de encontrar suas amigas, ficou sentada por horas em seu carro até que, de repente, lhe ocorreu vir até a casa de Nena. Só tomou consciência da gravidade da situação quando percebeu que os álbuns e porta-retratos também tinham sido despojados das fotografias.

Lina as escutava falar paralisada de ódio; se tivesse um revólver na mão, teria esvaziado sobre Javier e sua mãe sem o menor remorso. Todos, mesmo os irmãos Avendaño, pareciam incapazes de pensar com inteligência: perguntavam-se onde Beatriz tinha ido refugiar-se, se deviam ou não chamar a polícia, se ela poderia estar no consultório do dr. Agudelo. "Imbecis", gritou Lina, lembrando-se subitamente dos explosivos, "por que diabos vocês acham que ela destruiu as fotografias?" Maruja entendeu de imediato. "Meu carro é mais rápido que o seu", disse ela para Lina, alcançando-a no jardim. E partiram para Puerto Colombia, enquanto os irmãos Avendaño correram para seus carros, seguidos por Javier e Odile Kerouan. Lina nunca acharia um trajeto tão longo; em nenhum momento Maruja parou de afundar o pé no acelerador, mas Lina tinha a impressão de que não estava avançando. Respirava o ar quente da noite com dificuldade, amaldiçoando sua falta de imaginação; durante aquele mês terrível não lhe ocorrera pensar no perigo representado pelos explosivos: Víctor explicara a Beatriz como guardá-los para evitar um acidente e, consequentemente, ensinara-lhe como provocá-lo. "Mais rápido", implorava a Maruja, esquadrinhando as sombras do horizonte, tentando adivinhar os pensamentos de Beatriz, já instalada naquela consciência de não deixar os filhos para ninguém. Ao se aproximarem de Puerto Colombia, sentia em sua própria mente o desespero de Beatriz: graças ao conselho do dr. Agudelo, ela havia feito um enorme esforço para sair de sua apatia, tinha ido ao banco, ao consulado, ao salão de beleza e, quando as dificuldades pareciam estar se suavizando e o caminho da vida se abrindo novamente à sua frente com a figura do cadete de West Point timidamente emergindo em sua memória, Javier destruíra seus pálidos sonhos, atiçado por aquele pai maligno, Gustavo Freisen.

Finalmente, chegaram a Puerto Colombia e tomaram a estrada estreita que levava à propriedade. Conseguiram ver a casa durante um instante, escura e fantasmagórica, erguendo-se à beira-mar em dunas de areia sussurrantes de grilos, frágil e momentaneamente arrebatada da escuridão pelo brilho dos faróis. Conseguiram vê-la antes que aquela horrenda explosão abalasse o carro, batesse em seus rostos, rasgasse seus tímpanos e ferisse suas retinas com uma imensa ampola de fogo que arrancou de repente portas e janelas e explodiu o telhado em pedaços, de uma maneira assustadora e irreal como algo não visto, mas sonhado. E então as chamas subiram aos céus em uma súplica muda e desesperada.

Epílogo de Lina

Os anos se passaram e eu não voltei para Barranquilla, aquele lugar aonde nossas avós chegaram trazendo no lombo de mulas, em um caldeirão de poeira, seus móveis e saudades das cidades mais antigas do litoral caribenho: naquela época, Barranquilla era apenas um ardente povoado sem história, exceto por aquela, muito triste, de ter agravado as doenças de Bolívar quando ia ao encontro de sua morte.

Às vezes, à noite, penso ouvir o passo cansado das mulas que carregaram seus pertences, e penso no mundo que as avós deixaram para trás com pátios florescentes de videiras e alcovas onde os daguerreótipos desapareceram. Elas traziam lembranças, muitas lembranças. Nós as ouvíamos falar daquele mundo que foi o seu sem pensar que o nosso, leve e fácil, sempre girando em torno da piscina de um clube e dos bailes de Carnaval, entraria também na nostalgia da memória.

Às vezes, quando minha febre volta a aparecer, à noite, acho que, como as avós, vivo no meio de memórias. Todos estes anos vividos em Paris não foram capazes de apagá-las; pelo contrário, as febres e até o frio que atira suas navalhas à saída do metrô quando regresso do hospital parecem devolver-me com obstinação à cidade do Prado, às brisas que sempre chegavam em dezembro, às tardes em que, sentadas à mesa do Country Club, com o sol reverberando lá fora nos campos de golfe, minhas amigas e eu nos divertíamos adivinhando nossos possíveis destinos com a ajuda de um baralho.

Do meu e do das outras, muito menos do de Benito Suárez, nenhuma carta teria profetizado então seus caprichos inéditos. Minha própria avó, que parecia dona de uma atitude premonitória capaz de encontrar em cada vida os segredos inexoráveis traçados, não viveria o suficiente para ser surpreendida mais uma vez por Benito Suárez ou, em todo caso, pelas notícias sobre ele que chegavam, de um ano para o outro, da selva, primeiro, dos confins do Orinoco, mais tarde, e finalmente do deserto de La Guajira, onde morreria. Queria ver o mar pela última vez, contou a uma índia da aldeia onde tinha ido refugiar-se, que por sua vez me contou. O antropólogo não entendia por que eu me interessava tanto por aquele pobre-diabo, um eremita, um homem bom, dizia ele, com os cabelos já grisalhos que ia pelo deserto curando os índios sem lhes cobrar um centavo e que escrevia versos e à noite soluçava em sua rede ou delirava chamando por Dora, a mulher que um dia amara.

Às vezes penso — sempre ao anoitecer, quando a febre chega e o sussurro dos pombos nos telhados se dissolve — que os labirintos da vida contêm enigmas indecifráveis como as pedras da Torre do Italiano. Eu, que ajudara minha avó a morrer seguindo suas instruções, diluindo em água o pó contido em todas as cápsulas que ela só podia tomar na proporção de uma por dia, e substituindo-o por talco para não alertar o dr. Agudelo, fiquei surpresa quando soube como tia Eloísa decidira comemorar seu próprio fim: em plena festa, levantando uma taça de champanhe para brindar com suas filhas enquanto à sua volta explodiam foguetes e soavam sirenes saudando um novo ano.

Por outro lado, nada do que aconteceu com Catalina era imprevisível. Quando a vejo fotografada na *Vogue* com aquela sua filha de olhos dourados deslumbrantes que parece sua irmã, no *Regine* ou em qualquer outro lugar nova-iorquino da moda, resplandecente e fria como um iceberg, ao lado de homens mundanos tão imunes quanto ela às fragilidades do coração, penso que está cumprindo o destino que Divina Arriaga havia previsto para ela naquele quarto crepuscular onde buscou refúgio até se esquecer do passado.

Aparentemente, muita coisa mudou na cidade que deixei para sempre depois da morte da minha avó. Muita coisa. Nossas casas desapareceram na mesma época em que chegavam a Barranquilla, em caminhonetes com vidros azuis, os *marimberos*, homens do deserto de La Guajira, enriquecidos pelo tráfico de maconha e cocaína, que construiriam palácios de mármore e em nome de antigas vendetas tribais atirariam uns nos outros nas ruas, antes de também serem absorvidos pela cidade como haviam sido, muitos anos antes, os imigrantes, mascates e prófugos de Caiena.

Com o tempo, os filhos daqueles *marimberos* chegariam a Paris, ricos, jovens, bonitos, falando um inglês purificado em Harvard e vestindo smoking branco e uma rosa vermelha na lapela nas festas de gala do verão, com a mesma facilidade com que seus pais se moviam pelas areias, com uma pistola debaixo do braço. Eram acompanhados pelas novas meninas de Barranquilla, já liberadas e um pouco indulgentes em se dirigir a mim porque sabiam vagamente que certa vez eu havia escrito um livro denunciando a opressão sofrida por suas mães. Ignoravam a submissão: não se maquiavam e quase sempre havia alguns gramas de cocaína em seus estojos de maquiagem, e faziam amor com desenvoltura, para angústia de seus amantes que se sentiam como cerejas tomadas com distração de um prato. Talvez só eu entendesse que esse consumo frenético de homens escolhidos e devorados sem ternura ou compaixão era simplesmente a vingança que uma geração de mulheres exerce, sem saber, em nome de muitas outras. Então as meninas carnívoras passaram por Paris, e foram e voltaram para Barranquilla. Com o passar dos anos, descobririam o medo da solidão: então concordariam em viver com apenas um homem. Talvez suas filhas aprendam que o amor não se encontra na promiscuidade nem o erotismo nas drogas e, como Divina Arriaga, saibam distinguir um do outro, reconhecendo em ambos o caráter sagrado de iniciação na longa peregrinação que lhes permite vislumbrar o infinito: e ser então mais humildes, e reconciliar-se algum dia com a vida.

O tempo me faria entender muitas coisas, o silêncio de tia Irene, certas palavras de minha avó, o sorriso de tia Eloísa. Uma vez quis morrer, em Deyá, um povoado de Mallorca. Era de noite, e o vento gelado do inverno enxugava minhas lágrimas, zombando de minha tristeza. Decidida a acabar com tudo, caminhava pelas ruas desertas daquela cidade fantasma quando, de repente, ouvi a música de um violino: em uma casa de postigos fechados alguém repetia incansavelmente uma frase musical da sonata de tia Irene. Parei por um momento e, assim que o instrumento se calou, cantei em voz alta a seguinte frase, que o violinista, depois de um momento de vacilação, talvez de estupor, apressou-se a pegar. Fugi de lá correndo em vão porque ninguém me seguiu, pois, como eu, o violinista sabia que aquela sonata tinha sido composta para ser ouvida apenas uma vez e depois se extraviar nas sombras do esquecimento. Mas minha decisão já parecia um sonho absurdo: eu tinha acabado de lembrar que todos nós temos um encontro em Samarcanda.

    Os anos se passaram. Não voltei e acho que nunca mais voltarei a Barranquilla. Ninguém ao meu redor sabe sequer seu nome. Quando me perguntam como é, só digo que fica junto a um rio, muito perto do mar.

FIM

Este livro foi composto em Le Monde Livre Std no papel Pólen Natural para a Editora Moinhos enquanto Alice Coltrane tocava *Turiya & Ramakrishna* em um dia de céu altamente azul.

*

No Mundo, conflitos armados aconteciam.
A humanidade padecia de memória e afeto.